Le Paradis à la porte

Fabrice Hadjadj

Le Paradis à la porte

Essai sur une joie qui dérange

Éditions du Seuil

ISBN 978-2-7578-3782-5
(ISBN 978-2-02-098836-0, 1re publication)

© Éditions du Seuil, 2011

Puisque j'arrive à cette Chambre sainte
Où dans ton Chœur d'élus à tout jamais
Tu feras de moi ta Musique –
Puisque j'arrive enfin,
J'accorde l'instrument ici contre la porte
Et sur ce qui là-bas sera mon grand ouvrage
Je me prépare ici.

John Donne, *Hymne à Dieu
mon Dieu dans ma maladie.*

Aux passants (et plus spécialement aux passantes),
ce rendez-vous à ce qui ne passe pas.

THÈME

> … et ce ne sera peut-être pas à la lutte, mais à la joie, que je finirai par succomber.

> Franz Kafka

« Une fois dans ma vie, dit Descartes au seuil de ses *Méditations métaphysiques*, une fois dans ma vie (*semel in vita*) il me fallait entreprendre sérieusement de me défaire de toutes les opinions que j'avais reçues jusques alors en ma créance, et commencer tout de nouveau dès le fondement… » Moi aussi, une fois dans ma vie, je voudrais entreprendre quelque chose de sérieux enfin. Et ce sérieux serait le rire. Pas n'importe quel rire, rigolard, bouffon, ricanant, mais ce rire d'une jeune fille si joyeuse « que Dieu semble jouir dans son visage[1] ». Je ne m'isolerais pas dans le silence d'un poêle : j'écrirais parmi le vacarme des enfants, la gaieté de leurs jeux me servant de critère. Je ne me déferais point de mes opinions : je les accueillerais toutes, en ma plus religieuse créance. Et ce serait pour commencer tout de nouveau dès la fin dernière.

---

1. Dante, *Paradiso*, XXVII, 105.

Il ne s'agirait d'ailleurs pas d'établir « quelque chose de ferme et constant dans les sciences ». (Que sont les sciences, mon amour, si nos cerveaux au final sont moins pour la vérité que pour la putréfaction ? Qu'est-ce que le ferme et constant quand tout s'écoule sous un soleil aussi vaporisable que de l'eau ?) Ce qu'il faudrait d'abord interroger, c'est ce qui s'offre encore, quand il ne nous reste plus rien… Il s'agirait donc, dans mon cœur inconstant et mou, de découvrir une béance irrémédiable : l'espérance naïve que la musique des rencontres ne finira pas. Pour cela, je n'emploierais guère le doute hyperbolique et radical, mais plutôt un non moins radical et hyperbolique émerveillement. Oui, une fois dans notre vie, considérer ce qui pourrait être pour toujours, écouter ce paradis qui de concert nous appelle, afin que notre vie, sinon s'engage dans la bonne direction, du moins s'égare comme il faut, dûment éblouie.

Y va-t-il d'un principe du savoir ? Plutôt de la source du chant. Sera-ce pour trouver un sol ferme ? Plutôt pour perdre pied – mais la condition de la chute, ne l'oublions pas, est la même que celle de l'envol. Ma question est au fond la suivante : quel livre peut s'ouvrir plus fort que ne se ferme une tombe ? Quelle poésie possible au chevet d'un mourant ? Quel avenir après qu'il est trop tard et que c'est la fin du monde ? Oh ! ce ne serait pas pour nous consoler, non. Seulement pour mourir la gueule un peu plus ouverte.

*
* *

Avertissement

L'auteur aurait donc voulu communiquer un éclair déchirant la nuit et ce sont 500 pages bien serrées qui lui sont sorties des mains. En apparence, une brique qui pèse au lieu d'une étoile qui brille. Comme il s'en effraye plus encore que le lecteur (mais moins que sa douce éditrice, Elsa Rosenberger, qui juge qu'une œuvre peut être longue quand elle n'a pas de longueurs), il voudrait se rassurer en lui disant que ce gros livre est en vérité une collection de petits livres : même s'ils suivent une progression cohérente, ses chapitres, ses intermèdes, peuvent se lire séparément, comme autant d'opuscules détachables, et l'on a tout loisir de se reporter à la table pour piocher celui dont le sujet accrocherait plus spécialement.

Sans doute, un livre dont la thèse est que le paradis est un horizon de fécondité débordante, et non un rêve stérilisateur, ne pouvait être court, mais devait déjà participer de cette surabondance. Qu'on n'ait pas trop d'égard, cependant, pour cet être de papier – il est là pour servir, non pour être servi. Et quand on aurait eu de la joie à n'en lire qu'une partie, employant le reste de ses feuilles à caler la table où accueillir un pauvre, ou à faire des origamis pour l'émerveillement des enfants, il aurait parfaitement rempli sa petite tâche ici-bas.

Pas possible

> *(On frappe à la porte.)*
> Leporello. – Ah ! Écoutez !
>
> Mozart / Da Ponte,
> *Don Giovanni*, acte II, scène 18.

Simple comme bonjour

Sur le pas de la porte ouverte, ou par rencontre dans la rue, la conversation – toujours – s'engage avec ce premier mot ou quelque autre semblable : « Bonjour ! » Rien de plus ordinaire. Rien de plus prodigieux. Ce mot, de fait, nous échappe deux fois : la première fois, comme un réflexe, la seconde, comme une promesse. Il s'enclenche plus qu'il ne s'énonce – cliquet de la mécanique sociale – et, dans le même temps – souffle d'une parole à tenir –, il signifie plus qu'il ne croit exprimer. Que je n'y réfléchisse pas, la chose est simple et file inaperçue ; mais qu'un instant je me mette à l'écoute, elle creuse de soudains vertiges.

Dans une page de *Sodome et Gomorrhe*, Proust évoque l'extrême présence d'esprit avec laquelle il attrape le geste approprié lorsque, chez la duchesse de Montmorency, il lui faut saluer le duc de Guermantes ayant à son bras la reine d'Angleterre : « J'aurais pu écrire un chef-d'œuvre, commente-t-il, les Guermantes m'en eussent moins fait d'honneur que de ce salut[1]. » Comment ? Un salut serait plus important que la *Recherche* ? L'à-propos d'une civilité fugitive, plus honorable que ce monument de la littérature ? Une telle obsession du décorum – le citoyen ne manquera pas de le remarquer – confirme l'irrémédiable déchéance de l'aristocratie. Mais une telle remarque confirmerait notre propre déchéance, si elle nous faisait perdre toute attention à nos salamalecs. Car le salamalec, même superficiel, est lourd d'un sens que l'œuvre la plus belle ne fait qu'expliciter. La grande traversée de Dante ne reçut-elle pas son impulsion du simple bonjour donné par Béatrice Portinari lors d'un après-midi de 1278 ? C'était à trois heures, dans une rue de Florence : « Elle me salua si vertueusement qu'il me sembla entrevoir le sommet de la béatitude[2]. » Oui, un simple bonjour, et c'est la « Vie neuve », et le Paradis n'est plus très loin. Quelle parole a proférée Béatrice ? Quelle révérence spéciale ? Quel délicat surbaissement des paupières ? Ce n'est pas la question. L'anecdote nous porte, au-delà d'un art mondain de saluer, vers une métaphysique du salut. Il a suffi que la jeune beauté prononce un mot ordinaire pour que l'ordinaire fasse entendre sa promesse inouïe : Le bon jour, le jour heureux enfin réalisé, cette lumière sans déclin que nous invoquons au seuil de toute rencontre, et qui n'est rien de moins que le « sommet de la béatitude », l'éternité retrouvée et le rachat du temps perdu…

1. Marcel Proust, *Sodome et Gomorrhe*, in *À la recherche du temps perdu*, Paris, Robert Laffont, coll. « Bouquins », 1987, t. II, p. 547.
2. Dante, *Vita nova*, III.

Certains font de la prose sans le savoir, mais nous faisons tous, sans nous en rendre compte, de l'eschatologie. L'inconscient met à nos lèvres cette prière qui déjoue toute censure. En dépit de ma mécréance, je porte ce souhait liminaire, balise d'un introït la bavette profane, officie malgré moi dans le cérémonial universel : j'invoque le *Bon Jour* – comme un autre qui surgirait toutes portes closes et dirait : *La paix soit avec vous !* Et l'accolade qui suit, mimant les retrouvailles des frères ou le retour du prodigue, en est encore l'annonce silencieuse et charnelle. Aussi bien la distante poignée de main. Les uns vous la broient, bien sûr, et d'autres vous mettent dans la paume une espèce de crapaud mort ; mais l'authentique poignée consiste en ce tact où chacun serre l'autre doucement jusqu'au point où les deux pressions s'égalisent, comme en une clef de voûte : serrement qui n'est pas de la serre mais du soin, réceptivité active qui s'oppose à la passivité molle comme à l'étau limeur. N'est-ce pas faire pour ainsi dire le serment d'une situation où l'un ne l'emporte pas sur l'autre, mais l'accueille tel qu'il s'offre, sans le déformer – n'est-ce pas une préfiguration manuelle du Jour de la Réconciliation ? Enfin ce qui se prononce à l'instant de la séparation n'est pas moins exorbitant que ce qui fut prononcé au moment de la rencontre : « Au revoir… Bon retour », mots qu'on se dit encore sur le seuil, et qui font une fois de plus espérer un beau repentir (le retour au bon), ainsi qu'une autre rencontre dans la vision renouvelée. Et je ne parle pas de l'ostensible « Adieu »…

Sans doute, ce que nous énonçons si clairement nous ne le concevons pas bien. D'où vient qu'après tant de carnages nos voix s'obstinent à dire « Bonjour » et « *Chalom* », quand il eût été depuis long feu plus convenable de se lancer à la figure des « Maujour », « Bonnes ténèbres », non pas « Salut » mais « Perdition », non pas

« Adieu » mais « *Aunéant* »… Au lieu de quoi nous continuons dans l'ornière, prolongeons la convention vide et l'illusion vitale. Mais une illusion si vitale, à vrai dire, si coriace que, voudrais-je m'en laver comme d'une tache, je ferais plutôt disparaître mes mains. Quelle est dans le désastre cette aurore qui veut toujours poindre ? Quel est dans le désert ce mirage plus rafraîchissant que l'oasis (un mirage à ce point rafraîchissant que, sans lui, l'eau elle-même ne me désaltérerait pas, puisque tout ne serait, au bout du compte, que pour la sécheresse du cadavre) ?

> Ça c'est étonnant [dit Dieu].
> Que ces pauvres enfants voient comme tout ça se passe et qu'ils croient que demain ça ira mieux.
> Qu'ils voient comme ça se passe aujourd'hui et qu'ils croient que ça ira mieux demain matin[1].

L'homme du commun est un oracle. Piteux, il parle plus fort que la Pythie. Bileux, il voit plus loin que la Sibylle. Simplement parce qu'il dit bonjour. Ou salut. Ici, au seuil d'une conversation quelconque, à la lisière peut-être d'une soirée ennuyeuse, et cependant par ce mot d'emblée nous transportant au bord de l'improbable, à l'orée de l'inespéré. Ce n'est que le pas de sa porte, et c'est déjà le pas possible d'un paradis…

Ainsi nous réitérons la promesse des incalculables bonjours lancés toujours et en tous lieux depuis le premier jour, et ceux qui nous suivront la réitéreront jusqu'à cet incroyable Jour où la promesse intenable et cependant toujours reprise serait enfin trahie par la poussière ou tenue par un dieu. Comment ne pas songer à ces versets

1. Charles Péguy, *Le Porche du mystère de la deuxième vertu*, in *Œuvres poétiques complètes*, Paris, Gallimard, coll. « Bibliothèque de la Pléiade », 1957, p. 534.

du Deutéronome : *Ce commandement que je te commande aujourd'hui n'est pas pour toi trop difficile ni lointain Car la parole est tout près de toi, elle est dans ta bouche et dans ton cœur, pour que tu la mettes en pratique* (Dt 30, 11-14) ? Le commandement d'aujourd'hui – et non pas d'hier – se cache sous le terme le plus rebattu et me convoque avec ma propre langue. N'attendons pas l'appel d'un ailleurs. Il est déjà là, qui couve sous notre salive. Il s'adresse à nous comme nous nous adressons à notre voisin. Et pour nous entraîner dans son aventure, il ne demande qu'une seule chose : qu'une fois dans ma vie, une seule, comme Dante (qui auparavant s'appelait Durante, c'est-à-dire Durand, comme l'homme du commun), mais pour de bon, nous écoutions le « bonjour » qui se lance chaque jour et dont la superficialité coïncide avec notre aspiration la plus profonde…

Le poireau de Pascal

L'espoir fait vivre, qu'on dira. Trop beau pour être vrai, ce désir du très grand jour. Qui ne soupçonnerait que ça n'est que chochotte et baudruche de qui se dégonfle à regarder la mort en face ? À quoi je retourne cette observation plus grave : l'espoir fait aussi mourir. Et le cynique est bien obligé d'avouer sa propre dégonfle derrière sa crânerie. Car notre vie serait pépère sans ce foutu besoin d'Éden. Je pourrais subsister le mufle dans l'auge, avec la satisfaction du porc et l'innocence du requin. Je pourrais périr sans angoisse – dans l'extase, même ! – comme le mâle que dévore la mante religieuse ou le crapaud qui, sans savoir quoi, crève sous un pneu. Mais voilà ce méchant désir d'un bonheur concret, cette pulsion paradisiaque, cette *libido cæli* qui m'empêche de me contenter de ma glèbe et me fait foncer tête baissée contre le prochain mur que j'aurai encore pris pour la sortie de secours. C'est d'abord parce qu'il y a en nous cet espoir que nous pouvons être désespérés. C'est à cause de cet élan vers le bonheur que le malheur nous fait si mal. Sans lui, dit Pascal, on n'irait pas se pendre : la nuit n'est atroce qu'à proportion du « bon jour » auquel on avait cru, et croire qu'on la supprimera en se supprimant soi-même est encore un effort maladroit vers l'aube.

De notre idée de paradis pointe déjà le nécessaire paradoxe et la possible parodie. L'idée de paradis est paradoxale à plus d'un titre, nous le verrons, mais d'abord parce qu'elle nous fait mal, et peut devenir cause d'enfer. Travaillés par elle, nous nous résignons moins bien à notre condition dolente et mortelle (l'absence de paradis à venir serait vraiment l'opium du peuple), et plus encore nous nous disputons sur ce à quoi il pourrait bien correspondre (Marx et Marie n'en ont pas la même conception). Toutes les guerres se font au nom du bonheur. Tous les massacres, au nom de la fraternité. Dans les deux camps les vocables sont les mêmes (« Justice ! », « Paix ! », « Vertu ! », « Grand Soir avant le Bon Jour ! »), mais comme on s'oppose sur leur sens, forcément, les bienfaiteurs s'anathématisent, les frères s'entre-tuent, les artisans de paix bâtissent sur des ossements. Faut-il renoncer à chercher le « vrai paradis » ? Ne revendiquer qu'un petit éden portatif, pour soi tout seul, éventuellement avec son chien ? Ce serait laisser libre cours à toutes les contrefaçons. Chacun vendrait son âme à n'importe quel bateleur. On ne se rentrerait peut-être plus dedans, mais ce serait à cause que ça n'en vaudrait plus la peine, chacun dans sa bulle, et l'autre déjà mort.

« Depuis que l'homme a quitté le vrai bien, note Pascal, c'est une chose étrange qu'il n'y a rien dans la nature qui n'ait été capable de lui en tenir la place, astres, ciel, terre, éléments, plantes, choux, poireaux, animaux, insectes, veaux, serpents, fièvre, peste, guerre, famine, vices, adultère, inceste[1]. » Je comprends – encore que ce soit horrible – qu'on puisse mettre son bonheur dans l'inceste (la dynastie des Ptolémées le montre), ou qu'on le fourre dans le soleil (Aton adoré du cher Akhénaton), ou qu'on l'attache à un veau (celui d'or au désert) ou même à la peste (dont Nergal était le dieu menaçant et respecté des Mésopotamiens). Mais les choux et les poireaux ? Comment Pascal peut-il affirmer que nous pouvons diviniser le poireau ? Songet-il à ces poireaux de Khéops, jadis aussi célèbres que sa pyramide, parce qu'il récompensait ses guerriers en leur en offrant des bottes énormes ? Pense-t-il à l'empereur Néron, surnommé par ses contemporains « le porrophage », parce qu'il en mangeait tous les jours pour s'éclaircir la voix ? Peu importe. La pensée de Pascal est simple : que je ne cherche plus « le vrai bien », alors, sans doute, je n'espère plus vraiment, mais, à la place, je poireaute. Je me fais une idylle du chou ou une idole de la crotte elle-même. Renonce-t-on au paradis qu'on s'inféode à toutes ses parodies. Il a beau être perdu, on n'arrive pas à en sortir.

L'asperge de Proust

Le drame du paradis métamorphosé en poireau pourrait toutefois se prendre à rebours. De manière moins janséniste, pour ainsi dire, et en quelque sorte plus jésuitique. Je veux dire en regardant moins la misère de l'homme que la bonté des choses. En remontant davantage à la source. En s'interrogeant sur les conditions de possibilité

1. Pascal, *Pensées*, § 138, éd. Le Guern, Paris, Gallimard, 1977.

de ce drame. Une question se pose en effet : comment se fait-il qu'un être limité, tel que la femme de Maurice, un veau de métal doré ou des poireaux vinaigrette, puisse me fasciner au point qu'avec lui je prétende étancher ma soif de béatitude ? Comment expliquer la facilité avec laquelle l'homme prétend se satisfaire ? Pascal renvoie au péché originel. Mais ce n'est là que du négatif, et il faut du positif pour nous attirer. Il doit y avoir du bon dans le poireau et dans Edmonde (la femme de Maurice) pour que je pense y grappiller un morceau de ciel. N'est-ce pas dès lors parce qu'ils participent réellement d'un vrai paradis ou parce que se reflète plus ou moins, dans leur bien si modeste, quelque chose du Souverain Bien ?

Car il n'y a pas que les poireaux. Il y a aussi les asperges. La joie que Proust retire de leur contemplation peut étayer notre propos : « Mon ravissement était devant les asperges, trempées d'outre-mer et de rose et dont l'épi, finement pignoché de mauve et d'azur, se dégrade insensiblement jusqu'au pied – encore souillé pourtant du sol de leur plan – par *des irisations qui ne sont pas de la terre*[1]. » D'où procèdent ces irisations – l'auteur parle ailleurs de « nuances célestes » – qui affleurent sur une tige ordinaire et comestible ? Est-ce un emballement de la langue ? Une projection du poète embellissant le monde ?

C'est ce que suggère le duc de Guermantes alors que l'on sert des « asperges sauce mousseline ». L'extase ici serait ridicule. Il s'agit de finir son assiette, non de la contempler. Quoi de plus absurde, d'ailleurs, que d'avoir des asperges en peinture ? Guermantes va jusqu'à s'en indigner : « Swann avait le toupet de vouloir nous faire acheter une *Botte d'asperges*. Elles sont même restées

---

1. Marcel Proust, *Du côté de chez Swann*, in *À la recherche du temps perdu*, Paris, Robert Laffont, coll. « Bouquins », 1987, t. I, p. 116. (Je souligne.)

ici quelques jours. Il n'y avait que cela dans le tableau, une botte d'asperges précisément semblables à celles que vous êtes en train d'avaler. Mais moi, je me suis refusé à avaler les asperges de M. Elstir. Il en demandait trois cents francs. Trois cents francs, une botte d'asperges ! Un louis, voilà ce que ça vaut, même en primeurs[1]. »

La peinture que la fiction attribue à Elstir prend sa réalité dans une nature morte de Manet. La botte sur fond sombre, cerclée de deux ficelles cuivrées, posée sur un lit très vif de verdure hirsute, nous présente ces choses à la fois fades et splendides, d'un blanc grisâtre et qui en même temps sollicite toute la palette jusqu'au violet-noir de leur tête, entre le gâchis de plâtre et l'arc-en-ciel. Le légume devient le lieu d'une expérience limite. La touche du peintre est tout ensemble épaisse de matière et sublime d'esprit. Sa palette oscille entre la disparition des couleurs et leur surgissement. Le genre atteint du même coup au fond du réalisme et au bord de l'abstraction. C'est de la terre et c'est du ciel. Ce sont des asperges et ce sont des anges. Il suffit de regarder cette botte avec attention, pour elle-même, et elle devient botte de sept lieues. Leur nom peut alors se moduler d'une étrange réminiscence. C'est le premier verbe de ce chant, au début de la messe, sur lequel le prêtre fait pleuvoir l'eau bénite : *Asperges me*...

Je peux donc en rire. Je peux me débarrasser de l'asperge en morfal ou en philistin. Il n'en demeure pas moins cette vision fugace : un éclat du ciel entrevu dans les choses terreuses (et notez que je n'ai guère parlé des visages – « épiphanies de l'infini », selon Lévinas – mais seulement des légumes), un paradis en miettes essaimé dans le quotidien.

1. *Id.*, *Le côté de Guermantes*, in *À la recherche du temps perdu*, Paris Robert Laffont, coll. « Bouquins », 1987, t. II, p. 407.

L'enfer, on préfère ?

Mais un paradis sans fin, remarquera-t-on, est-ce que ce ne sera pas une chose ennuyeuse ? L'éternité paraît bien longue. Et la joie n'est jamais si forte que de tenir de la brièveté de l'éclair. La mort est-elle vraiment une tragédie ? Peut-être, mais il faut préciser aussitôt que la grande beauté est tragique. Elle ouvre un « paradis de tristesse ». Et la faucheuse qui y frappe apparaît comme le fond noir qui donne du relief aux lueurs, le terme qui rend précieuse chaque seconde, le cri qui arrache à la niaiserie des bons sentiments. Si l'on fait en outre attention à ce que le paradis consiste en l'adoration unanime et permanente d'un seul et même Dieu, on peut se le représenter comme un royaume des clones, et, à ce prix-là, lui préférer sérieusement l'enfer.

Un cas courant nous en fournit la preuve. En général nous lisons avec plaisir l'*Inferno* de Dante, mais, abordant aux corniches du *Purgatorio*, le grand poème nous tombe des mains, et nous redoutons les chants de son *Paradiso* comme une condamnation aux galères : la pénible traversée d'une étendue blanche et désertique dans la monotonie des alléluias sans fin, et pas un juron, pas un blasphème, pas un « merde » pour faire contraste. Nous sommes persuadés que la joie n'est pas aussi excitante que le drame, et que les vivants bienheureux nous ennuieront comme des rats morts. Victor Hugo l'affirme en plein milieu de son éloge de Dante : « [...] à mesure qu'on monte, on se désintéresse ; on était bien de l'enfer, mais on n'est plus du ciel ; on ne se reconnaît plus aux anges ; l'œil humain n'est pas fait peut-être pour tant de soleil, et quand le poëme devient heureux, il ennuie. C'est un peu l'histoire de tous les heureux. Mariez les amants ou emparadisez les âmes, c'est bon, mais cherchez le drame ailleurs que là[1]. » Où seront, dans le ciel, les grils et les broches pour me distraire ? Où les insultes et les blagues salaces qui font se gondoler ? Mais quoi, mon goût est-il à ce point corrompu que, sans l'outrage et la rôtisserie de mes frères, le festin des cieux me paraîtrait insipide ? Hugo s'effraye toutefois d'autre chose : l'absence de drame. La fin de tout combat. Nulle angoisse à surmonter, nulle épreuve à soutenir. Nos plus grandes liesses ne sont-elles pas conquises de haute lutte ? Le rude hiver ne fournit-t-il pas cet écrin sec et sombre qui permet au printemps de resplendir ? Que le printemps se prolonge indûment, et nous regrettons la tempête de neige. Que la liesse s'éternise, et l'auréole nous barbe, et le ciel devient assommant. Voilà. Il n'y a donc pas de paradis. Parce que le paradis serait un enfer. Et que l'enfer est bien plus réjouissant. Contentons-nous donc de notre histoire pleine de bruit et de fureur.

Une telle conclusion n'est pas pour me déplaire car elle m'épargnerait le labeur de ces lignes. Hélas ! sa contradiction est flagrante. Le paradis est par définition le lieu de toute perfection. *Ergo*, un paradis impersonnel et ennuyeux est un cercle carré (mais, à l'ère de la bière sans alcool, du café sans caféine et du sexe sans sexualité, la croyance en un paradis sans intérêt peut devenir chose courante). S'il est une perfection du moi, l'adoration béatifique ne saurait l'abolir, mais l'accomplir, en sorte que je serai plus encore moi-même et distinct des autres au ciel que sur la terre. Et s'il est une perfection dans le drame, dans la fugacité, dans l'angoisse même, elle doit se retrouver dans la vie éternelle, à l'infini. Par exemple, que la fragilité appartienne essentiellement à la beauté de la fleur ou

---

1. Victor Hugo, *William Shakespeare*, I, II, 2, § XI, in *Œuvres complètes – Critique*, Paris, Robert Laffont, coll. « Bouquins », 1985, p. 278.

de la jeune fille, et nous devons en conclure que la jeune fille bienheureuse et la fleur paradisiaque seront aussi infiniment fragiles. – Vous quittez une contradiction pour tomber dans une autre ! – Contradiction imaginaire et qui dissimule cet éblouissement réel qu'il s'agit d'approcher dans les pages qui vont suivre. Reste que la vie éternelle ne saurait être la prison à perpétuité, et que le paradis doit être drame souverain, glorieuse participation à l'Acte pur. Si pour notre béatitude il faut que ça saigne, eh bien ça saignera ! Le Retable des Van Eyck ne me montre-t-il pas, au centre de la plaine glorieuse, l'Agneau dont le cœur est toujours ouvert et qui dans le calice d'or – en jet – verse continuellement son sang ?

Quant à Dante, il nous en avertit dès le premier cercle de l'enfer. Quel est le péché de Francesca da Rimini et de son beau-frère Paolo da Malatesta ? De s'être complus dans l'adultère ? Sans doute, mais s'ils y tombèrent, c'est pour avoir commencé à lire les amours de Lancelot sans aller jusqu'aux pages où se manifeste leur mensonge auprès de l'amour véritable : « Ce jour-là, nous ne lûmes pas plus loin[1]. » Ceux qui lisent l'*Enfer* et ne vont pas plus loin commettent la même faute que les premiers damnés du livre. Ils ignorent à quel degré de violence inimaginable (violence de vie, et non de viol) le *Paradiso* les aurait transportés. Le poète qui le chante y défaille bien plus qu'en enfer : « Ma mémoire cède à l'outrance (*tanto oltraggio*) qu'il éprouve d'un Ciel par ailleurs si doux[2] ». C'est là ce que nous aurons à méditer : l'outrance – voire l'outrage – de l'outre-monde ; ou que la joie sans faille ne peut passer que par une faille jamais guérie.

1. Dante, *Inferno*, V, 138.
2. Dante, *Paradiso*, XXXIII, 57.

Se croire au paradis par erreur

Qu'est-ce au reste que l'enfer ? La vision que nous en avons vulgairement n'est pas moins déformée que celle que nous nous faisons généralement du Ciel. J'en veux pour symptôme l'usage abusif du terme dans certaines expressions du type « l'enfer d'Auschwitz ». Si Auschwitz est un enfer au sens théologique, il faut en déduire qu'il n'y eut là-bas aucune victime, mais seulement des bourreaux sûrs de leur fait… Cette erreur de perspective procède d'une double confusion : nous prenons la damnation pour une condamnation entièrement subie, et nous croyons que la peine infernale est essentiellement douleur. Sur ces deux points, le Catéchisme est formel : l'enfer est, « par son propre choix libre », un « état d'*auto*-exclusion définitive », et « sa peine principale consiste en la séparation éternelle d'avec Dieu[1] ».

Les faux généreux qui prétendent que la doctrine de l'enfer est intolérante versent dans le plus grand contresens. De fait, l'enfer est très précisément le lieu de la tolérance divine : Dieu s'y incline devant celui qui refuse librement et sciemment sa grâce, il y tolère pour jamais cette dissidence, car s'il peut ravir une âme, il ne veut point la rapter. De l'autre côté, les faux prédicateurs qui brandissent la géhenne avant tout comme un lieu de douleurs atroces ne peuvent que rater leur coup : qui pourrait convertir un sadomasochiste en le menaçant du pal ? Le principe de l'enfer n'est pas le châtiment corporel, mais la privation volontaire de la vision divine. Or une privation ne se mesure que relativement à la chose dont elle nous prive. Si l'on n'a pas au préalable prêché le paradis, si l'on n'en éveille pas fût-ce de loin la saveur, l'enfer apparaîtra comme un endroit somme

---

1. Catéchisme de l'Église catholique, § 1033 et 1035.

toute assez chouette. Un petit paradis, non pas à la grâce de Dieu, certes, mais au gré de bibi.

Simone Weil propose cette définition remarquable : « L'enfer, c'est de se croire au paradis par erreur[1]. » Pour être rigoureux, il conviendrait d'adjoindre cette précision : l'erreur dont il s'agit est affective et non spéculative. Celui qui se jetterait dans le précipice parce qu'il porte un bandeau sur les yeux n'y plongerait guère « par son propre choix libre ». Le damné ne peut ignorer le paradis céleste que d'une ignorance volontaire. C'est moins une erreur qu'un orgueil. Et la définition de Weil s'explicite ainsi : l'enfer, c'est de préférer se fabriquer son petit paradis privé au lieu d'accueillir le grand paradis commun. Ce paradis commun, c'est-à-dire ouvert à tous dans la communion la plus intime – et spécialement (c'est là que le béat blesse) à mon très antipathique voisin – est le vrai paradis de lumière ; mais le damné aime mieux être le premier dans son monde pénombral et factice, qu'un parmi d'autres sous la fontaine de clarté. Voilà pourquoi, à la place de « l'enfer d'Auschwitz », on parlerait plus justement de « l'enfer de la réussite mondaine ».

Cette mésaventure est admirablement décrite dans l'épisode 28 de la saison 1 de *Twilight Zone* (écrit par Charles Beaumont et diffusé pour la première fois sur la chaîne CBS le 15 avril 1960[2]). La télévision américaine s'y met à l'école de saint Thomas d'Aquin. Cet épisode, intitulé *A Nice Place to Visit*, nous conte l'histoire *post mortem* de Henry dit « Rocky » Valentine : « Un petit homme lâche et haineux qui n'a jamais pris le temps

---

1. Cité par Gustave Thibon, *Vous serez comme des dieux*, Paris, Fayard, 1959, p. 9.
2. Il est loisible de le visionner sur cbs.com, ainsi que sur youtube.com.

de s'arrêter, dit l'annoncier en voix off. Maintenant il a tout ce qu'il a toujours voulu, et il va lui falloir vivre avec, sempiternellement. » Cette petite frappe endurcie vient d'être abattue par la police, et voici qu'à son réveil après la mort, un barbu en costume blanc, dénommé Pip, se tient là pour la servir, lui offre des billets de banque, l'entraîne dans une luxueuse maison de mauvais goût tout à fait à son goût. Rocky Valentine n'en croit pas ses mirettes. Il réclame une belle blonde : la voilà ! Une superbe décapotable : en voiture ! De gagner à la roulette : bingo ! Pip réalise tous ses fantasmes, et notre bonhomme se croit au paradis : « Vous êtes mon ange gardien ? – Oui, répond le blanc serviteur, quelque chose comme ça… »

Passent quelques jours, peut-être quelques semaines, la martingale peu à peu dévoile sa malédiction. Les dés pipés font toujours un double six, mais c'est qu'on n'a pas de chance. Empocher à chaque fois le gros lot sans jamais risquer de perdre, avoir mille gonzesses à ses pieds sans jamais devoir leur plaire, remporter des succès faciles sans jamais se heurter à l'effort qui vous creuse ni à l'échec qui vous impose le renouvellement, cette légèreté finit par peser lourd, parce qu'elle ne vous donne à étreindre que des fantômes. Que toutes les portes ne s'ouvrent que sur mon ordre, et c'est le plus irrémédiable des enfermements : pas un seul endroit consistant où je puisse être ailleurs que dans mon rêve. Rocky demande à revoir ses vieux potes de jadis. Pip lui explique qu'il est impossible, en pareil lieu, de rencontrer *un autre* : *This is your own private world*, « ce monde n'a été conçu que pour vous… » Quand Rocky réclamait des filles, il employait le mot *dolls* : c'étaient des « poupées » qu'il voulait, non de vraies femmes. À présent, quand il réclame des copains, il emploie le mot *buddies* : ce sont des « poteaux » qu'il veut, et non de vrais amis. En lui refusant ces derniers, Pip l'exauce encore. Il l'exauce sans jamais l'exhausser. Tel est le vrai démon infernal, sans tisonner mais plein aux as, moins tortionnaire que flatteur, vous piégeant sans fin dans votre paradis virtuel.

À travers cet intermédiaire angélique, le damné est d'abord exaucé par Dieu. Et il est même exaucé avec plus d'exactitude que l'élu. Car l'élu, par définition, est celui qui ne s'est pas entièrement choisi, mais qui a choisi de se laisser choisir, qui a consenti à se laisser élire par un autre que soi pour une mission autre que ses propres vues. S'il est exaucé, ce n'est pas à partir de son plan, mais à partir d'un dessein qui le dépasse. C'est là l'outrance dont parle Dante. Mais elle s'impose à présent avec ce corollaire : le véritable paradis a quelque chose d'effrayant. Là-dessus, le catéchisme n'est pas moins formel lorsqu'il déclare pudiquement : « Ce mystère de communion avec Dieu et avec tous ceux qui sont dans le Christ dépasse toute compréhension et toute représentation[1]. » En nous vouant ainsi à l'incompréhensible (mais pas à l'inintelligible, notons-le, puisque nous pouvons prendre connaissance de cette incompréhensibilité), « ce mystère » nous ordonne de perdre contenance – que la vieille outre ne cesse de crever sous le vin nouveau. Et probablement que la crainte de tout à l'heure servait à en cacher une autre qui fait honte : nous diffamons le paradis en redoutant ses longueurs ennuyeuses, mais c'est afin de ne pas admettre que nous avons d'abord peur de son ravissement trop aventureux : être livré au tout autre tout proche avec sa réalité à laquelle je ne m'attendais pas, sa liberté qui vient me surprendre, sa joie qui me déborde jusqu'au déchirement de mon étroite capacité…

---

1. Catéchisme de l'Église catholique, § 1027.

D'une finitude à l'autre

Tout ça n'est peut-être qu'hallucination de peur devant ma finitude. Pour sûr, je ne veux pas m'avouer fini, alors je m'éternise sur de fausses questions… Mais quelle est la finitude la plus bornée ? Celle qu'implique la mort ou celle qu'impose un Dieu ? Le professeur Destour, spécialiste de Heidegger, n'a que mépris pour ces bavards qui prétendent esquiver leur « être-pour-la-mort » : les « croyants », les « religieux », tous des frileux qui ne veulent pas voir leur finitude en face. Alors que lui, avec son chandail en V jacquard, assume complètement. Il a un magnifique *Dasein*, authentique, profond, une vraie bête à concours qu'il vous présente fièrement avec des regards lointains et des silences bien sentis. Mais ne vous avisez pas de le contredire ou de lui faire un reproche. Il se fâcherait, ou il feindrait de ne pas vous entendre. Il est tellement dans sa finitude à lui, voyez-vous, que personne ne saurait lui faire obstacle…

Au fond, la finitude vive, celle qui fait tout de suite mal, ne s'éprouve pas tant devant le rien que devant l'autre. Surtout si cet autre m'excède, dépasse les bornes, me pousse dans mes derniers retranchements. Surtout si c'est un Juif (celui qui à une question répond par un appel, et à un problème, par un mystère). Ou surtout si elle s'appelle Siffreine (celle qui se tient – ma femme – concrètement en vis-à-vis). Alors je joue à « la-projection-existentiale-du-propre-être-vers-la-mort » pour ne pas avoir à supporter la vérité des remontrances de Siffreine. Je me gonfle de mon sens de la finitude. Et je juge que Siffreine, en revanche, a une perspective très limitée (« Est-ce que tu pourrais mettre tes chaussettes dans le linge sale ? »).

Si la finitude est plus concrète devant l'autre, qui exige immédiatement une petite mort à moi-même, que devant la grande mort qui pour l'heure ne me réclame trop rien, elle est aussi moins radicale devant le zéro que devant l'infini. Nous venons de le remarquer : les cieux peuvent paraître plus redoutables que les cendres. Et l'éternel, plus limitant que le néant. Parce qu'avec le néant, comme le rappelle Épicure à Ménécée, je ne suis atteint par rien : « Tant que j'y suis, il n'est pas. Et quand il est là, je n'y suis plus. » Ma finitude ne se déployant que dans du fini, elle peut être pleine d'elle-même. Je peux vivre ma vie comme une immortalité brève. Rien n'exigera que j'aille au-delà de moi-même. Rien n'ira mettre à mort ma suffisance. Nulle vie plus haute ne viendra mesurer ma vie. Avec le néant sans phrase, je conserve le mot de la fin.

Il est assez probable que si notre siècle donne avec tant de facilité dans le dogmatisme du néant, c'est pour échapper à l'angoisse devant le dogme de l'autre éternel. Ainsi peut s'entendre le mot de Rivarol : « Dieu est la plus haute mesure de notre incapacité ; l'univers, l'espace lui-même, ne sont pas si inaccessibles[1]. » Le moraliste français rejoint la langue hébraïque : *El Chaddaï*, qu'en général on traduit par « Tout-Puissant », signifie littéralement « Celui qui dit *Assez* », celui qui fixe la limite. Sans doute la terre n'est-elle qu'un grain de poussière jeté dans le cosmos ; l'homme, un dauphin du primate et du cœlacanthe ; le moi, la soubrette de l'inconscient psychique ; la mort, ce sapin qu'on ferme sur un visage désormais moins qu'un masque ; tout cela vient nous humilier, mais le présenter comme ce qui ravale à jamais la morgue de l'homme n'est qu'une ruse supplémentaire de son orgueil. Car, avec ces humiliations-là, je n'ai de compte à rendre à personne. Que j'y siège en poussière sur un tas d'excréments, j'y

---

1. *L'Esprit de Rivarol*, Paris, Crès, coll. « Les variétés littéraires », 1924, chap. XXXI.

trône quand même. Elles sont infiniment moindres que celle d'un Amour qui me scrute et m'exige jusqu'au plus intime. La notion d'un Dieu Créateur me renvoie non pas à quelque néant futur, mais au néant que je suis par moi-même, à ce néant foncier d'où à chaque instant je lui suis redevable qu'il me tire. La notion d'un Dieu Rédempteur ne me renvoie pas à une misère corporelle, mais à une misère spirituelle à laquelle je ne saurais m'arracher par mes propres forces.

Et c'est pourquoi, en dernier lieu, nous pourrions reconnaître que la finitude marquée par la mort est moins cassante que celle révélée par la joie. Souvent nous aurons à retourner vers cette évidence : mettre à mort est plus à portée de main que combler de bonheur. Je peux me tuer moi-même. Mais je ne peux moi-même me béatifier… La mort physique n'est d'ailleurs si cruelle que de m'apparaître comme ce qui souligne mon impuissance à me rendre heureux : je ne bâtis que sur du sable, je ne laboure que sur la mer, le sillon ensemencé pour des moissons fabuleuses n'est qu'un sillage que l'âge suivant aura vite fait d'effacer… Il se pourrait bien, dès lors, que l'angoisse qu'elle me cause soit moins opposée à la joie qu'il n'y semble. Ma finitude devant la mort, en décomposant tous mes petits plaisirs, me rappelle ma finitude devant la joie, en me faisant crier vers cet autre qui seul peut nous la donner.

Dans le leurre du seuil

Au terme de cette introduction, notre livre peut commencer à faire entendre l'ambiguïté de son titre. Le paradis est à la porte – mais en des sens contraires. L'expression est en elle-même ambivalente : ce qui se tient à la porte est déjà là sans y être tout à fait. Il prévient de sa présence, mais il échappe à la vue. Ainsi nous désirons le paradis sans le percevoir. C'est comme s'il tirait sur la sonnette (d'entrée, d'alarme), mais qu'il fût si impossible à tenir sous l'œilleton (on dit aussi le judas) que l'on n'est pas loin de conclure comme Mme Smith : « Lorsqu'on entend sonner à la porte, c'est qu'il n'y a jamais personne[1]. »

Cependant, si le paradis est comme le pauvre qui vient frapper, pauvre à tel point qu'il en est invisible, il est aussi comme le pauvre qu'on chasse. À la porte parce qu'on l'y a flanqué. À la trappe parce qu'il dérange. Sa requête n'est-elle pas outrancière ? S'il ne me demandait qu'un bol de soupe, je pourrais lui ouvrir. Mais non, Monsieur me demande les yeux de la tête. Il exige même que je lui donne mon cœur tout fumant. Comment, à cet inconnu ? à ce joueur de cache-cache ? à cet hôte envahissant ? Ça ne paraît pas sérieux. Ça serait gaspiller mon temps…

Et puis à quoi bon se cacher de la sorte ? Le Tout-Puissant ne pourrait-il pas se faire plus démonstratif ? Pourquoi ne donne-t-il pas des signes plus flagrants ? Les âmes bienheureuses, nous n'arrivons pas à les voir, logées qu'elles sont derrière une porte dérobée et fermée à triple tour. Mais pas de problème pour passer la porte de la morgue : les cadavres nous les voyons bien, tellement que c'est à nous de les dissimuler, de mettre au secret leur trop évidente pourriture. Alors pourquoi les anges qui vous emportent ne sont-ils pas aussi clairs que la vermine qui vous bouffe ? L'entrée du paradis ne dispose pas d'une enseigne aussi clignotante que le Super U ou le Casto-rama. Dieu semble être un nul en marketing. Eh donc, là-haut, réveille-toi ! c'est pour cela qu'on doute, c'est pour cela qu'on court au Super U plutôt qu'à la vie éternelle. Mais non, rien, pas une agence de pub compétente parmi les séraphins !

1. Eugène Ionesco, *La Cantatrice chauve*, scène 7.

Alors en moi comme en vous travaillent toutes ces questions intactes. Où sont partis tous ces milliards de morts de l'histoire qui chacun comme moi s'éprouvait comme un centre du monde ? Où iront ma femme, mes filles, mes amis, mes parents ? Récitons-nous le Kaddish pour que dalle ? Et cette aurore que lèvent à même le plein midi la beauté d'un visage ou le scintillement de la mer, ne serait-elle qu'une farce ? Le néant, certes, personne n'est jamais revenu pour nous assurer qu'il existe. Mais l'au-delà n'est guère plus manifeste, et ces anciens comateux qui sur un plateau de télévision évoquent la lumière entrevue au bout d'un sombre tunnel m'en font peut-être douter davantage que la tranquillité fleurie d'un cimetière. J'ai du mal, je le confesse, à croire aux foules du Ciel, peut-être en raison du simple problème démographique que cela pose, et cela bien que je sache que le Ciel n'est pas à penser en termes d'aménagement du territoire et de crise du logement. Et puis, surtout, connaître la société de la Vierge Marie, Marie de Magdala, Pierre et Paul, Moïse, Platon, Thomas d'Aquin, Nietzsche (car je le crois sauvé), Bach et Mozart, Claudel et Proust, Louis XIII et Toutankhamon… mais aussi bien de mon arrière-grand-oncle Shlomo, bedeau d'une synagogue de Tunis, de François Martin, postier à Flayosc, de telle rombière dans le métro qui pria pour moi et que je devrai étreindre comme ma sœur, ou encore de telle mère de famille bakouba ou tel chasseur orotchène, avec qui, pour les besoins de la louange nouvelle, je chanterai un trio impromptu… et tout cela sans aucun mensonge, sans aucune concurrence, à fond, à vif, à nu… cela me cause un trac fou !

Cet univers invisible plus vaste que le monde me paraît le plus souvent improbable. Et, simultanément, il m'est insupportable, non, impossible de penser que je puisse être séparé pour jamais de mes filles, par exemple, ou même simplement du chant d'un merle, de l'odeur du chèvrefeuille, du goût des fèves au cumin, de la couleur bleue… Que j'imagine le paradis comme pure fiction, je suis malgré tout forcé de me tenir « dans le leurre du seuil », heurtant, heurtant à jamais au vantail inexistant :

> À la porte, scellée,
> À la phrase, vide.
> Dans le fer, n'éveillant
> Que ces mots, le fer[1].

Mais, si le paradis existe, j'ai tellement honte de vivre ici-bas si au-dessous de sa poétique, de son amoureuse exigence, que j'en tremble des cheveux aux orteils dans l'imminence de sa gloire aussi insondable que sondante, et je me sens, plus qu'indigne, incapable de m'y présenter en vérité devant la Sainte Vierge ou même devant ma propre épouse, comment ? je ne pourrais plus faire mon personnage ? je serais obligé de me montrer comme l'enfant capricieux et mal tourné que je suis ? Non, non, le paradis ne peut être qu'un méchant leurre. Mais pourquoi ce leurre brille-t-il d'un tel éclat ? Et si un leurre est une tromperie, cette tromperie est aussi le morceau de cuir rouge grâce auquel le dresseur d'oiseaux de proie fait revenir le faucon sur son poing. Je n'en suis pas l'artisan volontaire. Alors qui a posé cet appât ? Quel est ce fauconnier qui cherche à m'attirer par ce signe aussi insistant que sourd ?

Paradoxe du paradis : d'un côté, son absence me dévaste ; de l'autre, sa présence me terrifie. Là, je heurte à la porte des pierres tombales, à me fracasser le crâne après les phalanges. Ici, c'est le Ciel lui-même qui heurte à ma porte blindée, à ma phrase creuse, à mon cœur de

---

1. Yves Bonnefoy, « Dans le leurre du seuil », in *Poèmes*, Paris, Gallimard, coll. « Poésie », 1982, p. 257.

fer. Et je redoute de lui ouvrir. Et je crains de dire bonjour à son Bon Jour. Parce que ce Bon Jour est aussi Jour de Jugement, forcément, sa pure bonté voulant ma séparation d'avec tout mal. Alors je ne m'en barricade que mieux. Alors il n'en frappe que plus fort. Et tout ça finira, je le sens bien, soit par mon coup de tête, soit par son coup de grâce.

Le Politique hanté par la Cité d'en haut

> – C'était loin ?
> – Non, pas très loin, mais tout était camouflé : des palissades, des barbelés recouverts de branchages afin que personne ne puisse voir, imaginer que ce chemin conduisait aux chambres à gaz.
> – C'est ce que les SS appelaient le « boyau » ?
> – Non, ils disaient, voyons… « Le Chemin du Ciel ».
>
> Abraham Bomba interrogé
par Claude Lanzmann dans Shoah.

Au Paradis Latin

1. Le mécanisme est bien connu : refoulez un désir, le voici sous une forme torturée qui vous hante et vous jette sur des ersatz. Ainsi, ceux qui méconnaissent la liturgie romaine n'ignorent pas le *Paradis Latin*. Je parle de ce cabaret sis rue du Cardinal-Lemoine, dans Paris, à quelques pas de l'église Saint-Nicolas-du-Chardonnet. Il fut construit par Gustave Eiffel en même temps que sa Tour, l'un comme l'autre attestant sa fascination pour le

bas résille. Les touristes s'y déversent à pleins cars : Alle-
mands, Japonais, clubs du troisième âge, comités d'entreprise… Ils viennent assister à la revue *Paradis à la folie*.
Des jeunes femmes y dansent et chantent dans des maillots
à paillettes, de préférence les seins nus. Elles ont d'ailleurs
cette poitrine qu'on dirait d'élevage, saillante comme un
bas-relief, mais point plantureuse, de manière à ce que
leurs pirouettes et autres cabrioles ne laissent jamais voir
la jonglerie maladroite et soudaine, tel un jeune poulain
qui s'échappe, d'une mamelle immaîtrisée. Les messieurs
n'en finissent pas de lorgner ces poules mirifiques, et la
direction heureusement leur donne, au fil du spectacle, de
se venger sur une fricassée de volailles ou un tournedos
sauce Rossini. Ils voudraient avoir l'air détendu et blasé,
mais au fond, plus loin que cette raideur sous leur ceinture,
c'est la parole d'Allah qui les fouaille : ils rentreront chez
eux poursuivis par les images d'un paradis mahométan.

Impossible d'y couper. Vous n'êtes pas plus tôt chassé
de l'Éden que vous êtes pourchassé par lui. Vous n'avez
pas plus tôt oublié les Cieux que vous obsède un azur de
Ripolin. La République nomme son palais présidentiel
« l'Élysée ». Durex, grâce au « gel orgasmique Play O »,
vous met « le septième ciel à portée de main ». Mais ne
vous y trompez pas : le « Paradis d'une Femme » se trouve
222, boulevard Voltaire, Paris XIIe, où, dans « une atmosphère des *Mille et Une Nuits* », elle jouit du « Programme
Minceur et Bien-être ». Pendant ce temps Monsieur se
rend à Saint-Tropez, au « Paradis Porsche », lequel lui
propose un circuit ronronnant où « se propulser au nirvana
de la vitesse ». Bien sûr, les grands théâtres à l'italienne
mettent toujours à la disposition des pauvres un « paradis » qu'on appelle aussi plus prosaïquement poulailler.
Quant aux riches, ils volent vers leur « paradis fiscal »,
île de sable fin, respectueuse du secret bancaire, et cernée

d'assez d'eau turquoise pour que, bien avant d'y accoster, les boat-people s'y noient.

2. De fait, le bonheur est le but, le paradis, la fin dernière. Or, comme l'observe Aristote, la cause finale est la cause des causes. C'est en fonction de la fin que se déterminent les moyens. Par exemple, je veux de quoi cacher mon bas-ventre de manière commode, c'est pourquoi je vais chercher un tissu souple et doux, mettons du coton, lui imprimer une coupe enveloppante, disons de culotte, mais aussi, pour qu'elle ne marque pas trop mon pantalon, une élasticité moulante (le coton doit dès lors se tramer d'une fibre extensible), et pour que je n'aie pas à la baisser dans certaines circonstances de la vie, afin de passer d'un saut, pour ainsi dire, de la marmotte blottie au lièvre débusquant, il sera nécessaire d'y pratiquer une ouverture par tuilage de l'étoffe… Ainsi naît le slip kangourou. L'essentiel de sa physionomie lui vient de sa finalité. C'est par rapport à elle que l'on choisit matière, forme, instruments. Mais pourquoi inventer le slip kangourou ? À quelle fin ultime cette fin moyenne ?

Interrogeons M. Verdeaux, par exemple, client de notre fameux music-hall, et dont le regard s'abîme dans le tricotage des cuisses en plein french-cancan : « Pourquoi le slip kangourou, monsieur Verdeaux ? – Parce que c'est plus pratique. – Et pourquoi élisez-vous le pratique plutôt que le malcommode ? – Parce que j'aime l'aisance. – Et pourquoi de l'aisance cherchez-vous les lieux ? » Bref, de fil en aiguille, du slip kangourou à l'oiseau-lyre, du boxer-short au french-cancan, M. Verdeaux est contraint d'avouer que tous ses choix, même celui d'aller au *Paradis Latin*, sont pour le rapprocher du paradis tout court. Voilà le fin du fin ou plutôt la fin des fins. C'est elle qui fait se mouvoir les jambes des danseuses, elle qui lance en bourse une nouvelle action, elle qui entraîne à édifier des tours jumelles et elle qui pousse à les détruire, elle qui ordonne le plan quinquennal et elle qui réclame le libre échange. Toutes les pages publicitaires font miroiter un nouvel Éden. Mais aussi toutes les sanglantes révolutions.

Le paradis est peut-être ailleurs. Il est en tout cas déjà là comme force aspiratrice. Il fait pression sur notre monde, brise le cycle des satisfactions animales, nous instigue à chercher toujours au-delà… Premier moteur immobile de l'histoire ou dernier refuge intangible de l'illusion, utopie d'un lendemain qui légitime le massacre d'aujourd'hui, ou récompense d'un jugement qui urge les œuvres de miséricorde, il est l'horizon de tous nos espoirs et la mesure de toutes nos déconvenues. Parler du paradis, dès lors, n'est-ce pas tomber dans l'arbitraire et promouvoir l'évasion ? Peut-être. Mais ne pas essayer de méditer sur sa vraie nature, c'est abandonner le terrain à toutes les contrefaçons. Mépriser d'emblée le paradis céleste, c'est laisser libre cours à ses terrestres parodies. Or, comme l'observe justement Claudel, « quand l'homme essaye d'imaginer le Paradis sur terre, ça fait tout de suite un Enfer très convenable[1] ».

De cycle en flèche

3. Commençons par cet étonnant constat : nous avons tendance à opposer le paradis et l'histoire ; pourtant, la notion d'Histoire, avec un grand H (et même une bombe H), dérive du paradis tel que prêché par les Juifs et les chrétiens. Nous n'en sommes plus conscients tant

---

1. Paul Claudel, *Conversations dans le Loir-et-Cher*, Paris, Gallimard, coll. « L'imaginaire », 1962, p. 24.

la chose nous est familière : dédaignant le judaïsme et le christianisme, nous restons malgré tout leurs héritiers, vivotons grâce aux reliefs de leur table.

L'idée d'un temps orienté, avec un début et une fin, et un certain progrès entre, irrévocable, n'a vraiment rien d'évident. Quand il s'agit de penser le temps long, le modèle qui se livre immédiatement à nos sens, c'est celui de la nature : printemps, été, automne, hiver ; naissance, croissance, maturité, décrépitude ; puis c'est reparti pour un tour. La ronde des âges et des saisons induit une vision cyclique de la durée. Selon les Upanishad de l'Inde, l'univers est tour à tour tissé puis détissé par le Principe, comme sa toile par l'araignée. Dans le mazdéisme de l'Iran, le temps est rythmé par trois grands actes – création, catastrophe, séparation – qui se répètent sur des périodes de douze millénaires (nous serions à l'épisode de la catastrophe, bien sûr). Pour les Égyptiens roussis par la révolution du soleil aussi bien que mouillés par les crues saisonnières du Nil, « tout est cycle », et chaque pharaon inaugure une nouvelle ère qui ramène le calendrier à zéro. Les stoïciens affirment cet éternel retour où le cosmos est purifié par le feu avant de renaître de ses vapeurs. Quant à Aristote, il ne craint pas de soutenir dans son *Problème XVII* qu'il n'est pas d'antériorité et de postériorité chronologiques absolues : au point de la rotation du cercle où nous nous trouvons, nous pouvons nous dire postérieurs à la guerre de Troie, mais, que la roue continue à tourner, il ramènera de nouveau, après nous, cette même guerre de Troie.

Cette grande rotative peut continuer ses boucles – jusqu'à ce que le Ciel vous tombe sur la tête. Car c'est bien ce qui arrive avec la Révélation d'un Dieu qui sans retour saute à pieds joints dans le temps. L'ambivalence du terme « paradis » en est la trace. En effet, dans les

41

religions juive et chrétienne, il y a deux paradis : l'un que l'on a perdu par faute, et qu'il ne faut plus rechercher, sous peine de subir la colère des *chérubins* qui en barrent l'entrée d'un *glaive fulgurant* (Gn 3, 24) ; l'autre qui est offert par surcroît, et qu'il faut désormais accueillir, *oubliant ce qui est derrière et tout tendu en avant* (Ph 3, 13). Sous ce rapport, la religion du pardon est aussi celle de l'irrémédiable. Le paradis céleste n'est pas la restauration du paradis terrestre. Le perdu n'est pas retrouvé, mais cède la place à un autre qui fait de la perte l'occasion d'une grâce. Ce n'est pas seulement comme avec ces précieux vases Ming qu'une maladresse avait cassés en deux : les anciens Chinois refusaient de les recoller de manière invisible, comme si rien n'avait eu lieu, mais ils les réparaient en rehaussant la ligne de brisement avec un fil d'or. C'est encore comme si le vase lui-même, après avoir été carrément réduit en miettes, avait été rendu miraculeusement avec une contenance plus vaste et un aspect plus beau, plus bouleversant, parce qu'assumant et dépassant l'irréparable même : *À vin nouveau, outres neuves* (Mt 9, 17). Ainsi, entre le jardin d'Éden et la Jérusalem d'en haut se tire un trait à sens unique. Entre le perdu et le gracieux coule un fleuve sans reflux. Et vouloir revenir à la case départ, nier la consistance de l'histoire, convoiter le paradis régressif de je ne sais quelle rétractation irresponsable dans l'utérus de maman, c'est là ce que la Loi interdit, comme un coup de pied au cul. L'Éternel dit à Abram (qui n'est pas encore Abraham) : *Va-t'en vers toi hors de ton pays, de ton lieu de naissance et de la maison de ton père, pour le pays que je te ferai voir* (Gn 12, 1). Et, à l'heure de la destruction de Sodome et Gomorrhe – dont la plaine est précisément décrite comme un *jardin du Seigneur*, c'est-à-dire comme une prétendue restauration de l'Éden (Gn 13, 10), les Anges commandent à Lot : *Sauve ta vie, ne regarde pas derrière toi et ne t'arrête nulle part dans la plaine* (Gn 19, 17). Chacun sait que pour avoir désobéi la femme de Lot fut transformée en *colonne de sel* (Gn 19, 26) : elle se fige non seulement en statue, insensible à l'écoulement du temps, mais encore en statue de sel, denrée réputée pour son pouvoir de conservation mais qui, si elle se fait conservatrice au point de renier l'avenir, change un pays en une *terre brûlée où rien ne pousse* (Dt 29, 22). C'est pourquoi Jésus confirme la consigne : *Laisse les morts enterrer leurs morts [ ] Quiconque a mis la main à la charrue et regarde en arrière est impropre au Royaume de Dieu* (Lc 9, 60… 62). L'attraction du Royaume implique l'irrésistible béance du temps.

4. Bien sûr, auparavant, il y avait bien des ciels ou des au-delà. Mais ils ne vous tombaient pas dessus. Ils vous respectaient le sinciput. Ils étaient avec l'ici-bas soit en trop grande continuité, soit en trop grande rupture, et ne pouvaient guère, par conséquent, exercer sur lui un emportement asymptotique.

Pour ce qui est de la continuité trop grande, Alphonse Allais fournit l'exemple parfait du primitif : « Le paradis, ce serait pour moi une terrasse de café d'où l'on ne partirait jamais. » Un certain sens commun ne parle pas autrement. Là-bas se conçoit comme ici. Le Cro-Magnon rêve un au-delà plein de chasses au mammouth enivrantes et inoffensives. L'Esquimau y voit des phoques dociles sur une banquise lumineuse et tiède comme une couverture « polaire ». Le pharmacien normand, devant un port d'Honfleur plus beau qu'un Turner embrasé, s'y assoit à sa table réservée, sirotant un calvados ineffable, taquinant une jolie demoiselle, discutant avec un ou deux amis.

Pour ce qui concerne la trop grande rupture, c'est un autre aspect du sens commun qui parle : le temps nous manifeste une telle impermanence des choses, la mort une telle décomposition, que l'ici-bas trop muable ne saurait correspondre à l'immuable au-delà. Il n'est qu'une illusion qui finira par se résorber dans une Lumière absolue et seule réelle. Ainsi, pour Çankara, le sommeil profond est l'état le plus proche de l'Éveil, tandis que l'état de veille est semblable à un rêve, puisqu'il nous livre à la multitude changeante des sensations : « Ce pouvoir de perception qui, dans le sommeil profond, te permet de constater : "Il n'y a rien à voir ici" ne fait qu'un avec ta propre essence consciente[1]. » Ce n'est pas : « Circulez, y a rien à voir », mais « Y a rien à voir, arrêtez-vous là ».

Que l'au-delà soit en parfaite continuité ou en complète rupture, la conclusion est la même : il n'y a rien à modifier dans le cours collectif du temps. Soit parce que ce cours est déjà céleste. Soit parce qu'en comparaison du but il n'a guère d'intérêt. Mircea Eliade le constate avec justesse : « Ce qui nous retient principalement dans ces systèmes archaïques est l'abolition du temps concret, et partant leur intention antihistorique. En dernière instance, nous déchiffrons dans tous ces rites et toutes ces attitudes la volonté de dévalorisation du temps. Poussés à leurs limites extrêmes, tous les rites et toutes les attitudes tiendraient dans l'énoncé suivant : *Si on ne lui accorde aucune attention, le temps n'existe pas*[2]… »

Ici le symbole prévaut sur l'événement. Et, par voie de conséquence, la tradition immémoriale qui en a la charge

---

1. Çankara, *Traité des mille enseignements*, § 93, *in* Michel Hulin, *Qu'est-ce que l'ignorance métaphysique ?*, Paris, Vrin, 1994, p. 60.
2. Mircea Eliade, *Le Mythe de l'éternel retour : archétypes et répétition*, Paris, Gallimard, 1949, p. 128.

peut imposer son inébranlable hiérarchie sociale. Le roi d'ici-bas sera là-bas toujours roi, et c'est par délicatesse, afin de leur conserver leur rang, que ses femmes, ses concubines et ses fonctionnaires sont enterrés vivants avec sa dépouille. Le brahmane et l'intouchable ont une place assignée par leur karma : si l'un ou l'autre conteste sa caste ou son exclusion, il manque d'obéissance, méprise le sacré détachement et passe à côté de sa délivrance nirvanesque. Pharaon tient les clefs de la vie et de la mort, lui seul peut distribuer des concessions dans le ciel : qui se mettrait en bisbille avec ce Ministre du Logement éternel ?

5. Mais voici que les Juifs débarquent de nulle part, pires que des extra-terrestres. Ils vous expliquent que l'univers a commencé et qu'il va finir. Ils affirment que l'Éternel s'est révélé à Moïse, et que Pharaon est responsable devant lui. Ils prêchent que ce n'est pas la caste de naissance qui vous vaut le paradis, mais la justice et la sainteté réalisées même par un esclave rachitique. Et voilà la sortie d'Égypte, moins partage des eaux de la mer Rouge que partage entre un avant et un après autour d'un événement radical ; moins changement d'espace que changement de temps. Le cycle se bande comme un arc, sa corde casse, mais il a décoché sa flèche irréversible. L'éternel retour est déchiré par l'imminence du Messie. Vienne bientôt Jésus, le Juif infini, et la tendance se radicalise. Le Messie venu de manière humble nous apprend à nous tenir dans l'urgence de sa venue glorieuse. *Je vous le dis, frères, le temps se fait court La figure de ce monde passe Seule la charité ne passera pas* (1 Co 7, 29-31 et 13, 8). L'annonce se propage comme une traînée de poudre et la terre tout entière se met à prendre feu : *Le jour du Seigneur vient comme un voleur ; en ce jour, les cieux*

passeront avec fracas, les éléments embrasés se dissou-dront, et la terre sera consumée avec les œuvres qu'elle renferme (2 P 3, 10). Les païens crient à l'incendie crimi-nel. Au nom des traditions ancestrales, ils ne peuvent que dénoncer la « chimère chrétienne » : ses sectateurs sont des athées, se plaint le philosophe Celse, ils méprisent les idoles et les mânes, le culte de l'Empereur, l'harmonie du cosmos, les armes et cycles…

Ainsi l'histoire vient dans l'histoire assez tardivement. Il a fallu que l'Éternel y descende et emporte à sa suite tous ces dieux *qui ont des pieds mais ne marchent pas* (Ps 113b, 7). Le Ciel désormais pèse sur la terre de tout son poids. Il l'entraîne comme un fleuve en crue. Pour que cela soit possible, il était nécessaire que son au-delà se présente à la fois comme rupture plus radicale et comme continuité plus profonde. Plus radicale est la rupture, en effet : il s'agit de passer de la nuit de la foi à la vision de la gloire. Et plus profonde la continuité : c'est la même charité qui fait vivre d'une rive à l'autre. Cette rupture et cette continuité s'unissent pour engen-drer l'entraînement de l'histoire : la continuité donne assez de prise pour que la rupture des Cieux mette le temps hors de ses gonds. *The time is out of joint.* Pas besoin de bulle spéculative : la crise, à savoir le passage de toutes choses au crible, devient l'ordinaire. Tout doit se jouer dans cette vie, de manière critique, sans assu-rance de son rang ni session de rattrapage. Pharaon peut se damner. L'intouchable est touché par Dieu. Le temps n'est plus cette roue qui chaque fois rempile ses castes immuables, mais, pour le meilleur et pour le pire, une mission universelle de vérité et d'amour. C'est une loi nouvelle d'incarnation : à présent, plus la splendeur du Ciel vous attire, et plus vous convoque sur la terre une justice sans précédent.

Sous les pavés de la politique,
la plage de la théologie

6. La notion de paradis n'est donc pas seulement religieuse et privée. Elle fait que le monde ne tourne plus rond. Elle met – surtout – le politique en crise. Ce dernier a pour tâche de conduire la multitude au bien commun temporel. Mais comment définir ce bien commun, sinon en le reliant et en le distinguant du bien éternel soudain proclamé ? Qu'on prétende le définir en soi, comme un bien absolu, et le politique, dans son anticléricalisme même, invente une nouvelle cléricature avec ses autodafés et ses anathèmes. Qu'on reconnaisse un bien absolu au-delà, mais entièrement privé, sans lien avec la sphère publique, et le politique, délaissant toute profondeur, se dégrade en management et se contente d'améliorer la domestication et le gavage.

Telle est clairement l'aporie : ou bien la cité terrestre est confondue avec la cité céleste, et par là tourne au totalitaire ; ou bien la cité terrestre est séparée de la cité céleste, et dès lors perd la boussole. Aussi, ce que je voudrais inventorier de façon succincte, ce sont les différentes réactions que l'irruption du paradis judéo-chrétien suscite sur une politique comme foudroyée. Que l'on excuse d'emblée le tour dialectique dont seront empreints mes propos. Il ne s'agit surtout pas de faire une nouvelle « philosophie de l'histoire » à partir de l'éternel. Les six figures de confusion et de séparation que j'aborderai successivement (chacune subdivisée au moins en deux formes antagonistes) pourraient très bien dans la réalité se rencontrer sous des concrétions hybrides et dans un tout autre ordre.

L'essentiel, plutôt que d'en figer les illustrations, est d'en percevoir le ressort caché : la question du paradis ne cesse de travailler le politique. Benny Lévy jugeait cette tâche décisive : « Et si sous les pavés de la politique se cachait la plage de la théologie ?… La tâche de la pensée : chasser le *crypto*. Le politique est *crypto*-théologique[1]. » Celui qui est retourné de Mao à Moïse ne peut pas ne pas l'entrevoir. L'infrastructure n'est pas à rechercher dans les rapports de production, mais dans la manière, le plus souvent impensée, de considérer la relation de la cité d'en bas avec la Cité d'en haut. Cette thèse nous expose derechef au reproche que Marx faisait à Hegel : sa pensée marche sur la tête, il faut la remettre sur ses pieds. Mais nous pouvons lui renvoyer la politesse : sans aucun doute, ce sont les pieds et non la tête qui supportent la marche ; il n'en demeure pas moins que c'est le cœur qui la dirige.

Première figure de séparation : la cité céleste contre la cité terrestre

7. Tête de liste : la « GNOSE au nom menteur », comme l'appelle saint Irénée de Lyon. L'appel du Ciel y est si fortement ressenti qu'il vaporise la terre. À cet égard se constate une certaine différence entre l'Ancien et le Nouveau Testament : le premier parle beaucoup moins, ou de manière moins explicite, de la Vie éternelle. L'Ancien Testament est en effet ordonné, « non pas immédiatement à la vie éternelle, mais à la venue du Sauveur promis, lequel après sa mort ouvrira aux justes les portes du Ciel[2] ». L'Alliance est d'abord messianique, puis, le Messie advenu, elle se fait paradisiaque. Sans doute le Christ est-il espéré pour une seconde venue, mais ce n'est plus

---

1. Benny Lévy, *Le Meurtre du pasteur, critique de la vision politique du monde*, Paris, Grasset-Verdier, 2002, p. 13.
2. Fr. Réginald Garrigou-Lagrange, *L'Éternelle Vie et la profondeur de l'âme*, Paris, Desclée de Brouwer, 1950, p. 286.

pour l'accomplissement de la Loi – c'est pour la consommation de la gloire.

Cette différence entre Ancien et Nouveau, il est tentant de la tourner en rupture, comme s'y efforce le célèbre Marcion. L'Ancien Testament, avec ses promesses temporelles, serait à la louange d'un sous-dieu, mauvais démiurge, fabricateur et geôlier de ce monde. Le Nouveau, absolument nouveau, serait à la gloire du Dieu véritable, lequel nous arrache aux pesanteurs terrestres et nous rappelle à lui dans un Paradis purement spirituel. L'incarnation, si elle n'est pas carrément illusoire, n'est en définitive que pour une désincarnation : le Très-Haut plonge sa main dans l'ordure pour en dégager la dure pépite d'or. Seul l'amour ne passe pas. Les gnostiques retiennent cette leçon pour en conclure que l'amour est contraire à la loi qui passe et qui nous rive à la moralité d'en bas : « C'est en effet par la foi et l'amour qu'on est sauvé ; tout le reste est indifférent ; selon l'opinion des hommes cela est appelé tantôt bon, tantôt mauvais, mais en réalité il n'y a rien qui, de sa nature, soit mauvais[1]. » À vrai dire, ce monde est entièrement corrompu, et c'est la raison pour laquelle il est impossible d'y discerner une bonne et une mauvaise part : comment, dans l'excrément, faire un tri ? L'essentiel est d'être un pneumatique, c'est-à-dire d'avoir la pointe de l'esprit fixée sur les choses d'en haut. Le reste peut baigner dans la souillure. Cela importe peu.

8. Il convient de distinguer une gnose *puritaine* et une gnose *laxiste*. Forcément, chez des pneumatiques qui ne veulent pas rouler sur terre, deux tendances s'observent : la desséchée et la crevée. Les uns sont des champions

---

1. Doctrine gnostique rapportée par Irénée de Lyon, *Contre les hérésies*, I, 25, 5, trad. A. Rousseau, Paris, Cerf, 1991, p. 116.

d'ascétisme : ils exaltent l'anorexie, mangent de la pierre pilée, portent des culottes de clous, se lavent extatiquement avec un tesson de bouteille. Les autres sont experts en beuverie : ils ripaillent tous les jours, blasphèment en pétant, n'ont pas assez des épouses les uns des autres, pratiquent le coït – pourquoi pas ? – avec des animaux (la brebis perdue, notamment).

Licence sans borne ou macération sans fin, il s'agit toujours d'attester une existence schizophrène où la chair est séparée d'avec l'esprit : « Se faisant jusqu'à la satiété les esclaves des plaisirs charnels, ils disent payer le tribut du charnel à ce qui est charnel, et le tribut du pneumatique à ce qui est pneumatique[1]. » La vraie débauche serait de se marier et d'avoir des enfants : elle enfermerait des petits anges dans le carcan d'un corps passible. Mais celui qui par faiblesse sombrerait dans la turpitude conjugale pourrait toujours se purifier par l'émasculation, ou se repentir par la partouze ; et si, par malheur, en pleine expiation, sa semence s'égarait jusqu'à rendre grosse une disciple, il pourrait faire de l'avorton une omelette à partager dans un eucharistique repas[2].

9. Entre tous ces célestes, j'ai un faible pour Carpocrate. Pierre Klossowski voyait en lui un précurseur de Sade. Toute son éthique était pourtant tirée d'un verset du Sermon sur la montagne : *Hâte-toi de t'accorder avec ton adversaire, tant que tu es encore avec lui sur le chemin, de peur que l'adversaire ne te livre au juge, et le juge au garde, et qu'on ne te jette en prison. Amen, je te le dis : tu ne sortiras pas de là que tu n'aies rendu le dernier sou* (Mt 5, 25-26). N'est-ce pas un appel à la réconciliation ? Carpocrate y entend une exhortation à la révolte. D'après son

1. *Ibid.*, I, 6, 3, *op. cit.* p. 49.
2. Saint Épiphane, *Panarion*, XXVI, 5.

exégèse, l'adversaire, c'est le diable, le juge, c'est l'Archonte qui pèse les âmes, le garde, c'est le démon chargé de réincarcérer les âmes dans des corps. Comment s'arracher au cycle fatal de ces renaissances d'enterrements ? En payant jusqu'au dernier sou : « Les âmes devront, de toute façon, moyennant leur passage dans des corps successifs, expérimenter toutes les manières possibles de vivre et d'agir – à moins que, se hâtant, elles n'accomplissent d'un seul coup, en une seule venue, toutes ces actions que non seulement il ne nous est pas permis de dire et d'entendre, mais qui ne nous viendraient même pas à la pensée[1]. »

Il s'agit de tout expérimenter, d'épuiser tous les possibles avant de pouvoir rejoindre le Ciel définitivement. Une semaine, vous ne cessez d'insulter Dieu et de cracher sur ses signes ; la semaine suivante, vous vous confondez en la plus soumise dévotion. Une semaine, vous vous faites défenseur d'une ligue de vertu ; la semaine suivante, vous violez les vierges que vous aviez couronnées. Une semaine, vous volez le bien des pauvres ; la semaine suivante, vous devenez philanthrope. Une semaine, vous exposez votre vie pour sauver votre prochain ; la semaine suivante, vous assassinez le premier venu de sang-froid. Il ne s'agit pas de pratiquer toutes les variantes du meurtre : par étranglement, au casse-tête, à la dague, dans le bide, entre les omoplates, en coupant la victime en quatre morceaux, en la coupant en douze morceaux, en l'exécutant debout sur un pied, en faisant le cochon pendu… ce serait sans fin. Carpocrate ne saurait être aussi strict. Selon toute vraisemblance, pour lui, il suffit de mettre le Décalogue en pratique, puis de mettre son négatif à exécution : les dix commandements puis les dix crimes, et votre compte est bon.

Mais qu'on ne s'y méprenne pas : un tel projet cache en vérité le refus de tout projet terrestre. Vouloir goûter

---

1. Irénée de Lyon, I 25, 4, *op. cit.* p. 115.

à tout, c'est ne prendre de rien la saveur. Le désir de tout expérimenter avant de partir, si diffusé parmi des jouisseurs prétendus, s'enracine dans un nihilisme : aucun être en ce monde n'a profondeur ni consistance, et ce monde lui-même n'est pas plus large qu'une prison, puisque tous les possibles sont susceptibles d'en être atteints.

Première figure de confusion : la cité céleste comme cité terrestre

10. L'Évangile est très loin de ces légumes extatiques et de ces mystiques enragés. Certes, *la fin de toutes choses est proche*, mais c'est pour que nous nous mettions *au service les uns des autres, comme de bons intendants de la grâce multiforme* (1 P 4, 7-10). Le Verbe s'est fait chair, et il a ravi notre chair jusqu'à l'asseoir à la droite du Père, si bien qu'au plus haut des cieux, désormais, il y des gros orteils, un grand zygomatique, une vésicule biliaire… Gare à la gnose, donc. Considérons la glaise. Le mariage est un sacrement. Le paradis céleste ne doit pas mépriser la terre. Il faut rendre *à César ce qui est à César, et à Dieu ce qui est à Dieu* (Mt 22, 21). Or, comme César est une créature, on en conclut qu'à Dieu il faut rendre César lui-même. Le pape Gélase Ier (492-496) l'écrit dans une lettre à Anastase, le César de son temps : « Deux pouvoirs, auguste empereur, règnent sur le monde : le pouvoir sacré des évêques et le pouvoir des rois. Le pouvoir des évêques l'emporte d'autant plus sur celui des rois que les évêques auront à répondre au tribunal de Dieu de tous les hommes, fussent-ils rois[1]. »

Ici la tentation est forte d'une THÉOCRATIE, laquelle conduit à molletonner le froc ou à doubler la chasuble

---

1. Cité par Guillaume de Thieulloy, *Le Pape et le Roi*, Paris, Gallimard, 2010, p. 103-104.

d'une cotte de mailles. Dans sa condition terrestre, l'Église est toujours militante : la vouloir triomphante dans le siècle, c'est confondre le temps et l'éternité, naturaliser le surnaturel, mondaniser l'Esprit et, sous prétexte de sacralisation du politique, aboutir à une sécularisation du religieux. On dérive vers le *pontificalisme*. L'Église est identifiée à un État supranational, si bien que certains de ses princes se mettent à prostituer leur foi à la raison d'État. Alors qu'en 866, dans ses *Responsa ad consulta Bulgarorum*, le grand pape Nicolas Ier insiste sur ces trois points majeurs : la liberté de la foi, l'interdiction de la torture et le caractère essentiellement diabolique de la guerre (« hors cas de nécessité »), certains de ses successeurs goûtant trop le pouvoir temporel oublieront l'un après l'autre ces points décisifs de leur magistère. Lors de la prise de Damiette (1219), Innocent III montre quelque complaisance à l'endroit des croisés sanguinaires ; Innocent IV (1243-1254), pour les besoins de l'Inquisition, ratifie l'usage de la torture par le « bras séculier » ; quant à la conversion forcée sous menace d'exil, elle se pratique bientôt à l'encontre des Juifs, tout comme, à l'encontre des jeunes filles catholiques, le mariage forcé sous menace du couvent (ce qui canoniquement suppose pour un tel baptême comme pour une telle noce que le prêtre ne célèbre rien que leur nullité). Toutes ces violences s'exercent au nom des âmes, bien sûr, afin que la Chrétienté s'installe sur la terre et y fasse rayonner la paix du paradis. Torquemada n'a pas d'autre dessein que cette pacification ardente :

> Un pas de plus, le monde est perdu. Mais j'arrive.
> Me voici. Je ramène avec moi les ferveurs.
> Pensif, je viens souffler sur les bûchers sauveurs[1].

1. Victor Hugo, *Torquemada*, première partie, acte I, scène 6.

11. À force d'emprise on s'empâte. La victoire sur le trône vous fait devenir gras. Une fois que la Chrétienté se sent à l'aise dans le monde, où sont ses martyrs ? L'évêque n'est plus qu'un notable. La trempe justicière se dissout dans des mœurs de cour. L'implacabilité du bûcher se retourne en trafic d'indulgences. Il s'agit de faire carrière dans la soutane et d'obtenir les meilleurs bénéfices. Cette théocratie pontificaliste, comme son sel s'affadit et que son sucre écœure, finit par susciter la réaction d'une autre théocratie, de forme révolutionnaire : le *messianisme.* Le moine Joachim de Flore rêve d'un règne de l'Esprit succédant au règne du Christ : l'« *Ecclesia clericorum* » y sera supplantée par une « *Ecclesia contemplantium* » ; l'âge de Jean y mettra fin à l'âge de Pierre[1].

Thomas Münzer l'entend comme un appel à la révolution. Au début du XVIᵉ siècle, ce disciple de Luther, excédant un maître qu'il appelle désormais « Gros Lard », « Docteur Mensonge » ou « Mademoiselle Martin », réclame une Nouvelle Église absolument égalitaire, retournant « à la Nature et au Paradis » : « La voix du Saint-Esprit est en moi comme le bruissement de fleuves innombrables ; j'en sais plus que si j'avais avalé cent mille Bibles[2]. » Il se rend chef de la révolte paysanne et la dresse en une armée de fourches et de fléaux furieux : « Celui qui veut être une pierre d'assise de la Nouvelle Église, il faut qu'il risque sa tête !… Qui ne veut pas du Christ amer, mourra pour s'être gavé de miel[3]. » À la bataille de Frankenhausen, sous l'étendard de ce Messie d'amertume,

---

1. Henri de Lubac, *La Postérité spirituelle de Joachim de Flore*, Paris, Lethielleux, coll. « Le Sycomore », 1987, chap. I, p. 52.
2. *Ibid.*, p. 177.
3. *Ibid.*, p. 178.

la « claire troupe chrétienne » est écrasée par l'armée des princes. Bilan : la pierre d'assise décapitée, et cent mille morts parmi les pauvres.

12. Une pièce de Yeats raconte une aventure semblable : un carrossier halluciné de visions d'en haut entraîne une bande de loqueteux à l'assaut de l'engeance bourgeoise. Au dernier acte, devant les flammes de la maison qu'ils viennent de piller, le voici traversé d'une hallucination acoustique : « C'est certainement la musique du Paradis. Ah, maintenant j'entends, maintenant je comprends. Elle est faite du cliquetis continuel des épées[1]. » Le Paradis fait la guerre, sans aucun doute. Sa musique tranche dans le ventre mou de nos bavardages. Mais c'est avant tout une guerre intime avec soi-même, et non un dissipant djihad : « Je me suis trompé quand j'ai entrepris de détruire l'Église et la Loi. La bataille que nous avons à mener se déroule dans notre propre esprit. Il y a un moment lumineux, peut-être une fois dans notre vie, et en ce moment-là nous voyons la seule chose qui importe. C'est en ce moment-là que les grandes batailles sont perdues ou gagnées, car alors, nous faisons partie de l'armée céleste[2]. »

Deuxième figure de la séparation : la cité terrestre à côté de la cité céleste

13. Face aux empiétements de la théocratie, il est nécessaire d'affirmer une certaine autonomie du pouvoir temporel. Cet AUTONOMISME peut prendre deux formes : l'une

---

1. William Butler Yeats, *La Licorne aux étoiles*, in *Dix pièces*, trad. J. Genet, Paris, L'Arche, 2000, p. 157.
2. *Ibid.*, p. 158.

optimiste et centralisatrice ; l'autre pessimiste et mercantile. La première peut s'appeler *régalisme*. Elle s'impose par exemple avec Philippe le Bel qui, le 7 septembre 1303, à Anagni, fait séquestrer Boniface VIII, l'accuse d'hérésie et marque un coup d'arrêt aux ambitions politiques du souverain pontife. Les légistes royaux théorisent alors l'absolutisme. Ils prétendent qu'il y a en quelque sorte deux « Vicaires du Christ », l'un dans l'ordre temporel, et c'est le roi très catholique, l'autre dans l'ordre spirituel, et c'est le pape de Rome. Au roi d'assurer le bien commun terrestre, sans comptes à rendre au pape. Celui-ci doit conduire au paradis céleste, qu'il laisse le soin de la cité d'en bas entièrement à un autre, lequel en ce domaine n'a personne au-dessus de lui que Dieu.

Forte d'un tel séparatisme, l'Angleterre va courir vers le schisme anglican, tandis que la France ne se débarrasse plus guère de sa pente gallicane. Le roi catholique est de toute façon confronté à la Réforme. Difficile de tenir une chrétienté unie sous son pouvoir. Viennent les guerres de Religion qui, par-delà l'autonomie, vont exiger du roi qu'il ne soit plus très catholique. On peut même estimer que l'absolutisme poussé à terme ne peut que mener, à travers l'affirmation d'une complète autonomie du politique, au nationalisme anticatholique. Le roi « très catholique » serait par conséquent le précurseur de la Révolution française. La « fille aînée de l'Église » présiderait aux funérailles de sa maman. Charles Péguy fait cette observation que tout est déjà en germe dans le passage du chevalier au légiste, de Saint Louis à Philippe le Bel, de l'humilité du Ciel à la souveraineté de cour : « Quand la Révolution française décapita la royauté, elle ne décapita pas la royauté. Elle ne décapita plus que du moderne. Ce fut du moderne qui en décapita un autre. Du moment que la royauté s'était faite commerçante elle devait trouver plus commerçant qu'elle. Et du moment qu'elle s'était faite "philosophe", elle devait fatalement trouver plus philosophe qu'elle. Et c'était justice[1].»

14. Puisque avec la Réforme on ne s'entend plus sur l'Évangile, une certaine paix sociale suppose que l'on se défasse de l'idée d'établir ici-bas une justice patronnée sur le Ciel. Deux idées vont se faire jour à travers le protestantisme et le jansénisme. La première, c'est que la grâce méprise la nature : le règne de Dieu s'exerce sur les cœurs ; il appartient essentiellement à un troisième ordre, celui de la charité, séparé de l'ordre de la raison et de l'ordre des corps. La seconde, c'est que, les hommes étant corrompus et le nombre des élus petit, Dieu a dû organiser le monde de telle sorte que les pécheurs puissent malgré eux, par sa « main invisible », contribuer au bien. La politique doit donc se distinguer de l'ordre moral. Là où celui-ci voudrait bannir tout vice, celle-là doit s'accommoder de la plupart. C'est la grandeur de l'homme, dit Pascal, d'avoir su « tirer de la concupiscence un si bel ordre[2]. »

Dans son traité *De la charité et de l'amour-propre*, le janséniste Pierre Nicole affirme que l'amour-propre « éclairé », même s'il vous jette en enfer pour l'autre monde, produit dans ce monde-ci les mêmes effets que la charité : la vanité pousse à faire l'aumône, l'orgueil à passer pour plus humble que les autres, la couardise à devenir artisan de paix… Telle est l'équivocité entre le visible et l'invisible, l'acte extérieur et l'intention, que le vice spirituel, qui n'a pas part à la cité céleste, apparaît comme un aussi bon serviteur de la cité terrestre que la

1. Charles Péguy, *Note conjointe sur M. Descartes*, in *Œuvres en prose complètes*, Gallimard, coll. « Bibliothèque de la Pléiade », 1992, t. III, p. 1355.
2. Pascal, *Pensées*, éd. Le Guern, Paris, Gallimard, 1977, § 97.

vertu. Dès lors les deux royaumes vivent l'un à côté de l'autre, séparés d'une étanche cloison. La question de la foi tend à devenir une affaire privée, le droit public se sépare de tout élan vers le Jugement de Dieu, il se contente d'établir un équilibre entre les cupidités.

C'est la tentation du *libéralisme*[1]. Elle procède de la « hantise de la guerre civile » et entreprend de démolir ce qui lui en semble les deux causes : le désir de la gloire terrienne et la prétention à réaliser le vrai[2]. La figure du héros devient louche : n'est-ce pas la superbe qui le déchaîne ? On lui préfère la figure plus paisible du marchand. Quant au religieux, il reste toujours vénéré – mais à part. Ce qui a écarté la question du salut de toute évidence sociale, ce n'est pas l'athéisme, c'est une théologie chrétienne du soupçon : seul Dieu sonde les reins et les cœurs, seul il sait si je mérite le Ciel ou l'Enfer. Le chemin du Paradis n'a de trace qu'au secret de notre âme. Le bien céleste de la grâce n'a rien de commun avec le bien terrestre de la prospérité.

15. Kant s'est résolument engagé dans cette juxtaposition des deux Royaumes. On ne remarque jamais assez que le défenseur du rigorisme moral est aussi le partisan du libéralisme politique. L'idée d'un pouvoir politique moral ou religieux est à ses yeux une contradiction dans les termes, puisque le politique s'intéresse aux actes exté-

---

1. Sur ce fondement théologique du libéralisme, voir l'excellent livre de Christian Laval, *L'Homme économique : essai sur les racines du néolibéralisme*, Paris, Gallimard, 2007, chap. III : « Le trafic général ou le grand paradoxe moral ». Consulter aussi, malgré certains contresens dus à son petit bout de lorgnette psychanalytique, Dany-Robert Dufour, *La Cité perverse : libéralisme et pornographie*, Paris, Denoël, 2009.

2. Sur ce sujet, Jean-Claude Michéa, *L'Empire du moindre mal : essai sur la civilisation libérale*, Paris, Flammarion, coll. « Climats », 2007, chap. I, p. 31.

rieurs, tandis que la morale, qui nous rend digne du Ciel, concerne les intentions secrètes du cœur : « On voit surgir certains projets, différents suivant les époques, et souvent pleins de contresens, qui visent à proposer des moyens propres à donner à la religion, dans tout l'ensemble d'un peuple, plus d'éclat en même temps que plus de force. Spectacle devant lequel on ne peut s'empêcher de s'écrier : Pauvres mortels, rien en vous n'est constant que l'inconstance ! Or, faisons une supposition. Admettons que les efforts de cette sagesse humaine aient tout de même, en fin de compte, produit des fruits. Supposons que le peuple lui-même prend intérêt, sinon dans le plus petit détail, du moins dans l'ensemble, au perfectionnement de sa faculté morale. Ce mouvement n'est pas imposé par l'autorité, il naît d'un véritable besoin, d'une aspiration générale. S'il en est ainsi, ne convient-il pas de laisser tous ces gens-là suivre leur chemin, de les laisser faire[1] ? »

On reconnaît ici la réplique du marchand Legendre à Colbert, ministre des Finances de Louis XIV. Quand Colbert lui demande : « Que pouvons-nous faire pour vous aider ? », Legendre lui répond simplement : « Laissez-nous faire. » Il était kantien avant l'heure. L'autorité publique ne saurait imposer un comportement moral et spirituel, celui-ci n'étant du ressort que de la volonté propre. Ne doit-elle pas néanmoins y disposer ? Kant parle plutôt de « laisser aller les choses du train qu'elles vont à présent ». En vérité, il pense que la justice doit se contenter d'être un ajustement. Au lieu d'une politique du bien commun, il suffit d'une mécanique des intérêts individuels. C'est ainsi que la société peut s'orienter « vers la paix perpétuelle » : « Le problème de l'institution de

---

1. Emmanuel Kant, *La Fin de toutes choses*, in *Considérations sur l'optimisme et autres textes*, trad. P. Festugière, Paris, Vrin, 1972, p. 229.

l'État, aussi difficile qu'il paraisse, n'est pas insoluble, *même pour un peuple de démons* (pourvu qu'ils aient un entendement) [...]. Ce problème ne requiert pas l'amélioration morale des hommes, mais seulement de savoir comment on peut faire tourner au profit des hommes le mécanisme de la nature pour diriger au sein d'un peuple l'antagonisme de leurs intentions hostiles, d'une manière telle qu'ils se contraignent mutuellement eux-mêmes à se soumettre à des lois de contrainte, et produisent ainsi l'état de paix où les lois disposent d'une force[1]. » Page extraordinaire où, pour produire le seul paradis possible sur terre, il suffit de contrebalancer les unes par les autres toutes les volontés infernales.

Bernard de Mandeville, dans sa *Fable des abeilles*, promouvait déjà cette providence mécanique. Dans une ruche garnie de fripons plus que d'honnêtes gens, tout concourt à la prospérité générale : « Chaque partie étant pleine de vice, le tout était cependant un paradis. [...] L'harmonie dans un concert résulte d'une combinaison de sons qui sont directement opposés. Ainsi les membres de la société, en suivant des routes absolument contraires, s'aidaient comme par dépit[2]. » Les voleurs font circuler l'argent des avares. Les gourmands financent l'industrie alimentaire. Les coquettes sauvent des milliers de pauvres en les faisant travailler à leurs fanfreluches. Les tueurs créent des emplois dans la police. Enfin, que serait la vertu de nos filles, sans la prostitution ? Imaginez une troupe de marins qui débarquent après plusieurs mois d'abstinence océanique : si close est la maison close, ils iront se jeter contre vos portes et violeront femmes et enfants. Le couvent se protège par le bordel.

---

1. Emmanuel Kant, *Vers la paix perpétuelle*, trad. J. F. Poirier et F. Proust, Paris, Flammarion, coll. « GF », 2006, p. 105.
2. Bernard de Mandeville, *La Fable des abeilles*, Paris, Vrin, 1998, chap. I, p. 30.

La vierge, sans la putain, ne le resterait pas longtemps. La vertu des uns présuppose les vices des autres. Est-ce à dire que le paradis doit se rendre complice de la géhenne ?

Deuxième figure de la confusion : la cité terrestre comme cité céleste

16. Ce qui distingue ce libéralisme de l'immoralité pure et simple, c'est qu'il vise toujours la prospérité temporelle et qu'il en appelle par ailleurs à une éternelle rétribution : « Laissez vivre, laissez mourir, à la fin tout tournera au moindre mal pour la Cité terrestre et, pour ce qui se rapporte à la Cité céleste, Dieu reconnaîtra les siens. » Le paradis se présente d'abord comme le garde-fou de la concurrence égoïste. Il finit par devenir sa garantie. L'hypocrisie généralisée, l'injustice sociale, la primauté du commerce sur l'héroïsme, ces trois bassesses sont admises au nom d'une vérité, d'une justice, d'une gloire indéfiniment reportées sur le futur. Comment ne pas penser, en conséquence, que le Ciel de la religion n'est qu'une fuite devant la grande pitié du monde ? D'autant que les sciences expérimentales, en ramenant toute chose à quantité calculable et matière à utiliser, semblent récuser l'existence d'un au-delà.

Ernest Renan résume la nouvelle figure qui se dessine : « Nous avons détruit le paradis et l'enfer. Avons-nous bien fait, avons-nous mal fait, je ne sais. On ne replante pas un paradis, on ne rallume pas un enfer. Il ne faut pas rester en chemin. Il faut faire descendre le paradis ici-bas pour tous. Or le paradis sera ici-bas quand tous auront part à la lumière, à la perfection, à la beauté, et *par là* au bonheur[1]. » Quel nom donner à cet effort humain de

---

1. Ernest Renan, *L'Avenir de la science*, Paris, Calmann-Lévy, 1890, p. 330.

donner tout à tous, sinon celui de TOTALITARISME ? Je le déclinerai selon trois ambitions correspondant aux trois bassesses mentionnées : Saint-Just s'attaque à l'hypocrisie ; Marx, à l'injustice sociale ; Hitler, à la laideur antihéroïque.

17. Le premier des trois, le totalitarisme *moralisateur*, révèle le pathos le plus généreux de la Révolution française : l'amour de la vertu et la haine de la cour. D'après Saint-Just, le rejet de la monarchie équivaut à un rejet de l'hypocrisie. Les mœurs monarchiques ne tiennent que par l'étiquette. Ce sont mœurs de mines et de masques. Qu'elles soient dénoncées par un La Fontaine ou un Molière, ce n'est qu'en ajoutant un masque sur l'autre : la déconvenue du corbeau amuse les flatteurs, le ridicule de Tartuffe fait rire les faux dévots. « Là où l'on censure les ridicules, écrit Saint-Just, on est corrompu. Là où l'on censure les vices, on est vertueux. Le premier tient de la monarchie, l'autre de la république. » La monarchie se contente d'une retouche de poudre. La république doit purger notre sang de tout ce qu'il a d'impur. Il s'agit d'abolir le règne des apparences. Le Comité de salut public se dresse en tribunal du Jugement dernier.

Malheureusement, la politique ne concerne que ce qui apparaît dans l'espace public, et non ce qui touche au sanctuaire des âmes. D'un côté, l'homme ne peut juger son semblable que sur ses actes extérieurs ; de l'autre, il ne saurait le rendre vertueux par la force. Plus il entend communiquer la vraie vertu sous la menace, plus il renforce, chez le craintif, les apparences de la vertu. Ainsi redouble-t-il l'hypocrisie qu'il prétendait extraire. À trop vouloir pénétrer les cœurs, ils ne se dérobent que davantage, et bientôt l'envie vous prend de les arracher.

Pour en finir avec tout masque, il faut se résoudre à couper les têtes : « C'est la guerre à l'hypocrisie qui transforma la dictature de Robespierre en règne de la Terreur, et la caractéristique de cette période reste l'auto-épuration des dirigeants[1]. » La machine lancée par Saint-Just et consorts ne peut que se retourner contre eux. Celui qui met tant d'ardeur à parler de vertu, n'a-t-il rien à se reprocher ? Il se rend suspect à la mesure de sa pureté trop voyante. Sa prétention à porter le Jugement dernier fait de lui le premier passible de ce Jugement.

18. Marx déplace à juste titre la question du moralisme au *socialisme*. La vertu relève de l'introspection bourgeoise. Ce qui importe, c'est l'égalité matérielle des conditions. Mais là encore se dénote l'obsession paradisiaque : « L'abolition de la religion en tant que bonheur *illusoire* du peuple est l'exigence que formule son bonheur *réel*. Exiger qu'il renonce aux illusions sur sa situation c'est *exiger qu'il renonce à une situation qui a besoin d'illusions*. La critique de la religion est donc *en germe la critique de cette vallée de larmes* dont la religion est l'*auréole*[2]. » Marx s'en prend à la version libérale du christianisme. Le paradis céleste y autorise le laisser-faire terrestre. La foi, au lieu de transporter les montagnes, se résigne devant elles, comme une vallée de larmes. Le désir du Ciel y est donc à la fois « expression de la détresse » et « protestation contre la détresse ». Il opère comme un opium : antalgique et hallucinogène, il masque le symptôme au lieu de combattre le mal.

1. Hannah Arendt, *Essai sur la révolution*, trad. M. Chrestien, Paris, Gallimard, coll. « Tel », 1985, p. 142.
2. Karl Marx, *Critique de la philosophie du droit de Hegel*, in Marx-Engels, *Sur la religion*, textes choisis par G. Badia, P. Bange et E. Bottigelli, Paris, Éditions sociales, 1960, p. 42.

Le communisme fera l'inverse… Sous son action le symptôme devient toujours plus douloureux, mais il vous fait comprendre que c'est justement parce qu'il a repoussé l'opium et qu'il s'attaque au mal par la racine. Les soviets vous font davantage éprouver la misère de votre situation ? Pas de signe plus infaillible qu'ils sont en train de vous guérir. Ils tiennent la recette de l'Éden véritable : toute contestation serait rechute dans l'illusoire. L'essentiel est de croire au Parti. Au reste, puisqu'il s'agit de réaliser un paradis sur la terre, n'est-il pas normal d'y établir un enfer pas très loin ? Rassurez-vous, cependant : au lieu de flammes, ce sont les neiges de Sibérie.

19. Hitler se veut aussi socialiste, mais il déplace le problème vers une *esthétique de la force.* Aux ouvriers de Cocagne, il préfère les chevaliers de la Forêt-Noire. La perfection n'est pas dans l'égalité d'une société sans classes mais dans la supériorité d'une mort héroïque. Combien de fois, dans sa jeunesse, se priva-t-il de nourriture pour boire des oreilles et manger des yeux *Lohengrin, Les Maîtres Chanteurs, Tristan et Isolde* ? Il en connaît les répliques par cœur. Il rêve d'une vie traversée par ce souffle. Comme il l'avoue en 1939 à Winifred Wagner, belle-fille du génial compositeur, l'opéra *Rienzi le dernier des tribuns* lui aura littéralement inspiré toute sa future carrière.

Certains théâtreux voudraient, par l'action politique, réaliser une vie sociale aussi sublime que leur jeu sur la scène : ils se croient de gauche, ils sont essentiellement hitlériens. Pour Hitler, le paradis à construire est d'abord musique efficace et architecture grandiose. Il le déclare en 1937 au Congrès du Parti : « Parce que nous croyons à l'éternité du Reich, dans la mesure du moins où nous pouvons calculer en fonction de critères humains, ses œuvres aussi doivent être éternelles, c'est-à-dire que, non seulement par la grandeur de leur conception, mais encore par la clarté de leurs lignes et l'harmonie de leurs proportions elles doivent répondre à des exigences éternelles. Notre État ne doit pas être une puissance sans culture, ni une force sans beauté[1]. » C'est le souci de cette efficience esthétique qui relie les aspects les plus disparates du national-socialisme : la science eugénique et le mythe Nibelung, le blindé rutilant et la *7ᵉ Symphonie* de Bruckner ; Hugo Boss pour habiller les SS et Himmler pour les instruire ; les opérations des *Einsatzgruppen* et les voyages du Philharmonique de Berlin ; les ghettos et les camps pour exterminer Juifs et Tziganes, les ponts et les tunnels (passant par-dessus ou par-dessous les nouvelles autostrades) pour épargner biches et hérissons.

Que le feu se porte spécialement sur les enfants d'Israël manifeste la pureté utopique de l'intention. Les Juifs sont des antihéros : ce n'est pas seulement qu'ils sont cantonnés aux vils métiers du commerce et de la banque, et que leur errance leur interdit d'être en contact avec les puissances telluriques de la patrie ; c'est que, comme David face à Goliath, ils croient moins en leur force que dans le Nom du Seigneur. Leur Exode est une contre-épopée. Leur royauté se présente comme un désastre. Le Temple lui-même ne s'élève que dans le rappel de sa vanité et l'imminence de sa destruction. Quant au très juif Jésus, il demande à Pierre de rengainer son épée, et il se compare lui-même à un agneau plutôt qu'à un aigle ou un tigre. La présence des Juifs est une sorte de bug dans la grande programmation. Elle signale cette déchirure de l'histoire, son impossibilité à se clore sur elle-même, son intolérable récalcitrance devant tout effort de totalisation…

1. Cité par Joachim Fest, *Les Maîtres du IIIᵉ Reich*, Paris, Grasset, 1969, p. 239.

Troisième figure de la séparation :
la cité terrestre contre la cité céleste

20. L'expérience totalitaire eut cet avantage de faire tomber le rideau sur nos espoirs d'Éden. Nous l'avons entraperçu : dès qu'il s'agit de les exaucer politiquement, le désir d'une vérité transparente conduit à la Terreur, le vœu d'une justice absolue au Goulag, l'aspiration vers la sublimité héroïque à la chambre à gaz. Ainsi le vrai, le bon, le beau parfaitement réalisés de nos mains sur cette terre – rien n'est plus faux, rien n'est plus mal, rien n'est plus laid. Le rappellent les gribouillages d'Ikonnikov, le « fol en Dieu » de *Vie et Destin* : « Là où se lève l'aube du bien, des enfants et des vieillards périssent, le sang coule. [...] Tout cela coûta plus de souffrances que les crimes des brigands faisant le mal pour le mal[1]. » Fin de cet Humanisme qui détruit l'homme concret. Le Grand Soir doit le céder à la petite semaine : « Il existe, à côté de ce grand bien si terrible, la bonté humaine dans la vie de tous les jours. C'est la bonté d'une vieille, qui, sur le bord de la route, donne un morceau de pain à un bagnard qui passe, c'est la bonté d'un soldat qui tend sa gourde à l'ennemi blessé [...] Cette bonté privée d'un individu à l'égard d'un autre individu est une bonté sans témoin, une petite bonté sans idéologie[2]. »

Qui ne serait touché par ces lignes ? Le refus de tout grand projet social suggère néanmoins une autre tentation paradisiaque, celle d'une bonté immédiate et sans avenir. Parce qu'elle prétend que tout se consomme dans l'instant, on peut l'appeler CONSUMÉRISME, lequel peut emprunter

---

1. Vassili Grossman, *Vie et Destin*, in *Œuvres*, Paris, Robert Laffont, coll. « Bouquins », 2006, p. 342-343.
2. *Ibid.*, p. 344.

deux voies, selon qu'il prétend consommer les siècles ou consommer la terre : le consumérisme de la postrévolution et le consumérisme de l'hypermarché. Les deux sont plus liés qu'il ne semble au premier regard. Combien de soixante-huitards sont devenus publicitaires ? Dans les deux cas, il s'agit d'un même culte rendu à l'immédiateté : la jouissance et la marchandise vous sont fournies à la seconde.

21. Mai 68, dans ce que cet événement eut de plus profond, est l'épiphanie de cette impatience. C'est un mouvement révolutionnaire, sans doute, mais contraire au processus de la Révolution. Il est par là *postrévolutionnaire*. Plus question d'attendre les lendemains qui chantent. Comment savoir, à l'horizon de la bombe, s'il y aura même un lendemain ? Il faut chanter aujourd'hui. Le printemps de Mai jaillit sur fond d'hiver nucléaire. C'est un essor qui n'espère plus rien du progrès. À l'évidence, le progrès s'est carambolé dans une triple impasse : nous avons pris une conscience neuve de notre finitude en tant qu'espèce, de l'aberration des utopies partisanes, de la mortalité des civilisations. Où cette impasse peut-elle déboucher (car pour la jeunesse dans sa verdeur, comme pour ces plantes sauvages qui poussent entre les pavés, il faut bien qu'elle débouche quelque part) ? Sur le *hic et nunc*.

Toute séparation entre le présent et le futur, entre l'ici et l'ailleurs, doit résolument tomber. Cette chute se déclare à travers la primauté de la rue, lieu de passage, et la métamorphose des murs en cris du cœur. Sur ceux du lycée Condorcet : « Une révolution qui demande que l'on se sacrifie pour elle est une révolution à la papa. » Dans le hall du grand amphi de la Sorbonne : « On ne revendiquera rien. On ne demandera rien. On prendra.

On occupera. » Escalier C du 1er étage de Nanterre : « La perspective de jouir demain ne me consolera jamais de l'ennui d'aujourd'hui. » Dans la nouvelle faculté de médecine : « Jouissez ici et maintenant. » Enfin, près d'un ascenseur de Sciences-Po : « Je décrète l'état de bonheur permanent », slogan qui a le même sens que cet autre apparemment contraire, non loin des toilettes de la Sorbonne : « Merde au bonheur (Vivez). » Ce nouvel art pariétal proclame à nouveau, primitif, irrépressible, le désir du paradis. Qu'est-ce que cet état de bonheur perpétuel et immédiat, sinon le postulat de la consommation des siècles, le rêve d'empiéter sur la Cité dont parle l'Apocalypse (21, 22-23), Royaume où il n'y a plus ni temple, ni soleil, ni lune, ni larmes, ni voleurs, ni nuit ?

Le spontanéisme de Mai n'en est que l'anticipation déviante et désolée. La liberté humaine, en effet, se déploie dans la délibération, non dans la spontanéité : l'homme n'a pas d'autre instinct que sa raison qui tâtonne, si bien que dès qu'il se veut spontané, il se laisse agir par les plus basses déterminations. En outre, avec Épicure lui-même, nous savons que le plaisir immédiat n'est pas le meilleur, car il peut enchaîner sur une douleur future, et nous faire rater, faute de médiation rationnelle ou traditionnelle, un plaisir plus grand. Voilà les lendemains qui déchantent.

22. À ce consumérisme spontanéiste s'oppose directement le consumérisme de l'*hypermarché*. C'est qu'ils luttent sur le même terrain, celui du post-idéologique et du plaisir immédiat. Les murs de Mai ressemblent étrangement aux panneaux de la grande distribution. C'est le même impératif catégorique qui s'y étale : « Buvez Grossac ! », « Dormez Pioncegrave ! », « Choisissez la viande de chez Viandue ! », « Avec Zébulgaz, dogmatisez vos

limites[1] ! » : autant de mots d'ordre dans le droit-fil du
« Jouissez ici et maintenant ».

Les marchandises du monde entier apparaissent magi-
quement sur les rayonnages. On en oublie que pour manger, il faut de l'élevage, de la pêche, de l'agriculture. On se
figure que tout procède des métiers de service. L'emballage multicolore dissimule l'esclavage délocalisé, et le
consommateur français peut ne pas voir que son paradis
repose sur un supplice chinois. Tout est à portée de main
ou de double-clic. Les allées du Leclerc, les arborescences
du webshop veulent frayer un chemin vers le jardin des
délices. D'où vient que leurs cellophanies nous soient si
fascinantes ? De ce que la consommation n'est pas un
matérialisme, mais une spiritualité du détachement[2]. La
vieille crédence de Mamie Robert, le cheval de bois de
la grand-tante Ursule, la bibliothèque de l'arrière-grand-
oncle Paul, tous les meubles, livres reliés, bibelots patinés
par les héritages successifs n'intéressent pas le consommateur. Il ne s'attache pas aux choses. Il paye, consomme,
jette. Son mobilier sort de chez Ikea. Ses objets de valeur
ont été acquis par lui-même. Ce dont il s'agit de faire
montre, ce n'est pas d'eux, mais de son propre pouvoir.
Et le pouvoir d'achat est tout le contraire d'un sens de
l'usage. Il consiste en cette inconsistance qui vous permet
de passer d'un article à l'autre du Carrefour, d'un sujet à
l'autre du 20-heures, et de vous sentir le souverain spectateur du tout-marchandise.

Récemment, un « ancien haut fonctionnaire », armé
d'un dictionnaire de citations et d'une connexion à Internet, s'enticha d'écrire un *Guide du Paradis* : les différentes versions de l'au-delà telles que proposées par le

---

1. Slogans publicitaires forgés par Valère Novarina.
2. Je reprends ici certaines analyses de William Cavanaugh,
Être consommé, Paris, Éditions de L'Homme nouveau, 2007.

christianisme, le judaïsme, l'islam et quelques autres four-
nisseurs y sont répertoriées, soupesées, comparées d'après
leurs plus communs étiquetages, mais à partir de quelle
balance supérieure ? Par un tel procédé, l'auteur prétend
être neutre, mais il a d'emblée choisi son Ciel : celui du
client-roi, qui ne se laisse en rien dépasser et prétend tout
réduire à la défense du consommateur, au catalogue La
Redoute et au mode d'emploi.

Troisième figure de la confusion : céleste et terrestre dans une mixture au rabais

23. À la différence de celui des anciens mystiques, ce
détachement consumériste n'est pas pour s'attacher au
principe de toute créature. Il ne court pas vers l'être, mais
vers le néant. Le consommateur, en méprisant la durée
et la résistance des choses, en ne se laissant pas saisir de
gratitude devant ce qui se donne et qui est hors de prix,
devient un sujet sans monde. Il siège au-dessus d'un univers de prospectus et de déchets ménagers, dans la principauté du vide (et même du sous-vide). D'ailleurs, puisqu'il
n'est plus de règle transcendante pour ordonner son pouvoir d'achat et reconnaître au réel un caractère non négo-
ciable, en bref puisqu'il ne sait plus être, il *se fait avoir*.
On le somme de devenir une marchandise à son tour. De
n'être plus qu'un matériau pour l'industrie, propre à fabriquer le Nouvel Adam. Il finit par se consommer lui-même.
Quoi de plus immédiat qu'un festin autophage ?

La misère du sous-vide appelle donc un nouveau plein
de songes. Au fond, c'est l'homme qui ne va pas. Raté
dès le départ. Gêné par ses propres gènes. Ce guignol a
fait son temps sur la scène et ses tours ont cessé de nous
amuser. Inutile de transformer ses conditions de vie si on

ne le transforme pas lui-même : autant essayer de peindre une rose en étalant de la crotte. La vieille légende du péché originel ne nous trompait pas tout à fait lorsqu'elle nous parlait de ce poison qui coule en nos veines et se transmet avec notre propre sang. Dante chantait la nécessité de « transhumaner[1] ». C'est exactement cela. Toutefois ce n'est pas d'un Dieu qu'il s'agit d'attendre cette grâce, c'est à nos propres forces de la fabriquer. Le transhumanisme en sera moins « trans », sans doute, puisqu'il sortira de nos mains. Mais, puisqu'il a pour but d'en finir avec l'homme, il nous fera vraiment entrer dans le POSTHUMAIN. Deux pistes s'ouvrent en vue de cette grande mutation.

24. Premièrement, le posthumain tel que projeté par la technique. Ses adeptes lui ont donné le nom très explicite de *paradise-engineering*. Cette ingénierie du paradis se donne d'abord à travers le virtuel, qui est un premier dépassement du détachement consumériste. On pense d'abord à l'Arcadie des jeux d'arcade et autres simulateurs d'aventure. Mais le virtuel se rencontre déjà chez le nostalgique qui vit parmi les chromos d'une époque révolue, chez le cinéphile qui ne se réveille que pour Bergman et Kubrick, ou encore chez l'écrivain que travaille le désir de Pléiade : sa propre chair n'est qu'un lieu de transit ; le corps véritablement glorieux, ce serait ce livre qui porte sa parole sur papier bible et sous cuir fileté d'or, comme si ses feuilles ne devaient jamais tomber dans l'oubli. La jeunesse est d'une certaine façon plus lucide quand elle se livre aux orgies informatiques : elle sent l'imminence d'une destruction totale et, dûment désespérée par ses pères, ne voit plus d'autre issue que s'étourdir. Les titres de certains jeux parlent d'eux-mêmes : *Time Crisis*, *World of Warcraft*, *Dead Space* (qui appartient d'ailleurs

1. Dante, *Paradiso*, I, 70.

au genre de simulation que les spécialistes appellent *survival horror*)…

Les technologies haptiques vous promettent des combinaisons intégrales qui, avec celles de la vue et de l'ouïe, simuleront la sensation du toucher. Vous pourrez ouvrir en vous des orifices neufs, vous prolonger de phallus tentaculaires qui seront aussi des lance-roquettes, vivre et mourir plusieurs fois pour rire dans la peau pixellisée de tous les héros possibles. Une récente *Histoire de l'espace depuis Dante jusqu'à Internet* le constate très justement : « Les prosélytes actuels du cyberespace présentent leur domaine comme un territoire idéalisé, au-delà des vicissitudes du monde matériel. […] Le cyberespace n'est pas en soi une construction de la religion, mais on peut comprendre ce nouveau monde numérique comme une tentative de créer un ersatz technologique du ciel chrétien[1]. » Guy Debord le notait déjà dans *La Société du spectacle* : « La technique spectaculaire n'a pas dissipé les nuages religieux où les hommes avaient placé leurs propres pouvoirs détachés d'eux : elle les a seulement reliés à une base terrestre. Ainsi c'est la vie la plus terrestre qui devient irrespirable. Elle ne rejette plus dans le ciel, mais elle héberge chez elle sa récusation absolue, son fallacieux paradis[2]. » Les joueurs ne sont pas entièrement dupes : dans leur propre argot, celui que son ordinateur captive, ils le qualifient de *no-life*.

25. Hélas, pendant que votre avatar accomplit ses exploits, votre véritable défroque s'avachit dans son siège.

---

1. Margaret Wertheim, *The Pearly Gates of Cyberspace. A History of Space from Dante to Internet*, New York, W. W. Norton, 1999, p. 18.
2. Guy Debord, *La Société du spectacle*, in *Œuvres*, Paris, Gallimard, coll. « Quarto », 2006, § 20, p. 771.

C'est pourquoi l'ingénierie du paradis finit par internaliser toutes ces prothèses externes. Voici le surhomme. Son archétype ? Le poisson dans l'eau. À moins que ce ne soit la machine-outil avec pièces de rechange. Dans quoi réside sa perfection, en effet ? Dans une parfaite adaptation au monde. Or quel est le modèle de cette adaptation parfaite ? La moule, par exemple, ou le marteau-piqueur. La première détient tout ce qu'il lui faut pour une vie pleine et tranquille sans antidépresseurs : elle a la mer et le rocher. Le second correspond exactement à la tâche qui lui incombe : il fut exprès fabriqué pour. Ainsi le surhomme est-il nécessairement un sous-homme : il ne fait qu'étendre démesurément un pouvoir horizontal, et nulle angoisse comme nulle joie ne le déchire de bas en haut.

Quant à son immortalité, je n'y crois guère. Car cette immortalité sera hypothéquée ou bien par l'obsolescence, ou bien par l'extermination. Produit technologique, le surhomme connaîtra la rapide caducité des objets technologiques : chaque « nouvelle génération », comme celle des machines, ne pourra que supplanter la précédente – une décennie, un an, un mois même, et l'immortel sera mis au rebut. Représentez-vous par ailleurs l'emprise d'une belle-mère pas plus vieille que sa belle-fille. Imaginez l'énorme complexe d'Œdipe avec un père qui vous a fabriqué et qui ne meurt pas. Pareille immortalité ne conduira jamais qu'à une concurrence assassine. Il faudrait, pour la rendre vivable, une charité sans mesure. Une charité qui rend capable de mourir pour autrui…

26. Deuxième piste pour le posthumain, apparemment opposée à la précédente, mais d'accord pour que l'homme rentre dans le rang : la *deep ecology*. À l'au-delà technique, elle oppose son en deçà. Contre l'utopie dernière, elle avance la vieille Arcadie. Nous étouffons sous les

artefacts. Il faut retourner à la nature. Préférer la galette de tofu à la choucroute garnie William Saurin, pratiquer le biomagnétisme et la macrobiotique entre un coup d'élixir du Suédois et une onction de baume du Tigre, ne pas mettre de crucifix dans sa maison parce que ce n'est pas feng-shui, traiter les animaux en frères et ses frères en cochons d'Inde…

La Fontaine faisait parler les bêtes pour enseigner une moralité humaine ; aujourd'hui, nous faisons parler les hommes pour inculquer une bestialité bovine. Les nouveaux contes pour les petits ne cessent d'agiter de méchants chasseurs entourés de fauves adeptes de la non-violence. L'année 1942 renvoie désormais à la création de *Bambi*, tandis que la conférence de Wannsee, où se réunirent tant d'ennemis de la vivisection, sort peu à peu de nos mémoires. L'éden écologiste, comme l'utopie technicienne, projette une radicale sortie de l'histoire et de la culture. Son obsession de la santé naturelle lui impose une extrême frilosité à vivre. Elle aussi veut son mutant, mais c'est un mutant régressif. Elle insinue une autre solution finale : les enfants sont un poids pour l'écosystème – c'est trop de sept milliards de *sapiens sapiens* pour la planète, et ce n'est pas assez de « trente millions d'amis ». Voilà son programme pour un jardin luxuriant : les corps humains y font un excellent engrais.

Le paradis comme idée régulatrice et comme catastrophe

27. Une fois bouclé le panorama de nos furies en quête du paradis perdu, il est loisible de le parcourir à nouveau. Ses figures sont logiques plus que chronologiques. Certaines sont de retour, par exemple celles que nous avons

rattachées à la théocratie, à travers le fondamentalisme « évangélique » ou musulman. Ce sont des hydres qui s'affrontent, s'accouplent, se flattent, se décapitent et renaissent en faisant peau neuve. Il en est peut-être mille autres bâtardes que l'avenir nous réserve et que nous ne pouvons discerner. Depuis que l'Heureuse Nouvelle du Royaume s'annonce à toutes les nations, les sociétés sont devenues instables, les traditions sont hors d'elles-mêmes, la roue de la fortune s'est détachée de son axe et roule vers on ne sait quel précipice. Tant qu'il n'a pas ravi nos cœurs, le Ciel n'en finit pas de nous tomber sur le crâne.

Et notre pauvre humanité nous fait l'effet d'un hanneton qui n'arrête pas de se cogner contre la vitre ou de se calciner dans le feu : toujours à renouveler son crash et sa fusée. L'intention paradisiaque ne réalisera-t-elle jamais que des « enfers convenables » ? Comment éviter la clôture totalitaire aussi bien que l'explosion libérale ? Comment, ce paradis qui nous possède, ne pas le solidifier en une idéologie ni le dissoudre en un divertissement ? N'y a-t-il pas un point d'équilibre entre Ciel et Terre qui puisse contenir ces fatales embardées ?

28. De ce qui précède il faut conclure deux choses contraires : 1° Le bien commun temporel ne saurait être confondu avec le bien commun éternel, sans quoi le politique (ou le religieux) se referme en un projet totalitaire. 2° Le bien commun temporel ne saurait être séparé du bien commun éternel, sans quoi le politique (ou le religieux) se relâche en un laisser-faire meurtrier. Nous voici donc dans l'embarras. Mais contraire n'est pas contradictoire. Ne pas séparer ni confondre, c'est distinguer pour unir.

Le paradis, tout à l'heure rêve terroriste, peut apparaître comme idéal régulateur – à la condition de se réserver comme un au-delà qui éclaire et ordonne la vie présente.

La fleur se prend-elle pour le soleil qu'elle devient risible et se réduit en cendres ; prétend-elle à l'inverse se passer de ses rayons qu'elle se fane et pourrit sur pied ; mais que, tout en mesurant l'infinie distance, elle se laisse susciter et élever par lui, la voici qui participe de sa gloire dans le rayonnement de ses pétales. C'est ainsi que l'idée de paradis devient la condition de la responsabilité politique. D'une part, il ramène le politique à ses justes proportions terrestres (antitotalitarisme) ; d'autre part, il le fait rayonner en l'ordonnant à la vraie justice (antilibéralisme).

Cette limite et cette ordination, sans doute, produisent une sorte de déséquilibre. Mais qui a dit que l'équilibre absolu pouvait se réaliser ici-bas ? C'était précisément la prétention des six figures précédemment parcourues : nous camper sur nos jambes ou nous arrimer à nos ailes. Mais la vérité, c'est que, tiraillés entre une aile naissante et une jambe incertaine, nous ne cessons de tomber. L'homme ne se spécifie par la station droite que pour mieux se distinguer par la glissade et l'agenouillement. Il est le vrai canard boiteux. L'animal renversable. Tant qu'il n'est pas au paradis, ses appuis ne peuvent être que partiels, ses chutes fréquentes, sa marche ne se gagner que par raccroc. Son plus juste maintien ? Boiter comme Jacob après son combat avec l'ange…

29. Pour entendre le premier de ces deux points (ramener le politique à ses justes proportions), nous pouvons repartir de cette thèse de *Vie et Destin* précédemment citée (les feuillets d'Ikonnikov) telle que la commente Emmanuel Lévinas : « La "petite bonté" allant d'un homme à son prochain, se perd et se déforme dès qu'elle se cherche organisation et universalité et système, dès qu'elle se veut doctrine, traité de politique et de théologie, Parti, État et même Église. Elle resterait pourtant le seul refuge du Bien

dans l'Être. Invaincue, elle subit la violence du Mal que, petite bonté, elle ne saurait ni vaincre, ni chasser. Petite bonté n'allant que d'homme à homme, sans traverser les lieux et les espaces où se déroulent événements et forces ! Remarquable utopie du Bien ou le secret de son au-delà[1]. »

Lévinas ne nie pas la nécessité d'un pouvoir politique, coordonnant la multitude et lui assurant certaine sécurité, prospérité, culture. Mais ce pouvoir, dans sa justice même, doit reconnaître qu'il n'est pas *la* Justice, et ne pas s'arroger une planification du Bien. L'essentiel est moins dans les hautes affaires que l'on discute en Conseil des ministres, que dans la petite scène qui se joue derrière le palais présidentiel, où, par exemple, un garçon offre à une fille une fleur de pissenlit. Le Conseil des ministres n'a pas de plus grande tâche que de faire en sorte que ce don du pissenlit puisse toujours avoir lieu. Et cela parce que le Bien se déploie essentiellement dans la proximité du face-à-face et l'intimité du cœur-à-cœur – lesquels rendent le baiser en retour de la jeune fille plus grand que la croissance du PIB.

Mais ne courons-nous pas à nouveau le risque d'une apologie de la sphère privée et de l'indifférence libérale ? Que faire pour ne pas verser dans les dérives d'un laisser-vivre complice du laisser-mourir ? Où trouver surtout le courage de ce Bien face à l'effondrement de tous les progressismes et sous l'horizon d'une extinction de notre espèce inhumaine et humaine ? C'est là que nous reconnaissons combien notre époque est formidable. Son désastre permet l'aube d'un désir plus haut. De plus en plus il y apparaît politiquement nécessaire qu'existe au milieu d'elle quelque chose comme une synagogue ou une Église, radicalement distincte de l'État, sans autre force

1. Emmanuel Lévinas, *Entre nous*, Paris, Grasset, 1991, p. 242-243.

que la vérité de son témoignage et la vulnérabilité de ses témoins, annonçant que l'amour concret du prochain est seul « éternel » et prodiguant une espérance qui engage là même où il n'y a plus d'espoir. Et cette Église serait une institution, mais l'institution d'un trou, un trou béant, la faille de l'amour, la brèche sur un Ciel qui excède la terre en l'illuminant.

30. Si l'institution du trou empêche le politique de se refermer sur lui-même, elle lui commande aussi de ne pas en rester à un bas négoce (c'est notre second point : « ordonner à la vraie justice »). Le paradis en ce sens est la catastrophe, au sens grec de ce terme. Il accomplit le dénouement terrible, car il est indissociable de la notion de Jugement. Ce n'est pas qu'il y a le Jugement d'un côté et le Ciel de l'autre ; c'est que le Ciel lui-même nous juge en nous demandant : « Qu'as-tu fait de la vraie joie ? » Sur le drame entier de l'histoire, il lève cette pleine lumière où les actions des hommes, même les plus secrètes, seront dévoilées au grand jour (un grand jour qui réalise le grand soir vainement brigué par les révolutions). C'est ce qu'observe Emmanuel Lévinas encore, au seuil de *Totalité et Infini* : « L'eschatologique, en tant que l'"au-delà" de l'histoire, arrache les êtres à la juridiction de l'histoire et de l'avenir – il les suscite dans leur pleine responsabilité et les y appelle[1]. »

Ce que je fais ici en cachette, le paradis le voit. Il me convoque ainsi à une bonté radicale et concrète. Non pas la projection lointaine d'un plan quinquennal, ni une conformité de feuille morte à l'air du temps, ni une mise en scène où la main gauche exaltant la main droite l'entraîne à se crisper sur ses propres œuvres, mais l'exigence du cœur

1. Emmanuel Lévinas, *Totalité et infini*, Paris, Livre de Poche, 1990, p. 8.

et la rencontre de l'autre pour nous conduire à l'Éternel selon les chemins que lui seul connaît. En ce sens, le paradis n'apparaît plus comme la fuite vers un ailleurs ou le modèle de l'utopie, mais comme l'accueil de ce qui existe selon une lumière qui nous dépasse. Son au-delà exige la bonté ici et maintenant, sans apparat et sans complétude, sans attendre la sanction publicitaire du monde ni prétendre maîtriser le mystère du salut. Une telle exigence est discrète. Le bruit du siècle la couvre aisément. Elle murmure au fond de l'âme comme le sanglot d'une source.

Des arrière-mondes à l'Arrière-Pays

Le paradis est épars, je le sais,
C'est la tâche terrestre d'en reconnaître
Les fleurs disséminées dans l'herbe pauvre,
Mais l'ange a disparu, une lumière
Qui ne fut plus soudain que soleil couchant.

Yves Bonnefoy, « L'Adieu ».

Celle qui passe et ce qui ne passe pas
– deux exemples

1. Que signifie la croyance en un monde meilleur ? Que ce monde-ci, par une nécessaire conséquence, n'est pas assez bon. Une telle croyance apparaît dès lors comme le produit du ressentiment. Son espérance n'est que la face acceptable d'une affreuse ingratitude.

À moins que ce ne soit tout l'inverse. Ce monde est tellement bon, malgré ses calamités, qu'il est gros d'une vie nouvelle, pareil à la femme en travail d'enfantement : sa beauté que la douleur défigure renvoie à autre chose, et c'est là l'indice qu'elle n'est pas stérile…

Que croire alors de cette croyance ? Le Ciel éclaire-t-il la terre ou lui fait-il de l'ombre ? S'il se proclame dans sa majesté écrasante, elle paraît amoindrie ; s'il ne se révèle pas en filigrane, elle paraît inféconde. Que je croie en lui, et je deviens ingrat envers elle ; que je n'y croie pas, et je ne discerne en elle aucune autre aurore. La foi dans le paradis est-elle ce qui rend ce monde terne ? Est-elle au contraire ce qui lui reconnaît un rayonnement ? N'avise-t-elle jamais dans l'arbre que sa poussière future ? Ou devine-t-elle encore la braise sous le plus noir charbon ?

2. Deux exemples symétriques issus de deux Légendes adverses. Le premier tiré de la *Légende dorée* ; le second, de la *Légende des siècles*. Tous deux évoquent la rencontre d'une très belle femme. Tous deux la situent aux confins de la mort et de la vie. Mais lequel accueille le mieux l'éclat de cette terre ? Voilà ce qu'il s'agirait de trancher.

Le premier exemple se trouve dans la *Vie de saint Josaphat*, version chrétienne de la vie de Bouddha. Josaphat, prince de l'Inde, est devenu chrétien et désire se faire moine. Son royal père use de cent stratagèmes pour le ramener au paganisme ou du moins le raccrocher à sa succession. Un soir, dans la chambre du fils, il introduit une jeune princesse d'une « beauté extraordinaire ». Josaphat est ému, on le devine, et s'il lui prêche aussitôt l'Évangile, c'est aussi pour bâillonner la muette prédication de son corps. La jeune femme lui répond finement : « Si tu désires m'empêcher d'adorer les idoles, marie-toi avec moi. » Elle lui rappelle d'ailleurs que les patriarches, les prophètes et saint Pierre lui-même étaient mariés. Josaphat lui oppose son vœu de rester vierge : « Soit, réplique-t-elle, mais si tu désires sauver mon âme, accorde-moi une simple demande que je vais te faire : couche seulement cette nuit avec moi, et je te promets de me faire chrétienne au point du jour.

Car si, comme vous le dites, il y a de la joie dans le ciel pour un pécheur qui fait pénitence, une grande récompense n'est-elle pas due à celui qui est l'auteur d'une conversion[1] ? » La belle sait comme on cause à un jeune chrétien plein de zèle. Elle adjoint à ses arguments physiques de très théologiques appas. Promettre une conversion au bout d'une coucherie, jurer le grand ciel de Dieu derrière le petit ciel de chair, la proposition a de quoi séduire, et l'on peut se répéter *in petto*, pour s'en convaincre, que le baldaquin n'est pas si éloigné du confessionnal.

Josaphat est pris de vertige devant le double abîme : le salut de cette âme, le désir de ce corps, tout conspire à le faire plonger. Il se fait donc violence, se met en oraison avec larmes, et le Très-Haut, touché par son combat, le favorise d'une vision céleste : « Il se vit conduire dans une prairie ornée de belles fleurs, où un vent doux faisait rendre aux feuilles des arbres des accords charmants, en même temps qu'il remplissait l'air de parfums ineffables ; à ces arbres étaient suspendus des fruits admirables à la vue, et délicieux au goût. Il voyait encore des sièges couverts d'or et de perles placés çà et là, des lits resplendissant de draperies et d'ornements les plus précieux, et des ruisseaux qui roulaient une eau très limpide. De là on le fit entrer dans une ville dont les murs étaient d'or fin et brillaient d'un éclat merveilleux, des chœurs célestes y chantaient un cantique que nulle oreille mortelle n'avait jamais ouï. » Les anges lui montrent ensuite, puant et sale, le séjour des réprouvés. Josaphat en a vu assez pour être raffermi. La chute de l'histoire nous l'explique en une formule ahurissante : « À son réveil, la beauté de cette jeune fille lui semblait plus repoussante que l'excrément[2]. »

1. Jacques de Voragine, *La Légende dorée*, trad. Roze, GF-Flammarion, 1967, t. II, p. 421-422.
2. *Ibid.*, p. 422.

N'est-ce pas l'expression même du déni que l'on reproche souvent aux chrétiens ? La beauté d'en haut leur sert à mépriser la beauté d'ici-bas. Le désir sensible devient désastre spirituel, la jeune fille en fleur, moins que du fumier. On élève son « Gloire à Dieu » vers le firmament, mais c'est pour mieux dire « Merde au monde ». Et le prétendu Ciel des humbles apparaît comme une manière de toiser toutes choses avec un orgueil retors.

3. Par comparaison, l'aventure contée par Victor Hugo nous semble bien plus pieuse envers les bontés de cette terre. La femme, d'ailleurs, n'y est pas mise en scène comme païenne tentatrice, mais justement comme secourable chrétienne. Et de quel secours ! L'oncle du poète raconte son histoire : il est soldat, il a vingt ans ; criblé de coups dans la bataille, on le transporte mourant vers l'ambulance. Le docteur qui le déshabille découvre dans sa poche des quatrains galants dédiés à Chloris : « C'est un païen », dit-il. L'infirmière, une sœur de charité, se signe. Le docteur n'a pas de gaze pour bander la blessure : « Du linge ! ou dans une heure il est mort ! » Mais voilà qu'il est appelé par d'autres urgences et qu'il abandonne le jeune agonisant. Reste la religieuse qui s'exclame à mi-voix :

> « S'il mourait, il serait damné, le pauvre impie ! » –
> Elle arracha sa guimpe et fit de la charpie.
> Tout entière à ses soins pour le jeune inconnu,
> Elle ne voyait pas que son sein était nu.
> Moi, je rouvrais les yeux… – Ô muses de Sicile,
> Dire à quoi je pensais, ce serait difficile[1] !

---

1. Victor Hugo, « La sœur de charité », *La Légende des siècles*, Paris, Classiques Garnier, 1950, t. II, p. 209.

L'oncle d'Hugo est soudain guéri. Et c'est moins par le bandage de la plaie que par la bandaison du désir. Autant chez Voragine les paroles rusées de la tentatrice menaient droit vers l'enfer, autant chez Hugo le sein nu de l'hospitalière opère une sorte de résurrection. Ici les grâces sensuelles ne sont pas méprisées. Les chœurs célestes s'entendent dans une échancrure. Pas besoin d'un paradis ailleurs qu'en ce monde où la chair féminine est capable de vous rendre vos esprits…

4. Et, néanmoins, quand on y regarde de plus près, les signes de nos deux histoires s'échangent. Celle de Josaphat fait sous-entendre cet aveu : pour contrebalancer les charmes d'une femme, il ne faut rien de moins que la splendeur du Ciel. Celle de l'oncle d'Hugo laisse échapper cette confidence : pour qu'advienne une nudité aussi bouleversante, il ne faut rien de moins que la charité soucieuse des âmes. Dans leur contraste, la première confirme les merveilles de la terre, la seconde manifeste l'exigence du Paradis.

Sans l'exigence du Paradis, en effet, l'événement érotique n'aurait pu avoir lieu : il n'y aurait pas eu cette profonde pudeur de la nonne, ni sa naïve transgression au nom de l'espérance d'arracher un païen à la damnation. Inversement, sans les merveilles de la terre, la vision paradisiaque devenait inutile : il eût suffi pour l'ascète de se recentrer sur ses mortifications. Saint Josaphat a en quelque sorte besoin de la beauté de sa tentatrice comme d'un marchepied pour que son ravissement se manifeste dans toute sa force surnaturelle. Et dom Juan a besoin de la piété de done Elvire comme d'une cible pour que sa séduction s'enorgueillisse d'avoir été plus forte que la grâce.

Ciel et Terre sont donc moins séparables qu'à première vue. Ils s'appellent mutuellement comme le fond et la forme, la promesse et son accomplissement, la loi et sa violation. Avant de se concurrencer, ils se donnent du relief l'un à l'autre.

Nietzsche et les arrière-mondes

5. D'où vient toutefois cette notion de Ciel ? De quelle expérience terrestre peut-elle dériver ? Il n'y pas à chercher bien loin. La dérivation procède d'une dérive évidente : la rose se fane, le bas se file, la prostate se relâche, le requin affamé n'est pas sensible aux pourparlers pacifiques, le cancer du côlon n'est pas chassé par la poésie ; aussi, plutôt que d'accepter le monde tel, on se prend à rêver une rose immarcescible, un bas indéchirable, une prostate glorieuse, un requin membre de la ligue des droits de l'homme, un cancer qui devient animal familier. Royaume où *le loup habitera avec l'agneau* (Is 11, 6) et la flatulence chantera comme un air de flûte…

Ainsi Nietzsche estime que les chantres de l'au-delà sont tous plus ou moins dyspeptiques. Leur « vie intérieure » n'est qu'une compensation imaginaire à la mauvaise vie de leurs organes internes. Ils ne digèrent pas les nourritures terrestres. Ils en ont des aigreurs d'estomac. Dès lors, comme ils n'ont pas le ventre solide, ils s'inventent une âme immortelle. Et, comme ils ne gobent pas les viandes grasses, ils rêvent d'une bidoche angélique. Leur pâque spirituelle n'est que la sublimation d'un bon transit intestinal. Leur « autre monde » n'est qu'un « arrière-monde » où ils pourraient occuper cette avant-scène que leur impuissance leur ferme ici-bas : « Croyez-moi, mes frères ! Ce fut le corps désespérant du corps, qui tâtonna des doigts d'un esprit affolé le long des murailles ultimes.

Croyez-moi, mes frères ! Ce fut le corps désespérant de la terre – qui entendit le ventre de l'être lui parler.

[…] Malades et moribonds furent ceux qui méprisèrent le corps et la terre et s'inventèrent le céleste et les rédemptrices gouttes de sang : mais ces doux et sombres poisons, c'est dans le corps et la terre qu'ils ont été les prendre[1]. »

6. L'en haut se fabrique avec ce qu'il y a de plus bas. C'est d'une crise de foie que la foi peut naître. C'est de l'esprit de vengeance que peut jaillir la charité. Elle est prêchée par le faible pour désarmer le fort et le rabaisser jusqu'à sa neurasthénie, sous peine du châtiment infernal : « Dante s'est grossièrement trompé, me semble-t-il, quand, avec une ingénuité terrifiante, il a placé cette inscription au-dessus de la porte de son enfer : "Moi aussi, l'amour éternel m'a créé." À plus juste titre pourrait-on mettre au-dessus de la porte du paradis chrétien et de sa sempiternelle "béatitude" : "Moi aussi la *haine* éternelle m'a créé", à supposer qu'une vérité puisse figurer au-dessus de la porte qui ouvre sur le mensonge[2] ! »

On peut haïr son frère ou son prochain, ce n'est rien à côté de l'espérance chrétienne, qui fait haïr l'univers en bloc, puisqu'elle consiste à dire non à ce qui est ici au profit d'un là-bas qui n'est que « néant céleste ». Dans la pensée de Nietzsche, le paradis ne peut être que le couronnement de la haine. La religion aussi bien que la métaphysique, en promouvant une « réalité » cachée plus réelle que les choses tangibles, nous ont entraînés dans cette « histoire lamentable » : « L'homme cherche un principe au nom duquel il peut mépriser l'homme ; il invente un

---

1. Friedrich Nietzsche, *Ainsi parlait Zarathoustra*, chap. I, « De ceux des arrière-mondes ».
2. *Id.*, *Généalogie de la morale*, premier traité, § 15.

autre monde pour pouvoir calomnier et salir ce monde-ci ; en fait, il ne saisit jamais que le néant et fait de ce néant un "Dieu", une "Vérité", appelés à juger et condamner cette existence-ci[1]. »

À cette impossible fuite dans le vide, Nietzsche oppose la figure tragique de Dionysos. Il s'agit de dire OUI au monde, d'acquiescer à la vie tout entière jusque dans ce qu'elle a de plus effroyable : « Soyez les intercesseurs et les justificateurs de tout ce qui est périssable[2]… », « Le tragique n'est pas un pessimiste, il dit *oui* à tout ce qui est problématique et terrible, il est *dionysien*[3]… » Cet *amen* aux choses telles qu'elles lui sont données fait sortir le dionysien de la logique du manque pour le faire entrer dans celle de la surabondance. Chercher le bonheur serait déserter de la joie ici et maintenant. C'est une démarche de grincheux et de moribond. Elle n'intéresse pas celui qui, comme l'enfant, déborde de vie : « Le désir du "bonheur" caractérise les hommes partiellement ou totalement "malvenus", les impuissants ; les autres ne songent pas au "bonheur", leur force cherche à *se dépenser*[4]. »

7. Au fond, ce que Nietzsche réclame, et qui lui confère toute son aura religieuse, c'est une gratitude sans réserve et une offrande sans retour. Il se rapproche en cela du véritable saint. Et, par-delà Dionysos, il rappelle celui qui est l'*Amen* (Ap 3, 14), qui *n'a jamais été que Oui* (2 Co 1, 19), et qui *pour vous, de riche qu'il était, s'est fait pauvre, afin de vous enrichir de sa pauvreté* (2 Co 8, 9). (Ce n'est

1. *Id.*, *La Volonté de puissance*, trad. G. Bianquis, Paris, Gallimard, 1947, t. I, livre I, § 210, p. 103.
2. *Id.*, *Ainsi parlait Zarathoustra*, chap. II, « Aux îles fortunées ».
3. *Id.*, *Crépuscule des idoles*, p. 104.
4. *Id.*, *Écrits posthumes*, cité par Georges Bataille, *Mémorandum*, in *Œuvres complètes*, Paris, Gallimard, 1973, t. VI, p. 246.

pas sans raison qu'à l'heure de sa folie Nietzsche signa plusieurs lettres « Dionysos le Crucifié ».) Sa grandeur, comme celle de tous les vrais matérialistes, provient de cet effort pour accueillir le donné sensible avec une joie sauvage, sans jamais se bercer de l'illusion d'un outre-monde qui reviendrait à diffamer le nôtre.

Cette dimension *eucharistique*, au sens étymologique d'« action de grâces », est probablement ce qui fonda mon nietzschéisme dans ce qu'il pouvait avoir de sincère. Elle m'enjoint encore aujourd'hui de lui rester d'une façon fidèle, et me fait redouter à l'inverse le caractère aigri et ronchon de certains croyants, parfois plus ingrats à l'égard du Créateur que cet « antéchrist » qui cherchait à aimer toute la création telle que livrée à notre regard. Proust indique cette possibilité d'un athéisme plus religieux que le mépris du monde qu'on trouve chez certains soi-disant dévots : « On a même pu dire que la louange la plus haute de Dieu est dans la négation de l'athée qui trouve la Création assez parfaite pour se passer d'un créateur[1]. »

8. Mais le paradoxe qui servit à dénoncer le paradis chrétien se retourne aussitôt contre l'*amen* nietzschéen : si l'espérance, selon lui, avait son principe dans le res-sentiment, sa gratitude sans faille a sa conclusion dans la cruauté, et donc son principe encore, sans doute, dans un ressentiment au second degré. Car il faudrait dire oui à tout et même à ce qui recèle en soi le non, à la violette de Parme comme à la colique néphrétique, à la musique de Bizet comme au viol d'un enfant, à Zarathoustra et au « dernier homme », sans que cela puisse prendre un autre sens par ailleurs : « L'être le plus débordant de vie, le dionysiaque, dieu ou homme, se plaît non seulement au spectacle de l'énigmatique et de l'effrayant, mais il aime

---

1. Marcel Proust, *Le côté de Guermantes*, *op. cit.*, t. II, p. 343.

l'effroyable en lui-même, et tout luxe de destruction, de bouleversement, de négation ; la méchanceté, l'insanité, la laideur lui semblent permises en vertu d'un excès de forces créatrices qui le rendent capables de faire du désert même un sol fécond[1]. »

Quel est ce luxe de négation qui serait permis au dionysiaque et interdit au chrétien ? La compassion de celui-ci avait été disqualifiée en raison de sa cruauté sous-jacente, pourquoi le *oui* de celui-là se trouve-t-il qualifié au même motif ? Quel est ce *oui* qui consent à nier et détruire ? Dit-il vraiment *oui* à ce qui est, celui qui se rend complice de ce qui ruine les êtres ?

Cependant, dans le passage que nous venons de citer et qui pousse le oui jusqu'à se complaire devant l'horreur, nous devons remarquer un glissement, presque un repentir, comme si Nietzsche avouait que l'injonction de vivre ici et maintenant nous entraîne à ne pas en rester là. En effet, le oui au désert ne se contente pas du désertique : il fait « du désert même un sol fécond ». L'excès de force attribué au dionysiaque emprunte à la puissance que le psalmiste attribue à l'Éternel : *Il change le désert en source* (Ps 107, 35). Friedrich Nietzsche, fils de pasteur, né dans le presbytère de Rocken, cite la Bible comme il respire, sans s'en apercevoir. Et parce que cette citation lui vient depuis la demi-conscience du berceau, il peut l'entendre avec plus de fraîcheur que ceux qui la recouvrirent d'une routine morne. La « vallée de larmes » n'est pas le lieu d'une sécheresse mais d'une fécondité. Et c'est exactement ce que dit le passage où cette expression fut prise : *Quand ils traversent la vallée de la soif* [*in valle lacrimarum*, selon la Vulgate]*, ils en font une oasis* (Ps 83, 7). N'est-ce pas ici, chez Nietzsche même, la relance d'un espoir qui fait passer des ténèbres à la lumière ?

1. Friedrich Nietzsche, *Le Gai Savoir*, v, § 370.

9. La pensée de Nietzsche, parce qu'elle est d'abord ennemie du nihilisme, est certainement le passage obligé d'une juste considération du paradis. Tous les théologiens sont désormais obligés de répondre à sa critique décisive : en quoi la promesse d'une vie éternelle n'est-elle pas la dévaluation de notre vie dans le temps ? Et leur réponse doit repartir des trois postulats sur lesquels se fonde cette critique et montrer en quoi, bien qu'ils aient été soutenus par des chrétiens bien intentionnés, ces postulats sont éminemment discutables.

Le premier d'entre eux, c'est que l'expérience de la souffrance serait à l'origine de l'idée paradisiaque comme d'une compensation nerveuse. Mais qu'est-ce qu'un paradis qui n'est que le négatif de la souffrance ? Le définir de la sorte ne conduit-il pas à lui dénier toute splendeur positive ? Transparent analgésique, il ne serait plus que la privation d'une privation. Et son concept se détruirait de lui-même. C'est la raison pour laquelle il faudrait se demander si le sens du paradis ne surgirait pas plutôt de l'expérience de la joie. Plus profonde que le mal qui les emporte, ce serait la beauté des choses, qui ouvrirait en nous cette béance comme une plaie heureuse.

Deuxième postulat : la notion de paradis serait attachée à « la pensée de l'ailleurs et de l'autrement[1] », d'autant plus invulnérable qu'elle s'appuierait sur du négatif, impossible à vérifier par l'expérience. Mais pourquoi ne serait-elle pas fondée sur l'ici et le tel quel ? Et si c'était la terre elle-même qui recélait le Ciel comme le bulbe boueux cache si improbablement sa jacinthe ? Si c'étaient les choses telles qu'elles sont qui exigeaient leur gloire ? L'espérance ne

1. Clément Rosset, *L'École du réel*, Paris, Éditions de Minuit, 2008, p. 127.

serait plus désertion rancunière, mais accueil du présent le plus pur. Elle ne fleurirait que dans la gratitude.

Troisième postulat : le paradis ne serait que le complément d'un manque, et donc l'horizon des « malvenus », des fatigués et des mesquins – un rêve de sparadrap qui ne vaudrait que pour l'impressionnable obsédé par ses égratignures, et non pour le preux chevalier s'enhardissant avec chaque coup reçu. Mais ce serait justement parler du paradis avec plus de vérité que d'en déduire qu'il est l'espace d'une offrande plutôt que l'oreiller d'un dorlotement. Au lieu de combler un manque, il dégage un excès, il creuse une capacité de dépense divine.

La transcendance chez l'oncle Raymond

10. Ce préjugé selon lequel Dieu et son paradis seraient des faux-fuyants et impliqueraient de soi le mépris de nos jours profanes procède sans doute de ceci : beaucoup s'imaginent que la transcendance ne se rencontre que dans l'exceptionnel et le rarissime. Ce serait un orgasme de lumière. Un grand lavement spirituel. Quelque chose qui ne se livrerait qu'à un petit nombre d'élus et se déroberait aux prolétaires de l'âme. On ne la verrait jamais chez l'épicier du coin. On ne saurait s'asseoir près d'elle au square.

Face à de telles dérobades, forcément, on commence par mettre en doute son quotidien : « Si je pouvais l'étreindre dans une permanente extase, cette fichue transcendance ! Mais je dois prendre une douche, mettre ce pull que vient de m'offrir ma mère et me rendre à ce repas de famille chez l'oncle Raymond… » Puis, comme on ne peut guère douter de son quotidien toujours, on finit par mettre en doute la transcendance elle-même : « Pourquoi ne se trouve-t-elle qu'autour de l'autel ou de l'ermitage ? Pourquoi ne me suit-elle pas aux cabinets ? Qu'est-ce qui l'empêche de m'accompagner dans la cuisine ou le métro ? C'est une hautaine, voilà tout. » Dans un cas comme dans l'autre, la transcendance est confondue avec une extériorité. Elle est hors la vie de tous les jours. Si bien que la vie de tous les jours, vexée, ne peut que la mettre dehors. Elle la trouve trop dédaigneuse. Elle ne la réinvitera plus.

11. Mais peut-être qu'à son sujet l'on s'est trompé dès le départ. Il aurait fallu y regarder avec plus d'attention, cette attention que Malebranche appelle une « prière naturelle » et que les choses exaucent par leur soudaine présence. Car, en vérité, « la transcendance est la chose la plus ordinaire du monde[1] ». C'est peut-être l'« Arlésienne », mais elle ne s'en rencontre que mieux dans n'importe quelle Arlésienne, c'est-à-dire aussi bien dans une Putéolienne ou une Phalsbourgeoise. Elle est même dans le coquelicot, dans la roue de bicyclette, dans l'oncle Raymond. Sa conversation peut vous être affligeante, mais il est là, l'indicible en bretelles, le mystère rouge et qui sue, et il suffirait que vous déplaciez votre attention de l'inanité de ses propos vers l'inconscient poème de son existence, pour que l'ennuyeuse banalité de le voir se change en éblouissant miracle. Sa corpulence où le menton et la poitrine tombent comme de la cire fondue et refroidie n'est-elle pas plus vivante qu'une statue de Michel-Ange ? Le vieux catarrhe qu'il ne cesse de recycler dans le fût taurin de sa gorge ne produit-il pas des raclements plus désolés que les premiers accords de la Chaconne de Bach ? Ne vous a-t-il pas dit *Bonjour* ? N'a-t-il pas soulevé son bras, révélant

1. Yves Bonnefoy, « Une expérience du monde », entretien avec Patrick Kéchichian, *Le Monde – Dossiers & Documents*, n° 43, avril 2004.

sous l'aisselle la seule auréole à laquelle il prétende ? Quoiqu'il ne croie ni à Dieu ni à diable, le fait même qu'il décide d'agir est une énigme. Énigme non seulement de son être sans pourquoi, ici, devant vous, tenant sans fil ni filet au-dessus du néant, mais encore énigme d'une action délibérée qui suppose un indéracinable espoir. Parce que si l'espoir n'était pas en Raymond – faim de se rapprocher du bonheur aussi réelle que sa faim du poulet basquaise qu'il ingurgite à pleines mains et bouche huileuses – pourquoi poserait-il encore un geste, pourquoi même reprendrait-il une aile ?

« L'homme passe l'homme », dit Pascal, et Nietzsche : « Ce qui est grand dans l'homme est de n'être pas un but mais un pont : ce qui peut être aimé dans l'homme est d'être un *passage* et une *chute*[1]. » Ainsi Raymond transcende Raymond. À qui veut bien le considérer, l'oncle est une épiphanie – poussive et rougeaude, certes, mais une épiphanie quand même. Et peu à peu sa salle à manger que tapisse un papier peint au ramage imbécile et cloqué peut larguer les amarres, s'aérer comme la dunette d'un navire en partance.

Avec Yves Bonnefoy : l'Arrière-Pays

12. Par-delà les arrière-mondes sécrétés par l'amertume, Yves Bonnefoy reconnaît un Arrière-Pays entrouvert par la contemplation. Les splendeurs architecturales de Byzance ne sont pas nécessaires pour s'en apercevoir ; un élément de vaisselle suffit à l'émerveillement : « Pourquoi ces plats d'argent, ou d'étain ? Il y vient des reflets si simples, si dénués d'envie, de matière, on dirait qu'ils

---

1. Friedrich Nietzsche, *Ainsi parlait Zarathoustra*, « Prologue », 4.

parlent d'un seuil, illuminé[1]. » Les objets les plus simples, dans leur superficie même, paraissent ouvrir un passage. L'ouvrir et en même temps le fermer. Car ce passage se suggère au sage mais ne se livre point à ses pas.

Depuis le bateau qui marche sur les vagues, j'aperçois les îles de Lérins et, sous le calme soleil d'octobre, par-delà cette rive à sans cesse retrousser sa jupe sur des dentelles d'écume, derrière les premiers arbres qui semblent de leurs branches me faire un signe d'accueil, je pressens la clairière où vivre, aimer, mourir sans doute mais pour vivre à nouveau dans un perpétuel enchantement. Et pourtant, une fois débarqué, mes pas dans les allées bordées de fleurs ne font que repousser le pas que j'étais sur le point de franchir. Ce n'est pas que l'illusion se dissipe. C'est que l'accomplissement se diffère sans fin. L'île où je pénètre n'est encore qu'un bord scintillant. La clairière où j'arrive devient une autre lisière. Ainsi ces parfums enveloppants des genêts et du thym qui réclament à ma mémoire un introuvable souvenir d'enfance, ces chants du pinson et de la mouette redéployant l'espace selon l'abscisse et l'ordonnée de leurs gaietés contraires, ces vignes vendangées dont les feuilles rougeoient sur le cep et semblent me tendre la gorgée d'un second vin de flammes, cette vieille tour de calcaire blanc qui fait la sentinelle entre les deux azurs du ciel et de la mer et paraît guetter l'heure où l'horizon s'ouvrira comme un couvercle sur l'aube sans déclin, tout réitère la promesse, tout en repousse la réalisation.

L'Arrière-Pays reste en arrière à mesure que j'avance. L'advenue des êtres répète l'imminence d'une révélation qui ne se fait pas. Puis me rattrapent les préoccupations de l'hébergement, de l'horaire des repas et des messes,

1. Yves Bonnefoy, *L'Arrière-Pays*, Paris, Gallimard, coll. « Poésie », 2003, p. 23.

des enfants à surveiller plus qu'à admirer comme d'autres vivantes embrasures, et mes yeux se brouillent plus vite et pour plus longtemps qu'ils n'avaient été rendus limpides. Alors je peux me dire avec le poète : « Là, à deux pas sur la voie que je n'ai pas prise et dont déjà je m'éloigne, oui, c'est là que s'ouvrait un pays d'essence plus haute, où j'aurais pu aller vivre et que désormais j'ai perdu[1]. » Mais ce pays plus haut peut-il tenir sous un plan cadastral ? Occupe-t-il une région de l'espace ? S'agit-il à proprement parler d'un ailleurs ? Non, puisque tout s'est joué ici même, et serais-je ailleurs que cela se jouerait pareillement. Cette expérience de l'Arrière-Pays offert et dérobé ne relève pas d'un désir des lointains ni d'un rêve d'évasion, puisqu'elle s'est donnée au contraire dans une tendre proximité avec le réel. C'est au moment où j'accueille l'ici et maintenant que l'ici et maintenant m'invite vers un ailleurs qui ne se trouve pas ailleurs et vers un à-venir qui n'est pas dans l'avenir : « Ce n'est pas mon goût de rêver de couleurs ou de formes inconnues, ni d'un dépassement des beautés de ce monde. […] Ici, dans cette promesse, est donc le lieu[2]. »

Il n'y va donc pas de notre amertume, mais de notre attention à l'égard des choses mêmes, qui semble promettre leur assomption glorieuse. Pour peu qu'on les regarde, les écoute, les respire avec un cœur vacant, elles nous apparaissent, dans la détresse comme dans la joie, et plus encore dans la joie même, comme en souffrance de leur paradis. Devant le visage de ma fille que la maladie défigure, j'espère le lieu où le mal ne nous atteindra plus ; mais devant son visage que transfigure la cascade de son rire ou le simple abandon du sommeil, j'entrevois ce lieu davantage encore, et c'est pour l'avoir aperçu d'abord

1. *Ibid.*, p. 9.
2. *Ibid.*, p. 10.

dans cette joie bouleversante que la tristesse me le fait désirer ensuite si férocement : « … alors l'invisible et le proche se confondent, l'ailleurs est partout, le centre à deux pas peut-être : je suis depuis longtemps sur la voie, il ne s'en faut que d'un tournant avant que j'aperçoive les premiers murs, ou parle aux premières ombres[1]… » Un tournant ? D'autres diront une conversion. Qu'importe. L'essentiel est de se rappeler que, dans l'un comme dans l'autre cas, nos propres forces ne sauraient y suffire.

13. Pour Bonnefoy, cependant, le sens de cette expérience s'avère indécidable : « Je reste requis par l'espérance, ou le leurre[2]. » À l'éclair entraperçu se superpose une lucidité autre, qui est celle de la mort (mais peut-être est-ce la même fulgurance qui éclaire et foudroie). La présence des choses et notre présence à elles s'y révèlent comme une parole qui se donne mais que ni nous ni elles ne parvenons à tenir. Elle promet l'Arrière-Pays, et nous ne voyons que des cercueils.

Si l'on met de côté sa réticence à l'encontre du « vieux plumage, heureusement terrassé, Dieu » – « mot de la tribu » auquel Mallarmé ne sut pas « rendre un sens plus pur » –, Yves Bonnefoy dénie au paradis juif ou chrétien le pouvoir de *réaliser* l'Arrière-Pays, et ce pour au moins trois motifs. Le premier, c'est que ce paradis lui apparaît malgré tout complice du « refus gnostique ». Sans doute a-t-il approché, à travers les peintures de Giotto, Masaccio ou Piero della Francesca, que ce paradis relève du mystère de l'Incarnation, et que par conséquent il s'oppose à la « force d'excarnation[3] » à l'œuvre dans la gnose ancienne. Mais que peut-il y avoir en dehors de cet univers

1. *Ibid.*, p. 18.
2. *Ibid.*, p. 17.
3. *Ibid.*, p. 65.

fait d'atomes mouvants ? « Moi, soucieux d'une transcendance mais aussi d'un lieu où elle aurait sa racine, c'est à celui-ci, "vaine forme de la matière", que je conférais la qualité d'absolu[1]… »

Deuxième motif, ce paradis émousserait la pointe de la mort. Bonnefoy entend ici jouer Baudelaire contre Dante pour définir l'acte et le lieu de la poésie : « Ainsi Dante qui l'a perdue va-t-il *nommer* Béatrice. Il appelle en ce seul mot son idée et demande aux rythmes, aux rimes, à tous les moyens de solennité du langage un moyen de dresser pour elle une terrasse, de construire pour elle un château de présence, d'immortalité, de retour. Toute une poésie cherchera toujours, pour mieux saisir ce qu'elle aime, à se défaire du monde[2]. » Mais il est une poésie autre, qui accepte radicalement notre finitude, et dont le discours, ennemi des embellissements mièvres et des fleurs artificielles, peut être authentique enfin. Baudelaire « a fait ce pas improbable. Il a nommé la mort[3]. »

Ce qui conduit au troisième motif, à savoir que la mort, dans son caractère le plus définitif, ne nous condamne pas à ne prononcer que les mots de la misère et du deuil. Elle nous apprend aussi le chant de la singularité. La mortalité des êtres n'est-elle pas ce qui concourt à leur octroyer leur rareté et leur prix ? D'être périssable n'est pas contraire à la beauté de la fleur ou de la femme : leur précarité accuse l'événement de leur présence et l'urgence de les chanter avant qu'il ne soit trop tard. Sans ce fond noir de la mort prochaine et sans retour, comment l'instant ferait-il sa saillie lumineuse ? « L'invention baudelairienne – pour

1. *Ibid.*, p. 45.
2. Yves Bonnefoy, « L'acte et le lieu de la poésie », in *L'Improbable*, Paris, Gallimard, coll. « Idées », 1983, p. 107-108.
3. *Id.*, « Les Fleurs du mal », p. 34.

en revenir au vrai moment décisif – l'invention baude-lairienne de *tel* être ou de *telle* chose est bien chrétienne pour autant que Jésus a souffert sous Ponce Pilate, donnant une dignité à un lieu et à une heure, une réalité à chaque être. Mais le christianisme n'affirme qu'un court instant l'existence singulière. Chose créée, il la reconduit à Dieu par les voies de la Providence et voici *ce qui est* privé encore une fois de sa valeur absolue[1]. »

14. Nul ne saurait contester cette « reconduction » chrétienne. Mais peut-on dire, comme le suppose Bonne-foy, qu'elle est une réduction ? L'existence singulière est-elle reconduite à Dieu pour que sa singularité soit abolie, ou bien, tout au contraire, pour qu'elle soit *recon-duite*, précisément ? Car c'est un contresens sur l'éternel que de penser qu'il pourrait détruire la fulgurance d'un être, alors que, par définition, il en est la source. Et c'est bien plutôt la croyance en la mort comme dernier mot qui, par définition encore, « n'affirme *qu'un court ins-tant* l'existence singulière », puisqu'elle la condamne à périr.

Aussi Bonnefoy hésite : il reconnaît que ce qui sauve, dans le christianisme, n'est pas un archétype atemporel et abstrait, mais l'événement de telle chair en tel lieu à telle époque précise (*sub Pontio Pilato*, et non pas *sub specie æternitatis*). Sa victoire n'est d'ailleurs pas celle d'un Immortel, mais d'un Ressuscité, c'est-à-dire de qui est mort, et de la mort la plus effroyable, et dont la vie plus forte assume cette mort comme l'occasion d'une offrande sans restriction. Bonnefoy devine aussi que la mort n'est pas ce qui donne son prix à l'existence. Tout au plus peut-elle le rehausser à nos yeux, pareille à l'obscurité qui par contraste peut nous rendre la lumière éblouissante ; mais

---

1. *Id.*, « L'acte et le lieu de la poésie », p. 122.

l'obscurité en elle-même est incapable de produire le moindre rayon.

Le leurre, par conséquent, n'est peut-être qu'un leurre, et l'espérance se maintient contre toute espérance. Pourquoi n'est-elle pas plus évidente ? Elle est assez forte, dans sa discrétion, pour que le poète confesse encore :

> Mais il me semble aussi que n'est réelle
> Que la voix qui espère, serait-elle
> Inconsciente des lois qui la dénient[1].

L'épreuve du paradis selon Baudelaire

15. Yves Bonnefoy, nous venons de le lire, estime que la grandeur de Baudelaire est de n'avoir pas craint de nommer la mort. Il me semble toutefois qu'elle est plutôt d'avoir su nommer le paradis comme épreuve. Grandeur plus redoutable sans doute, puisque l'ultime refuge y devient encore cause de combat, et que la mort physique elle-même y apparaît comme une délivrance auprès de cette autre mort – la mort dans l'âme – qui n'est possible qu'à cause du paradis, comme sa perte, son refus et son remords. C'est cette mort-là que Baudelaire a le plus durement nommée : le péché irrémissible qui clôt le damné sur lui-même et lui fait répondre sans cesse à son Ange qui voudrait l'empoigner vers les hauteurs : « Je ne veux pas[2] ! » Dans cette situation, le tragique n'est pas qu'il

---

1. *Id.*, « Dans le leurre des mots », in *Les Planches courbes*, Paris, Gallimard, coll. « Poésie », 2003, p. 77.
2. Charles Baudelaire, « Le rebelle », dans *Les Fleurs du mal*, ajouts de la troisième édition (1868), in *Œuvres complètes*, Paris, Robert Laffont, coll. « Bouquins », 1980, p. 126.

n'y ait pas d'autre monde : c'est qu'il n'y a même plus ce monde-ci. Parce que ce monde-ci, du fait de la faute, a perdu sa consistance et sa saveur.

Commençons par dissiper un malentendu. Lorsque Baudelaire veut être « *anywhere out of the world* », il ne verse pas dans le mépris gnostique des choses d'ici-bas : ne sait-il pas l'« art d'évoquer les minutes heureuses », être transporté par un parfum vers une île de pureté, déceler dans une chevelure « un port retentissant où [son] âme peut boire » ? Mais voilà : quelque chose nous interdit d'être présents à ces merveilles qui couvent sous la matière. Perte de la grâce, dans tous les sens du terme, et dont l'Ennui est le commencement et la fin. Il s'énonce dans l'adresse « Au lecteur », qui inaugure *Les Fleurs du mal*. Il se retrouve dans « Le voyage », qui ferme la première version du recueil. Aussi n'est-ce pas le monde en lui-même qu'il est question de fuir, mais le monde en tant qu'il est le miroir de notre humanité bavarde et sottement ivre d'elle-même : « Le monde, monotone et petit, aujourd'hui, / Hier, demain, toujours, nous fait voir *notre image* : / Une oasis d'horreur dans un désert d'ennui[1] ! »

Toutefois, le désert ne se ferait pas sentir, si l'on n'avait d'abord aperçu le jardin. Pour Baudelaire, l'expérience fondamentale n'est certainement pas « spleenétique ». Elle est paradisiaque. La première partie des *Fleurs* le laisse entendre dans le balancement de son titre : « Spleen et Idéal ». C'est la perte de l'Idéal qui est à l'origine du spleen. L'expérience de l'Idéal – ce que l'on pourrait appeler une « prélibation » du Ciel – est donc première. Elle s'apparente à trois lieux communs qui habitent les premiers poèmes des *Fleurs du mal*, et qui, une fois l'Idéal saccagé, hantent tous les autres : l'enfance, la beauté, et

---

1. *Id.*, « Le voyage », *op. cit.*, p. 99. (Je souligne.)

« ces jours [rares] où l'homme s'éveille avec un génie jeune et vigoureux[1] ». (Nous le remarquerons par la suite : à ces trois commencements du Ciel, qui rendent la chute plus dure, correspondent trois commencements de l'enfer, qui s'efforcent de l'ignorer.)

16. Dès l'abord, donc, Baudelaire chante « le vert paradis des amours enfantines[2] ». Les *Fleurs* commencent avec cette « Bénédiction ». Le Poète y surgit sous la figure d'un enfant si inapte à la boutique et au comptoir que, « ne comprenant pas les desseins éternels », sa mère le maudit. Le petit déshérité, cependant, « sous la tutelle invisible d'un Ange », « s'enivre de soleil » :

> Il joue avec le vent, cause avec le nuage,
> Et s'enivre en chantant du chemin de la croix ;
> Et l'Esprit qui le suit dans son pèlerinage
> Pleure de le voir gai comme un oiseau des bois[3].

L'Ange gardien pleure de la gaieté enfantine : il sait que le monde va la briser en mille morceaux. Tous ceux que l'enfant veut aimer feront sur lui « l'essai de leur férocité ». Une femme pourra même se vanter de mettre l'oiseau des bois dans une cage où le faire taire : « Comme un tout jeune oiseau qui tremble et qui palpite / J'arracherai ce cœur tout rouge de son sein… » Mais le mal ne vient pas seulement de l'extérieur : le Temps mange la vie de l'enfant, l'obscur Ennemi le gagne à son tour et l'adoube hypocrite, impur, vénal. Ainsi le péché viole le petit amour

---

1. *Id.*, « Le poème du hachich », in *Les Paradis artificiels*, *op. cit.*, I, p. 232.
2. *Id.*, « Mœsta et errabunda », in *Les Fleurs du mal*, *op. cit.*, LXII, p. 47.
3. *Id.*, « Bénédiction », *op. cit.*, I, p. 5.

par le dehors et par le dedans. Le paradis de l'enfance est irrémédiablement perdu.

La conscience de cette perte fait très mal, mais elle est un bien. Ce qui est proprement diabolique, c'est la mièvrerie qui feint l'innocence intacte ou recouvrable, comme le prétend George Sand, par le truchement du « bon cœur » et du « bon sens[1] ». Le pire, en effet, n'est pas dans la chute, mais dans l'obstination à ne pas la reconnaître, car cette obstination nous ferme la possibilité du relèvement. Voilà pourquoi Baudelaire, aiguillonné par la « Muse des derniers jours », lance son opération déniaisante, révèle par bonté notre horreur, répand la bonne nouvelle de la damnation. Je crois voir dans une jeune fille l'absolue merveille virginale ? « Il y a dans la jeune fille toute l'abjection du voyou et du collégien[2]. » Je pense retrouver la quiétude par le zen stoïcien ? « Le stoïcisme, religion qui n'a qu'un sacrement – le suicide[3] ! » Je songe à ma régénération par un voyage à Cythère ? Là-bas m'attend pour me saluer un pendu déjà mûr : « Les yeux étaient deux trous, et du ventre effondré / Les intestins pesants lui coulaient sur les cuisses[4]. » Je me réjouis, prédicateur, de forcer « les cœurs indifférents » et d'y « avoir poussé bien haut » le « petit Jésus » par mes phrases ? Ce serait être « transporté par un orgueil satanique » et devenir « semblable aux bêtes de la rue[5] ».

17. L'autre paradis entrevu pour nous être aussitôt dérobé se rencontre dans l'expérience du beau (de l'air,

1. *Id.*, *Mon cœur mis à nu*, *op. cit.*, XVII, p. 411.
2. *Ibid.*, XXXIII, p. 419.
3. *Id.*, *Fusées*, *op. cit.*, XV, p. 398.
4. *Id.*, « Un voyage à Cythère », in *Les Fleurs du mal*, *op. cit.*, CXVI, p. 88.
5. *Id.*, « Châtiment de l'orgueil », *op. cit.*, XVI, p 15.

enfin de l'air !). Celui qui ramènerait sa commotion au simple plaisir esthétique commettrait une faute d'insensibilité ou d'inattention. L'expérience ici-bas du beau présente toujours deux faces : joie du Ciel et supplice de Tantale. La volupté qu'il procure a toujours pour compagne une tristesse, nous dit le poète, « comme venant de privation ou de désespérance » : « Je ne conçois guère (mon cerveau serait-il un miroir ensorcelé ?) un type de Beauté où il n'y ait du *Malheur*[1]. » Mais, une fois encore, ce malheur est toujours à la mesure du bonheur entraperçu : « Quand un poème exquis amène les larmes au bord des yeux, ces larmes ne sont pas la preuve d'un excès de jouissance, elles sont bien plutôt le témoignage d'une mélancolie irritée, d'une postulation des nerfs, d'une nature exilée dans l'imparfait et qui voudrait s'emparer immédiatement, sur cette terre même, d'un paradis révélé[2]. » Le beau terrestre selon Baudelaire est un avant-goût du Ciel : comme tout avant-goût, en tant qu'il en suggère le goût, il procure de la joie ; mais, en tant qu'il ne le donne pas entièrement, il creuse la mélancolie – et une mélancolie d'autant plus amère que la joie fut plus douce. Le clair exode entrevu ne fait sentir que plus durement notre exil.

Ainsi le « Rêve parisien », qui emporte le rêveur vers un merveilleux palais de bassins et de cascades, ne peut que se résoudre en un réveil navrant :

> En rouvrant mes yeux pleins de flamme
> J'ai vu l'horreur de mon taudis,
> Et senti, rentrant dans mon âme,
> La pointe des soucis maudits[3].

---

1. *Id.*, *Fusées*, *op. cit.*, X, p. 394.
2. *Id.*, « Notes nouvelles sur Edgar Poe », in *Critique littéraire*, *op. cit.*, p. 598.
3. *Id.*, « Rêve parisien », in *Les Fleurs du mal*, *op. cit.*, CI, p. 76.

Comment ne pas entrer bientôt en révolte contre ce qui nous élève pour mieux nous humilier ? « Et maintenant la profondeur du ciel me consterne ; sa limpidité m'exaspère. L'insensibilité de la mer, l'immuabilité du spectacle, me révoltent… Ah ! faut-il éternellement souffrir, ou fuir éternellement le beau ? Nature, enchanteresse sans pitié, rivale toujours victorieuse, laisse-moi[1] ! »

En l'occurrence, sous cette consternante « profondeur du ciel », ce n'est pas un, mais trois démons qui nous tentent l'un après l'autre : la débauche, cherchant à s'emparer de la vague qui reflue, à posséder cette splendeur qui nous dépossède, mais ne découvrant au petit jour que le vide et l'infection ; le philistinisme, haineux de cette beauté qui révèle notre impuissance et notre bassesse, et va se réfugier dans ses livres de compte ; l'esthétisme, accommodant l'éblouissante à l'agréable plastique d'un gentil lustre mondain. Afin de démasquer ce dernier enfer, celui du Parnasse, bien pire que les enfers du bordel et de l'épicerie (« Il est une chose mille fois plus dangereuse que le bourgeois, c'est l'artiste-bourgeois[2] »), Baudelaire cultive ses *Fleurs* carnivores et vénéneuses, afin de prouver la possibilité de « la Beauté dans le Mal » : ce que tu croyais taillé dans un marbre pur reste de connivence avec la putréfaction.

18. Il est encore une autre prélibation du Ciel moins qualifiable et plus gratuite. Un beau matin, l'homme s'éveille (mais cette aurore peut advenir au milieu de la journée, alors qu'il s'est levé depuis longtemps) et ses paupières

---

1. *Id.*, « Le confiteor de l'artiste », in *Petits poèmes en prose*, *op. cit.*, III, p. 163.
2. *Id.*, « Le Musée classique du Bazar Bonne-Nouvelle », in *Critique d'art*, *op. cit.*, p. 638.

s'ouvrent sur un monde plus intense, « avec un relief puissant, une netteté de contours, une richesse de couleurs admirables » : « Ce qu'il y a de plus singulier dans cet état exceptionnel de l'esprit et des sens, que je puis sans exagération appeler *paradisiaque*, si je le compare aux lourdes ténèbres de l'existence commune et journalière, c'est qu'il n'a été créé par aucune cause visible et facile à définir[1]. » Cet état n'est pas le « résultat » d'un régime sage. Il n'est pas non plus la « récompense » des ardeurs spirituelles. Il peut survenir au sortir d'une beuverie, « après de coupables orgies de l'imagination » : « C'est pourquoi je préfère considérer cette condition anormale de l'esprit comme *une véritable grâce*, comme un miroir magique où l'homme est invité à se voir en beau, c'est-à-dire tel qu'il devrait et pourrait être ; une espèce d'excitation angélique, un rappel à l'ordre sous une forme complimenteuse[2]. »

Ces lignes sont décisives. Nous touchons ici à ce qui spécifie l'expérience baudelairienne par rapport à celles d'un Georges Bataille ou, à l'autre opposé, d'un Jean de la Croix. Pour l'auteur de la *Nuit obscure*, l'union mystique est le couronnement d'un dépouillement vertueux : Baudelaire évoque un état moins élevé, certes, mais qui ne suppose aucune morale, puisqu'il peut fondre indûment jusque sur la canaille et le dépravé. Pour l'auteur de *Madame Edwarda*, l'expérience intérieure est toujours liée à une sorte de transgression dissolvante : Baudelaire décrit au contraire un « état où toutes les forces s'équilibrent », une extase qui n'abolit pas la parole et la pensée, mais leur confère une acuité plus haute. Plutôt que d'une transgression, il s'agit d'un « rappel à l'ordre » – ordre sublime, sans doute, et qui, relativement aux normes sociales, peut paraître un horrible désordre – mais qui vient « comme

1. *Id.*, *Les Paradis artificiels*, *op. cit.*, p. 232.
2. *Loc. cit.*

d'une puissance supérieure », « attentive à réveiller dans l'esprit de l'homme le souvenir des réalités invisibles » : « C'est une espèce de hantise, mais de hantise intermittente, dont nous devrions tirer, si nous étions sages, la certitude d'une existence meilleure et l'espérance d'y atteindre par l'exercice journalier de notre volonté[1]. » (L'expérience paradisiaque, avons-nous observé, n'est pas nécessairement précédée par une disposition morale, mais Baudelaire précise aussitôt qu'elle devrait être suivie d'une discipline, d'un exercice quotidien, ce qu'il appelle aussi une « hygiène ». Pour lui comme pour le prophète Osée, Dieu vient étreindre sa fiancée avant qu'elle ne soit belle et pure, alors même qu'elle est encore putain. Il espère toutefois que le plaisir de cette étreinte la poussera à se débarbouiller et à devenir sage en vue des noces définitives.)

Mais nous ne sommes pas sages. Sur cette grâce, nous voulons mettre le grappin. De la façon la plus absurde (« L'absurde est la grâce des gens qui sont fatigués[2] »), sans nous « inquiéter de violer les lois de notre constitution », nous demandons à la production matérielle, à la pharmacie, aux sciences physiques le moyen d'« emporter le paradis d'un seul coup[3] ». C'est l'enjeu des drogues les plus diverses, mais c'est aussi celui du progrès technique : notre naturel blessé à mort, au lieu de laisser sa plaie être illuminée par le surnaturel, réclame sans fin une suture à ses propres artifices, se raccommode avec un fil souillé par sa corruption. Aussi nos désinfectants enveniment. Notre chair pourrit sous des pansements de plus en plus magistraux. Les intentions sont généreuses, à n'en pas douter, elles atteignent bientôt à la « perfection diabolique » : non seulement de s'enfler jusqu'à dire : « Je

---

1. *Ibid.*, p. 233.
2. *Id.*, *Pensées diverses*, *op. cit.*, p. 426.
3. *Id.*, *Les Paradis artificiels*, *op. cit.*, p. 233.

suis Dieu », mais, plus subtilement, plus angéliquement, d'« admirer son remords[1] ». Les « Litanies de Satan » sont là pour rappeler cette résolution extrême : « Ô Satan […] Fais que mon âme un jour, sous l'Arbre de Science, / Près de toi se repose[2]. »

À cette recherche de recettes d'autant plus fausses qu'elles passent pour infaillibles, à cette « américanisation » par une mécanique oublieuse du « cri », de « l'ambition désespérée du cœur », de « tout ce qui est gratuit et vient de Dieu[3] », Baudelaire oppose sa « théorie de la vraie civilisation » : « Elle n'est pas dans le gaz, ni dans la vapeur, ni dans les tables tournantes, elle est dans la diminution des traces du péché originel[4]. »

19. La pression du paradis ordonne ainsi une double épreuve, comme nostalgie, d'abord, puis comme remords. La première épreuve propose cette alternative : ou bien l'espérer avec attention et patience comme le don de ce qui nous échappe, ou bien, dans un mélange d'impatience et de parade, se fabriquer un paradis de substitution, artificiel, qui est le commencement du véritable enfer. Or, dans notre « lésine », nous ne manquons pas de choisir le succédané, plus accessible, et de l'ordre de la réussite personnelle, comme on dit : sa face de succès nous attire et nous cache son envers de damnation. C'est alors que se ménage la seconde épreuve : le vrai paradis se fait à nouveau sentir comme une morsure, et soit j'en accueille la violence qui m'incite à raser les piteux édens dans lesquels j'avais enfermé mon espoir, soit je m'enfonce davan-

1. *Ibid.*, p. 253.
2. *Id.*, *Les Fleurs du mal*, *op. cit.*, CXX, p. 93.
3. *Id.*, « Réflexions sur quelques-uns de mes contemporains », in *Critique littéraire*, *op. cit.*, III, p. 518.
4. *Id.*, *Mon cœur mis à nu*, *op. cit.*, XXXII, p. 418.

tage dans leur caricature, avec la délectation d'être sans compte à rendre le maître de ma ruine. Cette hantise est bien plus effroyable que la mort, puisque certains se tuent pour ne plus l'éprouver. C'est une miséricorde féroce et foreuse, pire que la vengeance, parce qu'elle révèle par son « aube » dans quelle pénombre misérable nous avons embourbé nos ailes :

Quand chez les débauchés l'aube blanche et vermeille
Entre en société de l'Idéal rongeur,
Par l'opération d'un mystère vengeur
Dans la brute assoupie un ange se réveille.

Des Cieux Spirituels l'inaccessible azur,
Pour l'homme terrassé qui rêve encore et souffre,
S'ouvre et s'enfonce avec l'attirance du gouffre[1].

Dans notre péché, nous espérions le Néant, quelque chose qui nous absolve sans pénitence, une décomposition qui n'exige pas notre résurrection sainte ; mais « envers nous le Néant est traître », la Mort « nous ment […] hélas[2] ! » : il faudra peut-être se livrer encore dans une éternelle offrande à l'autre, ou s'endurcir dans un sempiternel pelotonnement sur soi. L'azur ouvre un abîme, l'Idéal ronge comme un ver, le bon ange en nous se réveille comme une vieille blessure, parce que pour accueillir le paradis en vérité, il faudrait d'abord admettre notre enfer individuel.

Pour éviter cette tragédie de la Joie, nous nous enfonçons dans les menus plaisirs et les basses intrigues, glissant dans le mélodrame, filant dans le vaudeville : « Français

1. *Id.*, « L'aube spirituelle », in *Les Fleurs du mal*, *op. cit.*, XLVI, p. 34.
2. *Id.*, « Le squelette laboureur », *op. cit.*, XCIV, p. 69.

veut dire vaudevilliste et vaudevilliste un homme à qui Michel-Ange donne le vertige et que Delacroix remplit d'une stupeur bestiale, comme le tonnerre certains animaux. Tout ce qui est abîme, soit en haut, soit en bas, le fait fuir prudemment[1]. » Nous donnons dans l'optimisme de l'utopie ou dans le pessimisme du néant, selon nos habitudes de contrainte et de confort. Les uns pensent se calfeutrer avec les planches de leur cercueil, les autres, avec les plumes de leur couette, tous croient pouvoir se débiner devant les deux abîmes d'en bas et d'en haut. Mais, au-dessus de nous, il y a toujours ce couvercle, et il risque à tout moment de se soulever :

Plafond illuminé pour un opéra-bouffe
Où chaque histrion foule un sol ensanglanté ;

Terreur du libertin, espoir du fol ermite ;
Le Ciel ! couvercle noir de la grande marmite
Où bout l'imperceptible et vaste Humanité[2].

Retour à l'échancrure, ou l'illusion de l'illusion

20. Je reviens à cette guimpe défaite laissant entrevoir le sein d'une nonne : qu'est-ce qu'y perçoit l'oncle de Victor, au point qu'il oublie sa blessure et écarquille les yeux ? Entre tous les êtres, pour l'homme, la femme promet le paradis. C'est une promesse qui se fait malgré elle, une parole qui se donne à travers son corps et qu'elle-même ne songe pas à prêter, encore moins à tenir. Voici Roberte : pour l'heure elle ne pense à rien d'autre qu'aux

---

1. *Id.*, *Salon de 1846*, *op. cit.*, XI, p. 673.
2. *Id.*, « Le couvercle », in *Les Fleurs du mal*, ajouts de la troisième édition (1868), *op. cit.*, p. 127.

baleines de son soutien-gorge qui lui scient le torse, mais un bonhomme arrive et lui dit qu'elle est son soleil. L'effet qu'elle parvient à produire sur lui est en complète disproportion avec les moyens employés : elle use de quelques cosmétiques, le cosmos tout entier s'embrase ; elle passe un décolleté, les cieux sont entrouverts ; elle enfile des bas, qu'y a-t-il de plus haut ?

Elle qui se sent si creuse, lui seul peut la voir craquante sous d'incalculables trésors, et c'est pourquoi elle finit par se soucier de son paraître apparemment plus riche que son être, de sa superficie esthétiquement plus profonde que son intériorité. Elle apprend à jouer de ce décalage. Elle s'initie à l'art de préparer avec une portion de chair nue le philtre propre à enchaîner un esprit. Normal qu'on associe sa figure à celle de l'envoûteuse ou de la sorcière : Circé transformant les compagnons d'Ulysse en porcs, Lady Macbeth inclinant son époux au meurtre de Duncan. Mais cette duplicité qu'on lui impute vient de ce dédoublement qu'on lui impose : être à la fois bête et ange, le flacon d'un corps mortel rempli de l'ambroisie des dieux. Elle est d'ailleurs la première à en faire les frais – preuve qu'il n'y allait pas là que d'un besoin physique. Le type lui en veut de l'avoir voulue. De renvoyer à l'éternel féminin et de n'être que l'éphémère Roberte. De lui promettre l'infini et de le faire échouer au seuil de ses muqueuses. En un mot, d'être une *créature* (la langue française porte indélébilement la tache de cette déception, puisqu'elle désigne ainsi, sans avoir à préciser outre, une « femme méprisable »). Elle n'a pourtant rien prétendu, la pauvrette. Ça s'est proféré en elle, avec elle, sans elle. Ça s'est offert paradisiaque quand elle se savait blafarde, saint quand elle se trouvait sotte, plénitude quand elle se sentait vide.

Les vrais poètes, loin d'embellir la chose, ont énoncé le fait. Hofmannsthal le résume en une formule : « La

rencontre promet plus que l'étreinte ne peut tenir[1]. »
Claudel le déploie dans tous ses drames : « Ce paradis
que Dieu ne m'a pas ouvert et que tes bras pour moi ont
refait un court moment, ah ! femme, tu ne me le donnes
que pour me communiquer que j'en suis exclu[2]. » Rilke
l'a gravé en des vers inoubliables où se déclare encore
l'entrelacs de l'ici et de l'ailleurs, de l'immanent et du
transcendant :

> Mais nous, quand nous pensons l'un entièrement,
> nous le sentons déjà tout débordant de l'autre. L'hostilité
> nous est plus proche que tout. Les amants ne se heurtent-ils pas
> sans cesse à des limites, l'un dans l'autre,
> eux qui s'étaient promis le large, la quête, la patrie[3] ?

21. Devant ce phénomène, l'esprit faible (celui qui se
prend pour un esprit fort) conclut au plus réducteur : la
poussée végétative de l'espèce qui veut se propager, l'animale envie de caresses qui cherche à s'assouvir, l'inspiration de phéromones incitant à sécréter de la dopamine,
voilà ce qui nous fait projeter sur la femelle un idéal dont
elle n'a pas l'idée. Tout le paradis promis et jamais tenu
ne saurait être qu'une illusion. Combien ce dernier mot,
durant les trois derniers siècles, a pu rendre de services !
Il mériterait de figurer en plus gras dans le dictionnaire,
dominant les entrées qui s'imaginent encore – illusion-
nées – déboucher sur des choses réelles. Il est lui-même

---

1. Hugo von Hofmannsthal, « Les chemins et les rencontres »,
in *Lord Chandos et autres textes*, Paris, Gallimard, coll. « Poésie », 1992, p. 117.
2. Paul Claudel, *Le Soulier de satin*, deuxième Journée,
scène 14, in *Théâtre*, Paris, Gallimard, coll. « Bibliothèque de la
Pléiade », 1965, t. II, p. 781.
3. Rainer Maria Rilke, *Quatrième Élégie de Duino*, in *Œuvres 2*,
Poésie, Paris, Seuil, 1972, p. 324 et 356.

une sorte d'abracadabra. Cioran le confessait en ses moments de lucidité implacable : « Si *illusion* était un vocable appelé à disparaître, je me demande ce que je deviendrais[1]. »

C'est qu'il y a, dans cette perpétuelle dénonciation d'un illusoire revêche, quelque chose qui contredit le paradoxe intrinsèque à son concept. Une illusion ne fait illusion que si elle n'est pas connue comme telle. Dès que je la sais illusion, elle se dissipe, ou du moins elle ne fonctionne plus : pourquoi chercherais-je à me désaltérer à la fontaine dont je suis sûr qu'elle est un mirage ? Je la laisse à son ruissellement d'ombre et me mets en marche vers quelque vrai point d'eau. Que peut donc être une illusion qui, bien que dénoncée, agit encore ? Certains pensent se tirer d'affaire en lui accouplant un adjectif et parlent d'« illusion *vitale* ». Mais pourquoi notre vitalité aurait-elle besoin d'une illusion quand pour tous les autres animaux le sûr instinct suffit ? L'évolution ne se serait-elle trompée que pour l'homme ? A-t-elle généré ici le seul être dont le désir naturel fût vain ? Sa nature serait-elle contre-nature ? A-t-elle avec lui fait paraître une insensée chimère ? Mais alors cette chimère aurait dû périr dès le berceau.

« Illusion mortelle » se comprend. Mais « illusion vitale », c'est-à-dire nécessaire, indestructible, donnant la vie et par là nous conformant à une certaine réalité salutaire, l'expression me paraît impossible à comprendre, sauf à n'être qu'un euphémisme commode pour désigner une réalité que l'on se refuse à reconnaître. Je le crains : se croire quitte parce qu'on a dénoncé une telle illusion prétendue, c'est verser dans l'illusion la plus courante de la pensée moderne.

1. Emil Cioran, *Aveux et Anathèmes*, in *Œuvres*, Paris, Gallimard, coll. « Quarto », 1995, p. 1686.

La Pâque d'une passante : itinéraire dantesque

22. Revenons donc au fait : cette chemise entrebâillée sur la rondeur d'un sein me fait entrevoir davantage que je ne vois dans la « partenaire » dénudée et conquise. Ici aussi, le chas d'aiguille ouvre une perspective plus vaste que la large embrasure que le chameau a traversée. Chaque voile plus intime promet de dévoiler une splendeur plus grande, et c'est cela qui m'entraîne *accelerando* à les retirer l'un après l'autre, dans une intensification de l'imminence. Mais, une fois la femme prise, tous voiles ôtés, il me reste moins que toutes voiles dehors, et mon vaisseau démâté n'a plus de quoi chevaucher le vent et s'avancer au large… C'est à partir de cette évidence que se déploie l'itinéraire de Dante. L'épithète « dantesque » en est venue à qualifier l'énormité sombre et sublime comme cette gueule immense qui ouvre sa mâchoire en dix cercles infernaux. Mais le dantesque commence par ce tout petit entrebâillement : un battement de cils, un léger hochement de tête, un fin sourire sans ironie – la brève salutation d'une simple passante.

Un jour de juin 1274, à Florence, Dante Alighieri croise Béatrice Portinari. Il a huit ans, elle en a neuf. Sa vue déjà lui pénètre le cœur et fait en lui résonner ces paroles : *Ecce deus fortior me, qui veniens dominabitur mihi* – « Voici le dieu plus fort que moi, qui vient pour me dominer ». Neuf années plus tard, à « la neuvième heure du jour », celle où le Verbe fait chair rendit l'esprit, il la rencontre une seconde fois, à présent jeune femme splendidement éclose en ses dix-huit printemps : « Passant dans une rue, elle tourna les yeux vers l'endroit où j'étais, plein d'effroi. […] Elle me salua si vertueusement qu'il me sembla voir alors le sommet de la béatitude[1]. »

Ce simple événement d'une seconde va suffire à lui débonder le précipice de l'enfer, la montagne du purgatoire et les neuf cieux du paradis. Mais ce ne sera pas sans avoir été d'abord dévoré par la panthère, le lion et la louve. Les trois bêtes carnassières correspondent, selon les allégories en usage, à la luxure, l'orgueil et l'avarice. Mais elles désignent aussi deux fausses manières (la panthère et la louve sur qui le lion-orgueil règne) de répondre à ce paradis entraperçu dans la passante. Comment être fidèle, en effet, à cet événement d'une demoiselle qui par son salut d'un instant semble offrir le salut éternel ?

23. La première fausse manière (la panthère) appartient à l'« amour courtois ». Je chante la demoiselle comme étant déjà en elle-même le paradis. Et pour éviter d'encourir la déception physique, je repousse l'heure de l'étreinte, ou plutôt les circonstances s'en chargent, me maintenant dans la tension du premier désir. Qui est l'épouse de Dante ? Pas Béatrice, mais une certaine Gemma Donati dont on ne sait rien. Ce n'est jamais elle que le poète chante. Comment serait-elle la « princesse lointaine » puisqu'elle est la femme au foyer ? Béatrice, elle, se marie avec Simone di Bardi, puis, le 8 juin 1290, décède à l'âge de vingt-cinq ans. Quoi de mieux pour passer au genre élégiaque ? « Combien de fois, hélas ! il me souvient / que je ne dois plus jamais / voir la dame dont je suis si dolent[2] ! »

Après qu'il a poussé son couplet plein de trémolos sur « l'irremplaçable », le poète peut aller en baiser une autre, Lisette, Gentucca, La Pietra, combien de « fillettes »

1. Dante, *Vita nova*, III, in *Œuvres complètes*, trad. Christian Bec, Paris, Le Livre de Poche, 1996, p. 28-29.

2. *Ibid.*, XXXIII, p. 73.

encore ?... Telle est la contradiction que découvre la *Vie nouvelle*. Idéalisation d'un côté, dissolution de l'autre. Pour ne pas qu'elle explose, la cocotte-minute verrouillée par le fantasme doit se trouver une soupape de sûreté. L'angélisme de la *fin'amor* entend s'équilibrer par la luxure.

Dans l'*Inferno*, le premier dialogue de Dante avec une âme damnée vaut pour condamnation de ce lyrisme équivoque. Francesca da Rimini lui raconte comment, charmée par le poème de *Lancelot*, elle commit l'adultère. À peine a-t-elle achevé que Dante s'effondre : *Et je tombai comme tombe un corps mort*[1]. Nulle part ailleurs, en enfer, le choc pour le poète ne sera plus violent. C'est qu'avec lui s'effondre toute cette littérature à laquelle il avait cru.

24. La deuxième fausse manière (la louve) est indiquée par le *Banquet*. La femme Béatrice n'est pas le paradis. Elle n'est qu'un reflet de l'intelligence divine. Elle peut se ramener à un symbole de la philosophie. Dante loue encore la dame, mais c'est par location, par emprunt, pour ainsi dire, puisque la dame véridique est purement spéculative. Il lui faut, à partir de sa beauté corporelle, s'élever de degré en degré vers la beauté conceptuelle. Le platonique douteux devient platonicien très sûr. Dorénavant, « Amour *raisonne* en [son] esprit[2] ».

Mais que sont des concepts auprès d'une présence de chair et de sang ? Que vaut une morale universelle et abstraite face au désir que suscite telle femme singulière ? Certains se satisfont de l'onanisme transcendantal du « savoir absolu ». Dante en perçoit misère. Pour lui, une personne est toujours plus vivante qu'une doctrine. Au reste, n'est-il pas chrétien ? Or, pour un chrétien, la Vérité

1. Dante, *Inferno*, v, 142.
2. *Id.*, *Convivio*, III, *op. cit.*, p. 250.

n'est pas d'abord une philosophie (ni une théologie, d'ailleurs), elle est une incernable Personne, qui est aussi le Chemin et la Vie, et qui révèle que c'est à travers l'amour des personnes (mon prochain) que je peux marcher à sa rencontre…

Lorsqu'il arrive au Purgatoire, le musicien Casela chante à Dante le chant du *Convivio* : « Amour qui raisonne en mon esprit. » Mais le gardien des lieux les fait taire et leur reproche d'être des « âmes lentes ». Plus loin, dans ce lieu de purification et comme au centre de la *Divine Comédie*, Dante fait le rêve d'une sirène. C'est entre la corniche des coléreux et celle des avares (cette colère qui l'éloigna de la littérature courtoise, et cette avarice qui voudrait tenir toute la sagesse dans sa tête). La sirène est un être double : mi-femme mi-poisson, comme la Béatrice symbolique est mi-femme mi-système. Elle lui chante une chanson qui le captive, prête à le détourner comme Ulysse de « sa route vagabonde ». Mais une dame surgit, « sainte et vive », pour la tourner en confusion. Elle demande à Virgile : « C'est qui, celle-là ? », et Virgile, sur son ordre fendant la robe de l'envoûtante, révèle au poète son ventre d'hybride. Ses narines saisissent plus vite que ses yeux : « La puanteur qu'il jetait me réveilla[1]. » Ce qui pue comme ça, c'est le concept, dès lors qu'il ne reconnaît plus la primauté des visages, et que « Béatrice » n'est plus qu'un nom de code. Mais la vraie femme, « sainte et vive », délivre du monstre. Contre une réalité vaporisée en théorie, elle exige le Verbe fait chair. Et c'est le réveil.

25. La *Divine Comédie* commence à l'endroit où, avec Baudelaire, nous nous étions arrêtés : dans une « forêt obscure », alors que « la voie droite était perdue[2] ». La

---

1. *Id.*, *Purgatorio*, XIX, 33.
2. *Id.*, *Inferno*, I, 2-3.

lyre s'y est rendue complice de la luxure, la philosophie, de l'avarice, et l'orgueil, roi des vices figuré par le roi des animaux, caresse la croupe de l'une et le museau de l'autre. Dans cette impasse, Dante supplie devant l'ombre de Virgile : « *Miserere di me* ». Seule une grâce peut l'en sortir. Et cette sortie, pour n'être pas une esquive, doit s'opérer à la fois contre le fantasme de la poésie courtoise et par-delà le concept de la philosophie platonisante : elle n'ignore pas la misère de la créature et ne méprise pas non plus sa singulière beauté.

Aussi, pour accéder au Paradis, il lui faut d'abord reconnaître son propre enfer ; puis, à la charnière du purgatoire, confesser avec les ex-orgueilleux : « Que la paix de ton règne vienne, / car aller à elle nous ne le pouvons de nous-mêmes / malgré tous nos efforts, si elle ne vient à nous[1] » ; connaître chez les avares « la soif naturelle que rien n'étanche / sinon l'eau dont la pauvre femme / samaritaine, demanda la grâce[2] » ; passer avec les luxurieux le mur de flammes qui, pareil au buisson ardent, le brûle sans le consumer ; enfin, dans le paradis terrestre, à l'orée du haut paradis, subir les reproches d'une Béatrice bien réelle : « Ni l'art ni la nature ne t'ont jamais offert / autant de plaisir que les belles formes / où je fus enclose, et qui sont dans la terre éparses ; / or si le souverain plaisir t'a fait défaut / de par ma mort, quelle chose mortelle / devait encore t'attirer dans son désir[3] ? »

La remontrance est claire : une fois la passante trépassée, Dante ne devait pas confier son bonheur à des grisettes, ni à la philosophie, ni même à l'art, puisque aucun corps plus que celui de cette passante ne pouvait lui signaler le paradis. Lui restait donc à se tourner tout entier vers le

1. *Id.*, *Purgatorio*, XI, 7-9.
2. *Ibid.*, XXI, 1-3.
3. *Ibid.*, XXXI, 49-54.

Ciel, non pour fuir la terre, mais afin que dans son origine lumineuse la terre lui fût vraiment donnée.

Telle est la grande illumination de Dante. Le paradis n'est pas cet arrière-monde que le Zarathoustra de Nietzsche dénonce, mais la conséquence de ce OUI qu'il s'efforce de prêcher. Il est l'affirmation de telle passante non comme une passe poétique ou un tremplin philosophique, mais comme une pâque qui n'en finit pas. Il est l'accomplissement du singulier. Dante nous entraîne dans des cieux qui n'ont rien d'une lumière anonyme, puisque sa propre histoire ne cesse d'y retentir. L'éternel n'y détruit pas les contingences du temps, il les assume comme leur source : « La contingence, qui hors du cahier / de votre matière ne s'étend pas, / Est tout entière peinte dans le regard éternel[1]. » Comment Dieu éclipserait-il Béatrice ? Tout au contraire, il l'illumine, il « semble jouir dans son visage[2] ».

26. À la fin de la *Vita nova*, Dante formait ce vœu : « S'il plaît à Celui pour qui vivent toutes choses que je vive encore quelques années, j'espère dire d'elle ce qui ne fut jamais dit d'aucune[3]. » Qu'a-t-il dit de Béatrice qui ne fut jamais dit d'une autre ? En quoi consiste le génie propre de la vision dantesque ? Nous en avons esquissé l'itinéraire. Son chant sut résister aussi bien au sensualisme trompeur qu'au spiritualisme éthéré. Il quitte la poésie courtoise pour se tourner vers la sagesse philosophique, mais il abandonne aussi la sagesse philosophique pour suivre la Sagesse incarnée, celle qui, par-delà toute doctrine, se donne singulièrement avec un esprit et un corps. Et c'est la notion de paradis qui lui permet de fran-

---

1. Dante, *Paradiso*, XVII, 37-39.
2. *Ibid.*, XXVII, 105.
3. Dante, *Vita nova, op. cit.*, XLII, p. 84.

chir ce pas. Elle seule peut tracer un sentier entre les pentes
de l'ascétisme et de l'incontinence, de l'intellectualisme
et de la sensualité. Car le paradis est le lieu où les sens
sont à leur comble, mais ce n'est pas seulement par des
caresses. Et le paradis est le lieu où l'intelligence est à son
comble, mais ce n'est pas seulement par des syllogismes.
La Vérité s'y donne en des êtres vivants. L'idée n'y est
pas supérieure au visage. Le plaisir ne l'emporte pas sur
la communion.

Si telle est la cible, nous pouvons en déduire quelle doit
être la flèche – non pas sottise lubrique ni sagesse abstraite
ni évasive poésie. Contre la poudre d'escampette, par-delà
l'abstraction et la fornication, le paradis sera de chanter
unanime avec ces personnes et ces choses que je côtoie ici-
bas, même les plus infimes, même les plus antipathiques.
Il m'interdit donc d'en mépriser aucune au nom d'une
discipline, sinon celle qui m'ordonne de m'en émerveiller.
La passante passe, certes, et c'est pour me renvoyer à ce
qui ne passe pas. Mais ce qui ne passe pas n'est pas un
dieu qui la remplace (assez petit, en quelque sorte, pour
se sentir en concurrence avec elle) : c'est un Dieu qui la
relève et qui veut « jouir dans son visage », et que ce soit
dans son visage qu'il se manifeste à moi.

Béatrice n'est plus le fantasme d'un désir ni le symbole d'une sagesse. Elle est Béatrice, tout simplement,
telle qu'en elle-même l'éternité la sauve. Ce que Dante dit
d'elle et qui ne fut dit d'aucune autre, c'est précisément
ce qui ne peut être dit d'aucune autre et qui n'appartient
qu'à elle, à savoir Béatrice Portinari dans son mystère,
avec sa singularité que ni les clichés de la courtoisie ni
les concepts du savoir ne sauraient épuiser. Fin de la
femme-objet (quand même l'objet serait-il poétique ou
mystique). Béatrice n'est pas qu'un signe, l'occasion
d'écrire un poème ou l'escabeau pour remonter vers le

principe, car une fois le principe atteint, Béatrice deviendrait accessoire, et Dante ne l'aurait louée que pour mieux
s'en débarrasser… Certes, la créature fait signe vers son
Créateur, mais le Créateur fait en retour signe vers elle,
puisque de toute éternité il veut se l'unir par amour. Béatrice n'est pas pour Dante que le moyen d'aller vers l'éternel. C'est plutôt l'Éternel qui donne à Dante de parvenir
à Béatrice enfin.

27. Yves Bonnefoy disait que le poète de la *Commedia* n'avait fait que « nommer Béatrice », construisant
pour elle, par son œuvre, un « château d'immortalité »,
et refusant par là de « nommer la mort ». Or, d'une part,
Dante a nommé cette mort spirituelle qui sera au centre
de la poésie de Baudelaire ; d'autre part, il a nommé une
autre mort, disons un autre excès, qui est celui-là même
de la joie. Parvenue au septième ciel, celui de Saturne,
Béatrice s'adresse à Dante : « Si je riais, / me dit-elle, tu
deviendrais pareil / à Sémélé réduite en cendres[1]. » Jamais,
en enfer, le poète ne connut pareille menace. Sans doute la
gueule de Lucifer le laisse-t-elle un moment « sans mort
et sans vie » ; le rire de Béatrice est bien plus effroyable,
puisqu'il pourrait définitivement le désintégrer. Quelle
est cette joie plus violente que les broiements du diable ?
Quelles sont ces cendres possibles dans le paradis
même ? Voilà ce que Bonnefoy élude et sur quoi nous
aurons encore à méditer.

Pour Dante, la théologie n'est si nécessaire que d'affirmer ce qui l'excède. Ce n'est pas en s'arrêtant à elle (et
encore moins à ce livre) que l'espérance devient vive.
C'est à travers l'amoureuse rencontre des passants. Qu'un
seul d'entre eux me déchire par la promesse que sa présence recèle, et je suis obligé de chercher le foyer de sa

1. *Id.*, *Paradiso*, XXI, 4-6.

lumière, jusqu'à traverser mes ténèbres. Ainsi cette jeune femme dont la beauté vient secouer ce qui n'était jusque-là qu'un petit Durant ou Dupont quelconque jusque dans l'enfer de sa présomption :

> Ô dame en qui mon espérance prend vie,
> et qui souffris pour mon salut
> de laisser en enfer l'empreinte de tes pas[1].

Au-delà de l'avenir et de l'ailleurs

28. Singularité remarquable : le paradis de Dante n'a pas de porte. L'enfer en possède une au linteau très célèbre : « Laissez toute espérance, vous qui entrez[2]. » Personne pour en défendre le seuil, bien sûr. Chacun la passe de soi-même, sans y être forcé, sans avoir à montrer patte blanche (ni mains sales). Elle s'ouvre et se ferme – insensible, impalpable, insonore. Le chant ne dit rien de son pivotement ni de son passage, et ce silence la rend d'autant plus terrifiante. Tout autre est la porte moins connue et pourtant charnière du purgatoire. Trois marches y mènent, la première de marbre lisse et blanc, la deuxième de pierre calcinée et tordue de crevasses, la troisième d'un porphyre si flamboyant qu'il est « comme le sang qui jaillit d'une artère tranchée[3] » – trois degrés d'une initiation qui infuse la foi jusqu'à l'os, l'espérance jusqu'aux cendres, la charité jusqu'au sang. Sur le seuil qui semble de diamant, un ange à l'habit couleur de poussière manie une épée qui darde des rayons. Dante se jette à ses pieds et lui mendie miséricorde. Quand le portail tourne sur ses gonds, c'est

---

1. *Ibid.*, XXXI, 79-81.
2. Dante, *Inferno*, III, 9.
3. *Id.*, *Purgatorio*, IX, 102.

tout ensemble un rugissement de tonnerre et un « doux son » dans lequel s'élève un *Te Deum*. La consigne ici n'est pas un « Laissez toute espérance », mais quelque chose comme un très rude « Laissez toute nostalgie » : « Entrez, dit l'ange, mais je vous avertis : / Il ressort aussitôt, celui qui regarde en arrière[1]. » Avec cette porte donc, il y a bruit et chant, consigne de retour sans retour, rencontre avec un autre qui vous aime et châtie. Après quoi, plus de porte aucune. La voie est libre et verticale.

Pourquoi ce paradis sans porte ? Parce que la porte du paradis n'est pas ailleurs. Pour Dante, c'est la saluante Béatrice. Pour Bonnefoy, c'est un plat d'étain. Mais que notre œil se clarifie et n'importe quoi fera l'affaire, même un cul-de-sac, même une fenêtre murée, même les pages de ce livre… Au fond, tout ce qui est de passage peut devenir passage vers Celui qui est. Passage, nous l'avons dit, et en même temps impasse : de quelle foulée franchir ce dont le seuil est partout ? par quel élan dépasser cette porte mise en abîme ? Comme l'Arrière-Pays, plus on cherche à l'ouvrir, et plus elle se dérobe. C'est un peu la question que pose Thérèse d'Avila au début du *Château intérieur* : « Comment pénétrer dans une pièce où l'on est déjà[2] ? » Question devant laquelle Houdini et autres as de l'évasion se sentent tout d'un coup très balourds.

29. L'idée du paradis ne naît donc pas d'un ressentiment contre les âpretés de la terre, mais d'un pressentiment face à ses beautés. Avant d'être la postulation d'un manque, il est l'appel d'une surabondance. Avant d'être un autre monde, il est l'horizon de ce monde-ci – horizon où se lève une aurore plus haute même dans le plein jour de

1. *Ibid.*, 131-132.
2. Thérèse d'Avila, *Le Château intérieur*, « Premières demeures », chap. I, 5.

midi – horizon vers quoi tendent toutes mes actions dans leur élan natif, l'amour voulant aimer toujours davantage, la connaissance voulant connaître toujours plus avant, mon cœur cherchant le large d'une infinie dilatation.

Sa question n'est plus de savoir comment appareiller vers une chimérique Cythère, mais comment être pleinement présent à la réalité dans sa plénitude. Elle résonne dans le *Carpe diem*. « Cueille le jour », l'impératif est généreux, il reprend d'ailleurs le vœu de nos bonjours quotidiens. Mais comment le réaliser ? Avec quelles mains de clarté opérer cette cueillette (ou ce recueillement) ? Où trouver le jour dans sa pure fleur radieuse ? Et surtout de quelle manière pourrons-nous le cueillir sans que le *Carpe* ne se renverse en *Tolle diem*, « rejette le jour », puisque chaque jour meurt et nous entraîne à le rejeter au profit du lendemain ? Une juste notion du paradis ne repousse pas l'injonction de vivre *hic et nunc*. Elle cherche au contraire à l'accomplir, et c'est pourquoi elle nous invite à ce constat : il y a un hic du *hic* (et un *niet* du *nunc*). Ici n'est pas encore là. Maintenant n'arrive pas à tenir. Il suffit que j'embrasse ma fille pour saisir combien elle m'échappe davantage. Et cette pivoine que je regarde, le météore de ses pétales m'est une étoile filante, une promesse sans parole, un dévoilement décisif mais sans cesse différé. Je voudrais être ici pour de bon, mais soyons honnête : ce désir d'actualité totale est encore une espérance. La présence est à venir. Elle se retire pour l'heure dans le secret de son principe et la fugacité de ses apparences.

D'une part, toute chose en appelle d'elle-même à une profondeur inscrutable : sa présence, ma propre présence même, renvoie à la transcendance de ce qui nous rend présent, au mystère de l'existence, en sorte que notre présence manque encore à l'appel de notre savoir (ce que nous avons observé avec Bonnefoy). D'autre part, toute chose semble avec nous-mêmes blessée par un mal qui ruine notre présence mutuelle : nous sommes rendus absents par la souffrance et par la mort, et nous nous absentons par l'injustice et le désamour (ce que nous avons approché avec Baudelaire). Le péché n'a pas d'abord un sens moral, mais ontologique : il peut exactement se définir comme le refus volontaire de l'être donné – ou la préférence d'un néant rien qu'à soi – et donc comme la diminution et l'occultation de la présence à ce qui est présent au profit d'une possession factice.

30. En ce sens, le paradis n'est ni ailleurs ni à venir. S'il était ailleurs, il serait encore de cet espace, mais autre part : où donc ? sur Mars ? Vénus ? Aldébaran ? S'il était à venir, il serait encore de ce temps, mais à une autre époque : quand donc ? en 2048 ? avant la guerre nucléaire ? après la disparition du *sapiens sapiens* ? L'espérance se réduirait à quelque rêve de progrès ou projet de déménagement. Elle ne serait plus *l'ancre de notre âme, pénétrant par-delà le voile* (He 6, 19). Elle ne pourrait pas plonger dans le désespoir jusqu'à en toucher le fond.

Parce que le paradis n'est ni *de* l'espace ni *du* temps, il est déjà partout et toujours *dans* le temps et *dans* l'espace, scintillant et furtif. On peut le désigner comme « monde à venir », mais c'est en tant que ce qui vient à chaque instant dans ce monde. On peut le localiser comme « Ciel » ou « Arrière-Pays », mais c'est en tant que ce qui germe enfoui dans cette terre. L'Éternel n'est-il pas au principe du temps ? Il se trouve donc au cœur de l'aujourd'hui, et je peux le pressentir dans les cinq secondes d'un baiser. L'Immense n'est-il pas au principe de l'espace ? Il est donc le secret de l'ici, et je peux le deviner dans le double décimètre d'un regard. De fait, qu'est-ce que le paradis, sinon vivre auprès de Celui qui est la Cause de toutes choses ? Aller vers lui n'est pas s'évader vers un autre siècle ou un autre lieu, mais remonter en amont du fleuve, s'enfoncer dans le réel jusqu'à sa source, là où toutes choses se relèvent dans leur fraîcheur et leur embrasement. Cette espérance n'est pas tentative de désertion, mais travail d'une restauration et d'une gloire. Son au-delà n'a pas d'autre sens que de nous donner d'être enfin, ensemble, en profondeur, ici et maintenant.

Intermède I :
Kafka au seuil de la terre promise

> Je préfère me tenir sur le seuil de la maison de
> mon Dieu, plutôt que d'habiter sous les tentes
> des infidèles.
>
> Psaume 83, 11.

La danse de ne pas savoir sur quel pied danser

Qu'est-ce qu'un seuil ? Un entre-deux. Une frontière
entre l'ici et l'au-delà. En lui, l'au-delà est déjà ici, et l'ici
est encore au-delà. C'est pourquoi ceux qui s'y trouvent
s'y perdent. Ils ne savent plus trop où ils en sont. Normalement, il s'agit de le franchir d'un pas leste, mais à
supposer que nous dussions tenir sur le seuil, nous n'y
tiendrions pas, nous perdrions toute tenue, nous trépigne-
rions d'avoir à piétiner. Comment demeurer sur ce qui
n'est qu'un passage ?

Mais franchissons encore une étape dans l'infranchissable. Admettons que tout lieu de ce monde soit un seuil,
que nous en ayons le sentiment intime, et que cependant il
nous soit impossible de voir le seuil de quoi exactement.
Qu'y a-t-il de l'autre côté : Ciel ? Néant ? De toute façon,

ce Ciel ne serait pas moins obscur que ce Néant, et ce Néant pas moins incertain que ce Ciel. Ils échangeraient leurs caractères. Et il se pourrait même que, contrairement à nos premières estimations, ce Ciel soit terrible et ce Néant confortable. Dès lors, notre seuil serait sur le seuil de deux possibilités, elles-mêmes sur le seuil de deux autres, et notre existence ne trouverait son authenticité que dans l'altitude sans allure de celui que l'envie presse devant des toilettes occupées, et qui ne sait pas, en fait, si ces toilettes ne sont pas condamnées depuis toujours, ni même s'il existe un lieu pour le soulagement de son besoin intérieur, sa seule certitude explosive étant la douloureuse tension de sa vessie (son cœur ?). Dans cette situation-là, pour sûr, tous les hommes sont égaux. La première dame serre les jambes aussi nerveusement que la caissière, le cardinal-archevêque se tortille aussi bien que le tourneur-fraiseur. Chacun essaie de faire bonne figure. Chacun cache la main qui bride sa conduite. Mais nul ne sait sur quel pied danser. Et le plus heureux est encore celui qui parvient à faire de ce non-savoir une danse nouvelle, un rigaudon de son ridicule…

C'est là ce qui rend si drôle et si vraie l'œuvre de Kafka. Elle se tient au cœur du tragique sans en avoir l'air, comme un commis de bureau dans une scène de l'*Orestie* : il prend les Furies pour des femmes de ménage, et il supplie la dame pipi comme une déesse, parce qu'il n'a pas de monnaie et qu'il lui faut absolument accéder à l'urinoir avant le grand entretien d'embauche. L'employé Franz Kafka ne saurait l'ignorer, lui qui travaille à la « Compagnie d'assurance pour les accidents du travail » : le plus dur oracle des dieux ne pèse pas autant sur le héros de tragédie que sur le factotum ; le plus haut appel métaphysique concerne moins le philosophe que l'agent subalterne. À la limite, le fier héroïsme est encore une faiblesse, et la maîtrise philosophique, encore une dérobade : le héros est vite photographié pendant la pose, et l'on oublie son humeur massacrante durant ses crises d'hémorroïdes ; le philosophe est entendu dans ses brillantes dissertations sur l'éthique, et l'on passe sous silence sa mesquinerie grognonne avec sa femme. Leur réussite altière risque de méconnaître la bassesse commune – ce qui dans nos élévations se fait encore comme le lierre, en s'accrochant au plus fort, en étouffant le faible, bref, en rampant. Kafka le sait. Le Dieu d'Israël vient pour libérer des esclaves. Inutile de poser en matamore. Saute ici le verrou qui sépare les grands et les petits. Pour être digne d'une telle libération, il faut confesser d'abord sa propre indignité, se découvrir en petit fonctionnaire tantôt vindicatif, tantôt obséquieux, se reconnaître dans le suppliant maladroit et servile du sous-chef du 10e bureau. Ce qu'il y a de cadre moyen en nous, voilà ce qu'il s'agit de regarder en face et d'exposer au grand jour. Même si ce Jour de Jugement a lieu entre la salle des pas perdus et le seuil des vécés.

Quelque part dans l'inachevé

L'œuvre kafkaïenne croule sous les commentaires divergents. On a pu y lire une manière de dénoncer la corruption des tribunaux, d'annoncer l'État totalitaire, de prononcer quelques vérités psychanalytiques, d'énoncer la nécessité du sionisme, de renoncer à toute transcendance positive, etc. Mais si le sens sait si bien se faire et se défaire sur ses « pures paraboles », c'est parce qu'elles se situent toujours sur le seuil : on y est toujours à la porte, dans cette imminence d'une venue qui ne s'accomplit pas. Tension dilatoire qui s'atteste aussi bien par la vie d'où elles sourdent, que par leur forme et leur fond.

Par la vie d'abord. Kafka ne dépasse jamais le seuil du mariage avec Felice Bauer ni celui de l'amour avec Milena Jesenská. Ses indispositions chroniques, qui l'entraînent à passer ses vacances au sanatorium, le plantent à la lisière du tonus et de l'agonie. Quant au politique, il assiste sans s'y engager à des réunions sionistes. Quant au religieux, il se tient encore à l'orée de la pratique juive et même de la conversion chrétienne (dans son *Journal*, à la date du 2 février 1914, il prend la défense de Lourdes et de ses miracles). Il reste aussi sur le pas d'une vocation franche, puisqu'il ne tranche jamais entre sa carrière d'auteur et son poste d'employé : n'eût-il eu que du talent qu'il aurait pu toiser de haut les patrons et se piédestaliser dans l'attitude de l'« Hécrivain » ; mais son génie est assez abyssal pour qu'il s'ébahisse toujours devant l'humilité du moindre commis scrupuleux. Assureur sans assurance, donc, et qui, se trouvant inapte à toute habitation ferme, voit se démultiplier toutes ses hantises.

La tension du seuil se déclare ensuite à travers la forme de ses textes. Ceux-ci demeurent inachevés, surtout quand ils sont finis. Leur chute resserre le nœud plutôt que d'aboutir à quelque dénouement. Leur style singulier se situe toujours à la frontière de l'humour et de l'angoisse, du naturel le plus prosaïque et du fantastique le plus incongru, de l'objectivité froide et du signal de détresse. À ne prendre que sa célèbre *Métamorphose*, dont le titre indique justement un passage à la limite, elle relève tout ensemble du gaguesque et du gravissime, et l'on se demande si l'on est face à un profond ou à un potache.

Mais c'est par le fond de son œuvre que le seuil apparaît obsédant. Car de quoi s'agit-il à chaque fois ? De l'absurdité de l'existence ? Peut-être, mais cette absurdité n'est si taraudante que de se manifester à partir d'un désir de sens renouvelé. Comme le remarque si bien Camus :

« Le mot d'espoir ici n'est pas ridicule. Plus tragique au contraire est la condition rapportée par Kafka, plus rigide et provocant devient cet espoir. […] Nous retrouvons ici à l'état pur le paradoxe exprimé par Kierkegaard : "On doit frapper à mort l'espérance terrestre, c'est alors seulement qu'on est sauvé par l'espérance véritable."[1] » Alexandre Vialatte précise toutefois que ce tragique de l'espérance véritable, chez Kafka, procède d'une veine comique. Le parvis du Ciel ne s'y distingue pas de la ligne jaune devant l'hygiaphone : « L'homme de Kafka réclame aux portes de l'éternité comme le client au guichet de la poste[2]. »

Entre le procès inévitable et le château inaccessible : le cas K.

Aussi l'adjectif « kafkaïen » (mais on pourrait dire « l'abjectif ») ne devrait-il pas tant qualifier l'imbroglio délirant des formulaires bureaucratiques ou « la mise en pièces de toute justification transcendantale[3] » que cette disproportion tragi-comique entre le médiocre employé de bureau et l'ineffable paradis de Dieu. Comment le pauvre type pourrait-il prétendre à l'amour du Très-Haut ? Et, en même temps, comment ce vermisseau échapperait-il à sa Toute-Puissance ? L'Esprit Saint, pour ainsi dire, peut-il vraiment s'intéresser au cas K. ? Mais le cas K. peut-il fuir devant cet impitoyable lessiveur des âmes ? Difficile à croire. C'est au lieu de cette disproportion entre mon

---

1. Albert Camus, *Le Mythe de Sisyphe*, in *Essais*, Paris, Gallimard, coll. « Bibliothèque de la Pléiade », 1965, p. 208.
2. Alexandre Vialatte, *La Porte de Bath-Rabbim*, Paris, Julliard, 1986, p. 265.
3. Gilles Deleuze, Félix Guattari, *Kafka : pour une littérature mineure*, Paris, Éditions de Minuit, 1975.

petit moi et la Joie immense que le pied achoppe comme à un seuil infranchissable. Mes plus belles supplications y paraissent ridicules et intéressées. Mes tentatives de replis sur moi s'y révèlent impossibles et honteuses.

Les deux dernières nouvelles le suggèrent aussi nettement que les deux grandes œuvres. Avec *Le Terrier*, la taupe narratrice ne cesse d'expliquer les fortifications labyrinthiques apportées à son gîte souterrain, mais elle avoue son angoisse d'une menace omniprésente, elle sent l'irruption inévitable de l'Autre qui viendra piller son confort. Dans *Recherches d'un chien*, le dogue philosophe s'interroge sur la possibilité d'une vie supérieure à la vie canine et, par exemple, devant le remplissage magique de la gamelle, se demande en caniche métaphysicien : « Où la terre prend-elle cette nourriture ? »

S'agissant des deux grandes œuvres, *Le Procès* et *Le Château*, même symétrie, selon que le seuil est perçu comme ce qui expose le bas lieu où le médiocre voudrait se calfeutrer, ou comme ce qui défend le haut lieu que le médiocre voudrait atteindre. D'un côté, une menace qui arrache au traintrain ; de l'autre, un effort qui cherche à conquérir l'inaccessible. Juste avant que les deux hommes en frac n'égorgent Joseph K. en l'observant « joue contre joue », le narrateur déclare : « La logique a beau être inébranlable, elle ne résiste pas à un homme qui veut vivre[1]. » Et l'arpenteur K. dit à l'hôtelière une parole qui vaudra mieux encore pour lui-même : « La bénédiction était sur vous mais on n'a pas su la faire descendre[2]. » Là, le paradis est absent, mais toujours désiré ; ici, le paradis est présent, mais impénétrable.

---

1. Franz Kafka, *Le Procès*, trad. A. Vialatte, Paris, Gallimard, coll. « La bibliothèque de la Pléiade », 1993, p. 324.
2. *Id.*, *Le Château*, trad. A. Vialatte, Paris, Gallimard, coll. « Folio », 1972, p. 128.

Le livre comme une hache et comme une prière

Vains sont tous les efforts de l'homme pour se sauver lui-même. Mais vaine aussi sa tentative pour vivre sans s'inquiéter de son salut. Les événements sont là pour le sortir de son sommeil. Les vrais livres n'ont pas d'autre but : « Il est bon que la conscience porte de larges plaies, elle n'en est que plus sensible aux morsures. Il me semble d'ailleurs que nous ne devrions lire que les livres qui vous mordent et vous piquent. Si le livre que nous lisons ne nous réveille pas d'un coup de poing sur le crâne, à quoi bon le lire ? Pour qu'il nous rende heureux ? Mon Dieu, nous serions tout aussi heureux si nous n'avions pas de livres, et des livres qui nous rendent heureux, nous pourrions à la rigueur en écrire nous-mêmes. En revanche nous avons besoin de livres qui agissent sur nous comme un malheur dont nous souffririons beaucoup, comme la mort de quelqu'un que nous aimerions plus que nous-mêmes, comme si nous étions proscrits, condamnés à vivre dans les forêts loin de tous les hommes, comme un suicide – un livre doit être la hache qui brise la mer gelée en nous. Voilà ce que je crois[1]. »

Des livres comme un suicide, voilà le plus heureux. Parce qu'un suicide peut nous interroger plus à fond qu'une vie pareille à une ligne droite : comment se fait-il que cette personne qui souriait encore tout à l'heure… ? qu'avons-nous fait pour… ? que n'avons-nous pas fait… ? Est-il une grâce entre le pont et l'eau, la détonation du fusil et l'écrabouillement de la cervelle,

---

1. *Id.*, lettre à Max Brod, fin mars 1918, trad. Marthe Robert, in *Correspondance 1902-1924*. Cité par Ghislain Chaufour, « Ouverture d'un traité d'harmonie littéraire », *Les Provinciales*, nouvelle série, 4 février 2002, p. 8.

l'ingurgitation de la boîte de somnifères et la régurgitation de l'âme, l'ouverture des veines et la fermeture du cercueil ? Un livre comme un suicide peut opérer sur nous une sorte de résurrection, parce qu'il nous dérange : nous qui nous figurions entrés, installés, assis, il nous révèle que nous sommes encore à peine sur le palier. Tandis qu'un livre qui nous rend heureux, malheur ! Ses cajoleries nous attachent à notre fauteuil mieux que des chaînes. Il nous flatte dans notre désengagement de lecteur, il nous piège dans le gel de notre contentement. Nous croyons que c'est un album qui nous enchante, et c'est un pavé qui nous emmure. Une menterie du diable. Et l'accusation ne vaut pas que pour les romans à l'eau de rose avec *happy end*. Elle s'applique aussi aux pamphlets satisfaits de leurs piques, aux textes qui se lovent dans leur noirceur, aux élégies qui écoutent trop leur gémissement (c'est ainsi que certains voudraient lire Kafka). Le coup de poing sur le crâne peut très bien venir d'une joie imprévue. L'important est qu'on ne le voit pas partir. Qu'il nous débusque, et que le déjà là dévoile son pas encore.

Aussi Kafka peut-il parler d'« écrire comme forme de prière[1] ». La prière est pareille à la hache. Elle veut briser la glace. Elle correspond très exactement à la parole du seuil, quémandant une entrée qui échappe à notre pouvoir. C'est la sonnette sur laquelle on appuie derechef. Ce sont les coups répétés sur la porte close, ou qui ouvre sur une autre porte, de pas en pas. D'ailleurs les personnages de Kafka ne cessent de prier. Ils prient des avocats véreux, des bonnes conciliantes, des agents de police, peu importe, tout leur apparaît comme émissaire d'en haut et oreille divine capable de faire avancer leur cause. Mais comme

1. *Id.*, *Carnets*, cahiers divers et feuilles volantes, trad. Marthe Robert, cité par Ghislain Chaufour, *ibid.*

chaque avancée recule encore l'atteinte en la montrant plus haute, ils renouvellent leurs prières, de plus en plus comiques, de plus en plus misérables.

Le paradigme mosaïque

Cette « brisure en nous de la mer gelée » n'est rien d'autre que l'intensification du désir au milieu du désastre. La Pâque est d'une semblable ironie : la hache divine ouvre une voie au milieu de la mer Rouge, mais cette voie débouche sur une quarantaine à tourner en rond dans les sables. La dramatique du seuil est essentiellement juive. Elle trouve son fondement non seulement dans la *Haggadah* de Pâque, mais encore dans la toute fin de la Torah : Moïse voit la terre promise, mais n'y entre point. *Voici le pays que j'ai promis par serment à Abraham, Isaac et Jacob en ces termes : je le donnerai à ta postérité. Je te l'ai fait voir de tes yeux, mais tu n'y passeras pas* (Dt 34, 4).

C'est dans ce verset, me semble-t-il, que Kafka puise sans fin sa terrible cruauté aussi bien que son inéluctable espérance. Il note dans un carnet en février 1918 : « On ne peut pas dire que la foi nous manque. À lui seul, le simple fait que nous vivons est doué d'une valeur de foi inépuisable[1]. » Mais il écrit dans son journal en octobre 1921 : « Ce n'est pas parce que sa vie était trop brève que Moïse n'est pas entré en Chanaan, c'est parce que c'était une vie humaine[2]. » Ainsi la vie est-elle inséparable de la foi,

1. *Id.*, « Méditations sur le péché, la souffrance, l'espoir et le vrai chemin », in *Préparatifs de noces à la campagne*, Paris, Gallimard, coll. « L'imaginaire », 1957, p. 65.
2. *Id.*, *Journal*, trad. Marthe Robert, Paris, Grasset, coll. « Les cahiers rouges », 1954, p. 536.

mais, comme c'est une vie imparfaite, sa foi n'est pas une conquête. Elle ne permet l'exode que pour faire sentir l'exil. Elle est « principe de chemin dans le désert », expression ambivalente puisqu'elle signifie ces deux tendances : elle ouvre un chemin là où il n'y a pas de chemin, dans ce paysage lisse et mouvant des dunes qui effacent les pas de ceux qui nous ont précédés ; et, là où il y a des autoroutes et des signalisations, une maison avec l'eau courante, un cocktail avec des notables, elle révèle un désert. Les portes ouvertes sont impraticables. Les portes fermées sont prometteuses. L'espérance est ce seuil sur lequel on trébuche et qui ne se passe qu'en trépassant.

Si loin que nous poussions notre défense, le procès continue, la pleine lumière se trouve au-delà, sans quoi ce ne serait pas la pleine lumière, mais le reflet contre un mur de notre lampe de poche. Cela ne veut pas dire que la lumière est ailleurs. Elle peut bien être ici, mais elle n'en est que plus introuvable à nos yeux de cloportes : « Notre art, c'est d'être aveuglé par la vérité ; seule est vraie la lumière sur la face grotesque qui recule, rien d'autre[1]. » Kafka le pense parfois : comme l'homme a quitté le paradis terrestre non par un déplacement du corps, avec ses jambes, mais par une rétractation de l'âme, avec son orgueil, il se peut donc qu'il y soit toujours, dans l'Éden, mais que cet Éden ne lui convienne plus, et sa souffrance est de sentir cette Joie toute proche et qui néanmoins le dégoûte : « Dans sa partie principale, l'expulsion du Paradis est sans fin : ainsi il est vrai que l'expulsion du Paradis est définitive, que la vie en ce monde est inéluctable, mais l'éternité de l'événement (ou plutôt, en termes temporels : la répétition indéfinie de l'événement) rend malgré tout possible que non seulement nous puissions continuellement rester au Paradis, mais

1. « Méditations sur le péché, etc. », *op. cit.*, p. 56.

que nous y soyons continuellement en fait, peu importe que nous le sachions ou non ici[1]. »

La vie en ce monde est d'être sans cesse chassé du paradis terrestre, ce qui implique qu'il est toujours là, et que c'est sa présence derrière un seuil invisible qui provoque notre sentiment de perte et d'absurde. Inversement, le paradis céleste n'arrête pas de nous appeler à lui alors que nous continuons de nous enliser dans la boue. Le libérateur d'Israël n'advient-il pas au moment même où le joug de Pharaon se fait plus pesant ? « Le pressentiment de la libération définitive n'est nullement réfuté par le fait que, le lendemain, la captivité continue sans changement ou s'aggrave, ou même qu'il est expressément déclaré qu'elle ne cessera jamais. Tout ceci, au contraire, peut être une condition nécessaire de la libération définitive[2]. » Le sentiment de captivité ne saurait abolir le pressentiment de la libération éternelle, puisque c'est elle qui fait sentir si durement la servitude : comment se sentirait-on captif si l'on ne pressentait pas le Messie à venir ? Kafka affirme au reste que l'impatience est le péché capital : elle seule a causé notre expulsion de l'Éden[3]. De là cette patience infinie que le Retour exige. De là ce planton clownesque à tous les offices de la terre.

Devant la Loi

Le célèbre récit du prêtre, dans *Le Procès*, ressaisit expressément cette épreuve du seuil que nous avons appelé, au seuil même de ce livre, le pas possible ou le

---

1. *Ibid.*
2. Franz Kafka, *Journal*, 9 janvier 1920, *op. cit.*, p. 532.
3. *Id.*, « Méditations sur le péché, etc. », *op. cit.*, p. 47.

paradis à la porte. Parabole dans la parabole, il raconte l'histoire d'un campagnard qui vient trouver la « sentinelle postée devant la Loi » et lui demande « la permission de pénétrer ». « Mais la sentinelle lui dit qu'elle ne peut pas le laisser entrer en ce moment. L'homme demande alors s'il pourra entrer plus tard. "C'est possible, dit la sentinelle, mais pas maintenant." La sentinelle s'efface devant la porte, *ouverte comme toujours*, et l'homme se penche pour regarder à l'intérieur. La sentinelle, le voyant faire, rit et dit : "Si tu en as envie essaie donc d'entrer malgré ma défense. Mais dis-toi bien que je suis puissant. Et je ne suis que la dernière des sentinelles. » L'homme se met donc à camper sur le pas de cette porte, attend des jours et des années. Il essaie de soudoyer la sentinelle, vainement. Il maudit, vieillit, grommelle, devient sourd, retombe en enfance. Sur le point de mourir, il s'avise soudain que toutes ses années il fut toujours seul – avec son gardien – planté devant ce seuil. Il pose alors cette ultime question : « "Si tout le monde cherche à connaître la Loi, comment se fait-il que depuis si longtemps personne que moi ne t'ait demandé d'entrer ?" Le gardien voit que l'homme est sur sa fin et, pour atteindre son tympan mort, il lui rugit à l'oreille : "Personne que toi n'avait le droit d'entrer ici, car cette entrée n'était faite que pour toi. Maintenant je pars, et je ferme la porte."[1] »

À peine finie cette parabole, Joseph K. s'empresse d'accuser la sentinelle de méchanceté. Mais l'abbé le détrompe en lui rappelant que deux importantes déclarations de celle-ci bornent le début et la fin de l'histoire : elle ne peut laisser l'homme entrer *en ce moment* ; cette entrée n'est cependant faite *que pour lui*. Si bien que la sentinelle aussi n'était là que pour lui, et peut-être, par-delà l'encadre-

---

1. *Id.*, *Le Procès*, *op. cit.*, p. 307-309.

ment, des centaines d'autres plus majestueuses qui patien-taient sans rien dire, en serviteurs inutiles, ne dressant leur imposante stature que pour ce petit paysan quelconque, veillant jour et nuit uniquement pour sa pomme. Tous ces gardes lui défendent l'accès de la Loi dans le sens où ils le lui interdisent, comme des videurs, car le moment n'est pas encore venu de le laisser passer ; mais ils le lui défendent aussi dans le sens où ils le lui réservent, comme des serviteurs, puisque lui seul a le droit d'entrer ici. C'est un droit qui pour l'heure n'a pas de devoir qui lui corresponde, un privilège insigne qui attend toujours son décret d'application. Kafka songe-t-il à la monition de rabbi Bounam à ses disciples ? « Chacun de vous aura deux poches. Dans la gauche, il y aura d'écrit : *Le monde n'a été créé que pour moi*. Dans la droite : *Je ne suis que poussière et cendre*[1]. »

Le bonhomme de Kafka doit jusqu'au bout tenir dans cet entre-deux du que-pour-moi / pas-pour-le-moment. Il lui faut supporter cette contradiction de la plus grande pré-venance qui s'unit au plus sévère interdit. De la grâce qui est un procès. Du procès qui est une grâce. Parce qu'entrer dans la Loi (c'est-à-dire dans la Joie), c'est d'abord recon-naître qu'on ne le peut pas par soi-même, et qu'il est aupa-ravant nécessaire de souffrir l'Autre à l'excès.

Le Juif errant pour tout guide

À supposer cette épreuve du seuil, terrible à notre impa-tience comme à notre paresse, Kafka ne pouvait qu'en inférer notre peur du paradis. Il l'écrit en toutes lettres : « Les joies de cette vie ne sont pas les siennes, elles sont

1. Martin Buber, *Les Récits hassidiques*, Paris, Éditions du Rocher, 1985, p. 646.

notre peur de nous élever à une vie supérieure ; les tourments de cette vie ne sont pas les siens, ils sont le tourment que nous nous infligeons à cause de cette peur[1]. »

Les joies *en* ma vie ne sont pas *de* ma vie, comme si je les avais tirées de mon propre fonds. Elles procèdent d'une source plus haute et c'est pourquoi elles tendent toujours à se dilater en une joie plus vaste et plus répandue : que je les accapare pour moi-même, leur niveau monte sur le coup, comme sous l'effet d'une digue, mais elles se changent bientôt en une eau stagnante. Elles se réduisent à ce contentement troublé par la peur de ce que la vraie joie réclame. Et le paradis qui vient devient mon tourment. Mais que je les laisse suivre leur cours naturel et surnaturel, impossible de m'installer, je dois frapper aux portes, changer les chambres en antichambres, déclarer l'imminence de la métamorphose.

Ce vers de David ferait un juste exergue à toute l'œuvre de Kafka : *J'ai choisi de me tenir sur le seuil, dans la maison de mon Dieu, plutôt que d'habiter sous les tentes des infidèles* (Ps 83, 11). Se tenir sur le seuil plutôt que de s'installer, telle est la vocation du Juif. Sa « destinerrance », comme dirait Derrida. Ainsi Moïse meurt sans entrer dans la Terre promise, sur l'ordre du Seigneur (*al-bi adonaï*, littéralement : « sur la bouche du Seigneur », cette bouche étant tout ensemble abîme et baiser) – et *jusqu'à présent nul n'a trouvé son tombeau* : le prophète sans pareil, celui que l'éternel *connaissait face à face*, ne récolte pas les honneurs funéraires du monde et ne bénéficiera jamais d'un transfert de ses cendres au panthéon national. Il préfère s'identifier à l'anonyme déporté sans sépulture, celui dont on a perdu la trace, celui qui a soudainement, avec son trépas, franchi le pas.

---

1. Franz Kafka, « Méditations sur le péché, etc. », *op. cit.*, p. 62.

Le Grand Théâtre du Nouveau Monde

Le premier grand roman inachevé, *Amerika ou le Disparu*, évoque cette errance à travers un émigré malgré lui dans le Nouveau Monde. Cette fois-ci la fin est ouvertement heureuse. Karl Rossmann est tel un Joseph K. qui aurait obtenu sa grâce, ou tel un arpenteur K. que recevrait enfin le Château. Mais il lui aura fallu d'humiliantes péripéties et jusqu'à la perte de son nom. C'est sous le sobriquet de « Negro » qu'il se fait embaucher, dans une atmosphère de cour des miracles : « Que de gens démunis et suspects se trouvaient rassemblés là, que pourtant on recevait et soignait si bien[1] ! » Il trouve sa place ici, dans le « plus grand théâtre du monde », où son amie Fanny occupe déjà un poste d'ange sur un très haut piédestal.

Il lui a suffi de faire confiance à une affiche : « Le Grand Théâtre d'Oklahoma vous appelle ! Il vous appelle aujourd'hui pour la seule et unique fois ! Qui rate maintenant cette occasion la rate à tout jamais ! Qui songe à son avenir est fait pour nous rejoindre ! Tout le monde est le bienvenu ! Qui veut être artiste, qu'il se présente ! Nous sommes le théâtre qui peut employer tout le monde, chacun à sa place ! Qui s'est décidé à venir jusqu'à nous a droit dès maintenant à nos chaleureuses félicitations ! Mais faites vite, si vous voulez que votre tour vienne avant minuit ! À zéro heure, on ferme tout et l'on ne rouvre pas ! Malheur à qui ne nous croit pas[2] ! »

Comment reconnaître l'importance de cet appel entre mille réclames plus alléchantes ? Comment distinguer la vraie prophétie de n'importe quelle entreprise publicitaire

1. *Id.*, *Amerika ou Le Disparu*, trad. B. Lortholary, Paris, Garnier-Flammarion, 1988, p. 330.
2. *Ibid.*, p. 307.

qui, avec une BMW, vous donne « la Joie », avec un sau-
cisson d'âne, « la saveur du Vrai » ? D'ailleurs, l'annonce
ci-dessus souffre d'une grave lacune : « On n'y disait pas
un mot de la rétribution. » Qui songe à « être artiste sans
être payé pour son travail » ? L'offre du Grand Théâtre,
remarque Kafka, n'a pas beaucoup de succès : « Il y avait
tant d'affiches que personne ne croyait plus aux affiches. »
Et néanmoins Karl Rossmann, dans son dénuement, se
livre à la promesse. Et le voici qui entre au paradis… en
même temps qu'il disparaît dans le commun du monde.
Son élection de bienheureux n'est jamais qu'un poste de
technicien dans le plus grand théâtre. Qu'est-ce que cela
peut bien dire, sinon que le rideau n'en finit pas de se
lever ?

Souffrir la joie

PENSÉE. – La croix est la souffrance.
ORIAN. – Elle est la rédemption.
PENSÉE. – Nous ne voulons pas de la souffrance !
ORIAN. – Qui tuera donc en vous ce qui est capable de mourir ?
PENSÉE. – Nous ne voulons pas de la souffrance !
ORIAN. – Vous ne voulez donc point de la joie ?
PENSÉE. – Nous ne voulons pas de la joie ? C'est à moi que vous dites que je ne veux pas de la joie ? La joie, Orian, quel mot, ah, avez-vous prononcé ?

Paul Claudel,
Le Père humilié, acte I, scène 3.

Mozart for never

1. Longtemps j'ai détesté Mozart. Sa joie m'exaspérait. Sa simplicité m'était écœurante. Mes oreilles encore pleines du bruit des machines ramenaient la trop pure fluidité de ses mélodies aux flonflons du style galant et à une légèreté oublieuse des horreurs de l'histoire. Comment supporter la trop facile « Sonate facile » que le petit

virtuose de six ans vous inflige sous les applaudissements de papa ? Comment tenir devant cette « Petite musique de nuit » que le répondeur d'une société anonyme vous débobine en attente téléphonique ? Il est vrai que je ne connaissais guère *Don Giovanni*, l'andante du concerto pour piano n° 23, la sonate pour violon K 304, ni même, je dois l'avouer, le *Requiem*, hormis par bribes décevantes… Mais mon ignorance était moins en cause que le critère choisi de mon jugement. Quand même de Mozart aurais-je entendu ces œuvres et tant d'autres – presque toutes – que vient frôler la grande faux de la mort, elles m'auraient toujours paru moins fortes que les tempétueuses compositions et décompositions du *Sturm und Drang* romantique ou contemporain. L'*Appassionata* de Beethoven, voilà qui pouvait mieux me convenir ; et plus encore, de Penderecki, le *Thrène pour les victimes d'Hiroshima*. Certes, la *Chaconne* de Bach, qui sait faire mélopée des plus terribles grincements, savait elle aussi m'enchanter – à condition qu'elle fût jouée par Yehudi Menuhin. Mais j'eusse aussi bien admiré qu'on la donnât sur un stradivarius avec une scie sauteuse. C'est que j'avais de ces questions bien lourdes : quel air après Auschwitz ? quelle symphonie après Nagasaki ? Il me semblait nécessaire, pour avoir conscience de notre temps, que l'orchestre fît entendre des bombes, et que le ténor eût la voix d'un gazé.

Voilà pour les tympans. Pour les prunelles, voici : un autre paradisiaque, mais non plus en musique – en peinture – Rubens, m'était en dégoût. Ses carnations trop saines, ses Vénus trop potelées, ces nombrils moulés dans la chemise trempée de bonheur, ce rayonnement des bourrelets comme les soulèvements d'une géologie céleste, cette gloire de la croupe jusqu'à l'ensoleillement de la culotte de cheval, enfin l'*allegro assai* de cette chair en crue était insupportable au froncement de mes sourcils.

Les trois néréides du *Débarquement de Marie de Médicis* me faisaient l'effet de catcheuses trop nourries et obscènes. Les joues roses, les fesses celluliteuses d'Hélène Fourment au milieu d'une nuée de gras putti me semblaient vanter la prolificité de la gretchen patriotique. Combien meilleures, les *Women* écrabouillées d'un De Kooning, les silhouettes calcinées d'un Giacometti ! Vu notre époque, me disais-je, il fallait que la toile fût une plaie purulente. Pourquoi pas même un dégueulis ? Un quartier de viande par Bacon me régalait mieux qu'une madone de Raphaël, et je n'étais pas loin de comprendre Laszlo Toth, ce géologue hongrois qui, le 21 mai 1972, dans la basilique Saint-Pierre, en pleine messe de la Pentecôte, sauta par-dessus la balustrade de marbre et asséna quinze coups de marteau sur la *Pietà*, brisant le nez, pétant l'arcade sourcilière, cassant le bras gauche jusqu'au coude. Ainsi mutilé, le chef-d'œuvre de Michel-Ange ne disait-il pas mieux le désastre de l'humanité présente ? Car notre espèce m'apparaissait – m'apparaît encore quoique en un sens plus exigeant – finie. Le soleil – ce soleil autrefois adoré comme un dieu – n'est plus qu'un gros pétard à retardement ; la terre – cette terre adulée jadis comme la nourrice inépuisable – qu'une boulette curée au nez du vide, pétrie avec la boue des morts, lancée dans l'espace par une chiquenaude dérisoire. S'il demeure un chant, c'est celui du cygne écorché, pour ne pas dire des aiguillettes de canard. S'il reste une peinture, c'est celle de la merde en vrac.

2. Vous l'aurez compris : avec des phrases aussi sombres, j'étais persuadé d'être plus lucide. Mes maîtres m'avaient appris que la disposition la plus authentique se trouvait dans l'angoisse. Alors je faisais tout pour être angoissé. Bien sûr, je méprisais les petites anxiétés du

fretin : il s'agissait pour moi de la grande angoisse devant la mort, de la haute déréliction de l'*être-jeté*, des yeux larges ouverts devant l'absence de sens. Le tout assaisonné d'une compassion bien voyante. Je voulais être au diapason du cri et à l'unisson des victimes. J'aurais volontiers repris les mots d'Ivan Karamazov : « Pendant qu'il est encore temps, je me refuse à accepter cette harmonie supérieure. Je prétends qu'elle ne vaut pas une larme d'enfant[1]. » Et c'est avec plaisir que j'aurais déclamé la grande tirade de Lambert dans *La Ville* :

> Je te renie, ô Joie ! je me sépare de vous, heureux !
> Et toi, perçant aiguillon, ne me quitte pas, très chère douleur ! sourds, eau des larmes ! basse terre, sois mon amour et mon lit ! […]
> Ô désolation, comme une mère je te baiserai dans le milieu de ton visage terreux[2] !

Ce qui me procurait beaucoup d'agrément et de distraction.

3. Car, à vrai dire, pour ce qui est de ma déréliction, j'étais très fâché lorsque mes parents ne voulaient pas rajouter un casuel à la rente déjà par eux versée chaque mois. Pour ce qui est de ma solidarité avec les victimes, il ne fallait surtout pas me déranger quand je fignolais un petit texte sur les camps. Enfin, par rapport à ma façon de soutenir l'absurdité de l'existence, j'étais d'une susceptibilité extrême dès qu'on n'était pas gentil avec moi ou qu'on me faisait la plus légère remontrance. Je pouvais

---

1. Fédor Dostoïevski, *Les Frères Karamazov*, trad. Henri Mongault, Paris, Gallimard, coll. « Folio Classique », 1994, p. 342.
2. Paul Claudel, *La Ville* [2ᵉ version], in *Théâtre*, I, Gallimard, coll. « Bibliothèque de la Pléiade », 1956, p. 448.

sur la page être des plus cruels ; dans la vie, je restais des plus douillets. Je déclamais avec Nietzsche : « Tout ce qui ne me tue pas me rend plus fort », mais le moindre bobo me rendait plus plaintif. Une écorchure un peu saignante à l'auriculaire me faisait tourner de l'œil (je n'ai jamais donné mon sang sans devenir livide), et le plus ordinaire chagrin d'amour était un cataclysme nucléaire, le comble de l'injustice, l'abomination de la désolation... Mais je savais en tirer parti et y voir ma grande proximité avec les disparus du four crématoire, ainsi que la confirmation de mon pessimisme sur le genre humain (en l'occurrence, le genre humain s'appelait Florence ou Marie-Charlotte).

D'où pouvait bien provenir ma haine en théorie d'une béatitude que je continuais à convoiter bassement en pratique ? Par quel vrai ressentiment, pour le coup, me complaisais-je dans un deuil agressif et superbe (moi qui n'avais connu la mort d'aucun proche), me campais-je dans la pose du désespoir (moi qui espérais la reconnaissance du public) et m'enfonçais-je dans le dédain, le déni, la peur du paradis ? Questions qui peuvent se résumer à la suivante : qu'y a-t-il dans la joie qui fait que j'ai pu la trouver honteuse au point de la redouter ?

Le fonds du désespoir (I) – Relativité du méchant

4. Pour commencer par le commencement (et comprendre le caractère second de ma rancœur naguère), nous pouvons partir de cette proposition : la joie est première. C'est déjà ce que la théologie affirme : « *Deus est beatitudo*, Dieu [celui qui est absolument premier] est béatitude[1]. » Et donc, puisque Dieu est Créateur, elle nous entraîne à cette conclusion trop vite oubliée par le croyant

---

1. Saint Thomas d'Aquin, *Somme de théologie*, I, 26, 3

doloriste : non seulement nous avons été créés *pour* la joie, mais nous avons aussi et d'abord été créés *par* la joie. Nous, et toute chose. Si bien que nous devrions confesser que la joie est le fond de l'être.

Pourquoi ne le faisons-nous pas ? Pourquoi cette évidence théologique paraît-elle obscure à notre expérience ? Platon et Aristote l'ont souvent répété : ce qui est premier pour nous n'est pas ce qui est premier en soi ; nous partons du sensible pour remonter vers les principes, alors que ce sont les principes qui en réalité sont au point de départ. Nous sentons l'ordure avant de flairer Dieu. L'ordre de notre connaissance va à rebours de l'ordre des choses. N'est-il pas possible, cependant, par une simple analyse de notre expérience, d'approcher notre affirmation théologique et de reconnaître la joie comme substantielle et comme insubstantiel le malheur ? (Disons d'emblée que qualifier le malheur d'insubstantiel ne l'atténue en rien, l'aggrave même, puisque cela souligne son caractère négatif.)

5. Première remarque : le crime le plus affreux n'est jamais sans la bonté qu'il sape et dévie. C'est que « *malum non est aliquid, sed privatio boni debiti*, le mal n'est pas quelque chose, mais la privation d'un bien dû[1] », et une privation ne saurait être par elle-même. Elle dépend toujours de la réalité qu'elle vient corrompre.

Sans la santé, pas de maladie. Sans la vie, pas de mort. Sans les riches vieilles dames, pas de vol de sac à main. Sans l'amour de l'épouse, pas de haine de la belle-mère. Sans les Juifs, pas d'Adolf Hitler (le « Führer » ne confia-t-il pas à Bormann que s'il n'y avait pas eu les Juifs, il aurait fallu les inventer ?)... Chacun peut à sa guise prolonger la liste de ces sujétions. Elles démontrent

1. *Id.*, *De Malo*, qu. 1, art. 1.

que le mal, dans sa virulence la plus incontestable, a toujours la faiblesse de s'appuyer sur le bien. Que dans sa boulimie le fauve dévore toutes les gazelles, et le voilà lui-même condamné à périr. Aussi est-il comme forcé de réfréner son appétit de prédateur et de stimuler la prospérité de ses proies. Prenez-vous plaisir à tuer votre femme ? Hélas ! sitôt que vous l'avez étranglée, c'est la fin de la récréation. Vous voilà privé du secours de la tuer une deuxième, une troisième, une quatrième fois, chaque jour, plusieurs fois par jour, et d'une façon chaque fois différente : en l'électrocutant dans la baignoire, en l'écartelant sur le lit nuptial, en la broyant sous le 4 × 4, en la cuisinant morceau après morceau dans le Thermomix…

Au moment où il prétend se poser en absolu, le méchant trahit sa relativité. Dans le geste de rupture par lequel il voudrait établir sa souveraineté, il montre encore sa dépendance. Et c'est pourquoi, pour se garder de la tentation du repentir, il est comme forcé de perpétrer son crime derechef, de récidiver sans fin, toujours en vain, et donc empirant toujours, non seulement pour étouffer le remords du crime précédent par celui du crime suivant, non seulement pour s'anesthésier par la répétition, mais surtout parce qu'il voudrait se débarrasser une fois pour toutes du bien qui le cerne et sur lequel se fonde l'ordre même de son existence : que ses organes ajustent leurs fonctions, que le soleil se lève encore, que le lys lui expose sa blancheur, que la terre et le travail des hommes continuent de nourrir sa vie, cela relève d'une bonté inaugurale et augurale contre laquelle il ne cesse de buter sans autre issue possible que de s'anéantir.

Le fonds du désespoir (II) – Relativité du malheur

6. Deuxième remarque, non plus sur le mal de coulpe (péché), mais sur le mal de peine (souffrance) : la meurtrissure la plus douloureuse n'est jamais sans la chair vivante qui la précède et la contient. Aussi, pour être frappé par l'horreur du monde, il faut d'abord en avoir entraperçu la beauté.

Si ce visage ne m'était pas apparu radieux, ou voué à quelque splendeur, fût-ce de manière furtive, comment pourrais-je me cabrer devant ce qui le défigure ? L'horreur serait l'essence de la réalité qu'elle ne me serait pas horrible, mais normale, convenable, délectable même. Dès lors, dire que la vie est affreuse, c'est sous-entendre qu'elle manque *en fait* à ce qu'elle est *en droit.* C'est donc toujours croire que, dans son essence la plus intime, la vie est belle, mais que pour l'heure elle se trouve accidentellement, injustement, scandaleusement mutilée. Le malheur dans la vie présuppose la joie de vivre. Le désespoir psychologique présuppose un ontologique espoir. Désespérer n'est si atroce que de nous arracher sans cesse au cœur une espérance qui sans cesse renaît. Cette espérance morte, il n'y a plus rien de quoi dés-espérer. L'espérance est nécessairement le fond et le fonds du désespoir.

7. Certains peuvent dilapider ce fonds et lui être ingrats. Ils objectent que la vie n'est pas essentiellement joyeuse et que la joie de vivre n'est jamais qu'une éphémère ou un mirage[1]. D'après leurs estimations, c'est seulement si

---

1. Par exemple le soi-disant hédoniste et nietzschéen Michel Onfray, *La Puissance d'exister*, Paris, Grasset, 2006, p. 134 : « Est-elle si extraordinaire, joyeuse, heureuse, ludique, désirable, facile, la vie, qu'on en fasse cadeau à des petits d'hommes ? »

tel ou tel bien s'adjoint à la vie qu'elle vaut d'être vécue, sans quoi, mieux vaudrait l'euthanasier.

À ceux-là Plotin répond en toute logique : « À mépriser l'être et la vie, on témoigne contre soi-même et contre ses propres sentiments ; et si l'on se dégoûte de la vie mélangée de mort, c'est ce mélange qui est odieux, et non pas la vie véritable[1]. » La vie n'est pas méprisable, seulement le mal qui la ronge. Ceux qui prétendent le contraire se contredisent : ils utilisent les forces de la vie pour témoigner contre elle, et donc témoignent contre eux ; en méprisant la vie, ils invitent à mépriser leur propre jugement dédaigneux, puisqu'il est lui-même le fruit avorté de leur activité vitale.

Ce constat plotinien n'est pas idéaliste, il relève du réalisme le plus commun. Diogène le cynique le soutient pareillement : « Quelqu'un lui disait : – Vivre est un mal. – Non, dit-il, mais mal vivre[2]. » Et le matérialiste Épicure : « Sot est celui qui prétend que ne pas naître est un bien, ou que *une fois né, il faut franchir au plus tôt les portes de l'Hadès.* Car si l'on dit cela avec conviction, pourquoi ne pas s'être suicidé ? C'est une solution toujours facile à prendre, quand on la désire si violemment. Et si l'on dit cela avec plaisanterie, on se montre frivole sur une question qui ne l'est pas[3]. » Épicure n'évoque pas ici les malheureux qui se suicident. Il parle de ces prétendus sages qui font du suicide une action louable et noble lorsque la vie n'en vaudrait plus la peine. Et voici ce qu'il

---

M. O. n'a pas l'air de voir que c'est en puisant dans ce cadeau qu'il a l'heur de prononcer cette phrase.

1. Plotin, *Ennéades*, VI, 7, 29, trad. E. Bréhier, Paris, Les Belles Lettres, 1936, p. 102-103.

2. Diogène Laërce, *Vie, Doctrines et Sentences des philosophes illustres*, trad. R. Genaille, Paris, Garnier-Flammarion, 1965, II, p. 27.

3. *Ibid.*, p. 260.

en conclut : ou bien ils disent cela à la légère, et il ne faut pas les écouter ; ou bien ils le disent avec sérieux, et il ne faut pas les écouter davantage, car leur propos est déloyal et se détruit de soi. Ils s'appuient sur la vie pour dénoncer la vie elle-même. Non seulement ils scient la branche sur laquelle ils sont assis, mais ils méprisent la sève qui leur octroie la force de scier. La seule manière de rendre un tel propos « tenable », ce serait de l'énoncer en étant déjà mort, ou plutôt en n'ayant jamais existé…

Saint Augustin fait une observation semblable : « Si quelqu'un venait à dire : "Je préférerais ne pas être plutôt que d'être malheureux", je lui répondrais : "Tu mens. Car à cet instant même tu es malheureux et tu ne veux pas mourir, uniquement pour exister ; ainsi, tu veux toujours exister, et, ce que tu ne veux pas, c'est le malheur[1]." » Derrière le désir de mort il y a toujours un désir de vie, et d'une vie restaurée ou meilleure, qu'elle soit illusoire ou réelle. Le néant n'est jamais en soi désirable. Il n'est pas : comment serait-il objet d'un vouloir ? Pour l'être, il faut qu'il se pare des plumes du paon. Ce que le suicidaire désire, dès lors, c'est la négation d'une négation, la fin d'une souffrance : il est encore animé par la volonté d'être et d'être en repos, mais, dans l'aveuglement de la douleur, le brisement de sa volonté, ou bien, chose possible, l'obstination de son orgueil, il ne parvient plus à s'ouvrir à ce que son désir recèle de positif élan.

8. Tout discours sur la *valeur* de la vie est donc d'emblée nihiliste, quand bien même il conclurait en sa faveur. Ce qui vaut, vaut *tant*. Cette quantité ou cette qualité se mesure à partir d'un critère extérieur ou d'un équivalent universel. La vie devrait alors valoir pour autre chose qu'elle-même. Or qu'est-ce qu'autre chose que la vie,

---

1. Saint Augustin, *De libero arbitrio*, III, 6,18.

hormis la mort ou le néant ? Et que serait son indexa-
tion sur une grille tarifaire, sinon la destruction de son
individualité ? Cette évaluation générale, même positive,
correspondrait à la destruction de sa singularité en chacun.

Tout compte fait, jamais la vie ne vaudra quelque chose.
Elle est hors de prix et de mépris, parce qu'elle est le fondement de toutes les valeurs. Pour la juger définitivement,
il faudrait se situer en dehors d'elle. Et c'est pourquoi
celui qui la juge – à moins d'être la Vie en personne – est
déjà comme mort. Il méconnaît sa surprise. Il feint de n'en
avoir jamais perçu l'émerveillement. Sisyphe éprouve-
t-il le revers infernal de la sienne ? Ce n'est que de sentir
qu'en elle quelque chose manque à son essence joyeuse.

Primauté de l'émerveillement

9. La préséance ontologique du bien sur le mal implique
une préséance similaire de la joie sur l'angoisse. Heidegger lui-même affirme la « secrète alliance » qui unit
l'angoisse d'exister à la plus profonde joie d'être[1]. L'*être-
jeté* ne peut pas ne pas être précédé par un *être-recueilli*.
Comment me sentirais-je si violemment jeté au monde si
je n'avais pas d'abord été reçu dans une tendresse ? Avant
la froide désolation – et comme sa condition de possibilité – il doit y avoir la chaleur du sein.

La question du sens ne me serait pas si lourdement à
charge si je n'avais d'abord connu l'enfantine légèreté
d'une « correspondance ». Cette « correspondance » (mot
baudelairien), cette résonance implicite et confuse est
aussi originelle. Elle précède toute dissonance (laquelle ne

---

1. Martin Heidegger, « Qu'est-ce que la métaphysique ? », in
Questions I et II, trad. H. Corbin, Paris, Gallimard, coll. « Tel »,
1968, p. 66.

s'éprouve que d'être sa privation), et prépare tout raisonnement (lequel cherche à la ressaisir de manière explicite et distincte). Elle se donne à travers le *thaumazein*, cet émerveillement que Platon et Aristote situent à la racine de toute spéculation : « Il est vraiment digne d'un philosophe, ce *pathos* – s'émerveiller ; car il n'y a pas d'autre départ régissant la philosophie[1]. »

L'émerveillement face à la vie est nécessairement antérieur à l'angoisse devant la mort. De fait, si la vie ne nous apparaît plus comme une merveille, comment la mort qui vient l'atteindre pourrait-elle nous angoisser ? Elle ne serait plus que banalité ou soulagement.

10. Aussi le déni de la mort va-t-il de pair avec le déni de la vie. On diminue tout ensemble l'horreur et la merveille du monde. On les rogne jusqu'aux catégories du « stressant » et du « relaxant », du « déprimant » et

---

1. Platon, *Théétète*, 155 d, cité par Heidegger dans « Qu'est-ce que la philosophie ? », *op. cit.*, p. 338. Il faut noter que Descartes aussi se situe dans cette tradition où l'esprit de la philosophie se fonde sur un certain esprit d'enfance. Si on l'a oublié, c'est à force de lire les *Méditations métaphysiques* sans avoir lu *Les Passions de l'âme*. Les *Méditations* commencent par le doute, et se situent dans l'ordre scientifique. Les *Passions* se situent davantage dans l'ordre existentiel, et commencent par l'admiration. Il s'agit, pour Descartes, du premier *pathos* de l'âme : avant de me saisir comme *cogito*, je suis d'abord *surpris* par les choses. Sans cette admiration qui me fait éprouver l'ordre mystérieux et rayonnant des êtres – effets splendides dont les causes me sont dérobées – je ne me mettrais pas à la recherche de la vérité, je ne révoquerais pas en doute les opinions branlantes. Ces opinions, sans doute, je les ai reçues « dès mes premières années », dit Descartes, et le cartésien pourrait dès lors avoir en soupçon tout ce qui vient de l'enfance et de sa faiblesse. Mais cette critique de l'enfance se fait à partir d'une énergie reçue dans l'enfance elle-même – celle de l'admiration.

du « sympa ». Celui qui, pour se cuirasser, dit à l'homme en deuil : « Allons, c'est la vie », fait du trépas une chose quelconque, et de l'existence un sujet rebattu. Le voici donc forcé de se distraire d'une telle nullité avec des bavardages analgésiques ou des spectacles surexcitants.

Si Heidegger insiste tant sur la « convocation » de l'angoisse, c'est parce qu'elle dénonce cette esquive. Ce n'est pas que cette angoisse soit absolument première. Mais elle le devient après une chute préalable, parce que l'émerveillement initial a été obscurci par les pré-occupations utilitaires, les contorsions de l'envie, les rengorgements de la vanité… On est depuis longtemps déchu du paradis entrevu. On se goberge désormais tantôt dans le blasement hautain, tantôt dans l'orgie laborieuse. Contre quoi l'angoisse détient une vertu décapante. Elle détruit mes vains plaisirs pour mieux me renvoyer à une joie foncière. Elle me serre la gorge pour mieux lui récla-mer la dilatation d'un vrai chant. La « correspondance », l'« Accord », comme dit encore Heidegger, nous sont ainsi toujours offerts. Mais cela ne signifie pas qu'ils sont toujours reçus. Ce qui est donné dès le départ, c'est notre tâche sans fin que de le recueillir en une vie qui « les assume en propre et les ouvre à un déploiement[1] ».

11. Un psaume l'énonce avec la concision de l'éclair : *Quand je poussais vers lui mon cri, ma bouche faisait déjà son éloge* (Ps 65, 17). Littéralement : « J'ai crié vers lui ma bouche, et il a été élevé sous ma langue. » C'est bien ce qui se cache sous la langue qui est ici en cause, son frein irrépressible et son ressort secret. Je peux lustrer ses dehors de miel ou de fiel, ses dessous échappent à mes états d'âme, de même que m'échappe la parole que je parle et qui n'a en moi ni son origine première ni son

1. *Ibid.*, p. 336.

155

adresse ultime. Mon cri de détresse se fonde encore sur l'espérance de la joie. Mes bordées d'injures ne blessent que de déroger à la communion de la parole, et par là, indirectement, confirment que c'est bien là sa vocation première.

Hurler parce que ma vie est rongée par le mal, autrement dit par le néant, c'est avoir déjà reconnu que la joie est le fond de l'être. Même en blasphémant je ne peux me défendre tout à fait d'un tel aveu. Si j'insulte le Créateur, c'est en utilisant l'énergie de sa création, et même en m'émerveillant encore, mais hypocritement, de la puissance sonore de ma voix. David en a fait l'expérience : *Où irais-je loin de ton souffle ? Où fuirais-je loin de ta face ? Si j'escalade les cieux, tu es là ! Que je me couche dans les enfers, te voici !* (Ps 138, 7-8) Le pauvre roi s'évertue à blasphémer de toutes ses forces, il met toute son énergie à rejeter le Dieu d'Israël (c'est-à-dire le Dieu-de-celui-qui-est-fort-contre-Dieu), il se fait un devoir de maudire sa lumière et d'invoquer sur lui le secours des ténèbres, mais – non de non et Nom de Nom ! – ses jurons se parjurent, son crachat lui retombe sur la face, sa propre haleine empuantie puise encore, malgré qu'elle en ait, au Souffle créateur.

Et le voici forcé de mener son blasphème à confesse : *J'ai dit : « Que les ténèbres m'engloutissent, et que la nuit soit ma lumière ! », mais la ténèbre pour toi n'est pas ténèbre devant toi, et la nuit comme le jour éclaire, les ténèbres sont comme la lumière !* (Ps 138, 11-12). Incroyable louange qui jaillit du creusement même du refus, comme on creuse une terre boueuse jusqu'à la saigner d'un filet d'eau pure. Mais comment en aurait-il pu être autrement ? Les ténèbres ne sont ténèbres que pour celui qui connaît et regrette la lumière. S'en aperçoit-il qu'il est obligé d'avouer que *la nuit comme le jour éclaire,* puisque son désespoir ne peut être qu'à proportion de son espérance blessée, et qu'il en est donc encore le signe.

Ainsi celui qui aperçut le bleu du ciel est le même qui gémit devant son obscurité. Et celui qui accuse ce ciel trop obscur jusqu'à vouloir le bleuir de coups, est encore celui qui en appelle à lui. W. H. Auden le chante dans un de ses plus beaux poèmes, où l'effort de maudire s'exténue devant le caractère premier de la bénédiction :

> Je pourrais (vous ne pouvez pas)
> Trouver des raisons assez vite
> D'affronter le ciel et rugir
> De colère et de désespoir
> À cause de ce qui se passe,
> Réclamant que le ciel désigne
> Celui – quiconque – est à blâmer :
> Le ciel attendrait seulement
> Que tout mon souffle s'épuise
> Et puis il réitérerait,
> Comme si je n'étais pas là,
> Ce singulier commandement
> – Je ne le comprends toujours pas –
> *Rends grâce pour tout ce qui est*,
> Auquel il me faut obéir,
> Car pour quoi d'autre suis-je fait,
> Cela que je le veuille ou non[1] ?

Sade, encore un effort !

12. Le scandale n'est jamais qu'à la mesure de l'admiration première. L'émerveillement trahi motive l'horreur

1. W. H. Auden, « Precious Five », *Collected Poems*, éd. E. Mendelson, New York, Modern Library, 2007, p. 588-589.

violente. Nous l'avons noté dès le départ : c'est comme privation du paradis que l'enfer nous apparaît infernal – sans quoi il n'est pas si terrible que ça. Voilà pourquoi des « sagesses » trop humaines s'efforcent de mettre en place une stratégie arrangeante pour s'exonérer du poids de ce drame. On étouffe l'appel de la joie. On lui substitue les spots du confort, les braillements de la débauche, les sentences de l'ataraxie. Ainsi on amortit le choc. Le marquis de Sade s'inscrit très exactement dans cette succession feutrée. Qu'il nous serve ici d'exemple.

Pierre Klossowski est un des seuls qui s'en sont rendu compte (avec Jean Paulhan) : Sade est un grand pudique. Et même un hypersensible. C'est le mollusque à la chair la plus délicate qui sécrète au-dehors la coquille la plus dure. L'adolescent trouillard a la passion des films *gore*. La hardeuse qui exhibe ses fesses est trop timide pour dévoiler son âme. Pour n'avoir pas à être scandalisé, Sade veut avoir toujours un scandale d'avance ; pour n'être jamais épouvanté par le deuil, il prend les devants, et s'évertue à damner le premier ce qui requiert son amour : « Sa cruauté est le moyen de surmonter l'expérience de la perte de l'objet aimé[1]. » Et moins que de la surmonter, de se l'épargner – preuve d'un cœur vulnérable qui au lieu de se laisser déchirer par ce qui l'excède, choisit de se hérisser d'une carapace aiguë.

13. Souvent on fait de Sade un malade, une anomalie, un monstre, alors qu'il est, pour son humanité, un frère, et pour son système, un libéral très cohérent. Ne l'oublions pas : le sulfureux commença par être un petit pommadé. Avant l'auteur des *Cent Vingt Journées de Sodome*, il y a cet enfant ébloui dans l'hôtel de Condé, jouant à chat perché avec

---

1. Pierre Klossowski, *Sade, mon prochain*, Paris, Seuil, 1947, p. 118.

le prince Louis-Joseph de Bourbon, coursant les oiseaux, cueillant des fleurs, s'étonnant des étoiles. Vient la chute hors du paradis puéril. À quelle occasion est-il confronté si férocement au « malheur » ? Je ne sais pas mais je suppose que pour Donatien c'est une douleur telle qu'il prend la résolution, comme le futur Bouddha, quoique suivant une voie adverse, de n'en jamais plus éprouver de pareille.

Les infortunes de la vertu furent déjà narrées par le Livre de Job, mais c'était pour que la plaie de la supplication ne puisse se refermer. Sade les narrera à son tour, et ce sera pour se débarrasser de toute prière. Au fond, il n'y a pas de quoi fouetter un chat (ce qui fournit de quoi fouetter bien des jeunes filles). Sa sensibilité entend se faire une cuirasse de cette conviction : le mal est normal, la destruction est naturelle, pourquoi s'en affliger ? Jouissons-en au contraire, montrons le vice à nu, trouvons le bonheur dans le crime.

14. « Eh ! ne nous mêlons pas du mal qui se fait dans le monde ; tâchons de ne pas en être blessés. » Ainsi prêche M. de Bersac dans les *Infortunes*[1]. Et Braschi dans *L'Histoire de Juliette* : « Souviens-toi, nous dit la nature, qu'il est dans mes lois que vous vous détruisiez mutuellement ; et la vraie façon pour y réussir est de léser ton prochain. Voilà d'où vient que j'ai placé en toi le penchant le plus vif au crime, voilà pourquoi mon intention est que tu te rendes heureux, n'importe aux dépens de qui. Que ton père, ta mère, ton fils, ta fille, ta nièce, ta femme, ta sœur, ton ami, ne te soient ni plus chers ni plus précieux que le dernier des vermisseaux qui rampe sur la surface du globe ; car je ne les ai pas formés, ces liens, ils ne sont l'ouvrage que

---

1. *Les Infortunes de la vertu* (1788), in Sade, *Osons le dire*, choix et présentation de J.-J. Pauvert, Paris, Les Belles Lettres, p. 76.

de ta faiblesse, de ton éducation et de tes préjugés ; ils ne m'intéressent en rien ; tu peux les rompre, les briser, les abhorrer, les réformer ; tout cela m'est égal[1]. »

Comme les autres penseurs des Lumières, Sade s'en réfère aux lois de la Nature. Mais, contre eux tous, il ne voit en elle qu'une prolificité folle, indifférente, pourvoyeuse de destruction. Ce n'est plus la niaise Dame Nature des nouveaux panthéistes, mais Nature la Putain sanglante, la gigogne suicidaire, la charognarde lubrique, n'enfantant que pour l'infanticide, ne multipliant que pour l'hécatombe, en sorte que tout ce qui est contre nature – jusqu'à l'impossible outrage contre la Nature elle-même – ne peut être encore que du plus naturel.

Sade se rend par là notre contemporain mieux qu'un Rousseau ou un d'Holbach. Il n'est plus seulement inquiété de la mort de soi. Il est conscient de l'illusion du Progrès, de la finitude de notre espèce, de l'imminence de son extinction : « Le sot orgueil de l'homme qui croit que tout est fait pour lui serait bien étonné, après la destruction totale de l'espèce humaine, s'il voyait que rien ne varie dans la nature, et que le cours des astres n'est pas seulement retardé[2]. » Comment supporter ce terrible savoir ? Ici, Sade pourrait s'ouvrir à l'espérance théologale. Plus lucide qu'un Voltaire, moins niais qu'un Condorcet, mais surtout pieux comme ne le sont pas tous ces abbés à perruque qui font de l'espérance un moyen de récolter des bénéfices, il entraperçoit à cet instant qu'il n'y a guère de salut par la nature ni par la science. Mais ce serait trop détruire le « sot orgueil de l'homme » que de se livrer à la grâce. Aussi aime-t-il mieux la cruauté. Dans sa sensiblerie, il se protège derrière un désespoir content de soi, s'échinant à être blessant avant d'être blessé.

---

1. *Ibid.*, p. 195-196.
2. *La Philosophie dans le boudoir, op. cit.*, p. 133.

Scandaleux à l'extrême ? Pas plus qu'un adepte du Marché. Car il se rend avec rigueur à une solution désormais très banale, celle du système des poids et contrepoids d'un libéralisme absolu : « Retranchez vos lois, vos punitions, vos usages, et la cruauté n'aura plus d'effets dangereux, puisqu'elle n'agira jamais sans pouvoir être aussitôt repoussée par les mêmes voies[1]. »

Il est chez Sade beaucoup de ces mots d'ordre, comme il convient à un moralisateur très sévère, irait-il à rebours d'une autre morale. La forme impérative a partout sa prédilection. Son plaisir est d'abord de dominer, jusqu'à se dominer soi-même, comme en une charité inverse, pour mieux nuire à son prochain. L'« apathie », bien plus que la luxure, devient pour lui la suprême vertu. C'est un stoïcien sourcilleux plutôt qu'un libre disciple d'Épicure. Clairwill reproche à Juliette de ne s'adonner au crime que dans l'effervescence du plaisir. Or, ce qu'il faut avant tout chercher, c'est le crime « commis dans l'endurcissement de la partie sensitive[2] ». Alors seulement vous vous tenez dans une souveraineté totale. L'infortune la plus accablante ne peut plus vous faire de mal, puisque vous êtes depuis toujours son complice. Vous êtes devenu invulnérable. Vous avez réalisé le rêve du grand douillet.

15. Il est fatal qu'un tel effort s'épuise. Sa perpétuelle surenchère est le symptôme d'un ennui permanent (celui d'un pauvre bougre qui fantasme dans sa geôle ?). En définitive, si la cruauté devient l'étoffe du monde, elle perd tout son mordant, et il faut en redoubler sans trêve pour lui réinjecter un peu de la force qu'elle avait quand on croyait encore à une plus substantielle douceur.

---

1. *Ibid.*, 3ᵉ dialogue cité par Georges Cottier, *Questions de la Modernité*, Paris, FAC éditions, 1985, p. 125.
2. Cité par Maurice Blanchot, *Lautréamont et Sade*, Paris, Les éditions de Minuit, coll. « Arguments », 1963, p. 45.

Sade s'en lamente lui-même : « Mon plus grand chagrin est qu'il n'existe réellement pas de Dieu, et de me voir privé, par là, du plaisir de l'insulter plus positivement[1]. » Ce qui est presque fournir à l'existence de Dieu une émouvante preuve par l'absurde. On entend ici comme un écho en négatif au psaume de David et au poème d'Auden précédemment cités. C'est de nouveau le paradoxe du blasphémateur : pour jouir d'insulter Dieu, il en a besoin, et donc lui rend en quelque façon hommage ; cet hommage malgré lui le divise ; s'il veut retrouver l'unité et que sa jouissance se change en vraie joie, il lui faudrait passer du blasphème à la louange… Certes, Sade affirme qu'il n'y a pas de Dieu (il ne cesse même de l'affirmer, tant il est difficile d'éconduire « Celui-qui-est »), mais il reconnaît en même temps que sa fiction est nécessaire à son plaisir, que sa nature même réclame un « Dieu » ne serait-ce qu'imaginaire : « Dès l'instant où il n'y a plus de Dieu, à quoi sert d'insulter son nom ? Mais c'est qu'il est essentiel de prononcer des mots forts ou sales dans l'ivresse du plaisir, et que ceux du blasphème servent bien l'imagination ; il faut orner ces mots du plus grand luxe d'expression ; il faut qu'ils scandalisent le plus possible[2]. »

Qui ne verrait ici la confession, comme extorquée par l'ordre des choses, que l'homme est essentiellement liturgique, et que, s'il n'a pas perdu le sens de la radicalité, quand il ne se livre pas à l'hymne, il est forcé de se fabriquer d'ordurières litanies ? Reste la confirmation de cette évidence : la cruauté, sans une bonté fondamentale qui lui sert de fond, s'effondre sur elle-même. Les démons quitteraient l'enfer s'ils n'avaient le plaisir de narguer le paradis.

---

1. *L'Histoire de Juliette* in Sade, *Osons le dire*, *op. cit.*, p. 169.
2. *La Philosophie dans le boudoir*, *op. cit.*, p. 103.

16. L'auteur de *La Nouvelle Justine* a beau écrire :
« Tout est bon quand il est excessif », chez Sade, à vrai
dire, il n'y a aucun excès. L'entreprise sadienne est même
un effort désespéré pour n'être jamais excédé par le malheur ou par la joie.

Si à ce sujet fréquemment l'on se trompe, c'est pour
avoir confondu l'excès avec la transgression. Le trans-
gresseur est encore maître du jeu (encore qu'il ne soit
pas l'inventeur des règles). Il enfreint la loi, il viole ses
propres limites, mais c'est pour garder l'initiative et ne
jamais être débordé par l'autre. Il dérange pour ne pas être
dérangé. Il se procure peut-être une petite extase, mais une
extase dont on est soi-même l'artisan ne fait guère sortir
de soi-même.

L'excès véritable suppose de se laisser surprendre par
ce qui nous dépasse vraiment. En ce sens, Dante est plus
excessif que Sade : avec lui se propose un vrai *transhu-
manar* où l'humain est saisi par une gloire qui le surpasse
pour de bon.

Béance de la béatitude et joug de la joie

17. Quels efforts, quels combats intérieurs, quelles luttes
intestines pour résister à l'assaut de la joie ! Certains se
ferment comme des poings : qu'une liesse soudaine les
menace de l'intérieur, et c'est pour eux une colique qui
viendrait les surprendre au milieu d'une réception et qu'il
faut retenir à tout prix – ouf ! cette fois encore ils ne per-
dront pas la face, il ne s'agira que d'une goutte de sueur
sur leur front impassible et leur mâchoire serrée.

D'autres ont les traits tordus par le choc : ils sont moins
forts mais ils ont si peur d'avoir les yeux éblouis, la gorge
déployée, le protocole submergé par cette impondérable

crue, que c'est avec leur propre cœur une empoignade titanesque pour ramener ses émotions à l'étiage ; le crâne se visse comme le couvercle d'une cocotte-minute, les lèvres se soudent comme un joint étanche, les abdominaux se contractent pour refouler un rire ou des sanglots qui leur échappent quand même par à-coups, telle une toux irritante et sèche, à moins qu'on ne les voie tressauter comme un marteau-piqueur cotonneux.

D'autres, au contraire, ont pris le pli de noyer la joie dans la franche rigolade ou l'expansive pleurnicherie : c'est une grande déflagration théâtrale dont ils ont le secret, ou bien de gros pleurs de crocodile qui brillent comme une parure ; ils vous la resservent à chaque fois et fondent là-dessus leur réputation de madeleine ou de joyeux drilles.

D'autres encore la brisent dans les ricanements : ils tiennent toujours prêt, pareil à une dague, le mot railleur qui la plante et la fait passer pour une faiblesse sentimentale. Les précédents dissipaient l'allégresse dans le gaz hilarant, ceux-là réduisent le rire à la dérision. Les larmes de joie ne sont pour eux qu'une excrétion honteuse.

18. Première honte de l'histoire : *Leurs yeux à eux deux s'ouvrirent et ils connurent qu'ils étaient nus et ils cousirent des feuilles de figuier et s'en firent des pagnes* (Gn 3, 7). Interprétons : « Et ils virent que leur joie ne venait pas d'eux-mêmes et ils se fabriquèrent des jouissances de surface, pour dissimuler leur détresse. » Qu'est-ce en effet que cette nudité dégradante aux yeux de l'arrogance à peine éclose ? La découverte que l'Éden en moi n'est pas de moi : mon appendice de mâle, qui se lève ou s'abaisse malgré moi, me prouve ma dépendance à l'égard de l'anfractuosité femelle ; mon nombril de créature (Adam en avait-il un ? Se confondait-il avec ses

oreilles ? Possédait-il une sorte de circoncision naturelle, stigmate d'une originalité qui a son principe hors de soi ?), ma dépendance à l'égard du Créateur ; autant de témoins charnels que ma propre jouissance n'est pas mienne, mais procède toujours d'abord de l'autre, de l'autre sexe, de l'autre homme, de l'autre Dieu…

Dès là je rougis de mon insuffisance, et cet afflux de sang à mes joues est comme d'une blessure toujours ouverte sous mon épiderme. Mais le propre de la honte est d'avoir honte d'elle-même. On est rouge d'être rouge, et ainsi de suite… Pour interrompre cette réitération indéfinie, on finit par se farder : feuilles de figue, dit le texte, non pas de vigne ; en nombre, non pas une seule ; cousues main, non pas collées telles quelles, car la dissimulation est laborieuse et multiplie ses ersatz. Le bien-être se substitue au bien d'être. Le jouir (possessif) vient remplacer la joie (oblative).

19. La genèse des mots n'est pas moins parlante que le livre de la Genèse. L'étymologie ne cesse de faire entendre l'ouverture et la surprise traversant tout le vocabulaire de la joie : son dictionnaire a des entrées qui sont des brèches, son champ lexical est une terre dont nous goûtons les produits sans en avoir fait les semailles.

Soit dit en forme de parenthèse : le recours à l'origine des termes pourra paraître factice. N'est-ce pas essayer de tirer une sagesse du calembour ? N'est-ce pas, sous prétexte de saisir l'essence d'un être, s'égayer plutôt dans l'arbitraire du signe ? En vérité, la première imposition d'un nom est révélatrice de l'expérience naïve d'une chose. Elle laisse presque toujours la trace du jour sous lequel cette chose fut d'abord perçue. Un juste emploi de l'étymologie n'a donc pas pour fin de piéger le mot dans les rubriques du glossaire, comme une fleur pour herbier qui se dessèche entre les pages. Il veut plutôt que cette fleur, cent fois piétinée par l'usage, se redresse en replongeant ses racines dans la terre fraîche et souple de sa première énonciation.

Ainsi le mot « bonheur » renvoie à l'heur, et donc à la chance, à la bonne fortune : de quoi s'agit-il, sinon de quelque chose qui au moins en partie nous échappe ? Enseignement précieux et qui remet en cause bien des manuels de morale : il suggère que le bonheur n'est pas que le simple résultat d'une scrupuleuse vertu, qu'il doit être l'effet de quelque chose comme une chance, qu'il est aussi un don des dieux. Le terme grec l'énonce encore plus nettement : l'*eudaimôn*, le bienheureux, est celui qui eut un bon (*eu-*) ange gardien (*daimôn*), et qui tire donc sa joie d'une rencontre et d'une écoute, ainsi que Socrate le rappelle : il a en lui ce « je ne sais quoi de divin », son « daimôn », dont la « voix » lui « parle » et l'« empêche » de prendre la mauvaise voie[1]. Quant au terme anglais *happiness*, il confirme l'heur et même le heurt du bonheur, puisqu'il le désigne encore non pas comme la seule conséquence d'une discipline (laquelle en l'occurrence n'est pas à rejeter, car elle possède malgré tout une valeur dispositive – l'hospitalité a ses règles même si ces règles ne sont qu'un cadre où doit se déployer la liberté des convives), mais l'effet de ce qui arrive, *what happens*, et donc la pointe d'un événement.

Le mot « béatitude » est plus radical encore. Il renvoie à une béance. Non pas seulement l'ouverture, mais l'ouverture large et profonde, comme une blessure impossible à refermer. Dans un sens analogue, le mot « liesse » vient de *laetitia*, qui vient de *latus*, le large : la liesse n'est pas déchirure, mais dilatation, et, pour que cette dilatation

---

1. Platon, *Apologie de Socrate*, 31 c-d ; *Phèdre*, 242 b-c ; *Théétète*, 151 a.

ne soit pas qu'une enflure, il faut qu'elle ait son principe en dehors de soi, dans un souffle qui décontenance pour donner contenance plus vaste.

« Exultation » désigne littéralement l'action de bondir hors, au-dessus, au-delà… Ce saut n'est cependant pas de la bête sur sa proie. C'est un saut hors de son enfermement, et donc à la fois en avant et en retrait. Il sous-entend l'accueil d'autrui dans l'espace de son allégresse, puisque celui qui exulte fait exactement le contraire de celui qui insulte.

« Félicité », pour les Latins, renvoie tout ensemble à l'heureuse fortune et à la joie saturante. Saturante jusqu'au débordement. Félicité est fertilité. Ainsi parle-t-on de *felicitas terræ* pour exprimer la bonne qualité d'un terroir. Et les *felices arbores* sont des arbres regardés comme de favorable augure lors des cérémonies religieuses. Le félice est propice, son bonheur comme une onde de choc est de se propager de proche en proche.

« Allégresse », comme « alacrité », dérive d'*alacer*, lui-même dérivant d'*acer*, qui donne aussi « acéré », et qui signifie encore tout l'opposé de l'allègre, à savoir l'âcre et l'amer. L'allégresse n'est donc pas si contraire à l'amertume. Elle est au moins aussi piquante ou mordante, quoique sa morsure nous exalte au lieu de nous accabler. Il se peut même pour nous que l'alacrité présuppose l'âcreté comme la constitution d'un parfum suppose une sécrétion puante – la civette – pour servir de fixateur. Il nous faut avoir traversé l'amertume pour goûter à la force incisive de la joie. L'écho d'une telle traversée s'entend dans l'étonnant verset qui sert de pivot au cantique d'Ézéchias : *Mon amertume amère me conduit à la paix* (Is 38, 17).

Il n'est jusqu'au « plaisir » lui-même qui ne comporte l'aveu d'un abord et d'une dépendance (en sorte que le plaisir égoïste serait nécessairement une contradiction :

il dévorerait sa propre substance). Un placet (« il plaît ») n'est-il pas un écrit adressé à un roi ou un ministre pour leur demander une faveur ? Ce qui me plaît n'a-t-il pas sa place réservée dans mon cœur ? Qu'une chose puisse ainsi me délecter, n'est-ce pas la preuve qu'il est entre elle et moi une convenance, une résonance préétablie, et que je ne peux me suffire ? Entre autres, parmi les expériences premières et par là fondatrices, il y a cette convenance incroyable, entre la bouche du nouveau-né et le sein de sa mère, ce plaisir qui est à la fois nourriture et chaleur, boisson et beauté, réfection de soi-même et relation à autrui. Freud en fit le premier stade de la libido, le « stade oral », qui se répercute indéfiniment dans la parole, jamais si bonne que lorsqu'on peut la « boire ». Et c'est pourquoi – chose à la fois évidente et inattendue – la « délectation » plonge sa racine exacte dans la « lactation » (*delectare* dérive de *lactare*). Celui qui vraiment se délecte est toujours comme abreuvé d'un lait dont la fontaine est vive, chaleureuse et charnelle. Ce n'est pas pour rien que la Terre promise, dans la Torah, est *ruisselante de lait et de miel* (Ex 3, 8), comme le sein gonflé d'une femme radieuse.

Or qu'en est-il du mot « joie » lui-même ? De savants dictionnaires le rattachent à la racine indo-européenne **yug –*, qui signifie « lien ». La joie est un joug. Ce lien paraît incongru ? Il l'est beaucoup moins dès lors qu'on le profère avec l'adjectif : la joie est conjugale. Elle est reçue d'un autre et rejaillit vers un autre. Elle suppose une union et elle ordonne une tâche : le joug relie en vue d'un transport et d'un labeur, mais ce labeur n'a rien des prouesses du *self-made-man*, dans la mesure où il dépend d'abord d'une fidélité côte à côte.

De la honte d'être joyeux au vertige d'être clown (chemin de Michaux)

20. Dès lors, à qui voudrait s'enfermer dans sa citadelle, la joie est une brèche, une plaie, l'ennemi qui risque à tout moment de surprendre. Henri Michaux le constate dans une prose dont l'ironie s'ajuste parfaitement à cette vérité. Le titre en est révélateur : « Le honteux interne ». C'est que la honte dont il s'agit ici ne s'éprouve pas que devant les autres, mais d'abord devant soi, parce que le moi y découvre la présence de l'autre au plus profond de lui-même. Et cet autre n'est pas celui qui m'écrase ou me possède, mais, comble d'humiliation, celui qui se laisse si bien posséder que je dois lui faire place, ou plutôt que je suis forcé de reconnaître que mon propre cœur est plus à lui qu'à moi-même, puisqu'il l'emplit avec tant de facilité : « Malheur à qui la joie vient qui n'était pas fait pour cela. Il m'arrive depuis quelque temps et plusieurs fois dans la journée, et dans les moments les plus détestables comme dans les autres, tout à coup une ineffable sérénité. Et cette sérénité fait un avec la joie, et tous deux font zéro de moi. […] Je suis livré à la joie. Elle me brise. Je me dégoûte. Quand je redeviens libre, je sors, je sors rapidement avec ce visage des personnes qui viennent d'être violées[1]. »

Est vécu comme un viol ce qui pouvait être nuptial. En effet, pour que la joie ne fût pas une malédiction, il eût fallu consentir à un certain brisement : le scellement de l'hymen n'est-il pas dans sa déchirure ? Cette effraction n'est pas en soi-même une infraction, puisqu'elle réalise

---

1. Henri Michaux, « Le Honteux interne », dans *La nuit remue*, in *Œuvres complètes*, Paris, Gallimard, coll. « Bibliothèque de la Pléiade », 1998, I, p. 475-476.

une disposition intime. Mais elle le devient pour qui veut garder son aplomb et ne pas être couché par la vague.

21. C'est pourquoi, dans un poème postérieur, Michaux peut inverser les rapports et passer du « honteux interne » à l'humilié heureux. Le devenir « zéro », l'abandon de soi, le fait d'être « tout ouverture », qui apparaissaient jadis comme des malheurs, sont brusquement désirés comme la béance qui ouvre à la béatitude. Mais il convient au préalable que le guindé se prenne les pattes dans le tapis de prière et qu'il n'ait pas honte de sa honte, mais au contraire que, dans son ridicule, cul par-dessus tête, il n'en rende que mieux grâces. Tout l'enjeu est là : que le pédant accepte de perdre pied, que le collet-monté devienne pantalon-qui-tombe, que l'austère soit auguste, en un mot : « clown ». « Réduit à une humilité de catastrophe », « anéanti quant à la hauteur, quant à l'estime », devenu clown enfin, je ne serai que mieux disponible à la joie simple et imméritée d'être :

> [...] abattant dans la risée, dans le grotesque, dans l'esclaf-
> fement, le sens que contre toute lumière je m'étais fait de
> mon importance
> Je plongerai.
> Sans bourse dans l'infini esprit sous-jacent, ouvert à tous
> ouvert à moi-même dans une incroyable rosée
> à force d'être nul[1] [...]

Le plongeon m'aura tellement rapproché de la terre que je pourrai en éprouver le rayonnement : la risée honteuse dispose à la rosée incroyable… On voit que d'un texte à l'autre, bien que la manière de la recevoir soit entièrement changée, la découverte de Michaux reste essentiellement la même : la joie vive détruit tout contentement.

1. *Id.*, « Clown », *Peintures, op. cit.*, p. 709-710.

Non qu'elle entraîne avec elle l'aigreur du mécontent ni l'avidité de qui ne sait se contenter de peu, mais elle fait défaillir et, par là, décontenance. Être content, dans l'acception où je prends ici ce terme, c'est n'accepter de plaisir qu'à son étroite mesure : me voilà replet et repu, soit parce que je m'infatue de mes petites prises, soit parce que, jouant la perpétuelle insatisfaction, je ne veux être satisfait que de moi-même – peu importe, pourvu que je ne me sente en rien redevable et conserve ma mainmise et mon maintien.

Le jamais content est toujours assez content de lui-même. Il devine d'instinct que l'aigreur le préservera mieux que la liesse. Car l'aigreur lui permet de garder la pose en trouvant toute nourriture inférieure à son goût surfait ; tandis que devant l'autre, Notre-Dame de Liesse, il lui faudrait capituler, paraître gauche, laisser son visage être gagné par le rire ou les larmes (autant de grimaces pour le « beau ténébreux »), enfin foirer son bel équilibre pour être ce clown qui à ses dépens laisse voir combien le monde peut être renversant.

22. Mais la joie n'est pas seulement renversante. Elle est aussi à déverser. Nous l'avons entendu dans les vers précédents : livré à « l'infini esprit sous-jacent », le clown est à la fois ouvert à lui-même et « ouvert à tous ». Sa dilatation, pour n'être pas boursouflure, ne peut être qu'hospitalière. Un autre poème de Michaux le fait entendre, « Apparitions-disparitions », qui commence par des « tirs dans la tête » et débouche sur ce verset 32 du psaume 118 : *Je cours dans la voie de tes volontés, car tu as dilaté mon cœur (dilatasti cor meum)*. La porte du Ciel semble atteinte : « Je gagne le haut / je touche l'entrée. » Mais cette entrée coïncide avec le fait de laisser entrer, de recueillir en soi toute chose dans sa gloire :

La vie torrentielle
la vie sans fin a pénétré

Ce que j'aperçois
ce qui apparaît
ce qui se rencontre
tout tourne à l'illumination

Inondé de vérité
tout soulève
tout est véhicule

Libre d'opposition
de rivalité

Bannières
j'accepte leur bannière
à tous, à chacun[1]

Les grincheux ne cessent de moraliser et de cloisonner. La joie accueillie se fait accueillante. Le clown l'ayant reçue sans l'avoir méritée, et même en se sachant très nul, il ne saurait attendre que les autres soient méritants pour les recevoir à son tour. Il se moque bien alors de leurs étendards idéologiques. Ce qu'il accepte, c'est la bannière de « tous » et de « chacun », autant dire toute la diversité irréductible des trognes et des minois (cette diversité que l'idéologie s'efforce de réduire). Il n'a pas de drapeau rouge, lui, mais un nez rouge. Il n'attend pas d'abord que vous soyez ceci ou cela, puisque le simple fait que vous

1. *Id.*, « Apparitions-disparitions », dans *Moments*, in *Œuvres complètes*, Gallimard, coll. « Bibliothèque de la Pléiade », 2004, III, p. 740-741.

soyez l'épate, plus que tout ce que vous pourriez faire pour l'épater. Vous seriez un nul que la merveille n'en aurait pas moins lieu. Son hospitalité est à ce point sans réserve qu'elle vous dépouille : vous pouvez laisser vos titres à l'entrée, votre faiblesse vous obtient tout autant que votre puissance.

23. Dois-je toutefois attendre que la joie ait rendu ma vie assez spacieuse pour commencer à accueillir les autres ? Au reste, si je prétendais leur donner *ma* joie, ne retomberais-je pas dans la suffisance et l'opposition ? Le clown est un nul, ne l'oublions pas. Il n'a rien à lui que sa vacance. Sa joie est le fruit de son ouverture, et non l'inverse. Le précédent poème le suggère déjà : lui-même n'est si vaste que de percevoir la vastitude des autres. « Importance cathédralisante, écrit Michaux, importance de tout[1]. » Sous le regard du clown, tout devient cathédrale. Et c'est ainsi que son hospitalité est parfaite : il ne vous accueille vraiment, dans votre mystère, que parce qu'il a devant vous le vertige au point de renverser les plats, qu'il reconnaît qu'il ne pourra jamais assez vous accueillir, et que ce qu'il vous donne est toujours moins que de vous recevoir.

Par conséquent, sa générosité de réceptacle est de ménager l'espace où vous pouvez être vous-même généreux. Il vous donne ce qu'il n'a pas, afin que vous ayez ce qui vous est propre, et que lui-même s'enrichisse de votre singularité. C'est ce qu'affirme Michaux dans l'un de ses derniers textes où la vie clownesque finit par s'identifier à la vie religieuse. Un postulant, le « nouvel arrivé » avoue que jusqu'ici ses problèmes avaient suffi à « faire un cercle autour de [lui] ». Le père abbé lui déclare que ce cercle étrangleur doit être dissipé par la croix, et il ajoute : « Tu vas à présent aider un autre » :

1. *Ibid.*, p. 739.

LE NOUVEL ARRIVÉ : Comment ferais-je ? Moi qui ne peux m'aider moi-même, moi qui attends la lumière.

L'ABBÉ : En la donnant, tu l'auras. En la cherchant pour un autre. Le frère à côté, il faut que tu l'aies avec ce que tu n'as pas. Avec ce que tu crois que tu n'as pas, mais qui est, qui sera là. Plus profond que ton profond. Plus enseveli, source torrentielle qui circule sans cesse, appelant au partage[1].

Voilà l'humiliation suprême et qui fait du honteux interne un honteux externe de surcroît : non seulement la joie est reçue par la grâce d'un autre, mais elle n'est vraiment reçue qu'à la condition d'être communiquée à d'autres encore. Parce qu'elle se joue dans une communion. Parce qu'elle ne consiste pas à donner quelque chose, les mains déjà pleines et occupées, mais, les bras ouverts, à accueillir quelqu'un. Aussi n'est-elle mienne qu'en ne m'appartenant pas, et ne demeure-t-elle que de s'offrir sans cesse. Que serait cette « source torrentielle » si elle ne circulait point ? Une citerne d'eau croupie. Que serait un gracié qui ne ferait pas grâce ? Un pire que pendu. Le lit ne tient le fleuve que s'il n'en retient pas le flux. Et la femme ne jouit de son parfum que si d'autres le respirent. Ainsi de la joie. N'en profite que celui qui la prodigue.

Prophètes de bonheur
(le Billy Budd d'Herman Melville)

24. Naturellement, celui qui prodigue une telle joie, l'habitude est de l'exécuter. Nous n'aimons pas les pro-

---

1. « Quand tombent les toits », dans *Chemins cherchés, Chemins perdus, Transgressions, op. cit.*, p. 1202-1203.

phètes de malheur. Mais nous détestons plus encore les prophètes de béatitude. D'ailleurs, selon la Bible, ce sont exactement les mêmes.

Que Jérémie annonce la défaite guerrière de Juda, et les princes supplient le roi Sédécias : *S'il te plaît, que cet homme soit mis à mort ! Oui, par ses racontars, il affaiblit les mains des combattants qui restent dans la ville, ainsi que les mains de tout le peuple. Oui, cet homme ne cherche nullement la paix du peuple, mais la calamité* (Jr 38, 4). Tel apparaît le prophète, mais c'est dans la bouche de la calomnie. Et les « jérémiades » ont fini par désigner des plaintes incessantes et importunes, alors qu'elles sont des appels à la joie plus profonde. Car Jérémie n'est pas ennemi du bonheur, mais du mensonge. Il annonce la paix véritable et pour cela dénonce la tranquillité des cœurs durs, appelle le marteau qui brisera leur carapace.

Qu'il nous retire nos faux bonheurs, nous le supporterions encore. Mais il va jusqu'à nous déposséder de notre complaisance dans le malheur. Celui qui voudrait s'embourber dans un désastre définitif est aussi bien démonté par lui que celui qui cherche à s'encoconner dans sa bulle. À l'écouter, nos trente-sixièmes dessous sont encore bien aises et nos septièmes ciels volent encore bien bas. Ses élévations nous font éprouver combien nous rampons quand nous croyons nous envoyer en l'air ; ses abîmes nous font sentir combien nous savons assurer nos naufrages et nous en indemniser. Il démolit ainsi toutes nos satisfactions médiocres – plaisirs onanistes autant que tristesses nombrilistes – et par là crispe le sybarite aussi bien que le sycophante, choque le pessimiste avec le patachon, casse le rabat-joie comme le boute-en-train.

25. À supposer maintenant un témoin de la joie qui ne serait pas le fulminant prophète à barbe blanche mais un

innocent porteur de cette grâce devant laquelle nous sentons toutes nos vanités, cela ne fait aucun doute : il faut qu'on le méprise – « c'est un benêt » –, qu'on le dessale – « c'est pour son bien » – et, au cas où il se montrerait revêche, qu'on le pende. L'espièglerie de l'agneau le voue à l'abattoir d'autant mieux qu'il y va sans pousser les cris du cochon. Melville a passé ses derniers jours à en faire la preuve par *Billy Budd*, sa nouvelle posthume. La dédicace porte cette mention phare : « *Here on Earth or harbored in Paradise*[1]. » Et c'est bien l'histoire d'un jeune marin qui se tient ici sur terre comme s'il était encore dans l'Éden.

Enfant trouvé, d'une naïveté inentamable, d'un enjouement sans arrière-pensée, Billy Budd est un fils d'Adam qui par miracle aurait échappé au péché originel : « Il ne savait pas lire, mais il savait chanter, et, pareil en cela à l'illettré rossignol, il composait parfois lui-même sa propre chanson[2]. » Sur le *Droits-de-l'Homme*, vaisseau marchand où il commence sa carrière, sa simplicité rayonnante éteint les querelles des matelots, et le capitaine peut l'appeler son « pacificateur ». L'enrôle-t-on de force sur un navire de guerre, le *Bellipotent*, il ne perd rien de sa gaieté. Là, tout le monde l'aime, hormis le trouble maître d'armes, James Claggart, qui mieux que les autres perçoit l'origine gracieuse de sa joie : « Si en Billy Budd il guignait la bonne mine, la santé réconfortante et la franche allégresse d'une jeune vie, c'était parce qu'elles allaient de pair avec une nature qui, comme Claggart le sentait par une sorte de magnétique instinct, n'avait dans sa simplicité jamais voulu le mal, ni connu en retour la morsure du serpent. […] Le maître d'armes était peut-être le seul homme à bord qui pouvait, par son intelligence, apprécier à sa

---

1. « Ici sur Terre ou dans le port du Paradis ».
2. Herman Melville, *Billy Budd, Sailor, and Other Stories*, 2, Penguin Classics, Londres, 1985, p. 330.

valeur le phénomène moral que représentait Billy Budd. Et sa perspicacité ne parvenait qu'à rendre sa passion plus intense. Cette dernière, prenant en lui diverses formes secrètes, prenait parfois celle du dédain cynique, du dédain de l'innocent – quoi ! n'être rien de plus qu'innocent[1] ! »

Claggart ne peut pas admettre la naïveté du jeune homme, sa présence transparente, son allégresse contagieuse. Ce n'est pas que Claggart soit immoral : il forme plutôt l'exemplaire d'une morale de l'effort. Tout son honneur est dans la défense d'une vertu puritaine, ombrageuse et besogneuse, qui ne triomphe que dans l'hostilité. Si le brave matelot lui est intolérable, c'est parce qu'il ne comprend pas que sa bonté n'ait rien d'artificiel, sa joie rien de forcé, sa justice rien de vindicatif…

Au fond, il ne supporte pas de n'avoir rien à supporter de Billy, sinon son indéfectible liesse. Il n'a rien à redire, et c'est cela qui le pousse à le corriger. Il n'a aucune ombre à lui imputer, et c'est cela qui lui rend le marin aussi haïssable qu'un soleil perçant ses défauts. Comment ne pas se venger de celui qui, ne nous ayant fait aucun mal, mais en outre ne semblant même pas capable de faire le mal, accuse malgré lui notre propre bassesse ? Claggart pourrait reprendre à son compte les antiques récriminations : *Traquons le juste, car il nous contrarie, il s'oppose à notre conduite, il est un reproche vivant pour nos pensées. Sa seule vue nous est à charge* (Sg 2, 12-14). N'être pas jugé par Budd est pire que de subir le jugement le plus défavorable, car c'est la preuve qu'il ne se situe même pas sur le terrain d'une compétition. Il serait meilleur à l'orgueil de subir l'offense de sa haine plutôt que l'offrande de sa joie. Bientôt Claggart manigance une machination propre à le faire accuser de mutinerie. Le « joyeux Hypérion » sera pendu au petit jour, comme un traître, à la grand-vergue,

1. *Ibid.*, 12, *op. cit.*, p. 355-356.

son corps étrangement paisible « accueillant le plein rose de l'aube[1] ».

Si c'est un crime d'être triste

26. Irons-nous jusqu'à dire que la tristesse est un péché ? Dans une note d'août 1952, Marie Noël écrit : « Dante m'a mise en enfer. Dans la boue, férocement, avec les mélancoliques, ceux qui ont commis ce crime : être triste. » Elle fait référence au huitième chant de l'*Inferno*. Dans le cercle des Coléreux, le poète croise un damné qui s'enlise dans le Styx :

> « Qui es-tu, toi qui es si enlaidi ? »
> Il répondit : « Tu le vois : je suis quelqu'un qui pleure. »
> Et moi à lui : « Avec les pleurs et avec le deuil,
> Reste, esprit maudit[2]… »

Marie Noël commente : « C'est tout. Aucune faute. Il pleure. Et Dante sans pitié l'accable. » Et c'est à son tour d'accabler le poète : « Ô Dante, Dante, si chacun voulut son péché – c'est le propre du péché d'être voulu – si chaque âme choisit son péché, quelle âme, jamais, a choisi celui-là ? Ah Dante, Dante, j'en appelle contre toi à Notre-Seigneur. Oseras-tu maudire l'homme triste de Gethsémani ? »

---

1. *Ibid.*, 25, *op. cit.*, p. 401. « Melville avait d'abord écrit, au lieu de "rose", "shekina". » (Pierre Leyris dans ses notes à *Billy Budd, marin*, Paris, Gallimard, coll. « L'imaginaire », 1980, p. 181.) La *shekhina*, pour la mystique juive, est la présence de Dieu *incognito* sur la terre, un peu comme si le paradis se trouvait en exil, pour consoler les exilés.
2. Dante, *Inferno*, VIII, 35-38.

Certains, pour mitiger l'impact de cette scène et disculper le poète, précisent que le damné en question est Filippo Argenti, guelfe noir, colérique sanguinaire, qui s'empara des biens de Dante après son exil… Mais mieux vaut la prendre de plein fouet. Se laisser inquiéter par cette inversion des signes extérieurs du bien et du mal : le damné qui apparaît comme celui qui pleure ; le juste, comme celui qui n'a aucune compassion – qui s'abandonne même à la cruauté. Quelle est la clé de cette énigme ?

27. Il faut d'abord souligner que la scène est en enfer, et non ici-bas. La compassion n'y a aucune place au moins pour trois raisons. La première, c'est que la vraie compassion ne se contente pas de souffrir : elle a son centre hors d'elle-même, dans la joie qu'elle voudrait rendre à l'autre en le tirant de sa misère. Or, dans l'onde fangeuse du Styx, nul sauvetage possible. La béatitude y est bannie. Si Dante se mettait à compatir, sa compassion serait narcissique, complice de la douleur, redoublant le mal au lieu de le chasser.

Deuxième raison : le damné est un criminel qui, définitivement, ne veut pas se repentir. L'enfer est sa punition, mais c'est plus encore l'accomplissement de son désir d'impunité. Sa noyade dans la boue y est aussi un gras vautrement : la douleur qu'il éprouve est celle qu'il s'inflige obstinément lui-même, du fait de son hautain refus d'accueillir la justice et de réparer le mal.

Troisième raison : Argenti est « un orgueilleux, / la bonté n'orne pas sa mémoire » ; il ne pleure que sur lui-même. Ses larmes sont aussi stériles que la semence du masturbateur. Il en tire le plaisir de maudire l'existence, d'accuser le Créateur de l'avoir créé, de revendiquer la souveraineté toute négative du néant.

Marie Noël est trop théologienne pour ne pas nuancer son reproche. Après le réquisitoire, elle instruit donc l'apologie : « Pourtant ce cruel Poète, dans sa justice impitoyable, entrevoit une vérité. Comme aussi l'imagier de la cathédrale de Strasbourg, qui, parmi les vierges folles, place la Mélancolie. C'est qu'aucun péché joyeux commis par amour de la vie n'est autant péché mortel et n'ôte plus de grâce à l'âme que le morne désespoir qui hait son être et le refuse. »

Descartes observait que ceux qui blanchissent dans la colère étaient plus à craindre que ceux qui rougissent ; de même Marie Noël observe que ceux qui pèchent par boulimie sont moins dangereux que les pécheurs ascétiques. Les premiers conservent l'élan de la vie, même s'ils l'infléchissent et le diminuent. Les seconds s'y opposent de toutes leurs forces. Le diable est de ceux-là. Sans chair, sans chaleur, sans chant. S'il tire un malin plaisir à défaire le concert des êtres – parce qu'il tire le pouvoir de néant de son propre fonds et qu'il n'a pas à le mendier à Celui qui est – il est fondamentalement triste de vivre, dans la mesure où, créature, il n'est pas l'auteur de sa propre vie. Et donc, par-dessus tout, comme elle exige sa réceptivité plus large, il s'attriste de la béatitude.

28. Cette distinction opérée par Marie Noël lectrice de Dante semble correspondre à celle qui oppose péché véniel et péché mortel selon Thomas d'Aquin : « Les péchés mortels détournent de la fin ultime, écrit-il, alors que les péchés véniels ne portent pas sur la fin ultime, mais sur le chemin pour l'atteindre[1]. » Les premiers se commettent par aversion de l'Être ; les seconds par conversion déréglée vers les êtres. Ceux-là mettent tout notre plaisir ailleurs que dans la vraie joie ; ceux-ci, tout en restant tournés vers la vraie joie, font un mauvais usage

---

1. *Compendium theologiae*, chap. 175.

des moyens qui y mènent. Ce qui signifie très simplement que ce qui rend le péché mortel, c'est le refus de la vie éternelle et, par voie de conséquence, le rejet de l'amour qui est l'âme de cette vie.

Thomas fait cette remarque d'une inscrutable profondeur : « Dieu n'est jamais offensé par nous, sinon du fait que nous agissons *contre notre bien*[1]. » La divinité est essentiellement joyeuse et rien ne peut entamer sa joie. Ce qu'elle veut en créant l'univers, c'est donner à des êtres finis quelque chose de sa vie divine. De sorte que, si elle est blessée par nos refus, c'est d'abord en nous, dans sa volonté de nous voir entrer dans sa béatitude. Nous sommes bien loin de ce moralisme qui se fait un front soucieux et se targue louchement d'avoir une prédilection pour l'effort et le pénible : « Devoir ! nom sublime et grand, toi qui ne contiens rien d'agréable… » Ainsi parlent les James Claggart et autres kantiens racornis. Thomas d'Aquin les démasque : conformisme ou orgueil que tout cela ! Car il ne s'agit pas de se soumettre à des normes extérieures, ni de se dresser dans une austère autonomie, mais de répondre à vif aux exigences du Ciel, *cum hilaritate*, précise le docteur angélique : avec hilarité[2] ! Et il donne ses références scripturaires : *Servez le Seigneur avec joie*, chante le quatre-vingt-dix-neuvième psaume, et le grand clown Paul de Tarse : *Dieu aime le donateur hilare* (2 Co 9, 6).

La vertu n'est pas le ver qui tue, mais l'ouverture nuptiale vers un tu : « La tempérance a pour fin et pour règle la béatitude[3] », et cette béatitude « excède infiniment toute créature[4] ». Paroles exorbitantes : la tempérance

---

1. *Contra Gentiles*, III, chap. 122.
2. *Somme de théologie*, I-II, 100, 9, 3.
3. *Ibid.*, II-II, 141, 6, 1.
4. *Ibid.*, I-II, 5, 5.

n'a pas seulement pour fin, mais « pour règle », la jouissance divine. Sa modération nous ouvre à un inimaginable excès. Et même ses abstinences nous jettent vers les délices supérieures : « L'abstinence est vicieuse dès lors qu'elle ne se conforme pas à la droite raison. Or que demande la droite raison ? Que nous nous abstenions "comme il faut", c'est-à-dire *hilariter*, avec une promptitude joyeuse ; et "en vue de ce qu'il faut", c'est-à-dire pour la gloire de Dieu[1]. »

29. De ce constat, évidemment, je ne saurais conclure que la première bonne action réside dans la perpétuelle contrainte d'un sourire immuable ou d'une gaieté artificielle. La seconde Épître aux Corinthiens, déjà citée à propos du *donateur hilare*, nous préserve de concevoir celui-ci à la manière du pseudo-clown de chez Mac Donald's. Elle distingue une bonne et une mauvaise tristesse : *La tristesse selon Dieu porte en vue du salut un repentir sans aucun remords, mais c'est la mort qu'apporte la tristesse du siècle* (2 Co 7, 10). Cette *tristitia sæculi*, saint Thomas l'identifie au péché capital que le mot « paresse » traduit désormais très maladroitement (comme si une certaine paresse, précisément, avait atteint son traducteur moderne). S'il est clair que l'orgueil est le père de tous les vices, comment comprendre que la paresse en soit la mère ? Car il faudrait qu'elle soit aussi la mère de l'activisme, du media planning, de la concurrence insomniaque, de l'industrie spectaculaire et démiurgique… Le Moyen Âge donnait un nom plus digne à cette concubine de l'orgueil : l'acédie (littéralement : « absence de soin »). Elle ne se définit pas d'abord comme une inertie, mais comme un « dégoût du bien spirituel et intérieur[2] ».

1. *Ibid.*, II-II, 146, 1, 3.
2. *De Malo*, 11, 1.

Le père orgueil refuse de s'ouvrir à ce qui l'excède, et ce refus l'enferme avec la mère acédie. Comment ne s'associeraient-ils point ? Lui a le goût amer de son quant-à-soi, elle a le dégoût de l'humiliante « source torrentielle ». Certes, l'orgueil ricane et snobe avec un air supérieur tandis que l'acédie pleurniche et récrimine comme une petite gâtée. Mais, dans leur maison bien close, ils s'épaulent mutuellement : lui, proxénète en chef, s'empare des beautés qui lui sont données pour en tirer profit et se rebeller contre leur donateur ; mais, comme ce donateur ne se lasse pas, malgré tout, de vouloir lui donner sa propre vie et donc de lui apprendre à donner à son tour selon une mesure qui le dépasse, il lui envoie l'acédie comme une maquerelle acariâtre – elle lui protège son boudoir, barre la porte et chasse l'importun…

Sa paresse consiste à refuser le vrai repos ; sa tristesse à multiplier les substituts à la vraie joie. Thomas d'Aquin l'affirme de manière surprenante : « L'acédie rend inerte par rapport à ce dont on s'attriste, mais elle rend pressé d'aller vers son contraire[1] », et c'est pourquoi elle pèche directement contre le troisième commandement : « L'acédie est contraire au précepte de sanctification du chabbat, lequel ordonne, en tant que précepte moral, le repos de l'esprit en Dieu[2]. » Elle désespère donc de la béatitude. Mais attention, encore une fois : ce désespoir n'est pas de ne pas pouvoir l'atteindre, il est de se la voir inlassablement proposée, et d'avoir à se démancher fébrile pour essayer de la fuir.

30. Il est toutefois une bonne tristesse (*tristitia secundum Deum*). Dois-je dire : une tristesse heureuse ? *Maintenant je me réjouis*, écrit saint Paul, *non de ce que vous soyez*

1. *Ibid.*, 11, 4, 2.
2. *Ibid.*, 11, 3, 2.

attristés, mais de ce que vous soyez attristés en vue de votre conversion, cette conversion qui est retour à la *joie surabondante* (2 Co 7, 9 et 8, 2). Selon Paul, c'est une charité que de causer pareille tristesse. Et il précise que d'avoir su attrister son prochain de la sorte ne pourra que le rendre joyeux en retour : *Si je vous cause de la tristesse, qui me donnera de la joie, sinon celui que j'aurai attristé ?* (2 Co 2, 2). L'apôtre parle comme un sadique : il tire sa joie de celui qu'il rend triste ! Mais sa cruauté procède de sa douceur : il vous ouvre la poitrine au couteau, plus largement qu'au revolver, mais c'est pour en extraire la balle qui allait vous gangrener. On retrouve d'ailleurs dans cette phrase ce que nous avions reconnu chez le clown de Michaux. Paul attend sa joie de celui qu'il attriste, ce qui signifie d'une part que la joie de l'apôtre se trouve dans la joie d'autrui et, d'autre part, que la tristesse de son auditeur procède d'un élan recouvré vers la béatitude : c'est une souffrance pour recueillir et communiquer la joie, et pour ne la recueillir qu'en la communiquant.

L'heur de cette tristesse ne diminue en rien son heurt. Il y va là d'une différence d'objet, non d'une différence d'intensité : ici on est triste *pour* la béatitude, là on est triste *contre*. Mais la tristesse *contre* peut être moins douloureuse que la tristesse *pour* : l'acédie engourdit la majeure partie de l'âme, l'amour la rend vigilante et sensible. Cela s'entend dans la *Bienheureuse Passion*[1] : *Mon âme est triste à en mourir*, dit le Christ au mont des Oliviers (Mc 14, 34). Quelle douleur plus extrême ? Marie Noël a donc raison

---

1. *Memores beatæ passionis*, c'est ainsi que le canon romain de la messe désigne les fidèles : ceux qui se souviennent « de la *passion bienheureuse* du Christ, de sa résurrection du séjour des morts et de sa glorieuse ascension dans le ciel ». Hélas ! beaucoup se croient d'autant plus chrétiens qu'ils ne se souviennent que d'une passion malheureuse.

d'en appeler contre Dante à « l'homme triste de Gethsémani ». Mais elle doit aussi se souvenir avec lui que sa
tristesse est *comme les douleurs d'une femme en travail*
(Is 21, 3) : elle veut enfanter à la béatitude tous ceux qui
la refusent. Cet *homme de douleurs* (Is 53, 3) est aussi le
Dieu-Joie de ma jubilation (Ps 42, 4). Le malentendu reste
cependant possible : *Nous sommes tenus pour moribonds,*
dit saint Paul, *nous qui sommes vivants ; pour affligés, nous
qui sommes toujours joyeux* (2 Co 6, 9-10). Et voilà qu'on
repique à la vieille rengaine : « Le Christ n'a pas ri. » Pour
cause, il a fait beaucoup mieux que ça : il a carrément *exulté*
(Lc 10, 21), il a *resplendi comme le soleil* (Mt 17, 2), mais
il a surtout fait descendre sa joie jusqu'au fond de notre
horreur, là où l'on n'a plus du tout envie de rire, messieurs,
là où nous faisons tous dans notre froc, là où le fier-à-bras
appelle papa-maman, en sorte que, s'il a connu la croix de
l'abandon, c'est justement pour sauver le rire, c'est pour
l'arracher à notre cafard comme à nos railleries et pour permettre ce *riso del paradiso* – le rire d'une Béatrice, puissant
comme la foudre de Zeus, et propre à pulvériser Dante.

Les trois souffrances de la joie

31. Quelle était notre thèse de départ ? La joie est le fond
de l'être. Vérité qui n'a rien de psychologique : il est question de fond, et non d'état ; d'être, et non d'humeur. Si la
vraie joie résidait dans la moire changeante de mes émotions, elle serait autant qu'elles trouble, instable, superficielle et sans cesse mélangée d'artifices. Serais-je angoissé
qu'il me faudrait la contrefaire pour ne pas la trahir, et la
fausser donc, pour m'en prouver la véracité. Ce désir de
perpétuel bien-être extérieur ne pourrait que me fermer à
jamais sa source diluvienne.

Pour n'être pas toujours le *sentiment* par lequel nous sommes émus, cette joie n'en demeure pas moins l'*élément* dans lequel nous nous mouvons. Semblable au sol qui porte nos pas et promet au loin sa splendide montagne, elle est le point d'appui de toutes nos avancées, l'horizon de toutes nos fatigues, le présupposé de toutes nos détresses. Si elle n'était pas notre sol, le malheur n'aurait pas l'effet d'un sol qui se dérobe. Si elle n'était pas le fond de l'être, l'horreur ne pourrait nous apparaître en elle-même telle qu'elle sait le faire, comme une horreur sans fond…

Reconnaître que la joie est le fond de l'être n'a donc rien de confortable : non seulement c'est avouer combien chaque jour je manque à être, mais c'est encore éprouver le mal sans complaisance aucune, comme privation d'être, c'est-à-dire dans sa violence extrême et son absurdité radicale.

32. Le kabbaliste Jacob Joseph de Polna se complaisait dans les macérations. Le Baal-Shem-Tov dut lui rappeler dans une lettre : « La Shekhinah n'habite pas au milieu de la tristesse (*azbut*), mais seulement au milieu de la joie du commandement (*simha shel mitsva*)[1]. » S'il y a joie du commandement, c'est parce que tous les commandements visent à la joie. Ils peuvent d'ailleurs se résumer à un seul, comme autant de rivières qui confluent vers ce fleuve : *Entre dans la joie de ton maître* (Mt 25, 21 et 23).

Anselme de Cantorbery fait sur ce verset la remarque le plus simple et la plus profonde : « Ce n'est donc pas la joie qui entrera dans ceux qui se réjouissent mais ceux qui se réjouissent qui entreront en elle tout entiers[2]. » Comme nous l'avons vu plus haut, la joie ne se contente pas de

---

1. Cité par Jean de Menasce, *Quand Israël aime Dieu*, Paris, Cerf, 1992, p. 50.
2. Saint Anselme de Cantorbery, *Proslogion*, chap. XXVI.

ma contenance ni de mon contentement. La faire entrer
en moi serait la réduire à ma faible capacité. C'est donc
à moi d'entrer en elle, en papillon, en crawl et plus souvent en brasse coulée, ramant d'autant plus que dénué
de rame, m'y enfonçant toujours plus avant, comme un
nageur qui s'efforcerait de gagner le large… Aussi puis-je
être en elle sans qu'elle soit encore en moi, de même que
je puis l'avoir en moi, étroite, envasée, mourante, sans
pour autant que j'entre en elle. Y entrer suppose que je
souffre d'être décontenancé et comme jeté à l'eau.

Seconde remarque : le verset en question ne dit pas *ta
joie*, mais *la joie de ton maître*, ce qui est assez dire que
je ne suis pas le maître de la joie. D'ailleurs ce maître part
en voyage et me livre une part de ses biens pour que je
les fasse fructifier avec d'autres. Ce qu'il faut en déduire
est clair : pour l'heure, cette joie foncière m'éprouve plus
qu'elle n'est par moi éprouvée.

33. Ressaisissant le mouvement de ce chapitre, nous
pouvons y discerner trois moments qui sont trois épreuves
(nous retrouvons ici Baudelaire), et qui correspondent à
trois excès que la joie nous ménage et par lesquels elle ne
nous ménage pas :

1° L'épreuve de l'émerveillement, d'abord. Entre l'amnios
et ma vie fœtale, l'air extérieur et mes poumons, le sein
de la femme et ma première bouche, et plus tard, bien
plus tard, entre ce sein encore et l'abouchement de mon
regard ; entre le cerisier en fleur et le fond de mon âme,
entre la langue apprise du dehors et mes pensées les plus
en dedans, entre le rire de mes enfants et le ciel de mon
désir, il y a ce que saint Thomas appelle une convenance,
qui est la raison du bien et le fondement de toute affection.
Autrement dit : je viens au monde et le monde vient à moi,
et le don de cette rencontre m'émerveille et réclame ma

gratitude. De là cette épreuve initiale : reconnaître ce qui m'est donné et, rendant grâces au donateur, l'accueillir toujours davantage. Les anges n'en connurent pas d'autre. La douleur n'était pas sur leur chemin. Créés dans la grâce, leur tâche fut seulement de rendre grâces, et d'accepter par là d'entrer dans la gloire. Il leur suffisait de *s'ouvrir*, humblement. Mais, si les uns se tournèrent filialement vers le Père, les autres se complurent en eux-mêmes et voulurent mener leur vie à leur guise, préférant s'ouvrir les veines plutôt que d'ouvrir leur cœur. Et c'est ainsi que commencèrent le paradis et l'enfer… Cette épreuve est aussi celle de l'Éden. On sait ce qui s'ensuivit. Mais la chute des hommes n'est pas comme celle des anges, définitive. Elle tient toujours un peu du dérapage, de la lourdeur, du ridicule. C'est pourquoi elle est rattrapable par grâce, comme la gamelle du clown.

2° Vient l'épreuve de la détresse. Elle a lieu dans l'univers blessé par la chute. Elle est à la mesure de l'émerveillement premier. Heidegger l'observe : « C'est seulement là où il y a le péril de l'épouvante qu'il y a la béatitude de l'étonnement[1]. » Formule qui peut s'entendre en termes de cause ou de conséquence. D'une part, la béatitude de l'étonnement est présupposée par le péril de l'épouvante : le noir s'épaissit en fonction de la blancheur du fond ; ou pour l'exprimer d'une autre manière : d'où me viendrait l'impression si forte du vide de mon existence, si quelque chose n'avait d'abord en moi, de sa présence, creusé le réceptacle ? D'autre part, le péril de l'épouvante est nécessaire pour ébranler un cœur ingrat, et le rouvrir à la béance de la béatitude : où la caresse n'a pas suffi le glaive devient nécessaire. *C'est pour mon bien que j'ai souffert, ainsi ai-je appris tes commandements* (Ps 118,

---

1. Martin Heidegger, *Les Concepts fondamentaux de la métaphysique*, trad. Daniel Panis, Paris, Gallimard, 1992, p. 524.

67). Il s'agit donc de *souffrir* – non pas de pactiser avec les ténèbres pour se les rendre moins sombres, mais de continuer d'espérer durement, contre toute espérance, en ce jour qui nous donne déjà de voir les ténèbres comme telles. Une telle épreuve n'a d'issue que dans un cri incessant qui de bas en haut déchire : *Réveille-toi ! Pourquoi dors-tu, Seigneur ? Pourquoi nous détourner ta face ? Oui, nous mordons la poussière, notre ventre colle à la terre* (Ps 43, 25-26). La tentation est d'entrer dans le quiétisme spirituel ou la résignation cynique, qui sont les vraies formes du désespoir comme péché mortel.

3° L'épreuve de la croix, pour finir. Avant d'être une invention de la cruauté, la croix est une exigence de la joie. C'est moins dans le mal que dans le bien qu'elle prend racine, et c'est pour cette raison que la tradition peut l'identifier à l'arbre de vie. Son principe se perçoit déjà dans l'antique adage : *Bonum diffusum sui*, le bien tend de lui-même à se répandre. Ainsi, dans *Le Banquet*, Diotime tranche avec les discours qui font l'éloge d'un amour stérile : « L'objet de l'amour, Socrate, ce n'est pas le beau, comme tu l'imagines. – Alors qu'est-ce donc ? – C'est d'engendrer dans la beauté[1]. » Or, depuis l'originelle déchéance, quand même ce serait dans la beauté, *c'est dans la peine que tu enfanteras des fils* (Gn 3, 16). La joie ne saurait demeurer en nous si nous ne sommes en travail pour la communiquer. Il s'agit alors de *s'offrir*, c'est-à-dire d'entrer dans ces douleurs de l'enfantement qui vous prennent de part en part : *Tords-toi de douleur et hurle, fille de Sion, comme la femme qui enfante, car maintenant tu vas sortir de la cité, tu vas demeurer dans les champs, tu iras jusqu'à Babylone, et là tu seras délivrée* (Mi 4, 10). La fille de Sion doit souffrir l'exil jusqu'à Babel, afin que les fils de Babel aussi puissent être rachetés. Cette image

---

1. Platon, *Le Banquet*, 206 e.

de Michée où le plus spirituel rejoint le plus charnel, et le plus joyeux le plus douloureux, Jésus la reprend pour ses disciples, alors qu'il entre dans sa Passion : *La femme qui enfante est dans la tristesse parce que son heure est venue* [le Christ prie quelques versets plus loin : *Père, l'heure est venue* (Jn 17, 1), ce qui oblige à reconnaître dans cet enfantement la dernière *figure* de la croix (Jn 16, 25)], *mais quand elle a donné naissance à l'enfant, elle ne se souvient plus de son angoisse à cause de la joie, parce qu'un homme a été mis au monde* (Jn 16, 21). C'est parce qu'elle se veut toujours débordante que la joie ici-bas se doit d'être souffrante. Mais ici l'*angoisse à cause de la joie* n'est pas simple détresse, elle est responsabilité pour autrui, lutte pour qu'il entre dans la joie et nous y enfonce davantage. Comment ne pas être tenté, dès lors, d'éviter de tels débordements et de préférer au fleuve impétueux ses petits bidons d'eau tournée ?

L'alternative n'est pas entre la joie et la tristesse. Elle se divise plutôt selon la profondeur de l'une et l'autre ensemble, entre, d'un côté, la joie foncière avec la croix terrible, et, de l'autre, mon plaisir de surface avec mes petites misères. C'est toutefois la plus grande misère que de se trouver abattu par des misères si petites, si misérables. Et cela nous arrive à chaque fois que nous poursuivons des joies peu joyeuses, voulant les éprouver sans en être éprouvés, et par là redoutant de souffrir la vraie joie.

Intermède II :
Mozart ou la fin de Don Giovanni

Parle, vieillard, car cela te sied, mais avec justesse :
n'empêche pas la musique.

Ben Sirac 32, 3.

Si gai que l'on a envie de fondre en larmes

Il me faut désormais l'admettre : Mozart, si je le détes-
tais tant, c'est parce que sa musique exigeait de moi bien
plus que ma gentille esthétique de la déréliction. La pose
lugubre me permettait de feindre une hauteur impertur-
bable : comment ne me serais-je pas défendu contre ce prodige d'une joie brisante (« Si gai, si gai, que l'on a envie
de fondre en larmes », disait Bruno Walter) ? Le refus
de l'émerveillement m'autorisait à rester compliqué et
lourd : comment n'aurais-je pas daubé sur cette limpidité
humiliante (« Trop facile pour les enfants, trop difficile
pour les adultes », disait Artur Schnabel) ? Pascal m'avait
fourni cette commodité : je pouvais ranger les divertimentos de Mozart dans la catégorie du divertissement (tant
cette catégorie peut servir de divertissement elle-même),
et m'épargner le choc de leur joie dérangeante.

Aujourd'hui je n'insisterai jamais assez sur cette cruauté de la douceur mozartienne (combien plus cruelle que la mithridatisante cruauté de Sade). Son avant-goût de paradis vous interdit de vous blinder, mais dépétrifie, assouplit, re-sensibilise votre cœur et donne ainsi au mal le pouvoir de vous faire plus mal. Et je ne parle pas que des horreurs de la guerre et autres clichés larmoyants. Je parle aussi de l'ignominie de nos jouissances. Par une sorte de contrecoup, cet avant-goût paradisiaque fait apparaître combien nos plaisirs restent encore bas, impurs, mélangés. Les ronflements du porc ne sont si affreux que d'être comparés au chant du rossignol. Et le marécage ne se connaît pas, tant qu'il n'a pas approché la soyeuse rivière.

Le plus agaçant, sans doute, c'est ce peu de considération pour le front plissé, le tourment intérieur, la constipation spirituelle, tous ces trucs par lesquels on se peint une profondeur de façade. Au moins, dans la *Neuvième Symphonie* de Beethoven, l'*Hymne à la joie* s'entonne après de longues préparations et comme au terme titanesque et victorieux d'une empoignade avec les puissances des ténèbres. Avec Mozart, pas de démonstration de force dans la bagarre, rien de polémique, rien de litigieux. Bien sûr, « les rayons du Soleil chassent la Nuit », comme l'énonce un des derniers vers de *La Flûte enchantée*. Mais cette sorte de chasse n'a pas besoin de l'aboi d'une meute. Elle ne rencontre aucune résistance : l'aurore se lève sans effort, la clarté surgit en dépit du combat – ce qui pour les tempéraments sombres ou guerriers la fait aisément passer pour trop légère.

Ces apparences futiles cachent une ligne de front déplacée. Le combat, chez Mozart, discret, subtil, féroce sous la facétie, n'est pas de l'individu dressé contre un malheur dévorant, mais de nos petits agréments contre une joie inespérée. Et voici le plus difficile : c'est un combat qu'il faut perdre. *Prêtez l'oreille, toutes les régions lointaines de la terre ! Ceignez vos armes et soyez écrasés !* (Is 8, 9). On s'équipe avec les harmonies du grand monde, ses sérénades de commande, ses menuets sur roulettes, son insouciance rococo, et puis, soudain, à même cette trop grande évidence, une allégresse insaisissable transcende la grille des accords et fait entendre dans la mélodie la plus simple quelque chose comme la création du monde.

Il y a les pleurs que vous tire une mélopée mélancolique (et Mozart – adagio en *fa* dièse mineur du 23ᵉ concerto pour piano, *andante cantabile* de la 12ᵉ sonate pour piano seul, sonate pour violon et piano K 304, etc. – sait sur ce registre égaler Schubert) ; mais plus étonnants sont ceux qui vous naissent parce que votre aisance a été vaincue par un air enjoué. Or le bien nommé Amadeus a ce don des larmes en majeur. Le style galant est là, tel que le lui fournit son époque frivole, et son génie est de le transformer non pas de l'extérieur, en lui opposant la grande tourmente romantique, mais de l'intérieur, en laissant sa frivolité s'ouvrir à la grâce.

Divertimento contre divertissement

Les dehors mondains servent alors au surgissement d'une profondeur plus universelle. Les modulations faciles préparent l'épiphanie du sublime dans le simple (cette simplicité que saint Thomas place en tête des attributs divins). Le décrochage n'est plus tant de la nuit à la lumière, que d'une lumière à une autre lumière. Par conséquent, il ne s'agit plus du passage d'un contraire à l'autre sur une seule ligne horizontale, ni de l'intensification d'une même clarté jusqu'à saturation, mais d'un changement d'ordre, d'une rupture verticale de niveau.

Une pareille rupture, horizontalement parlant, peut être à peine perceptible, et l'on pourrait la comparer à une sorte de transsubstantiation : les espèces galantes demeurent, mais leur essence a radicalement changé.

C'est que la joie mozartienne n'est jamais pavoisante ni superbe. Elle tient toujours d'une sorte de gaieté folâtre, comme si une certaine espièglerie – celle du *Singspiel* – pouvait être plus forte que toute calamité. Telle « l'eucharistie parmi le pain commun », cette espièglerie est cachée parmi le badinage ordinaire. Elle semble superficielle. Elle n'est que plus fondamentale. La plupart des autres compositeurs n'atteignent à la profondeur que par le grand foret de la tristesse et du tourment : Mozart y parvient sur les ailes de l'allégresse, et donc non pas en descendant, mais en montant : superficialité du ciel plus profonde que les abysses d'une mer tempétueuse. Nietzsche exprime la nécessité de cet art espiègle (contre l'art de Wagner, si sûr de ses beautés qu'il en devient pesant) : « Nous avons besoin de tout art pétulant, flottant, dansant, moqueur, enfantin, bienheureux, pour ne pas perdre cette liberté qui nous place au-dessus des choses et que notre idéal exige de nous[1]. »

Les lettres de Mozart témoignent de cette heureuse moquerie. Que des aficionados insistent sur sa limpidité jusqu'à la surcharge et tirent lourdement son génie du côté de l'angélisme, une épître du 5 novembre 1777 à sa cousinette permet de rééquilibrer leurs éloges : « Ah ! mon *cul* brûle comme du feu ! Que signifie donc cela ? Peut-être une crotte veut-elle sortir ? Oreille, ne me trompes-tu pas ? Non, c'est bien ça – quel son long et triste ! – Aujourd'hui, le 5, j'écris ceci, et demain, le 6, je jouerai au cours de la grande académie de gala, puis j'irai encore jouer au cabi-

---

1. Cité par Philippe Muray, *La Gloire de Rubens*, Paris, Grasset, 1991, p. 87.

net privé[1]. » Le « divin » Mozart nous rappelle qu'après nous avoir transportés au ciel il n'en va pas moins faire popo. Mais sa scatologie est au service d'une eschatologie à la fois plus réaliste et plus dansante. La crotte mozartienne vient déjouer la sublimité trop grave. Quant à déjouer la gaieté trop frivole et donner une douche froide à ceux qui voudraient le classer définitivement parmi les libertins volages, il y a cette lettre au père d'avril 1787 : « Je remercie mon Dieu de m'avoir accordé le bonheur (vous me comprenez) de découvrir la mort comme *clé* de notre véritable félicité. Je ne vais jamais me coucher sans penser (quel que soit mon jeune âge) que je ne serai peut-être plus le lendemain – et personne parmi tous ceux qui me connaissent ne peut dire que je sois d'un naturel chagrin ou triste[2]. »

Le mal n'est pas assez combattu si l'on ne se tient face à lui que comme un combattant. Certes, pour le combattre, nous devons nous armer de l'esprit de sérieux et de stratégie. Le vaincrait-on toutefois avec ce seul esprit, que l'on serait toujours sous son emprise, enlisé sur son terrain, privé de ce qui n'est pas conditionné par sa guerre : l'insouciance (sans incurie), le jeu d'enfant (sans infantilisme), en un mot, le *divertimento*… Par voie de conséquence, pour retourner à l'essentiel, il est moins nécessaire de s'opposer au divertissement que de le transfigurer. Se contenter d'une opposition serait succomber à l'erreur contraire, celle d'une humeur toujours anxieuse, utilitaire, admonestatrice, renfrognée. On passerait des lampions à l'éteignoir, alors qu'il s'agit de passer des lampions au rayon de soleil. Il y a dans le divertissement une légèreté qu'il ne faut pas perdre mais

1. Citée par Philippe Sollers, *Mystérieux Mozart*, Paris, Plon, 2001, p. 79.
2. Lettre d'avril 1787 à son père Léopold, *ibid.*, p. 164.

rectifier (comme il y a dans le libertinage une liberté qu'il ne faut pas détruire mais orienter). L'enjeu est de bondir d'un divertissement de diversion à un divertissement de conversion.

Karl Barth l'a confessé presque malgré sa théologie. De ce grand protestant on s'attendrait à une apologie du très religieux Bach. Et voici qu'il ose déclarer publiquement : « Je ne suis pas sûr que les anges, lorsqu'ils sont en train de glorifier Dieu, jouent de la musique de Bach ; je suis certain, en revanche, que lorsqu'ils sont entre eux, ils jouent du Mozart, et que Dieu aime alors tout particulièrement les entendre[1]. » Attention, ce qui enchante le théologien et que jouent selon lui les anges, ce n'est pas seulement les *Vêpres d'un confesseur*, la *Grande Messe* K 427 ou le *Requiem*, mais aussi ce onzième *divertimento* qu'il lui est impossible « d'entendre et de réentendre sans une profonde émotion[2] ».

« Ici, le génie est un bon garçon »

Ce que dit Nietzsche et que nous avons appliqué à Mozart, Jésus le déclare encore plus clairement : *Celui qui se fera petit comme cet enfant, voilà le plus grand dans le Royaume des cieux* (Mt 18, 4). Là se trouve la clé du paradis, et plus spécialement du paradis mozartien. Car la grâce chez Mozart, comme dans la pure doctrine catholique, est toujours filiale. Jean Blot l'observe dans une récente biographie : « Les circonstances de son existence, autant que sa situation familiale et son caractère, ont rendu Mozart particulièrement sensible à tout ce qui, dans la

---

1. Karl Barth, *Wolfgang-Amadeus Mozart*, Genève, Labor et Fides, 1969, p. 12.
2. *Ibid.*, p. 10.

liturgie, évoque le Fils[1]. » Le petit Wolfgang fut d'abord le fils très obéissant de Léopold. S'émancipe-t-il de son père, c'est encore pour parler de « papa Haydn ». Adolescent, il se met à l'école de Jean-Chrétien Bach ; adulte, il apprend encore dans les motets de Jean-Sébastien. Alors même qu'il le dépasse depuis longtemps, il envoie ses compositions au Padre Martini, moine franciscain de Bologne, qui lui répond du ton le plus paternel : « Continuez sans cesse à vous exercer. » Autre anecdote qui montre bien en quel sens Mozart trouve sa liberté dans la filiation : durant la Semaine Sainte 1770, âgé de quatorze ans, il entend dans la chapelle Sixtine le *Miserere* d'Allegri, œuvre que les musiciens du Vatican ont interdiction de copier ou de transmettre, sous peine d'excommunication. Mais le jeune Mozart, du fait de sa mémoire prodigieuse – qui explique en partie l'extrême organicité de sa musique – transcrit tout le morceau de tête après une ou deux auditions (une demi-heure de polyphonie à cinq voix !). Pour cet exploit, le Saint-Père Clément XIV, loin de l'excommunier, le nomme chevalier de l'Éperon d'or, à sa grande joie. Tel est le fils véritable, non pas servile, mais assez libre pour émerveiller le père ; non pas trichant contre ses règles, mais assez inventif pour jouer avec d'une manière inattendue.

Nous touchons là sans doute à ce que Mozart a de plus exaspérant. Déjà, quand nous nous imaginions le génie tourmenté, il nous opposait la figure du génie joyeux. Essayons à présent de nous l'imaginer en voyou, il nous le montre en frère. En bohème ? Le voici en père de famille. En maudit ? Il a cru en sa bénédiction. En Prométhée ? Il s'est voulu disciple. Ce que Jean Blot résume en une phrase insupportable à tous les Don Giovanni qui croient

---

1. Jean Blot, *Mozart*, Paris, Gallimard, coll. « Folio – biographies », 2008.

pouvoir toujours identifier la créativité à une rupture ou à une révolte : « Ici, le génie est un bon garçon. »

Mozart est moins grand que Beethoven. Il ne s'est pas senti à l'étroit dans les formes léguées par son époque. Il ne les a pas fait craquer. Il n'en a pas inventé d'autres. Au contraire, il se coule tellement dans le classique qu'il finit par en donner la plus haute définition. Car, s'il s'est fait plus petit au point de vue du monde, c'est comme cet enfant, qui est *le plus grand dans le Royaume.* Pourquoi celui qui devient petit comme un enfant serait-il plus grand que les grands ? La réponse est simple : parce qu'il saute sur les épaules de son père, et en avant ! hue dada ! le voilà qui galope en dépassant tous les autres. Surtout si ce père est le créateur de toutes choses. Surtout s'il en est l'Origine. Dès lors, à son écoute, non seulement on devient plus original, mais on devient aussi plus universel. Ainsi Mozart se met-il à l'écoute de l'oreille, de la danse populaire, de la liturgie romaine, des autres compositeurs, des sons de la nature : *Oui, je suis l'oiseleur, / Toujours joyeux, hola hoplala !* (air de Papageno dans *La Flûte enchantée*). Oiseleur qui n'enferme pas les oiseaux dans une cage mais qui recueille leur chant dans sa voix.

Que le paradisiaque soit filial et non prométhéen renvoie à ce caractère essentiel de la joie, d'abord reçue avant d'être composée, et reçue pour être donnée à d'autres. Car le fils n'est pas un esclave. Il n'est pas non plus cet embryon qu'une mère avare empêcherait de naître. Le vrai père l'arrache à la couveuse. Il coupe le cordon. Il le veut libre et prolifique. C'est d'ailleurs le premier commandement du paradis originel, et tous les autres commandements, après la chute, n'auront pas d'autre but que de restaurer en le surélevant cet ordre de surabondance : *Soyez féconds, multipliez, emplissez la terre et soumettez-la* [sous-entendu : par votre fertilité non par votre coercition] (Gn 1, 28).

Du brillant au lumineux

Comme l'a remarquablement montré Jean-Victor Hoc-quard, dans la « pensée musicale » de Mozart, l'effort a lieu d'être, mais la joie n'est jamais le *résultat* de cet effort : elle est toujours un présent d'en haut. Tantôt les obscurcissements harmoniques se dissipent sans explica-tion sous l'éclaircie soudaine. Tantôt les mélodies les plus naturelles sont soulevées par une surnaturelle aurore. Si l'effort peut rester la condition nécessaire à cette effrac-tion, c'est toujours de manière indirecte, non comme une percée, mais comme un réceptacle. La force mise à com-battre doit se changer en force prête à recevoir (ce qui lui impose d'être d'autant plus forte, car, non seulement il est plus difficile de supporter un assaut que de lancer une attaque, mais l'hospitalité réclame plus de cœur que l'offensive).

Cette réceptivité, pour être profonde, réclame un certain esprit de pauvreté. Je veux dire que pour être lumineux, il faut renoncer à être brillant. C'est à ce point que se situe l'épreuve des anges : Satan a préféré briller plutôt que de laisser passer en lui une lumière plus haute. Le brillant reluit par réflexion, à partir de son opacité fon-cière. Le lumineux s'éclaire par transparence, à partir de sa foncière disponibilité. Ce soudain passage du brillant au lumineux est ce que Mozart a de plus caractéristique. En témoigne cette lettre où il critique quelques-uns de ses propres concertos (K 413, 414, 415) : « Ils sont brillants... mais ils manquent de pauvreté[1]. »

S'il ne faut pas manquer de pauvreté, et donc ne pas s'appauvrir par d'encombrantes richesses, c'est parce

---

1. Cité par Robert Bresson, *Notes sur le cinématographe*, Paris, Gallimard, coll. « Folio », 1995, p. 46.

que la joie ne s'atteint point par construction, mais par déblaiement, afin de laisser paraître le fond de l'être. Ce déblaiement à la fois trop facile à l'enfant et trop difficile à l'adulte, ce décrochage du plaisir galant à la joie théologale, cet accueil du lumineux par renoncement au brillant, Cioran le nomme « ondulation » : « Chez Mozart, l'ondulation signifie l'ouverture réceptive de l'esprit devant la splendeur paradisiaque[1]. » Toutes les vagues de la mer brillent, mais certaines, ondulant sur la limpidité de leur eau, nous offrent leur fond bleu comme un morceau de ciel translucide, et dans lequel il nous est loisible de plonger.

À l'écoute d'une telle lumière, le docteur du malheur est obligé d'avouer que le pire n'est pas sûr, et devient pessimiste à l'endroit de son pessimisme même : « Est-ce de Mozart seul que j'ai appris la profondeur des cieux ? Chaque fois que j'écoute sa musique, je me sens pousser des ailes d'ange. Je ne veux pas mourir parce que je ne peux pas m'imaginer qu'un jour ses harmonies me seront définitivement étrangères. Musique officielle du paradis. Pourquoi ne me suis-je pas effondré ? C'est ce que j'ai de *mozartien* qui m'a sauvé[2]. » Et Cioran va jusqu'à vendre la mèche : la décomposition ne nous atteint si douloureusement que parce que nous avons d'abord entendu et que nous espérons encore une composition merveilleuse. Il faut avoir d'abord perçu la grâce d'être pour éprouver ensuite l'inconvénient d'être né (tout inconvénient présuppose une convenance originelle et perdue). Sans cette joie que Mozart fait remonter du fond de nous-mêmes, nous ne souffririons pas autant de la voir engloutie : « Tout le secret du désespoir réside dans l'antinomie créée entre un

1. Emil Cioran, *Le Livre des leurres*, in *Œuvres*, Paris, Gallimard, coll. « Quarto », 1995, p. 176.
2. *Ibid.*, p. 174.

fond mozartien et les immensités noires qui parasitent la vie pour étouffer ce fond[1]. »

De L'Enlèvement à La Clémence

Ce fond paradisiaque que réveille sa musique, Mozart l'articule sur la scène. La grâce est le sujet explicite, quasi obsessionnel, toujours obsidional, de ses grands opéras. On sait avec quel soin le compositeur élisait et retravaillait un livret parmi des centaines qu'il jugeait insatisfaisants. Or, à chaque fois, plus ou moins consciemment, son choix s'est porté sur un argument métonymique de sa pensée musicale : « L'idée d'un acte terminal de clémence se retrouve dans toutes les pièces où le dénouement dépend d'un potentat : Apollon, Mithridate, Lucio Silla, Soliman (*Zaïde*), Selim (*Sérail*), Neptune (*Idoménée*)[2]... »

Dans *L'Enlèvement au sérail*, Belmonte multiplie les stratagèmes pour récupérer sa Konstanze enlevée par le pacha Selim. Mais chacune de ses tentatives échoue et le voilà captif, encourant la peine de mort, avec cette circonstance aggravante : son père s'avère être le pire ennemi du Pacha... Quand soudain, rebondissement suprême, Selim lui accorde sa grâce et la main de sa bien-aimée. L'explication de ce retournement est assez remarquable : ce n'est pas en se défaisant de sa haine que le grand Turc pose cet acte inouï de bonté, mais en la menant jusqu'à sa dernière conséquence. Quelle est cette dernière conséquence de la haine ? Non pas, comme l'imagine le gardien du sérail Osmin : « Te tuer de la bonne manière : / D'abord décapité / puis pendu / puis empalé / sur un pieu brûlant /

---

1. *Ibid.*, p. 179.
2. Jean-Victor Hocquard, *La Clémence de Titus, L'Avant-Scène Opéra*, n° 99, juin 1987, p. 9.

puis brûlé / puis attaché / et noyé / enfin écorché. » Un tel acharnement laisserait à l'adversaire le fond de son âme intact. Et surtout – rendant le mal pour le mal – il donnerait raison à sa malfaisance. Aussi, la dernière conséquence de la haine consiste à atteindre le cœur de l'ennemi pour le tourner vers soi (comme en ce psaume où David chante sa *haine parfaite* – Ps 138, 22) – et donc à l'assaillir de grâce : « J'ai pour ton père une trop grande aversion pour suivre jamais son exemple. Reprends ta liberté, emmène Constance, fais voile vers ton pays. Et dis à ton père que c'est une bien plus grande joie de compenser une injustice par un bienfait que de rendre le mal pour le mal » (acte III, scène 20). Pacha Selim se venge en donnant à Belmonte l'image d'un père plus généreux que son simple géniteur.

Dans *Les Noces de Figaro*, même rebondissement vertical. Le comte Almaviva s'ingénie de tout son pouvoir à consommer l'adultère. Mais, par la fidélité et la ruse de la servante convoitée (servante répondant au nom de Suzanne, celle qui dans la Bible, comme par hasard, sert à révéler l'iniquité des juges en Israël), le comte finit la queue entre les jambes, trompeur trompé, ridiculisé sous les yeux de la comtesse. Cette dernière va-t-elle se joindre aux railleurs ? accabler le traître ? divorcer ? Pire et mieux : elle s'élève au-dessus de la mêlée – elle lui pardonne. Et se confirme en elle la figure du Christ annoncée dans les actes précédents. En effet, ses deux grandes arias amoureuses, *Porgi amor* et *Dove sono*, allaient au-delà de tout sentimentalisme : leurs mélodies reprenaient celles de deux *Agnus Dei* – ceux des messes K 337 et K 317 – et dissimulait sous l'opéra-bouffe la pointe du Kyriale.

Avec *Così fan tutte*, c'est le comble de la légèreté, semble-t-il, et en même temps la tragédie la plus profonde (peut-être pire que *Don Giovanni* – que j'ai laissé de côté pour le traiter à part – parce qu'ici la tromperie ne vient pas d'un pervers exceptionnel, elle contamine tous les protagonistes dans un monde où aucune âme, même la plus pure en apparence, n'a été épargnée par le péché). Le vieil Alfonso cherche à déniaiser deux jeunes soldats qui s'imaginent que les femmes sont fidèles à leurs serments : « Il laboure la mer et fonde sur le sable / et espère attraper le vent avec un filet / celui qui fonde ses espérances sur un cœur de femme. – Ma Dorabella / n'en est pas capable, proteste Ferrando, le ciel l'a faite / aussi fidèle que belle. » Et Guglielmo : « Ma Fiordigili / ne saurait trahir. » Chacun ne cesse d'appeler sa fiancée *la mia*, « la mienne », et cette vanité de propriétaire ne peut que les prendre à leur piège. Ils vont essayer de vérifier la fidélité des deux belles (vérification qui est en elle-même un déni de confiance et donc une infidélité première de leur part – ainsi font-ils tous). Feignant de partir à la guerre, ils reviennent déguisés en seigneurs albanais pour tenter de séduire chacun la fiancée de l'autre. Et ils y réussissent, mais c'est en même temps leur échec : en cédant à leur personnage, leurs amoureuses trahissent leur personne. Là encore, cependant, retournement, les anciens couples se reforment et tout est dépassé dans le sacrement du mariage. À « l'école des amants » (c'est le sous-titre de *Così*), la leçon est claire : nous sommes incapables d'aimer vraiment sans une grâce d'en haut, et donc sans avoir fait d'abord l'expérience radicale de notre bassesse. Don Alfonso apparaît comme un père qui châtie pour faire grâce : mords la poussière, touche l'inconstance de ton propre cœur, sa duplicité complice de la chute, alors tu pourras être relevé, et ta fidélité sera humble et douce, car elle consistera à mater sans cesse en toi le traître et à accueillir l'autre comme un don immérité.

Ce relèvement impromptu s'entend encore à la fin de *La Flûte enchantée*. Certes, Tamino a réussi les épreuves de l'initiation, mais moins par sa puissance que grâce à l'enchantement de la flûte et à l'amour de Pamina, c'est-à-dire aussi grâce à la faveur de Zarastro, père de sa bien-aimée. C'est en jouant qu'il traverse avec elle la grotte de flammes : « Nous marchons par le pouvoir de la musique, / sans peur à travers les ténèbres et la mort. » Œuvre maçonnique ? Peut-être, mais qui ne croit pas en un salut maçonné par les seules forces humaines. Et qui se moque de l'édifiant. De fait, Papageno, lui, a raté toutes les épreuves. Et pourtant, recalé à l'entrée de la loge, il n'en gagne pas moins sa Papagena et s'épanche de manière à la fois spirituelle et charnelle : « Ce sera le plus grand bonheur / quand beaucoup de Papagenos / béniront l'union de leurs parents » (acte II, *finale*). Preuve que la joie, une fois de plus, n'est pas tant le trophée dû à l'efficience que la merveille d'une fertilité (« Papageno », l'étymologie de ce nom dit encore la grâce filiale, puisqu'il peut signifier « né du père »).

La Clémence de Titus est le dernier opéra de Mozart et aussi celui qui dans son titre même souligne la grâce à l'œuvre dans les opéras précédents. Vitellia aime l'empereur Titus, mais Titus, hélas, aime Bérénice. Dans un accès de jalousie furieuse, l'amoureuse éconduite soulève des conjurés pour faire incendier le palais et tuer l'empereur. Mais c'est sans compter sur les renversements que les circonstances opèrent sans nous : dans l'entre-temps, à son insu, Titus a renoncé à épouser la belle étrangère et reporte précisément son choix sur celle qui se croit rejetée. La providence fait donc gagner à cette dernière ce que ses efforts vont contribuer à lui faire perdre. Dieu merci, il y a encore, inattendue, cette clémence impériale qui pardonne sa tentative d'assassinat : « Les astres se liguent, dirait-on, pour me forcer à devenir cruel. / Non, ils ne triompheront pas » (*Titus*, acte II, dernier récitatif).

Tragédie de la grâce

Mozart nous vouerait-il donc à l'optimisme ? Tout finirait-il pour le mieux dans le meilleur des mondes ? Le tragique serait-il entièrement aboli ? Sans doute Mozart est-il trop léger pour s'attarder aux calamités définitives. Mais sa légèreté lui permet d'approcher, spécialement avec *Don Giovanni*, une tragédie plus intime, qui ne passe pas par l'affrontement de la détresse, mais par la confrontation à la joie. Subir le malheur est terrible, évidemment. Mais plus terrible est de refuser la béatitude. Dans le premier cas, on a mal, très mal, pour sûr, mais qui peut nous le reprocher ? Dans le second cas, on devient mauvais. Avec la tragédie du malheur, le héros subit la douleur de la perte, et cette douleur immédiatement nous frappe ; avec la tragédie de la joie, nous ne sentons pas tout de suite ce qui est en jeu : le héros réalise son projet, il met son bonheur dans ses gains personnels et, cependant, cet amour de la réussite est refus de la rencontre, ce plaisir du gain est perte de la grâce, insensible, peut-être, mais infinie. Le gouffre peut dorénavant s'ouvrir au milieu du salon, là, chez l'élégant qui célèbre son catalogue.

Don Giovanni n'est-il pas pourtant un symbole de la légèreté ? Ne répond-il pas au besoin de danse, moquerie, pétulance qu'invoquait Nietzsche ? La scène finale nous le montre en train de manger seul en sa riche demeure, sous l'œil salivant de Leporello : « Déjà la table est préparée / Et vous, jouez, chers amis / Puisque je dépense mon argent / Je veux me divertir. » Un petit orchestre s'active pendant son festin solitaire : pour celui qui réduit les femmes à des conquêtes, la musique se ramène à un condiment. Mozart nous le montre ici en train de détourner non plus Elvire, Donna Anna ou Zerline, mais le chant de Mozart lui-même. Et pour nous le mieux faire comprendre, ce que finit par jouer le petit orchestre, c'est de l'opéra dans l'opéra, du Mozart dans Mozart : l'air que Figaro chante à Chérubin à la fin du premier acte des *Noces*. Mais le célèbre *Non più andrai* prend dans ces circonstances un tout autre sens. En filigrane, ce sont déjà les terribles appels du Commandeur : « Tu n'iras plus, papillon amoureux, / Jour et nuit tournoyant / Et troublant le repos des belles… » Don Giovanni ne s'en avise guère. Et comment serait-ce autrement ? Cette aria n'est pour lui qu'une nappe sonore sur laquelle s'attabler plus à l'aise. Il ressemble à Colloredo, ce prince-archevêque de Salzbourg qui traitait Mozart comme un extra. À ses oreilles pleines du bruit de sa mastication, le divertimento n'est qu'un aimable divertissement.

Puis c'est l'irruption d'Elvire qui vient donner la « preuve ultime de son amour » : « Je ne veux plus me rappeler / Tes fourberies… Je n'attends pas de toi / Quelque remerciement… – Que veux-tu, ô mon bien ? [En l'appelant railleusement *mio bene*, Don Juan ne sait pas à quel point il est prophète.] – Que tu changes de vie. – Laisse-moi manger ! » Donna Elvire apparaît souvent comme un ennuyeux prix de vertu. Elle viendrait pour guinder l'irrépressible. Pourtant ses répliques sont formelles : elle veut pour lui la vie, n'attend aucun remerciement, pardonne gratis, comme la comtesse à la fin des *Noces*, ou Pacha Selim à la fin de *L'Enlèvement*. Mais, aussi, en lui pardonnant, elle l'oblige à avouer une faute (le pardon est tout le contraire de l'excuse). Des regrets ? Don Giovanni remord dans une cuisse de faisan. Son catalogue lui plaît mieux que le livre de vie. C'est un chasseur, et non un convive. Il force les femmes (*sforza le donne*, dit Leporello), il ne les rencontre pas. Et l'on s'aperçoit que sa légèreté n'est qu'une parodie de la légèreté mozartienne, sa déchéance, et probablement sa pire tentation. Le péché de l'ange, comme je l'ai déjà dit. Renoncer à être lumineux pour être plus brillant.

Que commande le Commandeur ?

Vient la scène du Commandeur. Beaucoup voudraient que ce soit la dernière, alors que c'est l'avant-dernière. Comment pourrait-il y avoir encore quelque chose après ce grave et sublime affrontement ? Comment revenir à la surface après la descente aux enfers ? Et néanmoins, juste après, voici la scène en trop, cette vraie *scena ultima* toute d'allégresse et de légèreté, avec son petit sextuor comique, son duo amoureux entre Don Ottavio et Donna Anna, son chœur fugué en *sol* majeur. Quand elle arrivait, cette scène ultime, Pierre-Jean Jouve se bouchait les oreilles. Quant à Gustav Mahler, il la supprimait carrément de la partition. De nombreux chefs d'orchestre le suivent jusqu'à ce jour, souffrant le soufre mais sucrant le sucré. Tous veulent absolument finir sur le paroxysme de la révolte. Le final joyeux leur apparaît comme une concession aux convenances classiques ainsi qu'aux facilités de l'*opera buffa* : le galant XVIIIe n'osait pas congédier l'assistance juste après la vision du brasier infernal ou l'affirmation d'une autonomie rebelle, mais le romantique XIXe et l'individualiste XXe se doivent de le faire. Cette coupe ne leur paraît pas douloureuse. C'est qu'ils la pratiquent sous anesthésie générale. Ils oublient que *Don Giovanni* est un *dramma giocoso.* Et par-dessus tout ils commettent un contresens sur la scène du Commandeur. Spécialement sur son identité.

Souvent on reconnaît en lui une allégorie de la Mort. D'autres fois, c'est comme envoyé de l'enfer qu'on se le représente. D'autres fois, comme ambassadeur de la morale. On croit alors ouvrir les yeux mais on a les oreilles bouchées. Écoutons voir un peu. Le Commandeur frappe neuf fois à la porte et la porte s'ouvre, s'ouvre précisément sur le thème de l'Ouverture, comme si cet émissaire était la source de la musique, parce qu'il s'agit pour lui d'ouvrir davantage, non de fermer. Quels sont d'ailleurs ses premiers mots ? Le titre de l'opéra. Il appelle le héros par son nom : « Don Giovanni ! » Appel qui peut-être renvoie à ce passage de l'Évangile selon saint Jean : *Celui qui entre par la porte est le pasteur des brebis… il les appelle chacune par son nom, et il les fait sortir* (Jn 10, 2-3). Le Commandeur poursuit : « À souper avec toi, tu m'as invité, et je suis venu. » Comment ne pas se rappeler à présent le verset de l'Apocalypse : *Voici que je me tiens à la porte, et je frappe. Si quelqu'un entend ma voix et ouvre la porte, j'entrerai chez lui ; je prendrai mon repas avec lui, et lui avec moi* (Ap 3, 20-21). Le verbe italien *cenar*, ici traduit par « souper », dérive du mot *cena*, littéralement : la cène. Don Giovanni demande à Leporello d'apporter un autre couvert, vin de Venise et rôti de gibier. Il feint de garder fière allure. Mais l'hôte improbable dénonce la méprise : « Arrête un peu. Il ne se nourrit pas de mets terrestres, celui qui se nourrit de mets célestes. »

Ai-je bien entendu ? Des « mets célestes » ? Mais alors, le *Commendatore* ne vient pas de l'enfer : il descend tout droit du Ciel ! Convive de pierre, il tient les clés de saint Pierre, et ce qu'il commande, c'est d'entrer dans la joie. D'ailleurs il supplie plus qu'il ne commande. Derrière sa voix d'outre-tombe, son pas de marteau-pilon, sa carrure de carrare, il se fait mendiant presque comme un petit enfant : « Je parle, écoute-moi, je n'ai plus guère de temps […] Tu m'as invité à souper : Ton devoir, maintenant, tu le sais. Réponds-moi : viendras-tu souper avec moi ? »

Voilà la chose scandaleuse que personne ne veut entendre. Voilà ce à quoi se ferment les tympans des rebelles aussi bien que des serviles : la victime veut le bonheur de son assassin. Dieu a envoyé le Commandeur pour que Don Giovanni, le grand séducteur, le petit comptable (mille et trois conquêtes en Espagne, et un total de 2 045 pour l'Europe entière), aille directement au paradis. Offre inimaginable et pour cela ignorée de ceux qui pourtant ont vu plusieurs fois l'opéra. Offre pourtant rendue évidente par l'enfer même, puisque l'enfer n'est jamais que le paradis refusé au profit d'une principauté postiche.

Le Jugement de la Joie

Don Giovanni ne connaissant pas d'autre obligation que l'obligation mondaine, c'est par celle-ci que le Commandeur essaie de l'attirer : j'ai accepté ton invitation, accepte la mienne. Il accomplit par là le double mouvement entendu dans la phrase de l'Apocalypse : *Je prendrai mon repas avec lui, et lui avec moi*, je mangerai à sa table de pécheur, et je l'emmènerai dans mon banquet éternel (je note au passage que ce verset est de saint Jean et que l'enjeu ici est précisément que Jean – Giovanni – devienne un saint). Mais le trompeur de Séville en reste à un jeu de façade. « Je n'ai pas peur » se rengorge-t-il, et il ne lui donne sa main que pour ne rien céder. Il s'agit pour lui, non pas de se laisser toucher par la requête mystérieuse, mais de crâner encore, de prouver au monde que Don Giovanni n'a pas la trouille, qu'il ne se démontera pas devant un *vecchio infatuato*. C'est alors que le Commandeur lui révèle la condition pour se joindre à sa table : « Repens-toi, *pèntiti*. »

Dans la partition, il le lui ordonne huit fois, bientôt avec la seule syllabe d'un *Si* suppliant, mais Don Giovanni neuf fois – autant que les coups à la porte – lui rétorque : *No.* À son dernier refus, la Statue ne l'entraîne pas dans le gouffre – son poids n'est pas de la terre – elle ne peut que lui lâcher la main, désolée, et Giovanni s'enfonce dans les tourbillons de l'« angoisse inconnue ». Il meurt, singulièrement, non sur le *ré* mineur que l'on pouvait attendre et qui marque la tonalité d'ouverture et de cette scène et de l'opéra, mais sur un accord de *ré* majeur, trois fois plaqué. Or, le ré majeur, au moins depuis Bach, correspond à la tonalité symbolique de la Résurrection… La conclusion est simple : ici, c'est la Résurrection qui tue.

Le défi lancé à Don Giovanni n'est pas celui de la morale, mais de la béatitude. Il ne s'agit pas de passer le mors d'une quelconque norme, mais d'accepter l'éperon d'une course plus haute. Renoncer aux femmes ? Au contraire, en connaître enfin une jusqu'au bout, les pénétrer toutes jusqu'au divin ou mourir pour le salut d'une petite fille, que sais-je ? L'enjeu est exactement celui de la musique de Mozart : une transfiguration du galant en paradisiaque. Car il n'y a pas d'un côté le Jugement puis le Ciel de l'autre. Le Ciel est le Jugement. La Joie qui vient est ce qui pèse nos actes. En dernière instance, répétons-le, il n'y a qu'un seul commandement : *Entre dans la joie de ton maître* (Mt 25, 21). Le Commandeur n'ordonne rien d'autre. Mais cela suppose de rejeter ses plaisirs étroits, de renoncer à être le maître, de donner une main confiante comme le gamin que son père arrache à sa toupie et qui, après avoir beaucoup pleuré, à travers ses larmes, voit chatoyer les lumières d'une fête éblouissante.

Au fond, la statue du Commandeur aurait très bien pu être une statue de la Madone. Le sombre de son timbre n'est que l'effet d'une ultime tendresse. Elle est la miséricorde à minuit. Alors que Don Giovanni s'indure dans l'obsession de remplir son catalogue de passades, elle lui offre de le suivre dans la Pâque de l'Agneau. Mais « le navire périt en entrant au port[1] ». Et nous pouvons maintenant comprendre la nécessité de ce final allègre où Zerlina et Masetto s'exclament : « Allons à la maison pour y souper en compagnie (*cenar in compania*). » C'est à cette espièglerie d'une vraie communion à quoi la Statue invitait tout à l'heure. Il était donc nécessaire que la musique le chante en *sol* majeur, et qu'en dansent de simples paysans.

---

1. Dante, *Paradiso*, XIII, 138.

Deuxième Parole du Christ en Croix

Littéralement, elle crut entendre se refermer sur elle une eau profonde, et aussitôt, en effet, son corps défaillit sous un poids immense, accru sans cesse, et dont l'irrésistible poussée chassait la vie hors de ses veines. Ce fut comme un arrachement de l'être, si brutal, si douloureux, que l'âme violentée n'y put répondre que par un horrible silence... Et presque dans la même incalculable fraction de temps, la Lumière jaillit de toutes parts, recouvrant tout.

Georges Bernanos, *La Joie.*

Lumières pour une obscurité

1. À quelle fin toutes ces pages comme une futile offrande de papier à la place de mon cœur ? Parfois le sens de ce livre s'efface, s'obscurcit à la mesure de l'inabordable qu'il prétend poursuivre. Je me sens alors plus creux que devant. Réveil après l'ivresse, l'âme d'un âne et la gueule de bois. Et je me dis : blague que tout cela ! fumée ! poudre aux yeux ! ciel peint en trompe-l'œil pour ne pas voir qu'on va droit dans le mur ! jolies couleuvres

qu'on s'avale pour ne pas sentir qu'on l'a dans l'os ! Parce qu'il n'y a que la mort au bout du rouleau, ce triomphe du néant qui n'est même pas un triomphe, mais rien, rien de rien, nada de chez nada comme dans cette gravure de Goya où le cadavre ne se soulève un instant que pour confirmer sa définitive poussière…

J'ai dit réveil après l'ivresse. Mais il se peut que ce ne soit qu'assoupissement de mon désir. Quand tout d'un coup je me vois comme une masse de chair clouée sur sa croix de pourrissement, les lèvres toutes proches du blasphème, ou plutôt ayant déjà blasphémé par cette hypocrite louange qui n'était pas en plein accord avec ma vie, j'entends cette parole du plus désolé de tous, la deuxième, cette parole de la Parole mourante à laquelle tant d'hommes ont cru avant moi et que Haydn fait commencer sur le grave battement d'une tonique dont on ne s'attend pas à ce qu'elle s'épanouisse en un accord majeur : *Amen, je te le dis, aujourd'hui, avec moi, tu seras dans le paradis*… Et je me souviens encore du premier tercet de la *Commedia* : « Au milieu du chemin de notre vie / je me retrouvai par une forêt obscure, / car la voie droite était perdue[1]. » Ne suis-je pas moi-même à cette position étrange qui est à la fois milieu et perte du chemin ? Comme si une certaine perdition était nécessaire pour ne pas s'égarer. Comme si nul n'entrait au Paradis sans traverser un certain enfer, dût cet enfer n'être que celui, plein de néons livides et de soins tubulaires, d'un hôpital high-tech qui vous prive de votre agonie…

À présent, cette nouvelle question s'impose (comment n'y avons-nous pas pensé plus tôt ?) – une question toujours nouvelle parce qu'elle se tient en amont de toutes les autres. Nous pouvons d'ailleurs la formuler ainsi : pourquoi faut-il qu'il y ait question ? Et plus précisément :

1. *Id., Inferno*, I, 1-3.

pourquoi faut-il que le Paradis nous soit si obscur ? Ou encore : pourquoi Dieu ne nous manifeste-t-il pas sa générosité plus clairement ? Il n'y aurait plus d'athées, plus de désespérés comme nous autres... Cette question, notre réponse pourra peut-être l'éteindre comme question théorique, elle ne l'éteindra pas comme question morale. En effet, si nous répondons : il faut que le Ciel nous reste obscur ici-bas pour telle et telle raison, ces raisons ne nous fourniront de lumière que pour étayer cette obscurité. Nous serons peut-être plus avancés, mais nous n'y verrons pas plus clair.

2. Pour parvenir à cette réponse qui assurera plus qu'elle ne dissipera les ténèbres, je voudrais réécouter le mot de paradis dans ce contexte où il survient aussi comme un incroyable hapax. Car, pour l'ensemble des quatre Évangiles, *paradeisos* n'apparaît qu'une seule fois. D'autres vocables – « royaume », « cieux », « vision du Père », « gloire »... – reviennent fréquemment dans la prédication du Verbe fait chair. Mais ce vocable-là, on dirait qu'il ne veut pas le prononcer trop vite, qu'il le réserve pour une suprême occasion. Le sermon sur la montagne ? Les noces de Cana ? La transfiguration sur le Thabor ? La multiplication des pains ? Un tel mot semble naturellement convenir à une atmosphère de fête. Il paraît devoir couronner un lieu déjà coloré par quelque éclat d'en haut. Or voici le pépin de la pépite, la tuile qui tombe de très haut : Jésus ne dit « Paradis » que sur la Croix.

Ce qui évoque un jardin bienheureux se prononce dans la désolation du Calvaire. Ce qui signifie la plus douce bénédiction s'élève parmi les outrages. Ce qui désigne la récompense du juste s'adresse à un bandit sans doute assassin :

Ils conduisaient deux autres malfaiteurs avec lui, pour les mettre à mort. Et lorsqu'ils arrivèrent au lieu appelé

le Crâne, là, ils le crucifièrent, ainsi que les deux mal-
faiteurs, l'un à droite, l'autre à gauche [ ] Or, l'un des
malfaiteurs pendus à la croix le blasphémait en disant :
« Est-ce que tu n'es pas le Christ ? Sauve-toi toi-même, et
nous avec ! » Mais l'autre, lui répondant et le réprimandant, lui déclara : « Ne crains-tu pas Dieu, toi qui subis
la même peine ? Pour nous, c'est justice : nous recevons
le prix de nos actions, mais lui n'a rien fait de mal. » Et
il disait : « Jésus, souviens-toi de moi lorsque tu viendras
dans ton royaume. » Et il lui répondit : « Amen, je te le
dis, aujourd'hui, avec moi, tu seras dans le paradis. »
(Lc 23, 32… 43)

3. Drôle de dialogue au milieu du supplice. Aussi drôle
qu'un dialogue au milieu de la gloire. Chez Luc, en effet,
ce qui se passe durant le crucifiement est comme le pendant de ce qui s'est passé lors de la transfiguration : sur
le Thabor, le Christ se manifeste en gloire entre Moïse et
Élie, et il s'entretient avec eux de « son exode qui allait
s'accomplir à Jérusalem » (Lc 9, 31) ; sur le Golgotha, le
Christ est mis en croix entre deux malfaiteurs, et il s'entretient avec l'un d'eux du Paradis. Une divine ironie se fait
jour : en gloire, on parle de la croix ; en croix, on parle de
la gloire – quitte à aggraver la tension à l'extrême.

Quelle audace, au beau milieu du supplice, de dire que le
paradis est pour aujourd'hui même ! Jésus ne voit-il pas en
bas les chiens attirés par l'odeur de son sang ? N'entend-il pas en haut le croassement déjà des corbeaux prêts à
fondre ? Où est le paradis dans tout ça ? On peut alors
se demander s'il ne serait pas en train de répondre à la
moquerie des autres par une moquerie plus cruelle encore.
Raillerie pour raillerie, c'est ainsi que doit l'entendre le
premier larron. Car cet « aujourd'hui », à n'en pas douter,
constitue une épreuve dans l'épreuve. S'il peut libérer

l'espérance du bon larron, il peut aussi aggraver la révolte du mauvais.

Il est d'ailleurs un autre problème. De ces deux malfaiteurs, lequel est vraiment le bon ? Celui que la tradition pointe comme le mauvais dit : *Sauve-toi toi-même et NOUS avec*, alors que celui dont elle chante la bonté : *Souviens-toi de MOI*. Le « mauvais » semble penser à son compagnon et ne parler que de salut. Le « bon » paraît ne songer qu'à lui-même. On peut même croire, comme de récents commentateurs, que le « bon » larron en reste à la basse logique rétributive du donnant-donnant : « Regarde, j'ai reconnu que pour nous c'était justice, alors, dans ta justice, souviens-toi de moi lorsque tu viendras dans ton Royaume » ; cependant que le « mauvais » nous donne d'entrer dans le mystère de la pure miséricorde : « Sauve-nous, comme tu as libéré des possédés, guéri des aveugles ou pris en pitié la veuve de Naïm et ressuscité son enfant[1]. » Ce « mauvais » manifeste d'ailleurs une vraie clairvoyance : *Est-ce que tu n'es pas le Christ ?* Presque comme saint Pierre, quatorze chapitres plus haut (*Tu es le Christ de Dieu* – Lc 9, 20), il confesse l'identité réelle de Jésus.

Et pourtant le sens obvie du texte ne laisse place à aucun doute : celui qui *blasphème*, c'est celui qui interpelle le « Messie » en tant que tel. Il blasphème en désignant Jésus comme le Christ et en lui demandant de se sauver avec lui et tous les autres… Étrange outrage dont il est difficile de faire le départ d'avec une louange… mais qui nous ramène aussi à notre question. Car pour ce larron-là, les choses devraient être évidentes comme nous le voudrions : si Jésus est le Christ et que le Paradis existe, ça devrait se voir de suite, et les clous devraient se changer en fleurs, et la croix s'évanouir comme un mauvais rêve…

---

1. Jean-Robert Armogathe, « Apologie du mauvais larron », *Communio*, n° XVIII, 6, novembre-décembre 1993.

Les trois crucifiés – (I) Gestas, le mauvais larron

4. C'est donc ici la rencontre au sommet : « Trois sont en croix, dit saint Augustin : un qui donne le salut, un qui le reçoit, un qui le méprise : pour les trois, une même peine, mais une cause différente[1]. » Le supplice est en effet le même. Les trois crucifiés sont aux yeux des soldats trois criminels à peine distincts. S'ils placent Jésus au centre, ce n'est point par privilège mais par simple souci de symétrie. Au sommet de sa croix, en effet, se trouve l'écriteau : *Celui-ci est le roi des Juifs*, alors autant mettre les deux autres de part et d'autre, pour équilibrer la scène. Les bourreaux sont encore travaillés par le besoin d'harmonie. Au moment de la flagellation, par exemple, si le fouet avait fait quatre lacérations en haut du dos, ils s'arrangeaient pour en asséner quatre autres en bas ; une fois la page dorsale bien striée de ces parallèles, ils changeaient d'incidence, mais de manière choisie, régulière, esthétique, afin de dessiner une sorte de treillis ; enfin, quand les plaies s'étendaient plus que la peau, ils essayaient de combler les parties intactes, comme pour un coloriage, obéissant au même instinct d'unité… Alors voilà, ils mettent Jésus au centre, mais il n'est rien pour eux de central, il fait masse avec les malfaiteurs.

La tradition donne au premier d'entre eux le nom de Gestas. C'est un cas d'école. Il prouve à quel point le christianisme n'est pas un dolorisme. Voici un *homme de douleurs*, crucifié en haut du Golgotha, mourant à l'heure même de l'événement suprême, et pourtant ce n'est pas le Sauveur, ce n'est pas même un martyr – c'est un blasphémateur. Gare, donc, à ne pas se tromper de crucifix : cer-

---

1. Saint Augustin, *Enarrationes in Psalmos*, XXXIV, sermon 2, 1, in *Discours sur les Psaumes*, I, Paris Cerf, 2007, p. 448.

tains croient adorer Jésus et ne se prosternent que devant Gestas.

5. Que se figurent ces adorateurs du mauvais crucifié ? Que la douleur suffit à rendre saint. C'est ainsi qu'on « gagne » son paradis. Pour tant de souffrances, tant de joies. Une palme vaut un pal. Une auréole coûte un étranglement. Avec ces grosses larmes de crocodile, vous ornerez votre couronne d'autant de diamants. Avec ces coups de fouet, vous ajouterez autant de plumes à vos ailes. Le bleu de là-bas se peint avec vos ecchymoses et vos asphyxies. Aussi, plus vous aurez l'air chagrin sur terre, plus vous rayonnerez dans les cieux. On se paye un visage de ressuscité avec des gueules d'enterrement… Pour les adeptes de cette atrocité comptable, il y aura toujours ce poteau planté à quelques mètres de l'autre comme un terrible signal : on peut extérieurement subir le même supplice que le Christ, et cependant méconnaître profondément sa Croix.

C'est du reste le même message que nous porte le dogme de l'enfer. Est possible une « souffrance infernale », qui n'a donc rien de sanctifiant. Charles Péguy le rappelle : « Il y a une souffrance qui ne sert pas, qui ne sert éternellement pas. Qui est toujours vaine, vide, qui est toujours creuse, toujours inutile, toujours stérile, toujours non appelée, toujours donc non élue[1]… » Le dogme de l'enfer ne nous rappellerait que cette vérité-là qu'il serait déjà en lui-même extrêmement réjouissant. Un vrai rempart contre les bonnets de nuit ! Un vrai tremplin pour une foi enjouée et qui n'a pas peur de gueuler comme il faut – comme Job – contre le mal !

1. Charles Péguy, *Le Mystère de la charité de Jeanne d'Arc*, in *Œuvres poétiques complètes*, Paris, Gallimard, coll. « Bibliothèque de la Pléiade », 1957, p. 427.

Mais le plus odieux, dans cette vision comptable, c'est qu'elle conçoit Dieu comme un tortionnaire rémunérateur : « Mon petit, puisque tu as accepté qu'on te fasse ainsi souffrir, je vais t'offrir un beau dédommagement ; puisque tu as subi l'injustice sans protester, tu seras justifié par compensation, et tes bourreaux rôtiront dans la géhenne, et ce sera à ton tour de manier le gril ! » Celui qui se représente Dieu comme un sadique reconnaissant ne peut rêver du Ciel qu'à la manière de représailles. Son espérance, Nietzsche l'avait bien vu, n'est qu'une cupidité au long cours et un esprit de vengeance masqué.

6. Si le premier larron représente pour nous cette souffrance qui n'est pas en souffrance de Dieu, c'est en raison de cette injonction, où l'évangéliste nous avertit du blasphème : *N'es-tu pas le Christ ? Sauve-toi toi-même, et nous avec !* Sans cet avertissement nous aurions pu prendre ces mots pour une admirable prière – de même que, quelques chapitres en arrière, nous aurions pris pour de merveilleuses professions de foi tous ces tonitruants *Tu es le fils de Dieu*, si l'auteur ne nous avait pas précisé qu'ils étaient proférés par des démons (Lc 4, 41).

Que contiennent ces mots pour que Gestas soit qualifié de blasphémateur ? Premièrement, de n'être pas les siens. Ils ne font que reprendre une insulte déjà prononcée par d'autres. Trois versets plus haut, les chefs du peuple ont *ricané en disant : D'autres, il en a sauvé : qu'il se sauve lui-même, s'il est le Christ de Dieu, l'élu !* (Lc 23, 35). Puis, à même pas un verset de distance, les soldats romains raccommodèrent la moquerie à leur sauce : *Si tu es le roi des Juifs, sauve-toi toi-même* (Lc 23, 37).

La mode est lancée. Gestas répète ce qu'il vient au moins deux fois d'entendre. Il en va toujours de la sorte pour qui endurcit son cœur : il se dresse comme un mur, se croit par là singulier, séparé des autres, mais, comme un mur, il se condamne à faire écho, il répercute les aboiements de la meute. « Je n'ai rien à voir, moi, avec le troupeau des brebis ! » Et c'est ainsi qu'on hurle avec les loups. Le blasphème ici correspond d'abord à des phrases prononcées du bout des lèvres et qui ne correspondent pas aux exigences du cœur. De ce point de vue, il ne se trouve pas matériellement en elles : énoncées d'un cœur pur, elles auraient été un appel à merci. Mais le ton juste n'y est pas. Celui de Gestas, comme des autres, siffle le sarcasme au lieu de souffler la requête. *N'es-tu pas le Messie ?* etc. signifie : « Il est évident que tu n'es pas le Messie puisque tu es incapable de nous détacher de ces croix… »

7. Cependant, que notre larron soit ironique n'interdit pas une ironie seconde, providentielle, qui donnerait à des mots qu'il ne pense pas une signification qui exprime vraiment sa faute. Ce qui nous conduit à une deuxième et une troisième observation : ces mots visent d'un seul trait deux péchés contraires et qui sont les deux péchés contre l'espérance – à savoir le désespoir et la présomption.

Qu'est-ce que le désespoir en tant que péché mortel ? Non pas le cri de l'abandonné qui s'en prend au Ciel : *C'est à cause de Toi qu'on nous tue tous les jours, qu'on nous traite comme des agneaux de boucherie ! Réveille-toi ! Pourquoi est-ce que tu t'es endormi ?* (Ps 43, 23-24) Ni même le cri du lépreux sur son tas de cendres : *Ma gorge est séduite par la pendaison ! la mort plutôt que ma carcasse !* (Jb 7, 15). Ceux qui parlent de la sorte, la Bible les considère comme des saints. Ce sont David et Job. Ils fraternisent avec le *Désespéré* selon Léon Bloy : leur désespoir est à l'opposé de la désespérance. Car ils désespèrent du monde et d'eux-mêmes, mais ils n'en crient que mieux vers celui par qui ils s'avouent excédés. La désespérance, elle, ne crie plus vraiment. Elle n'attend rien de l'autre. Et c'est pourquoi elle s'affuble de mines satisfaites et de fronts accrêtés. Tantôt le pessimisme poseur, tantôt l'optimisme bouffi. Thomas d'Aquin montre qu'elle procède de l'acédie – ce dégoût de la vraie joie – et que, par conséquent, elle ne désespère pas de n'importe quel bien, mais essentiellement de la miséricorde divine, qu'elle méprise volontairement[1]. Elle en devient pire que tout crime, car le crime, si grave soit-il, peut encore être pardonné ; mais, comme la désespérance refuse le pardon, elle rend irrémissible même les fautes les plus légères. Saint Isidore de Séville écrit en ce sens : « Perpétrer un crime, c'est une certaine mort de l'âme ; mais désespérer, c'est descendre en enfer[2]. »

Pareille descente revient à se monter la tête. Pour l'orgueilleux, elle est la cime de son ambition. Notre larron l'exprime parfaitement : il s'agit de « se sauver soi-même ». La langue française a cette finesse de nous faire deviner le sens d'un tel effort : se sauver – s'en sortir par ses seuls moyens – équivaut à se sauver – se débiner devant ce qui nous exige (la dérobade se déguise toujours en progrès). Le *Sauve-toi toi-même* est un sauve-qui-*peut*, et suggère donc une fascination première pour le pouvoir aveugle. Gestas voudrait d'un Messie sympathique mais point sabbatique : une apothéose de la volonté de puissance, un superman gonflé de muscles magiques, qui se suffit à lui-même, enseigne aux autres un contentement non moins fermé, ne les fait se prosterner que devant la force du plus fort, jamais devant la vérité, encore moins devant l'amour. En un mot, Gestas voudrait que Jésus soit Satan. La tournure qu'il emploie est d'ailleurs traduite par saint Jérôme de façon semblable à celle du Tentateur

1. Saint Thomas d'Aquin, *Somme de théologie*, II-II, 20.
2. *Ibid.*, II-II, 20, 3, corpus.

au désert : *Si tu es Christus / Si filius Dei es ; Si tu es le Christ* (et non pas : « N'es-tu pas le Christ ? ») / *Si tu es le fils de Dieu, alors...* (Lc 4, 3). Le diable dit à Jésus : *La domination totale avec la gloire [des royaumes de la terre] m'a été remise et, à qui je veux, je la cède. Toi donc, si tu m'adores, tu l'auras tout entière* (Lc 4, 6-7). Gestas laisse entendre : « Si tu te sauves toi-même et nous avec, si tu me prouves que tu possèdes la *domination totale*, alors je t'adorerai... »

8. Si la première partie de sa phrase se rapporte à la désespérance, la seconde peut se rapporter à la présomption : *Sauve-toi toi-même et NOUS avec*. Ce « nous » paraît généreux. Il est stérilisateur. Car, s'il ne s'agit pas de se sauver soi-même, il ne s'agit pas non plus de se croiser les bras (d'ailleurs, comment se les croiser quand on les a en croix ?). Qu'est-ce que la présomption ? « Espérer obtenir son pardon sans pénitence », dit Thomas[1]. Est-ce espérer trop ? Non. C'est ne pas espérer assez : « Le présomptueux méprise l'aide de l'Esprit Saint, par laquelle l'homme est rappelé loin de sa faute[2]. » Nous avons vu que la joie ne se recevait qu'en se donnant : la félicité n'est telle que d'être féconde. La présomption se voudrait félice sans fécondité. Son Dieu sauve comme on sauve les apparences, sans transformer en profondeur, sans faire participer à sa propre vie. Il aurait cette générosité avare de ceux qui ne veulent pas que les autres soient eux-mêmes généreux.

Par son *Sauve-toi toi-même et nous avec*, Gestas exalte donc une toute-puissance qui ne réclame rien que la passivité de ses créatures. Une toute-puissance assez faible, somme toute, incapable de créer un être qui puisse collaborer à son œuvre. À moins que ce ne soit

---

1. *Ibid.*, II-II, 21, 1, corpus.
2. *Ibid.*

une toute-puissance mesquine, qui retient jalousement sa Causalité souveraine de nous accorder la « dignité de cause ». Il oublie par là que ce qu'ordonne un Dieu de communion, ce n'est ni un activisme autonome ni une passivité inerte, mais une réceptivité active. Sa stricte justice demande à ce que l'arroseur soit arrosé. Sa large miséricorde réclame que le gracié soit à son tour gracieux. Et sans doute est-ce le sens de cette bonté jaillissante qui fonde le dogme du purgatoire : l'Éternel veut bien nous sauver jusqu'au tout dernier instant, parce que nous nous ouvrons soudainement à lui ; mais il ne veut pas nous emporter au Ciel sans que nous ayons eu le temps de rien faire en retour. Le purgatoire est l'antichambre de nos générosités tardives.

Gestas eût prononcé trois mots de moins qu'il aurait dit infiniment plus : *Sauve-nous*, et basta ! Cette petite brèche aurait permis l'invasion de toute la grâce. Il aurait posé un acte de foi dans la nuit. Bien sûr, cet acte, même minuscule, même plus petit qu'un grain de moutarde, il l'a peut-être posé plus tard, obscurément, après qu'on lui eut brisé les jambes. Mais le salut de Gestas individu concret nous échappe autant que le secret des cœurs. Ce qui nous intéresse ici, c'est ce dont Gestas est la figure, le dur enseignement que l'Heureuse Nouvelle cherche à nous donner à travers lui, pour notre gouverne. Un enseignement – en saignement – qui ne doit pas nous laisser indemne ni nous permettre de rester dans la position de spectateur. Que vois-je alors en Gestas ? Justement ce que je vois en moi : ce souhait d'un sauvetage en force, le paradis qui déboule dans le midi criard de la puissance, le Jésus incroyable Hulk qui casse la traverse de son gibet et m'emporte sans regarder à mon âme, comme un paquet. Ah ! le paradis des paquets ! la gentille consigne qui vous laisse le cœur comme un bibelot de marbre dans son emballage !

Les trois crucifiés (II) – Dismas, le bon malfaiteur

9. C'est le nom de Dismas que la tradition attribue à l'autre crucifié. En quoi s'agit-il d'un bon malfaiteur ? D'abord en raison de la raclée qu'il inflige à son camarade. Sa bonté est premièrement dans cette claque. Les théologiens appellent cela « correction fraternelle » : certains coups de pied au derrière ont avant tout une intention de tendresse avec pouvoir de propulsion. C'est l'amour qui les décoche, toujours expert en flèches et blessures : « Mieux vaut les coups de la charité que l'aumône de l'orgueil[1]. » Pour rabaisser la chose et réévaluer le larron dit « mauvais », certains exégètes diront que Dismas « lui fait la morale » et qu'il n'est jamais qu'un « donneur de leçon » : *Ne crains-tu pas Dieu ? Pour nous c'est justice*, etc. C'est que leur imagination ne parvient pas à se peindre assez concrètement la scène : qu'ils essayent un peu, pour voir, de donner une leçon en croix, au milieu des huées et des puanteurs du Calvaire… mais ils sont dans leur chaire parfumée, en sorte qu'il leur est très facile, à eux, de morigéner ce supplicié prétendu moralisateur. Jean Chrysostome s'oppose à cette arrogance d'estrade. Dans les premiers mots de Dismas, il reconnaît l'expression d'une étonnante attention pour son prochain : « Oui, avant de penser à demander quelque chose pour lui, il se soucie de reprendre l'autre malfaiteur, et c'est là le comble de la charité. » Le comble, parce qu'il enfonce le clou. *Pour nous, c'est justice.* Il ne joue pas à la pure victime. Il rappelle cette vérité terrible au pécheur capricieux (et qui ne l'est pas ?) : sa souffrance ne l'autorise pas à être vindicatif, sa détresse ne lui ouvre aucun droit. Seulement des grâces.

---

1. Saint Augustin, *Commentaire de la première épître de saint Jean*, tract. VIII, 9.

Plus loin, certes, Dismas demande à Jésus : *Souviens-toi de moi*. Mais le fait qu'il s'adresse auparavant à Gestas pour l'arracher à l'amère superficie de ses blasphèmes et l'entraîner au fond de leur détresse commune nous indique que ce « moi » ne saurait être exclusif ou égoïste (admirons au passage qu'il s'adresse à son collègue à travers ou comme par-dessus Jésus, qui se trouve entre eux deux). Le *Souviens-toi de moi* vient à la suite du *pour nous c'est justice*. Quand Dismas parle pour lui, ce n'est qu'après, et dans la continuité de ce « pour nous ». Il donne en quelque sorte l'exemple. Il dit ce qu'il ne saurait dire à la place de son compagnon (sans quoi il le conforterait dans sa présomption d'être sauvé passivement), et par là il invite Gestas à faire personnellement, insubstituablement, cette demande à son tour.

10. Le plus admirable, dans cet échange, c'est que le mot « paradis » advienne à partir d'un double dialogue, de Dismas avec Gestas, puis de Dismas avec Jésus. Ces dialogues ne sauraient être séparés sans contresens. Le bon larron ne fait sa demande que dans une tension vers deux autres : il se tourne d'abord vers l'autre malfaiteur, et ce n'est qu'ensuite qu'il supplie l'autre sauveur. Indication précieuse sur laquelle nous aurons à revenir. D'autres « sagesses » (demandez-en le rayon chez votre libraire) auraient plutôt préconisé le paradis par le détachement. Le supplicié aurait dû rentrer en lui-même, se rétracter loin de ses sens et de son ego, faire en sorte de dissiper l'illusion d'un monde qui ne nous fait du mal que si l'on y croit. Mais Dismas fait tout l'inverse. Hou ! le mauvais élève ! le superficiel ! Il est vrai que la crucifixion rend difficile la méditation transcendantale. Mais il pourrait au moins suivre l'exemple des maîtres en « intériorité ». Eh bien non, il reste homme du commun, parle, questionne, supplie, se

tourne vers le gars d'à côté. Il espère la paix non de son pouvoir de méditation, mais par la médiation d'un autre, et cette paix qu'il réclame n'est pas extase individuelle ni sentiment océanique, mais *Royaume*, c'est-à-dire communauté d'une multitude bigarrée sous le soleil d'un roi.

Ainsi le paradis n'apparaît-il ici ni comme une grande lumière impersonnelle, ni comme un tête-à-tête privatif. Il se manifeste dans une rencontre, dans la relation d'un Je et d'un Tu bien définis, qui cherche exemplairement à faire entrer le tiers dans une intimité semblable. – *Jésus, souviens-TOI de MOI*... – *Aujourd'hui, avec MOI, TU seras dans le Paradis*. « Toi et moi », « moi et toi », voilà ce qui introduit au Ciel, mais c'est à condition que les autres y soient aussi appelés (*Ne crains-tu pas Dieu ?*). Pas de paradis sans souvenir du Seigneur ni souci des criminels.

11. Pourquoi Dismas dit-il *Souviens-toi de moi*, et non pas « Sauve-moi », comme on aurait pu s'y attendre ? Pourquoi le souvenir au lieu du salut ? Pareil déplacement semble l'effet d'un abaissement. Le signe d'une humilité triple. La première de ces humilités, c'est que notre larron s'abandonne au bon plaisir du Seigneur : il ne se prétend pas digne du Royaume à venir mais demande seulement que Jésus se souvienne de lui. Ne m'oublie pas, peut-être sera-ce pour que je me jette en enfer, je n'en sais rien, toi seul sondes les reins et les cœurs, et d'ailleurs même si je dois finir dans la géhenne, ce sera ma joie de manifester encore par là ta justice, pourvu que ton règne vienne, et que tu te souviennes de moi, et qu'en moi la vérité se fasse...

La deuxième humilité se devine du fait que ce verbe « se souvenir », dans l'Évangile selon Luc, s'étrenne à la fin du *Magnificat* : Marie y déclare que le Puissant *se souvient de sa miséricorde* (Lc 1, 54). Aussi, quand le larron mendie à Jésus son *souvenir*, non seulement il semble entrevoir le Puissant dans ce tout-faible, mais il n'invoque en outre aucune justice pour son salut (la justice, il vient de le dire, c'est de subir la croix), uniquement une miséricorde. Il fait donc l'aveu de sa misère radicale, de son absence complète de mérite (aveu paradoxalement méritoire).

Enfin, troisième humilité : Dismas n'a pas l'impatience de l'autre larron, il ne dit pas *Souviens-toi de moi* tout de suite, mais *quand tu viendras dans ton Royaume*. Cette espèce de futur antérieur rejoint notre question initiale : tandis que Gestas exige un rapt immédiat de lumière, Dismas admet que le paradis soit pour l'heure obscur et lointain… Et Jésus ne l'exauce pas. C'est bien là dans ses habitudes, la surprise, la divine insolence, l'impolitesse prévenante, l'inexactitude surérogatoire. Car il lui donne plus qu'il ne pouvait imaginer. Dismas n'avait mendié que son souvenir futur, et voici que le Christ lui accorde son paradis le jour même. *Aujourd'hui, avec moi…* Présent si énorme qu'il est plus cher qu'une transaction équilibrée : considéré en lui-même, rien n'est plus accessible que le paradis – Dieu se laisse aisément, trop aisément posséder ; il ne demande rien en échange, et c'est cela qui nous coûte le plus, car il faut accepter de se laisser faire une capacité à sa mesure, c'est-à-dire de consentir à un long, profond, pédagogique évasement de l'intérieur. Ici, de manière explicite, cela veut dire admettre que la gloire et la croix puissent coïncider, que l'obscurité du paradis soit la preuve de sa présence qui travaille *comme le levain caché dans trois mesures de farine* (Lc 13, 21).

12. À passer trop vite sur ce dialogue des crucifiés, on pourrait néanmoins croire que Dismas s'est acquis par sa propre justice cette parole de salut. N'a-t-il pas eu ces mots

dont nous venons d'approcher la profondeur ? N'a-t-il pas témoigné pour l'innocence de Jésus (*Lui n'a rien fait de mal*) ? Il en ressort une impression de stricte récompense. Dès lors, la morale est sauve. Mais la grâce ?

Les Évangiles selon Marc et Matthieu permettent de corriger cette impression en replaçant la scène dans une plus large perspective, narrant ce qui s'est passé quelques minutes auparavant : *Même ceux qui étaient crucifiés avec lui l'insultaient* (Mc 15, 32) ; *Les bandits crucifiés avec lui l'insultaient de la même manière* (Mt 27, 44). Le bon larron commença donc par être aussi mauvais que l'autre. Il a blasphémé autant, et même plus que lui. Mais quelque chose s'est passé, un événement – quoi donc ? – et son blasphème lui est resté en travers de la gorge, mieux : il s'est métamorphosé en confession. « Quel est ce mystère ? Qui a instruit ce voleur ? Il n'a été le témoin d'aucun miracle : à cette heure ont cessé la guérison des malades, l'illumination des aveugles, le relèvement des morts ; et les prodiges qui vont éclater ne sont pas encore. Et pourtant il confesse comme son Seigneur et Roi celui qu'il voit comme son compagnon de supplice[1]. »

Dismas n'a vu aucun miracle, mais il a entendu ces mots impossibles, « première parole de Christ en Croix » : *Père, pardonne-leur, ils ne savent pas ce qu'ils font* (Lc 23, 34). Une telle prière du Fils, le Père peut-il la laisser inexaucée ? Il l'accomplit dans l'instant et c'est ainsi que l'oreille de Dismas entre en communication avec son cœur : le voilà retourné. Pour tout enseignement, il n'a ouï que ce *Pardonne-leur*, mais, avec la grâce qui fond sur lui et qu'il laisse faire, cela suffit à ce qu'il se demande : qui est ce supplicié pour qu'il réclame le pardon pour ses bourreaux ? Il sent d'un coup combien ce malfaiteur est plus pur que ses juges. Il cesse aussitôt ses injures et

---

1. Saint Léon le Grand, *Sermon sur la Passion*, 2.

interpelle Gestas à travers cet intervalle inouï, cet entre-deux qu'occupe Jésus.

La promesse du Paradis lui vient donc moins en récompense pour ses bonnes paroles qu'en éclosion de ce qui avait déjà été semé dans la terre sombre. La leçon n'est pas une leçon de morale : le casting se fait à rebours. Plus vous êtes pécheur et perdu, plus vous êtes qualifié pour le Ciel de la Rédemption. Laissez seulement infuser. La perdition n'est pas d'avoir l'âme la plus noire, mais de s'attacher à ses propres clartés. On comprend que certains dragons de vertu puissent s'étouffer de rage. Imaginons ceux qui furent détroussés par ce voleur et qui assistaient avec plaisir à son châtiment. Ils étaient là, sans doute à se réjouir de sa torture, et brusquement ils entendent Jésus qui pardonne, pire encore : voilà-t-y pas que ce faux Messie, cet imposteur que le Sanhédrin a lui-même condamné pour blasphème, refile illico son paradis de tocard à l'autre truand ? C'est le pompon, je vous le dis, larrons en foire ! paradis des bandits ! Alors ils sont bien contents de le voir lui aussi souffrir à mort, ce charlatan qui brade l'Éternel et le fourgue à ce malfaiteur au lieu de le réserver aux braves gens…

Une fois encore, l'approche du Paradis apparaît comme une épreuve. Sa *porte est étroite* (Lc 13, 24) mais c'est à cause de notre propre étroitesse. Si d'y entrer est difficile, c'est parce qu'il est non pas trop fermé, mais trop ouvert : la vertueuse y est confrontée à la possibilité de vivre éternellement avec la putain repentie, le propre sur lui avec le pouilleux, le supporter de l'OM avec celui du PSG, la victime avec son assassin, le chrétien avec l'athée qui le persécute… Nous voudrions un club privé, et voici l'*auberge* qui accueille le tout-venant (Lc 10, 34). Nous voudrions un mariage sélect, et voici des noces ouvertes à tous les déchets *des places et des rues, pauvres, estropiés, aveugles, boiteux* (Lc 14, 21). Et c'est cette ouverture trop large qui protège le Paradis mieux qu'une porte blindée : les superbes n'y pénétreraient à aucun prix, ils aiment mieux se draper dans un exil hautain. Mon halogène, plutôt que ce *soleil qui se lève sur les bons et les méchants !* Ma gourde plate, plutôt que cette *pluie qui tombe sur les justes et les injustes !* (Mt 5, 45).

Les trois crucifiés (III) – Jésus, ou le paradis mis en croix

13. Jésus le Nazaréen se tient à la droite du mauvais larron. Qui est-il ? Le Roi des Juifs, dit la pancarte. La joie en personne, dit le roi David : *Moi, je me réjouirai dans le Seigneur* (Ps 103, 34). Et Jésus lui-même, humblement, reprend cette incroyable équation alors qu'il est dans les souffrances les plus grandes. Car que veut dire : *Avec moi tu seras en paradis*, sinon qu'être au paradis et être avec ce crucifié, c'est la même chose ? Le cardinal de Bérulle en fait le constat : « Jésus est un paradis[1]. » Dans sa divinité, il est la béatitude, source de toute béatitude ; dans son humanité, la fine pointe de son âme jouit de la vision béatifique. Je ne vous demande pas ici d'y croire, mais d'entrevoir ce que le texte de Luc signifie : c'est la Joie elle-même qui est crucifiée, c'est le Paradis lui-même qui porte les péchés du monde.

Le mystère de l'Incarnation doit être lu comme une tragédie, mais là encore comme tragédie de la joie, et non du malheur. *Tel un époux, sortant de la chambre nuptiale, il s'élance en champion joyeux* (Ps 18, 6). *Lui qui était dans la condition de Dieu*, c'est-à-dire la béatitude,

---

1. Pierre de Bérulle, « Discours de la croix et passion », in *Œuvres complètes*, Cerf, 1996, t. IV, p. 124.

n'a pas avarement gardé son égalité avec Dieu, mais il s'est dépouillé lui-même, prenant la condition d'esclave (Ph 2, 6-7). La Joie du Très-Haut descend dans notre fange. Comment prouvera-t-elle sa souveraineté ? Par ce pouvoir de grâce. En prenant sur elle toute souffrance, en laissant contre elle s'épuiser le péché. Une joie qui n'est pas capable de brûler pour se répandre n'est qu'un feu de paille. Mais est-elle capable de supporter la mort la plus ignominieuse, elle est divine. C'est pourquoi il lui faut s'enfoncer dans cette mort infâme, plus bas, toujours plus bas, en sorte qu'il n'y ait pas d'horreur où la Joie ne nous ait précédés, en sorte qu'il n'y ait pas d'abîme où elle ne se trouve déjà, de manière incompréhensible.

14. Mais, à nouveau, pourquoi ce Paradis n'éclate-t-il pas au grand jour ? Jésus est la *Consolation d'Israël* (Lc 2, 25) ? Ne devait-il pas consoler immédiatement le monde, selon ce vœu de Gestas qui est le plus souvent le mien ? Pourquoi la consolation ne console-t-elle pas comme on aurait envie ? Quelques remarques sur l'idée de consolation peuvent nous permettre de creuser ce paradoxe. Une antique tradition nous y invite. En raison du chiffre sept, qui les rapproche, cette tradition associe à chaque parole du Christ en Croix une des béatitudes proclamées lors du sermon sur la montagne. La deuxième parole est ainsi logiquement reliée à la troisième béatitude : *Heureux les affligés, car ils seront consolés* (Mt 5, 4).

Ce que nous avons vu à propos de Gestas nous interdit d'entendre ces mots selon une mécanique compensatoire : plus vous êtes triste, plus l'Éternel vous rendra heureux. Le verbe grec employé dans le Nouveau Testament et que l'on traduit généralement par consoler, *parakaleo*, marque une tout autre exigence. Il signifie littéralement *advocare*, c'est-à-dire « appeler auprès de soi ». « Consoler » veut donc dire « convoquer ». La consolation serait en effet désolante si elle nous débarrassait de tout engagement responsable : « Ce n'est rien, mon petit, maman te décharge de tout, maman fait en sorte que tu n'aies plus rien à souffrir. Viens sous ses jupes bien tièdes, retourne dans son sein protecteur, que tu n'aies plus jamais à naître, que tu sois cette chose végétale, douce et tranquille, dont nul n'attend la réponse… » Un tel « ce n'est rien » revient à déclarer « tu n'es rien ». Au lieu de me donner à boire jusqu'à me changer en fontaine (Jn 4, 14), il me propose un pouce à sucer. Or le vrai consolateur ne saurait m'anéantir en tant que personne. En conséquence, il ne saurait me décharger de tout. Bien au contraire, il me rend assez fort et assez joyeux pour que je me charge de ma croix. Celui qui console vraiment convoque : la joie qu'il prodigue n'est pas la suppression des douleurs – la négation d'une négation – elle élève aussi à du positif, à de l'avenir, à un mérite immérité. Elle donne une vocation.

Ce mouvement de convocation dans la consolation est explicité par saint Paul. Il écrit à propos du Père des miséricordes : *Il nous console (ò parakalôn hèmâs) dans toute notre détresse, pour nous rendre capables de consoler tous ceux qui sont dans la détresse, par la consolation dont nous sommes nous-mêmes consolés par Dieu* (2 Co 1, 4). Que l'on remplace ici « consoler » par « convoquer », et la phrase confirme son premier sens. Le consolateur nous convoque à consoler à notre tour grâce à son réconfort, si bien que ceux que nous consolons sont aussi convoqués à cette tâche. La consolation doit se propager comme un feu, sans quoi, solitaire et passive, elle isole le soi-disant consolateur et désole le prétendu consolé.

15. La tournure elle-même de cette troisième béatitude nous convoque à un sens qui est tout le contraire

d'une compensation et qui renvoie à ce que nous avons déjà médité à propos de la vraie joie. *Heureux les affligés* – cette expression signifie étrangement que les affligés sont déjà heureux quoique dans les larmes. Leurs larmes de détresse sont d'emblée des larmes de joie. Non qu'ils soient joyeux : leur état affectif est bien l'affliction, la joie n'est pas en eux – mais ils sont dans la joie. Ce texte nous invite sérieusement à réenvisager cette possibilité : être dans la joie (ontologiquement) tout en n'étant pas joyeux (psychologiquement). Pour le dire autrement, il ne s'agit pas ici d'une joie que les affligés possèdent, mais d'une joie à laquelle ils appartiennent, et c'est à partir d'elle qu'ils s'affligent. Ils voient que la joie est bafouée, que le Paradis n'est pas aimé, que chacun méprise sa vocation à la béance de la béatitude, et ils en pleurent.

Faut-il croire qu'après la parole du Christ le bon larron soit entré dans un tranquille repos ? Son crucifiement s'est-il changé soudain en partie de plaisir ? Supposons-le un instant, et son paradis privé se change aussitôt en enfer : il ne serait plus avec l'autre, avec Jésus, avec le Paradis incarné. Une toile de Rubens, *Le Calvaire* (1619-1620), le représente au moment du coup de lance, et donc après le choc de l'*Aujourd'hui*... Il a la tête rejetée en arrière, la bouche ouverte, les yeux tournés vers un ciel noir : son supplice n'est plus que supplication. Par un double jeu de la perspective, son bras gauche, passant derrière la tête de Jésus, a l'air de s'arrimer à ce Sauveur déjà mort, tandis que sa main droite paraît appuyer sur la lance du soldat, comme si elle essayait d'en retenir le coup. Cette lance, en atteignant le côté du Christ, passe devant lui au-dessous de son nombril, et semble le couper en deux : comme elle transperce l'innocent, elle traverse le larron et le force à se délester de ce qui lui reste de bas. Rubens l'a deviné : celui à qui le Paradis vient d'être promis est plus béant, mais n'est guère plus béat. Au reste, qu'est-ce que le bon larron a pu comprendre de cette promesse ? Nous, qui venons bien après et qui ne sommes pas en croix, nous pouvons la méditer, l'entendre comme sa confirmation en grâces, mais lui, comment l'entendait-il ? *Aujourd'hui, avec moi, tu seras dans le paradis...* Peut-être qu'à ce moment-là les choses devinrent moins claires qu'auparavant. Il croyait en un Royaume futur, et Jésus lui parle d'aujourd'hui, de cet aujourd'hui d'abominables tourments… On peut être sûr qu'après ça Gestas n'en a blasphémé que de plus belle : « Les jolies paroles ! Il se fout bien de ta gueule, ton Seigneur-Messie ! Regarde, est-ce que t'es au paradis ? Est-ce que t'es pas plutôt à crever pire qu'un cochon ? » Peut-être, oui, peut-être que la deuxième parole a plongé Dismas dans la nuit plus encore que la première ne l'avait placé sous le soleil.

Cette possibilité se change en certitude quand on songe qu'après avoir parlé de paradis Jésus clame dans un grand cri : *Mon Dieu, mon Dieu, pourquoi m'as-tu abandonné* (Mt 27, 46) ? Quel paradis peut-il promettre si Dieu lui-même l'abandonne ? Ne s'est-il pas moqué de nous ? Jésus serait-il le vrai Judas ? Son *paradis aujourd'hui* s'effondre dans ce *pourquoi mon Dieu.* Ou plutôt sa promesse céleste et sa détresse infinie sont comme l'enclume et le marteau entre lesquels le cœur de Dismas est battu. Va-t-il revenir à sa première révolte ? Mais il y a encore cette autre parole, la dernière sur laquelle son Seigneur expire : *Père, en tes mains, je remets mon esprit* (Lc 23, 46). Voilà maintenant que l'abandonné de Dieu s'en remet à lui comme à son Père. Non qu'il échappe à l'abandon. Il en éprouve l'alpha et l'oméga. Après avoir été abandonné *par* son Père, il s'abandonne *à* Lui, à celui-là même qui l'a abandonné !… Que donc penser de son paradis ? Où donner de la tête ? Impossible de reposer en révolte, et impossible de reposer en paix. Ainsi Dismas connaît-il la consolation convocante. Le Paradis offert ne l'a pas arraché aux souffrances des hommes, il lui a donné mission d'y descendre davantage, d'y descendre jusqu'à toucher d'autres ratés comme lui, jusqu'à chercher Gestas lui-même, jusqu'à lui présenter ce visage si vulnérable et si décontenancé qu'il en perde à son tour ses moyens – « un visage de pauvre, de pauvre qui n'a rien, qui se prête seulement à la prière […], un visage au ciel sans lever les yeux, en relation avec les âmes errantes qui aspirent à être pardonnées […], un visage pour les fautes, pour ceux qui sont en faute, pour les troublés, les inquiets, les incertains… un visage où ils peuvent aborder[1]… »

L'unique Aujourd'hui du Paradis et du Calvaire

16. Se souvenant de la parole du Christ au bon larron, Léon Bloy fait dire à sa *Femme pauvre* : « On n'entre pas au Paradis demain, ni après-demain, ni dans dix ans, on y entre *aujourd'hui*, quand on est pauvre et crucifié[2]. » Un abîme sépare le Paradis et le Calvaire et cependant, sous l'un et l'autre, il y une substance identique qui les réunit dans le même jour. Et nous commençons à comprendre que le Paradis nous est obscur ici-bas moins en raison de l'abîme qui nous en sépare encore qu'à cause de l'espérance qui nous y unit déjà. Mais, avant d'aller plus loin, un instant de recueillement autour de ce mot magnifique

---

1. Henri Michaux, *Une voie pour l'insubordination*, in *Œuvres complètes*, Gallimard, coll. « Bibliothèque de la Pléiade », 2004, t. III, p. 1001.
2. Léon Bloy, *La Femme pauvre*, deuxième partie, « L'épave de la lumière », XXVII, Paris, Mercure de France, 1956.

– Aujourd'hui. Il nous a échappé tant de fois. Nous pourrions une seule fois nous y arrêter et entendre à quel point il nous échappe.

À lui seul il suffirait à faire poème, avec son apostrophe intérieure, la haute virgule qui le coupe pour le redoubler. Ce mot est en vérité une suite de mots. « Hui » contracte le latin *hodie*, lui-même agglutinant *hoc* et *dies*, et cette agglutination est précédée par l'accolement de « au » et de « jour ». « Au jour de ce jour », voilà ce que nous portons comme un toast, voilà ce que nous disons dans une redondance ou dans un mystère, car il se peut que par là, inconsciemment, nous désignions le jour du jour, son cœur, son secret, son principe caché d'illumination… Aujourd'hui renverrait dès lors à l'actualité pure, et même à l'acte de cette actualité, ce qui fait paraître toute chose à la lumière, ce qui lui donne d'être présente. Comment se fait-il, en effet, qu'il y ait aujourd'hui plutôt que rien ? Par quel miracle un jour s'est-il levé au-dessus du néant ? Il suffit de se poser vraiment cette question, et le voici, « le vierge, le vivace et le bel aujourd'hui », qui peut nous « déchirer avec un coup d'aile ivre »…

17. L'*Aujourd'hui* proféré sur la croix consonne avec quatre autres passages du même Évangile selon Luc. Deux fois Jésus prononce ce mot en tête d'une affirmation surprenante, et c'est pour relier la joie et la croix. Deux fois ce mot descend depuis la nuée même, et c'est pour marier le Ciel et la Terre. – En ce qui concerne les deux *Aujourd'hui* prononcés par Jésus avant le Calvaire, le premier se situe au début de sa prédication itinérante, alors qu'il enseigne dans la synagogue de Nazareth ; le second se rencontre à la fin de cette même prédication, juste avant son entrée messianique à Jérusalem. L'un et l'autre *Aujourd'hui* forment une sorte de cadre à son

enseignement et finissent par culminer dans l'*Aujourd'hui* de la parole au bon larron.

La première occurrence apparaît juste après que Jésus est monté à l'ambon et qu'il a lu la « *parasha* » d'Isaïe : *Le souffle du Seigneur est sur moi, parce qu'il m'a consacré par l'onction pour annoncer l'heureuse nouvelle aux pauvres, il m'a envoyé proclamer aux captifs la délivrance et aux aveugles le retour à la vue, rendre la liberté aux opprimés, proclamer une année de grâce du Seigneur* (Is 61, 1-2 ; Lc 4, 18-19). Jésus commente soudain comme aucun scribe n'oserait le faire : *Aujourd'hui s'accomplit cette Écriture qui est dans vos oreilles* (Lc 4, 21). Qu'est-ce à dire, sinon que la promesse s'est réalisée, que le Messie est là, que l'oracle s'est fait chair ? L'assistance est dans l'admiration mais voudrait de bons gros miracles à l'appui, rien que pour elle, pour que le fils du pays devienne une gloire régionale (il en a bien fait à Capharnaüm, des miracles, et pour des étrangers !). Mais Jésus se refuse à ce grand spectacle : *À coup sûr, vous allez me citer ce dicton : Médecin, soigne-toi toi-même* (Lc 4, 23). Cela ne vous rappelle pas quelque chose ? *Soigne-toi toi-même : Sauve-toi toi-même.* L'*Aujourd'hui* de l'heureuse nouvelle rend la croix aussitôt présente. Dès le départ, à Nazareth, Jésus essuie la raillerie qu'il subira sur le Golgotha. D'ailleurs, à la fin de cette scène, l'auditoire rempli de fureur veut déjà le précipiter du haut d'un escarpement, *mais lui, passant au milieu d'eux, allait son chemin* (Lc 4, 30).

18. Le second *Aujourd'hui* se dédouble et résonne deux fois dans la rencontre avec Zachée. Ce riche prince des percepteurs est un homme de petite taille : pour apercevoir le Nazaréen à travers la foule, le voilà qui risque le ridicule de grimper à un sycomore, comme ferait un gamin. Jésus arrive et, *levant les yeux*, il dit : *Zachée, descends vite, car*

aujourd'hui, dans ta maison, il me faut demeurer (Lc 19, 5). Le grand petit publicain en est abasourdi. Comment, alors qu'il le voit pour la première fois, peut-il dire qu'il lui faut demeurer aujourd'hui dans sa maison, comme s'ils avaient pris rendez-vous depuis toujours ? Mais le plus stupéfiant est que le Christ n'énonce pas sa grâce comme une faveur. Il la présente comme son devoir – il lui *faut* faire ce qui n'est pas une obligation, il se veut en dette à l'égard de celui non seulement à qui il ne doit rien, mais qui de surcroît est son insolvable débiteur. Notre homme d'argent est bouleversé par cette gratuité qui s'ignore. Il résout de donner la moitié de ses biens aux pauvres et, avec l'autre moitié, de rendre le quadruple à ceux qu'il a volés. Car Zachée est de ces voleurs institutionnels, qui opèrent sous l'égide de l'État et n'ont pas à craindre la potence (le pirate mis aux fers le rappelle à Alexandre le Grand : « Suffit-il donc que je vole avec une seule barque pour que je sois un voleur, et que vous, vous voliez avec toute une flotte pour que vous soyez un empereur ? ») : ces maîtres brigands savent faire pendre les brigands de petite envergure qui eurent l'insigne audace de convoiter le fruit de leurs pillages. C'est donc ici déjà l'histoire d'un grand larron, et d'un larron lui aussi suspendu au bois (un sycomore) puis repenti. À sa résolution de donner et de rendre, Jésus répond par ces paroles : *Aujourd'hui cette maison a reçu le salut, parce que lui aussi est un fils d'Abraham. Car le Fils de l'homme est venu chercher et sauver ce qui était perdu* (Lc 19, 9). Pendant ce temps, tous, au-dehors, murmurent : *Il est allé dételer chez un homme pécheur !* (Lc 19, 7).

Dans ces trois *Aujourd'hui*, à la synagogue, à Zachée, au Calvaire, l'heureuse nouvelle vient par effraction violente. Elle s'offre comme ça, gratuitement, et surtout à *celui qui était perdu* : le captif, l'inspecteur des impôts, le condamné à mort. Mais à celui qui prétendrait s'être ainsi suffisamment trouvé, elle demande de se perdre encore, quoique tout autrement. L'*Aujourd'hui* christique est tout à la fois mouvement vers le Paradis et vers le Calvaire. Celui qui l'accueille est obligé de se faire au-dedans violence : le compatriote doit devenir humble, le publicain se livrer à la justice, le crucifié espérer contre toute espérance. Et celui qui l'offre est exposé à la violence extérieure : les Nazaréens sont saisis de jalousie, les pharisiens d'indignation, le mauvais larron de révolte. Ainsi, l'annonce et l'accueil du Paradis sont toujours labeur et blessure. C'est d'ailleurs ce que rappelle la « parabole des mines », juste après l'épisode de Zachée et juste avant l'entrée dans la Semaine sainte. Cette parabole, précise Luc, s'adresse à ceux qui *s'imaginent que le Royaume de Dieu va se manifester à l'instant même.* Le roi y distribue à ses serviteurs dix pièces d'or et leur dit avant de les laisser dans un milieu hostile : *Faites fructifier jusqu'à mon retour* (Lc 19, 11-13).

19. En deux autres lieux, Luc transcrit des *Aujourd'hui* qui résonnent depuis la faille du Ciel même (mais les lèvres de Jésus sont déjà cette faille). D'abord, par la bouche des anges, au moment de Noël : *Voici que je vous annonce une grande joie, destinée à tout le peuple : Il vous est né aujourd'hui un Sauveur, qui est le Christ Seigneur, dans la ville de David* (Lc 2, 10-11). Ensuite, par Dieu le Père, au moment du Baptême de Jésus : *Toi, tu es mon Fils : Aujourd'hui, je t'ai engendré* (Lc 3, 22, variante qui reprend un verset du deuxième psaume). L'un et l'autre *Aujourd'hui* se rapportent à un enfantement. Le premier est dans le temps, c'est la naissance humaine du Messie. Le second est dans l'éternité, c'est l'engendrement divin du Fils. Mais les deux coïncident en ce

qu'ils relient également le Ciel et la Terre : la première parole rapporte la naissance temporelle du Fils éternel ; la seconde parole, l'engendrement éternel de ce fils devenu temporel.

L'*Aujourd'hui* correspond toujours à une intersection du temps et de l'éternité. Du simple point de vue métaphysique, ce moment fuyant par lequel vous passez, lisant ces lignes, s'écoule depuis la source première et éternelle. Du point de vue plus profond de la théologie révélée, il faut dire que l'histoire tout entière et, plus fondamentalement, la geste de l'Incarnation qui en est l'événement capital sont le contrecoup temporel des éternelles relations trinitaires. Au Ciel, le Fils ne cesse de se recevoir du Père et de s'offrir à lui dans un même Souffle. Et il en va de même pour Jésus sur la terre, depuis sa conception silencieuse dans le ventre d'une Juive jusqu'à ce grand cri sur le gibet du Golgotha, il ne cesse de se recevoir pour s'offrir, voulant entraîner à sa suite, par grâce, toute créature dans cette ample respiration.

Sur la terre comme au Ciel, le Christ accomplit la même volonté ; sur la Croix comme dans la Gloire, la même offrande parfaite. Mais, de même que le bâton plongé dans l'eau semble rompu, ainsi, lorsqu'elle plonge dans le rata de notre histoire, l'offrande éternelle prend la forme d'un sacrifice. Dans la condition originelle, avant la chute, s'offrir n'exigeait que de s'ouvrir, et l'homme eût été « à un paradis par un paradis » ; à présent, dans notre condition orgueilleuse et misérable, s'offrir implique en outre de souffrir, et l'homme va désormais « par la croix à un paradis, c'est-à-dire par un paradis de douleurs à un paradis de délices[1] ». Et le paradis de délices, dans cela même qui constitue sa béatitude, est identique au paradis de douleurs : « Le Christ glorifié se trouve de façon permanente en état d'offrande de lui-même à son Père ; il *est* ce don de

1. Pierre de Bérulle, *op. cit.*

soi ; la victime pascale est, en lui, présence permanente. Parce que le Ciel, c'est être un avec le Christ, le Ciel a le caractère de l'adoration[1]. » La gloire et la croix ont le même caractère d'adoration et d'offrande. C'est la même excessive joie que celle-ci souffre à mort de répandre, et que celle-là jubile à fond de recueillir. L'une et l'autre sont les deux états d'une même vie. Voilà pourquoi, chaque 14 septembre, l'Église fête la Croix glorieuse. Mais c'est aussi bien la fête de la Gloire crucifiante.

Nous qui méconnaissons cet *Aujourd'hui*, nous qui craignons d'être présent (ce présent que l'Éternel offre à l'Éternel), nous essayons en vain entre nos doigts de saisir le fleuve des jours, et nous nous dispersons entre la nostalgie d'un passé trop vite passé et le rêve d'un avenir trop lent à venir. Mais celui qui s'offre dans cet amour qui ne passe pas, celui qui accueille et répand cette joie qui est le fond de l'être, celui-là est présent pour de bon, retournant le temps vers sa source, unissant sa présence éphémère à l'éternel présent. T. S. Eliot l'exprime avec cette exactitude qui appartient à la poésie :

La curiosité des hommes cherche dans le passé et l'avenir
Et s'accroche à cette dimension. Mais appréhender
Le point d'intersection de l'intemporel
Avec le temps, voilà une occupation pour le saint –
Non pas même une occupation : quelque chose de donné
Et de reçu, à travers toute une vie à mort dans l'amour,
L'ardeur et l'abnégation et l'abandon de soi[2].

1. Joseph card. Ratzinger, *La Mort et l'au-delà*, Paris, Communio/Fayard, 1994, p. 242-243.
2. T. S. Eliot, « The Dry Salvage », V, in *Poésies*, Paris, Seuil, 1969.

... tu seras...

20. Tout cela est bien joli, mais faudrait pas trop vite se carapater dans l'enthousiasme. Pour l'heure, quelques nourrissons sont écrabouillés dans un accident de la route, à peine plus reconnaissables que des chats écrasés. D'autres enfants crèvent de faim au rythme de six par minute, soit un déjà, rien que le temps de relire cette phrase et de voir vos deux mains rêveuses qui tiennent ce livre sans lui avoir porté à manger. Plus de trois cent mille à travers le monde jouent aux petits soldats pour de vrai et bénéficient ainsi, sous le regard de Dieu, d'une éducation très précoce au viol et à l'assassinat. Et je ne dénombre pas tous ceux à qui le Père Noël apprend à devenir d'excellents consommateurs et à célébrer l'empire de la marchandise. Saint Nicolas, évêque de Myre, ressuscita trois petits qu'un boucher audacieux avait dûment découpés et conservés dans un tonneau de salaison ; le gentil papa Noël, de nos jours, fait à peu près l'inverse : il prépare nos petits pour une boucherie plus savante, il les élève au rang de porcs-charcutiers, il leur donne d'engraisser en maniant la moulinette afin de soustraire à leurs yeux leur propre destin de chair à pâté. Pour tuer l'enfance, le gavage n'est pas moins puissant que la faim.

Au paradis « aujourd'hui » s'opposera toujours la plate horreur du fait divers. Et nul paradis « demain » ne semble pouvoir l'effacer. Nous pouvons faire une société meilleure, mais qui rachètera tous ces pauvres qui furent broyés en attendant ? Est-il suffisant que leur charnier nourrisse quelques roses futures ? C'est l'incontournable requête d'Ivan Karamazov : « Ce qu'il me faut, c'est une compensation, sinon je vais me détruire. Et non une compensation quelque part, dans l'infini, mais ici-bas, une compensation que je voie moi-même. […] Aliocha, je ne blasphème pas. Je comprends comment tressaillira l'univers, lorsque le ciel et la terre s'uniront dans le même cri d'allégresse, lorsque tout ce qui vit ou a vécu proclamera : "Tu as raison, Seigneur, car tes voies nous sont révélées !", lorsque le bourreau, la mère, l'enfant s'embrasseront et déclareront avec des larmes : "Tu as raison, Seigneur !" Sans doute, alors, la lumière se fera et tout sera expliqué. Le malheur est que je ne puis admettre une solution de ce genre[1]. »

21. Et je ne peux l'admettre non plus. Une telle solution, pour être théorique, n'en serait pas moins « finale » : elle réduirait la question de ces destinées terribles dans les rouages d'une machinerie conceptuelle, elle émousserait la pointe déchirante de l'existence pour me changer en spectateur impassible et distant. Aussi j'irais me détruire, moi aussi, sans cette compensation que réclame Ivan Karamazov, si je ne voyais pas en outre la contradiction qu'implique de la demander. Car si j'avais cette compensation visible et tranquillisante, comment serais-je encore *avec* ces enfants qu'on a emportés au bout de la nuit ? Si j'avais ma réponse facile, comment pourrais-je descendre dans l'écarquillement de leurs yeux effarés ?

D'ailleurs, comme nous l'avons déjà observé, mon scandale est à la mesure de l'espérance déçue : mon refus du paradis au nom de l'inadmissible souffrance des petits ici-bas ne peut que se fonder sur un appel à un paradis de justice plus paradisiaque encore. Sans cet appel au Ciel *caché,* ma révolte contre le ciel *prêché* n'aurait pas lieu d'être. Elle s'éteindrait dans un mélange de cynisme et de somnolence. Elle parachèverait l'extermination des enfants, détruisant l'idéal même de l'enfance, qui est de

1. Fédor Dostoïevski, *Les Frères Karamazov*, trad. H. Mongault, Gallimard, coll. « Folio », p. 341-342.

se dépenser sans compter dans une vie dépassant la mort. Il ne s'agit donc pas de trouver une solution qui m'apaise, mais un horizon qui nous engage. Pas de compensation à avoir. Une compensation à être. Et plus qu'une compensation : un surcroît. Il me faut non pas résoudre le drame dans un discours ou un détachement, mais le racheter dans une communion et une offrande.

22. C'est la différence radicale entre le judéo-christianisme et les « sagesses » déjà mentionnées d'Orient ou d'Occident. Stoïcisme, bouddhisme, épicurisme et même un certain platonisme prétendent qu'il n'y a pas vraiment de tragédie. La tragédie ne serait qu'une illusion, une erreur de jugement, et il suffirait de travailler sur nos représentations mentales pour en dissiper la morsure. Moyennant ce travail, vous pouvez atteindre une paix « intérieure », mais aussi, pour cette raison, au rabais : l'ataraxie n'est pas la jubilation, et la position du lotus, avouons-le, promet moins que celle du missionnaire…

Le judéo-christianisme au contraire vous y précipite allègrement, dans la tragédie. La vocation d'Abraham l'arrache à l'abomination des sacrifices païens, mais c'est pour passer par la plus incompréhensible demande de sacrifier le fils de la promesse. Jacob combat avec l'Ange. Joseph est vendu par ses frères. La libération de l'exode vous jette dans la quarantaine parmi les sables. La gloire de Dieu vous cloue à la croix des blasphémateurs. Le désir de la joie vous entraîne dans le drôle de drame… Un Bouddha crucifié pourrait bien dire : « Aujourd'hui, sans moi, tu es au paradis, car ce gibet n'est qu'un mirage, et si tu ne peux pas détacher ses clous, tu peux du moins t'en détacher en entrant dans le non-ego et le non-désir. » Il inviterait le larron à je ne sais quelle désincarnation vis-à-vis de l'histoire, de son corps qui pâtit, de son copain qui s'enfonce. Mais Jésus dit avec une justesse extrême : *Aujourd'hui, avec moi, tu seras au Paradis.* Il affirme l'*Aujourd'hui* du Paradis, mais sans détachement, sans négation de l'expérience, sans fuite dans un arrière-monde, et c'est pourquoi il déclare aussi que l'Aujourd'hui est encore à venir, qu'il est pour l'heure retardé par l'étendue bien réelle du mal, et affaibli par l'étroitesse de nos cœurs.

23. Si la Croix et la Gloire, en tant que vie reçue et offerte sans réserve, sont les deux faces d'une même médaille, elles sont aussi absolument distinctes comme son avers et son revers qui ne peuvent se voir en même temps. Mais cette distinction radicale n'est pas un obstacle : elle est la condition même de cette réceptivité et de cette offrande ici-bas.

Que la lumière descende dans un vase de cristal bien clair et le voici tout de suite rempli et rayonnant. Mais qu'elle vienne dans une tinette pleine d'ordure, et c'est une autre paire de manches : l'accueil de la lumière passe par les mains dans la merde. Pour l'instant, on ne peut pas faire l'ange, parce qu'il faut d'abord faire la vidange. Entendez bien : si vous étiez d'emblée dans les délices, comment se fendrait votre carapace ? Si vous n'en éprouviez pas l'absence, comment s'approfondirait votre désir ? Et que seraient vos délices mêmes, sinon ceux d'un tortionnaire, si vous pouviez en jouir sans peine dans le même temps où vous voyez votre voisin qui souffre ou qui va se damner ?

Deux Thérèse (I) – De Lisieux

24. Au fond, l'idée du Paradis est plus obscure aux saints qu'à n'importe qui d'autre. Pour le joueur de pétanque,

elle est parfaitement claire : c'est une partie de boules arrosée de pastis. Pour le casanova, elle n'est pas moins évidente : c'est une jolie soubrette qui vous rejoint dans votre chambre avec sa jumelle. Pour le djihadiste, il s'agit de s'éclater mieux encore avec un gilet d'explosifs. Pour l'athée pessimiste, de jouir de ses jugements derniers en fumant son cigare. Pour le pharisien optimiste, l'assurance d'une place assez tiède grâce à son certificat de baptême. Mais pour le saint ? Tandis que les autres rêvent d'un ciel à l'aune de leurs envies, s'en font un jardinet à leur taille, une prothèse à leur manque, un doudou à leur frustration, il le reçoit comme l'inconcevable.

C'est le propre de l'espérance théologale que de le livrer à ce qui le transcende. Donc, plus elle est vive en lui, plus elle est obscure. Obscurité qui est sans doute celle d'un éblouissement, mais qui n'est pas moins aveuglante que la nuit la plus noire. Saint Paul parle d'*espérer contre toute espérance* (Rm 4, 18) et il s'explique : *Voir ce qu'on espère n'est plus espérer : ce que l'on voit, comment l'espérer encore ? Mais espérer ce que nous ne voyons pas, c'est l'attendre avec persévérance* (Rm 8, 24-25). Le saint voit se détruire l'un après l'autre ses espoirs mondains comme autant de barreaux d'une échelle qu'il ne peut plus redescendre.

Il est à cela deux motifs. D'une part, le paradis auquel il croit « dépasse toute compréhension et toute représentation[1] » : c'est *ce que l'œil n'a pas vu, ce que l'oreille n'a pas entendu, ce qui n'est pas monté au cœur de l'homme, ce que le Dieu a préparé pour ceux qui l'aiment* (1 Co 2, 9). D'autre part, comme y sont appelés avec lui les plus pauvres, il a mission d'être pour eux « témoin de la foi » jusque dans « la nuit[2] » : *L'astre d'en haut nous*

---

1. Catéchisme de l'Église catholique, § 1027.
2. *Ibid.*, § 165.

visite pour illuminer ceux qui sont assis dans les ténèbres et l'ombre de la mort (Lc 1, 78-79).

25. Ainsi, tandis que le pharisien trouve la chose patente, Thérèse de Lisieux n'y voit plus rien. Son pressentiment d'« une autre terre » s'abîme dans le sentiment du néant : « De même que le génie de Christophe Colomb lui fit pressentir qu'il existait un nouveau monde alors que personne n'y avait songé, ainsi je sentais qu'une autre terre me servirait un jour de demeure stable, mais tout à coup les brouillards qui m'environnent deviennent plus épais, ils pénètrent dans mon âme et l'enveloppent de telle sorte qu'il ne m'est plus possible de retrouver l'image si douce de ma Patrie, tout a disparu ! Lorsque je veux reposer mon cœur fatigué des ténèbres qui l'entourent par le souvenir du pays lumineux vers lequel j'aspire, mon tourment redouble, il me semble que les ténèbres empruntant la voix des pécheurs me disent en se moquant de moi : "Tu rêves la lumière, une patrie embaumée des plus suaves parfums, tu rêves la possession *éternelle* du Créateur de toutes ces merveilles, tu crois sortir un jour des brouillards qui t'environnent, avance, avance, réjouis-toi de la mort qui te donnera non ce que tu espères, mais une nuit plus profonde encore, la nuit du néant[1]." »

Thérèse entend ces voix qui lui répètent : « Il n'y a pas de paradis », et nous les entendons de même, mais ce n'est pas de façon aussi glaçante. Ces mots ne lui sont si froids qu'au regard de cette brûlante attente qui couve toujours sous la cendre. Pour nous, ils sont le plus souvent tièdes, commodes, agréables même. Ces voix, tout à l'inverse de celles d'une Jeanne d'Arc, ne nous commandent aucun combat. Leurs moqueries nous sont donc une aubaine.

1. Thérèse de Lisieux, manuscrit C, 6 v°, in *Œuvres complètes*, Paris, Cerf-DDB, 2004, p. 242-243.

Elles peuvent laisser libre cours à nos ciels de pacotille. La « nuit du néant » qu'elles vantent sert si bien de repoussoir à notre nullité, que notre nullité désormais sans juge peut se prendre pour un soleil…

26. Chez Thérèse de l'Enfant Jésus (ce Dieu qui se cache sur la paille ordinaire ; Lc 2, 12) et de la Sainte Face (cette Face que l'homme ne saurait voir sans mourir ; Ex 33, 20), l'idée de paradis se ramène d'un coup à rien, parce qu'il n'est plus question de se conforter dans une idée (Thérèse n'est pas Hegel), mais de se livrer à un mystère. Or, ce mystère étant pour tous, il ne peut être celui d'une mystique insulaire, juste pour soi, comme en un zen extatique. Elle le rappelle dans le paragraphe qui succède à celui sur les voix du néant : « À chaque nouvelle occasion de combat, […] je dis à Jésus que je suis heureuse de ne pas jouir de ce beau Ciel sur la terre afin qu'Il l'ouvre pour l'éternité aux pauvres incrédules. Aussi malgré cette épreuve qui m'enlève *toute jouissance* je puis cependant m'écrier : "Seigneur, vous me comblez de *joie* par *tout* ce que vous faites" (Ps 101). Car y a-t-il une *joie* plus grande que de souffrir pour votre amour[1] ? »

On retrouve ici une expression aussi paradoxale que celle de la troisième béatitude : « heureuse de ne pas jouir ». Elle renvoie de nouveau à l'unique Aujourd'hui de la Croix et de la Gloire, où se confondent souffrir et s'offrir pour la béatitude. Que la perte de toute jouissance coïncide avec le comble de la joie n'a rien de la complaisance doloriste. C'est à nouveau cette déchirure par laquelle on s'ouvre à une joie plus haute que tout contentement, et qui la fait déborder sur ceux-là mêmes qui la méprisent, puisque la nuit de la foi communique avec la nuit des « incrédules ». L'intensification du désir peut

---

1. Thérèse de Lisieux, *op. cit.*, 7 v°. (Je souligne.)

ressembler de manière étrange à son refroidissement. Ce n'est plus la montée de la flamme chaleureuse, mais sa mise en abyme, désir du désir du désir du désir… descente qui ne laisse en surface qu'une insensibilité complète aux choses d'en haut. Le charbon rougeoie en secret, de plus en plus profond, mais sa noirceur lui permet de fraterniser avec la cendre froide.

Thérèse de Lisieux porte ces ténèbres qui écrasent le boulomane et le casanova sans qu'ils s'en aperçoivent. Ce n'est pas autrement que le bon berger recherche la brebis perdue : il doit suivre la piste de son égarement, risquer ses pas hors des sentiers battus, courir sur les pics et dans les fondrières, foncer jusque dans la gueule du loup même, puis la ramener comme une croix *sur ses épaules* (Lc 15, 5). Mais, tandis qu'il s'enfonce dans le chemin de la perdition, il n'oublie pas la voie du retour au bercail. (C'est à cette condition, du reste, qu'il peut souffrir la perdition en tant que perdition, car ceux qui ont oublié cette voie du retour, ne se rendent même pas compte qu'ils se sont perdus – le saint connaît mieux l'horreur de l'enfer que le damné, pour qui il s'agit, selon Baudelaire, d'une « Horreur sympathique[1] ».) La sainteté, c'est cela : non pas se sauver soi-même, mais refaire après l'autre le chemin de sa perte.

27. Parce que c'est exactement comme ça que s'y est pris le Saint, béni soit-il. Il descend libérer son peuple de Pharaon et pour cette opération prend un Hébreu qui a été fait frère de Pharaon. Il descend libérer l'humanité de son péché et pour cette merveille envoie son Fils qu'*il a fait devenir péché pour nous* (2 Co 5, 21). Qu'on passe l'éponge sur les forfaits du fils prodigue est une belle chose, mais c'en est une plus belle que ces forfaits soient le détour avec

---

1. Baudelaire, « Horreur sympathique », in *Les Fleurs du mal*, XCIV.

quoi le père lui prépare d'étonnantes retrouvailles. Et c'est ainsi que l'Éternel procède. Il ne fait pas le moralisateur : avec les malfaiteurs, il va se faire crucifier. Il ne cherche pas à nous remettre sur le droit chemin : avec notre fuite, il invente une nouvelle voie royale jusqu'à son paradis.

Ainsi ce bon larron qui n'en fut pas moins d'abord le pire : quel égarement plus exorbité que le sien ? quel débinage plus embrouillé et plus obtus ? Et le voilà mis en croix, puni pour ses crimes et, en même temps, justifié jusque dans les méandres de sa désertion. Tout son effort labyrinthique pour s'éloigner de la sainteté débouche au final sur cette promotion incroyable, sur cette proximité folle : être celui qui, à l'heure suprême, se trouve à la droite de Dieu, en sorte que tout ce qu'il avait fait pour se perdre apparaît comme autant de sentiers par où la grâce l'a rattrapé. Si embourbé et entortillé que je sois dans ma faute, si obscur ou méprisable que le Ciel me paraisse, le Très-Haut vient pour changer mes détours en retour. Il ne me ramène pas sur le boulevard général, il ne me demande pas de revenir sur mes pas, mais que je les pousse plus avant, parce que, à la différence des docteurs en morale, il est assez créateur pour inventer avec chaque vie un chemin neuf et sans pareil.

Deux Thérèse (II) – D'Auschwitz

28. Avec Thérèse-Bénédicte de la Croix (Édith Stein dans le monde), l'espérance peut descendre jusque dans la chambre à gaz. Évoquant ce temps où « ce n'est pas l'heure de parler à Dieu, mais de *mettre sa bouche dans la poussière* » (Lm 3, 29), elle écrit : « Du fait de son sentiment d'être perdue à jamais, l'âme *se laisse aller à une telle douleur et à des gémissements si profonds qu'elle*

éclate en rugissements et hurlements spirituels[1]. » Ce ne sont pas les damnés qui crient leur désespoir d'être perdus. Ce sont les saints. Ils rugissent comme des lions assoiffés dans le désert. Et ils ne rugissent pas que pour eux-mêmes, mais aussi par suppléance pour ces chameaux qui leur crachent dessus avec dédain – ceux qui se fient à leur bosse, au lieu de désirer l'eau vive.

Le 14 septembre 1939, fête de la Croix glorieuse au temps de la guerre éclair, Édith Stein s'interroge sur la vocation de ses sœurs : que peuvent-elles faire alors que les blessés, les mourants, les orphelins attendent du secours ? Voilées et cloîtrées, ne sont-elles pas inutiles ? Aux yeux du monde, ne paraissent-elles pas frileuses ? Beaucoup les verraient mieux en infirmières, dans une compassion efficace, ou en résistantes, dans une charité explosive. Toutefois la tâche première n'est pas de faire, mais d'être. Elle n'est pas que de panser les blessures, mais aussi de les élargir jusqu'à ce qu'une autre lumière y passe. La résistance est une belle chose, elle est cependant toute négative : elle ne se définit que par rapport au mal auquel elle résiste. Une fois ce mal vaincu, quel bien va-t-on poursuivre ? Et même, à quel bien adosser cette résistance pour qu'elle ne soit pas que représailles, n'opposant au mal qu'un mal contraire ? Les mobilisations ne sont qu'agitations vaines si elles ne savent viser un but immobile : « Lève les yeux vers le Crucifié, écrit Thérèse-Bénédicte. Liée à lui tu seras présente partout, comme il l'est aussi. Non pas ici ou là, comme le médecin, l'infirmière ou le prêtre, mais sur tous les fronts, en chaque lieu de désolation – présente, dans la force de la Croix[2]. »

---

1. Édith Stein, *La Science de la croix. Passion d'amour de saint Jean de la Croix*, Nauwelaerts, 1957, p. 146. Elle cite Jean de la Croix dans *La Nuit obscure*.
2. Édith Stein, *La Crèche et la croix*, trad. G. Català et P. Secretan, Genève, Ad Solem, 1998, p. 66-67.

Dans la nuit de son inutilité, aussi inutile que celui dont les bras sont cloués à la potence, la carmélite est tenue là pour redire l'*Aujourd'hui avec moi tu seras en Paradis.* Plus que du soin, elle est du côté du sens. Car le soin a ses limites. À quoi bon être sauvé de l'extermination et obtenir un sursis de santé, si c'est pour devenir à son tour un bourreau de petite envergure ou finir piqué comme une bête à l'hôpital ? Combien de vieilles rescapées ai-je vu près de ma grand-mère Zizette, là-bas, vers Michel-Ange-Molitor, dans le foyer des Israélites réfugiés ? Parquées à l'écart des foules, elles s'y éteignent à petit feu, sans la rapidité du zyklon B, certes, mais subissant de toute façon l'étouffement progressif de la mort qui ne vous oublie pas… Le staff médical y est constitué de jeunes gens qui ne savent pas par quoi elles sont passées – la bétaillère des blocks, la sélection par la faim, l'horreur regardée en face – et qui, croyant se rendre aimables, les infantilisent. Ils sont aux petits soins, peut-être, et ils connaissent leur prénom par-delà leur numéro de dossier. Mais qui les accueillera vraiment ? Quel est le sens de tout cela ?

29. C'est la terrifiante requête d'Imre Kertész dans le dernier chapitre d'*Être sans destin.* À son retour des camps, on lui parle de son « innocence » et des « atrocités » qu'il a subies, puis, comme il est jeune encore, de ses « projets d'avenir », mais il n'entend rien à ces discours : « Je les suppliais presque d'admettre que je ne pouvais pas avaler cette fichue amertume de n'être rien qu'innocent[1]. » Il connaît bien sa propre crapulerie intérieure qui n'a seulement pas eu le temps, sans doute, de s'exprimer assez nettement au-dehors. Il se demande aussi en quoi devenir « médecin, ingénieur ou quelque

---

1. Imre Kertész, *Être sans destin*, trad. N. et C. Zaremba, Paris, 10/18, 1998, p. 359.

chose dans le genre » pourrait être autre chose qu'entrer dans un nouveau camp de travail, plus large et plus subtil, et se vouer à la destruction ordinaire des hommes. Si c'est pour se contenter d'un petit bonheur « dans les intervalles de la souffrance », ce genre de soulagement existait aussi bien « là-bas » : « Tout le monde me pose des questions à propos des vicissitudes, des "horreurs" : pourtant en ce qui me concerne, c'est peut-être ce sentiment-là qui restera le plus mémorable. Oui, c'est de cela, du bonheur des camps de concentration, que je devrais parler la prochaine fois, quand on me posera des questions[1]. »

Comment honnêtement penser autre chose, quand le bonheur majoritaire se réduit aux gondoles de l'hypermarché ? Quand on saisit le genre de bien-être et d'abattage auquel cela nous mène, on peut se demander avec Kertész si le camp n'était pas mieux, au moins du côté de l'extrême, de l'interrogation béante, de la verticalité tragique. Vérité des plus sombres, mais, pour dure et noire qu'elle soit, cette vérité fait encore entendre le négatif de l'espérance. L'espérance est en Kertész assez forte pour lui faire voir la vanité des espoirs mondains – jusqu'à l'ultime provocation. Mais elle n'est pas assez religieuse pour aller au-delà du visible – jusqu'à notre vocation première. Il reste que si cette vie ne doit pas fleurir en Vie éternelle, ma lucidité me force d'avouer qu'elle n'a pas de sens, et que nulle mémoire ne rachètera la destruction des Juifs. À dire vrai, le devoir de mémoire n'est qu'un spectacle, s'il ne s'accompagne pas du commandement de l'espérance. Et il ne fera que parachever l'extermination d'Israël, s'il sert à négliger son attente messianique.

30. Il ne suffit pas de couver les cendres. Il faut œuvrer pour une résurrection : *La main du Seigneur fut sur moi,*

1. *Ibid.*, p. 361.

et il me fit sortir par le souffle du Seigneur et il me déposa
au milieu de la vallée remplie d'ossements. Et il me fit
passer auprès d'eux autour et autour. Or les ossements
étaient très nombreux sur la surface de la vallée, et ils
étaient complètement secs. Il me dit : « Fils d'homme,
ces ossements vivront-ils ? » Et je dis : « Seigneur mon
maître, tu le sais. » Il me dit : « Prophétise sur ces osse-
ments. Tu leur diras : – Vous, les os desséchés, écoutez la
parole du Seigneur. Ainsi parle aux ossements le Seigneur
mon maître : Voici que je vais faire entrer en vous un
souffle et vous vivrez. Je tresserai sur vous des nerfs, je
ferai pousser sur vous de la chair, je tendrai sur vous de
la peau, je vous donnerai un esprit et vous serez vivants,
et vous saurez que je suis le Seigneur » (Ez 37, 1-6).

Un tel bonheur a de quoi faire peur, sans aucun doute.
C'est un malheur pour qui pensait avoir le dernier mot et
s'était fait un métier de sa lamentation. La compassion
pour les défuntes victimes est assez facile. Nous n'avons
plus à les aider concrètement. Mais, depuis notre fauteuil,
nous pouvons avoir un sentiment si fort de notre solidarité à leur égard que cela nous épargne en outre d'aider la
pauvre vieille de la porte à côté. C'est se donner à peu de
frais la posture de celui qui se penche miséricordieusement
sur les autres. L'orgueil aime compatir aux souffrances
d'autrui. Ce qui lui est vraiment insupportable, c'est de
se réjouir de ses succès.

Voilà pourquoi la compassion n'a de vérité que si elle
œuvre et consent à cette réjouissance. Ici encore, comme
le dit Rilke, « l'éloge seul offre un espace où puisse entrer
la plainte[1] », car, sans l'éloge comme origine et comme
horizon, la plainte n'est plus qu'une acrobatie de l'amour-
propre et se rend complice de la mort. Le vrai compatissant

---

1. Rainer Maria Rilke, *Sonnets à Orphée*, I, 8, trad. A. Guerne, *Œuvres 2, Poésie*, Seuil, 1979, p. 383.

ne veut pas maintenir la victime dans son état victimal, la noyant aujourd'hui de ses larmes après l'avoir laissée brûler hier. Il veut que la victime entre dans la victoire, et une victoire telle qu'elle puisse l'émerveiller. Il espère qu'en ses os calcinés s'accomplira la prophétie d'Ézéchiel : *Ainsi parle l'Éternel aux ossements*, et qu'en sa poussière balayée se réalisera l'oracle d'Isaïe : *Que se réjouissent désert et terre aride, la splendeur du Carmel et de Saron leur est donnée : on verra la gloire du Seigneur* (Is 35, 1-2).

31. La carmélite est là pour rappeler cette splendeur du Carmel offerte au désert. Cette espérance est son unique raison d'être. Sa vie d'oraison en fait un poteau indicateur du Ciel. Elle indique une position qui est au-delà de ce monde et permet, non pas de le fuir, mais de l'orienter et de l'embrasser en profondeur.

Le 26 juillet 1942, les évêques hollandais font lire en chaire une lettre pastorale qui condamne l'antisémitisme, ses pompes et ses œuvres dans leur pays. Les représailles ne se font pas attendre. Le 30 juillet, les nazis décrètent l'arrestation des « Juifs de religion catholique ». Thérèse-Bénédicte a une possibilité de fuir loin du Carmel d'Echt. Mais elle reste, comme le Socrate de *Criton*, comme le Jésus de l'Évangile. Et elle est arrêtée le 2 août avec sa sœur Rosa. Un témoin rapporte qu'elle la soutenait en lui disant : « Viens, partons pour notre peuple. » Enfin, le 9 août, à Auschwitz-Birkenau, Édith Stein prend le « Chemin du Ciel ». Le prophète Élie, sur le mont Horeb, avait entendu le passage de Dieu dans *le murmure d'un fin silence* (1 R 19, 12). Là, il n'y a que le murmure du gaz qui entre dans la pièce, le murmure bientôt recouvert par ces cris auxquels il coupe l'une après l'autre les racines du souffle. Et pourtant le numéro 44074 tombe à genoux dans cette chambre comme Élie sur la montagne, elle tombe à genoux sous le poids de l'air et le silence de Dieu. Sa grandeur n'est pas d'être plus grande que les autres : elle meurt comme n'importe lequel de ces petits effarés ; mais la nuit lui est d'autant plus obscure qu'elle n'a pas éteint sa soif de la lumière, l'asphyxie d'autant plus affreuse qu'elle n'a pas étranglé son aspiration au chant. Ce chant qui parle déjà d'elle et de son abandon (Ps 21, 1-4) :

> *Du maître de chœur. Sur « la biche de l'aurore ». Psaume de David.*
>
> *Mon Dieu, mon Dieu, pourquoi m'as-tu abandonné ? Le salut est loin de moi, loin des mots que je rugis.*
> *Mon Dieu, je t'appelle tout le jour et tu ne réponds pas ; même la nuit, je n'ai pas de repos.*
> *Toi, pourtant, tu es le saint,*
> *Et tu habites les hymnes d'Israël...*

Obscurités pour la lumière

32. Nous avons à présent assez de clartés pour confirmer l'obscurité nécessaire. Notre question était la suivante : pourquoi l'Éternel, s'il existe, ne se manifeste-t-il pas plus clairement ? Pourquoi son Paradis ne saute-t-il pas aux yeux ? Pourquoi la carotte est-elle si lointaine, et si féroce le bâton ? (Plutôt marteau sans maître, d'ailleurs, car la direction paraît bien incertaine.) La deuxième parole du Christ en Croix nous suggère au moins quatre raisons pour lesquelles notre raison se doit d'être excédée :

1° Creuser le désir. Admettons qu'un paradis nous soit donné tout de suite, comme ça, ainsi que le mauvais larron le souhaite – ce paradis serait pire que l'enfer. Au moins les flammes infernales ont la bonté de nous rappeler notre orgueil. Tandis que là : ma suffisance serait flattée au lieu d'être détruite, et je me recroquevillerais sur mon petit bonheur mesquin sans même m'apercevoir de mon enfermement. Paradis des paquets, avons-nous dit, qui se représente le Ciel comme un transfert du corps et non d'abord comme un déchirement du cœur. Il faut donc que le paradis céleste nous accorde assez de signes pour que nous le désirions et demeure assez obscur pour que nous sentions notre misère et que s'excave notre réceptivité, notre abandon à ce qui ne vient pas de nous et qui nous dépasse.

2° Libérer l'offrande. Supposons à présent que le paradis soit futur mais aussi évident qu'un jour de paye : Dieu suivrait la méthode de la carotte et du bâton, justement – avec un ciel bon pour les mules. Je supporterais les souffrances ici pour me payer des jouissances là-bas. Et c'est ainsi que certains prédicateurs représentaient la chose à leurs ouailles. Mais comme le paradis restait d'échéance assez lointaine, le truc ne marchait guère avec les bons vivants, et si ça marchait, le chemin du paradis était celui du chantage et de la peur : il sentait mauvais, il laissait une colique en guise de sillage. L'essence du paradis est moins de combler un vide que de libérer une dépense. *Celui qui croit en moi, des fleuves d'eau vive couleront en son sein* (Jn 7, 38). Il faut donc qu'il se cache assez pour que je puisse en vivre dès aujourd'hui, sans retour sur moi-même, dans une offrande fluviale. Il n'y aurait pas mon orgueil et ma lâcheté que je pourrais m'offrir dans une certaine lumière, comme Adam l'aurait pu faire avant le péché originel. Mais ils sont là, ces rôdeurs rampants, si bien qu'une lumière mondaine ne me ferait aller vers le paradis que par fascination et par négoce, et n'en éloignerait que mieux son essence de mon cœur. Par son retrait des apparences, il se donne plus profondément, et dégage l'espace où je puis m'offrir avec plus d'amour que de trafic, ma main gauche ignorant ma main droite.

3° Accueillir l'ici et maintenant. Si le paradis là-bas nous était rendu visible comme un splendide objet derrière une vitrine, ou une planète lointaine par une lunette astronomique, ou des îles enchantées sur quoi l'on nous montrerait un reportage, il serait ailleurs qu'ici et maintenant, et le bon père de famille se ferait un devoir, ainsi que le suggère Diderot, d'égorger ses enfants pour les expédier au plus vite dans cette contrée merveilleuse, comme on les envoie déjà dans de prestigieuses universités américaines afin de parfaire leur formation en astrophysique ou en commerce international. Mais l'Éternel nous commande d'aimer le prochain, non le lointain. Le Royaume de Dieu est au milieu de vous, dit le Messie (Lc 17, 21) et encore : *Sachez que le Royaume de Dieu est proche* (Lc 21, 31). Il n'est donc pas lointain. Il vient à travers ce visage de Siffreine devant moi, sous la stridence douce des martinets, par les irisations de l'asperge, avec l'effluve des genêts au printemps, sur le goût d'un tajine aux pruneaux, dans ces pavés après la pluie où le bleu du ciel revenu se reflète en noir intense. À nouveau, ce qui fait le paradis, ce n'est pas le changement de lieu, mais le changement de cœur. Qu'est-ce qui accueille en chaque être son poids de gloire, sinon l'amoureuse attention ? Aussi est-ce en participant déjà, dans la foi, à la vision de Celui qui crée amoureusement toute chose, que toute chose sous nos yeux commence à se transfigurer.

4° Communier avec les incrédules. Enfin si le paradis était clair pour le croyant et obscur pour le mécréant, comment le croyant pourrait-il croire en un paradis où le mécréant peut être sauvé ? Il serait comme un extra-terrestre d'une espèce supérieure et toiserait l'impie de haut, à la façon dont l'aigle toise la taupe, sans que leurs âmes puissent s'adopter. Dès lors, comment pourrait-il être sauvé lui-même, puisqu'il ne rejoint pas l'incrédule en ses ténèbres, pour y porter la consolation de sa convocation et l'inconfort de son cri ? Voilà pourquoi Job est une haute figure de l'espérance, contre sa femme, certes, qui le somme de maudire le Ciel, mais surtout contre ses amis qui lui opposent la théologie d'un Ciel aussi clair et distinct qu'un plan épargne-logement. Depuis sa déchetterie non recyclable, avec ses ulcères raclés au tesson, dans une nuit à faire peur aux pessimistes mêmes, l'outsider du pays d'Outs atteste : *Il a barré ma route pour que je ne passe pas, et sur mes sentiers, il met des ténèbres. Il m'a dépouillé de ma gloire, il a ôté la couronne de ma tête. Il me sape de toutes parts et je crève, l'arbre de mon espoir ayant été arraché Et pourtant, moi, je sais que mon rédempteur est vivant, et que le dernier, sur la poussière, il surgira* (Jb 19, 8-10… 25). Et l'incrédule entendant cela, l'incrédule ayant pour avocat ce fidèle dans le fumier peut comprendre qu'il a un frère, et que ses blasphèmes ne sont que les élancements d'une louange blessée.

33. La deuxième parole du Christ en Croix anéantit toute séparation manichéenne entre le ciel et la terre, les gentils et les méchants, les religieux et les blasphémateurs, les premiers et les derniers. C'est le même *Aujourd'hui* qui est celui du Paradis et du Golgotha. Et cet *Aujourd'hui* s'adresse par le Juste au malfaiteur. À celui qui le persécute et met son Paradis en question. Et comme pour une fois ce faiseur consent un peu à se laisser faire – non pas à rentrer dans le rang ni à briguer d'en sortir, mais à se laisser déranger – voici que, dernier de la lie, il passe tout d'un coup premier des bienheureux, de la queue du peloton d'exécution à la tête du peloton d'exaltation, ban-

dit d'honneur, larron premier servi, voleur ayant pris sa volée et devenant le symbole de ce Dieu qui vient *comme un voleur* (Lc 12, 39), prem's à entrer au Ciel selon cette bascule incroyable qui fait que, par-delà le bien et le mal pétrifiés, *là où le péché s'est accru, la grâce a surabondé* (Rm 5, 20). *C'est celui à qui on remet la plus grande dette qui aimera le plus* (Lc 7, 41-43). Pour exprimer tant soit peu l'extrémité d'un tel renversement, des Pères de l'Église ont soutenu, en l'occurrence, l'insoutenable légèreté de la grâce, à savoir que Dismas siège désormais parmi les élus sur le trône refusé par Lucifer…

Qu'en est-il de nous autres ? Laisserai-je *changer mon deuil en une danse* (Ps 29, 12) ? La deuxième parole ne me console que de m'y convoquer. Pourvu seulement que je ne prétende pas me sauver moi-même (en disant par exemple qu'il n'y a pas de question du salut). Pourvu que je m'offre au souvenir de celui qui *parle aux ossements*, plus qu'à ma labile mémoire, et que je me soucie de mon compagnon de l'autre bord qui s'en contrefout. Mais alors m'offrir dans la nuit n'aura pas d'autre récompense que de m'offrir davantage, dans la lumière : *J'ai pour patrimoine tes exigences pour toujours, elles sont la joie de mon cœur. / J'incline mon cœur à pratiquer tes préceptes, c'est à jamais ma récompense* (Ps 118, 111-112).

Si j'en doute et que l'idée en moi du Paradis s'estompe – deux Thérèse au moins me l'auront appris (mais il y en a d'autres, d'Avila, de Calcutta et même d'Ardèche près de Joyeuse…) – si ma représentation du paradis est submergée par la nuit du néant, ce ne saurait être un prétexte à me dérober, puisque c'est alors que sa réalité frappe à ma porte la plus intérieure. Cette obscurité me donne l'occasion de m'y offrir plus à fond. Quoi ? je perds tout courage humain ? mon Ciel trop raisonnable paraît se réduire à peau de balle ? Tant mieux ! La raison même le déclare :

il ne s'agit pas de me livrer à ce qui m'est possible, mais à ce qui m'est impossible, de même que la jeune Fille juive ne prononce son *Fiat* qu'après que l'ange lui a déclaré : si la chose est impossible aux hommes, *rien n'est impossible à Dieu* (Lc 1, 37). C'est là l'épreuve de l'espérance. Avec elle, toute réussite mondaine est encore un échec ; et tout désastre, un commencement.

Intermède III :
Proust et l'impossibilité
d'embrasser Albertine

De toi mon cœur a dit : « Cherchez ma face ! »

Psaume 26, 8.

En panne d'essence

« Je veux voir Dieu », dit Thérèse d'Avila. D'où peut naître une telle volonté ? Pour ma part, je l'avoue, je veux d'abord voir les orangs-outans du Jardin des Plantes, les scintillants méandres de Venise, un film d'Ingmar Bergman, le corps d'une belle femme nue… Mais Dieu ? En quoi cela me touche-t-il ? N'est-il pas d'ailleurs inaccessible à mes prunelles ? Qu'y aurait-il à voir ? Circulez ! Une petite prière au passage, bien sûr, afin qu'il me pourvoie de toutes choses utiles à ce que je profite de ses créatures bien visibles et palpables, mais lui, qu'il reste à l'arrière-plan. Je n'aspire pas plus à le contempler en face qu'à regarder en face le soleil, l'un et l'autre ne me réjouissant jamais mieux qu'en tant qu'ils éclairent d'autres êtres qu'eux-mêmes, et qui, ceux-là, restent à ma portée…

Mais Dieu n'est pas à proprement parler un autre être. Il est le principe de tout être. Si bien que s'approcher de n'importe quel être c'est s'approcher de lui. Par conséquent, vouloir voir un orang-outan parfaitement, jusqu'en la racine de sa présence, c'est vouloir voir Dieu. Bien sûr, l'essence des choses nous est connaissable, mais plus nous les connaissons, plus nous voyons combien il nous reste encore à connaître, et plus cette essence en ses derniers recès nous apparaît incompréhensible. C'est pourquoi Thomas d'Aquin peut dire : « Les choses naturelles se tiennent entre deux intelligences », l'intelligence divine, qui les crée, et l'intelligence humaine, qui les découvre[1]. Les choses tirent leur intelligibilité de ce qu'elles sont issues d'une intelligence, et c'est la raison pour laquelle elles nous sont accessibles. Mais cette intelligence qui les constitue dépasse infiniment la nôtre, et c'est la raison pour laquelle elles sont insondables. Qui suis-je ? Mais aussi, plus modestement, qu'est-ce qu'une tomate ? Ces questions, en dernier lieu, résistent, parce qu'elles n'ont de réponse que dans notre commune et mystérieuse origine.

Proust est sans cesse confronté à cette résistance. Elle peut se résumer à ce problème : comment posséder Albertine ? Plus il cherche à la faire prisonnière, plus elle se révèle fugitive. Bien sûr, pour un être moins sensible et qui se contente de l'accessoire, le problème ne se pose pas. Il suffit de coucher avec ladite Albertine – de passer du bon temps avec la nièce de Mme Bontemps – et la voici par l'assouvissement de mon prurit dépouillée de son aura fascinante. Mais c'est une illusion : je crois l'avoir possédée, je n'ai fait qu'étouffer mon désir. La pénétration ne nous rend la femme que plus impénétrable. Est-ce parce qu'il est inverti que Proust en est plus conscient que le coq de basse-cour ? Dans une phrase

1. Saint Thomas d'Aquin, *De Veritate*, qu. 1, art. 2.

à propos de la métaphore inventée par Swann et Odette, « faire catleya », il jette cette incidente grammaticalement secondaire et sémantiquement décisive : « Ils voulaient signifier [par ce vocable] l'acte de la possession physique – où d'ailleurs l'on ne possède rien[1]... » Le culte de l'orgasme est nihiliste : il prétend couronner l'étreinte de l'autre et l'épanouissement de soi, alors qu'il n'embrasse que le vide.

Le narrateur de la *Recherche* veut embrasser pour de bon. Il ne s'arrête pas aux « questions accessoires, indifférentes », aux « questions de détails » : « Non, pour Albertine, c'était une question d'essence : en son fond qu'était-elle, à quoi pensait-elle, qu'aimait-elle, me mentait-elle[2] ? » Il voudrait la saisir dans son unité : le « fractionnement d'Albertine en de nombreuses parts[3] », tel que sa mémoire la lui livre en aperçus partiels et résidus figés, ne parvient pas à le satisfaire. Il voudrait l'étreindre dans sa plénitude : ici et maintenant, mais aussi dans tous ses instants successifs et jusqu'aux lieux, moments, parfums de chacune de ses apparitions. « Et je comprenais l'impossibilité où se heurte l'amour. Nous nous imaginons qu'il a pour objet un être qui peut être couché devant nous, enfermé dans un corps. Hélas ! Il est l'extension de cet être à tous les points de l'espace et du temps que cet être a occupés et occupera. Si nous ne possédons pas un contact avec tel lieu, avec telle heure, nous ne le possédons pas. Or nous ne pouvons toucher tous ces points[4]. »

---

1. Marcel Proust, *Du côté de chez Swann, op. cit.*, t. I, p. 203.
2. *Id., La Fugitive, op. cit.*, t. III, p. 418.
3. *Ibid.*, p. 428.
4. *Id., La Prisonnière, op. cit.*, t. III, p. 91.

Aux sources du génie proustien : le « Zut »

Cette impossibilité est d'abord celle de la parole, et elle
s'étend aussi bien aux femmes qu'aux paysages. Les uns
et les autres, chez Proust, s'impliquent toujours mutuellement. Un site ne peut se donner pleinement qu'à travers une
femme qui en quelque sorte l'incarne : « Errer ainsi dans
les bois de Roussainville sans une paysanne à embrasser,
c'était ne pas connaître de ces bois le trésor caché, la beauté
profonde[1]. » Et une femme ne prend toute sa consistance
qu'à travers l'univers qu'elle résume : « Quand, même ne
le sachant pas, je pensais à elles [les jeunes filles de Balbec, dont Albertine], plus inconsciemment encore, elles,
c'était pour moi les ondulations montueuses et bleues de la
mer, le profil d'un défilé devant la mer. C'était la mer que
j'espérais retrouver, si j'allais dans quelque ville où elles
seraient[2]. » Aussi, quand le narrateur parle de « l'insupportable amour », il précise : « qu'il s'agisse d'une femme,
d'un pays, ou encore d'une femme enfermant un pays[3] ».
(Cette intuition d'un enveloppement réciproque du pays et
de la femme n'est pas sans fondement théologique, nous
le verrons bientôt : qu'est-ce qu'un corps glorieux, sinon
un corps qui n'est plus contenu dans un lieu, mais qui
contient tout lieu en lui, spécialement ceux auxquels son
histoire et son désir l'attachent ? Le rêve d'une femme-
jardin, le fantasme de son corps étendu comme un autre
paradis terrestre, ont leur réalité dans le dogme catholique.
Lorsque André Masson dessine sa *Terre érotique* en guise
de panneau-masque à *L'Origine du monde*, il ne sait pas à
quel point la foi – avec Proust – lui donne raison.)

1. *Id.*, *Du côté de chez Swann*, *op. cit.*, t. I, p. 144.
2. *Id.*, *À l'ombre des jeunes filles en fleurs*, *op. cit.*, t. I, p. 678.
3. *Id.*, *La Prisonnière*, *op. cit.*, t. III, p. 89.

C'est du côté de Méséglise-la-Vineuse, « près du talus broussailleux qui protège Montjouvain », devant un minuscule paysage, que le jeune Marcel fait sa première expérience d'un impossible embrassement : « Je fus frappé pour la première fois de ce désaccord entre nos impressions et leur expression habituelle[1]. » Là, le soleil perce après la pluie et voici qu'un toit de tuiles s'illumine et se reflète en « marbrure rose » dans une mare, double ou triple réflexion de la lumière, « pâle sourire » de la pierre et de l'eau répondant « au sourire du ciel ». C'est alors que Proust a ce mot admirable (à citer naturellement lors d'un colloque d'universitaires et autres chercheurs en *Recherche*) : « Zut, zut, zut, zut[2]. » « Petit orgasme verbal », dit Jean-Pierre Richard[3]. Ces zut ne sont pas d'un zutiste, mais d'un ravi. Leurs quatre fois trois lettres correspondent sans aucun doute à un « alléluia » pudique. Mais ils recèlent aussi un euphémique « merde ». S'ils disent moins le dépit que l'extase, ils affirment aussi, dans l'extase, un radical dépit : l'impossibilité de saisir pleinement ce qui se donne à voir. Aussi l'orgasme, fût-il verbal, n'est pas un terme. C'est au contraire le commencement de la recherche, l'impulsion de l'effort pour lancer et relancer le filet d'une phrase aux mailles assez serrées pour attraper toujours plus distinctement les nuances fuyantes du réel. Avant d'être le génie des grandes périodes éloquentes, il faut que Proust soit bête, balbutiant devant ces reflets roses d'un toit dans une mare, sentant la défaillance de la langue qui se flûte devant la beauté inattendue, ne sachant plus rien dire que « zut ». Il n'eût pas éprouvé cette défaillance à fond qu'il n'aurait pas offert à l'écriture

1. *Id., Du côté de chez Swann, op. cit.*, p. 142.
2. *Ibid.*
3. Jean-Pierre Richard, *Proust et le monde sensible*, Paris, Seuil, 1974.

de tels renouvellements. C'est parce qu'il y eut d'abord cette onomatopée brève et bourdonnante, qu'il put y avoir ensuite cette longue articulation musicale de la page. Sans cette exclamation de trois lettres, pas de phrases de trente lignes : seul celui qui a été surpris par l'ineffable de l'ordinaire peut forcer son langage à mieux en épouser la partition.

Mais plus il l'épousera, plus il comprendra ce qui lui échappe encore. Le « roman d'Albertine » s'étend sur cinq livres et des milliers de feuillets, il ne sera jamais que le déploiement glorieux d'un zut. Le lien est d'ailleurs marqué du fil rouge d'un même nom propre : Montjouvain (mon joug vain ?). Là, le narrateur est traversé par son « petit orgasme verbal », mais là aussi, depuis le même talus, quelques pages plus loin, il assiste à la scène saphique entre Mlle Vinteuil et son amie. Or c'est quand Albertine lui apprend qu'elle connaît très bien cette amie et Mlle Vinteuil, les appelant même ses « deux grandes sœurs », qu'elle devient pour lui une « *terra incognita* terrible » : « Derrière Albertine je ne voyais plus les montagnes bleues de la mer, mais la chambre de Montjouvain où elle tombait dans les bras de Mlle Vinteuil avec ce rire où elle faisait entendre comme le son inconnu de sa jouissance[1]. » Comment jouir d'Albertine si elle s'offre d'une manière qui se dérobe à l'homme ? « Ici le rival n'était pas semblable à moi, ses armes étaient différentes, je ne pouvais pas lutter sur le même terrain, donner à Albertine les mêmes plaisirs, ni même les concevoir exactement[2]. » À dire vrai, qu'Albertine soit lesbienne ou pas (et que le narrateur écrive pour se situer sur un autre « terrain » et posséder cette femme scellée – comme la musique de Vinteuil – mieux que Mlle Vinteuil elle-même) n'est

1. Marcel Proust, *Sodome et Gomorrhe*, *op. cit.*, t. II, p. 889.
2. *Ibid.*

pas le fond de la question. Le saphisme est là d'abord comme ce qui manifeste l'impénétrabilité de l'essence. Il concerne quelque chose de plus intime et plus grave que l'appartenance d'une espionne à « un pays ennemi », il porte « sur ce qu'[Albertine] n'appartenait pas à l'humanité commune, mais à une race étrange qui s'y mêle, s'y cache et ne s'y fond jamais » (on remarquera que ces mots s'appliquent plus fortement encore au Juif, l'affaire Albertine étant – dans l'œuvre comme dans la vie de Proust – parallèle à l'affaire Dreyfus). L'inversion d'Albertine est donc avant tout la circonstance qui permet de mettre en relief le mystère de « son humanité la plus profonde[1] ».

Critique du volontarisme

L'impossibilité de l'étreinte touche aussi à la volonté. La joie est chez Proust un courant peut-être aussi fondamental que chez Mozart (et comme chez Mozart, elle surgit moins par opposition à la tristesse que par décrochage à partir des plaisirs mondains). Ce qui peut nous tromper à ce sujet, c'est qu'elle n'est jamais le produit du volontarisme. Certaines lectures pourraient ne distinguer dans la *Recherche* qu'une suite de désirs dont l'imaginaire gonfle l'objet jusqu'à ce que la réalité le crève. Mais ces déceptions, à l'évidence, ne sont pas des désenchantements, puisqu'elles nourrissent le chant continu du livre. Elles constituent l'envers d'une autre expérience : celle des dénouements imprévus. Quand le boulevard se révèle cul-de-sac, des chemins s'ouvrent dans l'impasse : « J'admirais l'impuissance de l'esprit, du raisonnement et du cœur à opérer la moindre conversion, à résoudre une seule de ces difficultés, qu'ensuite la vie, sans qu'on sache seulement

---

1. Marcel Proust, *La Fugitive*, *op. cit.*, t. III, p. 426.

comment elle s'y est prise, dénoue si aisément[1]. » Quand la perte apparaît définitive, une porte offre un passage au cœur de l'égarement : « C'est quelquefois au moment où tout nous semble perdu que l'avertissement arrive qui peut nous sauver ; on a frappé à toutes les portes qui ne donnent rien, et la seule par où on peut entrer et qu'on aurait cherchée en vain pendant cent ans, on y heurte sans le savoir, elle s'ouvre[2]. »

La vie excède toujours nos projets : elle déjoue le plaisir planifié, elle délivre le bonheur auquel nous ne nous attendions pas. Tous les efforts échouent pour rencontrer la duchesse de Guermantes, aborder Gilberte, baiser Albertine, se mettre au travail littéraire ; puis, comme par magie, c'est l'invitation subite, la visite imprévue, l'inexpliquée libération. Une discrète providence agit là où l'intrigue ne cesse de s'enferrer. Comme dans les opéras de Mozart, plus dure sera la chute, mais aussi plus haut le rebondissement. (Proust, je ne l'ignore pas, aurait plutôt pris sa comparaison chez Wagner, et par exemple dans ce passage du *Parsifal* plusieurs fois cité : « L'enchantement du Vendredi saint. » Ce titre étonnant nous renvoie de nouveau à la parole du Christ au malfaiteur. C'est le paradoxe du paradis qui survient alors que l'on est en croix.)

Aussi la *Recherche* n'a-t-elle rien de prométhéen. Elle n'est pas l'ouvrage de la seule volonté persévérante. Proust ne laisse pas de le répéter : la mémoire volontaire ne nous rend que de pâles images. Elle est soumise aux « lois de l'Habitude » : plus elle possède son objet, plus il lui devient habituel, et plus il s'efface. L'embrassement est ici impossible en raison même de la familiarité : celle qui est sans cesse auprès de vous finit par disparaître sous les œillères de la routine. Avoir Albertine à demeure l'éloigne

1. *Id.*, *À l'ombre des jeunes filles en fleurs*, *op. cit.*, t. I, p. 431.
2. *Id.*, *Le Temps retrouvé*, *op. cit.*, t. III, p. 702.

peu à peu, la rend aussi peu saillante qu'un vieux meuble familial, et ce n'est que l'imminence de son départ qui lui redonne des contours. Qu'elle s'absente, et le fauteuil vide qu'elle occupait nous déclare à quel point sa présence nous était indispensable autant qu'inaccessible (et même dérangeante). Il faut donc des circonstances inopinées, l'événement d'une petite chose, pour que la mémoire restitue le passé dans sa verdeur. Une inégalité dans les dalles d'une cour, les clochers de Martinville vus depuis le mouvement du fiacre, le bruit d'une cuillère sur une assiette, l'odeur du pavillon d'aisances des Champs-Élysées, une chambre du Grand Hôtel de Balbec : « Je retrouvais dans un souvenir involontaire et complet la réalité vivante[1]. » Retrouvailles impossibles à l'investigation laborieuse, car alors on ne retrouverait rien d'autre que soi-même, et la rencontre n'aurait pas lieu dans la fulgurance de son surcroît.

« *D'où avait pu me venir cette puissante joie ?* »

L'impossibilité d'embrasser par soi-même a donc pour corollaire la possibilité d'y parvenir par grâce : la meilleure part de nous-mêmes est hors de nous[2], notre capacité d'accueillir l'autre ne nous appartient pas (car nous n'accueillerions que nous-même), elle nous est donnée dans l'inespéré de la rencontre. Le célèbre épisode de la madeleine en est la trace rayonnante. Qu'au lieu de la « biscotte » dont parle le *Contre Sainte-Beuve*, Proust ait au final inscrit ce nom de « madeleine » est déjà en soi d'une incontournable signification. Il désigne à la fois une femme, un gâteau et un lieu (on retrouve ici l'entrelacs de la femme et du paysage, auquel s'ajoute la possibilité d'une

1. *Id.*, *Sodome et Gomorrhe*, *op. cit.*, t. II, p. 618.
2. *Id.*, *La Fugitive*, *op. cit.*, t. III, p. 429.

sorte de manducation eucharistique pour les posséder).
Quant au lieu, il s'agit aussi bien d'une place que d'une
église, d'un quartier de Paris que d'une ville de Judée
(Magdala) ; quant au gâteau, sa forme est du coquillage,
symbole à la fois de la naissance de Vénus et du pèlerinage de Saint-Jacques ; quant à la femme, son histoire est
de cette pécheresse exposée à un amour surnaturel et qui
devient le premier témoin de la Résurrection. Le profane
et le sacré échangent leurs signes. La recherche du temps
perdu renvoie légitimement au repentir de la pécheresse et
à la résurrection des morts, parce que c'est aussi par une
sorte de grâce qu'elle peut aboutir.

Ainsi le narrateur ne comprend pas comment le goût de
cette madeleine trempée dans du thé peut ouvrir en lui les
vannes d'une telle allégresse : « D'où avait pu me venir
cette puissante joie ? Je sentais qu'elle était liée au goût
du thé et du gâteau, mais qu'elle le dépassait infiniment,
ne devait pas être de même nature. D'où venait-elle ? Que
signifiait-elle ? Où l'appréhender[1] ? » Demander « d'où »,
parler d'un au-delà de la nature, c'est dire assez l'essence
gracieuse et oblique de la véritable étreinte, et l'éloigner
de tout narcissisme comme de tout onanisme spirituel ou
littéraire. Je ne peux pas appréhender l'autre par moi-
même, mais par l'autre, dans un événement, dans cette
rencontre qui avec l'autre invente la capacité de le recevoir
dans son altérité.

Cependant, puisque cette joie est qualifiée de « puissante », sa puissance serait en défaut si elle laissait béa-
tement passif. Ne me terrasse absolument que celui qui
me donne aussi la force de me relever et de combattre
à neuf. Nous avons déjà évoqué ce mouvement : il faut
non seulement que la joie vienne d'ailleurs, mais encore
qu'elle pousse au-delà. Qu'elle rende assez vivant pour

1. *Id., Du côté de chez Swann, op. cit.*, t. I, p. 57.

traverser l'épreuve. Que sa puissante touche ordonne une forte tâche. Le goût de la madeleine entraîne ainsi le narrateur à ressusciter les êtres et les aîtres de Combray, à retrouver les lieux et les visages, à rappeler tante Léonie, Montjouvain, Albertine… Chercher et retrouver la source, c'est être capable d'en répandre la fraîcheur : « Chercher ? pas seulement : créer. [Le chercheur] est en face de quelque chose qui n'est pas encore et que seul il peut réaliser, puis faire entrer dans sa lumière[1]. » La joie selon Proust advient par quelque chose « hors de nous », mais elle n'est si profonde que de découvrir « en nous » des ressources ignorées, et elle n'est si vive que de nous engager entièrement dans une œuvre qui la recueille et la communique. Son émotion devient mission : « Faire entrer [chaque chose] dans sa lumière ». C'est la mission qu'entend accomplir la *Recherche*. Y parvient-elle ? Ne bute-t-elle pas contre un autre seuil ? Sa force n'est-elle pas dans cet échec qui, loin d'en faire un système clos, la déchire du désir d'une vision divine ?

Toucher pour voir

À l'impossibilité d'embrasser Albertine, une page du *Côté de Guermantes* peut nous introduire plus concrètement. Proust y rapporte l'expérience d'un premier baiser. Elle s'ouvre avec cette remarque liminaire – sur les « préliminaires », justement : « Quelle différence entre posséder une femme sur laquelle notre corps s'applique parce qu'elle n'est qu'un morceau de chair, et posséder la jeune fille qu'on apercevait sur la plage avec ses amies, certains jours, sans même savoir pourquoi ces jours-là plutôt que tels autres, ce qui faisait qu'on tremblait de

1. *Ibid.*

ne pas la revoir[1]. » Si dans l'acte charnel il n'y allait que
du toucher, il ne résisterait pas à la refroidissante définition de Marc-Aurèle : « Une friction de l'intestin et une
émission de morve accompagnée d'une convulsion. » Le
désir charnel suppose toujours plus ou moins « l'accom-
pagnement, qui le centuple et le diversifie, de désirs plus
spirituels et moins assouvissables[2] ». Pour que l'étreinte
soit forte, notamment, il faut qu'elle ait été *chargée* par la
vue : ce qui fit naître en moi le désir de toucher ces formes,
c'est de les voir et même, précise Proust, de trembler de
ne pas les revoir. La chair n'apparaît caressable que sous
le charme du visible, si bien que la carnation, sous ce
rapport, précède l'incarnation.

Proust ici semble contredire ce qu'il avançait un livre
en arrière : la vue, dans le désir, est déléguée par le toucher, plutôt que le toucher par la vue. C'est l'envie de
l'étreindre, de la sentir, de la goûter, qui confère à une
personne volume, densité, pesanteur… Les autres, celles
qui ne nous attirent pas ainsi, sont comme des surfaces
planes : pourraient presque nous suffire leur projection
parlante ou leur hologramme téléphoné. Le trompe-l'œil
trompe avant tout la main et la bouche, car, s'il ne s'agit
que de l'œil, il ne le trompe en rien : il faut le désir de
prendre pour que sa duperie s'énonce à même le regard :
« Les hommes, les jeunes gens, les femmes vieilles ou
mûres avec qui nous croyons nous plaire, ne sont portés
pour nous que sur une plane et inconsistante superficie,
parce que nous ne prenons conscience d'eux que par la
perception visuelle réduite à elle-même, mais c'est comme
déléguée des autres sens qu'elle se dirige vers les jeunes
filles ; ils vont chercher l'une derrière l'autre les diverses
qualités odorantes, tactiles, savoureuses, qu'ils goûtent

---

1. *Id.*, *Le Côté de Guermantes*, *op. cit.*, t. II, p. 303.
2. *Ibid.*

ainsi même sans le secours des mains et des lèvres ; et, capables, grâce aux arts de transposition, au génie de synthèse où excelle le désir, de restituer sous la couleur des joues ou de la poitrine, l'attouchement, la dégustation, les contacts interdits, ils donnent à ces filles la même consistance mielleuse qu'ils font quand ils butinent dans une roseraie, ou dans une vigne dont ils mangent des yeux la grappe[1]. »

Il y a donc fécondation réciproque de la vue et des autres sens. Plus spécialement, la vue éveille le désir de toucher, et le désir de toucher approfondit la vue. Voyez-vous votre fiancée auprès de votre future belle-mère, la première est toute en volumes exquis, la seconde est en deux dimensions, comme soudée à l'arrière-plan du décor. Les êtres ne prennent poids et chaleur, relief et saveur sous notre regard qu'à partir d'une sorte de flair tactile que le vœu de les posséder met en action. Ce vœu transpose en qualités visuelles leurs qualités charnelles. C'est pourquoi on peut dire qu'on les mange des yeux.

Le baiser impossible

Mais qu'advient-il lorsque la main et la bouche s'élancent effectivement pour déguster la mielleuse harmonie perçue par la rétine ? Elles sont assurées d'être dans leur bon droit : puisque leur désir a modelé la vision, elles croient pouvoir la prolonger à l'extrême. On s'imagine un instant que les paumes seront des instruments d'optique plus perspicaces que le regard, et que les lèvres, s'ouvrant comme des paupières, pourront saisir non seulement la peau ou la langue, mais la radieuse substance d'Albertine : « Je croyais qu'il est une connaissance par les lèvres ;

1. *Id.*, *À l'ombre des jeunes filles en fleurs*, *op. cit.*, t. I, p. 723.

je me disais que j'allais connaître le goût de cette rose charnelle, parce que je n'avais pas songé que l'homme, créature évidemment moins rudimentaire que l'oursin ou même la baleine, manque cependant encore d'un certain nombre d'organes essentiels, et notamment n'en possède aucun qui serve au baiser[1]. »

L'affirmation est de taille : il est impossible de baiser véritablement, car, pour y parvenir, il nous manque des organes *essentiels* – adjectif qu'il faut entendre au sens fort de « capables de saisir l'essence singulière de l'être aimé ». De la coupe de la vision aux lèvres de l'embrassade, nous faisons l'expérience d'un étrange et traître dévalement. Ce qu'on voudrait baiser de la manière la plus tactile, c'est cette beauté qui se révèle à l'intelligence, de manière lointaine, par la vue et par l'ouïe : où donc est le globe oculaire érectile, pénétrant, et qui ne serait toutefois pas une sonde endoscopique (ce que nous voulons contempler à fond, ce ne sont pas les organes internes !) mais remonterait jusqu'à la source invisible de cette apparition ? Où est l'oreille qui pourrait boire la femme tout entière avec sa voix ? Où, les doigts qui pourraient tenir son parfum, la langue qui pourrait savourer son visage ? « Hélas ! – car pour le baiser, nos narines et nos yeux sont aussi mal placés que nos lèvres, mal faites – tout d'un coup, mes yeux cessèrent de voir, à son tour mon nez, s'écrasant, ne perçut plus aucune odeur, et sans connaître pour cela davantage le goût du rose désiré, j'appris, à ces détestables signes, qu'enfin j'étais en train d'embrasser la joue d'Albertine[2]. »

Telle est la dure déception d'un baiser qui ne baise pas ce qui en avait suscité le désir : au moment même où il l'atteint, il le perd de vue. On espérait une union,

1. *Id.*, *Le Côté de Guermantes*, *op. cit.*, t. II, p. 305.
2. *Ibid.*, p. 306.

et c'est un brouillage. On escomptait un envol, et c'est un crash. Cet écrasement mutuel des amants, si intense qu'il soit pour la chair, apparaît faible pour la vision, alors que c'était la vision qui en avait provoqué l'élan. Ce qui aurait dû naturellement fleurir dans la ligne du voir (et de l'ouïr) semble briser sa trajectoire et se raccrocher maladroitement à la ligne du palper. Comme si, à la place d'une symphonie sublime, on nous refilait un bon steak.

La jalousie comme perception et refus du mystère

C'est par cette faille entre le voir et le toucher, entre la promesse et l'étreinte, que peut s'engouffrer la tentation pornographique : elle préfère lâcher l'engagement de la chair plutôt que de renoncer aux privilèges de la vision. C'est par cette faille aussi que peut s'insinuer la jalousie : elle essaie vainement de s'accaparer le mystère Albertine, que rien de ses faits et gestes, rien de ses intentions ne puissent lui échapper (alors qu'ils échappent à Albertine elle-même). Évoquant cette nécessité, pour posséder quelqu'un, de posséder tous les points du temps et de l'espace occupés par lui, Proust en conclut : « Si encore ils nous étaient désignés, peut-être pourrions-nous nous étendre jusqu'à eux. Mais nous tâtonnons sans les trouver. De là la défiance, la jalousie, les persécutions[1]. »

La jalousie est à la fois la perception du mystère et son refus. Othello jaloux est soudain conscient des insondables profondeurs de Desdémone, de son intériorité rétive même dans la confidence, de sa personnalité si abyssale qu'on peut toujours se demander si elle ne joue pas un personnage. Mais il s'efforce aussi, de manière contradictoire, de faire remonter ces profondeurs à la surface. Il veut

---

1. *Id.*, *La Prisonnière*, *op. cit.*, t. III, p. 91.

voir l'amour de sa femme, et dès lors il cesse de la *croire*. En conséquence, plus il enquête pour la saisir comme du dedans, plus elle lui est insaisissable dans sa sincérité même. Il n'a donc plus d'autre ressource que de la poignarder. Mais arracherait-il son cœur encore tout palpitant de sa poitrine, il ne tiendrait entre ses mains qu'un gros bout de viande, et l'énigme de sa vie ne lui en serait que plus cachée. « C'est un des pouvoirs de la jalousie de nous découvrir combien la réalité des faits extérieurs et les sentiments de l'âme sont quelque chose d'inconnu qui prête à mille suppositions. Nous croyons savoir exactement les choses, et ce que pensent les gens, pour la simple raison que nous ne nous en soucions pas. Mais dès que nous avons le désir de savoir, comme a le jaloux, alors c'est un vertigineux kaléidoscope où nous ne distinguons plus rien[1]. » Ainsi, quand nous ne nous soucions pas de la personne, nous croyons exactement la connaître ; et dès que nous nous en soucions, nous découvrons que nous ne la connaissons pas encore. Les inspections sans fin de la jalousie multiplient ses aspects fragmentaires et ne parviennent même plus à recomposer son visage, car c'est son visage même, comme épiphanie d'un secret indivulgable, qui devient l'ennemi.

Ce refus du visage est explicitement nommé dans les pages extraordinaires où le narrateur évoque son plus grand plaisir à étreindre Albertine quand elle dort : « Il me semblait à ces moments-là que je venais de la posséder plus complètement, comme une chose inconsciente et sans résistance de la muette nature[2]. » C'est qu'à ces moments-là elle est « réfugiée, enclose, résumée dans son corps ». Le rapport entre la femme et le paysage s'inverse. Au lieu que le paysage soit assumé et animé par la femme, c'est

---

1. *Id.*, *La Fugitive, op. cit.*, p. 420.
2. *Id.*, *La Prisonnière, op. cit.*, p. 70-71.

la femme qui est réduite à l'état de paysage, inépuisable comme la mer, certes, mais surtout saisissable comme les « créatures inanimées[1] ». Le désir d'embrasser jalousement sans que plus rien n'échappe aboutit à ce goût de l'enveloppe sans liberté, des paupières sans regard, du visage que l'on peut sans fin dé-visager, puisqu'il ne vous fait plus face : « Si jadis je m'étais exalté en croyant voir du mystère dans les yeux d'Albertine, maintenant je n'étais heureux que dans les moments où de ces yeux, de ces joues mêmes, réfléchissantes comme des yeux, tantôt douces mais vite bourrues, je parvenais à expulser tout mystère. L'image que je cherchais, où je me reposais, contre laquelle j'aurais voulu mourir, ce n'était plus l'Albertine ayant une vie inconnue, c'était une Albertine aussi connue de moi qu'il m'était possible (et c'est pour cela que cet amour ne pouvait être durable à moins de rester malheureux car par définition il ne contentait pas le besoin de mystère), c'était une Albertine ne reflétant pas un monde lointain, mais ne désirant rien d'autre – il y avait des instants où en effet cela semblait être ainsi – qu'être avec moi, toute pareille à moi, une Albertine image de ce qui précisément était mien et non de l'inconnu[2]. »

Refus que les yeux d'Albertine ouvrent sur un au-delà. Refus que ses joues recèlent un « monde lointain ». Refus donc que le paradis se dérobe à votre emprise et par conséquent refuge vers un paradis régressif, celui des beautés muettes, des marbres antiques, des choses sans âme. Il y va là proprement de quelque chose de démoniaque : « La jalousie est un démon qui ne peut être exorcisé et reparaît toujours incarné sous une nouvelle forme. Puissions-nous arriver à les exterminer toutes, à garder perpétuellement celle que nous aimons, l'Esprit du Mal

1. *Ibid.*, p. 69.
2. *Ibid.*, p. 72-73.

prendrait alors une autre forme, plus pathétique encore, le désespoir de n'avoir obtenu la fidélité que par force, le désespoir de n'être pas aimé[1]. » Vouloir posséder l'autre par moi-même, « autant qu'il m'est possible », c'est ne plus consentir à le recevoir par l'Autre, autant qu'il m'est impossible ; et c'est donc finir par absorber sa dépouille et se retrouver seul (si l'on peut parler de « se retrouver » là où en vérité l'on ne cesse de se fuir).

La réussite de la Recherche comme aveu d'un échec

Dépasser la jalousie, surmonter la faille entre la promesse et l'étreinte, l'entreprise de la *Recherche* peut être conçue dans ce but. L'écriture est là pour rassembler dans la parole les sensations éparses. Elle cherche, sur le fumier des expériences ratées, à faire fleurir une rose enfin assimilable. Dans le « court trajet de [ses] lèvres à sa joue », le narrateur aurait voulu « recréer expérimentalement le phénomène qui diversifie l'individualité d'un être et tirer les unes des autres, comme d'un étui, toutes les possibilités qu'il enferme[2] ». Mais cette ressaisie plénière des choses est rendue impossible par le disparate de la vue et du toucher, de l'intelligible et du sensible, et plus radicalement encore par le caractère successif du temps qui ne nous en livre qu'une facette après l'autre, comme un puzzle aux pièces indéfinies. Il faudrait parvenir à saisir le temps hors du temps, sans pour autant déchoir vers l'intemporalité conceptuelle. Car ce n'est pas l'idée générale et abstraite qui peut ici nous satisfaire, mais une lumière qui permettrait de recueillir l'« individualité » dans ses résonances avec tout l'univers. Une lumière analogue à

1. *Ibid.*, p. 93.
2. *Id.*, *Le Côté de Guermantes*, *op. cit.*, t. II, p. 303.

celle de Vermeer ou du peintre Elstir : « Sa toile si fixée donnait l'impression la plus fugitive. » Elle ressaisit le temps sans l'abolir, arrête le soleil sans trahir ses ombres mobiles, fixe une danseuse sans en stopper le mouvement, et parvient ainsi à unir la « réalité historique vécue au symbole de la fable[1] ».

C'est dans cette perspective que peut s'entendre la sentence paradoxale du *Temps retrouvé* : « Car les vrais paradis sont ceux qu'on a perdus[2]. » La réalité nous déçoit au moment où nous la percevons : engagés dans l'action, nous ne pouvons y appliquer nos facultés contemplatives ; emporté sur le flot des secondes, nous ne pouvons y tenir ni la tenir, sinon sous des aspects fragmentaires et évanescents. Sa présence est si partielle et successive qu'elle ne laisse pas d'être encore absente dans sa contiguïté. Mais, longtemps après qu'elle est révolue et qu'elle s'est révélée dans ses suites imprévisibles, cette réalité peut nous être redonnée à travers la distance, non par l'effort d'une mémoire abstraite qui ne s'extirpe jamais que des fantômes apâlis, mais par la grâce d'un événement qui semble la ressusciter comme dans sa chair même (une lettre retrouvée, le goût d'une madeleine, les premières notes d'une mélodie…). La perte du temps passé devient l'occasion de retrouvailles plus intimes, en dehors de la temporalité fuyante, pareilles à ces amours de jeunesse dont le vieil homme se souvient dans une lumière qui ne fut jamais alors, et dont la nostalgie est moins celle du passé que d'un improbable avenir…

L'art voudrait recueillir toutes choses dans son temps transfiguré, ce temps où la succession des faits n'est plus un désordre sans queue ni tête, mais une suite pour orchestre où le début, le développement et le terme se

---

1. *Ibid.*, p. 349.
2. *Id.*, *Le Temps retrouvé*, *op. cit.*, t. III, p. 706.

répondent dans une dramatique harmonie. La langue du livre selon Proust va plus loin que la langue de la bouche. Elle s'approche de cet organe essentiel capable de baiser Albertine enfin.

Est-elle cet organe elle-même ? N'y a-t-il pas une grande naïveté, sinon un grand orgueil, à croire que l'Art équivaut à la vision divine ? Qu'il en livre quelque analogie, c'est indéniable ; mais que ma parole sur Albertine puisse valoir mieux qu'Albertine vivante, c'est une illusion périlleuse qui place l'œuvre de papier plus haut que la personne de chair, et pousse à considérer la Bibliothèque de la Pléiade comme le Ciel unique où les pauvres et les illettrés ne sauraient être admis. « L'art ? dit Vialatte. Une recette provisoire, un palliatif ; et d'ailleurs, au mieux, il sauve l'œuvre, il ne sauve pas l'artiste[1]. » En vérité, s'il ne sauve pas l'artiste, il ne sauve même pas l'œuvre. Proust l'affirme lui-même après la mort de Bergotte : « Si avant dans les générations futures que brillent les œuvres, encore faut-il qu'il y ait des hommes », et même, ce qui gâte un peu plus le pronostic, des hommes qui sachent lire[2]. Par conséquent, prétendre que « la vraie vie, la vie enfin découverte et éclaircie, la seule vie par conséquent pleinement vécue, c'est la littérature[3] », cela relève encore du palliatif, sinon du bluff de la jalousie. D'ailleurs, l'enjeu s'est déplacé, le désir d'embrasser le mystère s'est éteint, le narrateur peut écrire : « Moi à qui Albertine était maintenant aussi indifférente qu'elle l'eût été à Mme de Guermantes[4]… » Et nous devons nous demander s'il ne faut pas conclure de la possession littéraire ce que Proust avait déjà conclu

1. Alexandre Vialatte, *Chroniques de la Montagne*, 1952-1961, Paris, Robert Laffont, coll. « Bouquins », 2000, p. 11.
2. Marcel Proust, *La Prisonnière*, *op. cit.*, t. III, p. 154.
3. *Id.*, *Le Temps retrouvé*, *op. cit.*, t. III, p. 725.
4. *Ibid.*, t. III, p. 813.

de la possession physique : elle ne possède rien, ou du moins – c'est sa grandeur négative – elle nous révèle à quelle profondeur impénétrable nous sommes appelés à embrasser.

Si une vie peut se recueillir en surabondance, ce n'est pas dans notre verbe, mais dans le Verbe éternel, créateur pour de bon, celui dont saint Paul déclare : *Il est avant toutes choses, et tout subsiste en lui* (Col 1, 17). Pour « créer » celle qui nous a déjà bouleversés – non pas pour la reconstruire avec l'orgueil d'un Pygmalion mais afin de la recueillir avec nos pouvoirs les plus intimes – pour « recréer expérimentalement le phénomène qui diversifie l'individualité d'un être », il faudrait être rendu pleinement participant de la puissance créatrice de tout ce qui existe : se tenir dans cette source où Albertine peut être embrassée d'une manière pure et simple, à une profondeur sans fantasme, dans un surgissement sans déclin, selon une union qui n'entame en rien son altérité…

Reste donc en nous la postulation d'un baiser sans faille. L'espérance d'un organe surnaturel. L'attente de cette lumière de gloire qui est à la fois vision béatifique et bien-heureuse étreinte : la toujours plus vive intelligibilité dans la toujours plus poignante concrétude. Si l'œuvre de Proust est incomparable, c'est d'avoir poussé l'échec de l'embrassement jusqu'à l'extrémité de nos pouvoirs. Pas de plus grand écrivain peut-être, et néanmoins ce n'est que pour l'épopée d'un énorme et fantastique *zut*. Mais un zut qui fait signe vers un impossible hosanna.

Vous allez voir ce que vous allez voir

Je dis qu'il faut être *voyant*, se faire *voyant*. Le Poète se fait *voyant* par un long, immense et raisonné *dérèglement* de *tous les sens*. Toutes les formes d'amour, de souffrance, de folie ; il cherche lui-même, il épuise en lui tous les poisons, pour n'en garder que les quintessences. Ineffable torture où il a besoin de *toute la foi*… Car il arrive à l'*inconnu*… et quand, affolé, il finirait par perdre l'intelligence de ses visions, il les a vues ! Qu'il crève dans son bondissement par les choses inouïes et innommables !

Arthur Rimbaud, lettre du 15 mai 1871,
à Paul Demeny.

Dans le silence d'Arthur et de Thomas

1. Comment tenir davantage à l'orée de ce dont on ne peut parler mais qu'on ne saurait taire ? Pour l'auteur qui s'apprête à noircir de nouvelles pages, il est assez humiliant de penser que le grand poète et le grand théologien brisèrent précocement leur plume. Le 23 octobre 1873, à dix-neuf ans, Rimbaud fait paraître à compte d'auteur

Une saison en enfer (cent et quelques exemplaires, autant d'invendus), puis il part – « en avant, route ! ». Sans doute y aura-t-il à Londres les soubresauts des *Illuminations*, mais leur auteur les qualifie bientôt de « rinçures », plaque définitivement les belles-lettres et, à défaut d'abysses plus praticables, s'embarque pour l'Abyssinie : dix-sept années durant lesquelles il n'écrit pas un seul poème, dix-sept au terme desquelles il ne s'arrête de marcher que parce qu'on lui coupe la jambe droite et qu'il est l'heure de mourir. La toute fin d'*Une saison* est d'ailleurs un « Adieu » – adieu à la littérature, aspiration vers son au-delà. Lequel ? D'après la dernière phrase, la sortie de l'enfer ne peut s'accomplir que dans un invraisemblable futur eucharistique : « … et il me sera loisible de *posséder la vérité dans une âme et un corps*[1]. »

Or c'est exactement comme cela que Thomas d'Aquin l'a possédée, la vérité – corps et âme – et ce n'en fut pas moins pour ses écrits un semblable coup d'arrêt : six cents ans plus tôt, en 1273, le 6 décembre, fête de saint Nicolas, il célèbre la messe ; soudain, peut-être au moment de la communion – cadeau du vrai père Noël ! –, il est comme foudroyé par le dedans. Fini de dicter. Il plante sa *Somme* au beau milieu du traité sur la pénitence, et lâche abruptement son *Compendium* en pleine explication, comme par hasard, de la deuxième demande du Pater : *Que ton règne vienne* Frère Réginald lui demande : « Père, pourquoi as-tu abandonné cette œuvre si grande que tu as entreprise pour la gloire de Dieu et l'illumination du monde ? » Thomas fait d'abord une réponse évasive : « Réginald, je ne peux plus. » Puis, à force d'être harcelé par le jeune disciple, il finit par avouer : « Tout ce que j'ai écrit me

---

1. Arthur Rimbaud, *Une saison en enfer*, in *Œuvres complètes. Correspondance*, Paris, Robert Laffont, coll. « Bouquins », 2004, p. 157. (C'est Arthur qui souligne.)

semble de la paille en comparaison de ce qui m'a été maintenant révélé[1]. »

Ainsi les *Illuminations* qui éblouirent Claudel, Char, Bonnefoy... n'étaient plus que « rinçures » pour Rimbaud lui-même. Et cette *Somme de théologie* qui apparut comme une « illumination du monde » aux yeux du disciple et de tant d'autres, ne valait désormais pas plus, pour Thomas, que du foin. Foin pour la crèche, sans doute, où coucher le divin enfant, et rinçures qui lavent le regard... Mais cela n'est rien, nous préviennent-ils, rien auprès de l'alchimie du Verbe perdue, et moins encore auprès de la vision du Verbe promise.

Chez l'un et l'autre, évidemment, le silence n'a pas le même sens. Pour Arthur, c'est l'aveu d'un échec. Pour Thomas, c'est celui d'un échouement. Le premier se tait par défaut, comme s'il butait contre un mur. Le second se tait par excès, comme s'il abordait une rive éblouissante. Mais tous deux sont plus proches qu'il ne semble. Comment celui qui tenta de « se faire *voyant* » aurait-il pu sentir l'échec, comment même aurait-il risqué les « choses inouïes et innommables », s'il n'avait pas pressenti la lumière plus forte qui l'appelait ?

Quand la tentative a porté sur un plus noble but, le ratage est plus honorable que la réussite. Ainsi le silence de Rimbaud, comme celui de Thomas, déclare la vanité de l'œuvre tout autant qu'il signale la hauteur de sa visée. Loin de la disqualifier, il la relève. Elle porte d'ailleurs partout l'annonce de son dépassement : « L'automne, déjà ! – Mais pourquoi regretter un éternel soleil, si nous sommes engagés à la découverte de la clarté divine – loin des gens qui meurent sur les saisons[2]. » Combien de

1. James A. Weisheipl, *Frère Thomas d'Aquin*, Paris, Cerf, 1993, p. 352-353.

2. Arthur Rimbaud, *op. cit.*

littérateurs, en effet, sont morts sur *Une saison en enfer*, dédaignant d'écouter Rimbaud jusque dans son silence. Combien refusent de reconnaître le « génie » qui achève les *Illuminations* :

> Sa vue, sa vue ! tous les agenouillages anciens et les peines *relevés* à sa suite.
> Son jour ! l'abolition de toutes souffrances sonores et mouvantes dans la musique la plus intense[1] !

Le « voyant » a éprouvé la faiblesse de ses visions, mais il en appelle encore à la « vue » d'un autre « génie ». Qui donc, au juste ? Voici son curriculum : « Il est l'amour, mesure parfaite et réinventée, raison merveilleuse et imprévue, et l'éternité[2]. » À chacun de réfléchir un peu à qui cela peut correspondre.

2. Thomas, en théologien, entendait recueillir toutes choses dans les notions les plus générales et les plus intellectuelles. Rimbaud, en poète, voulait embrasser chacune d'elles à travers les images les plus singulières et les plus sensibles : « Oh ! le moucheron enivré à la pissotière de l'auberge, amoureux de la bourrache, et que dissout un rayon[3] ! » Cette seule phrase condense toute l'ambition poétique : pouvoir saisir dans sa plénitude ce bref instant où tel diptère semble sauver toutes choses en reliant par son vol la lourdeur de l'excrément à la transparence du ciel… Oui, discerner la gloire dans une mouche à ordure, voilà qui donnerait de « changer la vie ». Mais le poète est bien obligé de reconnaître avec le théologien : « Notre connaissance est si débile qu'aucun philosophe n'a jamais

---

1. *Id.*, *Illuminations*, *op. cit.*, p. 182.
2. *Ibid.*
3. *Id.*, *Une saison en enfer*, *op. cit.*, p. 152.

pu pénétrer parfaitement la nature même d'une mouche. Aussi lisons-nous qu'un amoureux de la sagesse vécut trente ans dans la solitude, afin de connaître la nature de l'abeille, en vain[1]. »

Ce que tous deux ont cherché, le poète l'appelle « cette langue [qui] sera de l'âme pour l'âme, résumant tout, parfums, sons, couleurs, de la pensée accrochant de la pensée et tirant[2] », et le théologien le nomme ce « Verbe en qui toutes les réalités sont Vie[3] ». Mais ils ont dû confesser durement que le terme de cette recherche était au-delà de notre condition terrestre : « J'ai cru acquérir des pouvoirs surnaturels. Eh bien ! je dois enterrer mon imagination et mes souvenirs […] Le combat spirituel est aussi brutal que la bataille d'hommes ; mais la vision de la justice est le plaisir de Dieu seul[4] ! » ; « Il est donc impossible à l'âme humaine, tant qu'elle vit de la vie d'ici-bas, de voir l'essence divine[5]. »

3. De cette impossibilité humaine, de ce plaisir qui n'est qu'à Dieu seul dérivent deux nouvelles questions qui n'en font à vrai dire qu'une seule. La première pourrait nous faire arrêter ce livre à cet endroit : si le paradis céleste est à ce point indicible, si la bienheureuse vision est au-delà de nos forces et « dépasse toute compréhension et toute représentation », ne serait-il pas vain de vouloir en exprimer quelque chose ? Ne devrions-nous pas laisser le paradis derrière la porte, ne le connaissant guère que par ses coups redoublés ?

1. Saint Thomas d'Aquin, *Commentaire du Credo*, prologue, 7.
2. Lettre de Rimbaud à Paul Demeny, *op. cit.*, p. 230.
3. Saint Thomas d'Aquin, *Commentaire de l'Évangile selon saint Jean*, chap. I, n. 91.
4. Arthur Rimbaud, *Une saison en enfer*, *op. cit.*, p. 157.
5. Saint Thomas d'Aquin, *Somme de théologie*, I, qu. 12, art. 11, corp.

Les uns croiront préférable de ne plus hasarder aucune parole. D'autres proposeront au contraire quelque chose comme le dépliant d'une agence de voyage. Or, si ces derniers, en ravalant le Ciel à une contrée touristique, s'exposent au plus grand ridicule, les premiers, en le réservant à une muette transcendance, font le lit de l'agnosticisme.

On peut toutefois échapper à cette fausse alternative en faisant trois remarques : d'abord, qu'il nous soit impossible de dire ce qu'est le paradis en lui-même ne nous interdit pas de dire ce qu'il n'est pas ; ensuite, bien que nous ne puissions l'évoquer à partir de notre propre fonds d'expérience, nous pouvons cependant puiser dans l'expérience de Dieu lui-même, telle que révélée par les Écritures et la Tradition ; enfin, si nous ne voyons pour l'heure aucune de ces âmes séparées de leur corps et saisies par la vie éternelle, nous devons pourtant reconnaître que tout ce que nous voyons, étant créé par l'Éternel, en porte nécessairement le signe et la trace lointaine : dans la chenille qui ne devient papillon qu'en crevant sa chrysalide, dans la femme qui ne devient mère qu'à laisser déchirer son hymen, dans la vie en général où ce qui nous paraissait impossible hier devient subitement nôtre... Le soleil ne se fixe pas en face, cependant son invisibilité n'est pas d'un néant, mais de la source du visible – avant de nous rendre aphasique ou apophatique, il vient plutôt féconder notre parole, comme il féconda celles d'Arthur et Thomas.

4. La deuxième question est plus redoutable. La béatitude excède nos seules facultés naturelles : est-ce à dire qu'entrer dans la béatitude implique une sorte de destruction de notre nature ? Nous l'avons entendu dans le mouvement précédent : la Gloire et la Croix se rencontrent dans l'*Aujourd'hui* d'une même offrande. Or la Croix

m'est déchirante. Faut-il par conséquent que la Gloire soit un anéantissement de moi-même ? Est-elle une telle sortie de moi que je ne m'y retrouve jamais, ou encore une telle communion dans la même splendeur que nous devenions des clones extatiques ? Pour l'énoncer plus concrètement : la condition céleste est-elle si différente de ma condition terrestre qu'il me soit interdit d'y être moi-même avec mes affections particulières, de m'y promener avec mon chien, de m'amuser avec mes enfants, d'embrasser ma femme sur l'oreille gauche, de découvrir une nouvelle partie du monde, d'écrire des poésies qui touchent mon entourage – autant de choses simples et néanmoins merveilleusement humaines que semble décourager la grandeur divine ? Comment, gavés par la Sainte Face, pourrions-nous avoir encore de la place pour nous émerveiller de la trogne de Raymond ? Et comment jouer ensemble si désormais chacun connaît intégralement la donne et que la règle ne se distingue plus de la tricherie qui fait regarder dans le jeu de mon voisin ?

Tout bien considéré, que Dieu rassasie chacun de telle sorte que par avance il sache déjà tout de tous, et le Ciel abolira toute découverte et toute rencontre d'une créature à l'autre. Siffreine (ou Albertine) n'aura plus de secret pour moi, je la posséderai de fond en comble, mais cette possession sans limite sera aussi l'abolition de son altérité : ce que je tiendrai dans mes bras, ce sera son idée divine, immuable, achevée… La vision béatifique ne serait-elle que l'exaucement du jaloux qui ne supporte pas qu'autrui puisse à jamais recéler quelque mystère ?

Enfin, que sera ce repos béat, s'il nous prive d'avenir et d'action ? L'historicité ne nous est-elle pas essentielle ? N'avons-nous pas le goût des fortes tâches ? La vision béatifique apparaît comme une page d'une blancheur si aveuglante qu'elle peut nous faire l'effet d'une étendue plus désertique qu'un paysage de la Laponie. Quelque chose comme un ensevelissement dans la transparence. Ou un orgasmique tombeau.

Certains me prendront peut-être pour un esprit charnel et bas. N'importe. Si la grande clarté paradisiaque est telle qu'elle détruit la simplicité des rencontres, je préférerai encore la pénombre d'un boudoir… Que Dieu me comble et par là me confisque pour lui seul, que la saturation de sa gloire m'empêche de recevoir des autres comme de leur donner, et je ne pourrais que reprendre les mots du jeune Rimbaud pour le blasphémer en face : « Christ ! ô Christ, éternel voleur des énergies[1]… »

Mieux que le bonheur

5. Dans une lettre à sa bien-aimée Marie d'Agoult, Franz Liszt écrit ces lignes décisives pour notre questionnement : « Si nous n'arrivons pas au bonheur, c'est que peut-être nous valons mieux que cela. Il y a trop d'énergie, trop de passion, trop de feu dans nos entrailles pour nous asseoir bourgeoisement dans le possible[2]. » Ces paroles exhalent leur romantisme. Mais elles disent encore autre chose, que ce génie hospitalier de la transcription et de l'exécution transcendante explicitera en devenant « l'abbé Liszt » : Si nous sommes faits pour un bonheur « bourgeois », pourquoi tant de déchirements, de plaintes, de ruines sans fin ? N'est-ce pas l'indice que « nous valons mieux que le bonheur » ? N'est-ce pas le signe que la vraie joie use de cette violence afin que nous ne puissions plus

1. Arthur Rimbaud, « Les Premières Communions », in *Poésie 1871-1872*, *op. cit.*, p. 92.
2. Cité dans Jean et Brigitte Massin (dir.), *Histoire de la musique occidentale*, Paris, Fayard, 1985, p. 792.

« nous asseoir bourgeoisement dans le possible », mais que nous soyons élevés tragiquement jusqu'à l'inespéré ?

La vision béatifique a partie liée avec le tragique. Pour le comprendre, il convient d'admettre que ce dernier terme peut désigner aussi bien une fatalité calamiteuse qu'une « fatalité de bonheur[1] ». Du reste, les tragédies finissent bien. *L'Orestie* s'achève sur la conversion des Furies en Bienveillantes, *Alceste* sur la résurrection d'une morte aimée. Même celles où l'on finit par se crever les yeux ou être déchiqueté par sa mère scellent un dénouement heureux quoique « mieux que le bonheur » : la vérité se fait jour, la démesure horizontale de l'orgueil est matée par la démesure verticale du cri. Euripide peut conclure *Médée* aussi bien qu'*Hélène* : *À l'inattendu les dieux livrent passage. / Tel est le dénouement du drame que voilà.*

Le tragique n'est donc pas tant dans le malheur que dans le fait d'être livré à une transcendance : impossibilité d'avoir le dernier mot, obligation de finir dans un grand cri. Telle est notre vocation à la béatitude, semblable à la pierre livrée au burin : de ce qui est là pour la dégrossir et sculpter en elle un visage, elle ne sent que les coups qui la font voler en éclats, et son Michel-Ange ou son Bernin lui apparait comme un entrepreneur de démolition.

6. Au moins quatre options sont possibles pour se dérober à cette taille assidue : une matérialiste, et trois théologiques. L'option matérialiste est simple : tout finit au néant, ou du moins à la dissolution en particules élémentaires, et la vision bienheureuse n'est qu'une invention de la peur. Mais il est possible de retourner la politesse : pourquoi ce néant ne serait-il pas lui-même inventé par la peur devant cette autre mort plus exigeante – celle de se présenter devant Celui qui me scrute et sans qui je ne suis

1. Arthur Rimbaud, *Une saison en enfer*, op. cit., p. 153.

rien ? Pourquoi la réduction à la matière ne s'appuierait-elle pas sur l'effroi d'avoir à comparaître comme esprit, et donc comme personne ayant à répondre de ses actes et même de *toute parole oiseuse* (Mt 12, 36) ?

Dites Exode 33. Le Seigneur y prononce à Moïse ces mots que les gentils chrétiens oublient d'articuler intérieurement : *Aucun homme ne peut voir ma face et rester en vie* (Ex 33, 20). Nous sommes au cœur de la joie qui dérange. Voir la face de Dieu, c'est la vie éternelle (*Les hommes droits contempleront ta face*, dit le dixième psaume). Et cependant, voir sa face, c'est mourir. Voilà le paradoxe juif et chrétien : la vie éternelle est « mortelle ». Sa joie ne cesse de briser nos contentements. Sa béatitude ne laisse pas de détruire tout bonheur dont nous serions la mesure. Et si l'on veut conserver ce mot de « bonheur », y faisant sonner le heurt d'un choc avec l'heur d'une chance, il est inévitable de s'exclamer :

Le Bonheur ! Sa dent, douce à la mort[1]...

7. Trois autres options – théologiques, cette fois – tendent à effacer le tragique de la joie. La première fut soutenue au XIIᵉ siècle par Amaury de Bène (dit aussi de Chartres) : Dieu est trop transcendant pour être connu en lui-même ; la vie éternelle ne peut être que de jouir non pas de son essence incréée, mais seulement de son rayonnement créé, par exemple à travers des discours sublimes, couché sur un lit de roses et servi par soixante-douze vierges complaisantes.

La force de cette conception est de ne rien proposer qui excède notre nature : elle est présentable, en quelque sorte, et sait accrocher les imaginaires les plus plats. C'est ce qui fait tout le charme d'un certain paradis mahométan.

1. Arthur Rimbaud, *ibid.*

D'après Jâber, compagnon du Prophète et commentant sa cinquante-sixième sourate : « Les habitants du Paradis mangent et boivent sans pourtant avoir ni défécation, ni morve, ni urine. Leur repas ne provoque chez eux que des rots ayant le parfum du musc. » Et selon Abou Musa : « Il y a certainement pour le Croyant dans le Paradis une tente creusée dans une seule perle. Elle s'élève dans le ciel à une hauteur de soixante lieues. Et le Croyant y a des épouses qu'il visite successivement sans qu'elles se voient les unes les autres… » Les épouses n'ont pas besoin d'être uniques ni de se connaître, car l'essentiel ici n'est pas dans la rencontre, mais dans un état de jouissance inentravée. Et cette jouissance s'exprime à travers des images élémentaires : le harem sans accrocs, le banquet sans petit coin, la prière sans rhume, le rot qui sonne comme un accord et monte comme l'encens… C'est la raison touchante pour laquelle l'islamiste, paré pour l'attentat-suicide, se protège les parties génitales plutôt que le visage.

Mais pourquoi rejeter la vision de l'essence divine ? Ne pourrait-on pas l'intégrer de telle sorte qu'elle passe comme une lettre à la poste ? C'est l'option professée par les bégards, si ostensiblement mystiques que ça n'en est plus un mystère. Le Ciel consiste à contempler Dieu, disent-ils, mais cette contemplation correspond à une capacité naturelle de notre intelligence : « L'homme peut atteindre dans la vie présente la béatitude finale dans toute sa perfection comme il l'obtiendra dans la vie bienheureuse… L'âme n'a pas besoin de la lumière de gloire qui l'élève pour voir Dieu et en jouir[1]. »

Cette doctrine est plus spirituelle que la précédente, mais d'une spiritualité qui n'est pas effraction d'un autre Esprit, et qui pour cette raison peut tendre à mépriser la chair. Ici

---

1. Denzinger, *Enchiridion Symbolorum*, 894-895, Paris, Cerf, 1997, p. 319.

nulle grâce qui nous transperce et, dépassant notre esprit, le met en quelque sorte à égalité avec notre corps. Il s'agit de s'éthérer peu à peu à force de concentration. De quitter les attaches de la matière pour grimper un à un les degrés vers les cimes de l'intellect. La vision glorieuse s'acquiert en se coupant le nerf optique. Au lieu de cuirasser des parties désormais honteuses, on se les coupera sec, persuadé qu'ainsi délesté l'on s'envole de soi gentiment au ciel.

8. Ces deux options contraires s'appuient sur le même refus du surnaturel, et donc d'une béatitude conçue comme béance. Une troisième option semble au contraire poser l'absolu du surnaturel, mais, comme la nature s'y trouve entièrement dissoute et n'est plus là pour lui faire contrepoint, elle ne parvient de fait qu'à le naturaliser. On la rencontre dans certaines religions extrême-orientales : la vie éternelle est dissipation de l'illusion du moi et du monde dans le Grand Soi universel. C'est le bonhomme de neige qui cherche à s'unir au feu. La statue de sel qui veut connaître la mer. La brume matinale que vaporise l'approche de midi : « Je me compare au lambeau de nuage qui dans le ciel d'automne erre inutilement. Ô mon soleil éternellement glorieux ! À ton toucher ne s'est pas encore dissoute ma brume, de sorte que je ne fasse plus qu'un avec ta lumière[1]. »

Au fond, l'anéantissement dans Brahma serait assez commode. La béance ne serait que transitoire. Il n'y aurait pas à la supporter sans fin. *Je* ne serais plus là pour avoir à en sentir la morsure. *Je* n'aurais plus à aimer ni à être aimé moi-même personnellement. Je me serais débarrassé de moi, de mes gênantes entournures, de la charge d'avoir à venir à la lumière moi-même avec tous les iotas

---

1. Rabindranath Tagore, *L'Offrande lyrique*, 80, trad. André Gide, Paris, Gallimard, coll. « Poésie », 1971, p. 115.

et hiatus de mon histoire. Car il est difficile d'être toujours Fabrice Hadjadj (le lecteur peut biffer et mettre son nom en surcharge). Ça t'a quelque chose de dégoûtant, quand on songe au sale type que je suis, mais aussi d'exigeant, quand on pense à ce que le Très-Haut veut en faire. Disparu en Dieu, quoi de plus pratique ? J'en aurais fini avec la crapule que j'ai été, je ne verrais pas mon cœur dégorgeant sa souillure. Et cependant, si j'ignore ma misère, comment chanterais-je Sa miséricorde ?

La doctrine est donc inverse, mais le refus reste le même que dans les doctrines précédentes. L'anéantissement spirituel équivaut à l'anéantissement matériel, et le bonheur sans vision de Dieu à sa vision sans déchirure. Aucun ne tolère ce dérangement d'une créature étreinte par son Créateur, emportée au-delà de sa nature à partir du fond de sa nature elle-même, et donc tout ensemble mise à mort dans son orgueil et maintenue dans son identité. Jean de la Croix prend l'image d'une « plaie glorieuse » : « Les plaies causées par le feu matériel ne peuvent se guérir que par des onguents ; mais la plaie qui vient de la brûlure d'amour divin n'est guérie que par le même feu : celui-ci la guérit en la brûlant davantage… La plaie est d'autant plus glorieuse que la blessure d'amour pénètre davantage dans le centre intime de la substance de l'âme[1]. » Forcément, devant pareille gloire, on a tendance à réclamer le millier de points de suture.

Face à face (I) – De l'éternité générale à l'Éternel singulier

9. À proprement parler, l'éternité n'existe pas. Elle n'est qu'une vue de l'esprit. La foi biblique ne porte pas sur

1. *La Vive Flamme d'Amour*, II, 7-8.

cette abstraction anonyme. Elle ne cherche pas, comme les sagesses philosophiques, un *état* de tranquillité. Ce qui l'inspire, ce à quoi elle aspire, ce n'est pas l'éternité, c'est l'Éternel. Avec un É majuscule, monsieur. Parce que c'est un patronyme. Le nom d'une Personne, et même d'une communion de Personnes. En conséquence, l'éternelle vie n'est pas un état, mais une rencontre. Elle n'est pas l'entrée dans quelque chose, mais l'union à quelqu'un.

Saint Paul, comparant la vie présente à son éclosion à venir, ne parle pas de la vision béatifique comme de l'apothéose d'un savoir ni du paroxysme d'une extase. Il évoque le passage d'un miroir déformant à un visage découvert : *Nous voyons à présent dans un miroir et en énigme, mais alors ce sera face à face* (1 Co 13, 12). *Prosôpon pros prosôpon* – ce qui veut dire aussi « de personne à personne ». Mais aucune traduction ne peut rendre le son de l'expression grecque. Ses trois *pros* – en avant ! – font entendre le caractère dynamique et non pas statique de cet au-delà du miroir. Paul reste en cela, par cette expression grecque, moins grec que juif. Il ne dit pas : « Cherchez la sainte doctrine », ni « Cherchez la paix intérieure » mais, en fils de David : *Cherchez toujours sa face* (Ps 104, 4). La Vérité est relation à une Personne et non maîtrise d'un système. Sa Paix est une étreinte et non un détachement.

10. Dans le buisson ardent, Dieu se révèle à Moïse à travers ce nom « *Je suis* » : *Tu leur diras : « Je suis m'a envoyé vers vous »* (Ex 3, 14). Quoique ce nom soit très commun (n'importe qui peut dire : « Je suis »), Thomas d'Aquin en déduit qu'il s'agit non seulement d'un nom propre, mais du « nom le plus propre de Dieu » (*maxime proprium nomen Dei*[1]). Certains ont interprété cette affirmation comme un démantèlement de la Révélation dans

---

1. Saint Thomas d'Aquin, *Somme de théologie*, I, qu. 13, art. 11.

la métaphysique. Mais elle instruit en vérité un accomplissement de la métaphysique dans la Révélation. Ce n'est pas le nom propre qui est absorbé dans le concept d'être. C'est le concept d'être qui est ramené à l'irréductibilité du nom propre.

Dès lors, l'être n'est plus seulement la notion la plus universelle : il est aussi la réalité la plus particulière. Son universalité s'oppose à tout universalisme uniformisant. Sa particularité s'oppose à tout particularisme isolant. Être, c'est toujours être singulier, avoir un nom propre, ne pas être soluble dans une espèce ou dans un genre (même si le genre et l'espèce sont nécessaires pour approcher l'individu) ; et, en même temps, c'est toujours être en relation avec tous les autres singuliers, le nom propre étant ce que nous avons paradoxalement de plus commun.

L'amoureux le sait comme le poète. Le premier répète le nom de sa bien-aimée : « Monique ! Monique ! » (je suppose qu'elle s'appelle Monique). Pour nous, Monique se range sous la catégorie « gonzesse », mais pour lui c'est l'événement dont il cherche à proférer l'unicité hors classe. Aussi le trouvons-nous ridicule. Mais lui devine que ce ridicule ne tue pas, au contraire : il ressuscite, parce que c'est le ridicule de Dieu même (Dieu, en effet, ne cesse de chanter amoureusement « Monique », ou votre propre nom, ou celui de votre grand-tante, sans quoi ni vous, ni votre grand-tante ni Monique ne pourriez exister).

11. Un psaume dit de l'Éternel : *Il compte le nombre des étoiles. Il leur donne à chacune un nom* (Ps 146, 4). Un autre : *Que tes pensées sont pour moi difficiles ! Dieu, que leur somme est imposante ! Je les compte : plus nombreuses que le sable !* (Ps 139, 17-18). Chaque petit astre dans la nuit, chaque grain de sable sur le rivage, même la

plus petite tête d'épingle, le Très-Haut les connaît pour ainsi dire personnellement, et il les appelle d'un nom sans pareil. À plus forte raison pour l'homme. Dans l'Évangile selon Jean, Jésus le rappelle : *Le berger appelle chacune de ses brebis par son nom et il les mène dehors* (Jn 10, 3).

Cette découverte est un coup dur pour le « philanthrope » qui fournit une aide aux victimes d'un tremblement de terre aux antipodes mais laisse aux bons soins de l'hospice les tremblements de sa vieille mère parkinsonienne. Elle doit aussi mettre mal à l'aise l'« humaniste » qui est prêt à se sacrifier pour l'« Homme » mais ne peut supporter sa femme. Si Tocqueville nous prévient contre le « despotisme démocratique », s'il redoute cette « foule innombrable d'hommes semblables et égaux qui tournent sans repos sur eux-mêmes pour se procurer de petits et vulgaires plaisirs dont ils emplissent leur âme », c'est parce qu'il connaît sa théologie et sait que la vraie puissance n'a rien à voir avec l'égalitarisme et l'indifférenciation : « Dieu ne songe point au genre humain en général. Il voit d'un seul coup d'œil et séparément tous les êtres dont l'humanité se compose, et il aperçoit chacun d'eux avec les ressemblances qui le rapprochent de tous et les différences qui l'en isolent. Dieu n'a donc pas besoin d'idées générales ; c'est-à-dire qu'il ne sent jamais la nécessité de renfermer un très grand nombre d'objets analogues sous une même forme afin d'y penser plus commodément[1]. »

Autrement autre et uniquement unique

12. Aussi n'a-t-on pas assez approché Dieu lorsqu'on le désigne comme l'Autre (d'autant qu'un verset de l'Écriture

---

1. A. de Tocqueville, *De la démocratie en Amérique*, II, I, 3, in *Œuvres*, Paris, Gallimard, 1992, t. II, p. 523.

le désigne à l'inverse comme *le Même* ; Ps 101, 28). Le Créateur n'est pas sur le plan des créatures. Il n'est pas une super-créature qui les dominerait toutes. La transcendance est tout le contraire d'une grandeur sur la même échelle. Certes, Dieu est au plus haut des cieux ; mais il est aussi au ras des pâquerettes. Goliath est infime auprès de son immensité, et pourtant la fronde de David est assez grande pour qu'il s'y loge. Il est donc plus grand que grand et autrement qu'autre. Il sait effrayer le plus titanesque tyran, parce qu'il le tient dans sa main ; et il ne saurait écraser même la plus minuscule araignée, parce qu'il lui donne la vie. C'est pourquoi il n'est absolument pas un autre en concurrence avec les autres ou avec moi-même. Si, après avoir aimé Siffreine, je me mets à aimer une autre femme (Monique) plus intensément, je suis obligé de délaisser Siffreine ou de l'aimer moins. Mais si je me mets à aimer plus fortement Dieu, je ne peux aimer que plus profondément Siffreine, puisqu'il est son Principe, et aussi aimer Monique, et même Raymond, mais chacun comme il faut, sans tromper personne. De même, si je voulais m'anéantir en lui, il ne pourrait que me tirer du néant et me constituer encore plus en moi-même, dans ma singularité propre, puisqu'il n'est pas seulement un autre, mais mon Créateur. En dernière analyse, l'amour du Créateur, si exclusif soit-il, est inclusif de toutes les créatures. Et la plongée dans sa Vie n'est pas une noyade dans l'indistinction, mais un surgissement à la fois dans la différenciation la plus radicale et dans la communion la plus profonde.

Pour mieux l'entendre, C. S. Lewis propose cette « comparaison imparfaite » : « Imaginez des gens qui ont toujours vécu dans les ténèbres, et à qui vous expliquez ce qu'est la lumière. Vous pourriez leur dire que, s'ils viennent à la lumière, ils seront tous éclairés par la même lumière, qu'ils la réfléchiront tous et deviendront tous visibles. Ne vont-ils pas s'imaginer qu'étant baignés de la même chose et réagissant de la même manière, ils vont tous se ressembler ? Or, vous savez très bien, comme moi, que la lumière fera apparaître ou ressortir leurs différences[1]. » Le soleil n'est pas en compétition avec les choses visibles : il leur confère leur visibilité. Son lever n'uniformise pas : il fait resplendir toute la variété, tout le bariolé, tout le chatoyant des couleurs.

Dans un admirable poème, « Pied beauty », Gerard Manley Hopkins rend grâces pour cette « beauté diaprée » que l'Éternel nuance encore à mesure qu'on s'approche de lui :

> Gloire soit à Dieu pour les choses bigarrées –
> Pour les ciels de couleurs-couplées pareils à une vache à taches ;
> Pour les grains roses tout en mouchetures sur la truite qui nage […].
> Toutes les choses contreposées, originales, à part, étranges ;
> N'importe quoi de mouvant moiré (qui sait comment ?)
> Avec du vif-lent, du doux-amer, du clair-ombré…
> Il en est la source et le père, lui dont la beauté passe tout changement :
> Louez-le.

13. Si le mot « autre » appliqué à Dieu doit être pris autrement que pour les créatures, il en va de même pour le mot « un », qui doit être pris d'une manière unique. Le monothéisme peut être conçu à la manière d'un monolithe ou d'un Monoprix (ce serait à la manière d'un monokini qu'il y aurait moins lieu de se plaindre). Il ne suffit donc pas de dire que Dieu est Un. Comme le remarque

---

1. C. S. Lewis, *Être ou ne pas être*, trad. J. Blondel, Paris, Delachaux et Niestlé, 1968, p. 119.

Rémi Brague : « La vraie question serait de se demander *comment* Dieu est un, quel est le mode d'unité qui relie le divin à soi-même[1]. » Car cette unité peut être conçue comme une compacité : Dieu est d'un seul bloc, *as-samad*, l'Impénétrable, selon la cent douzième sourate. Impossible d'entrer dans la Vie divine : on se heurte à un mur. À moins qu'on ne se fonde et s'anéantisse dedans.

Mais cette unité peut aussi être entendue comme une communion : Dieu est en lui-même amour, relation du Père et du Fils dans l'Esprit. Le bloc n'a plus qu'à éclater. Nous voici rendus au singulier pluriel, aérien, musical, chorégraphique, intimement généreux. Malgré sa similitude apparente, l'expression de saint Paul : *Un seul Seigneur, une seule foi, un seul baptême* (Ep 4, 5), s'oppose radicalement au slogan nazi : *Ein Volk, ein Reich, ein Führer ! Exit* le monolithe ! L'Un n'abolit pas l'Autre. Il le désire et le recueille infiniment. En Dieu, l'absolue unité de l'Essence n'interdit plus l'absolue distinction des Personnes. Thomas d'Aquin l'exprime par une simple nuance de grammaire latine : « Nous disons que le Père est *alius* [au masculin], c'est-à-dire un autre que le Fils, et non pas *aliud* [au neutre], c'est-à-dire autre chose ; et inversement nous disons qu'ils sont *unum* [au neutre], c'est-à-dire une seule chose, et non pas *unus* [au masculin], c'est-à-dire un seul sujet[2]. »

Nous ne nous cassons plus la tête contre un mur ; nous ne nous fondons plus dans sa substance compacte ; nous entrons dans la danse (les Pères de l'Église parlent de la « périchorèse » des personnes divines, d'un verbe grec qui veut dire à la fois tourner ensemble et faire place

---

1. Rémi Brague, *Du Dieu des chrétiens (et d'un ou deux autres)*, Paris, Flammarion, 2008, p. 21.
2. Saint Thomas d'Aquin, *Somme de théologie,* I, qu. 31, art. 2, ad 4.

à l'autre[1]). Si Dieu est tel que sa propre unité n'exclut pas l'altérité, l'union la plus radicale avec lui ne peut que maintenir et renforcer Monique, ……………. ou …………… (mettre votre nom à côté de celui de la personne qui vous est la plus antipathique) dans leur diversité virevoltante. La différenciation du Fils, Verbe créateur, garantit notre différenciation éternelle : *Dieu les a prédestinés à être conformes à l'image de son Fils, afin que celui-ci soit le premier-né d'une* MULTITUDE *de frères* (Rm 8, 29).

14. Le Christ le dit à ses apôtres : *Ne vous réjouissez pas de ce que les esprits vous sont soumis, mais réjouissez-vous de ce que vos noms sont inscrits dans les cieux* (Lc 10, 20). Le triomphe de la joie n'est pas dans la domination de l'un sur l'autre, mais dans la communion de tous avec chacun ressaisi dans son identité la plus irremplaçable. L'Apocalypse déclare en ce sens : *Au vainqueur, je donnerai un caillou blanc, et, gravé sur le caillou, un nom nouveau que personne ne connaît sinon celui qui le reçoit* (Ap 2, 17). En se fondant sur ce verset, le catéchisme de l'Église catholique enseigne très sûrement : « Les élus vivent "en Lui", mais ils y gardent, mieux, ils y trouvent leur vraie identité, leur propre nom[2]. »

Dans le Nom imprononçable, chacun reçoit son nom le plus propre. Dans l'uniquement Unique, chacun amplifie son unicité. Que je me perde en « Je suis », et je suis encore plus moi-même. Le verset déjà cité d'Exode 3, 14 contient ce tour de force grammatical qui cherche à rendre le tour de tendresse divin : *Je suis m'a envoyé vers vous.* Avec cette phrase, Moïse devance de quelques siècles

---

1. Voir Emmanuel Durand, *La Périchorèse des personnes divines*, Paris, Cerf, 2005, p. 23-24.
2. Catéchisme de l'Église catholique, § 125.

Rimbaud écrivant : « Je est un autre[1]. » Elle commence par un « Je » qui n'est pas celui de qui la prononce. Cette altération n'est toutefois pas une aliénation. Elle n'efface pas le moi de Moïse : elle le constitue, lui donne une mission, déclare que l'essence de l'ego n'est pas égoïste, mais apostolique. Être soi, c'est être envoyé – par Dieu, pour les autres.

15. Ainsi *les dons et l'appel de Dieu sont sans repentance* (Rm 11, 29). Le Rédempteur ne contredit pas le Créateur. Si le Verbe s'est fait homme, ce n'est pas pour que notre divinisation soit comme une cerise sur le gâteau ni une enclume sur le crâne, ni même comme l'ajout d'un étage rempli de kérosène à notre fusée : c'est pour que cette divinisation s'opère par toutes les fibres de notre hommerie breneuse. Thomas d'Aquin en tire ce principe fondamental : « La nature n'est pas abolie par la gloire, mais accomplie[2]. » Principe que je peux énoncer de manière plus concrète : plus je serai divin, plus je serai humain ; et plus je serai en Lui, plus je serai moi-même, avec chacun de vous.

Proust insiste sur « la difficulté que j'avais à penser à ma propre mort ou à une survie comme celle que Bergotte promettait aux hommes dans ses livres, dans laquelle je ne pourrais emporter mes souvenirs, mes défauts, mon caractère, qui ne se résignaient pas à l'idée de ne plus être et ne voulaient pour moi ni du néant, ni d'une éternité où ils ne seraient plus[3] ». Et il évoque ailleurs discrètement

1. Arthur Rimbaud, lettre à Georges Izambard, 13 mai 1871, *op. cit.*, p. 224.
2. Saint Thomas d'Aquin, *Somme de théologie*, II-II, qu. 26, art. 13, sed contra.
3. Marcel Proust, *À l'ombre des jeunes filles en fleurs*, *op. cit.*, t. I, p. 555.

« cette équivoque qui fait qu'une religion parle d'immortalité, mais entend par là quelque chose qui n'exclut pas le néant[1] ». De fait, si elle revenait à la destruction de notre nature et de notre personnalité, avec ses souvenirs propres, ses affections particulières, ses amitiés et ses amours dans ce qu'ils ont de vrai, notre vie éternelle se ramènerait très exactement à rien. Elle serait peut-être même moins désirable qu'une mort totale, laquelle, du moins, ne me trahirait pas dans l'existence que j'ai vécue. Une célèbre comparaison de Leibniz permet de le bien comprendre : « Supposons que quelque particulier doive devenir tout à coup roi de la Chine, mais à condition d'oublier ce qu'il a été, comme s'il venait de naître tout de nouveau ; n'est-ce point pareil que s'il devait être anéanti et qu'un roi de Chine devait être créé dans le même instant à sa place ? Ce que ce particulier n'a aucune raison de souhaiter[2]. »

La rencontre de l'Éternel veut que je devienne radicalement autre, mais non pas un autre que moi. Elle bouleverse ma condition, mais elle ne corrompt pas ma nature. Qu'on se la présente comme une altération telle que je ne m'y reconnais plus, et elle me devient moins souhaitable que ma propre survie dérisoire dans un journal intime ou sur un chromo délavé. Les amis de Job voudraient ainsi qu'il s'écrase devant Dieu. Mais il leur répond pour toujours : *C'est moi qui contemplerai mon Rédempteur, moi-même, de mes yeux vu, et il ne sera pas étranger* (Jb 19, 27).

Connaître pour ne jamais comprendre

16. Curieusement, Liszt achève la lettre déjà citée avec cet oracle : « L'éternelle soif de la soif me consumera

---

1. *Id.*, *Sodome et Gomorrhe*, *op. cit.*, t. II, p. 862.
2. Leibniz, *Discours de métaphysique*, § 34.

éternellement. » De tels mots paraissent décrire une peine infernale. Le supplice de Tantale semble s'y substituer à la félicité des saints. Jésus n'a-t-il pas dit à la Samaritaine : *Qui boira de l'eau que je lui donnerai n'aura plus jamais soif* (Jn 4, 14) ? Mais la Sagesse de Dieu déclare d'elle-même en un autre lieu : *Ceux qui me boiront auront soif encore* (Si 24, 21). Par conséquent, la soif de la soif, laquelle est d'ailleurs comblée dans son accroissement même, apparaît comme tout à fait paradisiaque. Comment le Ciel serait-il plus beau qu'un drame, s'il n'était qu'une appétence éteinte, une pesanteur d'outre pleine, un parcage de camion-citerne ? La soif n'arrête pas de s'y étancher et donc à chaque fois s'altère pour un plus haut rafraîchissement : « Les deux choses croissent simultanément, note saint Grégoire de Nysse. La faculté nourrie par l'abondance des biens augmente, et l'afflux des biens nourrissants s'achève par une capacité de réception chaque fois accrue[1]. »

Aux bienheureux, l'éternité ne peut pas être longue, elle n'a pas *le temps* d'ennuyer, puisqu'ils en sont toujours au début : ils ne cessent pas d'en être à la fois à la plénitude de l'achèvement et à la fraîcheur du commencement, non seulement parce que l'Éternel est une pure présence débordante, mais parce qu'ils ne cessent pas d'entrer dans sa joie plus avant. Il faudrait imaginer des noces où la profondeur innombrable des jours et des nuits traversés ensemble se conjugue à la nouveauté de la première rencontre, à l'émoi de la première caresse, à l'aube des fiançailles. L'Apocalypse nous y invite : *Viens, je te montrerai la Fiancée, l'Épouse de l'Agneau* (Ap 21, 9). Au Ciel, l'épouse est encore la gracieuse fiancée, la fiancée est déjà la parfaite épouse : les noces dans l'Éternel tiennent à la

---

1. Grégoire de Nysse, *De anima et resurrectione*, in *PG*, 46, 105 c.

fois de l'immémorial et du soudain, de ce qui est toujours jeune, et de ce qui est plus ancien que le temps.

Aussi Bossuet décrit-il les paradisiaques comme « à jamais étonnés[1] ». Et saint François de Sales : « Les esprits bienheureux sont ravis de deux admirations : l'une pour l'infinie beauté qu'ils contemplent, et l'autre pour l'abîme de l'infinité qui reste à voir en cette même beauté. Ô Dieu ! que ce qu'ils voient est admirable ! mais, ô Dieu ! que ce qu'ils ne voient pas l'est beaucoup plus[2] ! »

17. C'est que « nulle intelligence créée ne peut s'élever jusqu'à connaître l'essence divine autant qu'elle est connaissable[3] ». Le face-à-face, nous l'avons vu, n'abolit pas l'altérité des natures ni des personnes. La créature en Dieu déborde au-delà de ses facultés naturelles, mais elle n'en devient pas pour autant infinie comme Dieu, ce qui serait sa destruction. Sa compréhension du mystère n'est pas inclusive. Elle en recueille une connaissance parfaite, qui va même très au-delà de sa mesure humaine, mais elle reste face à quelqu'un d'autre, qu'elle ne saurait réduire à un concept, qu'elle ne peut comprendre au sens strict. Finitude, donc, ici-haut, comme ici-bas. Mais la finitude qui sur terre est vécue comme un obstacle se vit au Ciel comme l'occasion d'un perpétuel franchissement. Embrasser vraiment l'autre, ce n'est pas l'absorber, car il ne serait plus un autre, ni se dissoudre en lui, car je ne serais plus là pour l'embrasser : c'est éprouver toujours davantage combien en se donnant il nous excède encore. Mais cet excès,

1. Cité par Jean-Louis Chrétien, *Le Regard de l'amour*, DDB, 2000, p. 207.
2. François de Sales, *Traité de l'amour de Dieu*, livre troisième, chap. XV.
3. Saint Thomas d'Aquin, *Somme de théologie*, I, qu. 12, art. 7, corp.

ici perçu négativement, comme un défaut de connaissance, sera perçu positivement, comme un surcroît.

Cette positivité vient de ce que l'Éternel n'est plus connu par l'intermédiaire d'une représentation, mais « immédiatement, à nu, clairement et à découvert[1] ». L'écart avec notre condition terrestre n'est pas seulement entre la photographie d'un être et sa présence réelle, mais encore entre sa présence devant nous et son intime pénétration. Rimbaud regrette « les temps de la grande Cybèle », dont le « double sein versait dans les immensités / le pur ruissellement de la vie infinie[2] ». Ce pur ruissellement, François de Sales le décrit pour de bon à travers une métaphore qui fait coïncider le sein et le Saint : « Ce qui surpasse toute douceur, c'est que comme les mères ne se contentent pas de nourrir leurs poupons de leur lait, qui est leur propre substance, si elles-mêmes ne leur mettent le chicheron de leur tétin dans la bouche, afin qu'ils reçoivent leur substance non en un cuillier ou autre instrument ains en leur propre substance et par leur propre substance, en sorte que cette substance maternelle serve de tuyau aussi bien que de nourriture, pour être reçue du bien-aimé petit enfançon, ainsi Dieu, notre Père, ne se contente pas de faire recevoir sa propre substance en notre entendement, c'est-à-dire de nous faire voir sa Divinité, mais par un abîme de sa douceur il appliquera lui-même sa substance à notre esprit, afin que nous l'entendions non plus en espèce ou représentation mais en elle-même et par elle-même [...] Alors seront pratiquées en une façon excellente ces divines promesses : *Esjouissez-vous avec Jérusalem en liesse, afin que vous vous allaitiez et soyez remplis de la mamelle de sa consolation, et que vous*

1. Benoît XII, Constitution « Benedictus Deus », 29 janvier 1336, in *Enchiridion symbolorum*, *op. cit.*, n. 1000, p. 335.
2. Arthur Rimbaud, « Soleil et chair », *op. cit.*, p. 62.

suciez, et que vous vous délectiez de la totale affluence de sa gloire (Is 64, 10-12)[1]. »

18. Le Saint se donne au bienheureux comme le sein de la femme à son nourrisson, sans intermédiaire, mais aussi de telle sorte que la mamelle est toujours plus grosse que la tête du petit. Maxime le Confesseur en tire cette formule remarquable : « Là-bas, Dieu sera parfaitement connu et totalement incompris[2]. » Il se révèle même d'autant plus incompréhensible qu'il est plus parfaitement connu. Car le connaître, c'est reconnaître sa source infinie, et, partant, qu'il est toujours plus connaissable qu'il n'est connu, plus aimable qu'il n'est aimé, plus louable qu'il n'est loué. Qui prétend le comprendre en son esprit ne le connaît pas, le connaît même moins qu'un athée, car un athée du moins se déclare sans Dieu, alors que ce théiste croit le posséder cependant qu'il ne tient qu'une petite idole.

La conséquence est grande pour notre désir de savoir en général. Si le terme ultime de notre science n'est pas de tout saisir jalousement en soi seul mais de nous ouvrir encore à l'amour d'un autre incompréhensible, nous devons l'admettre : elle s'achève moins dans un encyclopédisme qui domine son sujet, que dans un émerveillement qui l'adore. Sans l'horizon de cette adoration, le savoir perd sa saveur. Au lieu de grandir, il gonfle. Son hyper-intellectualisme se change en paranoïa : on se met à croire que la réalité qui n'entre pas dans notre système n'est qu'une malveillance pour nous persécuter ; on rejette cette vie ouverte à l'événement pour n'accepter que ce qui est conforme à son programme.

---

1. François de Sales, *op. cit.*, chap. XI.
2. Je tiens ce mot du père Jean-Miguel Garrigues et de son excellente retraite théologique, « La Vie éternelle », donnée à l'abbaye de Mondaye, du 4 au 9 août 2008.

Le mathématicien Laurent Lafforgue m'a parlé d'un collègue à lui, physicien, qui prétendait tout ramener à la théorie de la relativité générale : ce monde ne serait qu'une possibilité sans consistance parmi d'autres qui se réaliseraient dans d'autres dimensions ; il n'y aurait partout que des fréquences d'onde ; le temps n'aurait aucune existence. Un jour, à la cantine de l'Institut des hautes études scientifiques, Laurent Lafforgue lui demande non sans une enfantine audace : « Mais toi, est-ce que tu existes ? » Le physicien reste interdit. Quinze secondes passent devant son Flanby entamé, quinze secondes qui dans sa théorie n'existent pas, mais que son « absence » risquait bien d'étirer indéfiniment. Ce n'est pourtant sur ses traits qu'un rapide nuage : vite il se recompose une façade magistrale, d'ailleurs il n'a plus le temps, il faut qu'il retourne à ses recherches… Il comprend tout si bien qu'il ne sait même plus voir un visage.

Itinéraire de l'esprit jusqu'à mon voisin

19. Que « les âmes des saints voient l'essence divine par une vision intuitive et faciale, sans l'intermédiaire d'aucune créature dont s'interposerait la vue[1] », nous pourrions former quelque regret : n'est-ce pas une des grâces d'ici-bas que de connaître Dieu *par l'intermédiaire des créatures*, de recevoir le Christ par la main d'un vieux prêtre dépressif, d'approcher de la Trinité à travers une petite trisomique, de remonter au Tout-Puissant à partir d'une caissière d'Intermarché ? Cette vision immédiate, si elle est rencontre de l'Éternel, abolira-t-elle la nécessité de *rencontrer* son prochain ?

Sans doute peut-on préciser que voir l'essence divine, c'est voir en elle toutes choses, et donc ce prêtre dépressif,

---

1. Benoît XII, *op. cit.*

cette petite trisomique, cette caissière en blouse bleu marine, etc. Mais cela ne fait qu'aggraver le problème : si je ne les vois qu'en Dieu, n'est-ce pas comme s'ils n'avaient plus aucune consistance en eux-mêmes ? Si tout est là-bas dans une transparence absolue, et que chacun est soumis à une perpétuelle radioscopie de toute sa personne, il n'y a plus entre nous l'événement d'une opacité qui s'ouvre, l'érotique d'une âme qui se déshabille. Auprès de la pudeur d'ici-bas, la céleste évidence peut avoir l'air d'un rapt, d'une capture obscène, d'un déballage pornographique. Vision papier tue-mouche. Comment notre élan serait-il encore d'amour si nul n'est plus libre de se tourner l'un vers l'autre ? Rimbaud l'exprimait par cette question décisive : « Je veux la liberté dans le salut : comment la poursuivre[1] ? »

20. Contre cette idée d'une béatitude comme transparence totale qui abolirait la grâce de se dévoiler librement l'un à l'autre, trois raisons peuvent être invoquées.

1° Nous l'avons vu en admirant Dieu comme autrement qu'autre et unique dans sa manière d'être un. L'Éternel n'est pas à côté de Maurice ou de la caissière, il en est l'Auteur. Par conséquent, le voir sans intermédiaire ne me rend pas comme le lapin que méduse un serpent : cela me tourne davantage vers les autres dans leur altérité même. Au fond, c'est une faiblesse des choses d'ici-bas que d'avoir à nous servir d'intermédiaire. Je suis face à Siffreine : au pire, elle n'est qu'un accessoire de mon quotidien ; au mieux, elle m'est le signe de Dieu. Pour le meilleur comme pour le pire, donc, c'est une femme-objet. Objet ménager ou objet mystique, la différence n'est pas négligeable, mais quand même je ne verrais en

1. Arthur Rimbaud, *Une saison en enfer*, *op. cit.*, p. 145.

elle que l'échelle du Très-Haut, elle serait encore un marchepied. Tant que je ne suis pas comblé, j'aurai tendance à la ramener à moi, à en faire une étape du chemin, et notre relation restera trouble, partielle, intéressée toujours au bon et au mauvais sens. Mon regard ne s'arrêtera que brièvement à son visage pour aller bientôt chercher plus loin, par-dessus son épaule. Au contraire, si je suis en Dieu, je peux enfin aller vers elle pour elle-même dans son mystère concret. Le sens de la médiation s'inverse. Ce n'est plus la créature qui m'est chemin vers le Créateur, c'est le Créateur qui devient chemin vers la créature : je m'élance vers elle comme l'arbre qui après s'être élevé jusqu'au ciel ploie de toutes ses branches vers la terre *ex multitudine fructuum* – sous l'abondance de ses fruits[1].

Au reste, comme *Dieu sera tout en tous* (1 Co 15, 28), il me sera enfin possible d'*adorer* Siffreine (pas pour l'instant, ma chérie, il y a encore du chemin à faire…). Une fois qu'elle sera devenue tout entière eucharistique, Dieu l'ayant envahie de sa réelle présence, elle ne sera plus seulement un ostensoir, elle deviendra elle-même l'hostie (le disque blanc sur fond blanc pour l'heure est nécessaire à la purification de mon regard, mais un visage de femme est tout de même mieux, en l'espèce, que la petite pastille d'azyme), et je pourrai l'aimer comme si elle était la seule, puisque « Dieu semble entourer chaque âme de son amour comme s'il avait oublié toutes les autres[2] ». (« Mais alors, me fait remarquer Siffreine, tu pourras aussi adorer Ursula, Kate et même notre voisin Sylvain Gueit comme s'il était le seul ! – Oui, mon amour, et cette bondissante trisomique, et ce vieux prêtre dépressif, mais pas de la même manière que toi, et donc sans te léser, car où

1. *De Beatitudine*, attribué à Saint Thomas d'Aquin, II, 3.
2. *Ibid.*, II, 2.

règne la Justice chacun donne et reçoit selon une plénitude exacte, sans partage, qui correspond à la trame nonpareille de chaque histoire. ») La grâce d'ici-bas est de remonter de Siffreine à l'Éternel ; la gloire de là-bas est de descendre de l'Éternel vers Siffreine.

2° La vision béatifique, nous venons de le rappeler, n'est pas compréhensive. L'âme y connaît Dieu « tout entier », mais « non pas totalement » : sa finitude n'est pas annulée mais exaltée devant l'infinité inépuisable du mystère (et c'est pourquoi certains peuvent préférer les ténèbres, afin de ne pas se voir sans cesse tiré du néant et comblé par quelqu'un qui toujours plus vous dépasse). Irénée de Lyon le souligne : « Dans le Royaume futur, Dieu aura toujours quelque chose à enseigner, et l'homme toujours à apprendre quelque chose de lui[1]. » Or, ce qui reste toujours à enseigner, Dieu le communique « aux derniers par les premiers et les intermédiaires[2] ». Même si chacun ne cesse d'éprouver un accroissement, cet accroissement s'opère au sein d'un certain degré de gloire, qui correspond à l'intensité du désir avec lequel ici-bas il s'est attaché à la Vie. Ceux qui sont à un plus haut degré voient l'essence divine, mais mieux, comme qui regarderait un splendide paysage avec une plus grande acuité visuelle. Ils ne cessent dès lors d'apprendre aux autres des nouveautés sur « les secrets des mystères divins[3] ».

Cette « illumination », Thomas d'Aquin la qualifie d'authentique « paternité spirituelle » : « Puisque parmi les anges [et les bienheureux], l'un communique à l'autre la lumière, le perfectionne et le purifie, et comme ce sont là des actes hiérarchiques, il est manifeste que l'un est le

---

1. Irénée de Lyon, *Contre les hérésies*, II, 28, 3.
2. Saint Thomas d'Aquin, *De veritate*, qu. 9, art. 2, ad 1.
3. *Id.*, *Somme de théologie*, I, qu. 112, art. 3, corp.

père de l'autre, de la même manière que le maître est le père du disciple[1]. » Cette affirmation se fonde sur une parole de saint Paul à propos du *Père de notre Seigneur Jésus Christ de qui procède toute paternité au ciel et sur la terre* (Ep 3, 14-15). Elle révèle l'existence d'une paternité dans le Ciel. Le Père ne confisque pas pour lui seul le pouvoir d'engendrement : *Moi qui fais naître, empêcherais-je d'enfanter ?* (Is 66, 9). Il le confère de proche en proche. La béatitude ne serait pas assez béante si elle nous laissait stériles. Bien au contraire, ce que nous sommes appelés à enfanter en l'autre, selon une maïeutique inimaginable à Socrate, assume et dépasse le don de la vie corporelle, de l'art et de la sagesse humaine.

3° Si l'on quitte le point de vue hiérarchique pour considérer les relations mutuelles des bienheureux en elles-mêmes, il faut admettre qu'elles n'auront rien de superflu ni de forcé. Dans cette communauté, comme dans un corps, chaque membre exige la coopération de tous les autres : *L'œil ne peut pas dire à la main : « Je n'ai pas besoin de toi », ni la tête dire aux pieds : « Je n'ai pas besoin de vous. » Mais bien plutôt, les membres du corps qui paraissent être les plus faibles sont nécessaires* (1 Co 12, 21-22). Chacun étant uni à Dieu sans intermédiaire, il n'en perçoit que plus immédiatement cette nécessité de la présence des autres, puisque l'Éternel *les a choisis dans le Christ, dès avant la fondation du monde, pour être saints et immaculés devant sa face, grâce à son amour* (Ep 1, 4). Alors la rencontre ne consiste pas en une illumination, mais en une réfraction, une irisation de l'unique clarté. Même le plus petit apporte au plus grand la coloration neuve de sa manière propre, insubstituable, de recevoir Dieu. Il n'y a pas don d'une harmonie plus

1. *Commentaire de l'Épître aux Éphésiens*, ch. III, leçon 4.

haute, mais sur cette harmonie bien connue l'inédit d'une voix singulière, de son timbre et de sa mélodie bien à elle.

Thomas d'Aquin insiste : cette nécessité harmonique ne détruit pas l'improvisation de la liberté. Chaque personne est un sanctuaire, et nul autre que l'Éternel, même séraphique, ne peut la pénétrer à fond : « Ce qui est propre à Dieu ne convient pas aux anges. Or, connaître les pensées des cœurs est le propre de Dieu, selon cette parole de Jérémie (Jr 17,9) : *Le cœur de l'homme est trompeur et impénétrable. Qui le connaît ? – Moi, le Seigneur, qui sonde les cœurs et scrute les reins*[1]. » Ce que nous avons dit à propos de Dieu parfaitement connu et totalement incompris se reporte sur les élus : chacun est inépuisable, toujours plus riche et plus libre que ce qu'on en peut saisir. C'est en cela que le nom propre reste toujours au-dessus du nom commun : si haute que soit la connaissance d'autrui dans l'essence divine, elle ne diminue en rien la nécessité de se tourner vers son visage, et de mendier qu'il veuille bien dévoiler ce qu'il a de plus propre (son âme plus vertigineuse que son sexe, envaginée par Dieu, creusée à l'infini).

Face à face (II) – Entre l'archange et le pauvre Lazare

21. C'est là que la joie devient d'une autre façon dérangeante au point que certains pourraient aimer mieux l'enfer. Souvent le curé charitable prétend consoler le veuf en lui disant : « Là-bas, vous retrouverez votre femme dans le bonheur. » La promesse est guimauve pour le mécréant. Mais, pour le croyant un peu imaginatif, elle

---

1. Saint Thomas d'Aquin, *Somme de théologie*, I, qu. 57, art. 4, sed contra.

est effrayante. Je ne parle pas de la crainte assez basse d'avoir encore à se coltiner avec son épouse toute sa belle-famille : l'embarras serait encore humain. Ce qui m'appa-raît comme un embarras surnaturel, c'est qu'il s'agira moins de retrouvailles que de trouvailles, et qu'avoir Siffreine ou Micheline en gloire n'est pas tout à fait la même chose que de les avoir aux fourneaux. Tous nos micro-chantages quotidiens, toutes nos petites manipu-lations domestiques, tous nos faux-semblants d'attention et d'amour seront désormais impossibles. Siffreine sera peut-être plus encore à mon service, non pas comme je le veux, cependant, mais comme le veut la suprême bonté douée de la suprême puissance, en sorte que le mari sera si comblé qu'il s'exclamera très probablement : *Où donc aller, loin de ton souffle ? Où m'enfuir, loin de ta face ?* (Ps 138, 7)

Sans aucun doute, dans la mesure où elles furent géné-reuses et vraies, nos affections terrestres ne pourront au Ciel que fleurir et multiplier leurs fruits. Catherine de Sienne en a reçu d'en haut la certification : « Les saints participent tout spécialement au bonheur de ceux qu'ils aimaient sur la terre[1]. » Pour Thomas d'Aquin, dans « la patrie » est aimé davantage celui qui est le plus proche de Dieu, et donc la Vierge Marie plus que sa propre femme ; mais c'est pour ajouter aussitôt : « Il arrivera toutefois que chacun aimera celui qui lui fut conjoint pour plu-sieurs autres raisons ; car, dans l'âme du bienheureux, les motifs d'une dilection honnête ne sauraient jamais cesser[2]. » Les raisons en sont simples : la gloire ne détruit pas la nature, et il est dans la nature de l'homme que ce qu'il aima de son cœur et son corps lui soit intimement

---

1. Catherine de Sienne, *Dialogue*, I, 41.
2. Saint Thomas d'Aquin, *Somme de théologie*, II-II, qu. 26, art. 13, corp.

tressé fibre à fibre – *ils ne sont plus deux, mais une seule chair* (Mc 10, 8). L'âme séparée du corps n'est pas un pur esprit : elle conserve son empreinte charnelle, et les inclinations propres à ses amours sensibles, pourvu qu'ils aient été investis d'une vraie bonté, ont ramifié en elle des canaux que la pleine lumière ne pourra qu'irriguer à neuf.

Mais cela ne diminue en rien le problème. Autant la difficulté, ici-bas, peut être que la charmante princesse se change en mégère qu'il s'agit tendrement d'apprivoiser. Autant la difficulté, là-bas, sera que la mégère se changera en déesse, et que ce ne sera pas le rouleau à pâtisserie qui sera dans sa main, mais la foudre de Zeus. Notre veuf frayait hier avec une bonne femme, et c'était assez commode, en dépit des inconvénients. Il lui faudra demain communier avec une femme bonne, inimaginablement, et c'est là d'une terrible exigence.

22. D'une part, la compagnie de saints très supérieurs à soi, avec, qui pis est, une Vierge à leur tête, peut paraître très humiliante : à ce royaume parmi de grands voyants, le borgne peut toujours préférer un empire parmi les aveugles. D'autre part, si la divine miséricorde est insondable, le risque est très grand de subir l'éternelle compagnie de ceux qui nous furent les plus antipathiques, et même de quelques ennemis majeurs… Ce qui, pour celui qui n'a pas fait miséricorde, reste impossible à avaler.

L'hymne grégorienne *In Paradisum*, qui se chante au moment de l'absoute, au-dessus du cercueil, s'achève avec cette requête à fois solennelle et ironique : *Que t'accueille le Chœur des Anges et qu'avec le pauvre Lazare tu trouves le repos éternel.* En cette seule phrase sont réunis les deux extrêmes de l'effroi. On se souvient des premiers vers des *Élégies de Duino* :

… qu'un ange soudain
me prenne sur son cœur : trop forte serait sa présence
et j'y succomberais[1].

Quel embarras, donc, que d'être accueilli par le chœur angélique, et plus spécialement par cet ami sans trêve négligé dont le sourire sans reproche me sera un reproche d'autant plus cinglant : mon ange gardien ! Mais, plus embarrassant encore : « trouver le repos éternel avec le pauvre Lazare ». Qui c'est, ce type-là ? Même pas Lazare de Béthanie, le frère de Marthe et de Marie Madeleine, le miraculeux revenu des morts, mais l'autre miteux, le déchard de la parabole, le mordillé des clebs : *Il y avait un homme riche qui se revêtait de pourpre et de lin fin et faisait bombance chaque jour, et il y avait un pauvre, nommé Lazare, qui gisait près de son portail, tout couvert de plaies. Il aurait bien voulu se rassasier de ce qui tombait de la table du riche Mais les chiens venaient lécher ses plaies* (Lc 16, 19-21). Alors voilà, le Ciel, normalement, c'est le banquet éternel, mais l'hymne m'assure *in fine* que j'y jouirai de la compagnie de ce crève-la-faim, celui-là même que je laisse à la porte de mes banquets terrestres. Et c'est avec ce répugnant que je devrais trouver le repos ?

23. Dans un poème intitulé « L'élue en paradis », Marie Noël campe une jeune bienheureuse qui aperçoit d'un coup, se baladant aux prairies élyséennes, le pécheur qu'elle avait aimé et qui l'avait bassement délaissée pour une autre. Le Seigneur lui déclare : « Sois heureuse ! Tes Ave / à grand'larmes l'ont lavé. » Mais l'embêtant, c'est qu'il se promène justement avec la fille, l'autre pour

---

1. Rainer Maria Rilke, *Poésie*, trad. Armel Guerne, Paris, Seuil, 1972, p. 315.

laquelle il l'avait quittée, et que leur tendresse mutuelle se montre là sans fard dans une cristallinité imprévue. Oh ! sans faute, elle avait prié pour eux deux, la bonne chrétienne, mais comme pour des méchants, des damnés probables, persuadée que l'un avec l'autre ils roulaient sur la mauvaise pente, ne pensant pas que leur amour avait quelque vérité. Or la voici exaucée au-delà de ses espérances, intolérablement :

> Entre eux le regard nouveau
> De l'âme à l'âme si beau,
>
> Si doux !… Peut-être, ô mon Dieu,
> Peut-être vous feriez mieux,
>
> Pour demain plus long qu'hier,
> De m'envoyer en Enfer[1].

24. Aller au Ciel, donc, ce n'est pas seulement trouver ceux que nous avons aimés, mais aimer ceux qui nous parurent méprisables, acquiescer à la promotion des ouvriers de la dernière heure, entrer dans la fête donnée pour la pauvre cloche, l'enfant prodigue, les marmiteux et hurluberlus de tous bords. C'est être reçu par le plus antipathique devenant pour nous spécialement le maître de maison : ayant été pour moi le plus repoussant sur la terre, il était le commissionnaire du Ciel, celui que le Seigneur avait placé là comme une digue pour faire monter le niveau de ma charité. C'est aussi accepter de voir tel pécheur pour qui nous avions prié soudain plus haut que nous : à la dernière minute il s'ouvrit au plus grand abandon, tandis que nous, bons pratiquants, nous prétendions

---

1. Marie Noël, *Chansons de mortes*, in *L'Œuvre poétique*, Paris, Stock, 1969, p. 546-547.

devant Dieu nous targuer de nos nombreuses dizaines. Car, si le bourreau doit admettre qu'il ne pourra recevoir sa joie que des mains de sa victime, le bienfaiteur doit souffrir que son protégé, en dernier lieu, le protège.

Cette condition paradisiaque, impossible de s'en réjouir sans une rude préparation. Si ma vie à venir consiste à voir face à face ce Lazare qui à présent me dégoûte, j'ai intérêt, dès à présent, à surmonter ma sensibilité électrique, et à l'aimer comme il est aimé par Dieu, sans quoi mon éternité céleste se changera en une perpétuité infernale. Un tel intérêt n'est pas un pari égoïste ni une contrainte humanitaire ; c'est la libération, ici et maintenant, de la plus haute poésie : que dans cette gueule cassée, cette trombine obséquieuse, ce faciès délictueux, cette hure grossière et même ce joli minois, je voie l'affleurement de la Sainte Face !

Causer avec Dieu

25. L'expression « vision béatifique » est trompeuse. Surtout en une époque de téléspectateurs. On pourrait s'imaginer dans un fauteuil à assister au mystère divin comme à un grand show. Voyeur. Passif. Avec des chips. Ne supplie-t-on pas Dieu de nantir les fidèles défunts d'un « repos éternel » ? Leur *transitus* ne devrait-il donc pas aboutir à un transat ? Ceindre l'auréole, à se coincer la bulle ? Ô paradis d'une paresse qui ne serait plus honteuse ! Ô amour de hamac bercé par la brise des hosannah ! Certains jours de grande fatigue je n'escompte plus d'autre éternité qu'une très longue cure de sommeil. Au reste, si par « paresser » l'on entend non pas un vautrement bestial mais quelque très haut loisir, comment ne serait-ce pas une attitude céleste ? Dieu n'a-t-il pas sanctifié le chabbat ?

Cependant, le chabbat n'est pas un repos d'inertie, mais de fête. C'est un agir sans labeur mais non sans profondeur, une invention sans peine mais non sans plénitude, un enfantement sans le tripalium du travail, certainement, mais non sans l'offrande radicale de soi. Une *Requies* qui est aussi un *Exsultet*. Ainsi l'infinie génération du Fils par le Père dans la joie de l'Esprit. L'Éternel est « Acte pur », selon le beau mot d'Aristote. Et les bienheureux participent à la pureté de cet acte qui de l'effort ne retient que l'énergie limpide d'un concerto de Mozart, la force fluide d'une tragédie de Racine, la grandeur libre de la dantesque *Comédie*. C'est dans son *Paradis* que le poète est saisi par la vie la plus vive : danse, musique et rire du Ciel sont d'une tension si excessive que le visiteur qui n'aurait pas d'abord *blanchi sa robe dans le sang* (Ap 7, 14) y serait réduit en poussière. De fait, dans l'Apocalypse, les mœurs du Royaume ne sont pas représentées comme le « cérémonial figé d'une cour orientale » : « Avec quelle rapidité l'imagerie céleste brusque le rythme : on y trouve tout, jusqu'aux batailles livrées dans le ciel, les chants de triomphe, les noces, les villes animées jour et nuit, remplies de fleurs et d'arbres chargés de fruits[1]. »

26. Goethe n'est donc pas que faustien quand à un ami il déclare : « Je dois avouer que je ne m'intéresserais pas à la béatitude éternelle, si elle ne me proposait pas de nouvelles tâches et de nouvelles difficultés à vaincre. Mais on y aura certainement pourvu[2]… » Il rejoint Thérèse de Lisieux : « Je compte bien ne pas rester inactive au ciel, mon désir est de travailler encore pour l'Église et pour

---

1. Hans Urs von Balthasar, *La Dramatique divine*, Namur, Culture et Vérité, 1993, t. IV, *Le Dénouement*, p. 374.
2. Lettre de Goethe à von Müller, 23 septembre 1827, cité par Hans Urs von Balthasar, *op. cit.*, p. 367.

les âmes, je le demande au Bon Dieu et je suis certaine qu'il m'exaucera. Les anges ne sont-ils pas continuellement occupés de nous sans jamais cesser de voir la face divine, de se perdre dans l'océan sans rivage de l'Amour ? Pourquoi Jésus ne me permettrait pas de les imiter ? Si je quitte déjà le champ de bataille, ce n'est pas avec le désir de me reposer[1]. »

Ceux qui sont dans la paix ne sauraient être des déserteurs. Ceux qui sont dans les hauteurs ne sauraient oublier ceux qui se traînent en bas. Car ce sont des hauteurs d'amour, et l'abaissement est le signe de leur magnificence. Pour témoignage de cette vérité, notre cher docteur de l'Église, qui est une demoiselle et qui n'a pas vingt-trois ans, Thérèse, renvoie à la parole du Christ : *Gardez-vous de mépriser un seul de ces petits, car, je vous le dis, leurs anges dans les cieux contemplent toujours la face de mon Père qui est aux cieux* (Mt 18, 10). Le « car » de ce verset nous transporte en un lieu surprenant : c'est la conjonction de coordination de la terre et du ciel. Attention aux petits de ce bas monde *car* ils ont pour gorilles les plus grands de la cour divine. *Car,* contempler la face du Très-Haut, c'est prendre soin des minus. Le béatifique n'exclut pas le microscopique. La vision céleste est encore action terrestre. Il y a du laboureur dans l'archange : « Moi qui me suis dit mage ou ange, dispensé de toute morale, je suis rendu au sol, avec un devoir à chercher, et la réalité rugueuse à étreindre ! Paysan[2] ! »

27. Il est beau de penser que la hiérarchie ultime est une hiérarchie d'amour, et donc une hiérarchie d'intercession. Y est le plus élevé celui dont la vigilance s'étend sur le

---

1. Thérèse de Lisieux, lettre 254, au père Roulland, 14 juillet 1897.
2. Arthur Rimbaud, *Une saison en enfer, op. cit.*, p. 157.

plus grand nombre et descend le plus bas. Dès lors, celui qui se trouve au dernier degré de l'échelle, non seulement est aussi comblé selon la mesure subjective (son dé à coudre est aussi débordant que le lit du fleuve), mais reçoit encore objectivement le plus d'attentions. Les plus élevés dans la hiérarchie ne le sont que de descendre auprès de lui.

Voilà pourquoi, selon Dante, la petite Piccarda est si joyeuse : elle se trouve au « ciel de la lune », le moins haut du paradis, parce que c'est celui des âmes qui manquèrent à leur vœu ; et, en même temps, elle est au ciel empyrée, le plus haut du paradis, parce que l'Éternel est *tout en tous* et que la Vierge Marie, reine des cieux, la prend sur ses genoux comme son enfant chérie. Si les cercles de l'enfer sont exclusifs et dans une rivalité d'orgueil, les ciels du paradis sont inclusifs et dans une conspiration d'humilité. Les premiers y sont les plus proches des derniers, et donc plus proches du dernier échelon que ceux-là mêmes qui s'y trouvent.

28. De ceux qui sont au Ciel, on dit qu'ils *intercèdent* pour nous. Mais on ne mesure pas le secret contenu dans ce verbe « intercéder ». Prier pour autrui apparaît ici-bas comme un pauvre geste de pauvre pour un autre pauvre. Cette dévaluation est due à l'écart entre la parole et le pouvoir direct sur la matière. La parole constitue notre essence la plus profonde, notre différence spécifique, et cependant ses actes n'ont guère d'emprise immédiate sur les corps : pour balayer, pour embrasser, pour tirer de la noyade, pour parer un coup, il faut y ajouter du muscle et se taire. Ah ! si une supplique pouvait arrêter la violence brute, si un poème pouvait envelopper la femme plus sensiblement que nos quatre membres, si une invocation pouvait sauver un enfant malade… Juste avant la communion,

le fidèle du Verbe incarné demande : *Dis seulement une parole et je serai guéri.* Cela vaut pour la Parole divine, créatrice et recréatrice. Pour la nôtre, elle rentre généralement bredouille. Ce qui est en nous le plus essentiel n'est pas le plus saisissant. Et de cette faille irréductible peut sortir la fuite dans la force muette ou le rêve de la formule magique : la brute épaisse ou l'apprenti sorcier.

Mais il peut aussi en naître la profondeur de la prière : une parole à nu qui s'en remet à la Miséricorde. Ici-bas la prière sincère associe obscurément le pauvre au gouvernement divin. Elle est comme Joseph vendu par ses frères et accusé par Madame Putiphar, mais qui devient, à l'insu de tous, l'intendant des trésors royaux. Elle est comme l'épouse *frappée, blessée, le voile arraché par les gardes de la ville* (Ct 5, 7), mais que l'Époux voit *terrifiante comme des bataillons en marche, renversante comme les chars d'Aminadab* (Ct 6, 4… 12). Sa puissance se dérobe, on ne la *voit* pas, et Staline peut se moquer : « Le pape, combien de divisions ? » Mais Léon Bloy répond avec la communion des saints : « Le temps n'existant pas pour Dieu, l'inexplicable victoire de la Marne a pu être décidée par la prière très humble d'une petite fille qui ne naîtra pas avant deux siècles[1]. » Et Kierkegaard, songeant à une lavandière dont la supplication monte vers le Ciel, en arrive à cette conclusion d'archi-Archimède : « Approprie-toi au Christ et un point hors du monde t'apparaîtra à partir duquel tu pourras mouvoir le ciel et la terre ; et même tu feras cette chose plus merveilleuse encore : tu mettras le ciel et la terre en mouvement si facilement et si silencieusement, que nul ne s'en apercevra[2]. »

---

1. Léon Bloy, *L'Âme de Napoléon*, Paris, Gallimard, 1983, coll. « L'imaginaire », p. 240.
2. Kierkegaard, *Vie et Règne de l'amour*, trad. P. Villadsen, Paris, Aubier-Montaigne, 1952, p. 152.

Celui qui prie *cause* avec Dieu. Et le merveilleux, c'est que plus il le fait humblement, plus le Seigneur lui obéit : *Tu ne repousses pas, ô mon Dieu, un cœur brisé et broyé* (Ps 50, 19). Il ne s'agit plus alors de causerie, mais de causalité. Sa parole humaine devient le canal de la puissance divine. La Cause première de toutes choses agit à travers ce mendiant à la sébile trouée. Si l'Éternel, dans sa libéralité, nous accorde bien des choses sans que nous les demandions, la chose la plus grande qu'il puisse nous accorder, c'est justement la pauvreté d'une demande expresse, parce qu'alors nous ne sommes pas que les récipiendaires, mais aussi les collaborateurs de sa grâce.

29. Mais le pouvoir de la prière reste pour nous obscur et partiel. Et ce n'est pas qu'une question de foi. C'est aussi que nos propres intentions nous échappent : comme le pharisien de la « parabole du pharisien et du publicain », nous pouvons faire d'une prière apparente un moyen d'orgueil et de mépris ; comme le lévite de la « parabole du bon Samaritain », nous pouvons exciper de la messe à dire pour ne pas secourir physiquement le passant blessé. Les mains jointes sont parfois le prétexte des bras ballants.

Cette incertitude se dissipe heureusement dans les cieux. Les mains jointes y sont des bras actifs, des jambes diligentes, des mobilisations générales. L'âme étant tout entière dans la Parole créatrice, son intercession devient l'acte de tout son être et coïncide avec une intervention plus que musclée : « C'est la charité qui nous fait prier pour autrui. Plus parfaite est la charité des saints qui sont dans la patrie, plus ils prient pour ceux qui sont encore en pèlerinage ; et plus ils sont unis à Dieu, plus leurs prières sont efficaces[1]. » Dans l'invisible, ce qui pour nous est invi-

---

1. Saint Thomas d'Aquin, *Somme de théologie*, II-II, qu. 83, art. 11, corp.

sible se révèle absolument évident. Prier n'y est plus cette discrète activité des lèvres et du cœur, aux résultats aussi incertains que spirituels, mais quelque chose d'aussi physique qu'un combat de boxe ou qu'une étreinte d'amour.

30. Ainsi, tout bienheureux, par le débordement causal de sa contemplation, « passe son ciel à faire du bien sur la terre ». Ce petit garçon qu'on retrouva électrocuté dans son bain, voici qu'il est un père pour ses parents ici-bas, et qu'il participe à la providence de leur vie – mais ce n'est pas pour les dorloter, non, c'est pour les disposer à être martyrs. Et cette petite fille retrouvée en trois sacs à la déchetterie ? Elle règne désormais sur l'avenir de son bourreau et combine les événements qui le feront aborder au gouffre du repentir. Et cette vieille bigote qui agonisa sans personne, et qu'on découvrit dix jours après, son chapelet comme un très gros ver luisant au milieu de la menue vermine ? Elle préside aux destinées de son voisinage oublieux. « À chaque bienheureux est manifesté dans le Verbe ce qu'il sied qu'il connaisse des événements qui nous concernent[1] », et il peut ainsi pourvoir à nos besoins, ménager les nécessaires concours de circonstances, suggérer les pensées décapantes et les angoisses foreuses, participer à l'orchestration des hasards et des entrefaites qui doivent nous conduire à la décisive épreuve. Car, quand l'Église affirme qu'un petit est au Ciel, cela ne saurait être, à moins d'un malentendu, une consolation mondaine. S'il accompagne les siens, c'est d'abord vers la croix et le coup de lance au cœur.

Pour sûr, un ange gardien ne ferait pas trois jours dans une bonne maison. On le congédierait bientôt pour maladresse ou cruauté : « Vivriez-vous avec un ange que vous auriez fâcheuse opinion de nombreux faits et gestes, faute

1. *Ibid.*, art. 4, ad 2.

d'en saisir le sens profond[1]. » Tant que nous ne voyons pas ce que voient les bienheureux et que le fil de nos vies indémêlé demeure, leurs faveurs ne pourraient nous apparaître que comme des agressions, leurs perches tendues, autant de verges pour nous battre. Le quiproquo est inévitable. Si c'est par un baiser que Judas livre le Christ, c'est probablement par une saignée qu'ils vont secourir les pécheurs. Ils nous ouvrent la gorge, et comme nous ne soupçonnons pas la tumeur qu'ils veulent nous extirper, nous les prenons pour des assassins. Comment ne finirions-nous pas par les qualifier de *possédés de Béelzéboul* (Mc 3, 22) ? C'est pourquoi ils sont en quelque sorte forcés d'être invisibles. D'ourdir notre salut en traîtres. De comploter notre résurrection comme un meurtre de sang-froid.

Le Temps retrouvé (I) – Surprise de l'amour

31. Cette communion des cieux à notre histoire nous conduit à nous interroger sur les rapports de la vie éternelle et du temps. Certains pourraient croire à sa disparition totale. Les bienheureux seraient immutables et l'on ne parlerait de manière temporelle à leur sujet que par métaphore. Mais, là encore, cette promotion merveilleuse serait leur désintégration. D'une part, la pure éternité est un attribut qui s'identifie à l'essence divine : une créature peut y participer, mais non pas la posséder sans reste, à moins d'être le Créateur. D'autre part, l'historicité fait partie de notre nature : la gloire peut la transfigurer, mais non pas la détruire, à moins de ne glorifier personne. Certes, un temps qui s'étirerait péniblement comme le nôtre ne peut que donner le sentiment d'une condamnation à perpétuité ;

1. Saint Jean de la Croix, *Les Mots d'ordre*, Solesmes, 1999, p. 53.

mais une éternité qui annihilerait toute suite imprévue ne peut que nous paraître suffocante.

Que des créatures déjà entées dans la vision bienheureuse puissent découvrir des événements autres que l'événement éternel, une parole d'Évangile l'atteste assez nettement : *Ainsi, je vous le dis, il naît de la joie chez les anges de Dieu pour un seul pécheur qui se convertit* (Lc 15, 10). L'affirmation est trois fois paradoxale. Non seulement une joie nouvelle surgit dans les cieux, non seulement les anges la tirent d'un événement qui a lieu sur la terre, mais, plus incroyable encore, ils tirent cette joie du changement opéré dans l'âme d'un pécheur. Nous venons de l'observer avec Thérèse de Lisieux : la vision du Très-Haut n'interdit pas une ouverture à la plus basse histoire humaine. Mais il s'agit à présent de considérer la réciproque : comment les péripéties de notre bourbier se répercutent en événements dans le paradis – ou comment, de manière générale, le paradis ouvre à des événements plus purs et plus foisonnants que jamais.

Nous avons parlé d'accroissement, de rencontre, de liberté, ce qui suppose une succession d'actes. Or là où il y a succession, avant et après, passage de l'un à l'autre, il y a temporalité encore. Il ne s'agit sans doute pas de ce temps matériel qui passe sans nous, en dehors de nous : ce mouvement du soleil dont on ne peut arrêter la course, cette giration d'une trotteuse que l'impatience essaie vainement de hâter. Il s'agit d'un temps spirituel, agi et non subi, qui se dilate et se contracte selon l'andante ou l'allegro de notre chanson. Disons même qu'il s'agit du vrai temps, avec sa flèche fonçant infiniment sur sa cible. Fin de ces montres qui tournent en rond, de ces pendules qui vont et viennent, de ces heures sans liturgie, quantitatives, avec leur sac de sable de 3 600 secondes. C'est à présent le temps qui se reçoit de source et s'offre comme un fleuve, ne perdant jamais sens, n'interrompant point sa course.

32. Nous faisons déjà sans cesse l'expérience d'une triple durée : celle du jour, celle du vécu psychique, celle de l'intelligence. Le jour s'écoule de manière continue, selon un rythme indépendant de nos humeurs : le tic-tac de l'horloge bat uniformément. Mais il n'en va pas de même avec le poum-tac du cœur : la durée vécue nous place dans une temporalité discontinue, qui varie avec nos intentions, s'allonge ou s'abrège avec nos sentiments. D'aller de la pensée de Fernande à celle de Lulu implique un changement et donc une certaine temporalité discrète, distincte de celle des horloges, mais aussi le passage d'une durée limpide à une durée grumeleuse, parce que Fernande est belle jeune femme et Lulu votre sévère inspecteur des impôts. Que mon esprit soit à une réalité joyeuse, et l'espace se dilate, et le temps se fluidifie : la petite chambrette avec ma bien-aimée me fait l'effet d'un palais spacieux et les heures s'y égrènent comme une seule coulée lumineuse. « Je n'ai pas vu le temps passer », dit-on alors, et ce n'est pas qu'on a dormi ou que l'on fut inerte, mais l'activité fut si heureuse qu'elle apparaît comme un avant-goût de l'éternel. Que je sois au contraire dans l'angoisse, et l'espace se contracte, et le temps se coagule : le soleil ne chasse pas ma nuit, la prairie la plus vaste ne peut que m'oppresser encore, et l'aiguille des secondes semble être coincée comme une arête en travers de ma gorge. « Ça n'en finira donc jamais », et ce n'est pas qu'il se soit écoulé plus de quelques minutes, mais la vie est si entravée qu'elle paraît s'enfoncer dans une sempiternité qui est le contraire de l'éternel…

Enfin, la fine pointe de notre intelligence se tient en quelque façon en dehors des temps matériel et psychique (elle est dans cette durée que la théologie médiévale nomme *œvum*), et c'est pourquoi elle est capable de saisir confusément les essences intemporelles des choses sensibles : ce qu'est en général le triangle, l'homme ou le rhododendron, indépendamment de leurs réalisations individuelles et changeantes.

Cette triple durée de l'homme n'est pas abandonnée, mais surélevée au Ciel. La lumière de gloire dilate l'intelligence jusqu'à la vision immédiate de l'Éternel, mais cette dilatation rejaillit sur ses actes créés, successifs, sans les dissoudre. Il y a donc, par-delà une éternité participée, un temps paradisiaque où se situent les relations de créature à créature, et même, après la résurrection des corps (dans la mesure où un corps implique nécessairement un certain espace-temps), un autre temps cosmique qui, plutôt que de contenir les corps, se déploie à partir d'eux, comme il semble déjà arriver ici-bas avec la danse. Tous les bienheureux sont unis dans la splendeur de l'Unique, et cela leur donne d'entrer dans des relations diverses mais jamais adverses, d'unique à unique, dans un temps entièrement soumis à leur liberté. Il y va comme d'une session de free-jazz qui, au lieu de tourner à la cacophonie, s'accomplit dans la plus belle symphonie concertante. Le *tutti* n'y interdit pas le solo ni le duo ni la musique de chambre. *Que votre cœur cesse de se troubler… Dans la maison de mon Père, il y a plusieurs demeures* (Jn 14, 1-2). Et chaque demeure ne cesse d'être surprise par de nouveaux accords qui échappent des demeures voisines, à partir de la fondamentale harmonie. Ce n'est pas qu'une unanime bacchanale à la Rubens, ce sont aussi des intérieurs à la Vermeer. Ce n'est pas qu'une allégresse immédiate, c'est aussi une « ardente patience » : « Recevons tous les influx de vigueur et de tendresse réelle. Et à l'aurore, armés d'une ardente patience, nous entrerons aux splendides villes[1]. » Le don de l'Éternel à chaque bienheureux serait bien avare s'il interdisait les dons d'un bienheureux à l'autre dans un avenir imprévisible bien que sans menace et dans une intimité choisie quoique sans exclusion.

Temps retrouvé (II) – Le passé plus présent qu'hier

33. La question du temps dans la vie éternelle peut se considérer soit par rapport au passé, soit par rapport à l'avenir. Qu'en sera-t-il de notre mémoire de notre carrière terrestre ? Sera-t-elle derrière nous, comme ici-bas à mesure que les ans s'accumulent, ou sera-t-elle devant ? Thomas d'Aquin l'observe : « L'éternité, bien qu'existant tout entière simultanément, embrasse tous les instants du temps[2]. » Le verbe « embrasser » (*ambire*) est à prendre au sens fort d'un embrassement passionné, chaque instant n'ayant jailli du sein de la Trinité qu'à partir de son unique acte d'amour. C'est en ce sens que Léon Bloy pouvait écrire : « Tout ce qui arrive est adorable. » Et il portait cette certitude : « L'Histoire est comme un immense Texte liturgique où les iotas et les points valent autant que des versets et des chapitres entiers, mais l'importance des uns et des autres est indéterminable et profondément cachée[3]. »

Mais n'y a-t-il pas quelque ambiguïté à vouloir archiver le moindre chouïa de nos vies ? Christian Boltanski a prétendu bâtir son œuvre sur cette folle tentative : « Se conserver tout entier, garder une trace de tous les instants de notre vie, de tous les objets qui nous ont côtoyés, de tout ce que nous avons dit et de ce qui a été dit autour

---

1. Arthur Rimbaud, *op. cit.*
2. Saint Thomas d'Aquin, *Somme de théologie*, I, 14, 13.
3. Léon Bloy, *op. cit.*, p. 15.

de nous[1]… » Aujourd'hui, avec les possibilités indéfinies d'enregistrement et de stockage que procure l'informatique, le projet devient accessible à n'importe qui, et quand on pense combien papy et mamy pouvaient nous désoler avec la séance diapositives de leurs vacances à Marbella, on peut à peine imaginer l'accablement des fils de notre génération, croulant sous le poids des archives familiales, persécutés par des parents entièrement numérisés sur zip. Nous le sentons alors : tout mémorial est mausolée, toute reconstitution ne parvient qu'à confirmer le crime. Et Boltanski, tout entier requis par la tâche de conserver sa vie, néglige de la vivre, n'en retient que la part photographiable, se plonge dans le formol, préfère ses fossilisations à ses élans, semblable à ces obsédés du journal intime qui finissent par construire leur journée en fonction de ce qu'ils pourront en noter le soir, et rejettent systématiquement l'événement comme le grain de sable qui enrayerait leur machine typographique.

34. Le problème n'est pas tant celui d'une fixation intégrale du passé que d'une vraie présence du présent. Or que se passe-t-il dans la vision glorieuse ? Ce n'est pas que les moments passés nous soient redonnés, fût-ce avec la précision saisissante d'un divin tirage. C'est qu'ils nous sont enfin donnés en source, dans la plénitude de leur présence. Il faut inverser la proposition platonicienne : « Apprendre, c'est se ressouvenir. » Au Ciel, se ressouvenir, c'est apprendre, découvrir à neuf. Car cette réminiscence est antérieure au souvenir lui-même, non pas au point de vue chronologique, mais au point de vue hiérarchique. Elle se place en amont de l'histoire, quoiqu'elle advienne en aval de cette vie. Elle nous place au lieu de cette origine qui est avant tout commencement.

1. *Art Press*, supplément au n° 363, janvier 2010, p. 52.

« L'âme verra à découvert chaque don émanant de la fontaine divine, sans s'écouler comme le ruisseau de sa source, mais demeurant intégralement en Dieu, comme un flambeau qui ne perd rien de sa lumière lorsqu'il la communique à d'autres. Aussi ses dons sont-ils toujours nouveaux, puisqu'en lui il n'y a ni passé ni futur, mais que tout est présent. Ce qu'il a donné une fois, il le donne toujours[1] », et il le donne au Ciel de manière plus neuve que la première fois. La présence du présent, quoique toujours inépuisable, s'y offre sans réserve. L'instance de chaque instant s'y délivre enfin : « Les choses seront plus les mêmes qu'autrefois[2]. »

Aussi est-ce dans l'au-delà que l'ici-bas trouve toute sa consistance, dans la vie éternelle que s'accomplit le « Temps retrouvé », et même trouvé, saisi dans ce qu'il a de plus fuyant : cette marelle dans la baie de Sidi Bou Saïd à laquelle je jouais à cinq ans avec une petite fille dont j'ai oublié le nom ; cet après-midi sur le quai de l'Arsenal, où je lisais à Flop mes poèmes entre des pages d'Henri Calet ; ce jeudi 27 janvier 2000 à 20 h 43, première rencontre avec Siffreine, au Café de la Mairie, place Saint-Sulpice ; enfin tous ces moments d'amitié morts et qui ne veulent pas mourir, mais aussi tout ce qui passa inaperçu, ces regards furtifs, ces gestes inaboutis, cette croisée des passants auxquels nous n'avons pas donné réponse, tous ces instants que nous n'avons jamais pu pleinement vivre parce qu'ils cédaient toujours la place à d'autres ou s'effaçaient sous nos préoccupations…

1. *De beatitudine*, attribué à Saint Thomas d'Aquin, I, 3.
2. Paul Verlaine, « Kaléidoscope », in *Jadis et naguère*.

Le mal retourné

35. Notre vocation à l'Éternel, saint Paul la fait correspondre avec la mission non pas de mépriser, mais de *racheter le temps* (*exagorazein ton kairon* – *kairos* désignant le temps non pas comme période indéfinie, mais comme moment décisif). Et il ajoute : *Car les jours sont mauvais* (Ep 5, 16). Or qu'en sera-t-il des trop mauvais jours ? Pour les heures d'angoisse et d'horreur, quelle assomption possible ? Peut-on racheter le viol et l'égorgement d'une petite fille ? Peut-on racheter les ongles retournés avec plaisir, les dents arrachées à vif, les petits bouts de bois enfoncés dans les oreilles, le pal introduit avec une lenteur savante, le gaz moutarde, le plomb fondu, le nœud coulant, les radiations qui désagrègent l'une après l'autre les cellules ? Dieu ne peut pas faire que cela n'ait pas eu lieu sans se contredire : comment peut-il donc faire que cet acte ne serve pas à l'accuser sans fin ?

Pour Ulysse déguisé en naufragé, le porcher Eumée a ces mots de réconfort : « Il est agréable, une fois sauvé, de se rappeler les épreuves passées[1]. » Mais de tels mots n'ont de sens que pour l'aspect positif de l'épreuve, dans la mesure où elle aura servi à faire resplendir la patience des justes et à corriger les vices des méchants. Que dire cependant de ces coups qui brisèrent au lieu de relever et ne parurent sans autre issue que de se jeter par la fenêtre ? Il y a là quelque chose qui nous échappe. Ce que l'on peut en dire, seulement, c'est ce que saint Augustin rappelle : « Dieu, qui est le bien suprême, ne permettrait d'aucune manière qu'il y eût du mal dans ses œuvres, s'il n'était tellement bon et tout-puissant que du mal même il puisse tirer le bien. » Et saint Thomas de commenter d'une façon

1. Homère, *Odyssée*, XV, 400.

qui, au lieu de la résorber, aggrave la tension dramatique :
« Donc, que des maux soient permis afin d'en tirer des
biens, cela se rattache à l'infinie bonté de Dieu[1]. »

Les abominations ne limitent en aucune manière la bonté
divine, au contraire, elles finiront par en dévoiler le caractère
infini. Le pire sera encore une preuve que Dieu est meilleur ; bon au point de communiquer, avec la possibilité de
haïr, la capacité d'un amour méritoire ; puissant au point
d'accomplir sa volonté avec ce qui va contre sa volonté.
Mais cette vérité ne peut s'entendre que dramatiquement :
« La providence engage ses enfants dans des embarras de
toute espèce où la prudence humaine, qui ne voit et n'imagine aucune ressource pour en sortir, sent toute sa faiblesse et
se trouve courte et confondue. C'est là que la fortune divine
paraît dans tout son éclat ce qu'elle est à ceux qui sont tout à
elle, et les dégage plus merveilleusement que les historiens
fabuleux, livrés à tous les efforts de leur imagination dans
le loisir et secret de leur cabinet, ne démêlent les intrigues
et les périls de leurs héros imaginaires qui arrivent toujours
heureusement à la fin de leur histoire[2]. » Il y va comme dans
ces drames géniaux où le dénouement final est aussi évident
qu'improbable. Non pas *deus ex machina*, mais *deus de deo* :
ce à quoi nous n'avions pas pensé, et qui, soudain, quand
il se révèle, présente une cohérence si extrême qu'il nous
semble qu'il ne pouvait pas en être autrement. Le théâtre ne
cesse de nous en fournir la métaphore. Surtout quand il finit
au plus mal. *L'Illusion comique* le rappelle en son dernier
acte : la tragédie la plus désespérante se transforme toujours,
après la fin, en joyeux salut des acteurs.

---

1. Saint Thomas d'Aquin, *Somme de théologie*, I, 2, 3, 1.
2. *L'Abandon à la Providence divine*, chap. IV, autrefois attribué à Jean-Pierre de Caussade, Paris, Desclée de Brouwer/Bel-
larmin, 2005, p. 67-68.

36. Bien sûr, dans le merdier où nous sommes, et parce que nous y enfonçons plus que le pied gauche, ce retournement de situation peut nous apparaître artificiel et plaqué, série B et non pas point oméga. Nous ne tenons pas tous les fils de la trame. Nous ne voyons que l'envers sombre de la tapisserie. L'intrigue de ma vie n'est pas bien claire parce qu'elle se tisse aux innombrables de toute l'Histoire. Sa nouure se perd par-delà la nuit de ma conception ; son issue se cherche par-delà la nuit de ma mort. Et c'est pourquoi ma mort, non seulement laissera mille choses sans dénouement, mais risque fort de ne pas même trancher un quelconque nœud visible. Aucune fin conclusive, comme dans les films. Mon élan sera coupé net, ma vocation avortée, à peine un balbutiement vite étouffé par un bâillon de terre. Indice que ma vie n'est pas que la mienne et s'enchevêtre à toutes les autres depuis le commencement du monde et jusqu'à la fin des temps. Comment, si le rideau s'est levé avant moi, puis-je espérer qu'avec moi il tombe ?

Ce n'est donc pas seulement mon drame, mais l'écheveau de milliards, où le moindre grain de poussière aura joué son rôle, qui doit rencontrer, après des accords fugitifs et des dissonances innombrables, sa cadence parfaite. Certains films nous donnent quelque aperçu de cet ordre pour nous tout en fragments, prismes et lacis (je pense à *Magnolia* de Paul Thomas Anderson, à *Collision* de Paul Haggis, et surtout à *21 Grammes, Babel* ou *Terre brûlée* d'Alessandro Gonzales Iñarritu et de son scénariste Guillermo Arriegas) : cela commence avec des bribes d'histoires éparses, sans rapport entre elles, selon une chronologie déstructurée, entraînant des gens de classe et de nation différentes que des milliers de kilomètres séparent ; mais voici que peu à peu les pièces du puzzle s'assemblent et qu'à la fin, ce qui ne paraissait que chaos de Babel devient choral de Bach, dévoile plus bouleversant que la splendeur d'un corps féminin : la nudité d'un Corps mystique, chaque vie unie organiquement à l'autre et lui servant de contrepoids dans une balance sublime et une tendresse plus forte encore.

Imaginez la même chose à l'échelle de l'histoire universelle, servie par l'Esprit qui créa Corneille et Shakespeare : comment l'existence de Raymonde Clapier, agent de télémarketing à Noisy-le-Sec, sera intimement reliée, entre autres, à celle de Jeanne d'Arc ou de Cléopâtre ; comment la carrière de François Burnehaut, plombier au Plan-d'Aups, sera foncièrement canalisée à celle du roi dahoméen Doguicimi ou de la femme de l'empereur Hiro-Hito (mais aussi à la vôtre en passant par celui vers qui tout converge) ; et mieux encore, pourquoi cette si torturante envie d'uriner qui prit Olivier Trotobas dans un RER B bondé par les grèves, entre Châtelet et Gare du Nord, alors que la belle Geneviève Consac lui souriait pour la première fois – tracas peut-être moins explicable qu'une grande agonie, parce qu'il envahissait tout en dépit de son insignifiance, et qui néanmoins avait sa fonction décisive dans ce scénario sans rature écrit avec nos propres libertés. Car une telle intrication ne signifie pas que ma vie n'est qu'une pièce infime dans une machination presque infinie, mais qu'elle se révélera d'autant plus unique qu'à travers elle se jouent les conséquences et le couronnement d'incalculables destins.

37. Pour l'heure, les pièces du puzzle sont dispersées, le modèle général de l'ensemble n'est donné que dans la foi en ce dénouement déjà accompli : la résurrection du Crucifié, et son ascension comme le rebondissement à la fois le plus cohérent et le moins prévisible. Dans la vision bienheureuse, ce sont les actes de toutes les vies sur tous les plateaux de l'histoire qui doivent déboucher en pleine lumière, comme à cette scène ultime où reviennent

tous les personnages, ou comme lorsque les comédiens s'avancent sur le proscénium en se tenant la main, sous des ovations qui vont de l'orchestre au paradis. Mais voilà, une telle foi ne nous épargne pas l'abîme. Bien au contraire, puisqu'elle repose sur cette logique du drame : la joie sera d'autant plus grande que le nœud aura paru plus impossible à démêler.

Croire que nous pourrions, à vue humaine, anticiper d'emblée sur l'issue heureuse ou malheureuse, c'est rabaisser le génie scénaristique de l'Éternel à quelque étiage hollywoodien. Exalter son génie scénaristique, au contraire, c'est admettre que pour l'heure nous n'y comprenons rien et n'espérer que *contre toute espérance* (Rm 4, 18). Ce n'est pas l'incroyant, c'est le prophète qui déclare : – *Jusques à quand, Seigneur, vais-je t'appeler au secours et tu n'entends pas, crier contre la violence, et tu ne sauves pas ! Pourquoi m'obliges-tu à voir l'abomination et tu restes là à regarder notre misère ?* Et le Seigneur lui répond : *Voyez parmi les nations, et regardez, soyez stupéfaits et stupides ! Car j'accomplis de vos jours une œuvre que, si on vous la racontait, vous ne croiriez pas* (Ha 1, 2-5).

L'avenir après l'avènement

38. La vie éternelle ne sera donc pas une fusion grandiose ni une splendide récapitulation. Dieu peut-il être mon espérance parce qu'il me dira un jour : « Tu n'as plus d'avenir » ? Le Jugement dernier mettra un terme à nos petites histoires, mais pas à l'Histoire. À la question : « quel avenir peut exister encore si tout est advenu ? », nous pouvons à présent répondre. Si la chose peut nous paraître si impossible, sans doute est-ce à cause de notre familiarité avec le péché, et parce que nous sommes marqués par Hegel et

Marx : nous n'arrivons pas à concevoir une histoire sans mal, sans résistance, sans lutte de classes, sans négatif à dialectiquement dépasser. Comme Hegel l'écrit au seuil de sa *Phénoménologie de l'esprit* : « La vie de Dieu semblerait se dérouler comme un jeu de l'amour en soi ; mais il tourne volontiers à l'édification pieuse ou même à la fadeur, s'il ne rencontre pas le besoin de surmonter une aliénation[1]. »

L'issue nous apparaît comme une impasse en raison d'une même et seule erreur : celle de concevoir le paradis selon une logique du manque, et non une logique de la surabondance. Car, pour conférer un élan, ce qui tient lieu de mieux que du négatif, c'est l'hyperpositif de l'événement divin. Le négatif, au fond, n'est qu'entrave, retard, emberlificotement vain : ce qui emporte dans l'histoire la plus vive, ce n'est pas de surmonter le malheur, mais de ne cesser de surmonter son bonheur dans une joie plus haute, *de gloire en gloire* (2 Co 3, 18). « La vie du ciel, puisque Dieu demeure dans l'éternité le "mystère à la fois sacré et dévoilé", n'est pas moins riche en tensions ni moins dramatique pour autant, que l'existence terrestre avec ses obscurités[2]. » C'est que des obstacles d'obscurité sont loin d'être aussi entraînants que des paliers de lumière.

39. Être plongé dans la Vie trinitaire, nous ne le dirons jamais assez, c'est participer à la fécondité divine. Dante le rappelle encore. Les trois parties de sa *Comédie* finissent toujours avec le même mot, « *le stelle* », mais pour le faire résonner à chaque fois plus fortement : au sortir de l'*Enfer*, il s'agit de « revoir les étoiles » ; au sortir du *Purgatoire*, de « monter » vers elles. De quoi peut-il s'agir à la fin du *Paradis* ? « Ici la haute fantaisie n'en peut plus. »

1. Hegel, *Phénoménologie de l'Esprit*, préface, I, 18, trad. J. Hyppolite.
2. Hans Urs von Balthasar, *op. cit.*, p. 374.

Plus que jamais, et pour jamais, la voix du poète se brise. Plus question ici de revoir à distance ni de monter jusqu'à atteindre physiquement. À présent, ce qu'il faut, c'est être transfiguré en cet amour qui « *fait se mouvoir* le soleil et les autres étoiles ». « Ô fécondité de l'esprit et immensité de l'univers[1] ! » Chaque paradisiaque peut dire pour de bon : « Je devins un opéra fabuleux[2]. » Car tous détiennent le pouvoir de créer des mondes uniques et de se les offrir l'un à l'autre : pour toi, mon amour, un bouquet de soleils avec leurs systèmes de planètes ; un désert avec son oasis où l'on reconnaît ton visage ; une ville dont toutes les fêtes chantent ton nom. Je pense à ce savoir pratique dont Michaux sentait l'urgence : « La science dont nous avons le plus urgemment besoin, c'est *celle qui nous montrera comment créer des civilisations[3].* » Telle est la vision bienheureuse. En Dieu, chaque rencontre invente son rituel de noces, chaque salutation inaugure son folklore séculaire, chaque regard échangé ouvre un pays avec sa faune et sa flore neuves.

Et tout cela n'est rien encore auprès de la participation à l'aventure infinie en elle-même. Car « l'Esprit informe l'âme et la rend capable de produire en Dieu la même spiration d'amour que le Père accomplit dans le Fils, et le Fils dans le Père, c'est-à-dire l'Esprit Saint[4]. » C'est de cette respiration de l'Esprit dans l'âme glorifiée que procède le pouvoir de communiquer des univers. Chacun entre dans cette lumière qui fait naître la lumière, dans ce vrai Dieu qui engendre le vrai Dieu, mais il le reçoit aussi des autres et le leur communique, avec sa signature originale, avec

1. Arthur Rimbaud, *Illuminations*, *op. cit.*, p. 182.
2. *Une saison en enfer*, *op. cit.*, p. 153.
3. Henri Michaux, « Préface à l'édition américaine d'*Un barbare en Asie* », *op. cit.*, p. 412.
4. Saint Jean de la Croix, *Cantique spirituel*, strophe 38, 3.

la nuance propre qu'il peut seul ajouter. Ce que Proust attribue à l'art des grands génies, le paradis l'accomplit en chacun de ses enfants. Voilà pourquoi il n'est pas un ailleurs que nous atteindrions à tire-d'aile, mais ce visage qui réinvente le monde pour de bon, ce regard qui se livre jusqu'à recréer pour moi, sous son jour surprenant, la vie : « Des ailes, un autre appareil respiratoire, et qui nous permissent de traverser l'immensité, ne nous serviraient à rien. Car si nous allions dans Mars et dans Vénus en gardant les mêmes sens, ils revêtiraient du même aspect que les choses de la Terre tout ce que nous pourrions voir. Le seul véritable voyage, le seul bain de Jouvence, ce ne serait pas d'aller vers de nouveaux paysages, mais d'avoir d'autres yeux, de voir l'univers avec les yeux d'un autre, de cent autres, de voir les cent univers que chacun d'eux voit, que chacun d'eux est ; et cela nous le pouvons avec un Elstir, avec un Vinteuil [admettons que ce sont noms de bienheureux désormais], avec leurs pareils, nous volons d'étoile en étoile[1]. »

40. Dans son avant-propos à la *Critique de l'économie politique*, et juste avant de l'achever, l'air de rien, sur un distique de Dante, Karl Marx pronostique la fin de l'économie bourgeoise en ces termes : « Avec ce système social c'est donc la préhistoire de la société humaine qui se clôt[2]. » Je suis entièrement d'accord avec lui. Nous n'en sommes encore qu'à la préhistoire de la société humaine. Et cela, jusqu'à la fin de ce qu'on nomme communément « histoire ». C. S. Lewis prenait à ce propos une comparaison suggestive : un homme débarque dans un pays splen-

---

1. Marcel Proust, *La Prisonnière*, *op. cit*, t. III, p. 210.
2. Karl Marx, *Critique de l'économie politique*, trad. M. Rubel et L. Evrard, in *Œuvres*, Gallimard, coll. « Bibliothèque de la Pléiade », t. I, p. 274.

dide, mais à peine pose-t-il le pied sur le rivage qu'il glisse et se casse une jambe. Notre histoire terrestre se résume à ce temps où l'aventurier gémit sur le sable et cherche à réduire sa fracture. Quant à l'histoire céleste, c'est quand il se relève enfin pour explorer la contrée merveilleuse.

« Nous ne sommes pas des cavaliers accomplis, commente Lewis avec une autre image, mais seulement des élèves à l'école d'équitation. » Nous n'avons pas encore quitté le manège, et nos montures ne sont pas bien dressées. Tantôt le cheval renâcle, tantôt il s'emballe, et nous voici encore à glisser sur la selle, quand ce n'est pas à manger la poussière avec les cervicales en compote : « Pour la plupart d'entre nous, les chutes, les contusions, les muscles endoloris et la sévérité de l'exercice l'emportent de loin sur les rares moments où, à notre surprise, nous avons trotté sans terreur et sans catastrophe[1]. » La grande chevauchée est encore à venir – l'Histoire enfin libérée des convulsions du manque et des piétinements de l'envie, non plus *sound and fury,* mais *laus et jubilatio...*

> Ah ! Que le temps vienne
> Où les cœurs s'éprennent[2] !

1. C. S. Lewis, *Réflexions sur les psaumes*, trad. D. Ducatel, Le Mont-Pèlerin (Suisse), Raphaël, 1999, p. 138.
2. Arthur Rimbaud, « Chanson de la plus haute tour », *op. cit.*, p. 121.

Intermède IV :
Bernin ou la résurrection
à coups de marteau

Je leur enlèverai du corps leur cœur de pierre,
et je leur mettrai un cœur de chair.

Ézéchiel 11, 19.

L'effondrement du Ciel

Ça se passe au XVIIᵉ siècle. Le beau cosmos dantesque
se casse la figure, ou plutôt retombe comme un soufflet.
Héritant de la philosophie stoïcienne et de l'astronomie
ptolémaïque, les chrétiens ont longtemps cru cet article
qui n'était pas de foi : un univers bien hiérarchisé, la
Terre au centre ; puis les huit sphères de la Lune, Mercure, Vénus, le Soleil, Mars, Jupiter, Saturne et les étoiles
fixes ; enfin, imperceptibles à l'œil, deux autres sphères
sublimes, celle du « premier mobile », dont la cadence
primordiale donne *la* et tempo à la ronde harmonieuse
des précédentes, et celle de l'« empyrée », « ciel supérieur, qui est d'une clarté pure, simple et incorruptible,
principe, source et fondement de tout ce qui est corporel,

[…] ayant pour ornement Dieu lui-même, avec les anges et les saints[1] ». Il y a de quoi s'étonner de cette *localisation* des purs esprits et des âmes bienheureuses. N'est-elle pas au moins aussi inepte qu'une spéculation sur le sexe des anges ? À la question : « Où va l'âme une fois séparée de son corps ? », saint Augustin avait répondu de manière définitive : « L'âme ne peut s'en aller dans un lieu à moins d'avoir un corps et, sans corps, elle ne peut être transportée dans un lieu. » Quand même la lourdeur de ses péchés la vouerait à dégringoler dans la géhenne, l'évêque d'Hippone n'est pas moins catégorique : « L'enfer est une réalité non pas spatiale, mais spirituelle[2]. »

Malgré cette évidence, la pente médiévale sera toujours de localiser nos séjours ultimes. Reste de paganisme ? Plutôt refus de tout dualisme séparateur. Si l'échelle de Jacob se raccorde au *Songe de Scipion*, c'est parce que l'essentiel est de comprendre que le spirituel n'est pas un songe, mais une réalité bien concrète, cernable, hyperphysique – en somme, quelque chose qui *a lieu*. Dante étage donc les degrés de son Paradis selon les sphères concentriques de la cosmologie en vigueur : les bienheureux forment dans l'empyrée comme un sein maternel qui porte l'univers, et l'Amour n'est pas une effusion sentimentale et subjective, mais cette suprême puissance cosmique qui « meut le soleil et les autres étoiles ». De là l'ample respiration cathédralisante du Moyen Âge, la flèche de Chartres tirée au zénith, les trente-quatre mètres de hauteur sous voûte de Notre-Dame de Paris. Vivre comme ça, avec les élus par-delà le firmament, au-dessus de sa tête, et les damnés en deçà de kilomètres de boue, juste sous ses semelles, voilà

---

1. Ruysbroeck l'Admirable, « Le Royaume des enfants de Dieu », cité par Jean Delumeau, *Une histoire du paradis*, t. III : *Que reste-t-il du paradis ?*, Paris, Fayard, 2000, p. 53.
2. Saint Augustin, *De Genesi ad litteram*, livre XII, chap. XXIII.

qui vous élonge votre homme, le polarise de pied en cap, installe ses démarches dans un espace ordonné religieusement. Le visible et l'invisible sont en continuité d'aplomb. L'imaginaire peut faire le lien entre la matière et l'esprit. L'espérance, nourrie par ces images concrètes, peut vous tenir au ventre : le paradis et l'enfer ne sont pas des abstractions théologiques, mais la porte à côté, l'auberge en haut de la colline ou la fondrière près de l'ornière…

Et puis, patatras ! Que s'est-il passé ? Comment en est-on arrivé à pouvoir dire : « Le silence éternel de ces espaces infinis m'effraie » ? Et pourquoi cette localisation des âmes du temps jadis nous semble-t-elle à présent si puérile ? De nos jours, les Cieux ne se trouvent plus nulle part. Youri Gagarine peut se moquer de Dante. Adieu la topographie paradisiaque. Et l'espérance, privée de destination spatiale, amputée de tout imaginaire positif, devient à tel point poussive et hagarde qu'elle peut se croire heureuse de ronger l'os du pari de Pascal, ou de nourrir de politiques utopies.

Devant cet effondrement, un nom vient immédiatement à la mémoire, celui de Galilée. Car le travail de sape n'est pas venu du dehors, mais de l'intérieur du christianisme, avec ce Galilée qui fait expressément dériver sa pensée de sa foi dans le Dieu de Jésus *le Galiléen* (Mt 26, 69). Selon lui, la nature est un grand livre écrit par le Créateur, ce qui induit deux conséquences opposées. D'une part, le monde est plus lisible que ne le croyaient les Grecs : il obéit à des lois simples et géométriques, dignes de l'élégance de son Auteur. D'autre part, les cieux les plus hauts sont soumis aux mêmes lois que le plancher des vaches : la verticale demeure sous l'horizon de la matière changeante. À propos des taches solaires rapprochées par son télescope, Galilée fait cette observation qui détruit aussi sec l'idée de sphères de plus en plus immuables et cristallines à mesure qu'on s'élève : ça pourrit même là-haut, jusque dans le soleil où « ce sont des générations et des corruptions plus importantes que toutes celles qui sont sur la terre[1] ».

En 1633, comme chacun sait, Urbain VIII le fera condamner pour son héliocentrisme – hou ! le pape obscurantiste et réactionnaire ! On se le représente aisément, pontife momifié sous sa triple tiare et, face à lui, le sémillant astronome qui s'exclame sous cape : « *Eppur si muove !* » Et pourtant, quelques années en arrière, alors qu'Urbain n'était que le cardinal Maffeo Barberini, Galilée le jugeait assez éclairé pour lui dédier son livre fondamental, *L'Essayeur*. Contrairement aux clichés que se forge une postérité amnésique, le souverain pontife reproche avant tout à l'astronome de ne pas tenir sa théorie pour une simple hypothèse (et, de fait, qui croit aujourd'hui que le Soleil est au centre de l'univers ?) et de mettre les questions de physique au-dessus des questions métaphysiques (le salut de l'homme n'est-il pas plus *central* qu'un agrégat d'hydrogène et d'hélium ?). Car, pour le reste, Urbain VIII est lui-même un sacré essayeur. Et un amoureux de ce qui tourne.

En cette même année 1633, il fait achever le baldaquin de la Basilique Saint-Pierre. L'auteur de ce chef-d'œuvre ? Un jeune artiste que le pape admire comme le grand don de la providence à son pontificat : Gian Lorenzo Bernini. Pour couronner la tombe du prince des apôtres, ce qu'il érige, ce ne sont pas des piliers imperturbablement droits, mais quatre colonnes hélicoïdales, danseuses du ventre, pirouetteuse du fût. Il récidivera trente-trois ans plus tard. Avec à présent le pape Alexandre VII aux commandes, le sculpteur devenu vieux réinvente une jeunesse à la chaire de saint Pierre – chaire où se proclame le Verbe fait chair. Le trône

1. Galilée, *Dialogue sur les deux grands systèmes du monde*, cité par J. Delumeau, *op. cit.*, p. 415.

pontifical y apparaît non pas fixe et hiératique, mais volant, valsant entre quatre évêques qui pivotent sous un tourbillon de fesses et de cuisses d'anges. Cette Terre tournante qu'il rejette en tant qu'idéologie, Urbain VIII la déclare en tant qu'esthétique. Le Cavalier Bernin est sa vraie réponse dans l'affaire Galilée. Avec lui, le Ciel effondré devient la chance d'un nouvel imaginaire du Paradis – « résolument moderne ». N'affirme-t-il pas comme une préface à toute son œuvre future : « L'homme n'est jamais aussi semblable à lui-même que lorsqu'il est *en mouvement*[1] » ?

Une matérialité à l'impossible

Voulez-vous un cours d'astronomie berninienne ? Voyez sa *Vérité dévoilée par le Temps* : entre le pouce et l'index de sa main droite, elle soulève le soleil comme ce qui ne sert qu'à éclairer la joie de sa mise à nu. Voyez encore cette autre *Vérité*, flanquant le tombeau d'Alexandre VII ; cette fois elle le presse chastement entre son épaule et son sein, le soleil, comme ce qui n'a d'autre vocation que de clarifier les traits de son visage. Et le globe terraqué ? L'une et l'autre le tiennent sous leurs orteils gauches, à la manière d'un ballon de foot. Tel est l'enseignement de ces deux planétariums charnels : le Soleil tourne autour de la Vérité, tandis que la Terre ne se meut que sous son pied agile. Et qu'est-ce ici que la Vérité ? Un corps vraiment céleste, pour le coup, c'est-à-dire un corps de femme. Reconnais-le, ami cosmologue : autour de quel corps gravite réellement ton désir ? Une naine blanche ? Une supernova ? La Galaxie ? Un trou noir ? Non, mais le corps d'une fille d'Ève, avec ses rondeurs qui quintessencient les

---

1. Cette parole du Bernin constitue l'exergue du grand livre de Philippe Muray sur Rubens.

merveilles des planètes et des astres (disons le corps d'une Vierge infiniment plus attirante que sa constellation). Combien de spécialistes de la relativité générale ont senti leur univers se courber devant une cambrure, se concentrer sur un visage, comme si c'était le référentiel absolu, être aspiré par un entrejambes, comme dans le trou noir le plus complet ? Ainsi la *Vérité* que le Temps dévoile est une géante espiègle aux hanches larges, entièrement découverte, hormis un dernier repli d'étoffe qui lui cache un sexe plus grand que nature. Ce reste de voile devrait tomber sous le seul effet de la pesanteur. La fin des temps sera pour ce vertige : voir le sein par où voulut passer l'Éternel…

Résolument moderne, ai-je dit. Entendez : profondément tridentin. Bernin connaît son catéchisme : « Que personne ne s'imagine que par le Premier Commandement Dieu défend la peinture, la sculpture et la gravure. Car nous lisons dans la Sainte Écriture que sur l'ordre de Dieu même les Hébreux firent des figures et des images, par exemple les Chérubins et le serpent d'airain. […] Le Pasteur aura donc soin de déclarer que de telles images servent à rappeler certaines propriétés et certaines opérations qu'on attribue à Dieu[1]. » La charte de son art tient en ces quelques lignes. À quoi s'ajoute une piété à l'école d'Ignace de Loyola. Jamais notre Cavalier n'entreprend un voyage sans se munir de ses *Exercices spirituels.* Leur irremplaçable vertu ? D'être aussi des exercices sensibles. Quand Jules Michelet, dans son *Histoire de France,* aborde au phénomène jésuite et à cet Ignace au grand nom pas charmant, le voici qui renâcle, trépigne, dénonce la « mécanique de l'enthousiasme » : « Rien de plus grossier, de plus antispiritualiste qu'une telle institution. Les *exercices* s'y font moins par l'idée religieuse ou le sentiment que par la légende, par le détail historique et physique de

---

1. *Catéchisme du concile de Trente*, chap. 29, § 5-6.

telle scène qu'on doit se représenter, par l'imitation ou reproduction des circonstances matérielles, etc. On doit, par exemple, percevoir l'enfer successivement par les cinq sens, la vue du feu, l'odeur du soufre, etc. La matérialité y va parfois jusqu'à l'impossible. Comment se représenter *par le goût et l'odorat,* comme il le demande, la suavité d'une âme imbue par l'amour divin[1] ? »

Michelet voudrait qu'on s'en tienne à « l'*idée* religieuse » ou, à la limite au « sentiment » intérieur. Mais Bernin croit à la résurrection des *corps,* et donc au mystère des *sens.* Aussi le reproche de Michelet aux Jésuites caractérise-t-il excellemment son œuvre : une matérialité à l'impossible. Rendre l'enfer sensible et, par-dessus tout, faire toucher le paradis, tout ce qui paraît obscène à « l'idée religieuse » comme au « sentiment » éthéré, telle est la rigueur qui s'impose d'emblée au jeune Gian Lorenzo. À vingt ans, il taille deux têtes : une ricanante et caravagesque *Anima damnata,* et une *Anima beata* souriante et raphaélite. À vingt-trois, c'est son incroyable *Enlèvement de Proserpine,* avec son maître des enfers qui arrache au-dessus du sol la jeune déesse du Printemps. Et voilà déjà l'astrophysique berninienne qui se déclare à travers la lutte amoureuse et tournoyante de ces deux corps divins : le dévissé de leurs nudités blanches annonce les torsades du baldaquin de Pierre.

Anti-Méduse : la pierre changée en chair

On l'a donc jugé trop pathétique, trop sensuel, trop théâtral, trop extraverti, trop maniériste, trop baroque, trop païen, enfin trop, toujours trop... Ce brave Hyppolite

---

1. Jules Michelet, *Renaissance et Réforme, Histoire de France au XVIe siècle*, Paris, Robert Laffont, coll. « Bouquins », 2005, p. 395.

Taine, dans son *Voyage en Italie*, l'assimile à une épidémie de concupiscence : « Bernin a infesté la basilique Saint-Pierre de statues maniérées qui se déhanchent et se font des grâces. Tous ces géants sculptés qui se démènent avec des visages et des habits demi-modernes, et qui pourtant veulent être antiques, font le plus piteux effet. On se dit, voyant cette procession de portefaix célestes : "Beau bras, bien levé. Mon brave moine, tu tends vigoureusement la cuisse. Ma bonne femme, ta robe flotte convenablement, sois contente."[1] » On comprend le choc : le Français entre dans ce haut lieu de la chrétienté, il s'attend – conformément à la double influence sur lui du rationalisme et du jansénisme – à de l'ascétique et de l'impassible, et voici que la nef en partance lui met du galbe et de la danse plein la vue.

J'ai moi-même instruit ce procès naguère. Avec le cavalier Cavalier me semblaient perdus l'hiératisme et la concentration du Moyen Âge, la pureté et l'immobilité de l'Antique. Mais quoi ? *Si muove*, redisons-le. Rien désormais n'est plus stable, le sol tangue, le ciel titube, le cosmos passe à la centrifugeuse. De cette défaite de l'intemporel, Bernin sait dégager la fête à venir. Le céleste n'est plus au firmament ? Qu'à cela ne tienne ! Nous le trouverons à fleur de chair. Comme avant lui Rubens, son frère en peinture, comme après lui Mozart, son cousin en musique, Bernin se livre au fleuve d'une joie incarnée. Mais il a sur eux cet avantage : le musicien n'œuvre qu'avec des sons aériens, le peintre avec des fluides huileux ; le sculpteur, lui, se confronte à la matière la plus résistante : le marbre froid, le travertin lourd, la pierre si peu réactive aux gestes de la main nue, le bloc si peu disponible à recevoir une forme de l'esprit.

Fidélité au matériau ? C'est le grand thème ancien et contemporain : « L'anecdote de Michel-Ange retournant

---

1. Hyppolite Taine, *Voyage en Italie*, Paris, 1880, p. 23.

visiter un bloc de marbre comme pour le consulter de temps en temps sur ce que lui-même souhaitait devenir, symbolise une vérité profonde. La matière aspire à la forme dont elle est la possibilité[1]. » Sans doute. Mais, en tel cas, il ne s'agit pas d'une aspiration *connaturelle*. Le bloc de carrare n'ira pas de lui-même former une pietà. Pour qu'en émerge une telle douceur, il faut taper dessus, y aller avec l'outillage propre à briser sa suffisance obtuse. Qu'on se souvienne de la très juste remarque du sculpteur Henry Moore : « La fidélité au matériau ne devrait pas être un critère d'évaluation d'une œuvre d'art, sinon un bonhomme de neige fait par un enfant serait plus digne d'éloges qu'un Rodin ou un Bernin[2]. » Le propre de l'art plastique est d'introduire dans le matériau une forme sur-naturelle, c'est-à-dire qu'il n'aurait pu atteindre par le pouvoir de sa propre nature. Et c'est spécialement le cas de la sculpture en taille directe. Deux motifs y contribuent : d'une part, le matériau, nous l'avons dit, est beaucoup plus revêche à l'action de la main humaine ; d'autre part, la forme privilégiée par cet art est le corps vivant, plus particulièrement le corps humain. Son opération fait passer d'un extrême à l'autre : de la masse inerte et dure à l'apparition souple et charnelle. Elle est donc symbole majeur de la résurrection.

Dans cet ordre, la sculpture du Bernin est plus sculpture que n'importe quelle autre. Le marbre s'y transforme en drapé sensible aux brises tournantes, en chiffonnages éloquents sous les doigts repliés, en tombés moulant la hanche ou la poitrine. Quand il s'agit de peau, la texture change. C'est toujours de la pierre, et pourtant on voit que

1. Étienne Gilson, *Matières et formes*, chap. III, Vrin, 1964, p. 83. Dédain significatif : dans ce chapitre sur la statuaire, le grand philosophe catholique ne dit pas un seul mot du Bernin.

2. Cité par Rudolf Wittkower, *Bernin*, Paris, Phaidon, 2005, p. 11.

ce n'est plus du textile, que ça s'offre, respire, palpite. Le Cavalier ne se veut jamais que disciple des Anciens. Mais il suffit de faire la comparaison sur place, à la galerie Borghèse : les statues antiques, auprès des siennes, font rigides et frigides ; quand celles du Bernin se mettent à valser, elles restent de marbre. C'est qu'il s'est passé entre-temps l'événement de l'Incarnation qui, à l'idéal des canons mythiques, substitue la gloire de la chair concrète. Quant à Michel-Ange qu'il vénère, Bernin est obligé de l'avouer : « Il n'a pas eu le talent de faire paraître les figures de chair. Ses œuvres ne sont belles et considérables que pour l'anatomie[1]. » L'anatomie, c'est-à-dire la perfection athlétique, voire cadavérique. Le rendu de la chair exige davantage que cette charpente tendineuse : il veut l'homme vivant, tiré de son sépulcre, mieux : retaillé glorieux et respirant dans la matière même de sa pierre tombale. Qu'on avise ce flanc, cette cuisse gauche de Proserpine, comme les doigts du dieu y enfoncent ! Qu'on regarde, aux tombeaux d'Urbain VIII et d'Alexandre VII, ces rondes Charités qui portent des enfançons à faire claquer – bonheur des parents ! – la balance du pédiatre (la vraie Voie Lactée se trouve dans leurs mamelles) ! Qu'on admire cette aisselle virginale de Daphné, ce froncement viseur de David, cette frémissante narine de Louis XIV ! Et tout cela n'est que caillou…

Bustes

Devant le buste de Scipion Borghèse, Montesquieu se sent face à un interlocuteur vivant : « Bernin a marqué tout cet âpre de la chair du visage d'un homme un peu

---

1. Chantelou, *Journal de voyage du Cavalier Bernin en France*, Paris, Pandora éditions, 1981, p. 44.

rude. Ses lèvres paraissent vives : il semble qu'il parle ; que sa salive soit entre deux[1]. » Il ne suffit pas à cette anti-Méduse de dépétrifier le marbre et de lui conférer la souplesse de la chair. Bernin exige des volumes pénétrables. Il veut y faire entrer le souffle de la vie. C'est pourquoi il perce les yeux et la bouche. Cette dernière, il la fait en suspens, la langue devinable, la salive aux aguets, entrouverte sur la parole ou le gémissement. Ainsi – splendides entre toutes – celles de Thérèse d'Avila ou de Ludovica Albertoni. À coups de marteau, à tranchant de ciseau, il force le minéral à faire surgir des lèvres blessées par la béatitude.

Ses bustes le précisent : Bernin ne s'intéresse pas à la chair et au souffle en général, mais à leur consistance en telle personne particulière. « Réalisme » ? Il faut s'entendre sur ce mot. Si l'ambition était de coller au modèle, le moulage serait l'horizon de cette statuaire, et l'hologramme couleur son dépassement. Mais le réalisme du Cavalier n'est pas de superficie : il ne craint pas d'exagérer certaines proportions, de forcer certains traits à frôler la caricature. Il n'est pas non plus psychologique, comme il convient en général au portrait peint : si la matière fluide est apte à faire ressortir les nuances d'une intériorité changeante, la pierre veut autre chose, de moins altérable, de plus essentiel. Notre sculpteur tend donc naturellement vers une sorte de réalisme surnaturel, où l'individu, sans rien perdre de sa singularité, prend une ampleur archétypale. Son travail au buste de Louis XIV, relaté en détail par Chantelou, le montre en pleine action : « Selon lui, la difficulté pour l'artiste est de concilier le général et le particulier. […] Conformément à cette opinion, lorsque

1. Cité par Jörg Garms, « Le Bernin dans la littérature de voyage européenne d'Ancien Régime », in *Le Bernin et l'Europe*, Paris, Presses de l'Université de Paris-Sorbonne, 2002, p. 132-133.

le buste est près d'être achevé, il fait poser le roi pour treize séances afin de travailler directement sur le marbre les yeux, les joues, le front, le nez et la bouche. Durant tout le processus de réalisation de l'œuvre, il ne s'est jamais référé à ses modèles et ses croquis. "Je ne veux pas me copier mais créer un original", déclare-t-il[1]. »

Un original, cela ne veut pas seulement dire quelque chose d'unique, mais d'abord une apparence telle qu'elle en réfère à l'origine : « Tout ce que nous savons vient de Dieu, dit-il avec cette humilité qui coïncide avec l'autorité la plus sûre, et enseigner aux autres équivaut à prendre sa place[2]. » La fixité de la pierre exige que le buste, dans sa fidélité aux traits du visage, soit aussi fidèle à la manière dont l'envisage l'Éternel. Ce que suggère une anecdote à propos du buste de monseigneur Montoya, si stupéfiant de présence jusque dans le détail de ses poils. En le découvrant, un prélat s'écrie : « C'est Montoya pétrifié ! » Mais le cardinal Barberini s'avance vers monseigneur Montoya en personne et, lui attrapant le bras devant toute l'assemblée, rétorque : « Ceci est le portrait de Montoya », puis, se tournant vers le buste en pierre : « Ceci est Montoya lui-même. » Trait d'esprit qui contient autant d'humour que de dogme. Bien sûr, Barberini, le futur Urbain VIII, ne prétend pas que la pierre est plus vivante que l'homme. Mais il rappelle que la chair ressuscitée est réellement vouée à dépasser son particularisme étroit, à prendre une envergure symbolique, dont le buste présente l'analogie.

---

1. R. Wittkower, *op. cit.*, p. 90.
2. *Ibid.*, p. 195.

Saisir l'instant de la transformation

Si la plus radicale métamorphose est l'objet même de la sculpture, c'est aussi, comme par redondance, le thème chéri du Bernin. Il s'agit de saisir le moment du passage, la seconde de béance où la vie change d'ordre. Toutes les œuvres de la galerie Borghèse vont en ce sens. Énée, portant son père Anchise, accrochant son fils Ascagne, est surpris à l'heure de leur fuite de Troie en flammes ; Proserpine, à l'instant de son rapt pour l'Hadès ; David, comme il se vrille pour tirer son caillou sur Goliath (et le caillou, c'est cette statue elle-même, décochée pour nous ouvrir le crâne à l'inespéré)…

Avec l'*Apollon et Daphné*, cette obsession du fugitif-décisif se fait des plus évidentes. La scène dépeint une tentative de viol. Elle jaillit juste à l'instant où le dieu coureur rattrape la nymphe et la nymphe étire son corps d'effroi, cherchant une issue verticale. Elle a l'air de s'envoler, mais son ascension est celle de la plante qui prend racine et pousse frondaison. Apollon a déjà mis le grappin de sa droite sur le ventre de la jeune fille, et pourtant il ne s'en rend plus compte : il est saisi par la métamorphose de sa proie en laurier. À l'inverse, Daphné ne voit pas sa propre métamorphose : la tête rejetée en arrière, la bouche ouverte dans un cri, la fille du fleuve sent l'haleine de son poursuivant dans sa nuque et sa main qui lui gagne la ceinture. Ce qui arrive à l'un, c'est l'autre qui en témoigne. Et le moment où ils se touchent est aussi celui où ils se séparent. Le distique latin gravé sur le socle, écrit par Urbain VIII, chante explicitement la transcendance de la joie : *Quisquis, amans, sequitur fugitivæ gaudia formæ / Fronde manus implet baccas seu carpit amaras* – « Quiconque, amoureux, poursuit les joies de formes fugitives / Remplit ses mains de feuilles et ne saisit que des fruits amers. » Qu'on entende cette moralité, et le refus du viol peut se transfigurer en consentement à louange. Ovide le raconte dans la suite du mythe : « "Eh bien ! dit le dieu, puisque tu ne peux plus être mon épouse, du moins tu seras mon arbre ! Que le laurier orne désormais mes cheveux, ma lyre et mon carquois. Qu'il pare le front des guerriers victorieux […]." Et le laurier, des rameaux qui venaient de lui pousser, fit un signe d'assentiment[1]. »

Parmi ces basculements d'un monde à l'autre, je ne peux pas ne pas mentionner la grandiose statue équestre de la Scala Regia, escalier reliant le palais pontifical à la basilique Saint-Pierre et conçu aussi par Bernin ingénieur et architecte (nous y reviendrons). Sous le tsunami d'une draperie en stuc peint, et comme entre ses genoux son cheval se cabre, l'empereur Constantin perd tout empire sur soi : il vient d'apercevoir la Croix qui lui promet la seule victoire. C'est l'instant même où son cœur se retourne et avec lui toute la Rome politique, plus que par une révolution.

Splendeurs du dépouillement

L'ensemble le plus significatif et le plus célèbre est certainement cette chapelle Cornaro dans l'église Santa Maria della Vittoria (non loin de la gare Termini). Impossible à photographier dans son ensemble, tout y a été façonné par le Cavalier, depuis la voûte peinte d'anges crevant le ciel jusqu'aux murs en bas-relief où la famille Cornaro commente l'événement central – la *Transverbération de sainte Thérèse* : un jeune ange au sourire tient la flèche

1. Ovide, *Métamorphoses*, I, v. 560-567.

d'or avec laquelle il va pénétrer à nouveau la carmélite déjà renversée.

Le président des Brosses glose avec ironie : « Si c'est ici l'amour divin, je le connais, on en voit ici-bas maintes copies d'après nature[1]. » Mais l'érotisme de la scène n'est pas le fantasme du Bernin. Celui-ci s'est fidèlement appliqué à transcrire l'autobiographie de Thérèse : « Je voyais dans ses mains un long dard en or, avec, au bout de la lance, me semblait-il, un peu de feu. Je croyais sentir qu'il l'enfonçait dans mon cœur à plusieurs reprises et m'atteignait jusqu'aux entrailles. Quand il le retirait, on eût dit qu'il me les arrachait en me laissant tout embrasée d'un grand amour de Dieu. La douleur était si vive que j'exhalais des gémissements, mais la suavité de cette immense douleur est si excessive qu'on ne peut désirer qu'elle s'apaise, et que l'âme ne peut se contenter de rien de moins que de Dieu[2]. »

Quelle est cette douleur plus suave que tout plaisir ? La joie qui dérange, évidemment. Et la résurrection des corps ne serait qu'un recalage si elle ne s'accompagnait de ce déchirement de l'âme sous ce qui la dépasse. Ici encore, tout en affirmant sa foi catholique, Bernin rejoint l'essence de la sculpture (je ne parle pas du modelage, ami du mou, mais de la sculpture au sens strict, qui s'accomplit dans la taille du dur). Elle est le seul art qui grandit par soustraction. Le peintre recouvre sa toile en ajoutant des couches de couleurs. Le musicien additionne les voix pour tisser l'harmonie. Le rude sculpteur enlève, éclate, cisèle, fait sauter du bloc morceau après morceau, en sorte qu'au départ, entre le marteau qui brise l'idole et celui qui dégage la statue, l'écart est des plus minces.

1. Cité par Jörg Garms, *op. cit.*, p. 138.
2. Thérèse d'Avila, *Vie écrite par elle-même*, chap. XXIX, 13.

Ce geste plastique, à cause de son ambiguïté (faire en ayant l'air de défaire, susciter la beauté en cognant), beaucoup d'auteurs mystiques l'ont adopté comme métaphore de l'agir divin dans nos vies. Nous la retrouvons sous la plume d'un jésuite, né l'année où Bernin achève le mausolée d'Alexandre VII : « La pierre, par les coups réitérés, ne sent pas la figure que l'ouvrier opère en elle. Elle ne sent que le ciseau qui la diminue, qui la racle, qui la coupe, qui la défigure […]. Et si on lui demande : "Qu'est-ce donc qui se passe en toi ?", elle pourrait répondre : "Ne me le demandez pas […] : je reçois chaque coup de ciseau comme ce qu'il y a de plus excellent pour moi, quoiqu'à dire le vrai, chaque coup ne porte dans mon sentiment que l'idée d'une ruine[1]. » La joie fait voler notre suffisance en éclats. Aussi sa splendeur n'advient-elle que par le dépouillement – jusqu'à ce dépouillement suprême qui sera celui de notre corps tout entier, livré en pâture à la vermine. Mais n'est-ce pas ainsi que doit procéder le suprême sculpteur ? Par la soustraction la plus forte, la plus vive résurrection.

Fontaines

Qu'est-ce qu'un corps glorieux ? Un corps traversé visiblement par les eaux vives de l'Esprit. Le percement des bouches ne suffit pas. Il faut aller jusqu'à la vie intérieure, creuser des artères, inventer une circulation. L'art du Bernin ne pouvait manquer de se faire fontaine. Piazza di Spagna, piazza Navona, piazza Barberini, piazza Santa Maria sopra Minerva, Porta del Popolo, Palazzo Antamoro, la fraîcheur de Rome passe encore par ses mains. La plus colossale est la fontaine des Quatre-Fleuves, avec ses monstres fauves

---

1. *L'Abandon à la Providence divine*, attribué à Jean-Pierre Caussade, chap. VIII.

et ses énormes personnifications du Danube, Nil, Río de la Plata et Gange, que la Colombe consacre en autant de sources baptismales. Image du paradis terrestre, a-t-on remarqué : *Un fleuve sortait d'Éden pour arroser le jardin et de là se divisait pour former quatre bras* (Gn 2, 10). Figure surtout de cette « source éternelle » qui secrètement irrigue toutes choses : « Je sais bien que ses flots sans cesse débordants / Arrosent l'abîme, la terre et tous les peuples, / Mais c'est au profond de la nuit[1]. »

Avec ce genre de commande, le sculpteur a la place. Il s'en donne à cœur joie dans le plus grand que nature (« Ne me parlez de rien de petit », lance-t-il à Colbert lors de son séjour parisien). Et il approfondit encore son symbole du surnaturel. Que veut dire fontaine ? L'alliance de deux états très distants : le solide le plus solide et le plus liquide liquide. Vous me direz : c'est déjà le cas avec une simple cruche. Oui, et c'est pour cela que la cruche est déjà merveilleuse. Mais il ne s'agit plus ici d'eau recueillie dans un récipient : il s'agit d'eau jaillissant du roc le plus sec. Tel est le contraste extrême que le Bernin ajoute au *contrapposto* de ses figures. En lui l'ingénieur se joint au sculpteur pour rappeler le bâton de Moïse : *Tu frapperas le rocher, l'eau en sortira et le peuple boira* (Ex 17, 6). En lui l'art sacré se conjugue à l'art le plus populaire (quoi de plus peuple qu'une fontaine publique, mon cher Wallace ?), afin que retentisse le Cantique des Cantiques : *Tu es un jardin fermé, ma sœur, ô fiancée : une source enclose, une fontaine scellée !* (Ct 4, 12).

La parabole est on ne peut plus limpide. Le propre de la grâce est d'excéder la nature sans être contre nature. Elle surgit sans qu'on l'appelle et cependant répond à notre disposition la plus profonde : celle d'être *à l'image d'Élohim*,

---

1. Jean de la Croix, « Je sais une source qui jaillit et s'écoule », *Œuvres complètes*, Cerf, 1990, p. 151.

capax Dei per gratiam[1], ouvert à l'inouï. Ainsi la fontaine de pierre : en tant qu'elle est de pierre, elle ne saurait par elle-même fournir de l'eau, mais elle est creusée de telle sorte que, moyennant quelque détour du Tibre, celle-ci puisse fuser en cascades. Que ma petite nature ferme les vannes, elle ressent en elle le vide de ses canaux comme autant de galeries termitières – une fragilité haïssable au lieu d'une disponibilité splendide – et la grâce lui apparaît pareille au plus invasif des déferlements. Mais qu'elle veuille bien – à partir non de ses pleins, mais de ses creux, et non par le moyen de ses richesses extérieures, mais par le truchement de son intérieure pauvreté –, qu'elle accepte de se laisser investir par la pression du fleuve, et voilà le roc qui se change en geyser débordant. Car la fontaine a cette double qualité : elle ne se répand pas comme une flaque, mais elle ne se ferme pas non plus comme une barrique. Son recueillement n'est que pour son offrande. Elle se réserve pour mieux se donner au rafraîchissement de ceux qui passent, au noble comme au clochard, à la religieuse comme à la courtisane – à quiconque traverse la place et reconnaît sa sécheresse.

Figure de la Sagesse : *Sans sortir d'elle-même, elle renouvelle l'univers* (Sg 7, 27). En se faisant fontaine, la statue peut étendre son rayon d'action et n'être pas seulement une chose posée dans l'espace, mais redéfinir l'espace environnant. Voici la fontaine du Triton, au centre de la piazza Barberini. Elle orchestre la giration des voitures à l'entour. Elle renvoie d'ailleurs à cet épisode des *Métamorphoses* qui se tient entre le déluge noyant la race criminelle des hommes et leur recréation innocente par Deucalion et Pyrrha (avec quoi cette recréation ? je vous le donne en mille : avec des pierres miraculeuses, des « pierres qui s'amollissent et deviennent flexibles ») :

---

1. Saint Augustin, *De Trinitate*, livre 14, chap. VIII.

« Dès que la conque eut touché les lèvres humides du dieu dont la barbe distille l'onde, et qu'elle eut transmis les ordres de Neptune, les vagues de la mer et celles qui couvraient la terre les entendirent et se retirèrent[1]. » Le jet vertical, soufflé hors de la conque, commande le retrait des eaux qui submergent et le retour des eaux qui vivifient. La statue qui se fait fontaine appelle au renouvellement du monde.

Le vrai champ de gravitation

Le corps ne doit donc pas seulement surgir de la matière inerte avec une carnation lumineuse, il ne doit pas seulement laisser gicler des flots qui abreuvent les hommes, leurs chiens et leurs chevaux ; il doit encore, mieux que le Soleil autour de la Terre ou la Terre autour du Soleil – peu importe, au final – opérer autour de lui la définitive courbure de l'espace-temps. Là encore, l'essence de la sculpture est en jeu. Bernin souligne qu'une statue occupe les lieux de tout autre façon qu'une toile : « Michel-Ange, rapporte-t-il à Chantelou, disait souvent que les statues étaient de si grand ornement, que si une chambre était ornée d'une tapisserie de velours relevée d'or, et que dans une autre il n'y eût qu'une belle statue, celle-ci paraîtrait ornée à la royale, et l'autre *come una stanza di monache*[2]. » Qu'une sculpture puisse royaliser une chambre signale son pouvoir de régir l'étendue. Aussi n'est-elle pas qu'un simple ornement à un endroit de la pièce, mais une nouvelle ordonnance de la pièce tout entière.

---

1. Ovide, *Métamorphoses*, I, v. 340.
2. Chantelou, *op. cit.*, p. 118 : « comme une cellule de moniale ».

Le passage de la statuaire à l'architecture s'opère ici sans difficulté. Nous avons parlé de la chapelle Cornaro où toute l'ambiance est redéfinie en fonction de la *Transverbération* : le spectateur doit être pris dans le spectacle, « la frontière entre la figure de pierre et l'espace dans lequel nous vivons et nous mouvons a été abolie[1] ». Nous aurions pu évoquer la place Saint-Pierre, œuvre si immense et si constamment foulée qu'on oublie qu'elle a pour auteur le Bernin encore, artisan de tout l'axe qui mène de la ville à la Chaire du premier pape. Les foules qui s'engouffrent vers le Vatican, il les accompagne, discret, avec ses anges jalonnant les parapets du pont Sant Angelo, et quand elles débouchent sur l'immense piazza San Pietro, il s'efface entièrement : personne ne songe que c'est lui qui a pensé, organisé leur rassemblement sous la loggia de la bénédiction *urbi et orbi*.

Le Cavalier n'est pas un grand architecte *en plus* d'être un grand sculpteur. Entre l'un et l'autre art, selon lui, il est un lien de continuité parfaite, et ce lien se rencontre dans le corps humain, et le corps humain sexué, je vous prie. Si à ses yeux Borromini n'est pas bon bâtisseur, c'est parce qu'il n'est ni bon sculpteur ni bon peintre, et « que le peintre et le sculpteur ont pour règle de proportion le corps de l'homme[2] ». Bernin souscrit par là à la théorie des Anciens calquant les ordres architecturaux sur l'ordre charnel : le dorique et le toscan sont masculins ; féminins, le corinthien et l'ionique[3]. Mais cette théorie est chez lui revigorée par la révélation biblique : Dieu, qui contient tout et que rien ne contient, a créé l'homme et la femme à son image, sommets de la création corporelle ; par consé-

1. R. Wittkower, *op. cit.*, p. 15.
2. Chantelou, *op. cit.*, p. 313.
3. Voir Howard Hibbard, *Bernini*, Londres, Penguin Books, 1990, p. 155.

quent, les corps de l'homme et de la femme ne sont pas des objets physiques quelconques situés dans l'univers, mais la norme de l'univers de part en part, le microcosme contenant le macrocosme par vocation.

À la différence des autres arts, la statuaire déploie son champ gravitationnel à la manière des astres : on se tient face à un tableau, on est enveloppé par une symphonie, on est assis dans un théâtre ; mais autour d'une statue, comme un satellite, on se déplace en cercles concentriques. Elle reste immobile, et le spectateur est mis en orbite. Par ailleurs, tandis que l'orchestre réclame le silence et la peinture des murs protecteurs avec contrôle de l'humidité, la statue aime le plein air, les champs de foire, les carrefours populeux. En dépit de sa marmoréenne hauteur, c'est une gueuse des rues. Elle sait se prostituer glorieusement. Elle ne craint pas de s'exposer aux intempéries comme aux graffitis de l'amour ou de la critique (témoin ce *Pasquin* que Bernin admirait entre toutes les statues de Rome et qui servait aux fameuses « pasquinades », placards satiriques que les Romains accrochaient à son socle et qui commentaient l'actualité). Monument public, elle s'offre aussi comme repère pour le résident ou le passager, et comme point de rendez-vous aux amis qui se cherchent. Alors elle se fait humble, renvoie à autre chose qu'elle-même, oriente en se retirant. Le Romain ne contemple plus guère la fontaine des Quatre-Fleuves, mais c'est parce qu'il l'a intériorisée comme une boussole mystérieuse.

Extension cosmique du corps humain

La sculpture berninienne est donc architecturale, parce qu'elle se veut à la fois saisissante et abordable, faisant événement et souhaitant la bienvenue, bref, urbaine, dans tous les sens du mot (sans négliger celui qui la rapporte à son grand bienfaiteur, le pape Urbain VIII). La statue n'est certes pas habitable, mais elle agence une autre habitation. On se souvient du fragment de Hölderlin si cher à Heidegger : « L'homme habite en poète » Une fontaine ne sert pas à un habitat fonctionnel, mais à cette habitation poétique, pour l'heure partielle et intermittente, et que nous espérons complète et ininterrompue.

Le vieux Bernin, passé les soixante-quinze ans, se dépense encore des heures, sans discontinuer, à tailler le marbre dur. Les muscles sont encore vaillants quoique déjà guette la paralysie du bras droit. Ses assistants voudraient l'arrêter, craignant pour son cœur. Mais son cœur le pousse à repousser leur sollicitude : « *Lasciatemi star qui, ch'io sono innamorato* – Laissez-moi demeurer ici, car je suis amoureux[1]. » De la pierre pesante, il est en train de faire sortir le pur visage de cette femme expirant de désir, Ludovica Albertoni, la bouche ouverte sur son dernier soupir, le cou large offert au baiser comme à la morsure, la droite relevant son sein et la gauche pressant son ventre tandis que les plis de son drap s'abattent comme une vague d'écume sur son bassin. Le vieillard peut bien mourir d'épuisement sur elle. Elle atteste la gloire qui nous requiert par-delà le dernier coup de burin : devenir des corps non pas contenus dans l'espace, mais des corps qui ménagent autour d'eux l'espace du plus haut accueil, des corps cosmiques, des corps sources, des corps temples pour une liturgie impérissable, des corps bancs publics pour la rencontre des amoureux, des corps esplanades où les enfants jouent et les vieux content leurs histoires.

---

1. Filippo Baldinucci, *Vita di Bernini* [1682], Milan, Edizioni del Milione, 1948, p. 139.

Après la fin du monde
(éléments de physique nouvelle)

> Des cuisses, encore des cuisses. C'est mon seul
> plaisir. L'Humanité ne sera sauvée que par l'amour
> des cuisses. Tout le reste n'est que haine et ennui.
>
> L.-F. Céline, lettre du 28 mars 1934,
> à N..., danseuse juive.

Écologie du désastre

1. Ce qui est sûr, c'est que le soleil ne reviendra pas. Anzévui, le vieux guérisseur de Ramuz, disait que ce serait pour le 13 avril 1937 : « Le soleil vomira rouge et puis il ne sera plus là[1]. » La peur s'empara du village, ainsi qu'une tendresse spéciale des uns pour les autres dans la ténèbre grandissant. Au final, la date fatidique tombe, et le soleil revient, lavant le ciel en bleu : c'est le vieil Anzévui qui meurt à la place et réalise malgré tout, pour lui-même, sa noire prophétie, histoire de ne pas trop perdre la face.

---

1. C.-F. Ramuz, *Si le soleil ne revenait pas*, Paris, Grasset, 1939, p. 49.

Le pasteur William Miller avait montré plus de coriacité. Ce méthodiste américain annonça la fin du monde pour le 3 avril 1843, puis, le 3 avril ayant été une journée quelconque, bien que d'une température un peu en dessous des normales saisonnières, la fin du monde fut reportée au 7 juillet, puis au 21 mars, bien sûr, enfin au 22 octobre 1844 – cette fois c'est la bonne, les anges ont craché : cinquante mille fidèles se rassemblent pour attendre la grande catastrophe. Et c'est la « Grande Déception », ainsi qu'ils appelleront plus tard cette apocalypse manquée. Même le révérend Miller n'est pas mort ce jour-là. C'est dire. Alors d'autres, plus récemment, ont lancé le solstice d'hiver 2012, à cause que le calendrier maya ne s'étendrait pas plus loin (aucun Maya, cependant, n'a pu confirmer leur interprétation, ce calendrier s'étant déjà étendu au-delà de la culture maya elle-même). Et nous les devinons d'emblée, ces pronostiqueurs, en plein été 2013, à reluquer encore les jambes des femmes.

Notre conscience n'en est pas moins arrivée à ce point. Après la Première Guerre, Paul Valéry pérorait naïvement : « Nous autres, civilisations, nous savons maintenant que nous sommes mortelles. » Or il ne s'agit plus seulement de civilisations. Il s'agit de la terre entière, et des étoiles au grand complet, faites pour s'éteindre l'une après l'autre comme les loupiotes d'une vieille guinguette. Refroidies, les jolies métaphores de la gloire éternelle ! Et notre génération qui se gargarise de « respect de la planète » ne fait qu'accuser cette finitude. Prétendre sauver la terre sous ce terme générique, la « planète », c'est l'avoir déjà perdue comme terroir sensible, arable, ancestral, au profit d'un concept d'astronaute ayant déjà déserté son sol et réduisant la foison de ses paysages à une petite pastille bleue (virtuellement grise sous l'hiver nucléaire).

Ainsi l'écologisme rêve d'un Éden sans homme ; le tech-
nicisme se fabrique un homme sans terre ; et l'un et l'autre
s'entendent pour admettre que la terre et l'homme sont
désormais en instance de divorce… On n'y peut rien. Le
propre de nos temps est d'avoir à se débattre avec cette
imminence d'une destruction totale.

2. Mais voici une chose assez drôle : l'idée de fin du
monde, dès le début, les Juifs et les chrétiens doivent en
faire un article de leur espérance. Et cela sans une once
de mépris pour ce monde mortel. Bien au contraire, il
faut qu'ils s'émerveillent de ce qui va finir. D'un côté
ils chantent : *Toute la terre est remplie de ta gloire* (Is 6,
3). Et de l'autre : *Terre et ciel s'usent comme un habit,
et tu les remplaces comme un vêtement* (Ps 101, 27). Ici :
Les cieux proclament la gloire de Dieu (Ps 18, 2). Là : *Les
cieux disparaîtront avec fracas, les éléments embrasés
se dissoudront et la terre avec les œuvres qu'elle renferme sera consumée* (2 P 3, 10). Doctrine éminemment
postmoderne. Et même post-postmoderne. Enfin post…
absolument. Dans le genre avant-garde, on ne peut pas
faire plus avancé.

Le plus étonnant, c'est que cette certitude d'un compte
à rebours enclenché n'a pas empêché ces familiers de
désastre de s'engager radicalement dans le monde qui
passe. Ils se disent : « C'est peut-être pour demain » et,
au lieu d'en avoir les bras rompus et le souffle coupé, ils
s'arrangent pour coucher avec leur femme, faire une version latine, écrire la règle d'une nouvelle congrégation.
La terre a beau leur apparaître au stade terminal, ils la
défrichent, la labourent, sèment et célèbrent ses récoltes.
Ils n'attendent pas la sanction du progrès pour mettre la
main à la pâte. Ils n'ont pas besoin d'un bon horoscope
pour ouvrir des perspectives. Comme la mère de Moïse au

temps où les petits des Hébreux étaient jetés au fleuve, ils feraient des enfants même au-dessus de la fosse. Comme les trois jeunes Juifs condamnés par Nabuchodonosor, ils loueraient le Créateur même dans les flammes. Aux Juifs déportés à Babylone, Jérémie a le culot d'écrire : *Bâtissez des maisons et installez-vous ; plantez des jardins et mangez leurs fruits ; prenez femme et engendrez des fils et des filles ; multipliez-vous là-bas, ne diminuez pas !* (Jr 29, 5-6)

Futur antérieur

3. Parce que ces déportés devaient croire en la résurrection de la chair. Et pour faire un bon ressuscité, voyez-vous, il faut d'abord faire un bon mort. Nul n'en réchappera. L'exigence est universelle : « Ceux qui seront encore vivants à l'heure où le ciel s'arrêtera, il faudra qu'ils perdent la vie[1]. » Et cela vaut aussi bien pour l'univers : inéluctable est le *Big Crunch*. Nous l'avons vu dans les chapitres précédents : *L'amour est fort comme la mort, la passion inflexible comme les enfers et ses flèches sont des flèches de feu : un coup de foudre sacré* (Ct 8, 6). Si elle est abandon au mystère, et non sclérose définitive, la mort introduit à la vie éternelle en tant qu'elle est offrande sans retour. En conséquence, tout ne se renouvelle que de passer par ce feu. C'est là le premier principe de la physique eucharistique (car telle est la physique ultime, comme nous aurons à le considérer dans tout ce qui va suivre – une théorie cantique, pour ainsi dire, où tout est ordonné à l'action de grâces) : *Le corps glorieux est d'abord un corps livré.*

1. Saint Thomas d'Aquin, *Somme de théologie*, suppl., qu. 78, art. 1.

Le compte à rebours ne compte guère pour qui accueille toute chose à partir de l'Éternel. Sa conscience extrême de la catastrophe ne le conduit pas au dédain, mais au soin de la créature fugace remise entre ses bras. On connaît l'enseignement de Rabbi Yohanan Ben Zakkaï à ses disciples : « Si tu as un jeune arbre dans la main et qu'on te dit que le Messie est venu, et que c'est la fin du monde, plante d'abord l'arbre, puis va accueillir le Messie. » N'est-ce pas la meilleure manière de l'accueillir que de prendre d'abord soin de ce qu'il nous a confié ? À la certitude de la conflagration finale s'associe toujours cette attitude de générosité première : *Le Fils de l'homme est proche, il est à vos portes Le ciel et la terre passeront, mes paroles ne passeront pas Ce que vous avez fait à l'un de ces plus petits, c'est à moi que vous l'avez fait* (Mt 24, 33… 25, 46). *De toutes choses la fin est proche. Comportez-vous donc avec sagesse et soyez sobres pour la prière ; avant tout, ayez un amour intense les uns pour les autres, et pratiquez l'hospitalité sans murmure* (1 P 4, 7-9). Il ne s'agit pas que d'un mécanisme psychologique, le sentiment de la mortalité prochaine nous conférant une attention bouleversée pour les moindres êtres : cette fleur de trèfle, ce chat borgne et pelé qui ressemble à mon âme, mon père chantant « Je me suis fait tout petit devant une poupée »… Il ne s'agit pas non plus essentiellement d'une crainte devant le Jugement dernier et de la balance de mes péchés bientôt mise au grand jour. Il s'agit d'abord d'une coïncidence avec le fond de l'être, qui est joie de recevoir et de donner.

4. Une célèbre parole de Hegel s'applique ici particulièrement : « Ce n'est pas cette vie qui recule d'horreur devant la mort et se préserve pour de la destruction, mais la vie qui porte la mort, et se maintient dans la mort même,

qui est la vie de l'esprit. L'esprit conquiert sa vérité seulement à condition de se retrouver soi-même dans l'absolu déchirement[1]. » Or ceci est moins vrai de l'esprit qui se réfugie derrière le talisman d'un savoir réduisant la mort à un moment dialectique, que du bonhomme entier passé à travers la destruction réelle, et plus encore à travers le complet anéantissement de son orgueil. Il faut admettre cela : les ressuscités ont cette légèreté effrayante de ceux qui reviennent de très loin ; ils ont vraiment regardé le gouffre en face, ils ont lutté avec l'Ange exterminateur, et leur chair n'est si bouleversante que de porter à jamais en elle cette Pâque.

Tout ce que nous aurons à entrevoir de nos corps futurs ne saurait être une évasion, mais une vocation, c'est-à-dire une exigence pour nos corps dès à présent. Que leur avenir radical soit d'être livrés, hospitaliers, danseurs, emportant dans leur fête les arbres et les bêtes, voilà qui doit tout de suite travailler notre monde à la manière d'un levain.

C'est même là que l'énigme de notre condition charnelle peut trouver son sens. Tant que nous ignorons ce qu'est une serrure, la forme d'une clef ne peut que nous paraître étrange, inexplicable – bibelot d'inanité jeté au hasard. Mais qu'elle découvre la gâche, tourne le mécanisme, dégage le pêne, et tout s'illumine soudain. Apprendre que la destinée ultime de notre chair est avant tout poétique n'est pas sans apporter une lumière décisive pour la foi : nous comprenons subitement que nos membres ne sont pas des poids morts ou des ustensiles jetables, et qu'une connaissance du mystère qui prétendrait se résoudre dans l'esprit, sans déborder physiquement en œuvres d'art, serait moins spirituelle que cérébrale. Elle réduirait le mystère à la matière grise.

1. Hegel, *Phénoménologie de l'Esprit*, préface, trad. J. Hyppolite, Paris, Aubier-Montaigne, 1941, p. 29.

5. Cependant, si la gloire de la chair est à la mesure des coups et blessures endurés par amour dès maintenant, et plus encore si elle est à la mesure d'une foi qui ne s'arrête pas à la tête, mais entraîne tout le corps dans une célébration inventive, elle ne peut que déranger comme le reste. D'ailleurs, pourquoi cette résurrection ? La vision béatifique n'est-elle pas suffisante ? À quoi peuvent bien servir nos sens s'ils nous apprennent moins que ce que nous savons en Dieu ? Ne serait-on pas mieux en purs esprits comme le jugeait le néoplatonicien Porphyre selon qui « l'âme ne peut être heureuse qu'en fuyant toute espèce de corps[1] » ? Ne serait-il pas plus seyant, du moins, qu'elle se débarrasse de toute cette tripaille et enfile une défroque aussi pure que le feu, l'air ou la lumière, ainsi que le fantasmait un évêque de Constantinople[2] ?

Les grands docteurs catholiques n'ont jamais voulu en démordre : quoique glorifié, « l'homme ressuscité sera le même, par la réunion de la même âme au même corps. Et nier cette identité est hérétique[3]. » Quoique ma condition sera surnaturellement changée, mon identité ne changera pas. C'est bien mon corps que je dois trouver, le même que celui qui vit et respire en ce moment, avec mon sexe muni de ses glandes de Cowper et de sa voie séminale, avec mes cheveux bruns et mes ongles blancs, avec mon gros côlon et mon grand zygomatique, et même avec ma bile noire, ma bile jaune, mon phlegme et par-dessus tout mon sang, devenus pareils à de sublimes liqueurs[4]…

Et, néanmoins, malgré ce réalisme cru, et bien qu'il emploie les termes de « banquet », de « repos » et de

1. Saint Thomas d'Aquin, *op. cit.*, qu. 75, art. 1.
2. *Ibid.*, qu. 79, art. 1.
3. *Ibid.*, art. 2.
4. *Ibid.*, qu. 80 et 81.

« noces » pour désigner la vie éternelle, Thomas d'Aquin affirme que « manger, boire, dormir et procréer, en tant qu'ils appartiennent à la vie animale, n'existeront plus après la résurrection[1] ». Pourquoi donc la différence sexuelle, si nous ne devons plus en connaître l'acte ? Et qu'est-ce que ce festin de noces dont le buffet serait inexistant ? N'aurais-je donc même plus la joie d'uriner debout devant un coucher de soleil ?

Enfin, pour ce qui touche aux *cieux nouveaux* et à la *terre nouvelle* (2 P 3, 13), où donc va-t-elle se trouver, et comment y va-t-on loger tant de monde ? La Jérusalem céleste ne risque-t-elle pas de ressembler à la pire des cités HLM ? Et ma chienne Nouchka ressuscitera-t-elle aussi ? Et ma chatte Cynthia ? Et le grenadier de notre jardin entre la maison et l'église ? Mais que nous vaudrait cette reconstitution d'argile si nous ressaisissons déjà tous les instants du passé dans le simple jaillissement de la présence éternelle ?

Contre la foi vaine

6. Il est pour le moins étonnant que la religion de l'Esprit soit à ce point celle de la chair. Tant de sagesses célèbrent le dégagement de l'âme dépouillée du corps et unie au Principe ! C'est tellement plus spirituel, plus hygiénique, plus conforme à l'évidence des vers et de la décomposition prochaine ! Mais non, il faut que saint Paul écrive : *Si les morts ne ressuscitent pas, le Christ non plus n'est pas ressuscité. Et si le Christ n'est pas ressuscité, vaine est notre foi et nous sommes les plus à plaindre de tous les hommes* (1 Co 15, 16-19). N'aurions-nous que la vision bienheureuse, notre foi tournerait à vide. Posséderions-nous une

---

1. *Ibid.*, qu. 81, art. 4.

vie d'ange dans le Ciel, nous serions les plus malheureux. Le corps nous tient tellement à cœur, nous colle tellement à l'âme, qu'il est nécessaire à notre divinisation.

Mais comment d'être charnel nous rendrait-il plus proche de ce qui est Esprit ? En quoi de retrouver mes bourses séreuses, mon aponévrose palmaire, ma scissure de Sylvius, me mettrait davantage au niveau des purs séraphins que si j'en étais à jamais détaché ?

7. Thomas d'Aquin fait cette remarque profonde : « Toutes choses égales d'ailleurs, l'état de l'âme unie au corps est plus parfait, parce qu'elle est une partie d'un tout [le composé humain] et qu'une partie n'est vraiment elle-même qu'en intégrant le tout. Elle est plus conforme à Dieu sous un certain rapport (*secundum quid*) [en tant qu'elle est spirituelle]. Mais, absolument parlant (*simpliciter*), quelque chose est plus conforme à Dieu quand il a tout ce qu'exige sa nature, parce qu'alors il imite le mieux la divine perfection. Ainsi l'organe du cœur est plus conforme au Dieu immobile quand il est en mouvement que lorsqu'il s'arrête, car la perfection du cœur est dans son mouvement, tandis que dans son arrêt se trouve sa destruction[1]. »

Une poule est plus divine lorsqu'elle est pleinement poule, caquetante, pondeuse, volant bas, que lorsqu'elle prétendrait s'accomplir en devenant une fermière sans plumes. Le nom divin n'est-il pas *Je suis qui Je suis* (Ex 3, 14) ? Être soi-même, ne rien perdre de sa nature, est plus fondamental à la divinisation qu'un prétendu surnaturel qui dénaturerait. Aussi, l'âme étant la forme du corps, l'une et l'autre étant nécessaires à l'intégrité de la nature humaine, l'homme n'est jamais plus spirituel que lorsque son âme est glorifiée avec son gros orteil. (Cette clause est tellement

1. *Ibid.*, qu. 75, art. 1, ad quartum.

requise que même les âmes des justes séparées ne sont pas laissées tout à fait sans corps. Jusqu'à ce qu'arrive le temps de la résurrection, elles ont avec elles les corps glorieux de Jésus et Marie, et c'est un régal ineffable que de pouvoir d'emblée jouir de ces chairs radieuses.)

8. Ce qui nous fournit notre deuxième principe de physique nouvelle (*la* physique ne se parachevant que dans *le* physique) : *Un corps glorieux est d'autant plus spirituel qu'il est plus charnel.* La bienheureuse porte très bien le nimbe, il lui faut aussi des cuisses ; la sainte est peut-être mise en valeur par l'auréole, il lui faut aussi des seins – ces seins auxquels un Dieu sut se vouer, ces cuisses qui sont la rampe de lancement de toute vie, même de la vie du Sauveur.

Ce principe nous est sans cesse rappelé par le Saint-Sacrement. C'est le *Corps* du Christ qui y est adoré, et pas seulement son âme ou son Esprit. Si bien que la chair, qui est pour nous la chose la plus évidente, devient aussi des plus mystérieuses, et se cache parmi les objets de foi : « La foi porte sur des réalités invisibles : de même que le Christ nous expose invisiblement sa divinité, ainsi, en ce sacrement, il nous expose sa chair sous un mode invisible[1]. » Avant le mystère de l'eucharistie, on pouvait croire que pour aller vers l'invisible il fallait s'éloigner de plus en plus du charnel. À présent, il convient d'affirmer que la chair fait partie des choses invisibles et célestes.

Vers l'Autre Espace

9. Dans les versets de saint Paul allégués plus haut, la résurrection des morts est toujours associée à celle du

---

1. *Ibid.*, III, qu. 75, art. 1.

Christ. Elle est selon lui le modèle et la cause de la nôtre. Il convient donc d'examiner ce qui concerne le Christ ressuscité pour introduire à la physique éternelle et discerner les lois, non plus de la chute, mais de l'élévation des corps.

Cela commence avec un tombeau vide. Pas d'énigme policière plus haletante et plus déplacée. Il n'est pas question de découvrir ou d'arrêter le coupable – cet aspect de l'enquête se résout assez vite, puisque c'est vous, puisque c'est moi… L'enjeu est plutôt de découvrir le Ressuscité, ce qui ne prend pas moins de toute une vie et davantage. D'ailleurs, si vous pensez aux héritiers, à la dignité des pompes funèbres, à la piété due à nos « chers disparus », une résurrection se révèle bien vite comme quelque chose de plus insoutenable qu'un crime (la vraie « insoutenable légèreté de l'être »). Déjà, celle de Lazare est assez dérangeante pour conduire à l'arrestation et la crucifixion de son auteur : *Dès ce jour, ils résolurent de le faire mourir* (Jn 11, 53).

Nous voici donc à la sépulture sans mort. Pierre et Jean y entrent l'un après l'autre. Il n'y a rien à voir, puisque le corps n'est plus là. Et néanmoins il est écrit à propos de Jean : *Il vit et il crut* (Jn 20, 8). Qu'a-t-il donc vu de si extraordinaire ? *Les linges posés là* (Jn 20, 6), c'est tout. Il voit des linges et croit en la résurrection. Comment un pareil saut est-il possible ? Ce que la concision du texte suggère, le Linceul de Turin permet de l'observer. Le sang aurait dû coller, et le drap, défait par des mains extérieures, montrer les signes d'un arrachement. Or, sur le Suaire, on n'aperçoit pas trace d'une telle manipulation. Les linges sont restés exactement à leur place. Personne ne les a défaits ni repliés. Ils se sont simplement affaissés sous la disparition soudaine. Le corps de Jésus ne s'est pas déplacé dans l'espace. Il est sorti de notre espace. Sa matière, quoique très réelle, n'est plus soumise aux lois de notre univers. Elle a changé d'état pour passer à une condition subtile tout à fait inimaginable. Voilà ce qu'a deviné Jean.

10. Le corps du Ressuscité ne s'est donc pas envolé. Il n'a pas traversé la stratosphère pour se réfugier dans le dixième ciel. Et, en même temps, puisque c'est un corps, il faut bien qu'il soit quelque part. L'idée d'une chair sans mensurations est une contradiction dans les termes. Tout ce qui est corporel est nécessairement localisable. Par voie de conséquence, il faudrait concevoir un lieu qui n'est pas un lieu de notre espace, mais d'un « autre espace » qui envelopperait le nôtre (non à la manière d'un récipient plus vaste, ce qui ne ferait qu'élargir ses dimensions sans les élever à un autre ordre, mais comme ce qui est présent en chaque endroit sans y être contenu).

Jacques Maritain est des seuls à avoir tenté d'en balbutier quelque chose, s'autorisant des développements de la physique et des mathématiques contemporaines (je ne saurais mieux faire que de le citer longuement) : « Des représentations communes spontanément imposées à tous par les apparences naturelles – et de la cosmologie ptoléméenne, comme de la géométrie euclidienne avec ses trois dimensions – aux diverses théories de l'espace-temps issues des découvertes de Riemann, d'Einstein, de Heisenberg, l'idée de l'espace aux lois duquel est soumis notre univers, disons, en bref, de *notre espace*, a subi de formidables changements. Or ces changements mêmes dans la conception de *notre espace* autorisent, à mon avis, le philosophe et le théologien à ne voir en celui-ci qu'un des espaces possibles, et à faire, dans leur domaine à eux, l'hypothèse de l'existence d'un espace aux propriétés totalement différentes, que j'appellerai *l'autre espace*, tributaire non du temps, comme le nôtre, mais de l'éternité, et qui coexisterait invisiblement avec notre espace à nous. […] Mon hypothèse consiste donc en ceci qu'un tel lieu est infiniment au-delà de notre univers, *non pas* au sens où pour y atteindre il faudrait traverser tout notre univers et passer au-delà, mais au sens où le lieu en question appartient à un espace *totalement différent du nôtre* et où tout exulte dans l'absolu : c'est un lieu dans *l'autre espace*. […] Je dirai donc que c'est dans cet autre espace que se trouvent les corps glorieux de Jésus et Marie. Quand Marie apparaît à de petits bergers, elle ne leur apparaît pas telle qu'elle est "au ciel" – dans *l'autre espace.* Je dirai d'autre part qu'à l'instant de la résurrection le Christ s'est immédiatement trouvé – glorieux – dans cet *autre espace*, d'où il a passé de nouveau dans le nôtre, y laissant à peine deviner sa gloire, pour apparaître à Marie Madeleine, à Pierre, à Thomas (avec ses plaies, insignes de victorieuse Passion qui demeurent à jamais dans son corps)[1]. »

Les apparitions de Jésus ressuscité le font passer dans notre espace sans quitter son espace transcendant. Car ce passage ne saurait être un déplacement local, sans quoi l'« autre espace » serait encore une portion du nôtre. Il est une accommodation à nos pauvres rétines de ce qui est déjà là sans y être localisé. C'est ce qu'affirme saint Paul à propos de l'Ascension : *Il est monté au-dessus de tous les cieux, afin de remplir toutes choses* (Ep 4, 10). C'est aussi ce que signifie le *Noli me tangere* de Jésus à Marie Madeleine : *Ne me touche pas, car je ne suis pas encore monté vers le Père. Mais va trouver mes frères et dis-leur : je monte vers mon Père et votre Père, vers mon Dieu et votre Dieu* (Jn 20, 17). Cette montée n'est pas un

---

1. Jacques Maritain, « En suivant de petits sentiers », in *Approches sans entraves*, Paris, Fayard, 1973, p. 499-500.

éloignement, puisque le Père qui en est la destination est aussi notre Père. Elle est une présence désormais plus extensive et plus intime que celle que peut accomplir le toucher ici-bas. La possibilité d'un toucher mystique, qui sait atteindre jusqu'au fond de l'âme.

11. Troisième principe de physique eucharistique : *Un corps est d'autant plus glorieux qu'il est plus hospitalier ; il contient notre espace sans y être contenu ; plus il est élevé, plus il recueille en lui tous les êtres d'ici-bas.* Cette transformation d'un corps localisé dans notre espace en un corps qui l'enveloppe et le redéfinit comme un champ d'hospitalité se trouve expressément formulé dans l'Évangile selon Jean : *Jésus leur répondit : « Détruisez ce sanctuaire, et en trois jours je le relèverai. » Les Juifs dirent : « Il a fallu quarante-six ans pour bâtir ce sanctuaire, et toi, en trois jours tu le relèveras ! » Mais lui parlait du sanctuaire de son corps* (Jn 2, 19-21). Le corps de Jésus est à cet instant dans le Temple de Jérusalem. Et subitement voici qu'il déclare que le Temple est en vérité dans son corps. À cette heure, sans doute, le Temple y est déjà spirituellement, puisque Jésus est le Verbe créateur. Mais, après la résurrection, il y est corporellement. Le Corps du Christ fait Temple pour l'univers tout entier. Et tels seront aussi les corps, quoique de manière subordonnée, de ceux qui appartiennent au Christ. Saint Pierre le laisse entendre (lui dont le nom même repose sur ce calembour où l'homme devient fondement d'un espace sacré – *Tu es Pierre, et sur cette pierre,* etc.) : *Vous-mêmes, comme des pierres vivantes, soyez édifiés en demeure spirituelle pour un sacerdoce saint* (1 P 2, 5).

L'eucharistie encore atteste ce prodige. Le Christ est au « Ciel », dans cet Autre Espace que délimite son propre corps divin, mais le voici aussi dans une église de

New York comme dans celle de La Garenne-Rancy, sur l'autel devant le pape Benoît XVI comme sous le dentier de Mme Henrouille... Il y est sans y être contenu. Il s'y trouve sans y être localisé, c'est-à-dire sans être limité par cette portion d'espace. Présent « par mode de substance », dit Thomas, et non « par mode de dimensions ».

12. Ces considérations, le lecteur peut à bon droit les trouver fantasques, tant elles excèdent nos représentations habituelles. Mais, pour être désarçonnantes, elles ne sont point déroutantes. Elles suivent la route spontanée de notre imaginaire, elles relèvent même du poncif esthétique. Dans le roman de Ramuz précédemment cité, *Si le soleil ne revenait pas*, la source de la lumière physique se déplace doucement d'un ciel muré de gris jusqu'au corps d'Isabelle, la femme d'Augustin Antide. Sous la flamme vacillante des lampes à huile, Jeanne Émery, la couturière, doit prendre les mesures de son buste pour lui faire un caraco bleu : « Isabelle a ôté son corsage. Il s'était mis à faire clair dans la chambre comme si le soleil était déjà revenu[1]. » Ce que promet l'éros le plus élémentaire, comment l'*agapè* ne l'accomplirait-il pas ?

Une hymne de Hopkins s'intitule « La Sainte Vierge comparée à l'air que nous respirons ». Marie de Nazareth y apparaît à la fois enveloppante comme « une île » et pénétrante comme « un parfum ». Le poète la nomme bientôt « air azuré qui avive chaque couleur », « mon atmosphère », « mon univers plus heureux, au sein duquel / Aller et rencontrer sans faute[2] ». Et c'est là – plus qu'une métaphore – une métaphysique.

1. C.-F. Ramuz, *op. cit.*, p. 185.
2. Gerard Manley Hopkins, *Le Naufrage du* Deutschland, suivi de *Poèmes gallois*, Paris, La Différence, coll. « Orphée », 1991, p. 75-81.

Nous l'avons vu avec le Bernin et ses statues-fontaines qui font rayonner la place, circuler la foule, se rafraîchir le passant. Nous l'avons aussi observé avec Proust et son involution mutuelle de la femme et du lieu – ces lieux qui portent « des noms comme en ont les personnes[1] ! ». *Est-ce ainsi que les hommes vivent ?* Le poème d'Aragon le confirme en chantant « les bras semblables des filles / Où j'ai cru trouver un pays ». De même, les romanciers, lorsqu'ils décrivent un endroit, le représentent comme un envers de leur intrigue ou un prolongement psychologique de leur personnage. Plus physiquement, plus éminemment, le phénomène se manifeste au théâtre ou sur la scène de l'opéra-ballet : cartons peints et décors en trompe-l'œil n'y sont que des pis-aller, car cette boîte noire, ce plateau nu, ce sont les paroles et les gestes des acteurs qui doivent en concrétiser la topologie ; peu à peu leurs répliques incarnées font jaillir un château, une tranchée, le lac des cygnes ou le royaume pourrissant de Danemark...

Ce cliché artistique est aussi un lieu commun de la philosophie moderne. L'espace y est perçu comme une forme *a priori* de la sensibilité : ce sont nos catégories mentales, d'après Kant, qui constituent le donné extérieur sous trois dimensions spatiales. Ce subjectivisme est critiquable, mais il est significatif d'une tendance objective à envisager l'espace, *via* le corps humain, sous la domination chorégraphique de l'esprit. Qu'on se souvienne de Hegel apercevant Napoléon au lendemain de la bataille d'Iéna : « C'est un sentiment prodigieux de voir un tel individu qui, concentré sur un point, assis sur un cheval, s'étend sur le monde et le domine[2]... » Le philosophe peut dès lors relativiser

---

1. Proust, *Du côté de chez Swann*, in *À la recherche du temps perdu*, Paris, Robert Laffont, coll. « Bouquins », 1987, vol. I, p. 320.
2. Cité par Kostas Papaioannou, *Hegel*, Paris, Agora, 1987, p. 17.

l'« univers infini » d'un Giordano Bruno : « Oui, le système solaire est quelque chose de fini… Seul l'esprit exprime la véritable infinité[1]. » Si le regard s'élève de Napoléon au Christ (c'est-à-dire de la puissance militaire à la charité), et qu'il n'omet pas que l'esprit en l'homme s'exprime par le corps, l'intuition de Hegel se rapporte assez bien à l'état des ressuscités. Pascal avait ces mots simples : « Par l'espace l'univers me comprend et m'engloutit comme un point : par la pensée je le comprends[2]. » Dans la mesure où « le corps des élus, avec tous ses éléments, est parfaitement soumis à l'âme glorifiée », on peut en déduire que cette propriété de la pensée rejaillit sur la chair, et que celle-ci, comprise dans l'Autre espace inauguré par le Christ, comprend notre univers dans son sein, aussi profondément qu'elle aura su se laisser évaser par l'amour.

Le festin des noces

13. Avoir un corps-temple n'est pas si confortable. Vous avez tout au fond un tabernacle qui vous troue à l'infini, et, à l'autre bout, deux larges battants qui vous offrent au tout-venant, à la première communiante comme à la vieille bigote, au riche qui fait sonner son aumône comme au pauvre qui vient mendier son sou. Plutôt que cette auberge pour la convalescence des blessés, certains aimeront mieux un corps hermétiquement clos, propriété privée, grillage électrique, vidéosurveillance, attention chien méchant.

À l'amplitude du corps glorieux s'oppose la crispation du corps damné. Le premier est « subtil et agile », disent

---

1. Hegel, *Encyclopédie des sciences philosophiques*, II, § 44, *ibid.*, p. 65.
2. Pascal, *Pensées*, § 113, éd. Lafuma, Paris, Seuil, coll. « L'intégrale », 1963, p. 513.

les théologiens, le second est « lourd et pesant » ; celui-là, « clair et transparent », celui-ci, « opaque et ténébreux[1] ». Dans ce dernier cas, on voudrait qu'être soi ce soit être à soi (ce qui n'arrive même pas aux Personnes divines, d'où l'attirant défi, la sombre et obsédante exception), et plutôt que de recevoir, comme un Temple, un univers de rencontres déchirantes, on s'échafaude une maison close, aux frictions superficielles, aux passes tarifées (ces notions de temple et de maison close étant à prendre dans leur essence, car, concrètement, durant notre pèlerinage, il se peut que certains temples soient envahis de faux monnayeurs, et que certains bordels recèlent de « splendides accueillantes »).

Aussi devinons-nous pourquoi le banquet céleste ne saurait être exactement comme un banquet de la terre (ni les étreintes paradisiaques comme les étreintes mondaines). De l'un à l'autre, la différence n'est pas que d'une intensité plus forte ou d'une variété plus grande. Elle est d'abord d'une communion plus profonde. On peut se régaler à la même table, s'ébattre dans le même lit, mais, comme bêtes à l'auge ou à la saillie, ne pas être vraiment l'un avec l'autre. Les coupes se choquent, les culs s'encastrent, le cœur n'y est pas. Certains, nous l'avons vu, ne conçoivent pas leur paradis autrement. Et ce sont en effet les plaisirs de l'enfer : frottement lubrique des opaques, pesée l'un sur l'autre des lourds, plénitudes de barriques et orgasmes qui font un bruit de grincements de dents. Car, pour le Ciel, il faut que le prochain vous entre dans la chair, comme un coup de lance, jusqu'à la moelle de l'esprit.

14. Le corps glorieux subsistant de par la vitalité de l'âme divinisée, il n'a pas besoin de nourriture pour

---

1. Saint Thomas d'Aquin, *Somme contre les gentils*, IV, § 89, 4-6.

refaire ses forces. Terminé, les régimes à suivre, les complications digestives, toutes ces contre-indications médicales, diététiques, idéologiques ou religieuses qui nous empêchent d'être au même festin. Ce qui n'interdit pas au Ressuscité de prendre un repas avec ses disciples – et de mastiquer comme les autres : *Venez déjeuner*, leur ordonne-t-il depuis la rive du lac de Tibériade (Jn 21, 12). La plupart des commentateurs font de ce genre de passage une lecture symbolique ou métonymique : l'invitation porte sur la vie éternelle, non sur le poisson grillé ; et, par le fait de manger, Jésus affiche qu'il a vraiment un corps, chair et os, et n'est pas un gaz humanoïde (Lc 24, 39-43) ; parce que dans le monde futur, non, nul ne s'alimente comme à présent : la simple humectation de sa langue avec sa salive suffira à faire jaillir toutes les saveurs possibles[1], et « le parfum, au Paradis, fera office de pain[2] ». Pour ma part, je serais plus réservé sur ce sujet. Je conférerais volontiers l'extension maximale au principe invoqué par saint Augustin : *Ce qui n'aura plus à se faire par nécessité, pourra toujours se faire par félicité[3]*. (Même uriner, pourquoi pas ? si le cœur vous en dit… N'y a-t-il pas une allégresse du *Manneken-Pis* ?)

Il n'en demeure pas moins que ce qu'il y a de plus essentiel dans un repas, c'est moins la qualité des nourritures que la qualité des commensaux. Celle-là n'a pas d'autre fin que de faire valoir celle-ci. Preuve en est la possibilité de « vivre d'amour et d'eau fraîche » : la partageons-nous avec un être cher, la frugalité nous apparaît d'une plus grande abondance que n'importe quelle ripaille avec des éteignoirs. Je me souviens de ce grand dîner à Château

---

1. Saint Thomas d'Aquin, *Somme de théologie*, Suppl., qu. 82, art. 4.

2. Saint Ephrem, *Hymnes sur le Paradis*.

3. Saint Augustin, *La Cité de Dieu*, XXII, xxx.

Yquem : le vin coulait exquis, les mets s'accommodaient pour en relever l'arôme et le velours, mais les conversations étaient si empesées que j'eusse préféré partager un carambar avec une petite fille qui rit aux éclats ou tailler le corned-beef avec un déchard qui pleure sur son litre.

Et c'est bien encore ce qui peut effrayer : le cœur béant qui détruit tout sentimentalisme, le rire profond qui abolit tout ricanement. Cet appétit quasi cannibale qui nous prend devant les joues roses et lisses d'un enfant ou contre le sein gonflé d'une épouse (ce sein qui est, pour l'enfant lui-même, véritable nourriture), voilà ce que doit plus que combler le festin d'en haut. Les amants voudraient s'unir non seulement par la bouche et le bassin, mais aussi par la rondeur de l'épaule, la saignée des genoux et des coudes, les bustes jusqu'aux artères, les visages jusqu'aux mémoires, jusqu'aux âmes, jusqu'à Dieu enfin (quelle pitié que ce vain effort de leurs corps pour se frayer une voie l'un dans l'autre comme on entrerait dans une ville fabuleuse !). Tel est pourtant le voyage qu'accomplit l'étreinte dans la Jérusalem céleste. Chacun y est enfin pourvu, selon le vœu de Proust, de cet « organe essentiel qui sert au baiser » : une chair prompte à l'esprit. Et le commensal y devient d'une certaine façon comestible. C'est à la fois plus violent et plus moral qu'Achille dévoré par Penthésilée. Saint Paul ne craint pas d'y encourager crûment : *Je vous exhorte donc, frères, de par les miséricordes de Dieu, à offrir vos corps en hostie vivante, sainte et agréable à Dieu : ce sera là votre culte logique* (*logikèn latreian* ; Rm 12, 1). Ce qu'il y a de plus logique, de plus raisonnable, se trouve dans cette folie.

15. De la physique eucharistique, nous abordons au morceau de résistance, lequel est d'ailleurs un exercice de subtilité. Comme la définit saint Thomas, « la subtilité

d'un corps signifie premièrement son pouvoir de pénétration[1] ». De ce que le corps glorieux est subtil résulte
que, tout en étant charnel, il est incomparablement plus
pénétrable et plus pénétrant que notre chair dans sa condition présente (mais ne devrais-je pas plutôt dire « notre
condition absente », tant y est faible encore notre présence
mutuelle ?). Les deux images concurrentes qui servent à
désigner le paradis finissent donc par se confondre : le festin et les noces désignent une seule réalité de communion
physique intime et débordante.

C'est tout le contraire de la grotte de Tristan et Yseult,
avec cette prétention de former une sorte d'androgyne
autosuffisant : l'enflure de deux egos mimétiques produit l'illusion d'une rencontre là où il n'y a que le fantasme d'un miroir. Mais c'est aussi le contraire d'une
« partouze », car non seulement la partouze pêle-mêle les
corps aux dépens de leur union jusqu'à l'âme, mais elle
suppose aussi le partage et la partialité, la distribution de
ses orifices et de ses extrémités à X, Y, Z… et donc ne va
pas assez loin – car ce qu'il faut, selon saint Paul, c'est
être *tout à tous* (1 Co 9, 22). Les deux livres de Catherine Millet, *La Vie sexuelle de Catherine M.* et *Jour de
souffrance*, témoignent de ces deux errances extrêmes, et
cherchent aveuglément leur point d'équilibre et de vérité.
Le premier se dissout dans le mythe d'un corps océanique,
disponible au passant mais d'autant plus fermé à demeure,
puisque les liaisons finissent par n'être qu'épidermiques
et quasi anonymes. Le second se durcit sur le rêve d'une
possession absolue, omnisciente, carcérale du seul Jacques
Henric. D'une part, l'orgiaque, d'autre part, la jalouse, et
derrière cette oscillation moins pendulaire qu'écartelante,
l'aspiration secrète et pure d'une chair disponible à chacun
sans jamais léser personne.

1. Saint Thomas d'Aquin, *op. cit.*, qu. 83, art. 1.

16. Ce que réalise le Christ dans la Communion. Il est à la fois le convive et la nourriture. Il se donne à manger et à boire, chair et sang, âme et Esprit. Pas d'anthropophagie, cependant : nous ne digérons pas son Corps, mais les espèces du pain ; nous n'absorbons pas son Sang, mais les espèces du vin. Ces vivres nous assimilent plus que nous ne les assimilons. L'acte de leur manducation est en vérité un acte d'union effective qui nous fait pressentir à quelle profondeur plus que génitale descendent les étreintes divines : *Qui mange ma chair et boit mon sang demeure en moi et moi en lui* (Jn 6, 56). Au surplus, dans l'eucharistie, le Christ n'est pas un tout qui se partage : « Le sacrement est-il rompu, / ne tremble pas mais souviens-toi, / qu'il est entier sous la partie / comme sous le tout de l'espèce. / La chose n'est en rien brisée, / le signe seul est fracturé[1]. » Il se livre à tous sous l'apparence d'une miette, mais il se donne à chacun tout entier, personnellement, comme s'il était l'unique.

Et voici le quatrième principe de physique glorieuse : *Les corps pourront se compénétrer à un degré d'intimité inouï, comme des regards qui plongeraient l'un dans l'autre de manière tactile et jusqu'au sanctuaire du cœur* ; et leurs embrassements se nuanceront et se particulariseront en fonction de chaque personnalité, comme la manne, *rien de trop à qui avait plus, et rien de trop peu à qui avait moins, chacun y avait recueilli ce qu'il fallait pour sa nourriture* (Ex 16, 18), ou comme les membres d'un même Corps mystique, ni confondus ni séparés, chacun tenant sa place dans la circulation d'une même Vie plus haute, en plus grande synergie avec certains, sans doute (comme la langue et les dents, ou le pouce et l'index), mais sans jamais envier ni mépriser quiconque, car *l'œil*

---

1. Séquence « *Lauda Sion* », office du Saint-Sacrement.

*ne peut pas dire à la main : « Je n'ai pas besoin de toi » ;
ni la tête dire aux pieds : « Je n'ai pas besoin de vous » ;
bien plus, les membres du corps qui paraissent être les
plus faibles sont nécessaires, et ceux que nous tenons pour
les moins honorables sont ceux-là mêmes que nous entou-
rons de plus d'honneur* (1 Co 12, 21-23).

Hæc est corpus MEUM

17. Dans ce que son état laisse d'impensé, ce *corps spirituel* peut m'apparaître étranger, très éloigné de celui que
je possède à présent. À vrai dire, cinquième principe : *Mon
corps sera plus le mien dans cet état glorieux que dans
l'état foireux où pour le moment il se trouve moins qu'il
ne se perd.* Trois raisons peuvent s'invoquer en ce sens.

Premièrement, le corps glorieux, tout en étant plus sensible du fait de sa subtilité, est aussi tout à fait impassible :
il ne connaît plus la douleur. Or qu'est-ce que la douleur, sinon ce qui me rend étranger à ma propre chair, me
fait traîner un boulet là où j'escomptais du ressort, subir
une irritation là où j'attendais de la finesse ? Et qu'est-ce
qui fait que j'éprouve ma chair comme mienne, sinon
ce toucher qui, en touchant et donc en étant touché par
un autre que moi, me donne de ressaisir mon corps dans
cette caresse ? L'impassibilité supersensible est donc le
caractère d'une chair d'autant plus mienne qu'elle est plus
réceptive à l'autre tout en ne pouvant jamais être aliénée
par le mal.

18. Deuxièmement, nous l'avons déjà dit, le corps glorieux est entièrement docile à l'âme. Or ce qui est mien
est aussi ce qui est soumis à mon intelligence et à ma
volonté. Que, comme chez le peintre génial, ma main

réponde exactement à l'inspiration que j'ai reçue en mon esprit, et je la perçois comme mienne au moment même où elle se charge d'un mystère qui me dépasse.

Les théologiens déclarent unanimement que les élus seront ressuscités avec un corps d'environ trente années, c'est-à-dire en pleine force de l'âge. Mais ce qu'ils visent par là, plus qu'un âge pour de bon canonique, c'est avant tout un état de l'organisme où les membres sont assez jeunes pour être souples et assez mûrs pour être habiles : un corps conducteur, donc, tout disposé à l'expression et à l'invention, par sa chair, de ce qui est au-delà de la chair.

19. Troisièmement, du fait de sa perméabilité aux profondeurs de la personne, le corps glorieux portera en lui les insignes de son histoire. Pour l'heure, hormis ma cicatrice d'appendicite ou tel pli du front indéchiffrable, ma chair n'est pas aussi expressive de ce que j'ai traversé qu'un livre de mémoires. Il n'en sera plus ainsi dans le monde à venir. Le Christ ressuscite avec ses plaies. Et Mlle Renée de Tryon-Montalembert, grâce à son physique de trente ans, manifestera aussi la vieillesse qu'elle a supportée jusqu'à quatre-vingt, sa maladie de Parkinson désormais convertie en saltarelle, son dos tordu en salutation neuve, ses rides innombrables comme autant de rayons soleilleux. Et ce petit anonyme, qui n'est même pas né, ou ce Théo parti avant l'âge de raison ? Leur maturité éternelle gardera la trace de leur destinée éclair : ils paraîtront plus enfants que les autres, et plus bouleversants aussi, de ce bouleversement spécial que provoquent la souffrance et la mort des petits, mais qui sera rendu ici dans la liesse mordante des retrouvailles.

Je songe aussi spécialement au corps des vrais époux : comment tant d'enlacements ne laisseraient-ils pas dans leur chair ce sillon, cette signature de l'un dans l'autre, en sorte que voyant telle femme de loin, mieux qu'à lire la gravure d'un anneau d'or, les élus sont assurés de ses épousailles avec tel homme, comme si elle portait l'empreinte de son visage sur le sien ? Et que dire de ton ventre, ma Siffreine – ce ventre distendu par les grossesses, marqué par les vergetures, et qui te fait honte devant la vogue de la platitude et du lisse ? Dans une beauté plus plantureuse que d'un Rubens et plus candide que d'un Renoir, il fera transparaître toutes les vies qu'il a portées dans l'enfouissement de ma semence ; de même que les bras de la vierge consacrée feront voir, comme autant d'entailles, tous ceux qu'elle a embrassés de sa prière ou que les paumes du prêtre se creuseront de lignes de vie qui les relieront à tous ceux auxquels elles communiquèrent les sacrements.

Clarté d'entrailles

20. Deux autres principes découlent de cette conductibilité de nos corps en gloire. Les élus respireront à nouveau, mais ils n'auront pas besoin de respirer pour assurer leur subsistance. Ils auront tout leur système digestif, mais ils n'auront pas besoin de s'alimenter pour survivre. À quelle fin donc toute cette triperie ? Jacques Maritain l'énonce en quelques mots : « De l'ordre biologique propre à l'état de voie, on est passé à l'ordre esthétique[1]. » C'était déjà l'observation de saint Augustin. D'emblée, dans le physique de l'homme, on peut distinguer une prédominance de l'esthétique sur le biologique, et donc une tendance naturelle du corps à passer de la conservation à la célébration : d'une part, nos organes tant externes qu'internes possèdent leur

1. Jacques Maritain, *op. cit.*, p. 490.

harmonie, qu'il s'agisse du clavecin des cinq cents fonctions du foie, du mandala de chaque neurone raccordé à
des milliers d'autres ou de l'orchestration des glandes par
le complexe hypothalamo-hypophysaire ; d'autre part,
dès maintenant, notre corps « présente certains accessoires qui ne sont que pour l'ornement, non pour l'utilité » : mamelles et barbe masculines, plus longs cils de
la femme, diverses couleurs des yeux, finesse de la peau
du visage, autant de grâces qu'un fonctionnalisme strict
eût plutôt remplacées par des joues de corne et des bras
télescopiques… « Si donc de tous les organes apparents,
il n'en est évidemment aucun en qui la destination de
l'utilité exclue la beauté ; et si plusieurs, en outre, ne
sont que beauté sans utilité ; il est, je crois, facile d'en
conclure que dans la structure du corps la beauté a obtenu
la préférence sur la nécessité ; car la nécessité doit passer,
et un temps viendra où nous jouirons de la beauté seule,
de notre beauté mutuelle, sans désir impur[1]. » En dernière analyse, contre tout darwinisme à la Spencer avec
son « *survival of the fittest* », la vie corporelle n'est pas
premièrement faite pour la lutte, mais pour la louange.

21. Sixième principe de notre physique à venir : *Tout ce
qui avait pour but de soutenir la vie physiologique sera
libéré de cette servitude pour n'avoir d'autre office que
de soutenir un rayonnement esthétique.* Les battements
du cœur formeront la pulsation d'une musique avec son
ballet de viscères et ses sarabandes de sang. Les méandres
de la nutrition se déploieront comme le panorama de cités
grandioses. Les sexes mêmes se relèveront plus innocents
que des marmottes, plus beaux que des tigres en liberté,
ici conque faisant entendre une mer infinie, là trompette
magnifiant l'existence… Ils finiront par réaliser le ser-

1. Saint Augustin, *La Cité de Dieu*, XXII, XXIV, p. 339.

ment contenu dans les anciennes nomenclatures, avec leurs termes soyeux qui honoraient « les qualités les plus fines » du bas-ventre féminin : « On y goûtait les beautés qu'il partageait avec les mondes animal et fruitier qui sont les paradis de l'enfance, comme aussi les délices du jardin habité par Adam en son premier matin. On y retrouvait le frais des nymphées, les coquillages bizarres, les mouvements lents des algues. Les herbiers, les florilèges et les bestiaires, les spécimens tirés des simples et les zoologies les plus fantasques, tout un cabinet de curiosités avait contribué à nommer sa nature, innocente et belle comme avant la Chute[1]. »

C'est pourquoi la polarité des sexes ne pourra que perdurer. Le féminin manifestera quelque chose de la divinité qui se dérobe au masculin, et réciproquement (peut-être davantage le mystère d'immanence de l'Esprit chez la femme, du fait de son corps enveloppant, et, chez l'homme, le mystère de transcendance du Père). L'un sera toujours pour l'autre, nécessaire à l'autre pour réaliser sa propre plénitude. Si ces organes ne servent plus au coït et à l'engendrement (le nombre des élus étant accompli), ils n'en font pas moins partie intégrante d'une union plus intime, et, non seulement ils témoignent visiblement d'une relation actuelle aux enfants qu'ils ont eus (en ce sens ils enfantent toujours), mais encore ils expriment corporellement la fécondité divine (puisque dès l'origine Dieu crée l'homme *à son image mâle et femelle* ; Gn 1, 27).

22. Pour approcher cette fonction libre et non plus fonctionnelle de nos membres, qu'il suffise ici d'évoquer la seule poésie de respirer :

1. Jean Clair, *Court traité des sensations*, « Le Jugement dernier », Paris, Gallimard, 2002, p. 62-63.

Respiration, ô toi l'invisible poème !
Incessant échange de l'être en soi au sein
du pur espace universel. Contre-balance
en quoi rythmiquement je surviens à moi-même.

Unique vague dont je suis,
la successive mer[1]…

Ce que Rilke chante en son sonnet à Orphée devient immédiatement visible dans le Royaume futur, et la simple respiration du moindre bienheureux nous apparaîtra plus riche et nous touchera plus fort qu'une savante symphonie. C'est qu'elle sera, elle aussi, le signe éclatant de la Vie trinitaire.

La « clarté » des glorieux, en effet, comme toute beauté dès à présent, correspondra toujours à une espèce de théophanie : sans rien perdre de sa carnation ni de sa contexture, « la clarté du corps manifestera la gloire de l'âme, comme un vase de cristal reflète la couleur de l'objet qu'il contient[2] ». Respirer, avant même parler, sera déjà la prédication irrésistible de cette Vie qui ne cesse d'être reçue et donnée, et qui révèle cette circulation d'Amour entre les Personnes divines : « … cette fonction double et réciproque / Par laquelle l'homme absorbe la vie et restitue, dans l'acte suprême de l'expiration, / Une parole intelligible. / Et de même la vie sociale n'est que le verset double de l'*action* de grâces ou hymne, / Par lequel l'humanité absorbe son principe et en restitue l'image[3]. »

1. Rainer Maria Rilke, *Les Sonnets à Orphée*, II, 1, trad. Armel Guerne, in *Poésie*, Paris, Seuil, 1972, p. 394.
2. Saint Grégoire le Grand, *Moralia in Job*, l. 18, c. 48. Voir aussi saint Thomas d'Aquin, *Somme de théologie*, Suppl., qu. 85, art. 1, ad 3.
3. Paul Claudel, *La Ville* [2e version], acte III, in *Théâtre*, I, Paris Gallimard, coll. « Bibliothèque de la Pléiade », 1956, p. 488-489.

La gloire de la blessure
et le rayonnement du bourrelet

23. Cette conversion intégrale du biologique à l'esthétique s'oppose radicalement à tout esthétisme. Le Règne de Dieu n'est pas l'accomplissement du Reich, les ressuscités ne ressemblent pas à des statues d'Arno Brecker (ni à des photographies de *Vogue* ou *Têtu*, puisque les canons nazis restent la référence courante), ils n'exaltent pas une santé ni une efficience titanesques, ils répondent à peine aux normes grecques de la beauté. S'ils répondent davantage à quelque norme, c'est plutôt à l'espièglerie des petits enfants, tant la gloire du Royaume est essentiellement filiale. Et ils gardent en eux les traces de la faiblesse traversée, des déformations supportées, des injures encaissées par et pour la joie.

C'est la grande requête de Thomas Didyme. Il ne veut pas d'un Ressuscité idéal, genre Manpower, n'assumant pas les stigmates de l'histoire : *Si je ne vois pas dans ses mains la marque des clous, si je ne mets pas mon doigt dans la marque des clous, et si je ne mets pas ma main dans son côté, non, je ne croirai pas !* (Jn 20, 25). Nietzsche réclame d'une façon tout à fait similaire : « Qui veut entonner un chant, un chant du matin, tellement ensoleillé, tellement léger, si aérien qu'il ne chasse *pas* les idées noires, mais qu'il les invite à chanter avec lui, à danser avec lui[1] ? »

La gloire du corps ne doit pas en chasser les difformités ni les blessures, mais les inviter à resplendir dans son surgissement. Le Christ victorieux assume le ratage, la disgrâce, le supplice, le handicap. De même ceux qui entrent

---

1. Friedrich Nietzsche, *Le Gai Savoir*, § 383, trad. Henri Albert.

dans sa victoire : *Nous portons sans cesse l'agonie de Jésus dans notre corps, afin que dans notre corps la vie de Jésus soit elle aussi manifestée* (2 Co 4, 10).

24. Sur cette question, saint Augustin déclare dans un premier temps que « les individus affligés de maigreur ou d'obésité n'auront pas à craindre d'être tels qu'ils ne voudraient pas être même ici-bas[1] ». La beauté d'un corps réside dans l'intégrité et la juste proportion de ses parties. En conséquence, puisque les corps glorieux sont beaux, tout défaut en eux sera corrigé, toute surcharge, abolie. L'obèse deviendra svelte, le maigre se remplumera, tous paraîtront avec la corpulence rêvée des alimentations saines et des sports de plein air.

Mais le docteur de la Cité céleste s'aperçoit bientôt qu'un tel enseignement ne fait pas assez sa place au mystère de la Croix. Que nous dit ce mystère ? Que la Beauté subsistante est descendue chercher sa créature dans l'abjection où elle se vautre, a consenti à devenir *comme une racine en terre aride, sans beauté ni éclat pour attirer nos regards* (Is 53, 2), et fit sourdre par là, à travers la laideur la plus sèche, une harmonie plus retournante. C'est l'harmonie de la miséricorde, qui prend sur elle la misère pour la transfigurer, rattrape la discordance pour inventer de nouveaux accords, accueille le difforme pour y pétrir une forme plus formidable.

Alors Augustin se rétracte, ou plutôt rééquilibre sa précédente affirmation : « Je ne sais comment notre tendre affection pour les bienheureux martyrs nous fait désirer de voir sur leurs corps, dans le royaume céleste, les cicatrices des blessures qu'ils ont reçues en confessant le nom du Christ : et peut-être les verrons-nous. Car ce ne sera pas une difformité, mais une dignité, et, bien que par leur

---

1. Saint Augustin, *op. cit.*, XXII, XIX, p. 324-325.

corps, le rayonnement, non de leur corps, mais de leur vertu. Non que les martyrs mutilés reparaissent ainsi à la résurrection des morts, puisqu'il leur est dit : *Pas un cheveu de votre tête ne périra* (Lc 21, 18) ; mais, s'il est dans l'ordre du siècle nouveau que la chair immortelle laisse voir les traces des glorieuses blessures, et la place où les membres ont été frappés, mutilés, retranchés, les cicatrices resteront manifestes sur ces membres restitués et non perdus. Et, bien qu'alors tous les défauts survenus au corps ne seront plus, gardons-nous toutefois d'appeler défauts ces témoignages de vertu[1]. »

25. Qu'ils attestent ce qui fut souffert par amour, et les défauts se changent en qualités, les difformités en dignités. L'iconographie catholique n'a cessé d'explorer ce sublime qui transcende l'horreur. Dans le paradis de Van Eyck, un évêque tient devant lui, coincée dans une tenaille, sa langue arrachée. Dans les icônes russes tout autant que chez Martorell ou Zurbarán, ce sont des canonisés qui nous présentent sur un plateau le membre perdu par grâce : Jean-Baptiste, sa tête coupée, Lucie, ses yeux désorbités, Agathe, ses seins tranchés… Si la petite Maria Goretti prit quatorze coups de poinçon pour avoir voulu rester une vierge du Christ, pourquoi ne se montrerait-elle pas étincelante avec ses perforations comme autant de petites bouches à vertige ? Le moindre crucifix ne nous invite-t-il pas à cette esthétique déchirée ? La plaie du martyre laisse mieux voir la bonté concrète, historique de l'âme. Et pas seulement la plaie : le bourrelet aussi, dans la mesure où sa grasse ceinture fut le véhicule d'une grâce ; ou encore les côtes trop apparentes, si cet efflanquement fut pour une tendresse en pleine Sibérie. Qui sait dès lors si nous ne verrons des pin-ups renversantes dans la dentelle de leurs

1. *Ibid.*, p. 325-326.

métastases ? des mannequins de la syphilis repentie ? des top-models de l'accident de la route ? Ô bleus du ciel !

Quoi qu'il en soit, le corps eucharistique est toujours un corps d'épreuve. Toute atteinte qui fut l'occasion de l'offrande s'y dévoilera comme une attestation. D'où ce septième principe : *Chaque corps glorieux invente les canons d'une splendeur inédite à partir des péripéties de son drame.* Il n'y aura pas que des éphèbes et des sylphides. Le « boudin » brillera qui a donné son sang, le « cageot » rayonnera qui a porté du fruit. La « guenon » sera plus belle que Vénus pour autant qu'elle sera entrée dans le défilé de la miséricorde. C'est le conte du vilain petit canard. C'est aussi le visage de Mère Teresa. Déjà nous entrevoyons comment l'humble charité peut transfigurer Carabosse. Ce qui ne nous empêche pas de courir plutôt les jolies filles. Il faut le triomphe de l'amour pour que Teresa nous apparaisse *physiquement* plus sublime que l'ange imbu de soi.

Le corps poétique

26. La vie sensorielle des ressuscités pose un problème analogue à celui de leur vie physiologique. De quel usage sera notre sensibilité, puissance cognitive, attendu que la vision béatifique nous sature déjà d'une connaissance surabondante ?

Comme le remarque saint Thomas à la suite d'Aristote : « Toute notre connaissance nous vient par nos sens à partir des choses sensibles et naturelles[1]. » C'est parce que nous avons vu et senti des pâquerettes et des roses que nous pouvons en abstraire l'idée de fleur. C'est parce

---

1. Saint Thomas d'Aquin, *Commentaire des physiques d'Aristote*, II.

que nous avons goûté la bonté du lait à la poitrine d'une mère que nous pouvons concevoir le Bon Dieu. Sans ce soutien terrestre, pas d'élan de nos esprits vers le ciel.

Cette nécessité nous distingue à la fois de la bête et de l'ange. Pour la bête, le sensible ne renvoie qu'à du sensible. Pour l'ange, le pur intelligible suffit. Pour nous, dans notre condition actuelle, le sensible est ce par quoi nous montons de degré en degré, par le raisonnement, vers l'intelligible (non pas vers un monde intelligible opposé au monde sensible, selon un dualisme à tort attribué à Platon, mais vers l'intelligible comme foyer rayonnant du sensible, qui est sa pointe, au sein d'un seul et unique monde) : *En effet, depuis la création du monde, ce que Dieu a d'invisible se laisse voir à travers ses œuvres* (Rm 1, 20). Voilà ce qui rend pour nous la sensation si sensationnelle. En sentant la lumière réchauffant notre peau et révélant les couleurs, nous commençons à nous représenter le feu du Saint-Esprit. En éprouvant la solidité d'un rocher, nous commençons à approcher la fidélité du Père. En apercevant le ruisseau qui court gaiement et fait luire les pierres, nous commençons à entrevoir la liberté du Fils.

Mais, dès lors que l'âme est tout entière entée en Dieu et qu'elle y perçoit toutes choses avec une pénétration plus qu'angélique, qu'est-ce que les sens pourraient lui apprendre de nouveau ? Ne deviennent-ils pas caducs ? Leurs opérations nerveuses ne sont-elles pas court-circuitées par ce céleste éblouissement ? À quoi bon une lampe-torche quand on a le soleil dans sa main ? À quoi bon une pâle photographie quand le vivant visage est sous nos yeux ? Et, cependant, une chair incapable de sentir est-elle une chair encore ? N'est-elle pas plutôt une défroque, jolie sans doute, mais tout à fait négligeable ? Certains spiritualistes dégoteront là leur argument majeur. Le Christ déclare aux Sadducéens : *À la résurrection, ils sont pareils aux anges* (Lc 20, 36). Par conséquent, le *corps incorruptible et spirituel* (1 Co 15, 42-44) n'est pas vraiment un corps. L'Incarnation est pour la désincarnation. Que celui qui n'a pas d'oreilles entende !

27. Ce que nous avons esquissé dans le précédent chapitre peut nous aider à débrouiller ce « contresens ». Dans notre rapport à l'Éternel, ainsi qu'à tous ceux qui l'ont laissé établir en eux sa demeure, la connaissance parfaite n'implique pas la compréhension totale. Ce qui reste à connaître est toujours plus grand que ce qui est déjà connu (ce reste étant vécu comme un surcroît et non comme une carence). Il est donc concevable que ce reste nous soit en partie communiqué à travers les sens.

La « langue qui sera de l'âme pour l'âme » ne détruira pas le langage des corps. Pour mieux accueillir l'autre ressuscité, pour mieux lui être uni (non pour pallier un défaut, je le répète, mais pour libérer un excès), les chairs devenues parfaitement éloquentes auront encore à s'éprouver dans la rencontre :

> Quand nos os eurent touché terre,
> Croulant à travers nos visages,
> Mon amour, rien ne fut fini.
> Un amour frais vint dans un cri
> Nous ranimer et nous reprendre[1].

Par nos corps-idéogrammes, sous un toucher d'une sensibilité accrue, une vue plus perçante, une ouïe plus fine, un flair plus subtil, un goût plus délicat, nous pourrons apprendre encore ce que l'autre a d'inépuisable.

---

1. René Char, « Pleinement », *Les Matinaux*, Paris, Gallimard, coll. « Poésie », 1987, p. 72.

28. Cette déduction en entraîne une seconde, plus décisive. Les sens glorifiés ne pourront avoir cette capacité de recevoir un tel surcroît d'autrui que dans la mesure où ils auront la capacité de l'exprimer, de le manifester l'un à l'autre, de faire apparaître dans la matière, librement, inventivement, la surabondance de l'être. Aussi leur fonctionnement principal sera-t-il comme inversé. Ils seront moins impressifs qu'expressifs. Ici-bas, nous remontons surtout du sensible vers le spirituel ; ici-haut, nous descendrons surtout du spirituel vers le sensible. Or, si le mouvement de remontée correspond à celui de la connaissance, celui de descente correspond à celui de l'art.

Le scientifique va de la chose donnée à l'idée explicative. L'artiste va de l'idée créative à la chose façonnée. À partir du fonds de sensations et d'idées engrangées dans sa mémoire, tout ce fatras d'un coup illuminé et ordonné par l'éclair de l'inspiration, le voici qui conçoit, imagine, ouvrage dans la matière une formule jamais vue. La vision béatifique nous donnant une connaissance parfaite, et non pas générale, mais singulière, permettant d'accueillir l'unicité de chaque brin d'herbe et de donner à chaque moucheron son nom, les encyclopédies ne serviront plus de rien (*La science ? elle disparaîtra* ; 1 Co 13, 8), il s'agira moins d'apprendre que de faire éclater la splendeur de ce qui est déjà su et qui vous somme de rejaillir : *De tout votre art, soutenez l'ovation !* (Ps 32, 3). La sensibilité servira donc moins au savoir qu'à la poésie. Dans l'œuvre à la fois la plus personnelle et la plus universelle, l'un découvrira à l'autre la manière dont celui qui fait sa gloire se réverbère en lui.

Cette primauté poétique de la sensibilité glorieuse, Rimbaud l'a pressentie comme ce qui est octroyé « après la tentation », une fois dépassés « l'ébat du zèle écourté, les tics d'orgueil puéril, l'affaissement et l'effroi » : « Tu te mettras à ce travail : toutes les possibilités harmoniques et architecturales s'émouvront autour de ton siège. Des êtres parfaits, imprévus, s'offriront à tes expériences. Dans tes environs affluera rêveusement la curiosité d'anciennes foules et de luxes oisifs. Ta mémoire et tes sens ne seront que la nourriture de ton impulsion créatrice[1]. »

29. Huitième principe, donc : *Le corps glorieux, en tant qu'il est eucharistique, est un corps poétique.* Ce que Paul Claudel apercevait dans les jetés battus d'un Nijinski décrit assez justement le mystère de ce physique qui rassemble toutes choses dans sa pantomime et les livre avec lui dans une liturgie flambant neuve : « C'est la possession du corps par l'esprit et l'emploi de l'animal par l'âme, encore et encore, et de nouveau et encore une fois, élance-toi, grand oiseau, à la rencontre d'une sublime défaite ! Il retombe, à la manière d'un roi qui descend, et de nouveau il s'élance comme un aigle et comme une flèche décochée par sa propre arbalète. L'âme pour une seconde porte le corps, ce vêtement est devenu flamme et la matière est passée transport et cri ! Il parcourt la scène comme l'éclair et à peine s'est-il détourné, qu'il revient sur nous comme la foudre. C'est la grande créature humaine à l'état lyrique, il intervient comme un dieu au milieu de notre bamboula ! Il repeint nos passions sur la toile de l'éternité[2]… »

Tout ce que le corps glorieux reçoit dans l'amour, il l'offre en des compositions singulières, d'autant plus originales qu'il est plus abouché à son origine. Les corps des damnés se recroquevillent chacun sur leur anti-monde : ce sont des faiseurs, non des poètes. Ils connaissent

1. Arthur Rimbaud, « Jeunesse », IV, *Illuminations*.
2. Paul Claudel, *Mes idées sur le théâtre*, Paris Gallimard, 1966, p. 74.

l'enflure qui repousse, non la dilatation qui recueille. Ils ne cherchent qu'à s'exprimer eux-mêmes dans une sphère qui multiplie et dorlote indéfiniment leur reflet. Tout à l'inverse, les corps des élus ne sont créatifs que d'être hospitaliers de part en part : inspirés en direct par l'Esprit, tendus à l'écoute de la moindre créature, ils élancent entre l'un et l'autre un pont neuf, répercutent l'un pour l'autre la création tout entière, chacun selon la résonance que lui seul peut rendre.

Jacques Lecoq opère pour le théâtre cette distinction qui sépare à jamais le cabotinage démoniaque de la divine comédie : « La différence entre un acte d'expression et un acte de création tient à ceci : dans l'acte d'expression, le jeu est donné à soi-même plutôt qu'au public. Je regarde toujours si l'acteur rayonne, s'il développe autour de lui un espace dans lequel les spectateurs sont présents. Beaucoup absorbent cet espace, le rabattent sur eux-mêmes et le public est alors exclu, cela devient "privé"[1]. »

La célébration eucharistique dégage exactement cet espace où les spectateurs sont à ce point présents qu'ils agissent avec le prêtre qui agit avec Dieu. Et ce n'est pas qu'un commerce entre l'homme et son Sauveur. Tout l'univers est convoqué sur l'autel : les fruits de la terre et de la vigne, mais aussi la ruche bourdonnante que capte le cierge pascal, la futaie qui s'immortalise dans la floraison des colonnes, les plus dures montagnes que la voûte fléchit comme des bras maternels, le soleil en révolution que les vitraux invitent au *gloria* – et ses rayons découpés, revêtus des couleurs du bal, courent sur les dalles, font chanter l'or du calice, éclairent la procession de la poussière en suspens. C'est encore l'anticipation de la poésie qui vient.

---

1. Jacques Lecoq, *Le Corps poétique*, Arles, Actes Sud, coll. « Papiers », 1997, p. 30.

Pommiers d'amour et bêtes à bon Dieu

30. Qu'en est-il de la *terre nouvelle* ? Le corps poétique sera-t-il un corps en apesanteur, sans plancher pour reposer ses pas, sans matériau pour modeler ses figures ? Ou bien y aura-t-il autour de lui, comme autour d'Adam dans le jardin d'Éden, tout le corps de ballet des plantes et des bêtes ?

Sur cette question, Thomas d'Aquin commence avec un syllogisme généreux : « L'habitation doit convenir à l'habitant. Or le monde a été fait de telle sorte que l'homme y habite. Donc, l'homme étant renouvelé, le monde doit l'être de manière semblable[1]. » Au fond, notre corps ne s'arrête pas aux limites de notre peau. Il se maintient dans d'incessants échanges avec son milieu : lumière, oxygène, appui terrestre, club-sandwich récapitulant notre symbiose avec le froment et l'eau, la laitue et le poulet… Notre corps fait corps avec tout l'univers matériel. Et ce dernier ne peut qu'être entraîné dans sa gloire. L'homme n'est pas créé à partir de rien au milieu de nulle part ; dès l'origine, tiré de *la glaise du sol*, il a pour mission de rendre un culte au Ciel, non pas seulement avec le Ciel, comme les anges, mais avec la Terre, par la *culture du sol* (Gn 2, 5-7). Thomas l'exprime en une phrase admirable : « Ainsi l'âme humaine est comme l'horizon, la zone de confins où se joignent le corporel et l'incorporel, parce que, substance immatérielle, elle est cependant la forme d'un corps[2]. » La chair de l'homme a pour vocation d'être le lieu de jonction entre le Ciel et la Terre, le point de rencontre entre l'ange et le crapaud, le lit de noces entre Dieu et la boue.

1. Saint Thomas d'Aquin, *op. cit.*, Suppl., qu. 91, art. 1.
2. Saint Thomas d'Aquin, *Somme contre les gentils*, II, § 68.

Et, néanmoins, parce qu'il est prisonnier de la physique aristotélicienne, mais aussi parce que – principe absolument imparable – la gloire ne saurait détruire la nature, Thomas va se faire très restrictif : mis à part les bienheureux, la terre nouvelle est un désert. Les astres et les éléments entreront dans la rénovation des ressuscités, mais ce ne sera pas le cas des animaux et des plantes. C'est que, d'après Aristote, les astres et les éléments sont incorruptibles, leur essence même leur autorise à participer à un monde immortel ; tandis que les bêtes et les plantes n'ont rien dans leur nature qui leur permette de supporter une telle élévation. Leur âme est essentiellement corruptible. En outre, leur subsistance dépend pour une bonne part de leur prédation : le chat continuera-t-il son jeu cruel avec l'oiseau blessé ? le lion déchiquettera-t-il encore l'antilope en laissant leur part aux vautours ? La gloire éternelle, donc, leur serait contre nature.

Ceux qui rêvent d'un paradis où ils pourront retrouver Médor, Cadichon, Kiki-la-Doucette ou leur pot de géraniums, détestent l'animal et le végétal dans leur réalité propre et sans doute les anthropomorphisent comme en contrepartie, parce qu'ils eurent tendance à traiter les hommes comme des chiens (et les femmes comme des chattes, bien entendu). Ils oublient que ce qui rend si pitoyable la souffrance d'une bête, c'est précisément que « cette créature souffre sans l'avoir mérité, sans compensation d'aucune sorte, puisqu'elle ne peut espérer d'autre bien que la vie présente[1] ». Enfin, dans la mesure où sa compagnie passée nous sera rendue plus neuve dans la vision de l'Éternel (Médor en Dieu a le poil plus luisant, la truffe plus fraîche et rapporte plus merveilleusement la balle), nous ne saurions trouver dans son absence matérielle un quelconque motif de réclamation…

---

1. Léon Bloy, *La Femme pauvre*, I, XII.

31. Ici ma fidélité à saint Thomas m'incite à le trahir. De fait, à suivre le second de ses principes – la gloire conforme à la nature d'un être –, même son bel empyrée minéral ne peut que s'écrouler et laisser les corps glorieux en suspension parmi des particules élémentaires (ou plutôt n'ayant pas d'autre habitation, ce qui est déjà sublime, que le corps juste au-dessus d'eux, investi d'une plus haute gloire, à peu près à la manière des poupées russes, toute l'étendue de la Terre nouvelle se ramenant au Corps du Christ). Désormais, nous savons que les étoiles sont corruptibles, non moins que l'air, l'eau, la terre et le feu. Rien en eux-mêmes ne les dispose à une splendeur immortelle.

Rien en eux-mêmes… mais pas rien en nous. Si nous nous en référons au premier principe invoqué – l'univers matériel comme corrélatif du corps humain – et si nous voulons en outre préserver le second, il faut en déduire que ce n'est pas dans la nature du merle, de la glycine ou du granit qu'il convient de chercher la raison de leur présence à l'univers glorifié, mais dans la nature de l'homme, et dans la modalité de sa rédemption. C'est ce que sous-entendent les fameux versets de l'Épître aux Romains : *La création a été soumise à la vanité – non comme l'ayant voulu, mais à cause de celui qui l'y a soumise – avec l'espérance qu'elle aussi sera affranchie de la servitude de la corruption, pour avoir part à la liberté de la gloire des enfants de Dieu. Oui, jusqu'à ce jour, la création tout entière gémit en travail d'enfantement* (Rm 8, 19-22).

La création matérielle est l'otage de notre destinée. Notre chute l'a fait chuter avec nous. Notre relèvement avec nous la relève. Au commencement, le Créateur donne à Adam de nommer les autres animaux. Léon Bloy commente : « Notre premier ancêtre, en nommant les bêtes, les a faites siennes de manière inexprimable. Il ne les a pas seulement assujetties comme un empereur. Son essence les a pénétrées. Il les a fixées, cousues à lui pour jamais, les affiliant à son équilibre et les immisçant à son destin. Pourquoi voudriez-vous que ces animaux qui nous entourent ne fussent point captifs, quand la race humaine est sept fois captive ? Il fallait bien que tout tombât à la même place où tombait l'homme[1]. » Il faut aussi que tout se renouvelle à la même place où l'homme est renouvelé. *Tu sauves, Seigneur, l'homme et le bétail* (Ps 35, 7). Non que le bétail ait besoin d'être sauvé, puisqu'il n'a pas commis de faute, non que sa carcasse possède le moindre morceau dans quoi la grâce puisse avoir prise, mais parce que, le berger entrant dans une transfiguration, il est normal qu'il conduise avec lui son troupeau.

Un grand auteur spirituel du XIXe siècle, Mgr Charles Gay (évêque qui peut faire l'objet d'une profonde *gay-pride*) parle d'une sorte de réaction en chaîne à partir de l'Incarnation : la gloire de l'âme entraîne celle du corps humain, la gloire du corps humain celle du corps animal, et ainsi de suite, jusqu'à la poussière, le supérieur emmenant l'inférieur avec lui : « En s'incarnant, le Verbe a prétendu déifier toutes les créatures, et il les a réellement déifiées en principe : les âmes d'abord, puis même les corps, autant qu'ils en sont susceptibles ; et non seulement ceux qui ont une âme, mais ceux qui sont inanimés, fût-ce la fleur du champ ou le grain de sable de la rive. Si Dieu a créé le grain de sable, pourquoi Jésus ne le déifiera-t-il pas ? S'inclinant jusqu'au néant, élever le néant jusqu'à soi, ce sont pour Dieu deux actes qui se valent. […] Du reste, qu'est cette poussière que nos pieds foulent, sinon la sœur jumelle de ce limon dont Dieu a fait sa chair ?

1. *Ibid.*

La gloire de l'un assume la gloire de l'autre, ou plutôt la renferme[1]. »

32. Le neuvième principe de la physique à venir pourrait se formuler ainsi : *Le corps poétique est une étoile du cirque universel, à la fois danseur et dompteur, chorégraphe et coryphée qui conduit dans sa ronde les pierres, les plantes et les bêtes.* Isaïe le prophétisait : *Le loup habitera avec l'agneau, et la panthère se couchera avec le chevreau ; le veau, le lion et le bétail gras seront ensemble, et un petit enfant les conduira. La vache et l'ourse iront au même pâturage, leurs petits auront un même gîte ; et le lion, comme le bœuf, mangera du fourrage. Le nourrisson s'ébattra sur l'antre de la vipère et le petit à peine sevré mettra sa main dans le nid du cobra. On ne fera point de mal et on ne détruira plus sur toute ma montagne sainte ; car la terre sera remplie de la connaissance du Seigneur, comme le fond des mers par les eaux qui le couvrent* (Is 11, 6-9). C'est donc avec une parfaite orthodoxie, me semble-t-il, que Francis Jammes réclame « une chapelle bâtie en haut d'un arbre », avec des geais qui viennent boire « dans la fraîcheur du bénitier ». Et c'est avec une non moindre rectitude qu'il prie pour « aller au paradis avec les ânes », y arrivant « suivi de leurs milliers d'oreilles[2] » (L'âne n'arbore-t-il pas une croix sur son échine ? N'a-t-il pas porté le Messie pour son entrée triomphale à Jérusalem ?) Enfin, quand le poète d'Orthez supplie dans un quatrain célèbre :

---

1. Charles Louis Gay, *De la vie et des vertus chrétiennes*, I, Paris, Oudin, 1878, p. 168.
2. Francis Jammes, *Quatorze prières,* IV et VIII, in *Le Deuil des primevères*, Paris, Gallimard, coll. « Poésie », 1980, p. 138 et 143.

Ah ! faites, mon Dieu, si Vous me donnez la grâce
de Vous voir face à Face aux jours d'Éternité,
faites qu'un pauvre chien contemple face à face
celui qui fut son dieu parmi l'humanité[1]…

Il fait de la théologie rigoureuse, puisqu'il fonde le retour de son épagneul non sur sa nature canine mais sur la gloire reçue par son maître dans la vision béatifique, ainsi que sur la vocation ultime de ce dernier à exercer une seigneurie liturgique, et non pas utilitaire et technique, embrassant toute la création matérielle. Il indique aussi, sur le modèle de la vision, que cette seigneurie ne se fait pas de l'extérieur, mais plutôt par le dedans, comme ces « anges qui gouvernent les bêtes, et sont préposés à la naissance des animaux, à la croissance des boutures et des plantes[2] ». Je veux dire que, pénétrés de la sagesse créatrice, les élus pourront façonner leur cèdre et leur tigre : la femme donnera à son époux plusieurs pommiers remplis de serpents à plumes ; le fils offrira à sa mère un bouquet de baobabs où nichent des toucans ; le père pour sa fille fera sauter le tyrannosaure par un cerceau ; et pour sa belle-famille, le gendre orchestrera de fantastiques orages.

33. Ce redéploiement de tout le monde physique à partir de la générosité des corps glorieux est le véritable accomplissement de l'homme. Aristote écrivait dans sa *Poétique* : « Mimer est naturel aux hommes et se manifeste dès leur enfance (l'homme diffère des autres animaux en ce qu'il est très apte à l'imitation et c'est au moyen de

---

1. Francis Jammes, *L'Église habillée de feuilles*, 27, in *Clairières dans le Ciel*, Paris, Gallimard, coll. « Poésie », 1980, p. 181.
2. Origène cité par saint Thomas d'Aquin, *op. cit.*, I, qu. 110, art. 1, ad 3.

celle-ci qu'il acquiert ses premières connaissances), par ailleurs tous les hommes prennent plaisir aux imitations. » Cette observation complète irremplaçablement la définition classique : « L'homme est un animal doué du *logos*. » Elle précise que la connaissance en nous ne s'achève pas dans l'idée : il faut qu'elle rejaillisse dans le corps qui s'offre pour la joie d'autrui.

Le savoir purement spéculatif nous apparaît toujours partiel et décevant. C'est que nous ne connaissons vraiment quelque chose que lorsque nous nous la sommes incorporée et que nous pouvons la mimer, la restituer dans une offrande réciproque. Afin de les saisir selon notre profondeur d'esprits bien en chair, il faudrait non seulement étudier, mais encore jouer l'odeur du jasmin, l'ondoiement de la mer, la nuée de sauterelles… Enfin, qui valsera la *Somme théologique* ? Qui vivra la *Divine Comédie* ? Tant que ça ne passe pas dans nos membres, tant que ça ne se transmet pas avec un embrassement, c'est une sève sous pression qui n'a pas trouvé la ramure à fleurir, c'est un soleil sous horizon qui n'a pas rencontré la terre où se lever.

Là se trouve la clé d'une remarque de saint Augustin à propos de la vision bienheureuse : « L'âme séparée est incapable de voir l'essence divine aussi parfaitement que les Anges. Sans exclure une raison plus profonde, je crois qu'elle a un penchant trop naturel pour gouverner le corps. Ce penchant l'arrête en quelque sorte dans son essor, et l'empêche de tendre avec toute son activité au plus haut des cieux, tant qu'elle n'a pas pour enveloppe ce corps qu'elle doit gouverner pour sentir ses inclinations satisfaites[1]. » La remarque est paradoxale : pour tendre au plus haut des cieux, l'âme humaine doit reprendre chair. C'est que l'ange n'a pas besoin de faire retentir ce

1. Saint Augustin, *De Genesis ad litteram*, livre XIII, chap. XXXV.

qu'il sait dans un corps : son intelligence et sa volonté lui suffisent. L'homme, lui, ne recueille vraiment dans son âme que ce qu'il est capable de manifester avec sa chair, de « recréer », comme dirait Proust, dans une matière sensible. Et c'est pourquoi, contrairement à ce que conceptualisait Hegel, le savoir absolu ne pourra jamais supplanter l'art, l'un ayant toujours besoin de l'autre ici-bas, comme le paralytique et l'aveugle qui s'épaulent maladroitement.

34. Je songe à la dernière tentation de saint Antoine selon Flaubert. Elle n'est si forte que de s'appuyer sur cette inclination viscérale de l'âme à faire corps avec le monde : « Ô bonheur ! bonheur ! j'ai vu naître la vie, j'ai vu le mouvement commencer. Le sang de mes veines bat si fort qu'il va rompre. J'ai envie de voler, de nager, d'aboyer, de beugler, de hurler. Je voudrais avoir des ailes, une carapace, une écorce, souffler de la fumée, porter une trompe, tordre mon corps, me diviser partout, être en tout, m'émaner avec les odeurs, me développer comme les plantes, vibrer comme le son, briller comme la lumière, me blottir sur toutes les formes, pénétrer chaque atome, descendre jusqu'au fond de la matière – être la matière[1] ! » Ce qui fait ici que ce bonheur sonne faux, et qu'il s'agit bien d'une tentation, c'est que son paradis est régressif jusqu'à l'anonymat. Antoine voudrait se diluer en toutes choses, au lieu de les assumer par Dieu et pour son prochain. Il voudrait se résoudre dans la matière, plutôt que de maintenir une distance qui permette de jouer avec et d'y imprimer les formes qui la fasse entrer plus avant dans la bénédiction. Son désir n'en témoigne pas moins d'un élan essentiel.

1. Gustave Flaubert, *La Tentation de saint Antoine*, VII, Paris, Gallimard, coll. « Folio », 1983, p. 237.

Certaines formations théâtrales s'efforcent de le reconnaître et de le cultiver. À l'école de Jacques Lecoq, singulièrement, l'élève s'essaie à imiter le bois, le papier, le carton, le métal, le pâteux et le huileux, les couleurs et les espaces, la mer en furie ou le saule pleureur, la larve ou le wallaby, l'archange translumineux ou la mésange charbonnière… Cette « méthode des transferts » n'a pas pour fin de se décharger d'une humanité trop pesante, mais au contraire de répondre à son amplitude pantomimique : « Elle consiste à prendre appui sur les dynamiques de la nature, des gestes d'action, des animaux, des matières, pour s'en servir à des fins expressives afin de mieux jouer la nature humaine[1]. » Jouer la nature humaine, c'est emporter dans son cortège toute la nature non humaine : dire sa joie avec une migration de gnous, recevoir ses invités sur un tapis de rubis et de thym, reconduire un ami sous bonne escorte de dodos et de potamochères…

35. Ce ne sera donc pas la fin de l'imagination. Dans sa *Grammaire de l'assentiment*, John Henry Newman évoque ces « *longings* » qui distendent nos cœurs et nous font apprécier les « *marvelous tales* », parce qu'elles nous tournent vers « *something greater than this world can give* ». Les histoires merveilleuses sont œuvres de l'imaginaire, certes, mais l'imaginaire n'œuvre profondément que sous l'impulsion d'un désir bien réel, aussi concret, fiché dans nos entrailles, que notre faim de nourriture. Nos fantaisies sont comme les embrasures de notre raison affolée par le Ciel. Cependant, une fois que nous aurons atteint le monde toujours plus merveilleux, ces histoires semblent à jamais révolues, et la fantaisie devenue inutile. Or il n'en est rien. Plus que jamais l'imagination sera nécessaire. Elle ne sera plus la « folle du logis », sans doute, mais la

1. Jacques Lecoq, *op. cit.*, p. 55.

fille du Royaume, toute à sa fonction « créatrice ». Elle ne servira pas à s'évader d'une réalité douloureuse ni à apprivoiser une impatience dévorante. Faculté des « confins », joignant l'esprit et la matière, la règle et l'invention, son bonheur sera, non plus de pallier des manques, mais de publier une surabondance. Elle improvisera sur le clavier des éléments, jouera des milliards d'espèces minérales, végétales et animales, et cela ne sera jamais assez pour célébrer l'abîme de la bonté de Dieu.

L'auteur du *Seigneur des anneaux* allait tous les jours à la messe s'incliner devant le Seigneur de l'Alliance. À travers l'oratorien Francis Morgan, qui le recueillit alors qu'il était orphelin, J. R. Tolkien était disciple du cardinal Newman. Ce qu'il déclare dans une lettre à propos du droit des catholiques à écrire des « *faëries* » s'applique encore plus spécialement aux ressuscités de la terre nouvelle : « L'homme, ce sub-créateur, à travers qui la Lumière se réfracte, passe du Blanc unique à une multiplicité de teintes qui se combinent les unes les autres, créent sans cesse de nouvelles formes et voyagent d'un esprit à un autre esprit. Nous avons rempli toutes les crevasses du monde d'elfes et de lutins, et bâti pour nos dieux des demeures faites d'ombres et de lumière, mais c'était notre privilège. Que nous en ayons bien ou mal usé est une autre histoire. Ce droit nous reste. *Nous continuons de créer de la manière dont nous avons été créés*[1]. »

Chaque corps glorieux ne rendra jamais autant grâces aux richesses de son Créateur qu'en étant créatif à son tour. Plus organiste qu'organique, ses mains et ses pieds sauront faire orchestre de toutes choses (et même ses dents, comme Jimmy Hendrix sur sa guitare, et même ses cuisses, tam-tam du danseur espagnol ou tyrolien). Il

---

1. John Ronald Reuel Tolkien, *The Monsters and the Critics and other Essays*, George Allen & Unwin, 1983, p. 144.

inventera sa Comté tout ensemble immémoriale et neuve, et la peuplera d'une faune et d'une flore à la fois exotiques et familières… Il n'en aura jamais fini, non seulement d'exprimer les splendeurs de l'Éternel, mais de recueillir chez soi le nain aussi bien que l'elfe, je veux dire notre prochain tel que Dieu nous le rend – plus surprenant qu'une race étrange. Et ce sera un grand plaisir de jouer avec lui au grand méchant loup ou même au diable – pour rire –, ce que ni le diable ni le grand méchant loup ne savent faire, mais que les enfants font inlassablement.

Du jardin d'Éden à la Jérusalem céleste

36. Je ne saurais achever cette méditation sans attirer l'attention sur un certain glissement de sens. De la Genèse à l'Apocalypse, le Paradis subit une inquiétante métamorphose. Ce ne sont pas seulement ce ciel et cette terre qui sont voués à disparaître. C'est l'Éden qui est irrémédiablement détruit. Le paradis terrestre était un jardin ; le paradis céleste est une ville : *Et je vis descendre du ciel, d'auprès de Dieu, la ville sainte, la nouvelle Jérusalem, préparée comme une épouse qui s'est parée pour son époux* (Ap 21, 2). Ce revirement n'est pas alarmant que pour l'écologiste qui rêve d'un retour à maman Gaïa. Il l'est aussi pour la mentalité biblique. Si, pour les Grecs, la *polis* engendre la politesse et que, pour les Romains, l'*urbs* cultive l'urbanité (tandis que les campagnes sont plutôt les lieux du rustique, voire du rustaud, sinon du plouc), pour le lecteur de la Bible, en revanche, toutes ces belles vertus civiques se révèlent comme autant de vices déguisés.

Dans la cité tentaculaire prévaut ce centralisme que dénonce le prophète Samuel, avec son roi païen qui usurpe le trône du Seigneur, avec ses foules d'anciens paysans appauvris et expropriés, avec cet anonymat qui réduit le nom propre à une fonction utilitaire : *Il prendra vos fils et vos filles et les affectera à sa charrerie et à ses chevaux, et ils courront devant son char Il leur fera labourer son labour, moissonner sa moisson, fabriquer ses armes de guerre et les harnais de ses machines* (1 S 8, 11-18). La ville est pharaonique. Brillant de ses feux séducteurs, elle ne connaît plus la différence du jour et de la nuit, rejette le chabbat et, même en ses distractions, garantit la victoire des chefs de corvée : *Israël bâtit pour Pharaon les villes-entrepôts de Pitom et Ramsès* (Ex 1, 11).

Qui, dans la Genèse, est le premier *constructeur de ville* ? Nul autre que Caïn. À la première cité sortie de ses mains il donne le même nom que son fils, Hanok, ce qui veut dire « Dédicace » (Gn 4, 17) : le fils est dédié à la ville et la ville dédiée au fils dans une tautologie infernale[1]. C'est l'espace sans air d'un ego sans fin replié sur lui-même : l'extériorité de la nature telle que donnée par Dieu, l'arbre de Vie comme ce que nous n'avons pas planté mais dont nous devons prendre soin, tout cela est banni au profit du factice. Et ce bannissement culmine dans le dernier descendant d'une dynastie jalousement consanguine, Lamek, lequel s'érige en idole roulant les mécaniques de son agressivité : *Lamek dit à ses femmes : « Entendez ma voix, femmes de Lamek, écoutez ma parole : j'ai tué un homme pour une blessure et, pour une meurtrissure, un enfant »* (Gn 1, 23). Cette première ville est située *à l'est d'Éden, dans le pays de Nod* (Gn 1, 16). Or Nod, en hébreu, veut dire « errance ». Loin d'être le lieu du repos et de l'accomplissement, la ville se dévoile comme ce qui boucle l'errance sur elle-même, l'empêche de devenir voyage aussi bien que demeure, et s'étale en avenues et

1. Voir Jacques Cazeaux, *Le Partage de minuit*, Paris, Cerf, coll. « Lectio divina », p. 112-145.

transports avec l'orgueil du labyrinthe et l'activisme du bagne : on croit progresser sans fin grâce à ses propres forces, et l'on revient sans cesse sur ses pas.

Cette frénésie de la ville est si évidente au regard des Écritures que même l'Apocalypse, qui chante la *Cité sainte*, commence par dénoncer la *cité puissante*, Babylone la grande, *mère des putains* (Ap 17, 5). C'est sur l'effondrement de cette dernière que l'autre peut advenir. La Jérusalem nouvelle est l'anti-Babylone (c'est-à-dire l'anti-Babel). Babel prétendait par sa tour se bander jusqu'à *pénétrer les cieux* (Gn 11, 4). La Jérusalem nouvelle, au contraire, *descend du ciel*. Avec elle, ce sont les cieux qui nous pénètrent plus que nous ne les pénétrons – et de là vient notre pente à détaler vers le pays de Nod et à y maçonner des terriers aux mille galeries marchandes.

Si les toponymes de Babylone et Jérusalem se contre-disent symboliquement, ils peuvent néanmoins se superposer du point de vue topographique. C'est que l'ennemi n'est pas extérieur. La corruption ne manque pas d'atteindre la Jérusalem terrestre en elle-même : *Comment est-elle devenue une prostituée, la cité fidèle, remplie de justice, refuge du droit et maintenant repaire des assassins ?* (Is 1, 27).

37. En vérité, l'opposition entre la ville et le jardin n'est pas si tranchée qu'il y paraît au premier abord. Le mot « paradis », qui servit d'abord à désigner les parcs des rois perses, remplis de vignes et de poiriers, de cognassiers et de cèdres, renvoie par l'étymologie à un domaine « entouré de murs » : tels étaient les jardins suspendus de Babylone, perchés au sommet de hautes ziggourats, tournés vers le ciel mais cernés de créneaux.

Peut-être ai-je trop insisté jusqu'ici sur l'ouverture et la béance, au risque du malentendu. Il est temps de se rattraper et de faire l'éloge des murs. Car, sans murs, pas d'ouverture possible, tout se dissout dans un espace impersonnel et désorienté.

Un jardin n'est jamais un paysage sans limite. Il a ses haies, ses palissades et ses *ha-has*, comme la ville a ses remparts. L'un comme l'autre tiennent à la fois de l'intérieur et de l'extérieur. Avec le jardin, je sors de ma maison, mais je suis encore chez moi. Avec la ville, je sors de chez moi, mais je suis encore parmi mes concitoyens. Tous deux interdisent aussi bien l'intériorité trop intimiste que l'extériorité indéfinie. Ils relèvent d'un « espace du troisième type[1] », ni pure architecture ni pur paysage : quelque chose comme une synthèse du géométrique et du sauvage – car les bâtiments de la ville ancienne, vus de la butte Montmartre, par exemple, ressemblent plus aux arbres d'une forêt touffue qu'à un polyèdre divisé en cellules identiques.

Qui voudrait réduire le jardinage ou l'urbanisme à une « science » au sens moderne ne pourrait que les détruire dans leur floraison propre. C'est ce que tentent Bouvard et Pécuchet, s'agissant du jardin : incapables de concevoir une activité autrement que comme un travail de copiste, ils cherchent des plantations certifiées conformes à leurs manuels, et ne parviennent qu'à les faire péricliter. S'agissant de la cité, c'est ce qui se passe avec Métropolis : la rationalisation tayloriste de l'aménagement dégrade l'habitation en circuit concentrationnaire. Par-delà le paysage, le jardin nous arrache à une contemplation passive pour entrer dans cette activité réceptrice qui accompagne la poussée naturelle. Par-delà l'architecture, la ville nous arrache à la planification fermée pour nous engager dans l'imprévisible des rencontres.

---

1. Anne Cauquelin, *Petit Traité du jardin ordinaire*, Paris, Petite Bibliothèque Rivages, 2005, p. 106.

38. Dans la Bible, peu à peu, le jardin et la ville s'épousent et se communiquent leurs perfections. Un seul arbre de vie est planté au milieu de l'Éden. Au cœur de la Cité sainte et de sa sublimité minérale, il y a, baignés par un fleuve jaillissant et limpide, non pas un, mais plusieurs *arbres de vie qui fructifient douze fois, une fois par mois, et leurs feuilles peuvent guérir les nations* (Ap 22, 2).

Le propre du jardin, c'est de nous faire coopérer à une œuvre dont le principe nous échappe. La transposition est immédiate : *Moi j'ai planté, Apollos a arrosé, mais c'est Dieu qui donne la croissance De Dieu, en effet, nous sommes les coopérateurs* [littéralement : les « synergistes »], *et vous êtes le champ de Dieu, l'édifice de Dieu* (1 Co 3, 7). Si l'on passe si aisément du champ à l'édifice, c'est que la vraie construction n'est pas constructiviste : les Écritures la conçoivent plutôt comme quelque chose d'analogue à la culture, où l'on ne fait que disposer, soigner, ménager (et non pas *manager*) la montée d'une sève invisible : *Si le Seigneur ne bâtit la maison, les bâtisseurs peinent en vain ; si le Seigneur ne garde la ville, en vain veillent les gardes* (Ps 126, 1). À telle enseigne que les bâtisseurs ne peuvent s'accaparer l'honneur d'être absolument les maîtres d'œuvre.

La Terre promise est expressément désignée comme *un pays aux villes grandes et prospères que tu n'as pas bâties* (Dt 6, 10). De même, bien que tu sois à l'œuvre dans ton verger, tu n'en as pas construit les pommes ni les cerises. La Vie est d'abord reçue, et même se recevant elle-même en nous, avant que nous puissions choisir de l'assumer et de lui permettre de s'accomplir. Nul prométhéisme, donc, dans la Cité des vivants. C'est la leçon du retable de *L'Agneau mystique*. Les frères Van Eyck y peignent une liturgie universelle, mais elle se déroule dans une simple clairière, tandis que les incroyables splendeurs citadines sont à l'arrière-plan : les arbres font cathédrale, et les cathédrales sont comme des arbres.

Le grand futur est mieux que futuriste. Quand on songe que le verbe bâtir est employé pour la première fois dans la Genèse à propos de la création de la femme (Adam est *modelé*, mais la femme est *bâtie*), il y a de quoi rester ébloui. C'est pourtant l'évidence : le corps d'une demoiselle, le même que trente siècles en arrière, sera toujours plus bouleversant que n'importe quel Empire State Building (King Kong en sait quelque chose). Nous retrouvons ici l'inclusion de l'espace dans le corps glorieux, et nous comprenons à nouveau que l'urbaine merveille ne saurait se réduire à l'exploit technique ni même à quelque volontarisme moral. La Révélation y insiste : rien n'est plus *édifiant* que ce qui fait jaillir la beauté féminine dans sa pureté. Sion finit d'ailleurs par s'identifier à une jeune fille, et la Jérusalem céleste à une épouse et une fiancée. La ville ne cesse d'être la prostituée qu'à la condition de ne rien perdre des charmes de la femme. Et de s'offrir à l'étreinte du Très-Haut.

39. Pourquoi, cependant, au final, pour désigner le paradis, cette prévalence de la ville sur le jardin ? Quatre ou cinq motifs s'imposent, qui nous donneront de réviser certains points de notre physique eucharistique.

1° La consistance de l'histoire. – La béatitude n'est pas dans une déresponsabilisante restauration en l'état d'origine. Elle est, après la chute, passage de la grâce à la gloire. Le retour du repentir n'est pas le retour de la nostalgie. Le jardin doit le céder à la ville, parce qu'il ne s'agit plus de revenir à l'Éden. Cette ville possède certainement toute la force des fusées végétales (comme la Sagrada

Familia de Gaudí), mais elle n'ignore pas le paradis saccagé, prend acte du désastre et s'élève au travers, fondée sur les *Douze* (Ap 21, 14) qui résument toute l'histoire d'Israël. Pareillement, le corps glorieux, bien que ressuscité sans imperfection et dans la pleine jeunesse, n'est pas le discobole ou la Vénus de la statuaire antique. Il porte visiblement la trace du chemin parcouru – le sien – sans autre pareil. Sa chair est narrative, signée par les cicatrices de l'amour.

2° La primauté des visages. – Le jardin, qui n'est toutefois pas la forêt, pourrait nous faire rêver une régression tellurique, chtonienne, quasi larvaire. La cité nous arrache aux « superstitions du *Lieu* », à la croyance qu'il y aurait des endroits, des idées ou des objets plus sacrés que mon prochain : « Dès lors une chose apparaît : apercevoir les hommes en dehors de la situation où ils sont campés, laisser luire le visage humain dans sa nudité. Socrate préférait à la campagne et aux arbres la ville où l'on rencontre les hommes. Le judaïsme est frère de ce message socratique[1]. » Et c'est pourquoi certains mystiques ont vu dans la Jérusalem nouvelle non pas une construction de pierre, mais une communion de personnes : chaque corps glorieux y définit une demeure, un temple, un quartier, un faubourg, une contrée entière – Venise vraiment douce aux amoureux, puisque ses îles et ses ponts se livrent à même le corps de l'aimée.

3° La nouveauté des rencontres, motif qui se déduit du précédent. – Certes, les villes d'ici-bas sont marchandes, laborieuses dans leurs jours, et par compensation, la nuit, lascives et effervescentes. Le rendez-vous y est sou-

---

1. Emmanuel Lévinas, « Heidegger, Gagarine et nous », in *Difficile Liberté*, Paris, Albin Michel, 1963, p. 325.

vent faussé de n'être que d'affaires ou de délassement. L'innombrable y vire à l'anonymat. Et néanmoins la jeune femme qui espère se marier s'installe en ville plutôt qu'à la campagne. Dans la Jérusalem céleste, il y va sans déclin de ces approches nuptiales. Le commerce y est sans négoce. L'*innombrable* (Ap 7, 9) y interdit la réduction statistique : loin de rendre anonyme, il restitue chacun à son nom propre, incomparable, qui ne peut être résorbé dans son lignage ni faire nombre avec un autre unique (dans le livre des Nombres, justement, le prophète Balaam s'exclame : *Voici un peuple qui habite à part, il n'est pas rangé parmi les nations. Qui pourrait compter la poussière de Jacob ? Qui pourrait dénombrer la nuée d'Israël ?* Nb 23, 9-10). Néanmoins, si l'image du jardin doit rester, c'est parce qu'au paradis l'événement-rencontre coïncide avec l'événement-éclosion. Les rencontres en effet n'y sont jamais des malencontres. Leur nouveauté répond à ce qu'il y avait de plus enfoui dans nos cœurs et que l'on n'espérait plus. Le corps glorieux, dans son offrande sans réserve, est une réserve infinie de guet-apens heureux, parce qu'il est le transparent tabernacle de l'Éternel, plus encore : son hostie vivante. Si pour l'heure nous devons être prudents avec la chair, tellement forte en sa promesse et décevante en ses pouvoirs, là-bas, plus rien à craindre : comme l'eucharistie, elle sera adorable et livrant plus qu'elle ne paraît promettre.

4° La poursuite de l'art. – Même si l'art des jardins est couronné par sir Francis Bacon comme « l'art suprême », la ville, avec ses théâtres, ses musées, ses opéras, situe davantage l'espace d'une certaine créativité ou du moins de son exposition. Or, nous l'avons observé, les corps des élus sont voués à la poésie : *Ils danseront, les os que tu broyais* (Ps 50, 10). Leur nudité même inventera d'incroyables vêtements – comme la rose qui « porte robe sur robe d'apparat » et par là réalise « l'éviction, le démenti de tout costume ». Leur humanité s'exprimera en mammouths et colibris, pâquerettes et séquoias, objets techniques dernier cri parfaitement inutiles. Et, n'en déplaise à Thomas d'Aquin, chaque bouche, plutôt que de savourer sa propre salive, saura offrir au palais d'autrui des festins improbables, et les narines comme les aisselles d'inimitables parfums. Car l'art est ici toujours de l'un pour l'autre, sans retour narcissique ni crispation idolâtre.

5° La vérité de la rédemption. – La Jérusalem céleste, en tant que ville, signale qu'à une ou deux exceptions qui confirment la règle il n'y a que des pécheurs en ses murs, mais des pécheurs qui se sont laissé déchirer par la grâce (en enfer, par contre, pavanent tous ceux qui veulent se faire par eux-mêmes une sainteté). Que la cité supplante le jardin dans la représentation paradisiaque, c'est une proclamation de miséricorde : Caïn, premier urbaniste, est racheté. Il en va pour sa ville comme pour Rahab : la prostituée de Jéricho fut considérée par les Pères comme une figure de l'Église. Ainsi, dans la Genèse, à un chapitre de distance, on retrouve dans la descendance de Seth les deux noms majeurs qui encadraient la postérité de Caïn. Dans cette seconde généalogie, Lamek est désormais le nom du père de Noé le juste, tandis que Hanok, éponyme de la première ville fondée par le fratricide, devient le nom de ce patriarche dont il est écrit qu'il *marcha avec Élohim, puis disparut, car Élohim l'enleva* (Gn 5, 24). La « Dédicace » à soi s'est changée en « Dédicace » à Dieu. Le nom qui signifiait l'errance à tourner en rond renvoie maintenant à une verticale qui vous emporte au Ciel…

40. Deux détails pour finir (ou pour commencer, puisque ce que nous visons se trouve après la fin). Ces deux détails, l'Apocalypse les mentionne l'un après l'autre, comme si de rien n'était (21, 21 puis 22). Mais qu'on s'en avise un peu, et ils envahissent toute la Cité de Dieu, deviennent presque plus importants que la fresque entière. Parce qu'ils en montrent le cœur à jamais déchiré.

Le premier est de taille : la Jérusalem nouvelle *n'a pas de temple*. Sur ses places transparentes, la contrariété de l'église et du bistrot, de la bible et du bal, du profane et du sacré n'a plus lieu d'être. C'est qu'à présent *le Seigneur, le Dieu Pantocrator, est son temple, ainsi que l'Agneau…* À dire vrai, l'Agneau étant immolé pour n'importe quel bougre, Dieu étant tout en tous, le temple est dorénavant en chaque corps bienheureux. Non pas que ce temple confisque à lui toutes choses. Au contraire, au paradis, plus personne ne va à l'église, parce que chacun l'est… pour l'autre. Le moindre passant y devient sanctuaire où tomber à genoux – sans rien perdre de sa simplicité. Patrick Kavanagh, le grand poète irlandais, disait à destination des sacralisateurs en tous genres : « À chaque fois que j'entends le mot poésie (ou art), je vais au PMU », et il associait au salut la nécessité de se « vautrer dans le banal ». La poésie meurt dès qu'elle devient un mot ronflant, tandis que le banal est le champ où elle se révèle à celui qui aime et sait contempler. Ainsi de la Cité céleste. En elle, aucune sacralité rigide, aucun cérémonial pompeux. Sa grandeur ne saurait tourner à la majesté écrasante, puisqu'elle est le Royaume des enfants et des petits.

Second détail : la Jérusalem nouvelle *a des portes*. Et pas qu'une seule : douze, comme les tribus d'Israël et les apôtres de Jésus. Portes pour accueillir, sans doute, selon des voies qui affluent de tous côtés. Mais une fois que tous sont là, de quoi peuvent-elles bien servir ? De manière générale, nous n'envisageons les portes du Paradis que dans le sens de l'entrée. Qu'en est-il de l'autre sens, celui de la sortie ? Est-ce donc que le bienheureux pourrait s'y ennuyer et obtenir un passeport pour la géhenne ? Certes non. Ces portes ne sont pas pour fuir mais pour ouvrir encore. Le Paradis est excès, voilà notre refrain. Il est toujours plus vaste que lui-même. Et tout ce que nous pouvons en dire n'est rien auprès de ce qui reste à chanter.

La clé des chants

> Dans le fond de nos os, on fait chanter le Chant profond. C'était si simple. On l'attendait depuis si longtemps. Je ne peux pas vous expliquer…
>
> Henri Michaux, « L'étranger parle ».

Message ou musique ?

24. Nous voici tout proches de la *cadence*. Qu'est-ce à dire ? L'étymologie de ce terme renvoie à la fois à la chute et à la chance. Quant à ses acceptions courantes, elles sont au nombre de trois et désignent le rythme propre à régler les mouvements d'un danseur, la terminaison d'une phrase musicale et la partie d'improvisation pour le soliste d'un concerto : en même temps ce qui cadre et ce qui élargit, ce qui achève et ce qui ouvre, en un mot, ce qui rebondit. Et, de fait, parvenu à la fin de ce livre, j'en arrive à son origine. L'inspiration m'en fut donnée au printemps 2008, tandis que mes heures de loisir faisaient se succéder sans préméditation la lecture de Dante, l'écoute de Mozart et les jeux avec les enfants (j'étais l'ogre et je les dévorais plusieurs fois l'un après l'autre). Par une chimie assez

compréhensible après coup, ces trois éléments combinés me firent sentir comme dans un flash intense ce qui – dit comme cela – tient plutôt du constat le plus rudimentaire : la violence du paradis est essentiellement chorale.

Du début à la fin de la Bible, le chant, plus précisément le chant à plusieurs voix, est présenté comme l'activité principale des bienheureux. Moïse, ayant traversé à pied sec cette mer qui se referme sur les chars de Pharaon, *chante, avec les fils d'Israël, un cantique au Seigneur* (Ex 15, 1). Les chaînes ne tombent que pour resserrer les liens du chant. L'étau peut se relâcher, il faut toujours mieux tendre les cordes du saltérion. David en fait son espérance : *Je veux chanter au Seigneur tant que je vis, je veux jouer pour mon Dieu tant que je dure* (Ps 103, 33), ou encore : *Chantez et jouez pour lui, redites sans fin ses merveilles* (Ps 104, 3). Quant à Jean, dans son Apocalypse, ses visions les plus célestes sont des auditions : *Et j'entendis une voix venant du ciel comme la voix des eaux nombreuses et comme la voix du tonnerre énorme, et cette voix que j'entendis était semblable à des citharistes citharisant sur leurs cithares. Et ils chantent un cantique nouveau* (Ap 14, 2-3).

À partir de cette donnée, les oreilles peuvent se déployer comme des ailes. Sainte Gertrude fredonne à son tour : « Le paradis est cette cité si sacrée et si aimée de Dieu que l'on n'y entend que des mélodies et des louanges de Dieu même, et où tous les saints, selon la différence de leur vertu, chantent ces louanges d'une manière différente[1]. » Le chœur des rachetés n'est pas une masse sonore indistincte. Chacun invente avec son timbre irremplaçable sa propre chanson, laquelle singulièrement s'harmonise à chaque autre comme à l'ensemble. Dans

---

1. *La Vie et les Révélations de sainte Gertrude*, trad. A.-J. Mege, Paris, 1686, p. 629.

le ciel du Soleil (le quatrième), Dante aperçoit la « sainte meule » des âmes

> ajustant danse à danse, chant à chant,
> chant qui surpasse autant nos muses
> et nos sirènes en leurs flûtes suaves
> que la splendeur première surpasse son reflet[1].

Dans le ciel suivant, celui de Mars, « une mélodie s'épanche dans la croix[2] ». Et plus haut encore, au ciel de Saturne (le fameux septième ciel), les élus ne chantent plus, mais c'est parce que Dante a l'« ouïe mortelle[3] » et qu'entendre leur musique ne pourrait que le tuer.

23. Toutefois, cette insistance sur le chant, si elle plaît à l'oreille, ne saute pas aux yeux. L'interprétation en est même si glissante que la plupart passent dessus comme sur une jolie métaphore. Ils n'y remarquent rien qui engage l'essence de la foi. Après tout, les sopranos coloratures ne montent pas toujours à des hauteurs spirituelles. Et les saints sont rarement des premiers prix de classe lyrique. Combien de fois, à la messe, ai-je dû supporter crécelles et casseroles, alors que c'était moi, me grisant de la justesse de mon phrasé, qui plongeais dans une fausseté autrement plus grinçante.

Défiance, donc, envers les charmes du chanteur. En 1324, dans sa décrétale *Doctrina sanctorum Patrum*, le pape Jean XXII fulmine contre les disciples de l'*ars nova* : « Ils courent sans se reposer, enivrent les oreilles sans les apaiser, miment par des gestes ce qu'ils font entendre. Ainsi la dévotion qu'il aurait fallu rechercher est ridiculisée,

---

1. *Paradiso*, XII, 6-9.
2. *Ibid.*, XIV, 122.
3. *Ibid.*, XXI, 61.

et la lasciveté, qu'on aurait dû fuir, est étalée au grand jour[1]. » La règle liturgique attribue la préséance à l'articulation du texte : que le raffinement mélodique ne le rende pas inintelligible, que l'attention aux sons ne fasse pas perdre de vue le sens… Cette double qualité, la monodie grégorienne la détient jusque dans ses mélismes : ce ne sont pas des fioritures qui vous égarent dans les prouesses de la vocalise, mais des figures de rhétorique qui vous secondent dans l'intelligence des Écritures.

Ces tons ayant pour but de rehausser le texte, certains en concluront que le chant est accessoire. Apologétique, à la rigueur. De l'ordre de l'excipient, sinon de l'excitant. Miel qui sert à faire passer l'amertume du remède, vitrine rutilante qui permet de solder la Croix. La musique est d'abord outil de communication. Le moyen de transmettre un message. C'est dans le message que se trouve l'essentiel. D'ailleurs, aujourd'hui, nous ne chantons plus le Credo, sauf en latin : aucune partition n'est prévue pour sa traduction française, aucune, du moins, n'est pratiquée ordinairement. Les articles s'enchaînent à la façon du Code pénal, comme s'il n'y allait que d'un savoir – et d'un devoir – en tout cas pas d'un amour, car les amoureux ramagent comme les oiseaux. De la morale avant toute chose !

Le chant nu

22. Et, néanmoins, comme le rappelle Ernest Hello, « le Credo peut se chanter parce qu'il n'est pas seulement l'exposé d'une doctrine ; il raconte le sujet de la joie[2] ».

---

1. Cité in Brigitte et Jean Massin (dir.), *Histoire de la Musique occidentale*, Paris, Fayard, 1985, p. 227.
2. Ernest Hello, « Hamlet en opéra », in *Le Siècle*, Paris, Perrin, 1923, XXXII, p. 224-225.

Pour ceux qui y croient (mais qui ne s'y croient pas), il ne s'agit pas du sommaire d'un traité, mais du rappel de l'Événement : cette bonne nouvelle du salut qui présuppose la mauvaise nouvelle de mon naufrage, cette folle passion de Dieu pour mon âme si mal tournée, sa promesse improviste d'une *vie éternelle – Amen !* (ce qui ne veut pas dire « CQFD », mais plutôt « Ah ! Oh ! Bigre ! Juste Ciel ! Seigneur ! En voilà de l'incroyablement solide ! » – et c'est pour ce motif que le Graduel multiplie les notes en cascade sur ces deux dernières syllabes). Le Credo *peut* donc se chanter, non comme une possibilité parmi d'autres, mais comme la possibilité de le manifester pour ce qu'il est : une parole débordante. La mélodie n'est pas là comme un ornement propre à le rendre plus gai – ce serait confondre l'effet et la cause. La mélodie est là parce qu'il est lui-même principe d'allégresse : il nous pousse à chanter. N'a-t-il pas inspiré les plus belles pièces de Bach, Haendel ou Mozart ?

Au début de *En Route*, Huysmans évoque un Credo cantillé dans l'église Saint-Séverin, à Paris. Une maîtrise aérienne d'enfants alterne avec un soliste aux graves de taureau : « À ce moment-là, Durtal se sentait soulevé et il se criait : mais il est impossible que les alluvions de la Foi qui ont créé cette certitude musicale soient fausses ! l'accent de ces aveux est tel qu'il est surhumain et si loin de la musique profane qui n'a jamais atteint l'imperméable grandeur de ce chant nu[1] ! » Cette dernière expression est à tout le moins étrange. Comment un chant si lourd de sens peut-il être un chant nu ? La nudité du chant n'exige-t-elle pas plutôt qu'on le débarrasse de tous ces oripeaux dogmatiques pour s'essorer simple et pur comme les trilles du rossignol ?

---

1. Joris-Karl Huysmans, *En Route*, Paris, Gallimard, coll. « Folio », 1996, p. 90.

Le chant, toutefois, n'est pas seulement de la musique. Il n'est pur que d'être impur par rapport à celle-ci. La pure musique doit sans doute être dénuée de paroles, pas le pur chant. De même qu'un visage ne se montre dans sa nudité d'âme que grâce aux vêtements, lesquels dissimulent les parties qui pourraient happer notre regard et nous détourner de lui, ainsi le chant n'est nu que de ne pas être sans mots, ces mots nous ordonnant d'aller au-delà de la seule griserie esthétique. Dès lors, à qui veut bien l'entendre, le Credo ouvre un chant plus nu que les roulades du soliste, car c'est un chant qui dénude radicalement : il expose les mystères de la miséricorde divine et, ce faisant, il nous y expose, de sorte qu'il ne suffit pas de chanter avec les lèvres, mais encore avec le cri de l'intelligence et la faille du cœur.

21. Cette interpénétration du message et de la musique dans la foi, Karl Barth invite à la penser plus profondément. Il y invite d'ailleurs moins par une exhortation morale que par ses goûts musicaux. Le grand théologien protestant est l'auteur d'une *Dogmatique* de plusieurs milliers de pages in-quarto ; d'une telle prémisse, notre jugeote se précipite volontiers à ces deux déductions : parce que Barth est dogmaticien, il préfère les chants religieux et didactiques à la musique profane ; et parce qu'il est protestant, il préfère Bach à Mozart. Mais Barth proteste. Ou plutôt il confesse des goûts qui au puritain paraîtront très déviants.

Non seulement il aime mieux Mozart jusque dans ses *Divertimentos*, mais il a de surcroît le front d'expliquer cette prédilection en s'attaquant au dogmatisme autant qu'au romantisme : « Contrairement à celle de Bach, la musique de Mozart n'est pas un message ; à l'inverse de celle de Beethoven, elle n'est pas une confession personnelle. Dans sa musique, Mozart ne proclame pas de doctrine, il ne se proclame pas lui-même. Les découvertes qu'on a voulu faire dans ce domaine, surtout dans ses œuvres tardives, me paraissent artificielles et peu convaincantes. Mozart ne veut rien proclamer, il se contente de chanter[1]. » Barth est-il atteint de schizophrénie ? Ses préférences musicales sont-elles juxtaposées à sa foi chrétienne comme deux compartiments étanches ? Peut-être ferions-nous une meilleure prise en nous attachant, au contraire, à cette conclusion déroutante : c'est le message évangélique qui l'incite à préférer un chant nu, enfantin, qui ne proclame rien d'autre que la joie de chanter ; ce sont les dogmes chrétiens qui réclament son opposition à tout dogmatisme, au profit du pur ruissellement de la vie.

Et comment en serait-il autrement ? Ces dogmes sont tous ordonnés au don de la grâce. Ne serait-ce pas un contresens – celui du fondamentalisme – que de tomber dans un fonctionnalisme spirituel, d'étouffer cette gratuité divine dans une stricte utilité, c'est-à-dire d'interdire de chanter comme ça, gratuitement, sans intention d'instruire ni de convertir, uniquement pour célébrer la grâce d'être et d'aimer ? À vrai dire, rien n'est plus instructif que ce refus barthien de tout réduire à une instruction. Rien n'appelle plus à la conversion que ce rejet d'un prosélytisme obsessionnel. Car il s'agit d'être instruit d'une étreinte amoureuse, non d'un théorème ; et d'être converti à la Vie surabondante, non à une idole tyrannique.

20. Supposons un instant que l'essentiel soit dans le message, en dehors de toute musique : que nous dirait ce message ? *Heureux les habitants de ta maison, ils pourront te chanter encore* (Ps 83, 5). *Chantez au Seigneur un*

1. Karl Barth, *Wolfgang-Amadeus Mozart*, Genève, Labor et Fides, 1969, p. 26.

chant nouveau ! Jouez pour lui tambourins et cithares ! (Ps 149, 1-3).

Le Christ lui-même a-t-il chanté ? Sans aucun doute, et plutôt chaque jour que par extraordinaire, puisqu'il est juif et qu'il a célébré le Chabbat en ses danses et ses cantiques. Les Écritures ne le mentionnent guère de façon explicite, hormis une seule fois, mais cette mention n'en est que plus cardinale : c'est le pivot qui relie les mystères lumineux aux mystères douloureux, la dernière Cène au Chemin de Croix. *Après avoir chanté [humneô] les psaumes, ils partirent pour le mont des Oliviers* (Mt 26, 30 ; Mc 14, 26). Son seul chant explicitement rapporté, Jésus le chante avec ses disciples : il est choral. Et ce n'est pas pour égayer gentiment la troupe : il est le portique de Gethsémani. Seul celui qui sait chanter des hymnes peut entrer dans l'agonie salutaire, sans quoi son combat n'est pas celui de la joie, mais d'une doloriste complaisance. Enfin ce chant est mis en parallèle, à quatre versets d'écart, avec celui du coq : *En vérité, je te le dis : cette nuit même, avant que le coq chante [phôneô], tu m'auras renié trois fois* (Mc 14, 30 ; Mt 26, 34). Pierre a chanté avec Jésus, et il s'en est enorgueilli au point de présumer de ses forces : *Dussé-je mourir avec toi, non je ne te renierai pas !* Dès lors le chant d'un animal de basse-cour peut lui signaler la fausseté de sa cour prétentieuse. Pierre a fait le coq, et son hymne s'est ravalé plus bas que le cri d'une bête. Car le vrai coq, du moins, n'oublie pas de chanter l'aube – c'est-à-dire de reconnaître qu'il n'a pas l'initiative dans la fin de la nuit. *Le bœuf connaît son possesseur, et l'âne la crèche de son maître, et Israël ne connaît pas, mon peuple ne comprend pas !* (Is 1, 3). Le chant qui enfle n'est pas le chant qui met à nu.

Je songe encore à ce verset qui passe d'une partie à l'autre de la Bible comme la petite phrase obstinée d'une sonate. La voici qui surgit dans le cantique de Moïse (Ex 15, 2), revient dans le livre d'Isaïe (Is 12, 2), reparaît dans un psaume pour la fête des Tentes (Ps 117, 14), s'élève en apothéose quoiqu'en filigrane dans l'Apocalypse selon saint Jean, puisque *ceux qui ont triomphé de la Bête, de son image et du chiffre de son nom, chantent* – la boucle est bouclée – *le cantique de Moïse* (Ap 15, 2-3). Quelle est cette petite phrase qui se faufile d'un bout à l'autre de la Révélation ? – *Ma force et mon chant, c'est le Seigneur.* Elle contient cette affirmation à couper le souffle : Dieu n'est pas seulement le Très-Haut, le Tout-Puissant, l'Éternel – il est « mon chant ». D'où sort une dénomination pareille ? Qui en a jamais pris la mesure ? Car elle dérange probablement l'« athée » : si belles que soient ses envolées lyriques, il n'a pas trouvé son chant le plus propre. Mais elle dérange plus encore le « croyant » : tant que Dieu n'est pour lui que force ou vérité, il n'en a pas découvert l'intimité mélodieuse. C'est que le roc sur lequel il s'appuie doit aussi être l'air où l'autre respire. Le message ne se contente pas de ne pas empêcher la musique – il s'accomplit en elle. *Que vos musiques l'annoncent !* (Ps 46, 8).

Sirènes (de charme et d'alarme)

19. Une réplique de Shakespeare est passée en proverbe : « *He hears no music* – Il n'entend pas la musique[1]. » Jules César l'applique à Cassius pour signifier que c'est un type dangereux. Dans *Le Marchand de Venise*, même équation, mais en plus développée : « L'homme qui n'a pas de musique en lui / et qui n'est pas remué par la concorde des sons suaves / est fait pour les trahisons, les

---

1. William Shakespeare, *Jules César*, acte I, scène 2.

stratagèmes et les pillages ; / les mouvements de son esprit
sont ternes comme la nuit, / et ses affections, sombres
comme l'Érèbe. / Ne mettez jamais votre confiance en
un tel homme. – Écoutez la musique[1]. » Ce n'est pas tant,
selon Shakespeare, qu'elle adoucisse les mœurs, mais
celui dont les mœurs sont déjà douces est nécessairement
sensible à ses douceurs, tandis que les brutes bruyantes,
les déloyaux discordants, ne peuvent que l'ignorer : ses
accords condamnent trop leurs couacs. L'harmonie, en
effet, appelle l'harmonie ; celle qui est dans les notes, celle
qui est dans les actes. Si nous n'harmonisions pas ces deux
sortes d'harmonie entre elles, nous n'aurions pas le sens
de l'harmonie en général. La musique serait hors de nous,
mais pas en nous.

Un tel jugement, si flatteur au mélomane, est cependant
plus musical que logique. Il se fonde sur un jeu de mots :
on joue juste, on écoute juste, *donc* on pense et on agit
juste. La justesse coïncide avec la justice. Et si jamais le
juste ne chante pas juste, du moins apprécie-t-il les chants
harmonieux qui sont comme des réverbérations de son
âme. Mais cette résonance manque au raisonnement :
d'une harmonie à l'autre, de l'esthétique à l'éthique, il y
a saut, et ce saut ne va pas de soi. Je peux être touché par
une symphonie de Beethoven, mais, *justement*, qu'on me
foute la paix, que la détresse de mes voisins se taise pendant que je suis transporté par l'allegretto de la *Pastorale.*
Platon est plus nuancé que Shakespeare. Il sait que le
chant des sirènes est si admirable qu'on ne peut plus s'y
arracher. Par conséquent, plutôt qu'entre celui qui entend et
celui qui n'entend pas *la* musique en général et de manière
indéterminée, il opère une distinction entre deux espèces
de musique, l'une qui agite les passions, et l'autre qui
ordonne l'esprit. C'est cette dernière, identifiée au mode

1. *Id.*, *Le Marchand de Venise*, acte V, scène 1.

dorien, que conserve et promeut le gouvernement idéal ;
les autres modes – surtout le phrygien – sont supprimés[1].
En gros, dans *La République*, pas de techno-rave ni de soul
langoureuse. Seul demeure un art dont les émois éveillent
la raison au lieu de la bercer ou de l'engloutir. Il invite à la
danse plutôt qu'à la transe, au choral plutôt qu'à la chorée,
et devient par là une propédeutique à la philosophie. Car,
assurément, « la philosophie est la musique la plus haute[2] »
et « le musicien accompli est celui qui ne se contente pas de
mettre le plus bel accord dans sa lyre ou dans quelque instrument visant à divertir, mais qui, dans les faits de sa propre
vie, accorde ses paroles et ses actes selon le mode dorien[3] ».

18. Ce continuisme de la musique à la morale ne peut
plus nous convaincre. C'est qu'il y eut, dans l'entretemps,
la mégalo-mélomanie de Hitler et Staline. Le fait est assez
remarquable pour être souligné : si le totalitarisme est
nuisible à la littérature, il s'avère extrêmement propice à
la musique. Ici l'opposition entre une musique qui abrutit
et une musique qui ennoblit devient inopérante. Certes,
Hitler eût préféré Mozart à Wagner que la marche du
monde en aurait été changée. Mais je crois qu'on peut
être wagnérien et saint homme (comme le Père Thomas
Dehau), ou mozartien et infect (j'en sais hélas quelque
chose). Ainsi David Oïstrakh est-il un incontournable vio-
loniste ; il n'hésitait pas, néanmoins, à servir le Parti par
ses tournées mondiales. Quant à Prokofiev, qui nierait
qu'il est un compositeur génial ? C'est avec une orchestration magnifique, qui me tira des larmes, qu'il mit en
motet ces vers en l'honneur du « Camarade » : « Ô Staline,
tu as supporté bien des misères, / Au service du peuple tu

1. Platon, *La République*, 398 E.
2. *Id.*, *Phédon*, 61 A.
3. *Lachès*, 188 D.

as beaucoup souffert. […] Et c'est une joie pour nous de cheminer derrière toi. / Ta vision est notre vision. / Tu es notre guide bien-aimé[1]. »

Parce qu'elle nous enveloppe de son atmosphère et agit directement sur nos sentiments – sans le détour d'un concept ou d'une représentation – la musique est de tous les arts le plus poignant et le moins directif. Elle vous emporte mais ne commande rien. Elle vous exalte mais ne vous exhorte pas. Le latin aidant (ce latin que vous avez perdu en des époques reculées), vous pouvez être bouleversé par les *Vêpres à la Vierge* de Monteverdi sans avoir songé à prier la Sainte Vierge un seul instant. Et vous écoutez avec ravissement le *Dixit Dominus* de Haendel, mais sans jamais écouter le *Dominus* en question, ni vous soucier de ce qu'il a bien pu dire (rassurez-vous, c'était déjà comme cela du temps de Haendel).

Pour reprendre une formule de Vladimir Jankélévitch, l'œuvre musicale ouvre un « sens dénué de sens[2] ». C'est un dire sans dit, une signifiance sans signification, un ordre affectif sans commandement effectif. Ses phrases n'articulent aucune phrase, ses notes ne prodiguent aucune notification. Nulle thèse ni description en elles pour vous renvoyer à une réalité extérieure : elles ne renvoient d'abord qu'à elles-mêmes, trouvant leur cohérence à travers des rapports internes, par la justesse de l'intervalle, la répétition d'une séquence, les variations sur un même thème, et par là deviennent symbole d'un jeu pur ou d'une logique ineffable – ce qui nous parle au cœur sans qu'on y comprenne rien.

1. Sergueï Prokofiev, *Zdravitsa*, cantate en l'honneur du 60ᵉ anniversaire de Staline. Voir à ce sujet l'excellent documentaire de Bruno Monsaingeon, *Notes interdites, scènes de la vie musicale en Russie soviétique*, Idéale Audience/Arte France, 2003.

2. Vladimir Jankélévitch, *La Musique et l'Ineffable*, Paris, Seuil, 1983, p. 91.

Nous sommes soulevés sans savoir vers quoi, puis redéposés « plus bas, quelque part dans l'inachevé[1] ». Cet inachèvement – marque de ce qui est fini mais qui reste ouvert –, chacun peut l'achever à sa guise et le tirer dans son sens.

La grande musique n'a donc absolument rien à voir avec l'idéologique. Et c'est la raison pour laquelle l'idéologique peut si facilement l'instrumentaliser : elle ne le conteste pas, elle n'articule rien contre, elle peut même servir d'exutoire profitable à ses répressions. Voudrait-elle se porter en faux contre lui qu'elle tournerait à la dissonance ou à la verbosité.

(Avec le chant, néanmoins, ce n'est plus tout à fait pareil. À cause des paroles. Elles disent quelque chose. Elles portent peut-être un message. Il se peut que cela déplaise à la propagande. Les ténors de la Révolution s'empressent d'étouffer les vieux cantiques. Les romantiques du Reich font brûler les hymnes d'Israël.)

17. Faisant l'apologie d'un « art qui ne connaît pas son nom », Jean Dubuffet confie : « Une chanson que braille une fille en brossant l'escalier me bouleverse plus qu'une savante cantate[2]. » Avec le père de l'art brut, la musique est stoppée net dans son élan vers l'esthétisme virtuose. La voici rapportée à la chair, non pas de la ballerine en tutu, mais de la concierge à serpillière, goualant je ne sais quelle romance atroce d'une voix détonnante, mais qui charrie avec ses éraillures tout le drame d'une vie.

Saint Vincent de Paul allait plus loin encore. En plein essor du baroque, il fait sonner le diapason qui démêle le juste du juste : « Dieu aime mille fois mieux entendre

1. Rainer Maria Rilke, *Les Cahiers de Malte Laurids Brigge*, trad. M. Betz, in *Œuvres 1, Prose*, Paris, Seuil, 1966, p. 629.
2. Jean Dubuffet, *L'homme du commun à l'ouvrage*, Paris, Gallimard, coll. « Folio essais », 1973, p. 64.

l'aboiement d'un chien que la voix de celui qui chante par vanité[1]. » Écho d'un oracle du prophète Amos : *Éloignez de moi le tapage de vos cantiques, que je n'entende pas la musique de vos harpes ; mais que le droit jaillisse comme une source ; la justice comme un torrent qui ne jaillit jamais* (Am 5, 23-24). Or comment faire entendre avec vigueur cet avertissement contre la musique ? Avec de la musique encore. Ces versets où l'Éternel accuse la harpe dédaigneuse et le cantique plastronnant, c'est volontiers que la Synagogue et l'Église les chantent, et les accompagnent de la harpe. Le chantre attaque : *Ce qui sort de tes lèvres, veille à le mettre en pratique* (Dt 23, 14). Si bien que, le plus souvent, il chante sa propre condamnation. Sa voix n'en est que plus poignante : elle vibre de proclamer un devoir auquel elle tremble de manquer ; et ce tremblement du doute augmente avec la vibration de la certitude. C'est par cette défaillance avouée qu'elle s'élance au-delà d'une justesse de parade.

Les paroles d'un tel chant n'ont cependant pas pour fin de rabattre l'esthétique sur l'éthique. Elles prient de les assumer l'une et l'autre dans l'action de grâces. Quand on voudrait en rester à une musique de gorge ou de tête, elles nous remémorent l'exigence du cœur : *Que le Seigneur tranche toutes ces lèvres flatteuses* (Ps 11, 4). Et quand l'horreur est si forte qu'elle semble interdire toute musique, elles raniment en nous l'urgence du chant : *Comment chanterions-nous un chant du Seigneur sur une terre étrangère ? Si je t'oublie, Jérusalem, que ma main droite se dessèche !* (Ps 136, 4-5). C'est dans un chant que doit se dénoncer la vanité de chanter. C'est dans un chant que doit s'énoncer l'impossibilité de chanter. Car le chant dont il s'agit ne dépend pas de nos forces : pas plus de notre vir-

---

1. Saint Vincent de Paul, *Entretiens spirituels*, Paris, Seuil, 1960, p. 1026.

tuosité que de nos vertus. Il doit venir de plus loin que nos bouches et s'adresser à plus profond que nos oreilles. Il est de Dieu à Dieu. De l'abîme à l'abîme. *Abyssus abyssum invocat* (Ps 41, 8). Non qu'il se gueule comme à un sourd : l'abîme entend le moindre souffle, jusqu'au murmure de notre sang. Mais il se chante autant par nos voix que par nos silences, avec les lèvres d'un cœur déchiré (Jl 2, 3).

16. Dans ce chant, le message ordonne que la musique vienne du plus intime et s'étende à toute notre vie, tandis que la musique orchestre que le message aille au-delà de l'idée et s'enfonce dans notre chair. Cette impureté se change en émulation. Le message n'en devient que davantage lui-même (en grec, « messager » se dit *angelos*, et l'iconographie eut coutume de portraiturer les anges en musiciens) ; la musique n'en est que plus musicale (l'art des Muses se libère de l'esthétisme pour approcher du vrai Parnasse, qui est le Sinaï, ou le Thabor, ou le Golgotha). Voilà pourquoi il y va de bien plus que d'une métaphore : le chant indique ici une relation intégrale, à la fois spirituelle et charnelle, et qui dépasse ensemble le théorique, l'esthétique et l'éthique. Rilke le chante lui-même dans l'un de ses *Sonnets à Orphée* : « Le chant est existence. » Et il précise aussitôt :

> – Apprends
> À oublier que tu chantas. Cela se passe.
> Chanter en vérité se fait d'un autre souffle.
> Rien d'autre qu'un souffle. Une brise en Dieu. Un vent[1].

Si, pour chanter vraiment, il faut oublier que nous avons chanté, c'est non seulement parce que ce chant-là est d'un autre ordre qu'artistique, mais aussi parce

1. Rainer Maria Rilke, *Sonnets à Orphée*, I, 3, trad. A. Guerne, in *Œuvres 2, Poésie*, Paris, Seuil, 1972, p. 380.

qu'il s'accomplit dans l'offrande, sans retour sur soi. Dans le *Chema Israël*, Dieu m'enjoint d'écouter. Non pas de m'écouter moi-même en train de chanter le *Chema*, me gonflant de mon propre air d'élu ; ni de m'en remettre à l'écoute des autres, escomptant leurs bravos pour ma performance vocale. L'*Écoute Israël* ne se chante juste que si j'écoute Dieu qui m'écoute. Je dois me fier à son *la* vivant, au tempérament de sa miséricorde, à sa justesse qui m'échappe, et donc creusant toujours davantage l'accord avec lui et avec toutes les créatures, car je ne peux jamais être sûr, ici-bas, de la vérité de ma chanson.

Saint Augustin situe le chant du juste au-delà du littéral et du métaphorique, dans une analogie réelle qui empêche à la fois l'inconsistance et la raideur. Justice et justesse s'avivent l'une l'autre, la première permettant à la seconde de ne pas se noyer dans l'esthétisme, la seconde à la première de ne pas s'emmurer dans la légalité. D'un côté, Augustin commande : « Chantons le cantique nouveau, non par notre bouche, mais par notre vie. » De l'autre, il se demande : « Quand peux-tu offrir une telle perfection dans ton chant que tu ne déplaises en rien à des oreilles si délicates [celles de Dieu][1] ? » Autant dire jamais. À moins que le Seigneur lui-même ne soit « mon chant ». Ainsi le jaillissement du chant est d'autant plus à moi qu'il ne vient pas de moi, mais de Celui dont je coule de source. Chant qui fait alors déchanter mon orgueil, justesse où je ne cesse de défaillir, maîtrise où je m'abandonne à sa grâce.

La voie des voix

15. Ce qui précède nous permet d'entrevoir en quel sens général le paradis se présente comme un chœur. Ce qui

---

1. Saint Augustin, *Enarrationes in psalmos*, 32.

suit nous aide à l'entrevoir dans un sens plus détaillé. Le procédé est simple : il suffit d'une transposition qui, en quelque sorte, la substantialise, et une phénoménologie du chant choral nous donne en raccourci comme une anthropologie des bienheureux.

Or, première évidence, le chant est un acte de la voix. Dans la deuxième de ses *Grandes Odes*, Claudel indique cette « vision de l'Éternité dans la création transitoire » : « [Dieu] est là, quoique invisible, et nous sommes reliés à lui par cet élément fluide, l'esprit ou l'eau dont toutes choses sont pénétrées. [...] La voix qui est à la fois l'esprit et l'eau, l'élément plastique et la volonté qui s'impose à elle, est l'expression de cette union bienheureuse[1]. » L'expérience de la voix est d'emblée perçue sous le signe de l'unité. En elle s'unissent indéchirablement la matière et l'esprit. C'est ici qu'en premier lieu le verbe se fait chair, ou que le crapaud se transforme en prince. Ce qui n'était que cri guttural chez la bête devient soudain véhicule de l'idéal. Ce qui n'était que pensée en fermentation prend subitement corps aérien et articulé. C'est ici, en effet, que celui qui n'est pas danseur trouve son corps le plus souple, le plus docile aux arabesques, le plus disponible à rendre physiquement le mystère de son être. Ses membres seraient lourds et gourds, son tonus, un sac d'ankyloses, il pourrait toujours faire des figures avec sa voix – et des figures de style !

S'agit-il de la voix chantée, cette intime compénétration de la chair et de l'esprit se fait encore plus intense. Sur les ailes de la mélodie, la voix s'envole jusqu'à nous transporter l'âme ; mais ce n'est que de solliciter plus fortement les organes les plus matériels, du diaphragme

---

1. Paul Claudel, *Cinq Grandes Odes*, in *Œuvre poétique*, Paris, Gallimard, coll. « Bibliothèque de la Pléiade », 1967, p. 234.

au ventricule de Morgagni, de la sangle abdominale aux cartilages des sinus. Le corps du chanteur est un corps « tendu à l'extrême, pour ne pas dire tordu ou déformé[1] ». La diva nous offre une aria divine, mais c'est en arrondissant ses lèvres en cul-de-poule ou en écartant ses mâchoires comme la gueule du loup. Sur un air de Vivaldi, la radieuse Vivica Genaux fait brusquement saillir sa lippe à la manière d'un affreux bouledogue. Et Cecilia Bartoli, Vénus demi de mêlée, les bras écartés du corps comme une catcheuse de la vocalise, fait déferler les grimaces rigolotes et les mimiques inquiétantes : au sommet de la puissance lyrique, son visage manifeste même quelque chose de l'abandon sexuel.

D'entrée de jeu, l'identification du paradisiaque et du choral suppose que le corps du bienheureux est tout entier comme une voix – un corps souple à l'âme, transparent à l'intelligence, flexible à volonté : le plus spirituel mais aussi le plus incarné, comme d'une Bartoli rossinisant avec un embonpoint sublime. Cette unification vocale de la matière et de l'esprit n'est ni une solidification ni une volatilisation. Tout au contraire, elle libère des gestes impayables, non conventionnels, d'une audace qui repousse tout volontarisme, d'une esthétique qui brise tout esthétisme, la plus haute maîtrise y coïncidant avec la plus grande exposition.

14. De notre corps, la voix est pour ainsi dire la partie la plus totale et la plus *partie.* La plus totale, parce que l'âme s'y loge dans la confidence ; la plus partie, parce qu'elle se détache, part au loin, va vivre sa vie au-delà de nos gorges. Si la voix se forme dans la cavité pharyngée, c'est de là qu'elle est émise, ce n'est pas là qu'elle se trouve. Le

1. Bernard Sève, *L'Altération musicale*, Paris, Seuil, 2002, p. 96.

psychanalyste Didier Anzieu a parlé du Moi-peau, parce que la peau est l'interface du corps avec son milieu ; il est plus profond encore de parler du Moi-voix (ce que fait le psychanalyste et jésuite Denis Vasse). Car, ma voix, c'est moi hors de moi, c'est mon corps diffusé dans l'espace, livré à autrui, le pénétrant jusqu'à l'esprit par ses oreilles, et pouvant se mêler de la manière la plus intime (à la limite de la fusion – la distinction restant sauve) à d'autres voix toutes différentes.

D'elle-même, la voix se projette. Les maîtres italiens du chant enseignaient ainsi le *squillo*. Le mot, que l'on traduirait aujourd'hui par « sonnerie » (mais aussi, dans certains contextes, par « call-girl »), désigne une sonorité retentissante, qui se détache du bruit ambiant et vient alerter, frapper, réveiller l'auditeur (on parle spécialement du *squillo della tromba* pour la trompette de l'Apocalypse). Cette technique consiste à se représenter sa voix non pas dans sa gorge, mais loin devant soi : le timbre en devient plus rond et brillant, gagne en volume sans être grossi, garde en précision sans être ravalé. La voix se situe donc moins au point de départ qu'au point d'arrivée de la projection. Elle appelle, c'est-à-dire qu'elle touche là où mes mains ne peuvent atteindre. Ma voix est dans ton oreille, plus que dans la mienne, en sorte que cette proue de mon être soufflé m'échappe et se rencontre plus en toi qu'en moi-même. Réciproquement, je peux entendre résonner en moi ce qui n'est pas de moi : la voix d'un autre, qui m'est alors plus intime et plus extérieure que la mienne. De là, sans doute, cette nécessité de penser la conscience comme une voix. Par son audibilité, elle relie l'invisible et le visible, rend présent celui qu'on ne peut pas saisir, immanent celui qui nous transcende.

À fleur de chant, à travers cette sorte d'ubiquité de la voix, peut poindre l'espérance d'un corps subtil : maître des lieux, contenant l'espace plus qu'il n'y est contenu, capable d'y répandre son atmosphère, d'y établir son microclimat, enveloppant toutes choses de sa tendresse. Que la chanteuse de flamenco entame son « élégie à la voix gémissante », les cœurs palpitent à l'unisson de sa plainte, le sol tremble du zapateado qui vient, l'air s'emplit d'un soleil andalou – alors même qu'on serait dans une cave, à Bezons. Le chant de sa faiblesse réordonne toutes choses selon son propre champ de forces.

13. Celui-là même qui aboie sur nous ne peut pas s'empêcher de « donner de la voix ». Et celui qui ne nous donne pas sa voix comme suffrage nous la donne encore comme sonorité. La voix est toujours relation entre le plus en dedans et le plus au-dehors, entre moi et l'autre. Et cela non seulement en raison de son adresse, mais aussi en raison de ses racines. Ma voix est mon corps en tant que foncièrement adressé à mon prochain. Je peux l'insulter, certes, mais sur cette base l'insulte est en retard sur la déclaration d'amour, elle rame à contre-courant, parce que la déclaration d'amour déclare l'essence même de ma voix (être tournée vers l'autre), alors que l'insulte l'offusque et voudrait la casser.

Cependant ma voix n'est pas tournée vers l'autre seulement dans sa destination. Elle l'est aussi dans sa provenance : « On ne doit pas oublier que tout commence par l'oreille. Elle est l'organe *sine qua non* de la phonation. On sait que le larynx ne peut reproduire que les sons perçus par l'oreille. C'est pourquoi l'enfant qui naît sourd est fatalement muet[1]. » Notre parole naît de l'écoute. Ma voix s'élève à partir des voix de mon entourage, ce qui m'est le plus personnel à partir de ce qui est autre.

1. Jean-Pierre Blivet, *Les Voies du chant. Traité de technique vocale*, Paris, Fayard, 1999, p. 30.

Nul corps, donc, plus individualisé ni plus collectif. La reconnaissance vocale, dès qu'elle est un peu poussée, devient infaillible, déjoue les illusions des imitateurs, lesquels apparaissent aussi ridicules, dans leur prétention, que certains soi-disant sosies. Et pourtant le mimétisme vocal est tel que l'on peut entendre dans ma propre voix des intonations de mon père, certains glissandos de ma mère, des accents de mon double terroir parigot et juif-tunisien, des « coquetteries » reprises à « l'inflexion des voix chères » (quelque chose de celle, insistante, d'Alain Finkielkraut, tant écouté sur France-Culture durant ma jeunesse, puis celle, chargée de « euh… euh… » heuristiques, de mon maître Jean-Louis Chrétien, et puis du Fabrice Lucchini récitant du Céline, du Jean-Quentin Châtelain jouant du Novarina, ou encore certains tics de mon ami Francisco Lopez ou de mon voisin Claude Mussino…). La liste est infinie. Le corps ne porte en lui-même que les ressemblances familiales : la voix porte aussi des ressemblances de rencontre. Son eau garde l'empreinte. Et c'est moins à la façon d'un patchwork (sauf en certains moments d'aliénation) que d'un tissage : tout est ressaisi dans l'unique d'une personnalité.

Avoir un corps de voix, par conséquent, c'est avoir ce corps de part en part réceptif et offert, et qui néanmoins n'est pas qu'un milieu transitoire et impersonnel. Le bienheureux, nous l'avons déjà dit, est d'autant plus lui-même qu'il est plus béant, comme la bouche d'une Maria Callas.

De la gamme et du rythme : raison et sentiments

12. Une autre union soudaine apparaît dans le chant, laquelle appartient en général à sa nature musicale : celle de la raison et du sentiment. On connaît la définition de la

musique par Leibniz : « *Exercitium arithmeticæ occultum nescientis se numerare animi* – un exercice d'arithmétique caché, dans lequel l'esprit ne sait pas qu'il compte[1]. » Qu'il s'excite sur une chanson d'AC/DC et le cancre en mathématiques, qui se croit d'ailleurs volontiers rebelle, s'applique spontanément à mesurer des rapports d'intervalle. Il opère d'ailleurs un compte en partie double ou triple, car il y a le nombre du rythme, celui de la mélodie et celui de l'harmonie. Et tout ça, l'air de rien, avec une telle aisance qu'il peut secouer la tête comme un psychotique. Cet acte deviendrait conscient et réfléchi que notre cancre se découvrirait champion de calcul mental. Mais l'exercice dont parle Leibniz doit demeurer occulte : voudrait-on le changer, comme les pythagoriciens, en une arithmétique consciente, noircissant un cahier d'équations complexes (il faut au moins ça, ne serait-ce que pour les premières mesures de *Hell's bells*), que le plaisir disparaîtrait aussitôt (à moins d'être un mathématicien émérite, mais ce serait alors un plaisir spéculatif plus que musical).

Le plus grand paradoxe à cet égard, c'est que cette arithmétique inconsciente suscite directement en nous, non des équations, mais des émotions : « Dans la mélodie, observe Aristote, on rencontre des imitations des sentiments[2]. » Le système de différences actives que sont la gamme et le tempo forme un organisme passionnel. Le tempo peut être *andante* ou *allegro*, *scherzo* ou *grave*… La gamme peut être mineure, et donc plutôt triste, ou majeure, et donc plutôt joyeuse (dans les modes byzantins, cependant, et en dehors du tempérament d'orchestre, on trouverait des espèces de mineur allègre et de majeur lugubre). La combinaison du rythme et de la tonalité (mais aussi des

1. Gottfried Wilhelm Leibniz, *Lettres*, 154, collection Kortholt.
2. Aristote, *Politique*, VIII, 5, 1340 A.

modes d'exécution, du volume, des appoggiatures…) peut parvenir à des nuances telles que dans la rhapsodie hongroise ou le klezmer juif, où la détresse se fait espiègle, et la mélancolie se met à danser. Schopenhauer est stupéfait de ce qu'une minuscule modification dans un intervalle, et donc de *ratio* entre les notes, puisse engendrer une radicale métamorphose du climat affectif : « N'est-il pas merveilleux que le simple changement d'un demi-ton, que la substitution de la tierce mineure à la tierce majeure, fait naître en nous, sur-le-champ et infailliblement, un sentiment de pénible angoisse d'où le mode majeur nous tire non moins subitement[1] ? »

11. Ainsi la musique est-elle le signe d'un état où la raison et le sentiment sont parfaitement unifiés. L'arithmétique devient une amoureuse ; l'amour ajuste une nouvelle mathématique. Et si l'on ajoute que, dans le chant, la parole se joint à la musique, l'articulation à la modulation, c'est une unification plus haute encore qui s'accomplit. Le sentiment n'en reste pas au ressenti et se déclare avec les mots du poème ; le discours n'en reste pas au concept et confesse son excès.

Victor Hugo soutient en romantique : « Chanter, cela ressemble à se délivrer. Ce qu'on ne peut dire et ce qu'on ne peut taire, la musique l'exprime[2]. » Mais Voltaire constate en honnête homme : « Ce qui est trop bête pour être dit, on le chante. » Ineffable ou ineptie ? La distinction n'est pas toujours facile à faire : il est des romances niaises qui, par ce qu'elles témoignent d'amour naïf, côtoient des

---

1. Arthur Schopenhauer, *Le monde comme volonté et représentation*, § 52, trad. A. Burdeau, Paris, PUF, coll. « Quadrige », 1966, p. 333.
2. Victor Hugo, *William Shakespeare*, 1864, Ire partie, livre II, chap. 4.

abîmes ; et l'on trouverait sans mal des livrets sibyllins qui ne sont que de filandreux bobards. La conclusion reste néanmoins la même : pour que la mélopée entraînante ne soit pas le cache-misère de la bêtise, il faut la profondeur réelle de ses paroles. Le discours est nécessaire pour que l'excès soit un excès véritable, par le haut et non par le bas, par assomption et non par dissolution. De fait, s'il n'est plus repères ni cartographie, comment être sûr qu'on a bien franchi le cap et qu'on n'est pas plutôt resté au port, s'étant contenté de saborder son vaisseau ?

Devenir chant, pour le bienheureux, est donc trouver l'unité profonde de son être, mais une unité qui ne fait pas bloc, puisqu'en elle se modulent des pensées, s'articulent des sentiments à l'infini. C'est la réconciliation de l'intelligence et du cœur ; ce sont les noces d'Animus et d'Anima. Noces qui donnent lieu, comme dans la fusion nucléaire, à une énergie plus grande, ou, comme dans la couche conjugale, à une étonnante fécondité.

Choral : communion et dissidence

10. Deux autres observations très communes peuvent nous dispenser une singulière leçon. Celui qui parle seul apparaît comme un peu toqué ; mais on admet sans réticence qu'un homme normal puisse chanter seul. Par ailleurs, ceux qui parlent en même temps se parasitent et se brouillent ; mais c'est précisément tout l'art choral de chanter en même temps.

Parler nous apparaît spontanément en vue d'une expression de ses pensées à autrui, et c'est pourquoi on s'inquiète de celui qui parle en solitaire, comme s'il était affligé d'un dédoublement de personnalité. On sait par ailleurs que le temps de la parole et le temps de l'écoute en principe se succèdent, et c'est pourquoi le modérateur d'un débat empêche les interventions de se chevaucher et distribue la parole à chacun tour à tour. Avec le chant, ce protocole est subverti. D'une part, la parole de soi et l'écoute de l'autre ne sont plus dans des temps différents, leur simultanéité est même la condition pour chanter juste et vraiment en chœur. D'autre part, parler n'apparaît plus comme un moyen d'expression de soi à autrui, mais comme le recueillement de soi et du monde dans une résonance affective.

Autrement dit, le chant rassemble le solitaire et le solidaire indissociablement. Il est cette manifestation intime que l'on n'exhibe à personne, sinon à soi-même et à celui *qui est là dans le secret* (Mt 6, 6). Et il est cette communion ouverte où l'un s'unit à l'autre jusqu'à former un seul tissu sonore. C'est d'ailleurs le seul art où l'on peut, pour une même œuvre, et simultanément, multiplier les intervenants sans fin. Le nombre des acteurs à pouvoir tenir ensemble sur la scène est limité par sa superficie. Le nombre de peintres pouvant agir en même temps et au même endroit de la toile est extrêmement restreint. Dans un chœur, les voix peuvent s'additionner sans restriction, il peut y en avoir toujours de neuves, qui viennent s'adjoindre aux basses et aux ténors, aux altos et aux sopranos, ou à des tessitures intermédiaires qui enrichissent l'hétérophonie de leur timbre récalcitrant… On comprend que l'Apocalypse parle d'une *voix innombrable*. Même ceux qui chantent faux finissent par être admis et par étoffer l'ampleur spectrale d'un ton : c'est prodige que d'entendre cet unisson des fans, dans un stade, avec leurs voix de toutes sortes, des rauques, des chevrotantes, des glapissantes, des nasillardes, des argentines et souples, des rocailleuses et détonnantes, qui compensent réciproquement leurs défauts et aboutissent à une justesse plus large.

9. Mais l'effet le plus saisissant se rencontre dans la polyphonie. Karl Popper ose écrire à propos de son invention : « Elle représente peut-être l'exploit le plus inouï, le plus original, le plus miraculeux même, de notre civilisation occidentale, sans exclure la science[1]. » C'est que « la polyphonie est quelque chose de beaucoup plus étonnant que l'harmonie : elle suppose l'indépendance dans l'interdépendance des lignes musicales[2] ». Les voix ne chantent plus ensemble, à l'unisson ou en parallèle. Chacune suit sa trajectoire propre, prend même le contrepied, ou du moins le contrepoint de l'autre. Elle commence exprès après, en retard, juste pour vous embêter : vous en êtes à « Dormez-vous », et elle se met à dire « Frère Jacques » (cela s'appelle un canon). Elle peut même aller complètement à rebours, *per motum contrarium* ou *reversum* : dans le mouvement contraire, elle chante tous les intervalles « à l'envers », quand votre voix monte d'une quinte, c'est d'une quinte qu'elle descend ; dans le mouvement rétrograde, elle prend votre mélodie tout entière dans l'autre sens, débute par la fin, en sorte que, quand vous êtes à la première note, elle est à la dernière, et réciproquement... Et pourtant, comme par miracle, ce pur esprit de contradiction réalise une symphonie « déconcertante » : la brebis perdue n'en retrouve que plus joyeusement ses sœurs, le bon pasteur l'a prise sur ses épaules...

Cette contradiction convergente est encore plus forte dans certaines parties d'opéra. Au théâtre, les acteurs se donnent la réplique l'un après l'autre, ou font des apartés qui laissent les autres rôles à l'arrière-plan ; à l'opéra, tous peuvent chanter en même temps, vivre des sentiments

---

1. Karl Popper, *La Quête inachevée*, trad. R. Bouveresse, Paris, Calmann-Lévy, 1981, XII, p. 82-83.
2. B. Sève, *L'Altération musicale, op. cit.*, p. 215.

contraires, tenir, sur la même situation, les propos les plus opposés. Ainsi, dans *La Cenerentola* de Rossini (acte I, scène 1), les hérauts annoncent que le prince va venir et qu'il épousera la plus belle des invitées ; sur cette nouvelle, Clorinda et Tisbe (Anastasie et Javotte) se mettent aussitôt à chanter : « Cendrillon, viens ici ! Mes souliers et mon bonnet ! Mes plumes et mes colliers ! » Cendrillon s'en plaint au public par-dessus leurs ordres (comme le Figaro du *Barbier*) : « Cendrillon par-ci ! Cendrillon par-là ! Cendrillon en haut ! Cendrillon en bas ! Comme elles me persécutent, elles veulent vraiment ma mort ! » ; et, concomitamment, Alidoro, le mendiant philosophe, commente : « Elles courent à leur perte, j'en éclaterai de rire. » Toutes ces voix s'opposent, s'entrecoupent, se raillent mutuellement, et cependant elles concourent à une harmonie inespérée : les officiels et les secrètes, les persécutrices et leur victime, les criminelles et leur juge, tous s'accordent à leur insu, inexplicablement.

Si le paradis est choral de cette manière, c'est que la compénétration la plus profonde n'y interdit pas la plus grande divergence. La polyphonie n'absorbe point, elle exige l'individuel, le renversant, le décalé. Plus les lignes y sont distinctes, comme sous les doigts de Glenn Gould, plus l'ensemble témoigne d'une consonance qui advient par grâce, de manière libre et non monolithique. Aucun rapport avec la fusion d'un groupe ivre de sa force dépersonnalisante. L'écart même des chemins devient une richesse. Et si tous mènent à Rome, alors les plus éloignés doivent encore servir. Au ciel de Jupiter, Dante est ébloui par l'aigle que constitue une nuée indénombrable d'esprits : « Je le vis et l'entendis parler du bec : / dans sa voix résonnait "je" et "mien" / quand "nous" et "nôtre" étaient dans sa pensée[1]. » Le « nous » n'est pas un « on ».

1. Dante, *Paradiso*, XIX, 11-12.

Son pluriel n'abolit pas la première personne du singulier. Il la réclame, il la renforce dans l'amour. Et, pour que la polyphonie soit divine, il assume la voix *contrarium stricte reversum*, à la fois rétrograde et contraire, pourvu qu'elle accepte de se laisser surprendre par cet accord surnaturel, auquel elle contribue par ses dissidences mêmes.

Fugue : le temps transfiguré

8. Le chant, avons-nous dit, opère une certaine domination sur l'espace : la voix se répand dans la pièce, ce qu'elle entonne s'appelle d'ailleurs un « air », comme ce qui nous entoure et que nous respirons. Mais le chant opère aussi une certaine domination sur le temps. En ce qu'il est ensemble musique et poésie, il appartient doublement aux arts rythmiques, de ceux dont le temps est d'une certaine façon la matière première, matière à laquelle ils imposent leur pulsation, leur couleur, leur forme affective, et qu'ils dramatisent de part en part de leur intrigue, telle dissonance épisodique appelant sa résolution.

Depuis saint Augustin, c'est un lieu commun parmi les philosophes que de prendre en exemple une mélodie pour parler de la durée vécue : chacun de ses moments n'est pas l'instant sans dimension des sciences physiques, il est chargé de passé et gros d'avenir ; chaque note ne prend sa valeur que relativement à la mémoire des précédentes et à l'anticipation des suivantes, au sein du système de tensions engendrées par le rythme, la gamme, le contraste des volumes ou des timbres, etc. Il faut cependant reconnaître que, si la temporalité que nous vivons à présent est la même que celle de la musique, alors la musique ne lui apporte rien, ne modifie pas notre rapport au temps, mais ne fait qu'expliciter ce qui est déjà là et que la seule attention suffirait à extraire. Une telle confusion, si fréquente chez Bergson, est symptomatique d'une impatience fondamentale : nous désirons tant entrer dans un temps musical, spirituel, qui se déploie selon la liberté de notre chant, que nous nous y croyons déjà. En vérité, le temps, dans notre condition actuelle, peut-être ressemble-t-il à une mélodie, mais c'est alors une mélodie en miettes, des moignons de chanson, avec leurs départs loupés, leurs finals fichus, leurs canards à revendre : ses épithalames se transforment en braiements mécaniques ; ses lieder finissent cou coupé… Jankélévitch marque cette différence : « La musique […] est une stylisation du temps, mais ce temps n'est qu'une provisoire suspension du temps amorphe et débraillé, prosaïque et tumultueux de la quotidienneté[1]. » Plutôt que d'une suspension, cependant, il s'agit d'une fluidification, d'un désencombrement, d'une orientation vive : s'il ne faut pas confondre la durée telle que nous la vivons avec celle de la musique, il ne faut pas non plus les séparer, pas plus qu'on ne doit séparer le temps de l'éternité, puisqu'il est son enfant chéri.

Au fond, le drame, ici-bas, c'est que nous n'avons que des avortons de drame : rien qui parte sur les chapeaux de roue et se poursuive en fanfare ; pas même le bonheur de la grande tirade au creux de la tragédie. Nos minutes manquent à la musique. Notre temps n'a pas le temps. L'aventure s'affaisse en avatars et avaries. Aussi, un chant qui ne serait pas dans le temps, mais qui inventerait sa temporalité à mesure, correspond à ce temps transfiguré qu'accomplit la béatitude. Je répète (verbe à entendre à la manière de l'acteur ou du concertiste, c'est-à-dire moins comme la réitération de ce qui est passé que comme la préparation de ce qui est à venir) : les bienheureux ne sont pas consumés dans l'intemporel. Une pure éternité

---

1. V. Jankélévitch, *La Musique et l'Ineffable*, *op. cit.*, p. 151.

serait la destruction de la créature, sa résorption dans un Créateur avare ou faisant les choses à moitié. La vie éternelle est certes union intime à l'Éternel, mais, précisément parce qu'elle est union, elle maintient la nature et la personnalité de celui que l'Éternel s'unit, et le transforme, à partir de cette fontaine faisant harmonie de nos discordances, en une symphonie jamais achevée. Je pense aux quatuors de Beethoven (notamment au quatorzième) et à leur « débauche événementielle[1] », avec leurs bifurcations soudaines, leur violoncelle qui joue au-dessus du second violon, leur développement sectionné pour des reprises ahurissantes… Mais il faut un cœur bien ouvert pour entrer dans la joie d'un tel drame : garder, comme toute musique en chacune de ses parties, mémoire d'une promesse, et être disponible à l'imprévu de ses réalisations.

7. Parce qu'elle libère un temps fluvial, épique, orienté et désobstrué dans sa course, la musique s'oppose à la fois au laxisme et au fondamentalisme. Elle réclame une discipline extrême, mais cette discipline est pour le *jeu*. Son sérieux est de bien jouer. Son amusement est d'obéir à la Muse. Le musicien qui s'est astreint à la rigueur la plus aiguë est aussi celui qui parvient à la liberté la plus large. Nadia Boulanger, dans sa première leçon de piano, demandait à des élèves déjà chevronnés de ne faire qu'une seule note : le *sol 4*. Mais ils devaient le faire au moins de douze manières différentes, jouant sur l'intensité, l'attaque, la tenue, le lâcher de la touche aussi sensible que la peau d'une amante, et jouant encore sur la répétition même, car jouer une deuxième fois la même note de la même manière, c'est l'entendre affectée par la précédente, et donc différemment. Le plus souvent, les élèves qui se croyaient déjà virtuoses séchaient après le sixième ou

---

1. B. Sève, *L'Altération musicale, op. cit.*, p. 259.

le septième (sous-)*sol*. Cette exigence élémentaire leur paraissait humiliante. Elle visait pourtant à leur émancipation : dorénavant, quand la partition prescrirait de faire telle note, quand le professeur intimerait telle consigne précise, le joueur saurait mieux toute la latitude qu'il conserve dans l'interprétation (cette interprétation qui est à la fois sous les doigts et dans l'oreille, relevant aussi bien de l'exécution que de l'exégèse). La stricte observance des règles n'est pas entrave, mais condition du jeu.

En musique comme au théâtre, les répétitions ne se répètent jamais. Les variations sont inévitables. Pour s'en apercevoir, l'enregistrement est trompeur, et la « haute-fidélité », traîtresse, une fois de plus : cela joue, mais plus personne ne joue, si bien que le disque en parfait état est toujours en quelque sorte rayé. Le concertiste peut se coltiner la même partition chaque soir : il ne joue jamais la même chose, sans quoi il ne jouerait plus. Quant à l'improvisateur, à l'évidence, il peut faire varier le même *Alléluia* de cent mille milliards de façons. Nous ne pouvons qu'être « pris de vertige devant la puissance d'altérabilité de tout thème ou motif musicaux[1] » : « L'idée même de fidélité littérale au texte musical n'a pas de sens. […] Partons de l'axiome de [saint] Isidore de Séville : *Nisi enim ab homine memoria teneantur soni, pereunt, quia scribi non possunt*, "s'ils ne pouvaient être retenus par la mémoire des hommes, les sons périraient, car on ne peut les écrire". Toute l'histoire de la notation musicale est l'histoire du contournement de cette impossibilité. Et pourtant, la vérité de l'axiome demeure : ce qui est écrit est toujours, informativement parlant, en retrait par rapport à ce qui est joué et écouté. » Et Bernard Sève d'illustrer ce constat par une comparaison de Jacques Chailley : « Appliquer un "respect du texte" à des notations faites pour ne pas

1. *Ibid.*, p. 157.

être respectées équivaut trop souvent à vouloir mettre en scène sans en changer un mot un canevas de la *Commedia dell'arte*[1]. »

Par conséquent, comprendre la destinée du fidèle comme essentiellement musicale, c'est dire à quel point sa fidélité ne saurait être servile. Obéir au Créateur, c'est être créatif. Sa Loi est une loi de grâce. Qui en soulignerait la nécessité sans plus en vivre la gratuité, qui ferait une prison de sa délivrance, serait ni plus ni moins un pervers. Ce que Jésus reproche aux scribes et aux pharisiens. Ils lisent les Écritures comme un diktat, et non comme une partition. Ils oublient que chaque commandement ne s'y note que pour être exécuté de manière vivante, et que cette exécution ne consiste pas à l'appliquer comme un théorème, mais à le jouer comme un prélude, à le chanter avec le timbre et les variations dont seule est capable telle ou telle voix. C'est un canevas, non un carcan : comme en *Commedia dell'arte*, il n'est là que pour que nous puissions lancer notre Arlequin ou inventer notre Pantalon… Me revient en mémoire le chef d'orchestre Guennadi Rojdestvensky en train de diriger *Les Âmes mortes* d'Alfred Schnittke : dans le cadre le plus délimité, sous la charge d'un orchestre aux cent pupitres, le voici qui suit d'autant mieux le gros in-folio de la partition qu'il la recrée à travers sa gestuelle incomparable, aussi minutieuse que comique, avec sourires en coin, regards malicieux, étonnements enfantins, petites danses bouffonnes sous une figure de vieillard entre Rembrandt et Bozo…

6. Le chant nous permet d'approcher une autre dimension de la vie éternelle (dimension qui se rapporte cependant à ce qu'il a de commun avec tous les autres arts) : elle assume toutes les commotions de l'histoire, même le bruit et la fureur.

1. *Ibid.*, p. 180-181.

Non sans raison, le Ciel est présenté comme le lieu de la joie, à l'exclusion de tout autre sentiment. N'est-ce pas un peu triste ? Après tout, la haine avait son intérêt expressif, et puis la colère, l'attente douloureuse, la mélancolie… Toute la palette des émotions s'éteindra-t-elle dans une liesse monochrome ? Claude Mussino – qui est d'ailleurs tromboniste – me dit un jour : « La joie, toujours la joie, ça risque d'être ennuyeux. » C'était courageux de sa part : il venait de s'engueuler avec sa troisième femme. Aussi trouvais-je inconvenant de le détromper en pointant l'antinomie flagrante de sa phrase (la joie, par définition, chasse l'ennui). Son objection avait du vrai, tant notre rudesse à nous émouvoir impose des contrastes puissants. Et c'est ici que la pensée du chant vint à mon secours : monotonie et monocordie sont incompatibles avec la notion de vie, et plus encore de vie chorale (ce dernier mot, tout à trac, me rappelle un célèbre western : *Règlement de compte à OK Corral* – avec ses duels qui sont encore des duos).

Selon Schopenhauer, le désir humain ne trouve son repos que dans un certain mouvement ; or, ce mouvement du désir, voilà ce que la musique recueille et magnifie : « Il est dans la nature de l'homme de former des vœux, de les réaliser, d'en former aussitôt de nouveaux, et ainsi de suite indéfiniment ; il n'est heureux que si le passage du désir à sa réalisation et celui du succès à un nouveau désir se font rapidement, car le retard de l'une amène la souffrance, et l'absence de l'autre produit une douleur stérile, l'ennui. La mélodie par essence reproduit tout cela[1]… » Saint Augustin disait quelque chose de similaire : « Tous les sentiments de notre âme trouvent dans la voix et le chant des modulations qui s'adaptent

---

1. A. Schopenhauer, *Le monde comme volonté et représentation*, *op. cit.*, p. 332.

à leurs nuances diverses et par une secrète harmonie les font vibrer[1]. »

Il faut pourtant prévenir un malentendu. Plus haut, Schopenhauer parlait du ton mineur comme faisant naître en nous un « pénible sentiment d'angoisse ». S'il était pénible, selon toute vraisemblance, nous nous boucherions les oreilles avant la troisième mesure. De même, lorsque Aristote déclare que le théâtre tragique provoque en nous des sentiments de terreur et de pitié, il ne peut s'agir d'une terreur ni d'une pitié directe et dolente, autrement nous fuirions la salle pour éviter la menace, ou nous monterions sur la scène pour secourir le héros. Le prodige de la *mimésis*, c'est-à-dire de l'imitation artistique, qu'elle soit musicale ou picturale, c'est que l'horreur en tant qu'horreur y est assumée en beauté : voici le *Triomphe de la mort*, de Breughel l'Ancien, et nos yeux s'écarquillent de bonheur. Quand ma femme écoute en boucle le *Lamento* d'Ariane, joyau de Monteverdi, et qu'elle répète avec véhémence : *Lasciate mi morire* – « Laissez-moi mourir », je pourrais m'inquiéter. Mais non : elle prend plaisir à cette tristesse, elle se réjouit de cette déréliction. Aussi Schopenhauer aurait-il dû parler de joyeux sentiment d'angoisse ; ou encore, si l'on songe à la Reine de la Nuit, dans *La Flûte enchantée*, d'aimable accès de haine. Dans cette perspective, il faut reconnaître en Schubert un vrai prince de la joie. Rien ne surpasse en mélancolie le *Voyage d'hiver* ou la *Fantaisie en fa mineur* (à quatre mains) ; mais c'est une mélancolie dont on jouit, une détresse qui vous procure une joie profonde, et qui par là vous initie à cette jubilation supérieure, n'évinçant pas, mais transmutant la détresse dans son propre cri. Les grands chanteurs font mélodie du hurlement. Et la grande musique assume même la pente suicidaire pour la changer en piste d'envol.

1. Saint Augustin, *Les Confessions*, X, XXXII.

Ainsi le chant céleste admet dans son exultation toute la gamme des sentiments, jusqu'aux plus noirs – *ô Nuit transfigurée !* Comme il s'agit de haine jouée, de terreur représentée, de tristesse contemplée, voire de désespoir chantant, ces sentiments ne nous diminuent pas comme lorsqu'ils nous atteignent et nous rendent muets. Au reste, est-ce que le malheur, à proprement parler, nous atteint ? Ce qui le rend si terrible, c'est précisément qu'il nous absente de nous-même et substitue à notre place une espèce de sale bête convulsive. Voilà pourquoi, en dernier lieu, la vie éternelle est plus dramatique : le bienheureux s'y trouve comme un oratorio, invitant le drame dans toute son ampleur, sans jamais s'y perdre, sans en être étranglé, mais de telle sorte qu'il entre dans sa béance.

Louange : déchirure et dilatation

5. De ce chant choral en quoi nous devons être transformés, nous n'avons pas dit jusqu'ici le caractère essentiel : c'est un chant de louange. Le terme a de quoi rebuter, et pas seulement l'orgueilleux à qui tout sincère exercice d'admiration arracherait la gueule. Le verbe « louer » est grevé dans notre langue d'une ambiguïté malcommode. Chez une grande majorité de gens, il renvoie d'abord à la location. On loue un appartement, on loue une voiture, on loue un film d'aventure (celui-là même qui vous cloue à votre fauteuil). Qui songerait donc à louer Dieu ? D'autant que, concernant l'autre sens de ce mot, certains l'ont entendu comme l'opération consistant à pousser une beuglante de bivouac dans une ambiance de franche camaraderie, ou encore à rapetasser les tubes du moment en mettant « Jésus » à la place de « Lolita ». Une telle retape, sans aucun doute, décourage bien des bonnes volontés (elle en flagorne

beaucoup d'autres, me direz-vous) ; mais, surtout, elle risque de nous leurrer sur l'essence même de la louange. Ce serait un enthousiasme d'emprunt, un éphémère remontage de ressort, un gonflement de ballon qui éclate sous la pointe de l'épreuve. Tiges sans racines de la parabole du semeur, qui montent vite et se dessèchent aussitôt. Si bien que la louange se réduirait effectivement à un louage de gentils sentiments, à une location du divin à bon marché…

Mais il y a plus embarrassant encore. Pourquoi Dieu veut-il notre louange ? Manque-t-il de confiance en lui ? A-t-il besoin d'encouragements ? Fut-il à ce point frustré d'une mère juive qu'il ordonne à ses créatures de lui répéter « Champion du monde ! » ? Est-il comme ces tyrans puérils qui organisent le culte de leur personnalité : « Oui, papa Adolf, tu es le plus grand ! tu es le plus beau ! personne n'est au-dessus de toi ! » ? Enfin, barguigne-t-il ses grâces jusqu'à les tarifer en nombre d'hosannah ou de magnificat ? Car, après tout, s'il y a quelque chose qui ne réclame rien en retour, c'est bien la grâce. Imposerait-elle la gratitude qu'elle ne serait plus tout à fait gratuite… Elle nous *ferait chanter*, certes, mais comme un chantage, non comme un enchantement.

À vrai dire, Dieu n'exige absolument pas notre louange (du moins pas pour lui) : « Les paroles humaines ne peuvent l'inciter à devenir meilleur ou à persévérer dans les bonnes actions : il est le Bien suprême, qu'on ne saurait en rien augmenter[1]… » Cette nature qui lui fait tout nous donner sans rien demander en compensation, et donc qui n'attend pas de louange pour soi, voilà qui laisse bouche bée et n'excite que mieux la louange… En effet, celui qui vous somme de montrer de la gratitude, ramène celle-ci à une monnaie d'échange, et par là quitte le don pour

---

1. Saint Thomas d'Aquin, *Somme de théologie*, II-II, q. 91, art. 1, ad 3.

un marchandage sordide. En revanche, le bienfaiteur qui n'attend pas de gratitude pour lui-même la provoque à plus forte raison – mais gratuitement. Et c'est en cela que nous lui *rendons grâces*, parce qu'il nous ouvre l'espace de cette gratuité, parce qu'il nous fait participer à sa propre largesse. « Par conséquent, nous ne louons pas Dieu pour son bien, mais pour le nôtre[1]. »

Une préface eucharistique loue justement l'Éternel pour ce retournement de situation qui advient lorsque nous le louons : « Puisque tu n'as pas besoin de notre louange, c'est un don que tu nous fais quand nous te rendons grâces : nos chants ne t'ajoutent rien, mais ils nous font grandir dans le salut[2]. » Le Très-Haut n'est pas un artiste vaniteux qui guette nos applaudissements. Vous le nantiriez de je ne sais quel Goncourt ou Nobel de la bienfaisance, « parce qu'il le mérite plus qu'aucun autre », que vous commettriez une erreur, sinon un affront. Premièrement, vous ne pouvez l'inscrire à aucun palmarès, car il n'est pas le premier au sein d'une multitude de la même catégorie (« Nous aurions pu choisir Astarté ou Odin, mais le choix du jury s'est finalement porté sur vous »). Deuxièmement, vous ne sauriez vous faire le juge suprême, surtout en bien, de celui qui est le Juge de toutes choses (« Vraiment, Seigneur, vous avez bien travaillé, vous valez bien cette récompense »). Troisièmement, vous ne pouvez rien lui donner, ou du moins votre offrande est encore quelque chose qu'il vous donne et qui tourne à votre propre gloire. Et ce don ultime, en l'occurrence, c'est que vous puissiez offrir la voix de votre chant.

Saint Augustin l'affirme avec une inégalable concision : « Vous avez entendu : *Chantez au Seigneur un*

---

1. *Ibid.*
2. *Prefatio communis IV*, Missel Romain (édition 2002 – latin).

chant nouveau. Vous cherchez où sont ses louanges ? *Sa louange est dans l'assemblée de ses fidèles.* La louange de celui que l'on veut chanter, c'est le chanteur lui-même (*Laus cantandi est ipse cantator*). Vous voulez dire les louanges de Dieu ? Soyez ce que vous dites. Vous êtes sa louange, quand vous vivez selon le bien[1]. » Devenir louange est la vocation de l'animal déraisonnable. Cela ne signifie pas seulement que le chant doit envahir tout votre être comme une plus substantifique moelle soufflant dans les grandes orgues de vos os ; cela veut dire avant tout que la louange de Dieu est pour la gloire de celui qui la donne, et non de celui qui la reçoit – ou que Celui qui la reçoit est précisément Celui qui vous la donne et ne peut la recevoir, en dernier lieu, qu'en vous.

4. Doit-on comprendre ce phénomène comme un retour sur investissement ? Non, puisque c'est l'investissement qui est le retour même : la louange n'est pas un moyen d'obtenir autre chose, elle est elle-même le don, le salut, la fin immanente par laquelle nous sommes unis à cette fin transcendante qu'est l'Éternel (et à chacune en lui de ses créatures). De quel don s'agit-il exactement ? Celui d'une blessure torrentielle. Car la louange est une parole déchirée. Comment offrir à Dieu un chant à sa mesure ? Comment le louer comme il faut ? Déjà, dans l'amour le plus humain, celui qui se déclare le mieux n'est pas le beau parleur, assuré d'honorer la demoiselle par un sonnet qui lui fit compulser pendant plusieurs heures son dictionnaire de rimes ; c'est au contraire celui qui perd ses moyens, bafouille, tremble comme feuille, rougit comme écrevisse… Qu'en est-il, dès lors, avec le *superlaudabilis*, celui qui est au-delà de toute louange ? Qu'en est-il même avec le plus petit des bienheureux, resplendissant d'une beauté divine ?

---

1. Saint Augustin, *Sermones*, 34, 6.

De toute évidence, la louange ne commence qu'à partir du moment où elle reconnaît qu'elle n'a pas commencé. Non qu'elle n'ait pas chanté, mais elle n'a pas encore chanté assez juste, assez neuf, assez beau pour *celui que son cœur aime* (Ct 3, 1). Et, dans cette impuissance, elle puise d'autres forces. Dans ce ratage, elle se renouvelle. Tel le phénix. Tel le clown. Sa joie s'augmente de ses échecs. Son inventivité s'accroît de ses défaillances. Car ce ratage n'est pas dû au défaut de ses pouvoirs, mais à l'excès de leur destination.

Ceux qui sont persuadés que leur chant est à la hauteur ne font plus que s'écouter eux-mêmes et ne reprennent haleine que pour bomber le torse. Ils ne rencontrent plus de résistance ; ils ne sont plus en face d'un autre qui les transcende. Cet autre, qu'il s'agisse du Très-Haut ou du tout-petit, n'est plus que l'occasion de leur *bel canto* et d'une superbe performance. Dès lors, ils ne chantent plus pour chanter (avec tout ce que ce verbe implique de transitivité : non seulement chanter *quelque chose*, mais aussi chanter *quelqu'un*, et donc entrer dans la louange) ; ils chantent pour « faire chanter » et seulement « si ça leur chante ». Ils ne jouent plus : ils se la jouent. Dante apostrophe celui qui « n'écrit que pour effacer[1] » : les éloges de ce dernier ne sont que des ratures ; à travers elles, il cherche à se faire valoir, et leur objet n'aura servi qu'à faire reluire son propre brio. C'est que Dante a fait l'expérience inverse, celle d'une écriture qui s'efface pour toujours mieux accueillir la beauté qui l'excède de toutes parts : « Par cette passante je me déclare vaincu / plus que jamais par un point de son thème / fut dépassé un auteur tragique ou comique : / car, comme le soleil aveugle le regard / ainsi le souvenir de son rire si doux / sépare mon esprit de moi-même[2]. »

1. Dante, *Paradiso*, XVIII, 130.
2. *Ibid.*, XXX, 22-27.

La louange ne saurait s'appuyer sur son passé, sinon comme sur la promesse et le défi d'une louange plus haute. Elle ouvre donc un avenir radical. Voici les vrais lendemains qui chantent. Non comme une fuite en avant, pour se cacher la misère présente, mais comme l'appel d'une surabondance, pour faire grandir encore le chant d'aujourd'hui. Non pas du dilatoire, mais du dilatant.

3. Cette déchirure de la louange n'est pas une posture sentimentale. Elle exige un surcroît objectif. Les psaumes ne cessent de le dire à travers des tournures stupéfiantes. Il n'y est presque jamais dit : « Je loue l'Éternel » ou « Seigneur, vois comme je te chante », ainsi que n'importe quel bon païen aurait fait. Loin de là, depuis des millénaires, les psaumes chantent qu'ils ne chantent pas encore. Et cela de trois façons : 1° Ils réclament toujours l'invention d'un chant inouï : *Chantez pour lui un cantique nouveau* (Ps 32, 3) ; 2° Ils déclarent qu'ils ne chanteront vraiment que demain : *Je bénirai le Seigneur en tout temps* (Ps 33, 2) ; 3° Dans leur insuffisance, ils en appellent au secours de toutes les créatures : *Louez le Seigneur du haut des cieux, vous, tous ses anges, tous les univers ! Louez le Seigneur depuis la terre, monstres marins, tous les abîmes !* (Ps 148, 1-7). La louange, comme un appel d'air, réclame inlassablement le surcroît d'une nouveauté, d'un avenir et d'une communion plus vaste. Elle bâtit avec sa faiblesse une synagogue hospitalière à *tout ce qui respire* (Ps 150, 6).

Commentant les versets du psaume 95 : *Chantez au Seigneur un chant nouveau / chantez au Seigneur, terre entière*, saint Augustin relève ce terrible impératif du Ciel : « Quiconque ne chante pas le nouveau cantique avec toute la terre, pourra dire ce qu'il veut, sa langue pourra faire sonner l'Alléluia, le dire tout le jour, le dire toute la nuit, mes oreilles ne seront pas attentives au bruit de ses chants, je m'arrêterai à ses œuvres. [...] Que signifie *Alléluia* ? "Louez le Seigneur." Viens, louons le Seigneur ensemble. Pourquoi serions-nous en désaccord ? La charité loue le Seigneur, la discorde le blasphème[1]. »

Alléluia, c'est la parole ultime. La dernière parole du psautier. Celle en quoi doit se consommer la fin des temps. Et, en même temps, cette parole conclusive est encore une ouverture. Elle est une exclamation dans l'allégresse, et donc dans une joie qui n'en a jamais fini de nous surprendre et de nous déranger. Mais, surtout, elle confesse son abandon et requiert sa multiplication chorale, comme dans *Le Messie* de Haendel. Elle ne dit pas : « Ça y est, je loue enfin comme il faut, vous en avez pour votre compte ! » Elle en appelle aux autres pour l'Autre : *Louez le Seigneur*. Comme si je n'avais encore rien chanté du paradis, tant que je ne l'ai pas chanté – d'une manière nouvelle – avec vous…

Anacrouse

2. Quelles étaient les prérogatives d'Adam et Ève au paradis terrestre ? Un commentaire juif de la Genèse, le *Yalqout* de Siméon de Francfort, les résume à ces deux dons : « La royauté et les chants de louange[2]. » Ensemble ils avaient pour plaisir et mission d'être chanteurs et chefs d'orchestre du cosmos. La Trinité leur apparaissait comme le chant infini, où le Père est la Voix, le Fils, la Parole, et l'Esprit, la musique, et où chaque Personne n'est elle-même que d'en appeler à l'autre en chœur. Toutes les

---

1. Saint Augustin, *Enarrationes in Psalmos*, 149, 1-2.
2. Voir *Tehilim – Les Psaumes*, I, Paris, Colbo, 1990, p. [XIX].

créatures, du soleil à la larve, de l'alouette au crapaud-buffle, leur étaient comme autant d'instrumentistes ayant à jouer leur part de la symphonie. En témoigne ce recueil rabbinique intitulé *Le Chapitre du Chant* (*Pérèq Chira*), qui compile toutes les louanges que la Bible fait s'élever des choses les plus grandes comme des plus petites, jusqu'à l'asperge et le topinambour : « Les légumes qui sont dans les champs disent : *Tu en inondes les sillons ; Tu en écrases les glèbes ; par les ondées Tu la détrempes et Tu en bénis les plantes* (Ps 64, 11). »

Mais qui sait entendre aujourd'hui la louange de l'asperge ? Et qui peut jouer une gigue sur des cordes de pendus ? La cacophonie a pris le dessus. Nous avons troqué notre royauté orchestrale pour une principauté capricieuse. Nous avons quitté la maîtrise du chantre pour le contrôle du despote. Nous avons eu peur du chant profond, avec sa double exigence de rigueur et de liberté, de vocalise et de béance, de gamme et d'improvisation. Nous avons si bien perdu la voie des voix qu'il a fallu que Dieu lui-même se fasse petit enfant qui crie et pleure, afin que l'une des nôtres, sa mère, l'apaise par une berceuse, et qu'à ses lèvres de jeune fille nous réapprenions à chanter pour de bon.

1. Parfois reprend l'obstiné murmure : tout ça n'est que fumée. Une pelletée de terre dans la bouche, et c'en sera fini de tout chant : *Laissez donc l'homme, ce n'est qu'un souffle dans le nez : que vaut-il donc ?* (Is 2, 22). L'angoisse réactive son foret-béton. Et, bien que j'en sache les dessous – cet inexpugnable désir de la joie sans lequel la mort perdrait son mordant, cette oreille encore ouverte à l'harmonie sans laquelle la dissonance ne sonnerait plus faux –, bien que je croie aussi à la nécessité de cette obscurité pour me défaire de mes propres clartés

mondaines, elle n'en demeure pas moins obscure, et cette absence de justice comme de justesse en moi ne m'en fait pas moins mal.

Augustin parle de « chanter l'Alléluia dans les soucis afin de pouvoir un jour le chanter dans la paix[1] ». L'au-delà n'est pas dans un autre chant que celui que nous pouvons entonner dès à présent. Il est dans le fait de le chanter autrement que dans cette mixture de pannes et de peines. Nous en sommes encore à peiner sur nos gammes et à suer sur notre solfège : l'invention à plusieurs voix dont l'écoute nous enchanta comme un rêve, quels efforts pour qu'elle nous entre dans le corps, quelles violences pour que nous puissions la jouer dans cette liberté qui n'est pas en-deçà, mais au-delà de la Loi ! Et puis, saurions-nous déjà ouvrir le bal avec le soufflet d'une âme comme un accordéon, sans cesse chatouillée, secouée, tirée et poussée par des mains mystérieuses et implacables, que nous ne pourrions pas être absolument sûr d'honorer le musette de la Muse plutôt que celui de la mort. Saint François de Sales compare le fidèle ici-bas à un musicien sourd, qui ne chante pas pour s'écouter, donc, mais pour le plaisir d'un prince ami qui finit par le planter là et partir à la chasse[2]… Il continue quand même à jouer sa passacaille, à improviser au luth (et à la lutte) des prodiges de triples croches, quoiqu'il ne voie même plus si son ami l'agrée ou l'entend. Et sa mélodie devient plus bouleversante de se moduler dans cet abandon.

Je sais qu'elle vient, l'heure où toutes ces pages me sembleront dérisoires – une heure où je ne pourrai plus chanter comme avant. Mais faites alors, mon Dieu, qu'écartelé

1. Saint Augustin, *Sermones*, 256, 3.
2. Saint François de Sales, *Traité de l'amour de Dieu*, livre IX, chap. 9-11.

comme les cordes d'un violon et vidé comme sa caisse de résonance, ce soit pour que je devienne tout entier votre musique…

Inachevé à Vins-sur-Carami, le 25 janvier 2011,
en la conversion de saint Paul,
alors que dans la pièce à côté résonnent
les rires des enfants.

Table

Du même auteur

ESSAIS

Et les violents s'en emparent
Les Provinciales, 1999

La terre, chemin du ciel
Les Provinciales / Cerf, 2002

Réussir sa mort
Anti-méthode pour vivre
Presses de la Renaissance, 2005
et Éditions Points, « Points Essais », n° 633, 2010

La Profondeur des sexes
Pour une mystique de la chair
Le Seuil, 2008

La Foi des démons
Ou l'athéisme dépassé
Salvator, 2009, Albin Michel, 2011

Qu'est-ce que la vérité ?
(en collab. avec Fabrice Midal)
Salvator, 2010

Job
Ou la torture par les amis
Salvator, 2010

Jeanne la Pucelle
Vol. 1, Entre les bêtes et les anges
(Bande dessinée avec Jean-François Cellier)
Soleil, 2012

Comment parler de Dieu aujourd'hui ?
Anti-manuel d'évangélisation
Salvator, 2012